Alla ricerca di Sophia

I personaggi e gli avvenimenti narrati in questo libro sono inventati. Qualsiasi somiglianza con persone reali è puramente casuale.

Alla ricerca di Sophia | Fabio De Martini
I edizione | Articoli Liberi 2020

ISBN: 978-2-491229-05-4

Articoli Liberi
DIFFUSIONE GRATUITA NELLE SCUOLE
Association Culturelle Articoli Liberi, loi 1901
9, rue de Foresta - 06300 Nice - France
tel: +33.7.68.42.78.11
email: contact@articoliliberi.com

www.articoliliberi.com

Fabio De Martini

Alla ricerca di Sophia

I

Ritorno a casa

Ritorno a casa dopo molto tempo. Ho la mano sulla maniglia della porta della mia camera e ancora non riesco ad abbassarla, a entrare in maniera indifferente.

Prima di venire qui sono stato al mare. Ho visto mentre il sole dietro i crini dei monti scagliava i raggi ancora nascosti, e nel cielo si creava una lunga fascia bianca tagliuzzata nel basso dalle cime dell'Aspromonte. Davanti a me, la distesa del mare sonnecchiava ancora di una notte leggera, ma quando dalle mie spalle ha incominciato ad avvamparsi una luce, come se qualcuno stesse aprendo le tende di una camera da letto, ecco che la distesa ha incominciato a prendere i propri spazi, a dividersi in fasci di colore che segnavano l'orizzonte punteggiato da diamanti che erano le navi ancora dormienti. Procedendo verso la riva il mare si sfaldava, rigettandosi di vari strati di blu e poi di azzurro, fino al bianco e all'argento che cadeva ai miei piedi come un velo gettato dal cielo. Le onde parevano ribollire un po' a largo, come se sotto ci fosse un fuoco che le alimentava, e poi salendo in superficie si gettavano con tonfi decisi tra la sabbia attraverso un rotolo che ruggiva.

Il suono intorno, uguale a se stesso come lo è stato di notte, era indipendente dalla luce che muoveva i suoi fasci come dardi. Ma la luce invadeva enormi spazi della pianura, andava a scoperchiare gli aranceti vicino alla fiumara, a sfriggere le cime degli ulivi necessari di una leggera ventata di brezza marina perché danzassero, attraverso lunghe file interminabili di alberi, in onde sinuose come lenzuola stese. I raggi procedevano come lance spietate ad accendere la giornata ovunque, verso le brughiere tappezzate di grano non ancora biondo, o verso le rive di spiagge isolate, sconosciute dal piede umano, dove le montagne cascano direttamente in mare, formando piccole insenature. La luce andava ovunque per la pianura ricca di ulivi e agrumeti, ma anche per i monti che la circondavano, da Sant'Elia, nelle cavità tra le rocce, ancora fresche della notte passata, della Marinella di Palmi, dove un'onda più forte si insinuava fino all'interno e ritirandosi lasciava piccoli pozzi d'acqua in cui molluschi marini formicolavano ammassati, mimetizzandosi nelle rocce. E poi verso il monte Poro, nella zona di Capo Vaticano in cui ancora il faro segnava la rotta ai pescatori con una luce decisa, lampeggiante, e rassicurante. Più in là potevo già rivedere le spiagge nascoste dai canneti che adesso si rinfoltivano di verde, e le rive bianche come una polvere di perle accoglievano l'azzurro cangiante allo smeraldo del mare. Mentre a Scilla la luce dava consistenza allo sbattere degli scogli, il mostro della notte diventava pietra e acqua, l'una modellabile sull'altra. Ma anche sui campi arati, sulle vallate ai piedi della Sila, il sole diffondeva la sua patina di luce, come un panno iridescente che dà vita alle cose, a tutta la Calabria.

Ora rivedo queste cose con la chiarezza di un tempo, quando questi elementi erano realtà. Per un lungo periodo li ho potuti spolverare solo nella memoria. Ho sentito la frescura del mare sui piedi che mi ha provocato un brivido mentre dal ciuffo di una palma del lungomare un gruppo di uccelli svettava ai lati del cielo, ora una lastra trasparente di luce bianca. Il loro canto ha squarciato il sibilo del mare e le onde cadevano pesanti sui ciottoli, allungandosi fino alla sabbia ancora grigiastra. E hanno bagnato di nuovo i miei piedi.

Poi d'improvviso ho girato le spalle al mare, ho lasciato la spiaggia. Me ne sono andato scalzo, a sentire come l'acqua si asciugava sui miei piedi e lasciava il posto alla salsedine che invece formava lentamente un nuovo strato di pelle, che mi sono portato fino a qui, fino alla porta della mia stanza.

Ho la mano immobile, mi sembra che sia un oggetto inanimato, esterno al mio corpo e alla mia volontà di comandarla. Osservo come è ferma e sollevando lo sguardo percorro la vetrata che non vedevo da tanto tempo. Il vetro è sempre lo stesso, ha la conformità di un separé arabescato in cui i fiori all'interno di figure simili a croci allargate costituiscono, attraverso la loro disposizione simmetrica, una griglia ricca di significati, e la luce che l'attraversa, proveniente dall'interno della camera, fa in modo che gli spessori del vetro si illuminino e diano l'aspetto di un'apertura verso uno spazio quasi sacrale. Non posso non pensare ai tempi in cui stavo all'interno per intere giornate, uscendo solo per occasioni importanti. Erano giorni, che accumulati sono diventati anni. Li spendevo a trovare il modo per realizzare il mio film, anzi il nostro film. E sono riuscito, dopo tanto tempo e tante ricerche, ad incontrare te, mia cara Sofia! Ti ricordi, vero? E come potresti dimenticarlo?! Mi sto riferendo al nostro film, *Ritorno alla vita.*

La paura più grande è stata sempre quella che il tempo ci avrebbe potuto dividere, o più esattamente non farci incontrare mai. Sognavo di vedermi un giorno vecchio e ritornare qui nella mia vecchia casa in Calabria, accovacciato sulla solita scrivania a scrivere di noi due, di quando eravamo insieme sul set per girare il nostro film. In verità sto andando a fare proprio questo, ma soltanto che io ancora non sono un vecchio signore in vena di scrivere le proprie memorie. Faccio tutto questo – cioè raccontarti della nostra storia, della mia infinita ricerca di poterti finalmente guardare negli occhi, e di questo passato recente, che non avrei mai pensato potessi viverlo se non tra le pagine di un romanzo – perché qualcosa nella mia vita è avvenuto inaspettatamente e ci ha portato a separarci, e a farti quasi dimenticare di me. Ma com'è possibile tutto ciò? Dopo le promesse che ci siamo scambiati per l'eternità?!

Sto per entrare. Fra poco lo farò. Ma la mano ancora non riesce a rispondere a questo comando. La luce che traspare dal vetro mi getta il manto pesante del passato, cingendo lo spirito fino a stritolarlo e a far uscire come un liquido melmoso il nucleo della memoria, portando in superficie le immagini che la costituiscono, ma queste non giungono da sole, sono accompagnate dalle emozioni di quel periodo, e dal rimescolo che la mente fa con il tempo trascorso fino a oggi. Si traccia una rotta e la si osserva finché non cade nella voragine del buio, tanto che poi, questa nuova oscurità, scatena una paura che non si riconosce. E in genere, quando questo accadeva, esattamente prima di entrare nella mia stanza, in questa vecchia stanza che ho paura a non definire più mia una volta entrato, aprivo gli occhi per cercare l'immagine di una cascata, o il suono di una musica che aleggiava in una foresta, o semplicemente il mare dopo il tramonto, in modo da ridiscendere le scalinate della stabilità, dell'abitudine quotidiana che mi portavano a rivivere le solite speranze, il solito amare e morire riguardanti per lo più i sogni del cinema.

Il passaggio in cui la vita ha incominciato a prendere un senso per me, soltanto se i progetti intriganti del cinema si fossero realizzati, non posso ricordarlo. Non credo che sia trascorso molto tempo dalla mia nascita a quando ha voluto, il cinema, ridiscendere in me. Forse, come tu in più di un'occasione mi hai detto – e a me piace sempre ricordarlo perché insieme a quella verità accompagnavi un formidabile sorriso da farmi arrossire ogni volta – quel momento non è mai esistito. Mi sono immerso nella conoscenza umana, attraverso registi-poeti in cui mi sono sempre sentito rivivere ogni volta che vedevo un loro film. Ai tempi dell'infanzia, la mia mente non poteva pensare o creare un film, allora lo faceva sotto forma del disegno e poi della poesia, e alimentava questa passione come una folgore perpetua ma ancora taciuta. E nel tentativo di rivivere le gesta di un eroe greco o di un faraone dell'Antico Egitto, prendeva ancora più spazio il desiderio di tracciare i confini di un mondo da me solo creato, all'interno del quale non erano sufficienti i racconti letti nei libri illustrati, ma dovevo espandere la narrazione fino a toccare i limiti che la conoscenza di allora mi permetteva. E questi non erano nient'altro da parte dello spirito che tentativi di preparazione a rifugiarsi poi, palesandolo alla coscienza, nel mondo del cinema, nella suggestione di creare un film di cui i primissimi accenni erano i tuoi occhi davanti al mare di Calabria accompagnati dalla "dolce musica" del *Maestro*.

Ma ora entro. Lo prometto. Devo farlo. Non ho molto tempo. Lo dicevo pure quando il nostro *Ritorno alla vita* era diventato una storia concreta, una sceneggiatura. Non ho molto tempo, mi dicevo, e abbassavo le ciglia tristissime, perché temevo che tu non mi avresti ascoltato mai, che te ne saresti andata prima di conoscere ciò che c'era dentro al mio cuore riservato solo per te. Ma questo non è accaduto, mi dicevi, quando ti raccontavo questa mia immensa paura, consolandomi con ripetute carezze, durante le giornate sul set, nelle pause tra una ripresa e l'altra, trascorse sempre insieme a bisbigliarci i nostri sogni. Però prima che tutto questo accadesse sono dovuti trascorrere molti anni, in cui il mio cuore, nella più completa solitudine senza farmi sentire da nessuno, ha dovuto abituarsi a morire e poi rivivere, sempre nel silenzio, altalenando la gioia della speranza e la consape-volezza che tutto era una stupida illusione d'infanzia.

Era la paura di non farcela a vincere, e quella stessa paura ha continuato a perseguitarmi anche quando eravamo insieme, temendo che il diavolo da un momento all'altro avrebbe interrotto i miei sogni, per cui mi chiudevo nella tristezza e desideravo di abbandonare tutto. Non fare più il film! Ritirarmi nel silenzio più assoluto. Ma ci pensi se avessi abbandonato tutto, rinunciato al film dopo quello che ci è costato?! Sarebbe di certo stata una follia! E mi riferisco in particolar modo a quei primi tempi in cui mi sono trovato addosso tutto il peso di questo film, di quando le cose si erano fatte serie e si doveva girare. Io ero troppo teso e spaventato, non sentivo più quella sicurezza di quando lo immaginavo solamente, ma percepivo di aver commesso un errore nell'essermi spinto così in avanti. Perciò nei primi giorni in cui giravamo il film, la sera non riuscivo ad addormentarmi, e mi dicevo che forse sarebbe stato meglio rinunciare finché non mi fossi spinto troppo in là, proprio perché la paura di non essere in grado mi stava logorando, consumando fino a levarmi il respiro. Ma è successo che tu te ne sei accorta già dalla prima mattina e in una delle seguenti mi hai preso da parte dal resto della troupe per parlarmi. Mi hai guardato con gli occhi di ghiaccio, seria, schietta, dicendomi che non ero più un bambino, che il tempo di fuggire era passato, ma biso-gnava andare avanti, prendere a morsi la vita. Insistevi soprattutto nel ricordarmi, quando mi prendevano questi momenti oscuri e di ripensamento, quelle sere in cui, nella mia camera in Calabria, non riuscivo a prendere sonno perché il sogno della mia vita, questo film, era troppo lontano, e dalla rabbia prendevo a morsi il cuscino, affogandoci dentro un pianto disperato e violento per non farmi sentire da nessuno. «Pensa a quel dolore! Pensa a quel dolore!» mi dicevi, «a tutte le sere che passavi a guardare il soffitto e scorreva tutta la notte sognando il momento in cui avresti potuto girare quelle scene che hai immaginato per anni! E ora che sei qui, con me, vuoi tirarti indietro? Io non te lo permetterò! Soprattutto non adesso che so chi sei». Allora, le tue parole, come spade che trafiggevano con dolcezza, mi mettevano con le spalle al muro, mi sferravano una verità che mi incuteva dolore e piacere allo stesso tempo. Piacere perché sapevo di averti di fronte e anche piena di fiducia nelle mie capacità, e dolore perché sentendoti dire quelle cose io avevo la chiara consapevolezza di quelli che erano i miei limiti, le mie incapacità di stare a questo mondo e non sapermi godere le ottime opportunità che la vita mi stava concedendo.

Capivo poi che era arrivato il momento di agire sul serio, di abbandonare i vecchi demoni e lasciarli alle spalle insieme alle vecchie paure. Ho capito, mia cara, che il più grande interesse era la realizzazione del nostro *Ritorno alla vita*, e così è stato, ma sempre grazie al tuo sostegno, alle tue parole giuste nel momento giusto, e bastava un tuo sorriso, un tuo braccio a cingermi le spalle, appoggiarmi come un figlio sul tuo seno, e allora ogni nube di oscurità prendeva il volo, via da me, dal nostro costruire una storia unica. Insieme siamo andati avanti, abbiamo superato altri ostacoli, e così il film ha visto finalmente la luce. Chiunque adesso può vederlo e capire perché ci è voluto tanto tempo e così tanta fatica.

Ora, però, qualcuno vuole mettere in dubbio la veridicità di ciò che è ovvio e sporcare la cosa più bella che è accaduta nella mia vita. Ecco vedi, c'è chi insinua delle falsità sull'esistenza stessa del nostro film e mi sta dando la caccia come fossi un malvivente, e non capisco il motivo, come non comprendo il motivo del tuo allontanamento. Quindi sono qui, di nuovo come un tempo, nella vecchia casa di famiglia in Calabria, in procinto di aprire la porta della mia camera per cercare di far chiarezza sulla mia posizione, nel tempo in cui mi è concesso prima che vengano a prendermi quelli che mi stanno dando la caccia da tutta la notte. Sì, è così, ti sembrerà un film d'avventura, ma è proprio quello che sto facendo: scappando! Ho attraversato la Calabria da nord e sono arrivato all'estremità senza fermarmi neanche un secondo, qualcuno mi ha perfino aiutato ad accelerare il passo dandomi un passaggio in macchina, mentre il resto l'ho fatto correndo, perlopiù tra le campagne e le foreste. Sono certo che chi mi sta dando la caccia ha perduto le mie tracce, ma so anche che non ci metteranno molto a capire che sono venuto a nascondermi nella mia vecchia casa. Per cui voglio sbrigarmi a prendere alcune cose, magari qualche ricordo, scrivere qualche messaggio per esortarti a venirmi ad aiutare e fare chiarezza sulla mia posizione, e poi proseguire la mia fuga per non so ancora dove, ma di certo non voglio ritornare da dove sto fuggendo!

Però prima devo aprire questa porta. Sono già trascorsi alcuni minuti. Farlo non è affatto facile. Perché c'è da dire che dopo aver trascorso tanto tempo lontano da quella che è stata per gran parte della vita la tua casa e il tuo unico mondo, verso cui provavi affetto e odio, desiderio di fuggire disperatamente e di ritornarci un giorno lontano per riavvolgere la tua storia, e farlo in un tempo inaspettato, in un tempo in cui ancora le ferite sono aperte e la carne sanguina, non è possibile entrarci senza sentire nello stomaco una mano che stringe le viscere e non riprovare tutte le emozioni che da questa vetrata entravano e uscivano. Ora io la guardo in silenzio, sempre con la mano sopra la maniglia e rivedo tutto come un tempo. Riesco perfino a riesumare le stesse paure, gli stessi timori e i medesimi sogni che si rigettano come un'onda del mare sopra i ripiani dell'immaginazione, la quale si illumina grazie alla luce che passa dalla vetrata della porta, rigettandomi addosso la sua forza e la sua natura.

Ora questa luce subisce un cambiamento, probabilmente perché, a quest'ora del mattino, un raggio di sole avrà scatenato un intreccio di riflessi con la finestra del palazzo bianco che sta di fronte alla mia camera. La costruzione di quel palazzo avvenne durante il periodo della mia adolescenza, portando una rottura definitiva nel mio cuore, in quanto ha per sempre occultato gran parte della veduta del mare, della Sicilia e di quasi tutte le Eolie. Avevo trascorso lunghe ore affacciato al balcone ad osservare quei tramonti che ogni giorno erano diversi, e la diversa inclinazione del sole durante il cambio delle stagioni. Poi, d'un tratto, quella magia è svanita. Nessuno si è preoccupato o ha mai saputo che esisteva un'anima che viveva per quei momenti affacciata al balcone a gettare fiamme di sogni verso un dipinto sublime e cangevole. Per fortuna, mi dicevo per consolarmi, è rimasto un piccolo spazio di mare su cui nelle giornate più terse appare lo Stromboli, e d'estate si affianca il sole sonnecchiante, insieme a un riverbero di colori cangianti che durano fino a che la notte avvolge il manto del crepuscolo in un rotolo di stelle.

Rivedo quei momenti come se li stessi vivendo adesso. Mi viene da sorridere, forse con un po' di amarezza e un senso di pena verso quel bambino che sperava realmente di incontrare la Luna.

Ma è ora di entrare. Comincio ad abbassare la mano sulla maniglia, a trasferire la forza che c'è nel corpo verso questo elemento materiale che mi separa e mi tiene ancora ignaro di quello che il suo interno potrà riservarmi, anche se lo posso immaginare. Mi domando se sarà cambiato qualcosa, se ritroverò le cose della mia stanza invecchiate o uguali come prima, ma soprattutto mi chiedo se quelle cose antiche avranno su di me lo stesso effetto che avevano un tempo, o se, siccome trascorso un lungo periodo, adesso non siano colme di quella nostalgia che le cose del nostro passato hanno il potere di racchiudere e di sprigionare quando le rivediamo, o semplicemente li considererò degli oggetti senza più quell'anima che prima di partire mi chiamava a sé per dirmi che con essi avrò sempre un rapporto speciale.

Sento e vedo la mano che scende. Il rumore che provoca è un grido che deriva dal suo interno, dallo spirito della stanza. Questo suono è un latrato lontano, è un verso stridulo provocato da corvi neri che sorvolano la superficie deserta su cui giacciono nascosti brandelli della memoria. Li vedo come beccano le parti emotive dei ricordi. Sono spietati e continuano a fare il loro gioco divoratore. Un brivido percorre la mia schiena. Un silenzio si unisce a un'ombra che piomba dall'alto. Chiudo gli occhi per non guardare quest'immagine che è uno schiaffo alla mia forza. Mi rende immobile, impaurito come non lo ero da tempo, da quando avevo bisogno di una maschera per celare il mio mondo. Le maschere! Per quanto tempo ne ho avuto bisogno!

La maniglia ha finito il suo percorso. Il verso degli uccellacci ha terminato di stridere tra le orecchie. Il deserto si sfalda in qualcosa di concreto e familiare. C'è il vento del passato che comincia a soffiare dall'altra parte, è come un fantasma chiuso nella torre del castello per troppi secoli. Qualcuno è arrivato adesso ad aprire quella porta e sta scalpitando ad uscire e gettarsi come una valanga su chi ha l'ardire di liberarlo. Ma forse è solo l'anima della mia camera. Vorrebbe dirmi che ha una paura immensa di essere abbandonata per una seconda volta, se fossi io ad entrarci, a dargli un'occhiata furtiva e poi richiudere la porta alle mie spalle. Sa bene della promessa che le ho fatto prima di andarmene l'ultima volta, e cioè che non me ne sarei andato mai più una volta ritornato. Ma come posso mantenere questa promessa se le cose accadute mi hanno stravolto fino a farmi fuggire?

Il vento è leggero, un soffio appena spira dalla fessura, mentre un silenzio che stordisce sembra voler precedere un suono più grande, o forse una musica. Sì, una musica, ma in lontananza. È il Maestro! Si avvicina con il venticello, è una frescura deliziosa, una carezza di seta che arrossisce le gote, abbassa le ciglia, e spunta una lacrima. Ecco, un tasto che affonda, poi un altro, un altro ancora. Di nuovo si mischia col vento. Il ricordo assale il presente. La melodia si compone. Quando l'anta della porta lascia il telaio di legno non solo esplode una luce dall'interno, ma una musica mi dice che sono ritornato a casa. Ecco le note, una dopo l'altra. È l'inizio che ho sempre ascoltato, con cui ho visto come i sogni possono prendere forma in elementi più concreti. È lei, anche se ancora non riesco a vedere dentro perché la porta si è distaccata solo di un filo di luce. Riconosco però quel suono, quella storia di note infinite che è *C'era una volta il west.* Riconosco la flessibilità del Maestro nell'avermi saputo accompagnare in ogni momento della vita. Adesso lo fa nel modo più congeniale, utilizzando note dolcissime che, danzando da una parte all'altra della memoria, scolpiscono le emozioni vecchie in sensazioni nuove portando il cuore ad essere una distesa di mare puntellato in superficie da perle di nostalgia.

Ecco, socchiudo gli occhi, e ascolto. La musica

dilaga come su di un tappeto di piume cadute dal cielo. Le note fluttuano nell'aria accalorata dall'emozione di rivederle, di risentirle, e per la mente si accendono immagini del tutto casuali. Si accendono nuove lampare giù per i mari durante il silenzio della notte e le note salgono insieme alle reti piene di pesci. Qualcuno urla in lontananza il ritorno a casa accompagnati dall'aurora, si affacciano dalle finestre le donne, le mogli e le figlie, e urlano tra di loro che tutto è andato bene, anche questa notte. Le note rimbalzano, si ripetono, si mischiano con le onde che dilagano sulla sabbia, sulla ghiaia, frusciando quando si ritirano, mentre in cima sugli alberi i raggi spruzzano una ventata di luce sulle foglie più alte, frizzanti al vento. E la natura si muove, va avanti.

Ecco, di nuovo ripartono le prime note di *C'era una volta il west*, e qualcosa della camera comincia a farsi vedere, la fessura di luce accecante si ritrae e ritorna alla mente quando questa non era ancora la mia camera, ma la cucina, molti anni fa, quando ancora ero un neonato. Le note ad una ad una si scandiscono nella stanza della memoria e accerchiano i ricordi che si rispecchiano davanti agli occhi come un lampo di luce, un flash del passato. Infatti ora vedo mia madre, in braccio c'è un neonato, cullato come un fagotto di lana con la luce che cade dal cielo, a riscaldare entrambi. Adesso la vedo più vicina, sono nei suoi occhi, e sento il suo spirito che è il mio. I pensieri di madre si fanno nuvole, a tratti sono infuocati da luce, altri da ombre di tenebre. Sento che dice: "dormi, bello mio, dormi" e il mio cuore trabocca di una vecchia speranza che casca in fondo a un pozzo coperto da foglie brulicanti d'autunno: perché il tempo è passato. Ma i suoi pensieri sono ancora vivi. Sono in me come la frutta all'interno della sua buccia. "Ti dico dormi e tu già sonnecchi", sento dire alla mamma, "ti stringo più forte e già stringi i pugni in piccole girandole d'amore, e la vita passa piccolo mio; il silenzio di adesso, dove la luce del mezzogiorno cade sulle mie gambe, ti protegge e ti culla, ma già è un tempo lontano. Nel cielo le rondini aizzano alla primavera ma io sento solo il cambio del tuo respiro, la forza della tua bocca quando stringi il seno, e il mio latte scorre dentro di te. Le fiumare possono seccarsi, gonfiarsi a novembre, ma ormai noi siamo un vincolo eterno che esplode nell'azzurro del cielo, in mezzo ai canti d'uccelli che rompono la frenesia dei pensieri. Così sento riempirmi le vene di vita, ascolto un ultimo tintinnio di chitarra quando ero bambina e tu non c'eri, e tra gli ulivi cantavano le donne con le schiene per terra e le gonne fino ai piedi. Mi si riempie la vita di un senso che si congiunge solo nei tuoi occhi e nel sentire la seta delle tue guance che arrossiscono quando arriva uno starnuto. Adesso riposa, affonda le tue membra sul mio seno, mentre la tua mamma si perde nelle alte brughiere di primavera dove l'azzurro del mare ci aspetta lontano, là in fondo alla scogliera, e i canti degli uccelli intonando le melodie della natura, esplodono nella tiepida aria dai nidi sui rami dei platani".

Rintoccano di nuovo le note perché la fessura è diventata spazio reale che si vede. E aprendosi la porta si apre anche la melodia verso l'immenso di uno spazio infinito, come il mare da una scogliera che cade. Rivedo le mie cose al solito posto e il tempo trascorso dall'ultima volta appare come un dettaglio che è stato cancellato in un attimo, come il ritrovare un vecchio amico d'infanzia negli anni della vecchiaia e sentirsi come allora.

Vedo il mio letto che occupa l'intera stanza nella sua fattezza umile e riposante, la parete che lo contrasta nuda e dorata che so già verso le undici sarà inondata da un oro egizio che riluccicherà fino al tetto, trasformandolo in una volta sacra. Mi volto (e le note di *C'era una volta il west* vengono con me) verso la mia libreria incastonata nella parete di fronte al letto, velata dello stesso tessuto che compone la storia della memoria, e quindi della vita. La tenda della porta esterna decide di alzarsi, di soffiare in un'onda di nuvola mentre le note si trasformano in voce che è strumento, mischiandosi perfettamente agli archi che descrivono linee geometriche nell'aria che vibra e diventa incandescente. Rivedo la mia scrivania, un tempo brillante di mogano con venature più scure, e mi sembra di riprendere un vecchio discorso che avevamo lasciato in sospeso, fin da subito. E poi i libri, ognuno dei quali capace di elargire un sussurro in cui spiegherebbe cosa c'è stato tra di noi: un amore che pian piano stava diventando la mia morte. Ora tutti gli elementi sembrano ricongiungersi, il passato è tornato a farsi presente, e a rivivere quelle stagioni in cui volevo solo scappare. Ecco, di nuovo, nella mia vecchia stanza, e chi l'avrebbe immaginato?! Eppure è successo, tutto quello da cui ho voluto per tanti anni fuggire, ripiomba ancora una volta come un macigno sul presente. La mia stanza, che amore e che odio! Ma dovrò mettere da parte queste emozioni perché il tempo si restringe sempre di più. È ora che inizi, per davvero!

Oh, mia cara Sofia!, la mia situazione è questa: ho passato tutta la notte a fuggire, un po' a piedi, un po' aiutato da qualche passante misericordioso, perché vengo da un luogo che mi ha destabilizzato e non so neppure come ci sia finito. Ero in un manicomio, un inferno mia cara!, e solo con un po' di fortuna ho trovato la forza per scappare, e il luogo più vicino per nascondermi era questo, la mia vecchia casa, qui, sul finire della Calabria.

II

Manicomio

Ai piedi del monte Sellaro, affacciato sulla valle di Sibari che guarda lo Ionio, sorge un complesso imponente di origine medioevale. Un luogo dal sapore mistico e incantevole. La sua bellezza però, intrisa di mistero e fascino naturalistico, nasconde orrore al suo interno. È una costruzione in pietra addossata a una parete rocciosa che sembra cascare giù in un dirupo, ma qualcosa nascosto tra gli alberi la trattiene, e di fronte è possibile scorgere un panorama che rimarrà indelebile nella mente per sempre. Le sue mura protettive per un attacco nell'antichità, e oggi per impedire di uscire a chi risiede all'interno, sono circondate da alti pini e abeti di montagna, mentre giù a valle si scorge qualche ciuffo di ulivo e agrume. Guardandolo dal sentiero da cui si arriva si può intravedere come la torre campanaria della cappella privata si erge distinta dagli altri componenti dell'edificio che, visto da lontano, sembrerebbe un piccolo borgo, una cittadina incantevole sospesa tra cielo e mare.

Non conoscevo prima questo luogo, è stata una scoperta che non mi aspettavo e di cui non avrei voluto essere vittima. Infatti è da lì che sono fuggito. Non so in che modo sia finito lì dentro, molte cose dei giorni che precedono il mio arrivo si sono annebbiate, ma ricordo perfettamente, anche se loro avrebbero voluto cancellarlo, il lungo periodo che ho trascorso e le persone che ho incontrato.

È successo in una giornata particolarmente soleggiata.-Quando ho aperto gli occhi dopo un lungo sonno, mi sono accorto di trovarmi in una camera sconosciuta. La prima cosa che ho visto è stato il soffitto, molto alto e bianco, costruito a forma di una cupola, creando così dei coni d'ombra che in alcuni tratti coprivano leggermente gli angoli ammuffiti, soprattutto dove il tetto diventava parete e questa si dipingeva di un giallino chiaro, talmente sbiadito che solo il contrasto con un bianco poteva farti rendere conto della differenza. Aprivo e chiudevo le palpebre così come accade nei primi attimi della veglia quando quello che si vede ancora è un po' pasticciato dalle immagini del sonno, per cui ancora non prendevo coscienza dell'ambiente in cui mi stavo risvegliando. D'un tratto, dalla finestra alla mia sinistra, è entrato un raggio di luce davvero molto acceso che è caduto prima sul letto e poi fino al termine della camera, dove ha incontrato una porta scura in legno. Allora, seguendo il tragitto del raggio, ho visto gli arredi della camera. Ho pensato che fosse uno scherzo della mia immaginazione e sono stato quieto per un paio di minuti. Fissavo il tetto che però rimaneva sempre uguale e a confermare che quella fosse la realtà e non gli ultimi brandelli di un sogno, dalla finestra è entrata una leggera brezza, un misto della freschezza di mare e di montagna, provocandomi un leggero brivido sulla pelle, così reale da farla accapponare. L'aria che entrava era profumatissima, odori di agrumeti e lontana salsedine entravano in questa stanza totalmente spoglia e fredda, sebbene il sole del mattino donasse un certo calore all'ambiente.

Ho sentito dei colpi alla porta. Qualcuno stava bussando. Non sapevo se rispondere, credevo che non fosse opportuno comportarmi come il proprietario, ma non era possibile neanche nascondermi. E dove! Dopo qualche rintocco la porta si è aperta.

L'uomo che è entrato aveva un aspetto che non saprei se definire comico o macabro. Doveva trattarsi di un dottore, dal camice bianco che portava, una cartella clinica tra le mani e l'aria accigliata. In testa non aveva dei semplici capelli, ma una struttura metallica costruita in un laboratorio, un misto tra la testa di Medusa e un giro di ferro spinato usato nelle recinzioni militari. Infatti quelli che dovevano essere dei riccioli ingrigiti parevano più dei serpenti scalmanati ognuno dei quali prendeva una direzione propria, e nessun pettine sembrava potesse mai governarli. Ma questi erano soltanto ai lati e sulla nuca, mentre nella parte frontale non c'era più niente da fare: una lunga strada liscia andava a finire sulle sopracciglia nerissime e a forma aquilina. Gli occhi invece erano piccolissimi, due puntine rotonde, ma in compenso era ben visibile il loro colore scuro e intenso, con un taglio che finiva un po' all'insù. Infine gli occhiali rotondi e appoggiati sul naso, preceduti da uno sguardo profondo quasi da ipnosi. Mi pareva di avere di fronte la figura perfetta di un mostro da laboratorio. Come ho scoperto poco più tardi, si trattava del dottor Amedeo Pezza, ma nessuno lo chiamava con questo nome; io ricordo di averlo conosciuto e sentito chiamare sempre dottor Kubrick, per via della forte somiglianza con il regista, e persino lui stesso aveva imparato a farsi chiamare così.

Guardava la cartella in perfetto silenzio, immobile come se io non ci fossi, e da parte mia non avevo nessuna intenzione di dire alcuna parola, non sapevo nemmeno se sentirmi arrabbiato o in colpa per trovarmi lì. Mentre guardava così assorto però, cominciavo a temere che qualcosa non andasse tanto bene. La sua testona si poggiava quasi sul petto, questo perché la barba folta e arruffata non dava spazio di intravedere nessun collo; è rimasto in questo modo per circa un minuto, il tempo sufficiente per farmi preoccupare.

A un certo punto ha alzato gli occhi dalla cartella, li ha rivolti in direzione dei miei, e ha detto:

«Buongiorno mio caro, hai trascorso bene la notte?»

«Ho dormito molto...»

Il dottor Kubrick aspettava la mia risposta tenendo il sopracciglio destro teso. Poi si è avvicinato al letto, tenendo lo sguardo sempre su di me con la testa un po' reclinata, mi si è seduto vicino, affossando il suo enorme sedere sopra il materasso, e ha detto:

«Sono il dottore che si prenderà cura di te. Sarai aiutato come meriti. Ora noi due proveremo a fare una semplice conversazione, e sarò estremamente felice qualora la cosa portasse dei benefici a entrambi, perché sai che l'unica preoccupazione per un medico è la guarigione del proprio paziente. Adesso tu dovrai seguirmi in tutto quello che ti dirò e se mi permetterai di svolgere il mio lavoro senza interruzioni di nessun genere ti sarò estremamente riconoscente e me lo ricorderò a tempo debito».

«Ma certo dottore, saprò essere attento alle sue

domande e risponderò senza alcuna esitazione, ma mi permetta prima di porne una io».

Il dottor Kubrick ha dapprima sorriso, ma ha abbassato poi le palpebre in segno di consenso, e allora io ho chiesto:

«La ringrazio per l'attenzione che mi sta riservando, e devo dire che al giorno d'oggi un medico paziente e riflessivo come lei è una rarità da tenere molto stretta, ma ci deve essere stato un equivoco, perché io non sono affatto malato, anzi mi sento benissimo e guardando il sole e l'aria tiepida che entra dalla finestra mi viene voglia di andare a correre come un pazzo giù per le valli fino ad arrivare al mare. Per cui capisce quello che voglio dirle, vero dottore? Non voglio che perda del tempo prezioso che potrà impiegare con persone che meritano davvero le sue cure».

Il dottor Kubrick quando stavo per finire di parlare si è messo a grattarsi la testa e ha gettato un sospiro di stanchezza sussurrando appena:

«Sempre la solita storia!»

Ha chiuso gli occhi e si è riempito il petto d'aria. Poi, quando li ha riaperti, si è voltato dalla mia parte gettando un lungo respiro.

«Caro ragazzo, quello che tu dici non è affatto nuovo per me, ma capisco che ad ognuno dei pazienti bisogna spiegare le cose daccapo e cercherò di farlo con la massima calma possibile. Il motivo per cui tu sei finito in questo letto è perché hai dimostrato negli ultimi tempi alcuni squilibri della psiche che potrebbero recare danno alle persone che ti stanno vicino, ma nel tuo caso, da quello che ho potuto analizzare fino a questo momento, soprattutto tu sei un pericolo per te stesso. Quello che voglio dirti è che devi sentirti fortunato se ti trovi qui in questo momento, molte persone al tuo posto sono lasciate all'abbandono e la loro malattia inevitabilmente si aggraverà e li porterà alla morte».

«Alla morte? Lei mi sta dicendo che ho una malattia mortale? senza che ne sapessi nulla! ma com'è possibile? se io mi sento benissimo?! No, non ci credo dottore, è impossibile».

«Ancora forse non ci siamo spiegati bene, la tua è una malattia della mente, riguarda le tue emozioni e quello che credi di vedere e di aver vissuto, se continuerai per questa via potrai diventare un serio pericolo, e io sono qui per evitare che questo accada. Adesso calmati e vedrai che se farai tutto quello che ti dirò non correrai nessun pericolo per la tua vita! Ma devi obbedirmi, e alla lettera!» ha concluso il dottor Kubrick con voce molto risoluta. Ma io non volevo accettare né la sua diagnosi, né tanto meno le sue parole.

«Vede dottore» ho detto, «io sarei a sua disposizione molto volentieri ma il punto è che non sono affatto malato o pazzo come sta cercando di farmi capire».

Il dottore mi ha subito interrotto:

«Quella parola l'hai detta tu! Ma se vuoi sentirtelo dire allora te lo dirò: tu sei un pazzo!, un folle che crede di aver vissuto una vita spesa nell'arte, di aver realizzato un film che non esiste! Se vuoi guarire, apri gli occhi e comincia a vedere la realtà per quello che è, e poi magari potrai fare dei progetti seri e concreti».

Le parole del dottor Kubrick sono diventate insopportabili, soprattutto la sua insistenza nel convincermi che io ero pazzo e che avevo inventato il nostro film. Ma che c'entra quest'accusa? pensavo. Perciò, senza sapere che sarebbe stata una mossa sbagliata, ho detto:

«Adesso mi ha stancato! Io ora mi alzo da questo letto e la saluto per sempre, caro dottore!»

«Fermo lì!» Il dottore mi ha fermato mentre sollevavo le coperte, con un vocione da far tremare il vetro della finestra. «Dove credi di andare?! Non fare un altro mezzo passo se non vuoi che ti costringa a stare nel letto con i mezzi necessari! Ho cercato di essere il più comprensibile possibile, mi sono anche prodigato a spiegarti con calma cose che non ero affatto tenuto a spiegare, ho persino pensato di riservarti un trattamento speciale vista la sua giovane età, ma questo tuo comportamento ostile, spocchioso e arrogante, tipico dei giovani di oggi che vogliono tutto e subito, mi fa vedere le cose per quello che sono davvero. Non sopporterò più un tuo capriccio, né cercherò di favorirti in alcun modo perché non lo meriti affatto, sarai uguale a tutti gli altri, e non ti azzardare più a fare un gesto simile, non provare a scappare, o tanto meno a rifiutarti di sottoporti alle cure. Sono più che mai deciso a curarti, e lo farò a tutti i costi. Quindi apri bene le orecchie!»

Nel frattempo, trafitto dalle sue parole, mi ero rimesso a letto tutto raggomitolato come un cucciolo randagio, e il dottor Kubrick si era avvicinato a me, a un filo dalla mia faccia, per conficcare quelle parole così dure dentro al mio cervello, e non mi ha lasciato alcuna possibilità di replica. Le mie vene si sono gelate, tanto che tiravo le coperte sempre di più per coprirmi. Il dottor Kubrick, finché non ha visto nei miei occhi un leggero cedimento, ha continuato a fissarmi.

Allora si è ritirato e quando si è messo di nuovo in piedi, tenendo le mani dietro alla schiena, si è voltato verso la porta che aveva lasciato aperta, facendo un cenno a qualcuno che aveva assistito da fuori alla discussione. È entrata una giovane donna, un'infermiera. Si sono messi a parlottare tra di loro a voce bassa. Dapprima il dottore scuoteva la testa, quella grande massa di capelli impasticciati. La signorina cercava di calmarlo ma anche di consolarlo, gli accarezzava la barba e le braccia. Dopo essersi calmato, il dottor Kubrick ha iniziato a spiegare alcune cose alla signorina e di tanto in tanto mi lanciavano qualche occhiata. Lei, giovane e molto carina, sembrava non avere alcuna inibizione nei confronti del dottore, anzi tra di loro era evidente un rapporto di complicità che andava ben oltre un semplice rapporto professionale. Il dottore sembrava un animale mansueto sotto le sue mani e questo lei lo sapeva benissimo, infatti avrebbe potuto, se solo lo avesse voluto, persuaderlo a fare tutto quello che gli avrebbe chiesto.

Dopo aver smesso di parlare, hanno girato la testa verso di me, e prima il dottor Kubrick e dopo l'infermiera, si sono avvicinati per istruirmi sul da farsi.

«Adesso ti lascio nelle mani della signorina Claudia, che si prenderà cura di te. Le ho indicato i farmaci che dovrà farti assumere, e una volta valutata la tua reazione stabiliremo come procedere. Dopo che la signorina Claudia avrà finito incontrerai la dottoressa Liliana Thulin, la quale si occuperà del tuo caso insieme a me. Saremo in due a studiarti e ci auguriamo che presto potrai inserirti nel programma avanzato che ti vedrà interagire con gli altri ospiti della nostra struttura. Per cui adesso io ti saluto, ti lascio in buone mani, e mi raccomando non dimenticare quello che ci siamo detti prima!»

Il dottor Kubrick, dopo aver lanciato un'ultima occhiata all'infermiera, ha girato i tacchi, sempre con le mani dietro la schiena, ed è andato via chiudendo la porta.

Ho tirato un sospiro di sollievo e anche la signorina Claudia sembrava essere diversa, più rilassata. Mi sono rivolto subito a lei:

«Signorina, signorina ho davvero tanta paura...»

Lei si è voltata dalla mia parte perché era impegnata a preparare i medicinali da somministrarmi, e mi ha rassicurato:

«Ma che dice?! non c'è nulla di cui aver paura. Stia tranquillo e vedrà che andrà tutto bene. Il dottor Kubrick è un luminare, riuscirà a guarirla».

«Ma io non sono malato».

Lei dopo avermi sorriso è venuta verso il comodino per iniettarmi il medicinale che aveva ordinato il dottore. Prima che inserisse l'ago nella vena, le ho fermato il braccio e le ho detto:

«Claudia, noi avremmo più o meno la stessa età. Io ti giuro che non sono pazzo! E te lo posso dimostrare se mi dai la possibilità di uscire da qui. Io non sono malato! ci deve essere stato un equivoco, qualcuno si è approfittato di me, magari per invidia, e ha architettato questa pantomima! Ma tu Claudia, tu che sicuramente ne hai visti tanti di pazienti, di pazzi, qui dentro, sai riconoscerne uno e sai pure che io sono diverso, non puoi non accorgerti di questo!»

«Non faccio altro tutto il giorno che vedere pazzi, e tutti dicono la stessa cosa, che non sono pazzi. Per cui *lei* mi capirà, non posso dare retta a tutti, altrimenti la pazza sarei io!»

«Sì ma deve esserci una soluzione! Non posso subire

una tale ingiustizia, ti prego aiutami!»

«E sentiamo, chi avrebbe dovuto farle del male, permettendo di rinchiuderla qui dentro?»

«Questo non lo so... ma sono certo che forse ci sarà uno sbaglio da parte di qualcuno... io, adesso, non ricordo molto bene come sono finito qui dentro, ma sento solo il bisogno di uscire. Ti prego Claudia».

Intanto l'infermiera continuava con il suo lavoro inserendomi l'ago nel braccio, e quando la medicina ha incominciato a scendere, ho iniziato a sentire un leggero capogiro e le forze a mano a mano mi hanno abban-donato. Però mentre il mondo cambiava io continuavo a parlare anche se a Claudia potevano sembrare parole assurde.

«Soltanto tu puoi aiutarmi, Claudia, hai visto come mi ha trattato il dottor Kubrick?! Con lui è impossibile ragionare. Ti prego aiutami, io non sono pazzo, sto perfettamente bene, se tu mi aiuti io ti giuro, ti giuro che io...» E poi le cose stavano effettivamente cambiando sul serio. La percezione del mondo reale era diventata più che distante. Vedevo Claudia, sentivo i suoi movimenti, ma soprattutto sentivo che il corpo stava prendendo delle strade del tutto nuove, iniziavo a incamminarmi per un sentiero avvolto dalle tenebre. Lei continuava a dire qualcosa, e le sue parole a un certo punto sono diventate una ninna nanna per le mie orecchie.

«Glielo ripeto, non deve preoccuparsi, *lei* è qui per curarsi, avere paura è l'ultima emozione che deve provare. E poi, il dottor Kubrick è una persona bravissima, sì forse a volte è un po' burbero, ma col suo faccione e quella barbona, è così tenero! Ah! – e sentivo che sghignazzava come una bambina –. Lui, bisogna capirlo, in fondo passa tutto il giorno a occuparsi dei suoi pazienti e questo periodo è un po' particolare, ha bisogno di qualche giorno di riposo, ma i pazienti sono sempre di più. Oggi è arrivato *lei*, e domani chissà chi arriverà...»

La sua voce, sempre più flebile, mi ha accompagnato fino alla perdita completa delle forze.

Sono entrato all'interno di un tunnel, nero, profondo, senza fine, era un sonno che non avevo mai conosciuto. Il corpo non era più mio, le mie membra prendevano strade proprie, verso territori sconosciuti, verso deserti assolati, ora pieni di luce, ora avvolti dall'oscurità. Viaggiavo senza alcun limite, trasportato dalla corrente della medicina che aveva risucchiato ogni forza del mio spirito.

Ad un tratto mi sono fermato presso una distesa di mare, azzurro, brillante, grossi diamanti erano lasciati lì per evocare sogni e speranze a chiunque avesse la fortuna di vederli. Poi la vista del mare si è rimpicciolita e sono riuscito a vedere anche la spiaggia, immensa, con una sabbia chiara e sottile. Dei bambini giocavano rincorren-dosi, lanciandosi la sabbia. Alcuni ragazzi passeggiavano lungo la riva, e gli anziani stavano accoccolati sotto l'ombrellone a godersi il mare e osservare i giovani. Ho capito che ero affacciato a una terrazza sullo Ionio, la stessa che ho usato per una scena del film. La brezza intanto veniva dal mare e mi accarezzava dolcemente.

Subito dopo mi sono voltato e ho visto te, seduta, vestita tutta di bianco, e io subito: «Sofia! ma che bello anche tu qua?» E tu facevi sì con la testa, tenendo un bicchiere di spremuta d'arancia in mano. Mi hai guardato, hai alzato il bicchiere alla salute e lo hai portato alla bocca. Io mi sono avvicinato e mi sono seduto di fianco a te.

«Facciamo colazione insieme» hai detto, e io: «Ma certo è una bella idea, anche se non so neanche che ore sono!»

Tu ti sei messa a ridere come al tuo solito e poi ti sei adagiata su una poltrona in vimini rivestita con grandi cuscini bianchi. Osservavo te, il panorama, noi due, e rivivevo nel sogno quello che è stato un sogno ad occhi aperti tempo fa quando abbiamo trascorso quel periodo unico in Calabria per girare il nostro film. Ad un certo punto è venuto un giovane cameriere a portarci dei cornetti, prima di entrare, ha appoggiato il vassoio sul tavolo del buffet, e ha fatto suonare un vecchio giradischi che era lì vicino. Appena hai sentito la musica i tuoi occhi si sono abbassati sognanti, come se in te avesse risvegliato un ricordo piacevole e lontano. Allora io mi sono avvicinato porgendoti la mia mano e tu con gli occhi un po' lucidi mi hai guardato come per ringraziarmi e ti sei alzata per abbracciarmi. Da qui la musica ci ha portato a rimanere uniti seguendo un po' l'andamento di un valzer, e a dirci le cose che provavamo soltanto guardandoci negli occhi.

La musica correva lenta fino alle profondità delle nostre anime che erano unite con la bellezza del mare, del sole caldo che ci coccolava e del vento che sussurrava tra gli alberi parole d'amore.

Mi sembrava di vivere un sogno, nonostante già ci fossi dentro, ma sentivo quel mondo talmente reale e vero che mi riusciva difficile crederci.

Così ho alzato la testa che avevo appoggiata sulla tua spalla e ho detto:

«Cara, devo dirti la verità, in fondo sono stato felice

di aver saputo che oggi non potremo girare, così abbiamo potuto prendere un po' di tempo per noi e danzare su questa terrazza. Chissà se potrà mai capitare di nuovo, un giorno! È meglio approfittare finché il tempo è dalla nostra parte, non trovi?»

Mi hai guardato diritto negli occhi, con un'espressione diversa da quella di prima, eri più rigida e il tuo sguardo saettava dardi di sfida nei miei confronti, e hai detto:

«No, non trovo affatto giusto quello che hai detto! Non farlo mai più, è imperdonabile quello che dici. Questo non è un gioco, io ho accettato di fare il film con te perché sono una persona seria, non per venire a giocare. E credevo che anche tu lo fossi, per cui non dire mai più che sei stato felice di non aver potuto girare oggi perché significherebbe che tutto quello che mi hai raccontato era una bugia. E se così non fosse, allora devi pentirtene. E non fare mai più lo stesso errore!»

Poi hai smesso di ballare, ti sei distaccata dalle mie braccia e sei andata verso l'interno della camera. Io ho provato a chiamarti per potermi giustificare, ma ormai mi avevi rivolto le spalle. Mi sono sentito in grave difficoltà, quasi mi vergognavo per quello che avevo detto, non era mia intenzione denigrare l'importanza del film, dato che era stata per molto tempo la mia ragione d'essere.

Sono tornato verso la terrazza sul mare, i colori erano mutati. Osservavo come la gente si allungava sulla spiaggia e baciata dal sole si lasciava cullare dalle onde che precipitavano una dopo l'altra, con un leggero ripetersi che ad alcuni poteva apparire monotono. Mi sentivo–stordito dal sole, una pesantezza si era fatta grave sulla testa e sono andato a sedermi sulla poltrona in vimini, riparato dall'ombrellone.

Ho chiuso gli occhi e mi sono messo ad ascoltare i suoni della natura e della gente che si univano in un unico canto, frusciando insieme come una melodia sonnecchiante. Ascoltavo il mormorare del mare che si trasformava ogni volta che gettava un'onda a riva in salsedine e poi in brezza, che mi arrivava direttamente sul viso. Poi gli schiamazzi dei bambini, ora bassi ora più forti, gli uccelli che intonavano una loro percussione, le foglie degli alberi che si sposavano col vento, e pian piano, dolcemente, senza accorgermene, mi sono addormentato su quella poltrona, continuando ad ascoltare anche in questo secondo sogno la musica del primo. Ora succedeva che a quella musica onomatopeica si aggiungeva il suono della tua voce. Infatti ti ho vista davanti a me che mi accusavi, ma questa volta eri molto più feroce. Mi dicevi che non ero capace di fare nulla.

«Un pappamolle sei, e ti consideri un regista! per non parlare di quando ti metti a recitare insieme a me! Ma che cosa cerchi di ottenere facendo in questo modo, non sono mai stata il burattino di nessuno e non comincerò a esserlo nelle mani di un bamboccio che non capisce niente di cinema! Che sbaglio ho commesso nel darti la mia fiducia!»

Io, oltre che spaventato dalla tua rabbia, ero afflitto dalla durezza con cui mi parlavi, dalla ferocia che esprimevi attraverso le parole e i gesti carichi di odio nei miei confronti. Pensavo che quel tuo comportamento fosse più che esagerato per una semplice parola che avevo detto, che tra l'altro voleva essere un complimento. Volevo dirti di smettere, perché arrabbiarsi non valeva la pena e ti avrebbe fatto solo del male, ma non riuscivo a parlare, le parole si rompevano dentro la bocca. E tu continuavi a puntarmi il dito contro, inveendo senza pietà. La cosa che più mi faceva male era quando parlavi del film, del fatto che eri pentita di aver accettato la parte.

Per fortuna sono riuscito a comprendere che si trattava di un sogno e che bastava solo che io mi svegliassi. E, aprendo gli occhi, ho visto infatti che tu non c'eri, ero da solo su quel terrazzo, mi ero seduto e poi addormentato. Mi sono alzato per andare a cercarti, mi guardavo intorno, e ancora mi sentivo stordito dal sole. La testa mi girava e le forze non erano sufficienti per mettermi a correre o anche camminare velocemente e venirti a dire quello che pensavo. Volevo rientrare dove eri andata prima, ma le mie gambe erano pesantissime. Fare un passo significava una fatica enorme, qualcosa davanti a me, una forza esterna, voleva trattenermi e bloccarmi per non farmi entrare. Ma io stringevo i denti, recuperavo qualsiasi forza nascosta dentro il mio corpo e, dopo qualche passo, sono riuscito ad aprire la porta ed entrare. Una volta dentro, ho capito che quella non era una stanza, si trattava di una grotta sotterranea e ho pensato che mi fossi perduto. Eppure non avevo fatto altre strade, ero sicuro di essere entrato per quella porta in cui eri prima entrata tu. Come faccio a uscire? pensavo mentre mi guardavo intorno per capire se ci fosse un'altra strada più sicura. Ma l'unica soluzione era andare avanti, non potevo neanche tornare indietro poiché la porta da cui ero entrato non c'era più.

Ho iniziato ad avanzare sempre con la stessa pesantezza addosso, e il mio respiro cominciava a sentirne gli effetti. In più si addossavano delle voci, tra cui la tua, la quale era la più forte e l'unica di cui riuscivo a comprendere il significato. Sempre la stessa musica! Mi insultavi, denigravi il mio film, e ti arrabbiavi con te stessa perché avevi commesso lo sbaglio più grande della tua vita ad accettare di lavorare con me. Non ce la facevo a sentire quelle parole mostruose, quella pesantezza alle gambe che non mi permetteva di uscire da quel tunnel nero, e non respiravo neanche bene. Volevo gridare, gridare! ma come? la voce non mi usciva, era bloccata dentro al mio stomaco! Così, preso dalla disperazione, mi sono fermato e anche se nessuno avrebbe potuto sentirmi e la mia voce non usciva, ho sentito il bisogno di farlo lo stesso, di far esplodere l'oscurità che avevo dentro, perciò mi sono messo a urlare, sforzandomi più delle mie stesse capacità affinché uscisse quel marcio che mi stava logorando. Ho liberato il mio urlo di dolore fino a che non sono riuscito a trasformarlo in voce e a liberarlo dalla mia gabbia, e quell'urlo, vero e forte, mi ha risvegliato, questa volta per davvero.

Oltre a svegliarmi mi ero anche alzato nel mezzo del letto tutto madido di sudore, e col fiatone in gola. Risentivo nella mente quelle tue parole, quella pesantezza alle gambe, e quella sensazione di oscurità che mi teneva in gabbia. Ora potevo dire che era stato solo un brutto sogno, ma alzando gli occhi e rivedendo quelle pareti, il letto che non era mio e il nuovo panorama fuori dalla finestra, mi è tornato in mente Kubrick e quella situazione assurda.

Prendevo fiato, nel mezzo del letto, e più la mia mente sprofondava nella realtà, più sentivo un'angoscia premere forte il cuore, fino a desiderare di morire. Ho aperto gli occhi e voltandomi dalla parte in cui prima c'era Claudia, ho visto una donna, seduta, di aspetto imperturbabile, che mi osservava inespressiva, come una statua. Sono saltato dalla paura perché credevo di essere solo, e istintivamente le ho chiesto:

«E lei chi è?»

«Non ti spaventare, non sono né un fantasma né un frutto della tua immaginazione» ha detto la donna che a guadarla bene era vestita da dottoressa o infermiera. Poi ha aggiunto: «Io sono la dottoressa Thulin, e siamo tutti lieti che tu sia ospite della nostra struttura».

"Thulin..." mi ripetevo come se quel nome già mi fosse risuonato nella mente in passato. Anche a guardarla trovavo delle somiglianze, ma con chi? mi chiedevo. Era una donna dall'aspetto gelido del nord. La sua pelle era chiarissima, i capelli raccolti, molto ordinati, erano biondo cenere, ma soltanto un po' si potevano vedere perché la testa era ricoperta da un orribile cappello bianco che era in tinta con il resto della divisa. Del suo corpo, benché fosse seduta, riuscivo a notare la magrezza, soprattutto delle gambe scoperte che rivelavano le ginocchia sottili e a punta. Le sue mani magre con dita affusolate si intrecciavano in una penna e tenevano una cartella appoggiata sulle gambe. I suoi occhi erano l'immagine degli infiniti contrasti che una donna può nascondere. Avevano il potere di ammaliare per la loro bellezza, erano chiari, di un verde molto intenso. Il volto era totalmente inespressivo. Ma ero certo che anche dietro quel vetro incolore si celasse una fiamma ardente che desiderava farsi vedere.

«Come ti senti oggi?» mi ha chiesto la dottoressa Thulin. Io continuavo a guardarla, la sua domanda di circostanza sembrava fuori luogo, per cui non ho avuto la forza di risponderle. Ma lei ha ripetuto: «Come ti senti oggi?» usando le stesse pause tra una parola e l'altra, come fosse una voce registrata. Ancora di più sentivo la sua domanda priva di significato e quella ripetizione ne era solo la conferma. «Come ti senti oggi?» ha ripetuto ancora.

Non mi andava di fare il suo gioco, sapevo già che avrei perso. L'unica cosa che volevo era andarmene e tornare alle mie abitudini, all'arte, e alla realizzazione di un nuovo film insieme a te. Poteva aiutarmi in questo? Avrebbe capito le mie intenzioni, o le avrebbe usate per definirmi ancora più folle di come aveva fatto il dottor Kubrick?

«Come ti senti oggi?» ha ripetuto la dottoressa Thulin.

«Male, molto male!»

«Ah, sì? Cosa ti è successo? Hai fatto un brutto sogno?»

«Anche. Ma quello che mi fa più male è stare chiuso in questo posto, sono trattenuto con la forza e nessuno vuole aiutarmi a uscire, neanche lei che sembra così comprensiva».

Mentre io parlavo, la dottoressa scriveva, prendeva appunti sulla sua cartelletta e mi infastidiva ancora di più, soprattutto la sua inespressività quando le parlavo e lei non reagiva, ma scriveva, scriveva, cosa scriveva? Questo mi faceva impazzire!

«C'è tempo per parlare della tua uscita, adesso vorrei chiederti del sogno che stavi facendo. Sono qui da un bel po' e ho notato che eri abbastanza agitato, ti capitano spesso questi incubi?»

La dottoressa Thulin voleva ignorare le mie

richieste, c'era da aspettarselo, e cambiava discorso chiedendomi dei miei sogni, dei miei incubi, come se grazie a questo potesse decifrare quella malattia che credeva di trovare ingarbugliata nella mia mente.

Mi sono appoggiato al cuscino, con la schiena dritta. L'ho guardata come faceva lei, e le ho detto:

«Sì, è stato un incubo orribile, di questo genere me ne capitano spesso. La storia, il contesto, i personaggi che incontro sono tutti diversi, ma i sentimenti e le angosce che provo sono più o meno le stesse. Quando faccio questi sogni riesco a sentire il sapore della paura, la posso guardare in faccia, e mi viene l'istinto di uscire dal sogno e di scappare, però quando mi metto a correre qualcosa mi trattiene, le mie gambe si appesantiscono, il respiro s'affanna e la mia fuga non avviene mai, devo sforzarmi più che posso per cercare di uscire con le mie sole forze e svegliarmi».

Lei intanto scriveva, scriveva e a me dava sempre più fastidio, così mi sono girato dalla parte della finestra, a guardare fuori.

«Ti prego continua, non fermarti!»

Ricordando quei momenti del sogno, rivivevo quelle medesime paure. Mi sono lasciato andare e ho detto quello che pensavo:

«Comincia sempre con una bellissima atmosfera, e poi cambia radicalmente. Questa volta mi trovavo nell'hotel in cui ho girato una scena importante del mio film. Era un hotel affacciato sullo Ionio, un panorama simile a quello che si vede da questa finestra, ma verso sud, sotto Crotone. Erano le prime luci del giorno e già stranamente la spiaggia pullulava di persone, di ogni genere, tutti estremamente felici di essere al mare. Poi mi voltavo dalla parte dell'hotel e vedevo... vedevo lei,

Sofia, seduta. E poi tutto pian piano cambiava. Le cose belle diventavano orribili e senza neanche accorgermene finivo dentro un luogo scuro, freddo, in cui mi mancava l'aria e non ce la facevo a respirare! Basta... basta!»

Non sono riuscito ad andare avanti come lei avrebbe voluto, quel ricordo mi ha riportato la stessa paura e ho stretto la faccia nel cuscino per sopprimere quelle immagini, e senza neanche accorgermene mi sono messo a piangere, coprendomi il viso con le mani.

«Non ti agitare per favore, è stato solo un sogno. Vedrai che presto anche questi svaniranno, la strada potrà essere lunga e difficile, ma c'è ed esiste, bisogna soltanto crederci!»

La dottoressa usava parole tranquillizzanti, ma i suoi movimenti erano rigidi, lasciavano trasparire un'indifferenza glaciale. Come poteva rincuorarmi? Continuava con quella penna a scrivere, e questo mi faceva stare ancora più male.

Mi ha lasciato stare per un po', il tempo di riprendermi. Poi ha continuato:

«Oltre a questi incubi ricorrenti hai altri sintomi strani? Per caso soffri di una forma di mal di testa?»

«Mal di testa dice? Da sempre direi. Da quando ero bambino soffro di vari mal di testa, e questi negli anni sono cambiati. Prima erano molto forti ma lontani tra di loro, adesso sono più frequenti e sono in perfetta sintonia con il cambiamento climatico. Prima che piova ecco che il dolore inizia a salirmi dal collo e arriva fino al soprac-ciglio, oppure basta uno scirocco, un tempo incerto. La maggior parte delle volte non ci faccio caso, è diventata un'abitudine, però in alcuni giorni si fa insopportabile. Una volta ho parlato con un medico che mi ha spiegato che non esiste soluzione, e visto che anche lui soffriva di una simile afflizione, non c'era bisogno di preoccuparsi. Bisogna accettare, ecco tutto!»

«Beh, non conosco questo medico che hai consultato, ma ormai non esiste problema che non si possa risolvere. Tutto quello che succede nel nostro corpo è una conseguenza di qualcosa, non possiamo ignorare nessuno dei nostri sintomi, anche se sono di poco conto. Tutto è programmato fin dalla nostra nascita, e quando qualcosa non va dobbiamo intervenire, scoprire la causa, e curare fino a che, ovviamente, la conoscenza medica ce lo permette. Ecco, tu sei un paziente abbastanza giovane, non sei il primo che ha avuto questa serie di problemi, anche se da un po' di tempo in questa struttura ci sono capitati dei pazienti molto più anziani di te, ma questo non deve spaventarti, non devi pensare che non abbiamo l'esperienza necessaria per trattare il tuo male come merita».

«Male? ma cosa vi fa pensare che io sia malato, e soprattutto chi è che mi ha fatto venire qui contro la mia volontà?»

Lei ha risposto: «Contro la tua volontà? Ma sei stato proprio tu a chiedere il nostro aiuto. Noi non siamo dei carcerieri. Abbiamo il dovere di prenderci cura di chi decide di mettersi nelle nostre mani ed è proprio quello che hai fatto tu. E dal momento in cui hai accettato tutte le condizioni firmando nel pieno delle tue facoltà mentali noi abbiamo il diritto di fare quello che crediamo più opportuno per la tua guarigione! Ecco, probabilmente alcune cose potranno sembrarti contro la tua volontà, ma questo è l'unico modo. All'inizio appare tutto ostile, i dottori dei mostri, le stanze delle gabbie per animali, ma dopo ci si fa l'abitudine, si abbassa la testa e si prende coscienza della vita così com'è, per poi andare avanti. Il mio consiglio è di accettare la realtà il prima possibile e vedrai che soffrirai di meno. Nessuno vuole costringerti a fare le cose contro la tua volontà, tu sei libero come tutti. Se vuoi alzarti dal letto, puoi farlo. Se vuoi affacciarti dalla finestra, vai pure. Io non sono qui per impedirti di fare queste cose. Avanti fallo se non mi credi!» e col braccio mi indicava la finestra.

Ho guardato la dottoressa Thulin come se le sue parole mi stessero convincendo. Mi sono tolto le coperte e lentamente mi sono alzato dal letto. Sentivo la testa stretta in una fascia di dolore e ho sentito battere dentro dei tamburi. Sono andato alla finestra e la luce esterna, mentre mi avvicinavo, mi ha coperto prima il braccio e poi tutto il corpo fino al viso. Quello che prima potevo scorgere malapena dal letto, adesso si vedeva bene. C'era un monte che cadeva giù nella valle, il mare sulla destra era una coperta luminosa d'azzurro che sfavillava grazie al sole che era ben alto nel cielo. L'ambiente era avvolto da una rigogliosa vegetazione, c'erano abeti altissimi, pini e ulivi sul versante, e in lontananza agrumeti che si perdevano all'orizzonte. Guardando giù, quasi sotto la mia stanza, ho notato il giardino racchiuso all'interno delle mura. Era piccolo ma costituito secondo una geometria molto raffinata che richiamava i giardini all'italiana del Cinquecento. Sospiravo per gettare l'aria che avevo dentro il corpo, e poterne mettere della nuova, pulita e fresca, nei polmoni, guardando il panorama e inalando la brezza che arrivava un po' dal mare, un po' dalla montagna. Per un attimo mi sono immerso in quello che avevo di fronte e parlando quasi tra me, ho detto:

«Questo dev'essere un giardino nobiliare, fatto per amore. Ma tutta la struttura non è nata per essere quello che è oggi, è troppo bella e poetica!»

«In effetti è così» ha risposto la dottoressa Thulin, «da circa sette anni questo complesso medioevale è diventato un "centro di accoglienza" per persone con disturbi mentali, perlopiù anziani. È nato come monastero bizantino, poi negli anni si è ingrandito ed è stato trasformato. Viene ricordato un giovane principe che nel Settecento venne qui con la sua amata per sfuggire ai loro persecutori. Credeva che nessuno li avrebbe trovati in questo luogo sperduto della Calabria, però il destino volle che la donna il primo giorno in cui si trasferirono, non si sa bene come, morì. E il principe da quel momento, uscito fuori di senno, visse da solo in questo grande edificio per il resto dei suoi anni».

Mi sono voltato verso di lei e l'ho guardata bene in faccia, perché avevo sentito, mentre raccontava questa storia, un tono di voce diverso da quello di prima, finalmente umano. Sembrava quasi che fosse commossa o che la storia del giovane principe le ricordasse qualcosa della sua vita personale. Mi chiedevo se avesse un uomo al suo fianco. C'era freddezza nei suoi lineamenti, ma anche tanta solitudine. Dopo un po' ho scoperto che era originaria dei paesi scandinavi, da parte del padre e la madre del nord Italia. È finita qui in Calabria dopo aver incontrato il dottor Kubrick all'università, è stata una sua allieva, per alcuni anche una sua amante. Lui l'ha voluta con sé quando ha deciso di aprire la clinica, la considerava la migliore allieva, aveva capacità uniche di apprendimento ed era precisa e costante, non sbagliava mai un colpo e non dava mai un segno di debolezza.

La dottoressa Thulin ha abbassato gli occhi sulle sue carte. Teneva sempre le gambe incrociate e la penna dritta. I suoi occhi erano assorti dentro quelle letture che–forse riguardavano me, ma che cosa poteva conoscere della mia vita? Chi le aveva dato delle informazioni sul mio conto? Se glielo avessi domandato lei mi avrebbe risposto che ero stato io.

Ha alzato gli occhi, fermi, e ha detto:

«Credimi, ho fatto fatica a credere a quello che ho letto. Ogni volta che prendo delle informazioni sui pazienti mi meraviglio come fosse la prima. Eppure mi è successo anche con te! Una storia un po' strana. Oh scusami!, non voglio mica offenderti. La linea tra fantasia e realtà è molto sottile! Tu dunque ti definisce un regista, un attore, uno sceneggiatore, ah e aspetta!, anche un poeta e un pittore!, delle ambizioni artistiche davvero notevoli se non fosse per il fatto che nel tuo curriculum non c'è nulla di tutto questo. Non hai mai pensato che prima sarebbe meglio frequentare delle accademie per queste attività, piuttosto che "inventarsele"? So già quello che stai per dire, te lo leggo negli occhi! Adesso comince-rai con una lunga trafila di sofferenze e impedimenti che ti hanno portato ad essere *vittima della vita*». Mi ha guardato per un po' scuotendo la testa e poi ha ripreso la sua analisi: «Le cose non stanno esattamente così. Non è la vita ad essere carnefice, ma tu stesso. E per questo sei qui oggi, solo, e rimbambito. Siamo soltanto noi a decidere cosa voler fare della nostra vita, quale strada sognare e poi intraprendere. Il punto è che ti sei limitato solo a sognare! Quello che scrivi può essere anche piacevole da un certo punto di vista, ma sono soltanto parole, e si sa che le parole vanno nella direzione del vento. Ma l'elemento più preoccupante è certamente il film, questo *Ritorno alla vita*, un film che credi di aver realizzato con Sofia Loren e altri importanti personaggi del cinema. Finché si è dei bambini e si scrivono delle cose in segreto per allietare le proprie giornate, va più che bene; ma tu sei andato ben oltre, sei andato oltre l'età della fanciullezza e non consideravi quei momenti dei punti di svago e di liberazione dei propri demoni interiori, bensì li hai sostituiti alla vita reale, credendo di aver fatto tutte queste cose che hai scritto e invece sei stato sempre chiuso nella tua stanza a guardare lo Stromboli per anni! Fattelo dire perché forse non hai avuto nessuno che te lo ha detto direttamente: il tuo film non esiste, non è mai esistito, così come il rapporto con Sofia! É solo frutto della tua immaginazione, è solo aria che ti ronza per la testa come fanno quei violini e tutta quella musica che credi di sentire sempre, ma non sono le tue orecchie a sentirla, è il tuo cervello».

La dottoressa Thulin non avrebbe potuto essere più fredda e spietata. Per me, per te e per il resto del mondo quella era la verità! Certamente se avessi avuto una mannaia, un'ascia, o un pugnale avvelenato avrei sentito la voglia di conficcarglielo dritto nel suo cuore di pietra. Anche se… l'avrei potuta far smettere con le mie sole mani, e non l'ho fatto. Mi sono allontanato dalla finestra e le ho fatto credere che mi stavo avvicinando a lei, magari per colpirla. Poi mi sono appoggiato al letto, mantenendo lo sguardo sui suoi occhi.

«Dottoressa, è difficile spiegare quello che provo in questo momento, ma ci proverò. È vero, lo ammetto, la mia vita somiglia a quella di un matto, di una persona che è stata chiusa nel suo mondo inventato, ma c'è dell'altro. Prima pensavo che la vita reale servisse solo a mantenere viva quella del sogno, ma un giorno è successo qualcosa che ha determinato un cambiamento radicale: si tratta di Sofia, del momento in cui ci siamo incontrati la prima volta. Ricordo ancora quel giorno, in quella città, in mezzo a un temporale, ho visto un raggio di luce che mi ha fatto sperare e andare avanti. Era il periodo in cui avevo smesso di sperare, e questo è terribile, è la fine di tutto, perché senza la speranza non hai alcun motivo per vivere. Qualcuno ha voluto mettere Sofia sul mio cammino e da quel momento ho visto germogli di fiori cadere dal cielo. Da lì in poi abbiamo potuto conoscerci, e passo dopo passo abbiamo trovato insieme i mezzi per realizzare il nostro film, *Ritorno alla vita*, quello che lei crede una mia fantasia. Ma noi sappiamo benissimo che il film c'è e può andarlo a vedere. Così come il rapporto con Sofia, che adesso è più forte che mai. Ma io ho capito il suo gioco, quello che vuole cercare di fare ai miei nervi, per usarli a suo piacimento in nome dei suoi sporchi meccanismi che lei definisce "scientifici". L'unica cosa di scientifico è la sua cattiveria, la sua perfidia e la sua insensibilità. Lei cerca di denigrare un sogno così grande come il mio, un sogno che è diventato reale per tutti. Mi chiedo quale sia la ragione per cui fa tutto questo. Non prova un minimo di rimorso?, perché sono certo che io non sono il primo, e tutti quelli che sono qui, sono passati sotto di lei e hanno subìto i suoi abomini. Mi chiedo come faccia il suo cuore, se mai ne ha uno, a sopportare tanto male, a non esplodere. L'unica spiegazione possibile è che lei è intimamente frustrata, ricca di mancanze sin da bambina, di delusioni amorose, e così cerca nella fragilità delle altre persone di scovare demoni da scacciare, in nome della *ragione*. Adesso si sente imbattibile dietro-quella veste bianca, si sente superiore, ma presto qualcuno la farà crollare, la ruota della vita girerà anche a suo sfavore. Non sia così arrogante e sicura di sé perché verranno tempi in cui rimpiangerà tutte le volte che ha fatto soffrire la povera gente passata sotto la sua crudele osservazione. E le dico anche che io non vorrei essere al suo posto, ma mi piacerebbe assistere alla scena. E sono certo che al mio fianco ci sarebbero molte persone che godrebbero della sua fine. Io non voglio preoccuparmi più di tanto se lei ha voglia di giocare con i miei sogni, lo faccia pure, se li prenda, e osservi come nella vita si può essere felici e soddisfatti, mentre lei rimpiangerà i suoi anni passati nel rimorso, una giovinezza sprecata a desiderare di amare e di essere amata, perché di certo nessuno ha mai potuto amarla!»

La dottoressa Thulin fino a un certo punto della mia risposta ha provato a scrivere quello che dicevo. Dopo, ha iniziato a osservare come le parole prendevano vigore nei loro significati, e vedevo anche nei suoi occhi come queste erano capaci di scuoterla ma allo stesso tempo di lasciarla impassibile. Per il momento riusciva bene a nascondere le sue debolezze:

«Vedo che è arrivato il momento delle maledizioni! Tipico degli ammalati cronici».

«Io non sono malato!» ho risposto stringendo la coperta nei pugni che lei subito ha notato. Doveva pensare che stavo arrivando dove arrivano i pazzi, e si è rimessa a scrivere.

«Ho come l'impressione che tu voglia a tutti i costi convincermi che sei una persona del tutto sana e stai cercando di trattenerti più che puoi. Ma sappiamo benissimo cosa ti sta passando per la mente, e negarlo non ti servirà a nulla. Chi sta bene e non ha nulla da nascondere, non deve temere nulla e soprattutto non cerca di trattenere la rabbia come vorresti provare a fare tu. Ma non ti preoccupare adesso di questo. Vorrei invece farti vedere una cosa che tu conosci abbastanza bene, una cosa che forse ti potrà chiarire le idee e farti rendere conto della pericolosità delle tue invenzioni. Ecco guarda...»

La dottoressa Thulin ha tirato fuori una lettera. Mi è bastato vedere soltanto il primo lembo perché la riconoscessi. Non so come abbia fatto, ma tra le mani teneva la prima lettera che tu mi hai spedito, quella in cui non essendoci ancora conosciuti mi auguravi di essere felice e di continuare con il mio lavoro, ma che per te non ci sarebbe stata alcuna possibilità nel venirmi incontro. Io ho guardato quella lettera, che per me aveva un valore inestimabile, e poi ho guardato lei, che la stringeva tra le mani. Non sopportavo che mi avesse rubato delle cose così importanti ed ero quasi pronto a scaraventarmi su di lei. Ma poi ha aggiunto:

«Vedi? Questa è l'unica lettera che Sofia ti ha spedito, il solo tipo di avvicinamento che c'è stato tra voi due, poi basta per sempre. E questa lettera porta la data di qualche settimana fa, non di qualche anno fa come scrivi nel tuo diario. Porta una data ben precisa da come si vede nel bollo postale, coincide esattamente con quando hai iniziato ad avere un crollo radicale. Capisco anche perché. Con questa lettera tutta la vita che ti sei costruito in questi anni, basata su una speranza, tu l'hai vista spazzata via da questa semplice lettera di poche righe. Che dirti? Mi dispiace? Ma certo!

Sono molto dispiaciuta per te, però è anche ora che tu guardi in faccia la realtà. Non c'è mai stato nessun film e questa è la dimostrazione tangibile che tu menti, e l'hai sempre fatto. Ma cosa credi?, di prendere in giro il mondo intero? Stai solo prendendo in giro te stesso!»

«No, non è vero! questa è una menzogna meschina che lei avrà architettato con il dottor Kubrick! Questa è una lettera di un paio di anni fa, quando ancora con Sofia non ci eravamo conosciuti! Lei è una sporca bugiarda!»

«Qui c'è una data, guardala!» mi ha detto la dottoressa Thulin, indicandomi col dito la data sotto il francobollo, data che sapevo essere falsa, una prova costruita dalla dottoressa per farmi crollare.

«Lei può dire quel che vuole, può anche portarmi tutte le prove che riesce a manipolare, ma non riuscirà a convincermi! Non ce la farà a farmi negare un passato che per me è stato il periodo più bello della mia vita! Non ci riuscirà maledetta strega!»

«Guardami, non chiudere gli occhi! Questa è la verità, fattene una ragione! Sei crollato definitivamente nella pazzia da quando hai ricevuto questa lettera! Ma il mondo mio caro non finisce perché qualcuno dice di no a un tuo capriccio! Adesso guarda bene che cosa farò con questa lettera! Guarda con molta attenzione!»

E la dottoressa Thulin ha avuto il coraggio di guardarmi bene dritto negli occhi, e stracciarla. L'ha strappata in due pezzi, e poi ha preso le due parti e le ha strappate ancora a metà. Io ho emesso un urlo di rabbia e dolore: «No!» e poi, accecato dall'ira, mi sono avventato su di lei prendendola per il collo e l'ho stretto con tutte le forze che avevo.

Non ricordo perfettamente quei momenti, è successo

tutto abbastanza in fretta. È certo però che non mi sarei fermato se non fossero entrati due infermieri, i quali quasi subito hanno spalancato la porta come fossero lì dietro pronti ad intervenire. La dottoressa Thulin si è accasciata per terra per la spinta che le ho dato dopo essere stato tirato brutalmente da quei gorilla vestiti di bianco. Faticava a respirare ma a me non importava nulla di lei. Ciò che guardavo erano quei pezzi di carta sul pavimento, quelle tue parole, scritte per me, ora distrutte per sempre. Mi dimenavo con tutte le forze perché mi lasciassero, e quando, dopo aver dato dei calci e dei pugni agli infermieri, ero libero di scappare, ho visto la finestra come unica scelta. Stavo per saltare giù, ma i due gorilla sono riusciti a trattenermi e a portarmi via con la forza. Mentre stavo stretto tra le loro braccia, infierivo contro la dottoressa Thulin che si stava lentamente rialzando, tenendosi il collo e tossendo affannosamente.

Con la forza mi hanno trascinato fuori dalla stanza, nel frattempo vedevo che tutta la struttura era andata in subbuglio, ed era stato chiamato anche il dottor Kubrick. Abbiamo attraversato il lungo corridoio e infermieri e altri dottori accorrevano avanti e indietro. Poi altri due gorilla sono venuti per trattenermi per le gambe, mi hanno steso sulla barella legandomi. Abbiamo oltrepassato delle stanze, una dietro l'altra attraverso delle porte spinte dalla furia con cui quegli infermieri mi portavano, talmente veloce che sembrava dovessimo andare in sala operatoria d'urgenza.

Quando ci siamo fermati eravamo dentro una stanza non molto grande, poco luminosa e con delle persone già all'interno. Erano di spalle, in camice. Ma uno l'ho riconosciuto subito, anche di spalle e con poca luce, era il dottor Kubrick! Si è voltato guardandomi diritto negli occhi, scuoteva la testa, con le mani sui fianchi. Mi ha detto mentre entravo:

«Io lo sapevo, ma non pensavo che saresti crollato così presto, caro mio bel poeta!»

«Dottore, mi ascolti, non volevo, mi creda, lei prima deve sapere come sono andati i fatti! Dottore mi ascolti!»

Il dottore sbuffava e scuoteva ancora la testa, intanto gli infermieri mi stavano trasferendo dalla barella a un letto al centro della stanza. Mi hanno legato subito con delle cinghie sia alle caviglie che sui polsi.

Poi il dottor Kubrick mi ha iniettato del medicinale che serviva a tranquillizzarmi e a prepararmi. Il dottore una volta finito, mi ha guardato e ha detto:

«Ma come può ridursi l'essere umano…»

Poi ha lasciato la stanza insieme agli infermieri. Sono rimasto solo con due persone, una di loro era Claudia. Appena l'ho vista le ho detto, allo stremo delle mie forze:

«Claudia, Claudia, non volevo, non volevo... ti prego aiutami! digli di non farmi del male, soltanto tu hai questo potere su di lui. Ti prego Claudia non lasciarmi anche tu!»

Lei si è avvicinata carezzandomi la testa e guardandomi con gli occhi commossi e colmi di affetto come nessuno aveva fatto fino a quel momento lì dentro, e mi ha detto:

«Non fare così, per favore. Sta' tranquillo, nessuno ti farà del male. Stai calmo e andrà tutto bene. Bisogna che ci sia ordine e pulizia... Io sono qui, non ti lascio!» e mentre lo diceva la sua voce rauca sembrava spezzarsi dalla commozione di non poter far nulla per me.

È apparsa subito dopo la sagoma della dottoressa Thulin con al collo un collare. I suoi occhi erano agghiaccianti. Al suo fianco, Kubrick e altri infermieri tutti intorno a me.

«Allora, procediamo dottoressa?»

«Sì, procedete».

Il medicinale cominciava a farmi effetto, ma questo non mi ha impedito di sentire dentro al mio cervello gli effetti che provocavano quei trattamenti. La percezione della realtà cominciava a sfumare, prendeva il sopravvento un tunnel nero, non c'era alcuna luce alla fine, neanche piccola per quanto io sperassi.

A un certo punto ho iniziato a vedere cose che esistono al di là del nostro mondo. Scintille galattiche cascavano in dirupi colorati, montagne ricoperte da una specie di magma verdastro colava giù verso le vallate. Vedevo questo paesaggio come fossi su un deltaplano e dall'alto correvo ignaro di quello che poi ci sarebbe stato. Non vedevo il mio corpo, ero assente da me stesso, dal mio cuore, dai miei occhi, dalla mia forza di ragionare e poter decidere. Entravo in dimensioni nuove, mai viste dall'uomo, e tutte prendevano forma sotto aspetti in cui lo spazio così come il tempo venivano messi in discussione. L'aria intorno era conforme a una realtà che non esisteva. Quello che sarebbe dovuto essere un cielo era una volta scura in cui si costituivano nuove forme di nuvole colorate come aurore boreali in continuo movimento, con sfumature tetre e ipnotiche. La visione di un viaggio consisteva ancora e molto velocemente, paesaggi che sembravano lontani presto erano vicini, e poi passati. In alcuni punti mi inserivo all'interno di cavità gelatinose di cui le pareti intorno erano uno scolo melmoso di energia che cadeva sopra di me, ma siccome io non esistevo, passava oltre trasformandosi in fiume e poi in mare. Attraversato un paesaggio ne scoprivo un altro, come quello di una barriera corallina in cui le rocce si frastagliano in mille pezzi sotto un'acqua turchese, ma qui non c'erano questi colori, né sostanze come l'acqua, né tanto meno un cielo azzurro. Ogni cosa sembrava creata per impressionare, anzi pareva di essere in quella parte di creazione in cui ancora le cose non sono create, ma si approssimano a farlo, così come quando si osserva la nascita di una stella, o la formazione di un feto dentro il grembo materno. Ogni particella si slega da quella principale e va a comporsi in un altro luogo per voler dar vita a qualcosa di nuovo. Io non sentivo nemmeno più paura, né il dolore o la gioia. Vivevo perché ero trasportato da un universo che non conosce i sentimenti umani. Ero dentro una natura che si apprestava a nascere o forse a morire, poteva essere di tutto, come la creazione o la dissimulazione, e io ne ero avvinghiato completa-mente perché non sentivo di esistere indipendentemente dal quel mondo, ma ero ora luce, ora montagna, ora magma, ora onda di energia, ora cielo pieno di nebulose, ora scrostamento della terra, potevo essere anche tutte queste cose ma mai sentivo di essere me stesso. Non sentivo più di esistere come prima. E non vedevo più il mare, le onde, le ampie brughiere, il vento, gli alberi, gli uccelli e il loro triste stormire.

Sono passati molti giorni, forse settimane, e finalmente ho aperto gli occhi e ho rivisto il nostro mondo, così com'è, pieno di tutte le sue meravigliose contraddizioni. Mi sono sentito felice di ritornare a sentire il mio corpo, a pensare con il mio cervello e poter usare la mia solita ragione. La tristezza è arrivata quando ho capito di trovarmi ancora dentro quella stanza e quando ho avvertito i primi dolori, soprattutto alla testa. Ma subito dopo ho sentito arrivare delle note, erano de *La corrispondenza*. Prima dei piccoli tasti che scandivano il tempo, lenti, profondi che cadevano sulle fessure del cuore e poi una lunga profusione sentimentale, sempre uguale a se stessa ma che era in grado di sciogliere la nebbia che mi stavo portando dietro da quel mondo allucinato e farmi rivivere i tratti della mia storia. Era come un esercizio che il mio cuore faceva per ridare dignità alla mia mente in cui erano sepolti tutti i miei ricordi. Riaprendo gli occhi, ascoltando la musica del Maestro, le cose del mondo cominciavano ad avere un senso, a prendere spazio la luce della memoria e a ritirarsi le pareti delle tenebre.

Mi sono alzato dal letto e sono andato alla finestra, rapito dal paesaggio avvolto dalla luce del mattino e sospirando verso gli ulivi ho sentito profilarsi tra la brezza e il fruscio delle piante, un canto e dei violini, *Le due stagioni della vita*. Stavo ritrovando le mie vecchie abitudini, come quella di fissare il cielo e aspettare che gli uccelli righino l'azzurro, sopraelevando ciocche di nuvole in cui ho sempre costruito i germogli di un sogno. La mia fantasia aveva completamente ripreso a viaggiare e i luoghi che ha incominciato ad attraversare erano molto lontani, oltre l'orizzonte dello Jonio, i paesi a valle, e le montagne in lontananza verso sud. Sentivo la calura del sole accarezzarmi il viso, e ora il piano, ora gli ululati, ora in mezzo qualche arco e la musica si ricomponeva perfetta come un tempo. Ora sentivo il bisogno di avere un abbraccio e avrei voluto incamminarmi verso quel solito luogo per riprendere in mano la speranza e vestirla di un nuovo sogno.

Mi sono voltato verso la stanza, sono andato con fatica verso l'armadio. Quando l'ho aperto ho visto tanti vestiti, ne ho scelto uno e l'ho indossato. Poi ho aperto la porta, non c'era nessuno ad impedirmelo, e così con passo lento sono uscito. Ho attraversato il corridoio e gli infermieri non mi hanno detto nulla, passavo tranquillo. Temevo di incontrare il dottor Kubrick o la dottoressa Thulin. Davanti a una rampa di scale, ho preso la direzione in discesa. Alla fine dei gradini c'era un portone, molto grande: il mondo esterno. Era sigillato. Dal lato opposto invece c'era una grande porta-finestra da cui entrava tanta luce, e da cui si scorgeva molta vegetazione.

Mi sono diretto verso l'esterno, verso il giardino. Al centro c'era un lungo viale, ai lati due palme altissime, le stesse che vedevo dalla finestra, e sopra i loro alti tronchi c'era dell'edera che dal basso arrivava fino al ciuffo dell'albero, non facendo vedere per niente la nudità del tronco. Il viale era delimitato da siepi lussureggianti, e non mancavano i fiori che sotto un sole acceso rilucevano come punte di diamanti sopra le onde del mare.

Camminavo lentamente per assorbire a pieni polmoni la meraviglia della natura di questo giardino. In quei momenti vuoti, perso nell'oscurità, ogni cosa era completamente annullata. Pensavo che tutti i disegni dei viali fossero stati studiati dal principe innamorato, e poi perso nella follia. Pensavo che questo gesto d'amore anche se non goduto a pieno dalla sua amata avesse avuto in compenso la fortuna di resistere nel tempo e di esser vissuto da altre persone, tantissime, e chissà per quanti anni ancora! I pini alti in lontananza, dietro cespugli e roseti, creavano delle zone d'ombra rilassanti e necessarie per queste ore di sole accecante.

Soltanto in un secondo momento mi sono accorto che quei viali erano animati da persone che prima non avevo visto perché troppo concentrato nello splendore della natura. Dando un'occhiata veloce ho notato che tutti erano vestiti in modo elegante, secondo uno stile antico, tipico di inizio Novecento. Mi sentivo spaesato. Ero al centro del viale e non sapevo che fare, dove andare e con chi parlare, ognuno aveva la sua compagnia e pacatamente passeggiavano. D'un tratto però ho sentito una vocina flebile di donna anziana che diceva: «Ehi tu! Ehi tu vieni qua!» Mi sono guardato intorno, non capivo da dove provenisse, pensavo che fossero i cespugli o le piante a parlare, ma poi mi sono girato e ho visto una vecchietta seduta su una panchina, tutta agghindata, che mi faceva segno con la sua manina guantata di pizzo bianco di andare da lei. Ho chiesto conferma: «Dice a me signora?» e lei: «Ma sì, vieni, vieni qua» e continuava a fare segno con la mano.

«Buongiorno!» le ho detto togliendomi il cappello che non ricordavo di aver indossato.

«Ma che fai? siediti».

Lei sorrideva, poi mi ha detto:

«Tu devi essere il poeta, non è vero, o il regista come preferisci?»

«Beh, non saprei signora, dipende dai punti di vista. C'è chi mi chiama in un modo e chi un altro, e chi sostiene anche che io mi sia inventato tutto!»

«Non ci pensare. Vogliono manipolare la mente. Comunque io sono Elisabetta, e qui ci diamo tutti del Tu.-Ma lo sai che sei diventato famoso?»

«Famoso dici?»

«Ma sì, per quello che hai fatto alla dottoressa Thulin! Tutti avremmo voluto essere al tuo posto mentre le stringevi quel collo secco da gallina!»

Io l'ho ringraziata e mi sono tuffato su di lei per abbracciarla. E mi sono rimesso a piangere. Elisabetta era una nonnina affettuosa, vestita in maniera molto elegante, e soprattutto sorrideva sempre.

Quando ci siamo staccati dal nostro abbraccio, due donne, sulla cinquantina, vestite con abiti dell'Ottocento, si sono avvicinate. Una di loro teneva un ombrellino da sole color giallo paglierino, e sorridendo ha detto:

«Buongiorno Elisabetta, come stai? Magnificamente, direi!»

«Bene Adelaide!» ha risposto Elisabetta presa alla sprovvista. «Ma non hai visto chi abbiamo oggi?»

«No, chi è?»

«Come? non lo conosci?, ma se ne abbiamo parlato fino a ieri per delle ore! Lui è il ragazzo che ha mandato giù la Serpe!»

«No! sei tu?» ha detto Adelaide. Anche la signora che stava dietro di lei è rimasta sorpresa e si è avvicinata per guardarmi meglio.

«Davvero sei tu? Non ci posso credere!»

«Non credevo che la mia situazione potesse suscitare tanto interesse!»

Adelaide era una donna dal volto fortemente espressivo. Insisteva:

«Mi devi raccontare come sono andate le cose! Quanto avrei voluto assistere a quella scena e vedere la Serpe perdere il controllo di sé!»

«Non lo dire a me!» ha aggiunto l'altra.

«Ma dai, dicci, dicci, com'è andata?» ha ripetuto

Adelaide che nel frattempo si era messa seduta vicino a me sulla panchina, tutti stretti uno a fianco all'altro.

«Avanti dai racconta!» insisteva anche Elisabetta punzecchiandomi con la mano.

«Adesso vi racconto tutto, anche se credo che già sappiate ogni cosa e anche meglio di me perché dopo quello che mi hanno fatto la mia memoria si è annebbiata...»

Mentre parlavo non mi sono accorto che erano arrivati altri signori che si sono messi ad ascoltare la mia storia. Infatti quando ho smesso di parlare ho visto tre signori in piedi che avevano ascoltato compiaciuti. Erano due uomini sulla sessantina, anche loro indossavano vestiti di una certa appartenenza sociale, e uno di loro era molto anziano, un vecchietto bassino dalla corporatura esile.

«Non posso crederci!» ha esclamato Adelaide quando ho finito il racconto.

«Credici!» ha risposto il signore dalla corporatura robusta.

«Non dobbiamo meravigliarci più di nulla. La Serpe è capace di tutto!» ha aggiunto l'altro signore.

«Che terribile dispiacere dev'essere stato per te veder distrutto un ricordo così prezioso!» ha detto Adelaide. Poi sbuffando si è rivolta a uno dei signori: «Ma ci pensi Cabrozzi, neanche fossimo delle bestie, e poi contro un ragazzo!»

«Non te la prendere Adelaide, lo sai che non serve a niente! Quello che importa è che il nostro giovane artista adesso è uscito e può godersi almeno questi momenti all'aria aperta. Hai visto, che bello il parco?» mi ha domandato il signor Cabrozzi.

Abbiamo continuato a discutere per un po' di tempo

seduti sulla panchina, poi sono arrivate altre persone, perché la voce era girata e tutti ormai sapevano che io ero uscito dalla mia stanza e siccome la mia aggressione alla dottoressa Thulin aveva fatto il giro del palazzo, tutti volevano sapere, o meglio sentire da me com'erano andate le cose, anche se già conoscevano i dettagli.

A una certa ora è suonata una campanella. Io non sapevo a cosa servisse, ma ho seguito gli altri che mi hanno spiegato che si trattava della fine della ricreazione in giardino, e ci restava soltanto mezz'ora da spendere vicino alla fontana. Le infermiere ci avrebbero servito da bere e anche una merenda.

Adelaide non si è staccata più dal mio braccio, e anche la signora Elisabetta voleva rimanere al mio fianco, mentre gli altri intorno si sono raccolti per parlare tra di loro. Quel gruppo così folto ha richiamato l'attenzione del personale che subito ha ordinato loro di sciogliersi per essere ben visibili.

Ci siamo diretti verso un posto ancora più bello, in lontananza era possibile ascoltare il rumore dell'acqua che scorreva, però intorno a noi non si vedeva nessuna cascata o ruscello. Tutti chiamavano quella zona "il luogo della fonte". Era uno spazio grandissimo, delimitato da grandi alberi di pini sui quali si sentivano uccelli cinguettare diverse melodie, e l'ombra degli alberi arrivava a coprire gran parte di quel grande spazio aperto. Dietro un lungo bancone bianco servivano dell'acqua. Ci siamo messi tutti in fila, e abbiamo aspettato il nostro turno per andare a prendere il bicchiere d'acqua che le donne dall'altra parte servivano molto velocemente.

Quando è arrivato il mio turno ho provato una strana

sensazione. Mi è sembrato di non sentire più la sorgente, né il frusciare degli alberi, né il gracchio degli uccelli, e né tanto meno il vociferare di quelle persone. Solo il silenzio. Poi un leggero venticello che soffiava dal mare, nascosto dagli alberi. Dall'altra parte del bancone – che prima era pieno di mani femminili che porgevano dei bicchieri pieni e li ritiravano vuoti – non c'era più nessuno. Ma dopo che il vento ha smesso di soffiare ecco arrivare dalla mia sinistra una figura angelica, che veniva verso di me rasentando il terreno. L'ho riconosciuta subito, era Claudia. L'ho osservata venire col suo magnifico sorriso stampato sulle labbra. Appena è arrivata davanti a me, ha detto:

«Prendi, questo è per te!»

Io la guardavo negli occhi, estasiato, ma a un certo punto ho sentito spingermi. E una voce diceva:

«Muoviti, che ci vuole?!»

Claudia era sempre lì di fronte a me, sorrideva e mi porgeva il mio bicchiere d'acqua. Allora mi sono avvicinato a lei per prenderlo e quando ho provato a ritirarlo con la mano ho sentito che non veniva, che Claudia non lo mollava. Allora l'ho guardata e lei mi ha fatto cenno di avvicinarmi. Quando il mio orecchio era vicino alle sue labbra mi ha bisbigliato:

«Ricordati di rimanere sveglio. Dopo mezzanotte ti aiuterò a scappare».

Le parole di Claudia mi sembravano più limpide dell'acqua di qualsiasi sorgente, non credevo alle mie orecchie: qualcuno voleva aiutarmi a uscire da quella prigione. In quel momento mi sono sentito un privilegiato e non sapevo perché. Volevo nascondermi. Era possibile che quello fosse un tranello ordito dal dottor Kubrick per farmi cadere in trappola e punirmi un'altra volta, ma in fondo dovevo correre quel rischio perché non avevo più nulla da perdere.

Ho preso il bicchiere e sono andato via per permettere alla fila di avanzare, ma mi sono messo in una posizione laterale al bancone, da cui potevo guardare Claudia e lei poteva guardare me di tanto in tanto. Volevo capire le sue vere intenzioni. Ma più la guardavo e più vedevo soltanto quanto fosse graziosa e bella.

Sono tornato nella mia stanza fino all'ora stabilita, col cuore diviso in due. Mi sentivo preda di un'ansia inarrestabile. Quando il buio ha avvolto il cielo ho aspettato la mezzanotte ancora più impaziente, andando avanti e indietro per la stanza. Tutto sembrava troppo perfetto, o tutto era perfetto per finire in una trappola? Era sempre questa la domanda che mi ponevo, di continuo e senza sosta.

Ecco che appena dopo mezzanotte ho sentito un colpo alla finestra, mi sono affacciato e di sotto c'era Claudia che mi faceva dei gesti tenendo una corda in mano. Poi ha sciolto la corda e l'ha fatta girare un paio di volte per prendere la rincorsa e lanciarla nella mia finestra. Ci è riuscita al primo colpo. Ho afferrato la corda e mi sono guardato un po' intorno per capire dove poterla legare: alla maniglia della porta! Molto lentamente, anche se l'altezza mi faceva paura, sono sceso rasentando il muro di pietra. Sono arrivato a terra e Claudia svelta mi ha detto di sbrigarci perché non avevamo molto tempo.

Siamo andati nella sua camera, che era vicino alla cappella, e dava direttamente sulla strada, cioè fuori dalle mura del complesso. Abbiamo salito svelti le scale facendo attenzione a non fare il minimo rumore.

Siamo arrivati in camera sua, Claudia ha chiuso la porta a chiave e dopo essersi ripresa dal fiatone, mi ha detto:

«È ora che tu vada! Non ci vuole molto a trovare una corda che pende da una finestra!»

«Ma allora è tutto vero, Claudia, non è un inganno?»

«Ma che dici stupido!, certo che è tutto vero, ho rischiato molto per te. Dal primo momento che ti ho visto su quel letto ho trovato la tua situazione del tutto ingiustificata, perché come avevi intuito tu, io conosco il volto di un pazzo e tu non ce l'avevi. Nei tuoi occhi invece ho visto fin da subito una grande sincerità, una luce che mi ha scosso e mi ha fatto capire che tu hai tanto bisogno d'affetto, come un bambino. Ecco, è questo il tuo vero problema: trovare qualcuno che ti ami almeno la metà di quanto sei capace di amare tu. Ma ho deciso di aiutarti anche per altri motivi. Credimi, quanto ho sofferto quando mi imploravi aiuto e io cercavo di ignorarti!, ma non potevo fare nulla, non potevo ribellarmi alle loro manie, loro sanno essere spietati con i pazienti, ma lo sono ancora di più con chi cerca di aiutarli, così come sto facendo adesso io. Ma a me non importa, so cavarmela benissimo, e poi ho delle influenze sul dottor Kubrick, beh diciamo pure che si è innamorato. Io lo ascolto, gli do qualche consiglio, a volte gli faccio anche qualche massaggio alla schiena perché soffre di una particolare ernia inoperabile, ma tutto qui, niente di più, a lui basta così, sa che da me non può ottenere altro. Invece la dottoressa Thulin è una vera Serpe, così la chiamano qui dentro, ormai anche tra noi del personale usiamo questo termine, è un vero mostro e poi... quello che ti ha fatto... mi dispiace che abbia stracciato quella lettera a cui tu tenevi così tanto, ma è stata tutta una manovra architettata per farti cedere. Chiunque sano di mente avrebbe reagito come te! Inoltre la data del bollo postale è stata cambiata, io sono testimone, ho visto come ha fatto, la Serpe in queste cose è davvero bravissima. Chissà cos'altro ha in mente! Per questo voglio aiutarti a scappare. Mentre eri incosciente, ho vegliato su di te per parecchie ore, eri in preda a incubi terribili, ti contorcevi e ti affannavi, madido di sudore. Ecco, anche in quei momenti, la Serpe mi ha ordinato di iniettarti del medicinale che provoca dei forti dolori muscolari, ma io l'ho sostituito con un calmante. Finalmente, quando meno me l'aspettavo, sei sceso in giardino. Ho cercato di capire in che modo tu fossi finito qui dentro, o meglio chi ha voluto che tu ci finissi, ma non mi è stato possibile scoprirlo. Per quanto riguarda invece il tuo film io non so nulla, sto sempre chiusa in questo posto, non vado mai al cinema, non guardo la televisione, e solo di tanto in tanto leggo qualche rivista. Magari un giorno mi farai leggere le tue poesie, e andremo al cinema a vedere dei film bellissimi, magari andremo a Parigi! Adesso però devi andare, va' via subito!»

Mentre mi diceva di andarmene mi spingeva con le mani verso la finestra.

«Aspetta un attimo, Claudia, non mi hai detto perché hai fatto tutto questo per me».

«Non capisci proprio nulla...» ha detto infine Claudia con gli occhi lucidi.

Le ho obbedito e ho scavalcato la soglia della finestra, ma mi sono fermato di colpo e sono tornato indietro. L'ho guardata negli occhi, l'ho presa per le braccia e l'ho baciata, e lei mi ha ricambiato sciogliendosi del tutto. Quel bacio è durato un lunghissimo istante, mi ha fatto risentire dopo tanto tempo il sapore della felicità. Poi lei si è staccata con una spinta, ci siamo guardati per un'ultima volta negli occhi e ho scavalcato nuovamente la finestra. Si è affacciata, prima di saltare giù le ho mandato un ultimo bacio con la mano, nel frattempo le lacrime le rigavano le guance. Quella è stata l'ultima volta che ho visto gli occhi della dolce Claudia.

Una volta giù per la strada, mentre si iniziavano a sentire le note de *La sconosciuta*, ho incominciato a correre più velocemente possibile verso sud, verso la mia casa. Il mio primo pensiero eri di nuovo tu, quello che c'era stato, e il fatto che dovevo ricominciare daccapo, ma ancora non sapevo come. L'unica cosa importante era salvare il nostro rapporto, far rivivere il nostro *Ritorno alla vita*.

Intanto correvo, spinto dalla musica.

III

Dal balcone

Da quando sono ritornato da quel postaccio ho la testa piena di immagini confuse. Mi metto sul letto della mia stanza, abbasso le ciglia, e sento subito la musica. Mi chiedo quale sia, ancora non riesco a riconoscerla. Sicuramente è del Maestro, riconosco i flauti e il loro movimento, riconoscerei una sua composizione anche se fosse la prima volta che l'ascolto.

Gli archi adesso si aprono, volano in alto, e si gettano poi come aquile tra gli arbusti del deserto. Arrivano presso valli colme di luce che riflette il suono della musica nel mio cervello instaurando un meccanismo di creazione che mi porta a vedere un'immagine dopo l'altra, lasciandomi però in preda a uno smarrimento che mi inquieta in un primo momento, ma poi la contemplazione della musica mi ridà il giusto coraggio, e ne rimango estasiato. E continuo ad andare avanti su questa rotta.

Quando accade tutto questo, mi è più facile proseguire il cammino di una creazione libera e sincera. E succede che nasce un nuovo film, una nuova storia, nuovi personaggi, e quasi sempre ci sei tu a chiudere il cerchio della narrazione.

Sta accadendo proprio adesso, cresce come una pianta sotto il sole che la alimenta, e in questo caso è la musica che riesce a svelare un'immagine dopo l'altra, esattamente com'è successo la prima volta con il nostro film. Inizio a vedere un paesaggio, anche se ancora è molto lontano, ma prende i contorni di una scogliera che va nel mare, e il sole vi getta una patina d'oro. C'è una casetta con un terrazzo, si affaccia sul mare, una palma crea un cerchio di ombra, e i panni stesi si gonfiano leggeri al vento. Ora c'è un sentiero di terra, cespugli d'erba selvatica, dalle recinzioni cascano ombrose buganvillee, mentre un ragazzo vestito di mare passeggia veloce con la bicicletta, e alcuni gatti randagi lo seguono per qualche metro, rotolando silenziosi come gomitoli di lana. Riappare la casetta, vestita di luce e d'avorio, ha ora le caratteristiche di un dammuso pantesco, e tra le travi della pergola serpeggiano folti rami di viti da cui cascano frondosi grappoli d'uva matura. Gli archi dei violini accompagnano per un breve tragitto il volo alto di leggeri gabbiani per il cielo imbiancato dal sole ardente, ma la musica continua a tessere la creazione di oggetti di un mondo che naturalmente sta divenendo realtà concreta tra le pareti alte della mia immaginazione.

Nonostante la musica si stia per concludere, a me rimane l'inizio di questa nuova storia che ancora non so definire, però percepisco il bagliore che si è acceso e che difficilmente si spegnerà. Ma ecco, mentre una musica si spegne, un'altra si accende, come un fiore al sole. Questa la riconosco fin da subito, è *Il deserto dei Tartari*, non dico nulla. Ecco il deserto, le rocce granitiche scavate, il cielo color della terra, i corvi che volano sfiorando la sabbia, tronchi di alberi secchi precipitati da un dirupo. Si ferma. Ricomincia. Il silenzio e le sue pause.

Devo alzarmi dal letto, non ho molto tempo, ma ora che sono ritornato a casa mi sembra di vivere come quando mi bastava chiudere gli occhi e vederti in piedi davanti a Cinecittà, e mi dicevi: «Vieni, entriamo!» Ora non me lo dici più, e questo io non lo capisco. Non puoi apparire nei miei sogni perché sei diventata ricordo, appartieni alla memoria, ma allora, mi continuo a chiedere, cosa aspetti a venirmi a cercare e tirarmi fuori dai guai in cui mi sono cacciato? Hai visto cosa hanno avuto il coraggio di farmi? e poi per quale ragione? Sembra che vogliano a tutti i costi cancellare quello che c'è stato tra di noi, perfino il nostro film, che è qualcosa di reale che possono andare a vedere tutti, se non mi credono. Io non so più che fare. Tu per qualche ragione sei diventata irraggiungibile, e non riesco a capirlo, proprio tu che fino a poco tempo fa rispondevi all'istante col sospiro alla gola. Vedi il tempo quante cose riesce a cambiare! Mi rimangono queste pagine che non so in che modo ma dovrebbero servire a rimettermi sulle tue tracce. Ho bisogno di raccontarti cos'è successo, ma devo farlo alla svelta, non ho molto tempo, te l'ho detto. Ma insieme sono certo che supereremo anche questa. Ne abbiamo superate tante insieme, tu mi hai dato la forza per non arrendermi mai, come quando ho litigato col produttore mentre stavano allestendo nel teatro 5 di Cinecittà la scenografia del *Giudizio Universale*. Il film in quel caso ha rischiato seriamente di saltare, se non ci fossi stata tu!, hai placato gli animi di entrambi – ti ricordi? – voleva stravolgerlo il film! Ha detto fino alla fine che quella scena bisognava tagliarla perché il film era troppo lungo. Anche in quel caso hai messo la tua parola e tutto si è aggiustato. Eri perfetta come mia sostenitrice, come alleata, come amica; come musa. Ascoltavi le mie parole e cercavi di trasmettere alla persona che non mi capiva, con il tuo linguaggio e la tua persuasione innata, le mie vere intenzioni, vestendole di una malva profumatissima che chi ascoltava ne rimaneva catturato. Era un gioco di squadra, alle volte era sufficiente un'occhiata. Quando ripenso a queste cose, soprattutto ai giorni che abbiamo trascorso qui in Calabria per girare le esterne, mi viene da pensare che sia arrivato un demone e abbia trafitto il tempo che c'è stato, ma ha voluto lasciarmi tutto stampato nella testa e con assoluta lucidità vedo le cose che sono accadute e percepisco di nuovo le emozioni di quei momenti. Mi viene addirittura da sorridere.

Però aspetta, guarda che meraviglia! Ecco è ritornato, lo posso rivedere dopo molto tempo: il mio Stromboli! Sono passati molti anni da quando, da questo punto, non lo vedevo stagliarsi di lato al mio balcone, in lontananza sopra il mare. Quando ero bambino e avevo un desiderio tanto grande che sembrava difficile da realizzarsi, correvo fuori e mi voltavo verso il mare per vedere se l'isola era visibile oppure nascosta dalla foschia o da qualche nuvola. A quei tempi non davo importanza ai cambiamenti climatici, ma consideravo gli elementi della natura e le sue metamorfosi un segno profetico. Se l'isola era visibile voleva dire che il sogno si sarebbe realizzato. A volte rimanevo affacciato fino a sera, perché succedeva che l'isola insieme alle sue sorelle non si erano viste per tutta la giornata ma dopo il tramonto, eccole apparire una di fianco all'altra sopra un orizzonte decorato dai colori e le tante tonalità del crepuscolo.

In genere di mattina è davvero una visione molto rara, mi costruisco per la testa tante impalcature che dovranno sorreggere un lavoro a dir poco mastodontico, e cioè quello di poterti rivedere. I suoi contorni ora sono molto sfumati, sono talmente flebili che mi sembra una visione della mia mente.

Mi piace appoggiarmi al vetro della porta che dà sul balcone e lasciarmi cullare da quelle fantasie. Basta che io guardi il mare, l'isola, e una volta c'era una palma altissima che però adesso hanno coperto con un orrendo palazzo bianco. Mi sembra di avere la più grande delle fortune, perché riesco a sentirmi felice solo con questo panorama e qualche dolce nota nelle orecchie. Oh la mia isola! è ancora lì a darmi il suo benvenuto dopo tanti anni di lontananza.

Da gran parte di questo litorale della Calabria si può notare, sia uscendo dalle zone di Catanzaro e andando verso sud, sia salendo da Reggio Calabria, in prossimità di Scilla. Quando siamo venuti per la prima volta insieme era l'ora del tramonto, uscendo da Lamezia Terme ti ho detto: «Guarda hai visto? è successo come ti dicevo, non ero sicuro ma questa volta ha voluto accontentarmi! L'isola si è fatta vedere!» e abbiamo proseguito il nostro tragitto guardando da quella parte. Nelle giornate in cui eravamo a Tropea, nei momenti in cui si finiva di girare, in genere succedeva di sera, tu mi chiedevi di portarti nella piazza di Via Indipendenza da dove si poteva scorgere prima l'isola di Santa Maria e poi alle spalle ammirare lo Stromboli in mezzo al fuoco del vespro; però quando finivamo ancora prima allora volevi andare a vedere il tramonto, e magari tutte le isole, nel Faro di Capo Vaticano, uno dei tuoi posti preferiti.

Quando arrivavamo sul posto, fino al momento in cui non eri in prossimità della ringhiera, portavi gli occhiali da sole, poi li toglievi e ti aggrappavi con le mani al parapetto con uno slancio del corpo che sembrava volessi spiccare il volo verso l'infinito del mare. Da quell'altezza si poteva scorgere gran parte di questa zona della Calabria, insieme alle isole Eolie e una punta di Sicilia nelle giornate più terse. A te bastava che ci fosse lo Stromboli perché instaurassi con esso, così come ho fatto io per anni, una corrispondenza di emozioni in cui il mare e il cielo, rispettivamente dal basso e dall'alto, erano i testimoni perfetti di un rapporto amoroso con la natura. Io non conoscevo le parole di quel dialogo così profondo, ma riconoscevo la luce che si specchiava nei tuoi occhi sia quando ruotavi la testa per osservare l'intero panorama, sia quando li chiudevi e riempivi il petto dell'aria che arrivava dal mare. Una volta riaperti gli occhi vedevi come nel cielo gli uccelli facevano a gara per passare da una cima all'altra degli alberi che circondavano la zona costituita da un granito particolare fin giù al mare, su interstizi di spiaggia bianca e finissima. Dall'alto osservavi ancora alcuni bagnanti a tarda ora che si erano avventurati giù per quei ripidi scogli, tuffandosi nell'acqua non più azzurra ma infuocata dal rosso della sera.

Lo spettacolo diveniva ancora più interessante quando il sole, ormai trasformato in una sfera dorata, andava a posizionarsi esattamente sopra la bocca del vulcano che inghiottiva la sua fiamma e il suo calore per rigenerarsi e sbuffare subito dopo, nell'ora del crepuscolo. Una volta sazio, lo Stromboli, prendeva più colore nel mezzo del cielo e la sua mole scura contrastava nettamente con la striscia del cielo chiarissima sull'orizzonte. La stessa visione dall'alto, come da Capo Vaticano, forse ancora più magica, la si può osservare dal monte di Sant'Elia, che tu non hai potuto vedere per una serie di motivi che ci hanno portato a rimandare sempre, e così ci è sfuggita.

Nelle giornate di festa o di domenica, durante l'infan-zia, si saliva a Palmi fino a Sant'Elia, un luogo dal sapore di montagna per via degli alberi che costituiscono un boschetto delizioso. In quel punto strategico, gli dei devono aver costruito la propria casa, da lì possono osservare l'intero Mediterraneo. Ancora riesco a risentire i freni della macchina stridere e annunciare che eravamo arrivati. Da destra si scorgeva la Piana di Gioia Tauro e dietro il monte Poro che scendeva fino a Capo Vaticano e al mare. Al centro le Eolie, da lì era più facile vederle tutte una a fianco all'altra, e a sinistra, non solo una punta di Sicilia, ma un agglomerato di gobbe di montagna scende-vano verso il mare ora fatato e opalescente, e vi si adagiavano ridenti paesi che a quell'ora apparivano fulgenti per via delle luci della sera, mentre il traliccio di Torre Faro illuminava tutto il mare ai suoi piedi come la Tour Eiffel. Guardando e riguardando, da una parte all'altra, la testa e il cuore si fermavano sempre al centro, come una torre saracena in mezzo al mare, l'isola di Stromboli era la più tozza e imponente. D'inverno, da Sant'Elia, il sole andava a tramontare tra le altre isole o addirittura verso l'ultima protuberanza che fa vedere la Sicilia, cioè la punta di Milazzo e a volte anche oltre, fino a Cefalù.

L'isola di Stromboli, affacciata sul Tirreno, è una

presenza costante per i calabresi. Passeggiando per il centro della mia città è possibile che spunti da dietro un palazzo, o a una fila di case, o dietro un cespuglio della villetta comunale vicino casa. Ricordo quando andavo alle elementari, e nei giorni di fine settembre, inizio ottobre, quando ancora qui il clima ti permette di fare qualche bagno e il cielo appare più nitido e fresco, non vedevo l'ora che suonasse la campanella per correre lungo la piazza interna della scuola e arrivare alla fine del cortile da dove era possibile scorgere un'ampia veduta sul mare, e qui, in quella parte di stagione, lo Stromboli appariva più grande e maestoso, quasi potevo vedere alcune venature dei suoi dirupi e le casette dei villaggi, e rimanevo aggrappato alla ringhiera per molto tempo, fino a che qualcuno della mia famiglia non mi veniva a cercare per portarmi a casa.

Andare avanti con i ricordi che riguardano lo Stromboli significherebbe mettere sul tavolo gran parte della mia vita, anche quella trascorsa a realizzare il film, e anche quando lontano in alcune città d'Italia io volgevo il pensiero verso sud e verso questa stanza per poterlo rivedere in faccia e, nelle ore del suo massimo splendore, instaurare un nuovo dialogo, così come sta accadendo adesso. Mi chiedo, ripensando a noi due davanti all'isola al tramonto, se quei momenti siano stati per te così intensi come ho creduto o solo una mia fantasia, perché tu adesso te ne dimentichi e mi sei così lontana. Ma io non voglio pensare questo di te, so che non è vero e sento che è accaduto qualcosa che ci ha fatto dividere, qualcosa che mi ha portato a essere di nuovo imprigionato in questa stanza a riguardare lo Stromboli. Quindi non farò altro che ricucire i pezzi strappati. Spero solo di fare in tempo!

Proverò cominciando a tracciare altre righe del nostro passato e anche dei periodi in cui ho faticato per realizzare il nostro progetto, quando viaggiavo da una parte all'altra dell'Italia per cercare prima te e poi altre persone che sono state importanti per la riuscita del film. Sono accadute tante cose, temo di dimenticarne alcune per privilegiare delle altre. So che non potrò stare a lungo qui in pace perché già stanno venendo a cercarmi, quindi cercherò di essere molto breve, scegliendo di raccontare quelle parti che hanno determinato una svolta decisiva o che ricordo semplicemente con una certa commozione.

Sarà meglio che mi affretti e decida da dove comincia-re. Mi sposto dal vetro della porta e mi dirigo verso la scrivania. La mia vecchia scrivania... il legno conserva ancora il segno dei miei gomiti. I libri stanno ancora in fila sugli scaffali. Mentre mi avvicino per prenderne uno, ecco che ritorna la musica. Si fa di nuovo concreta, diventa materia nuova per la mente. Rimbalza velocissima sopra i ricordi, sbattendomi da un'emozione all'altra. Ricordo il periodo in cui ascoltavo per tutto il giorno la musica del Maestro. Succedeva quando scoprivo una sua vecchia composizione e non mi stancavo mai di riascol-tarla. Sentivo il bisogno di farla entrare completamente in ogni parte del mio corpo. Così come è successo per *Il pentito*, che adesso mi sta risuonando nella testa come un tempo. I violini si alzano, poi scendono, poi riprendono la salita e infine si allargano così come il mare prende spazio al di là dei confini della costa, al di là anche dello Stromboli. Si dilata il paesaggio, le nuvole si increspano di rosso e poi di blu, gli uccelli intonano le ultime melodie della giornata, il vento scuote le cime degli alberi con una brezza che fa infreddolire anche te, su quel faro, che ti stringi in un abbraccio, e ti percuote in uno spasmo.

Lo so, devo rimettermi a scrivere di noi due perché tu capisca e ricorda, perché tu sappia che per me il tempo può essere fermato se è l'unica possibilità. E so anche che tu metterai fine a tutto questo, com'è successo la prima volta che ti ho incontrata.

IV

Napoli

Il vento soffiava abbastanza forte contro la faccia. Viaggiavo su una nave che mi stava portando a Napoli. Ho notato il sorriso di una bambina che era aggrappata alla balaustra e guardando la baia sembrava volesse dire: “non ho mai visto niente di più bello!”. I suoi occhi illuminati dalle ultime luci della sera erano due biglie colorate, vi si rifletteva l’arcobaleno. I suoi capelli le sfioravano malapena le spalle, la loro consistenza dava la sensazione che volessero rimanere nell’aria piuttosto che cadere giù.

Stretto in mezzo alla folla, ammiravo il panorama attraverso gli occhi della bambina.

Mi sembrava che la città fosse ancora un sogno. Un ragazzo col basco di lana marrone aveva detto poco prima di arrivare:

«Guardate, stiamo passando Capri!»

Io ho cercato di farmi largo tra la folla per poter scorgere l’isola, ma ho fatto solo qualche passo verso la balaustra, la gente era talmente addossata che non permetteva di avanzare neanche di un passo.

Ero un po’ scoraggiato sull’esito del viaggio a Napoli, sognavo di incontrarti e di sentirmi dire da te che non mi avresti lasciato mai più andare via.

Non avevo nulla con me, neppure una valigia.

C'erano molte faccende da risolvere, ad esempio il luogo dove ti avrei dovuta cercare, ero convinto che in un angolo di questo mondo dovevi pur essere, e ho pensato che Napoli fosse il posto giusto in cui cercarti, perché nessun'altra città al mondo custodiva i tuoi ricordi, i tuoi dolori e le tue gioie.

Ho preso la nave per la tua città con una certa speranza che la tristezza passasse e tutto si sistemasse finalmente. Lo so, mi dirai che sono stato un folle a lasciare la mia stabilità per gettarmi in una vasca in cui avrei nuotato con le insidie del mondo, ma cosa potevo fare se non tentare, anche sbagliando? Già immaginavo come mi avresti guardato, i tuoi occhi quasi indignati e pieni di rimprovero, e subito dopo una luce nelle pupille e un sorriso e il tuo abbraccio.

Erano soltanto pensieri, mentre la nave pian piano si avvicinava alla terra ferma e io non ero riuscito ancora a vedere la città. A rendere quel momento simile a un preludio per la meraviglia c'era *La leggenda del pianista sull'oceano*, che suonava dentro di me.

La folla dopo un po' ha iniziato a muoversi. Con passo veloce sono riuscito ad andare alla balaustra e a scorgere quel che rimaneva della penisola sorrentina, e d'improv-viso è apparso il Vesuvio e tutta Napoli, che era un agglomerato di brillanti incastonati in palazzi colorati adagiati su colline cedevoli verso il mare. La nave stava entrando in porto. Spostavo lentamente lo sguardo dal porto al Castel dell'Ovo e poi verso Posillipo. Mi sembrava di abbracciare il mondo intero.

Mentre riflettevo sulla città (e le note precipitavano solenni sul mare e su Napoli), un signore dietro di me mi ha bussato su una spalla e mi ha detto:

«Una volta era Napoli, adesso è un mucchio di palazzi orrendi che fanno a gara a chi arriva prima al cielo!»

«È la prima volta che vengo a Napoli, a quest'ora di sera sembra una magia...» ho risposto.

«La magia si dissipa in fretta, con questo non ti voglio scoraggiare, per carità, ma so di cosa parlo, sto tornando a Napoli, nella mia città, dopo molti anni di lontananza, e non sai quante volte ho sognato questo momento. E adesso? Certo, il Vesuvio sta sempre là, ma Napoli dov'è?»

All'improvviso, un ometto un po' pallido, con un borsalino in testa, è intervenuto:

«Non bisogna prendersela con la città, il problema è questa generazione che si è imbastardita, i giovani non amano più, non c'è educazione. Non c'è educazione!» ripeteva, battendo il bastone per terra.

«I giovani non c'entrano,» ha risposto il primo, «si fa presto a prendersela con loro, la colpa è di chi è venuto prima, è nostra, perché ci faceva comodo non guardare, si pensava alla fame, alla famiglia. E adesso ci lamentiamo».

Il vecchietto si è sporto un po' in avanti facendo ancora più peso sul suo bastone per guardare l'altro in faccia, e ha domandato:

«Come avete detto?»

«Avete capito bene! Piacere, mi chiamo Vincenzo Fiore».

«Ferdinando Caruso, piacere (sollevandosi il cappello)».

Vincenzo Fiore prendendo dalla giacca un sigaro ha continuato:

«Mia moglie ha parenti Caruso, di Napoli Napoli!»

«Ah! Ma Peppino o' bumbardiello era vostro parente?»

«No... ma non credo che li conoscete, ce ne stanno tanti Caruso. Ma voi siete proprio di Napoli?»

«E si capisce che sono di Napoli, e noi Caruso anche se non siamo parenti ci conosciamo tutti. Ah ecco! Ma forse ho capito, voi siete parente di Giovanni o' fimmanotore Io me lo ricordo picirillo piccirillo. Mo si è sposato e ha fatto sette figlie femmine e quando suo padre, la buonanima di Michele Caruso, aspettava il suo discendente e la nuora gli ha sgravato la settima figlia femmina, a quel povero cristo gli ha preso un colpo e l'hanno trovato lungo lungo sotto l'albero di ciliege».

«Sì, sì, la conosco anch'io questa storia, ma noi non c'entriamo nulla con questi Caruso,» ha risposto Vincenzo Fiore mentre con il sigaro acceso mi sommergeva di fumo.

«Ma allora ho capito, i Caruso di Margellina; la sorella di Vincenzo Caruso era Peppina a' squaqquerella, non è vero?»

Anche questa volta il vecchietto ha ricevuto una risposta negativa. Vincenzo Fiore fumava tranquillo il suo sigaro e se prima aggiungeva qualcosa alla sua risposta negativa, adesso si limitava a usare solo la testa e a chiudere gli occhi. Perciò il vecchio Caruso a un certo punto si è dovuto arrendere, anche perché lo stesso Vincenzo non conosceva dettagliatamente l'albero genealogico della moglie, sapeva soltanto che suo padre si chiamava Ciro e che le aveva abbandonate, figlie e mamma.

Il vecchio si è voltato dalla mia parte e mi ha detto:

«Forse tu conosci qualche Caruso che io non ho

menzionato? perché può darsi che me ne sia dimenticato qualcuno!»

«Mi dispiace, conosco soltanto Enrico Caruso, e non di persona!»

«Ah, non pensare che sia cosa comune conoscere il tenore, i giovani d'oggi non se ne ricordano più, ah! non mi parlare di questo argomento per favore... Napoli aveva una classe da fare invidia ai migliori salotti e teatri di Vienna! L'altro giorno passando per via Benedetto Croce ho chiesto a una ragazza se sapesse che via stava calpestando e chi fosse questo Croce, e non sapeva niente di niente, perciò capite voi, Fiore, che la mia non è un'indignazione gratuita verso le nuove generazioni, ma ogni giorno me ne capitano di tutti i colori, e se dovessi raccontare quello che sento in giro, non ne parliamo... Ma tu sei di Napoli giovanotto?» mi ha chiesto infine il vecchio.

«No, è la prima volta che vengo a Napoli, sono...»

«È calabrese» ha detto Vincenzo guardandomi con la coda dell'occhio.

«Ah! Bene! Lo sai che io conoscevo uno dei figli della famiglia Lorenzi, Andrea si chiamava, adesso è morto poveretto di una grave malattia, e questa famiglia, i Lorenzi, erano baroni molto facoltosi all'epoca, avevano un sacco di terre in Calabria, raccontavano di una piana piena di ulivi secolari e giardini di aranci, clementine, e di pini e eucalipti che arrivavano fino al mare. Quando mi raccontava Andrea di quelle parti, perché loro andavano almeno una volta l'anno, era pieno di meraviglia e mi prometteva sempre che un giorno sarei andato con lui e avrei scoperto quelle terre e il mare che pare sia stupendo... Poi sono successe un sacco di cose, oltre alla guerra, oltre alla sua malattia ho saputo che hanno disboscato l'intera area che era grandissima per costruire un porto e un centro siderurgico che poi si dice non abbiano mai fatto... E questo è il sud dappertutto, o meglio: questa è l'Italia!»

«Io sono di quelle parti, in fondo questa è la storia del mio paese. Mi fa piacere che la conosciate».

«È ovvio. E come mai sei qui a Napoli? Sei venuto a trovare la ragazza?»

«In realtà non c'è nessuno che mi aspetta. Sono qui alla ricerca di qualcosa».

Sia Vincenzo Fiore, sia il vecchio Caruso mi hanno guardato un po' perplessi. Poi Vincenzo, gettando il mozzicone del sigaro, ha detto:

«Non sarai un collezionatore di vecchie pietre? Vengono tutti a Napoli ultimamente».

«È un archeologo! A Napoli c'è di tutto, c'è un mondo ancora sommerso e non mi riferisco solo alla Napoli sotterranea che tutti conoscono, quella è solo la parte che vogliono far conoscere, ma esiste un mondo lì sotto che non conviene a nessuno portare alla luce. Vedrai che riuscirai a trovare il tuo reperto nascosto».

Poi Vincenzo Fiore ha aggiunto:

«Io infatti avevo notato quella cartella che tieni in mano, deve essere certamente qualcosa che ha a che fare con il tuo lavoro».

«In realtà è vero, ha a che fare col mio lavoro, ma non sono un archeologo. Questi che tengo qui sotto il braccio sono dei disegni che ho fatto mentre ero sulla nave».

I due signori a questo punto mi hanno chiesto quasi contemporaneamente:

«Ma allora che lavoro fai?»

Mentre cercavo le parole giuste per rispondere, un boato dalle viscere della nave ha fatto spaventare tutti i passeggeri. La gente si è spostata rumorosamente da una parte all'altra. Durante il trambusto, mi sono allontanato tra le persone sconvolte dalla frenesia di scappare e mettersi in salvo, e sono andato dove mi portava il flusso. Grazie al fischio ripetuto dal ponte di comando e al richiamo da parte di numerosi marinai, la gente ha cominciato a calmarsi e ha ascoltato l'annuncio: la nave non ha subito alcun attacco terroristico e non c'è stato nessun incidente contro uno scoglio. Si trattava di un rumore che fa il motore di tanto in tanto quando sta per fermarsi, e questa volta era capitato mentre entrava a Napoli.

Io ero totalmente concentrato sulla domanda dei due signori. Dovevo avere un'espressione incupita. Infatti, una signora mi ha preso le braccia e mi ha detto:

«*Uè guagliò*, che ti prende? Stai tranquillo, è tutto a posto! Non hai sentito il capitano?, è stato un falso allarme!»

«Sì sì ho sentito!»

«Non sai da dove ti devi guardare!» ha detto la signora parlando con una signora più anziana lì vicina dai grandi occhiali scuri, «neanche al proprio paese uno sta più in pace!»

«Con tutte le cose che si sentono al giorno d'oggi! Ormai non è più come una volta!» ha risposto l'altra signora dalla voce intensa e familiare.

Mi sono girato per guardala e la prima cosa che ho notato è stato il suo foulard rosso di seta con decorazioni e stampe orientali. In testa portava un grande cappello, e dei grandi occhiali neri. Mentre parlava camminava in direzione dell'uscita, e ho notato il suo corpo magro e longilineo, con un'andatura fiera ed elegante. Avrei voluto fermarla per capire il motivo di come mai mi veniva da considerarla una di famiglia, ma la gente si è accalcata tutta verso le uscite, spingendomi da una parte all'altra. Ma l'ho rivista solo pochi secondi dopo già sul molo che camminava svelta e impettita.

Ho cercato di farmi largo tra la folla, di spingere così come vedevo fare agli altri, e soltanto dopo numerosi tentativi ho visto le rampe delle scale. Le ho scese velocemente, tenendo stretti sotto il braccio i miei disegni per la paura di perderli. Una volta giù, col cuore pieno d'emozione, ho toccato Napoli per la prima volta!

Appena ho mosso il primo passo qualcosa mi ha fermato all'improvviso, come se mi avesse colpito un fulmine di spalle, bloccando tutto il corpo.

L'incantesimo creato dall'entusiasmo di vedere una delle città dei miei sogni si era perduto in un attimo, sentendomi avvolto da un freddo glaciale. Ogni muscolo pareva stretto da bende rigidissime, come all'interno di un'armatura. Nella bocca sentivo un sapore amaro, di bile. Volevo vomitare ma arrivava alla gola e poi scendeva allo stomaco. Il cuore era fermo, lo cercavo con la mente finché non si è palesato come un frutto secco, asciugato dal calore del sangue. Gli occhi volevano uscire dalle orbite, lasciare il corpo e proseguire per la città.

Tu, mia cara, hai capito di cosa sto parlando. Era la paura. Piombata su di me come uno spettro che di notte si palesa all'improvviso.

Le persone andavano avanti velocissime, altre venivano in direzione del porto, e io? che cosa sto facendo in questa parte di mondo, da solo? mi domandavo mentre tentavo di muovere qualche muscolo, ma tutto era vano. Inutili erano perfino i tentativi di concentrarmi su ciò che la città mi riservava, come gli splendidi palazzi, il castello merlato, e in lontananza la Certosa di San Martino. Che cosa avrei fatto pur di vedere tutto questo in un altro momento della vita quando li sognavo solamente! Invece, ora, pur avendoli sotto gli occhi, non erano capaci di smuovermi alcun sentimento. C'era la paura. Di aver commesso un altro sbaglio, e di aggiungere al cuore un'altra delusione. Pensavo che andare a cercare una donna sconosciuta, in una citta mai vista, fosse una follia. Tu appartenevi ad un altro mondo. Lontanissimo.

Sono rimasto sul molo Angioino in silenzio per non so quanto tempo. Da solo e in silenzio.

Poi è arrivato dall'alto della città un vento freddissimo che mi ha fatto tremare. Finalmente sono tornato a risentire la pelle che cingeva i muscoli. Con la seconda folata di vento è arrivata una nota, una musica. Era *Il giro del mondo degli innamorati di Peynet*, e così il processo della vita è ripartito. Le note danzavano in larghe giravolte di stelle e al centro c'erano le emozioni che tornavano ad essere vestite di speranza. Mi sono lasciato andare al loro movimento, e così ho fatto il primo passo. I violini dolcemente si ritiravano insieme ai flauti.

Quando ho cominciato a camminare il manto della sera aveva avvolto gli ultimi fasci del crepuscolo. Non riuscivo a credere di trovarmi a Napoli, nella tua città.

Poco dopo mi sono trovato in piazza Municipio, con veicoli che andavano e venivano da tutte le direzioni tanto che attraversare la strada è stata un'impresa difficile. Sulla mia sinistra c'era il Maschio Angioino solenne e immobile, indifferente alla frenesia della gente. Per un momento mi è parso come se dalle sue torri scendesse una lacrima.

Ho immaginato te sopra una delle torri merlate. Pensierosa osservavi il Vesuvio e quella parte di mondo che va al di là di quello che si vede. Ti immaginavo con la testa appoggiata a una delle finestre più alte, mentre alcuni riccioli dei capelli cadevano sulla fronte un po' corrucciata. I tuoi occhi, quegli occhi che non so per quale ragione io li immaginavo un po' tristi, erano lucidi di lacrime che trattenevi e subito coprivi con la mano. Non chiedermi il motivo, ma percepivo anche un pericolo su di te che non dipendeva dagli uomini e neppure da te stessa, ma dagli elementi che sfuggono dal nostro controllo, e pur vivendo in una dimensione lontana hanno il potere di controllare i nostri passi. Con molta probabilità, la tua preoccupazione maggiore era il tempo. Il suo imperdonabile fluire. Lo stesso timore che sentivo io, di non fare in tempo ad incontrarti.

Subito dopo mi sono ritrovato davanti alla facciata principale del castello. Era illuminato in modo trionfale, tanto che quell'aspetto apriva diversi scenari fantastici per creare delle storie. Immaginavo racconti horror, in cui orde di fantasmi volteggiavano per le ali del castello. Però si inscrivevano anche storie di avventure o di magia, dove le stanze più segrete avrebbero portato verso l'ingresso di altri mondi fantastici.

Viste frontalmente le torri sembravano ancora più merlate, ancora più alte, forse perché il gioco delle luci gli dava maggior rilievo, creando marcate zone d'ombra a fianco ai fasci luminosi. Avevo davanti agli occhi ancora brevi frammenti delle storie che potevano nascere all'interno del castello e, d'un tratto, ho visto dal portone principale uscire una persona. Quando si è avvicinata alle luci, dopo aver chiuso alle sue spalle il portone, l'ho riconosciuta: era la signora dal foulard rosso.

Ho pensato di avvicinarmi e stare un po' con lei, era l'unica persona che conoscevo, anche se di sfuggita. Però mi sono fermato dopo i primi due passi, era inopportuno. Ho deciso lo stesso di starle dietro, di seguire il suo percorso, senza però farmi vedere. Non sapevo dove altro andare. Mentre camminavamo, mi chiedevo perché una donna sola vagasse di notte per il castello, e cercavo di costruire la sua storia, i suoi affetti, la ragione della sua solitudine. Inoltre adesso avevo il tempo di osservala meglio. Portava una borsa grande, dei pantaloni a zampa e la testa, quando non doveva guardare per attraversare la strada, era bassa, pensierosa. Ma la cosa su cui ricadeva l'occhio era quel foulard, e a volte brillava quando una luce di un lampione o di un motorino lo colpiva, esaltando le decorazioni setate.

Dopo qualche passo per Via San Carlo ci siamo ritrovati davanti al teatro. Mi sono fermato davanti al palazzo frontale, un po' indietro per non farmi vedere, e la signora intanto aveva attraversato i portici ed era entrata in modo così veloce che me ne sono accorto appena. Le luci delle macchine non mi permettevano di vedere così bene e poi il rumore fastidioso dei motorini e dei clacson mi distraevano parecchio. Ho guardato la strada e dopo qualche tentativo per non essere travolto, sono riuscito ad attraversarla e mi sono trovato sotto l'entrata del teatro San Carlo.

I portoni erano chiusi, non c'era nessuno a sorvegliare, sembrava un palazzo deserto. Ho cercato di trovare qualche appiglio in una delle porte che davano sulla strada, ma non ho trovato nulla. D'un tratto, alle mie spalle, ho sentito una voce:

«Scusa tu, ma che stai facendo?»

Mi sono girato e ho visto un vecchietto che mi guardava accigliato. Aveva un aspetto signorile, con i baffetti bianchi e degli occhialini minuti da rendere il suo sguardo molto stretto.

«Buonasera, cercavo un modo per entrare, mi farebbe tanto piacere visitarlo!»

Allora l'uomo, dal vestito bene ordinato, ha tirato fuori dalla tasca dei pantaloni uno di quei vecchi orologi da tasca e ha guardato l'orario in modo pretestuoso ed ironico, e poi ha detto:

«Beh, questo non mi sembra l'orario per visitare un teatro. In genere danno degli spettacoli, ma questa non è giornata» e ha richiuso lo sportello dell'orologio.

«Ah, non lo sapevo. Il fatto è che ho visto entrare una signora poco fa e mi sembrava si potesse entrare» ho risposto.

«Una signora è appena entrata hai detto?! Ma come?!» ha replicato l'elegante vecchietto un po' perplesso, quasi non voleva crederci.

«Ma vi dico davvero, non sto mentendo!»

Si è spostato il bastone nell'altro braccio e gesticolava con le mani. «Ma guarda che questa è davvero una cosa molto strana, io sono solito passeggiare tutte le sere e una roba del genere non l'ho mai sentita e né vista». Poi puntandomi il dito ha aggiunto:

«Ma scusa, di dove sei? Di Napoli non di certo!»

«No, non sono di Napoli, ma questo non vuole dire che ho cattive intenzioni. Io sono della Calabria».

«Della Calabria?! Ah!» ha ripetuto il vecchietto battendosi la mano sulla fronte.

«Questo secondo voi può essere un problema?»

Il vecchietto allora si è schiarito la voce, e gonfiandosi il petto mi ha spiegato:

«Ascoltatemi bene. Io sono un pubblico ufficiale ormai in pensione, e questo mi dà la possibilità di non esercitare più, ma allo stesso tempo di avere l'esperienza di capire al volo la persona che ho davanti. Ne ho incontrati di tutti i colori nella mia vita di modesto uomo, e provenienti da ogni parte del mondo e quello che ho potuto constatare è che non è giusto fare di tutta l'erba un fascio, ma è pur vero che ognuno di noi ha insito nella propria personalità alcune caratteristiche della regione di provenienza. Non fare dell'inutile sarcasmo, perché di calabresi ne ho incontrati parecchi e la maggior parte che ho incontrato avevano sempre un coltello nascosto nella giacca, nei pantaloni, o dentro i calzini, questo perché nella loro, anzi nella vostra natura, siete abituati a sospettare di essere aggrediti, a non fidarvi di nessuno, probabilmente perché i primi siete voi a tradire. Ora, io non voglio fare alcuna polemica regionale perché anche chi è di Napoli deve subire sulle proprie spalle molti luoghi comuni sia veri che non, e non voglio tantomeno offenderti accusandoti di portare addosso un'arma impropria. Inoltre non posso nemmeno perquisirti, ma so che tu hai qualcosa da nascondere, e più stringi quella carpetta così forte e più mi convinco di questo!» e dopo aver finito di parlare ha scosso la testa.

«Mi dispiace che vi siate fatta un'opinione del genere su di me e sui calabresi, perché se dite delle cose del genere allora vuol dire che avete avuto delle brutte esperienze in passato che vi hanno segnato parecchio. Ma vi assicuro che io non ho nessun'arma addosso, e tantomeno non ho nessuna cattiva intenzione verso gli abitanti di questa città, e se volete perquisirmi allora fate con tutta tranquillità perché io non ho nulla da nascondere e vi do il permesso di farlo. Per quanto riguarda questa carpetta che mi vedete stringere tra le mani, non sono altro che disegni che ho realizzato durante il viaggio per venire qui. Io sono un'artista e questi disegni sono la cosa più preziosa che ho!» ho risposto quasi tutto d'un fiato.

«E quando sei arrivato a Napoli?» mi ha chiesto incuriosito poggiando adesso entrambe le mani sul bastone.

«Sono arrivato proprio questa sera, vengo direttamente dal porto».

«Adesso? mi sembra che vuoi prendermi in giro. E se sei arrivato adesso dove sono le valigie? Non mi dirai che sei venuto senza?» ha domandato sempre più sospettoso.

«Lo so che può sembrare abbastanza strano, ma è la pura verità» ho risposto con gli occhi abbassati, di pietà. Non sapevo come convincerlo. Poi ho continuato: «Sono andato via di casa con gli occhi pieni di lacrime, e ho preso quella nave che mi ha portato qui a Napoli non pensando a nulla, se non alla persona che avrei dovuto incontrare qui. Si tratta di una donna che ha rubato tutto il mio tempo. La sto cercando quasi disperatamente da molti anni, ma lei sembra sfuggirmi ad ogni occasione, così ho commesso una follia di lasciare la mia famiglia e di intraprendere un viaggio senza nessuna sicurezza. Ma non avevo nessun'altra scelta, ho dovuto tentare l'impossibile per non avere nessun rimpianto quando sarò vecchio come voi. Di certo anche voi in gioventù avrete fatto delle follie per una donna. E cosa non si farebbe per una donna?! Perciò mi capite che l'ultima cosa a cui ho pensato sono state le valigie o come sarei sopravvissuto una volta arrivato qui. Non ho portato nulla con me, e questi fogli da disegno me li ha regalati un passeggero sulla nave, un vero pittore che mi ha dato delle dritte sulle tecniche da disegno, dato che io sono autodidatta».

Il vecchio signore mentre parlavo aveva mutato la sua espressione, diventando più accondiscendente ai miei discorsi e impietosendosi anche su certi punti del mio racconto che avevo un po' romanzato per ovvie ragioni. E un po' commosso mi ha chiesto: «E non hai portato con te neanche un po' di soldi?»

«Sì, sì, quelli un po' sì!» ho risposto cercando di tranquillizzarlo e non farlo preoccupare. «Per fortuna, in quei momenti di disperazione, ho avuto la lucidità di non andarmene senza. Ho portato con me tutti i miei risparmi che sono pochissimi, soltanto qualche centinaio di euro, così ho potuto pagarmi il biglietto della nave e qualcosa mi è rimasto per mangiare... e per dormire ancora non ho pensato a nulla».

«Non ti preoccupare di questo, perché qui a Napoli puoi trovare ospitalità a qualsiasi prezzo. Però se mi permetti», ha aggiunto il vecchietto con un sorrisetto smagliante, «se mi permetti come prima hai detto, vorrei perquisirti, perché vedi, nonostante la tua storia romantica sia molto toccante, io ho il dovere del mio lavoro che mi chiama e non posso farlo tacere, e quindi devo accertarmi fino in fondo che quello che tu hai detto sia vero fino in fondo. Non la prendere a male, ma se fossi ancora in servizio avrei aggiunto "è il mio dovere!”».

«Ma certo, vi ho già detto che io non ho nulla da nascondere. Per me non c’è nessun problema a perquisir-mi. Ecco fate pure!», e ho alzato le mani per permettere al signor ex pubblico ufficiale di verificare la mia innocenza.

«Ma cosa fai?» mi ha detto sottovoce facendomi portare giù le mani e guardandosi intorno «ma non qui, potrebbe vederci qualcuno e non sarebbe prudente».

«Ma non capisco scusatemi, non avete detto voi che...»

«Ma sì certo che avevo detto che... ma vieni con me!» e mi ha fatto segno di seguirlo.

«Ecco vedi, andiamo lì, nel giardino del teatro!»

Siamo ritornati un po’ indietro verso i cancelli che, quando ero passato prima, mi erano parsi chiusi. Adesso da più vicino si poteva intravedere che proprio quello a fianco al palazzo del teatro, un po’ nascosto dagli alberi, era leggermente socchiuso e soltanto chi conosceva il luogo poteva accorgersene. Il vecchio è entrato con grande disinvoltura. Nel frattempo, io ero rimasto indietro, incuriosito dai cancelli alti e dalla ringhiera che nella parte superiore era costituita da meravigliosi ricami di ferro battuto.

Appena entrati ci siamo fermati sotto un immenso albero dalle braccia lunghissime, e il vecchio signore mi ha detto cordialmente:

«Ecco qui va benissimo, puoi alzare le braccia e così posso procedere col mio lavoro». Ho seguito le sue indicazioni e con molta professionalità e sveltezza mi ha perquisito da cima a fondo. Nel frattempo pensavo che questo signore, anziano e appartenente ad una classe sociale abbastanza elevata, poteva aiutarmi con la mia ricerca. Qualora tu fossi davvero qui a Napoli dovevi per forza avere qualche contatto con qualcuno, e magari il vecchio ex pubblico ufficiale con la sua professionalità e tanti anni alle spalle, se non direttamente, poteva arrivare a quelle persone che ti erano vicine.

Quando ha finito con il suo lavoro, tutto contento mi ha detto:

«Io lo sapevo, tu sei un bravo ragazzo, e non hai niente addosso di così preoccupante. Non ho trovato nessun'arma, ma io questo lo sapevo, mi è bastato guardarti negli occhi per capire che tu stavi dicendo la verità. Però che vuoi che ti dica?, quando il lavoro chiama... chiama!»

«Ma non dovete cercare di scusarvi, l'importante è che ci siamo chiariti e chissà, magari possiamo diventare amici. Come vi ho detto io qui non conosco nessuno, e una persona come voi mi sarebbe di conforto e di aiuto perché no?!» ho risposto mettendogli una mano sulla spalla mentre tornavamo indietro.

«Oh ma di questo non devi preoccuparti, per me è stato un piacere fare la tua conoscenza, e se devo essere sincero mi hai anche un po' intristito con la tua storia. Il consiglio che posso darti, da vecchio ormai stanco come sono, è quello di non prendertela a male così tanto se caso mai la tua ricerca non dovesse andare come speri. Il mondo è pieno di donne! Io ho conosciuto uomini che hanno perduto letteralmente la testa per una donna che in realtà non meritavano, questo succede quando si ama troppo chi non corrisponde per niente lo stesso amore. Cos'altro dirti?, sei così giovane che saprai riprenderti da qualsiasi caduta, di questo ne sono sicuro, ma ora devo proprio lasciarti. Si è fatto un po' troppo tardi per un anzianetto come me stare in giro, mentre tu sei giovane e non avrai nessun tipo di problema. Vai e divertiti!» e mentre finiva di parlare mi stringeva la mano per salutarmi con molta fretta.

Sono rimasto un po' perplesso dal suo atteggiamento sbrigativo, e non credevo affatto alle scuse che aveva inventato, così, dopo aver fatto il primo passo l'ho afferrato per il braccio e gli ho detto:

«Ma che fate? Aspettate vi prego, non andate via!»

Lui si è voltato costretto dalla morsa della mia mano, con il volto madido di sudore, quasi impaurito.

«Ma che vuoi ancora?» mi ha detto tremando.

«Ma che fate?! state tranquillo! volevo solamente farvi vedere una cosa...» ho risposto. Di fretta ho preso da sotto il braccio la mia carpetta con i disegni per mostrarli al vecchio signore, in modo da creare ancor di più una confidenza.

«Ecco guardate, questi sono i miei disegni di cui vi parlavo. Volevo farvi vedere il regalo che vorrei fare alla donna che sto cercando».

Il vecchio ex pubblico ufficiale mi è sembrato tranquillizzarsi quando ha capito le mie intenzioni di fargli vedere i disegni, però, mentre glieli mostravo, lui non sembrava affatto stare attento né a quello che dicevo né tanto meno ai miei disegni, ma continuava a guardarsi intorno con fare ansioso e circospetto, dando soltanto qualche occhiata ai disegni in maniera piuttosto sbrigativa. Ho pensato che molto probabilmente non dovessero essere così belli questi disegni, e quando rispondeva alle mie spiegazioni che davo su ogni ritratto di te, come l'anno del film o il suo titolo da cui avevo tratto l'immagine, in modo incerto e fuori luogo, ho capito che non stava dandomi retta. Non ti aveva neppure riconosciuta nei ritratti, e questa è stata la conferma della sua disattenzione, da farmi smettere di andare avanti. Non volevo annoiarlo ancora, o infastidirlo, perciò gli ho stretto la mano e l'ho ringraziato per tutti i suoi consigli.

Subito dopo ho alzato la testa e ho trovato una delle quattro facciate d'entrata della Galleria Umberto I. Intanto il vecchio signore era già sparito. La prima cosa che ho pensato è stata quella di entrare e visitare la galleria, non ho avuto il minimo dubbio che quell'uomo, così ben educato e di grande stile, potesse essere, ahimè, un vero malfattore, un ladro patentato! Me ne sono accorto quando stavo per pagare in un bar all'interno della galleria. Andando a prendere i soldi nella tasca, non ho trovato nulla di quello che mi era rimasto, e ho capito quello che mi era appena successo. Avrei potuto urlare al ladro, ma che figura avrei fatto in mezzo a tutta quella gente! E poi, dovevo risolvere un altro problema, e cioè che il ladro me lo avrebbero affibbiato a me se non avessi pagato quello che avevo chiesto. Per fortuna, a vedermi in difficoltà, è stato proprio Vincenzo Fiore, l'uomo che ho incontrato sulla nave. Si è avvicinato e ha pagato tutto lui per me.

«Ma come hai potuto cascarci così in pieno?!» mi ha detto ridacchiando.

«Credetemi che avrei pensato a tutto, tranne che quel signore così distinto, che mai, dico mai avrei pensato che potesse essere un ladro! All'inizio ho pensato fosse una cosa strana perquisirmi sul retro del giardino, ma poi mi son detto che forse aveva ragione, che non era opportuno farlo lì in mezzo a tutta la gente che passava, e poi per me era ancora meglio perché un po' mi sarei vergognato, magari mi avrebbero scambiato per un ladro preso sul fatto, e invece, invece... Io non so come... perché mi accadono queste cose così strane, chissà cosa penserete voi di me signor Vincenzo, mi vergogno così tanto come se fossi io il ladro!»

Vincenzo Fiore si è messo a ridere a bocca piena, perché aveva capito dalle mie parole che quella era stata la prima volta che subivo un furto in piena regola. Questo lo divertiva parecchio a sentire le sue risate, perché riconosceva in me quella piccola minoranza di persone al mondo, secondo la sua teoria, che vivono immersi in una nuvola di favole in quanto chiuse in un mondo ovattato fatto di sogni o di libri o di ricchezze ereditate, lontane dalla vita vera e brutale. Lui invece era un uomo vissuto e già fatto che della vita sembrava aver conosciuto soltanto le durezze e niente poteva ormai più scalfirlo.

«Ma che pensi di essere il primo che ti rubano i soldi senza accorgertene?!» mi ha detto Vincenzo Fiore mettendomi la mano sulla spalla per consolarmi. «Anche a me è successo un sacco di volte, e tante altre ho rubato anch'io! E non fare quella faccia, quando uno ha fame che deve fare? morire? Voglio vedere a te adesso! Mi hanno rubato sì, e poi l'ho fatto io, anche a chi aveva bisogno come me o anche di più. Questa è la legge della foresta, vince il più forte, non ce n'è un'altra! Quindi ora fattene una ragione e vai avanti senza pensarci più! o vuoi piagnucolare per sentirti meglio?»

La durezza con cui mi parlava Vincenzo Fiore non è facile da trasmettere con le parole, neanche riportandole fedelmente, questo perché l'asprezza maggiore risiedeva nei suoi occhi asciutti e brillanti, nel tono della voce rabbioso e basso, nei suoi gesti con le mani pochi ma decisivi, e nel movimento della bocca quando la chiudeva per parlare che sembrava azzannare le lettere come fosse un animale della foresta con la sua preda. Questo suo atteggiamento mi inquietava parecchio quando mi parlava, ma allo stesso tempo riusciva a rasserenarmi perché sapevo che non era contro di me. Diceva e faceva quei gesti soltanto perché io capissi, perché io non ci cascassi più un'altra volta e perché, sempre secondo le sue parole, aveva visto in me dal primo momento sulla nave, un'affinità che non trovava da molto tempo. Per cui ascoltavo le sue parole senza battere ciglio, apprendevo i suoi consigli e già immaginavo la volta in cui avrei dovuto restituire il favore che mi aveva fatto il vecchio signor ex pubblico ufficiale alla prima persona che avrei incontrato.

Vincenzo Fiore era un uomo persuasivo, dotato di una dialettica comunicativa degna del miglior politico, con la differenza che lui era schietto, diretto, non girava intorno con fronzoli per ingannare, ma se doveva colpire lo faceva in faccia lasciandoti la possibilità di poter rispondere al suo colpo alla pari, così "come fanno i veri combattenti", per usare le sue parole. «Non devi pensare questo è sbagliato e questo è giusto» mi diceva guardandomi dritto negli occhi, «la soluzione la trovi sempre dentro di te, in quello che vuoi veramente. Capisci cosa è meglio per te e segui quella strada senza neanche voltarti indietro, senza guardare le persone che devi far cadere per arrivarci, e soprattutto sporcati, devi sporcarti porca...! perché il mondo è un'immensa pattumiera dove tutti gli uomini si compiacciono a vivere sudici e a ingannare il prossimo. Se vuoi il mondo devi essere il mondo, devi essere come gli uomini, non come i santi in paradiso che hanno sempre patito in questa vita. Io li conosco quelli come te, e credimi non ti conosco per niente, ma ti dico queste cose come se fossi un figlio. Non so perché lo faccio, non l'ho mai fatto, ma lo sto facendo adesso e non voglio pentirmene, quello che cerco di dirti è che hai bisogno di vedere i colori veri del mondo, non solo quelli che ti hanno fatto sempre vedere. E adesso mangiati questa pastarella perché solo qui è così!» E anche quando mi ha detto di mangiare quella pasterella, ha fatto segno con la mano e con gli occhi di mangiarla e basta, senza esitare.

Abbiamo lasciato il bar mentre prendevamo a morsi le grandi paste con la crema, attraversando la galleria con le facce quasi tutte sporche, ma a noi non interessava, affogavamo invece con tutti i piaceri come se mai avessimo provato qualcosa del genere, dentro quel dolce fantastico cosparso di zucchero a velo.

Mentre andavamo dall'altra parte della galleria verso l'uscita, seduta in un altro bar, ho visto una signora abbastanza giovane che fumava pensierosa. Guardava davanti a sé, verso un punto del vuoto ed è riuscita a catturare tutta la mia attenzione. I suoi occhi, dolci e sottili, brillavano di malinconia, di un sapore d'antico che io già avevo visto da qualche parte. Era di una bellezza altera e suggestiva, contenuta nei modi di una signora perbene, però il suo sguardo cercava di nascondere a tutti i costi una verità scomoda. Il suo abbigliamento, di un tailleur aderente e lucido, lasciava intravedere che qualcosa era fuori posto, oppure che sentendosi lei fuori posto, dava quest'impressione. Io, in quei brevi momenti che potevamo incontrarci con lo sguardo, non l'ho potuta incontrare diritta negli occhi perché è rimasta impassibile a guardare quel punto che aveva tutte le sembianze di un'attesa per una persona che non sarebbe mai arrivata. Così non ho incrociato mai i suoi occhi, ma è riuscita lo stesso, per quei pochi attimi, a lasciarmi un velo della sua anima che ha fatto scivolare come un guanto di sfida perché io non mi dimenticassi mai di lei.

La sua immagine, seppur di breve durata, è entrata a far parte della mia memoria in modo perenne, tant'è che ancora sto qui a parlarne e a ricordare con affetto il suo fascino algido e malinconico. Ricordo tutto questo avvolto da un alone di nebbia e con un effetto rallenty come sei quei momenti fossero stati lunghissimi, invece sono durati pochi istanti. Ugualmente ho costruito la sua storia, sbriciolando il tempo in parti infinitesimali su cui ho adagiato le sue speranze, i suoi sogni, le delusioni passate e quelle che temeva per il futuro; tutta una vita.

Era arrivato il momento in cui dovevo girarmi dall'altra parte, per proseguire insieme a Vincenzo, il quale, da quel momento godereccio del dolce, mi ha costretto a dargli del tu. Mi considerava ormai il suo confidente e in nessun caso mi avrebbe giudicato o fatto sentire in colpa. Mi raccontava che nella sua vita aveva fatto di tutto e di più e non voleva in nessun modo fare agli altri quello che lui aveva subito.

Dopo qualche passo siamo usciti dalla galleria e Vincenzo, aprendo il braccio come a essere su di un palcoscenico, ha detto:

«Ecco, questa è Via Toledo. Ora comincia Napoli!»
La sua presentazione mi ha reso entusiasta, ma anche preoccupato perché con il tono usato poteva alludere a qualsiasi cosa. Per il momento avevo davanti tantissime luci che uscivano dai piccoli negozietti, incastonati

quasi uno sull'altro secondo lo stile di una sopravvivenza forzata. Inoltre, nonostante lo sfolgorio chiassoso di colori, sopraggiungeva da tutte le parti l'oscurità della notte che piombava sopra le nostre teste con una grande pesantezza. La via era abbastanza trafficata e ad un certo punto l'ingorgo della gente ci ha fatti sembrare di essere finiti nella chiusura di un imbuto. Ho temuto di poter perdere Vincenzo, il quale per me, in quel momento della mia vita, era davvero tutto, il mio punto di riferimento e il mio Virgilio senza il quale non avrei saputo fare un passo in avanti.

«Che fai, dove vai? Vieni da questa parte!» mi ha detto quando la folla mi stava trascinando via, ma subito Vincenzo mi ha tirato dal braccio con forza, spingendo l'altra gente per riportarmi da lui e non perdermi in una delle viuzze perpendicolari a via Toledo. Le altre persone a fianco si sono indispettite, ma a Vincenzo non importava nulla di suscitare fastidio, e questa sua sicurezza riusciva a trasmettermela tanto che, se anche ho dovuto spingere o gridare qualche insulto, non ci ho pensato due volte a farlo, perché Vincenzo era lì a sostenermi qualsiasi cosa fosse accaduta, ma mi chiedevo: se fossi stato da solo avrei fatto lo stesso? Dove avrei preso il coraggio per affrontare Napoli?

Ma i pensieri si fermavano lì, perché la gente, la velocità di Vincenzo con cui mi trascinava verso l'interno dei quartieri Spagnoli, non mi davano il tempo di pensare ulteriormente e contemplare quello che incontravo per strada e in alto nei palazzi. Non c'era posto per la calma che invece meritava il luogo. La vera natura di questa città prendeva armonia attraverso uno sguardo sfuggente, tra colori sgargianti che si innescavano di getto sopra una tela nera. Ad ogni passo la mente disegnava il carattere di Napoli, dimostrandomi quanta rappresentazione della vita umana poteva essere racchiusa tra queste vie strette. Leggevo nelle facce della gente i diversi caratteri dell'essere umano, da quello primitivo fino a quello di oggi. Mi sentivo essere finito in una terra di mezzo tra il mondo dell'esperienza fisica e quello della fantasia, dell'imitazione del primo. Gli ambienti sudavano di una forma primitiva, senza l'ombra di un passaggio progressista o dell'inganno. I fumi, i basalti scuri, i palazzi che si trasformavano in bassi, le chiese che fuoriuscivano a singhiozzi verso l'alto perché strette in altre case, erano l'aspetto di un mondo che voleva riassumerlo tutto senza il velo dell'ipocrisia e del non si fa e del non si dice.

Ogni cosa esisteva per necessità, come gli schiamazzi, le urla, i fumi che uscivano dalle case al piano terra, le botteghe che starnazzavano fino a quest'ora così tarda non preoccupandosi che il loro esistere al limite potesse suscitare un certo fastidio, ma era in quel modo perché l'esistenza stessa imponeva quel carattere dirompente, aggressivo e nostalgico, volgare nella sua essenza di popolo. E allo stesso modo l'uomo che attraversa questo mondo né è perfettamente risucchiato, avvolto quasi a farlo dimenticare del motivo per cui davvero si trova qui, ma vive secondo la regola principale della vita, cioè sopravvivere a discapito di ogni cosa.

Attraversavamo delle strade strette sconosciute, era un reticolato claustrofobico in cui si poteva dire che non c'era spazio per niente, invece qualsiasi cosa esisteva e prendeva il proprio spazio senza chiederlo.

La gente attraversando le stradicciole scure e lunghe si urtava l'un con l'altra, e se prima nelle loro facce c'era stampato magari un sorriso di una bambina in passeggino, o di un turista curioso a fotografare l'incrostazione di un palazzo in cui soltanto lui, straniero e consapevole, poteva vedervi della poesia, adesso, seguendo un cammino che Vincenzo conosceva a menadito, addentrandosi sempre più nel profondo dove le strade diventavano più strette, la gente, adesso, nel volto, non mascherava più alcun sentimento, e la durezza, la rabbia, la cattiveria, la voluttà così come negli uomini che nelle donne, si diluivano tra gli odori dei fumi di erbe allucinatorie e nelle urla di gente stordita. Di conseguenza l'andamento veloce e frenetico del centro città lasciava il posto a un andamento lento, lascivo, sensuale, pronto a essere dannato e a dannare chiunque avrebbe incrociato lo sguardo per più del tempo concesso.

All'inizio, quando ancora nella mente si dipanava l'immagine fiabesca del Castel Novo e del Teatro San Carlo, e del Vesuvio a sovrastare il mare, questa intrusione in un mondo quasi parallelo, mi appariva costernata di tutte le paure del mondo, però così come accade ogni qualvolta si entra in contatto con un mondo nuovo, finisci poi, per forza di abitudine, a sentirti una parte di esso e ad abbandonare quei timori che si trasformano presto in tentazioni piacevoli e di desiderio incontrollabile.

Noi camminavamo diritti per una meta che io non conoscevo, ma mi fidavo di Vincenzo, o meglio ero costretto a farlo, non avevo alternative. Perciò qualsiasi cosa lui scegliesse per me andava più che bene.

«Vedrai che siamo quasi arrivati», mi ha detto dopo

un po' di tempo che non ci rivolgevamo la parola, senza neanche guardarmi in faccia.

Mi sentivo immerso in un'atmosfera trasognata, in una voragine fatta di focolari sparsi un po' qua e là, con esseri animati che strascicavano con pesantezza il loro corpo, dalle facce sempre storte e gettando, a volte, risate gelide e agghiaccianti che venivano poi smorzate da grida e pianti in lontananza.

«Ecco vieni, entriamo!» ha detto a un certo punto aprendo una porticina di legno.

Di fianco c'era un uomo anziano seduto su un gradino che fumava imperterrito un enorme sigaro. Sono rimasto a guardarlo per cercare di capire dove stavamo entrando, ma dal suo aspetto trasandato, dalla barba lunghissima bianca e un cappello sgargiante quasi arabo, non ho capito nulla. Ma poi quando stava per entrare Vincenzo e due uomini sono usciti, alti, biondi, dall'accento russo che ridevano tra loro e si mettevano a posto la giacca, ho intuito che eravamo in un misero lupanare. Volevo fermare Vincenzo per chiedergli conferma, ma altra gente stava per uscire dalla piccola porticina e lui è andato avanti a loro, entrando di fretta.

Appena entrato ho visto un piccolo atrio illuminato da un lampadario centrale appartenente ad una epoca antica e poco decifrabile perché aggiustato con elementi moderni e di fortuna. Le pareti erano scrostate, i colori che c'erano prima si intravedevano appena, quasi fossero degli affreschi romani in un lupanare dell'epoca, ma qui non c'era alcuna opera d'arte o disegno, soltanto un giallo e qualche striscia di rosso a mezza parete a dividere il basso dall'alto. Però, la cosa che più mi ha colpito entrando, è stata la reazione di Vincenzo, il quale, dopo aver fatto qualche passo in avanti, si è tolto il cappello guardandosi intorno, e gli occhi erano lucidi, commossi come chi ritrova un vecchio passato.

Stavo per dire "Vincenzo ma..." e lui subito, guardan-do la porta a sinistra dell'entrata principale, ha urlato:

«Titina, Titina!» e rimaneva lì fermo, guardandosi intorno e dimenticandosi di me. Di nuovo si è messo a urlare, ma questa volta con più veemenza:

«Titina, Titina dove sei?»

Finalmente ecco arrivare Titina. Aveva un manto di capelli ricci e voluminosi che incorniciavano un viso tondo e paffuto, quasi fanciullesco anche se era evidente che avesse superato la quarantina.

Si è fermata di colpo sulla porta quando ha visto Vincenzo, e i suoi occhi con tutto il corpo sono diventati un fremito di commozione, la stessa che era percepibile in Vincenzo. Si è messa le mani in faccia, incredula di poterlo vedere lì, e con la voce rotta ha chiesto:

«Vincenzo... Vincenzo... sei proprio tu?!»

«Sì sono io Titì, che fai, non vieni ad abbracciarmi?» e subito ha aperto le braccia per accoglierla. E Titina, di una ventina di centimetri più bassa, si è tuffata su Vincenzo.

Però quell'abbraccio così romantico è stato subito interrotto dall'arrivo di un signore, sulla sessantina, abbastanza distinto. Ha salutato con un cenno del capo e di corsa è sparito nella porta sulla destra. Poi i due si sono riabbracciati con la stessa intensità di prima, quasi soffocavano. Gli occhi di Titina erano stretti ma non tanto da non permettere la fuoriuscita delle lacrime. Ancora però non sapevo che ruolo Titina avesse nella sua vita. Potevo pensare fosse sua moglie ma quell'abbraccio senza neppure un bacio, quel guardarsi più teneri che passionali, alludeva ad un rapporto d'affetto più fraterno o comunque familiare.

Io continuavo a guardarli, immobile, come i loro corpi ormai perfettamente uniti uno all'altro si erano assemblati in un unico elemento non più divisibile. Era evidente un chiaro sentimento d'amore, un sentimento puro senza filtri da parte di entrambi, i quali aspettavano questo congiungimento da chissà quanto tempo e adesso non avevano nessuna intenzione di frenare questa felicità. Vedendo quest'immagine scoprivo un altro lato di Vincenzo, sembrava un bambino pieno di tenerezza tra le braccia della madre. In fondo, pensavo, era la testimonianza dell'anima di questa città in continuo contrasto, e Vincenzo così rude all'inizio, dava la dimostrazione di quanto la nostra parte più razionale sia in alcuni casi malleabile alla volontà del nostro cuore. La abbracciava sempre più forte, e in ogni stretta trasmetteva sempre più affetto.

Dopo qualche minuto hanno ripreso a respirare, staccando quell'abbraccio che sembrava infinito. Titina voleva parlare, domandare un sacco di cose, ma non riusciva a biascicare una parola, così, guardandosi, si sono messi a ridere.

«Allora come stai? Da quanto tempo ho sognato questo momento, di abbracciarti, proprio qui dentro!» ha detto Vincenzo lisciandole la guancia con la sua manona.

«Ma noi credevamo che arrivassi la settimana prossima, cos'è successo? come mai quest'anticipo?»

«Ma cos'è? non volevi vedermi oggi? se vuoi torno tra una settimana...»

«Ma cosa dici babbeo?! è che il tuo arrivo mi ha presa alla sprovvista... Sono così contenta Vincenzo che sei tornato! E questa volta vedi che deve essere per sempre!» ha detto Titina con il dito puntato contro Vincenzo, il quale ha sorriso al suo rimprovero e l'ha riabbracciata nuovamente, ma soltanto per un attimo.

«Questa è mia sorella Titina» mi ha detto Vincenzo tutto contento di presentarmela e lei, cordiale mi si è buttata addosso, abbracciandomi e baciandomi dovunque, felice come se fossi stato io il responsabile della venuta anticipata del fratello. È bastato soltanto qualche secondo, il tempo delle presentazioni e lei è diventata come una di famiglia.

Vincenzo subito dopo ha raccontato la mia disavventura con il vecchio al giardino del teatro, e Titina, preoccupata e sconvolta dell'accaduto, si è messa le mani sul viso e ha esclamato:

«Che mondo fottuto!»

Di corsa è andata a prendere una sedia lì vicino e mi ha obbligato a sedermi. Poi da dietro al bancone vicino all'uscita, ha tirato fuori una caraffa d'acqua con un bicchiere e sempre svelta è venuta da me riempiendolo.

«Tieni, bevi, non ti devi prendere di collera, vedrai che domani sarà solo un brutto ricordo!»

In quel momento non pensavo più al fatto che mi avevano svuotato le tasche, e nemmeno ero preoccupato. Acconsentivo però lo stesso alle richieste di Titina, bevendo tutto d'un sorso.

Mentre bevevo, vedevo che tutti e due mi guardavano attenti, ma poi i loro sguardi sono diventati complici e beffardi. Quando ho finito di bere, Titina non è riuscita più a trattenere la risata ed è scoppiata in un grosso vocione sbudellandosi insieme a Vincenzo.

La mia faccia aveva stampato un grande punto di domanda, ma quando hanno cominciato a dirsi, in mezzo alle risate, parole del tipo "poverino" "che gentaglia c'è in giro", in modo del tutto derisorio, ho compreso che quella era tutta una sceneggiata che Titina aveva architettato per riderci un po' su. Non mi sono offeso per le loro battute, anzi sono state così spontanee che mi hanno contagiato.

A interrompere il nostro momento di divertimento è stato un grosso vocione di donna che ha detto:

«*Uè Titì* ma dove ti sei cacciata?»

Titina ha risposto che sarebbe arrivata subito, il tempo di salutare il suo fratellone. La donna, ferma sulla porta dov'era prima entrato il signore distinto, indossava una vestaglia di pizzo viola e sotto un completo intimo nero. Mi guardava con la faccia disgustata e masticando a bocca spalancata mi ha chiesto:

«E tu che fai lì impalato? non vieni di là?» e portava una coscia in avanti per mostrarla, aprendosi leggermente la vestaglia. Cercava di mostrare il corpo e apparire sensuale, ma la faccia era distaccata, la bocca storta, e masticava una gomma con gran rumore. Aveva un fisico asciutto, con un addome quasi scolpito e un petto appena annunciato dalla ridondanza delle coppe del reggiseno. Il suo volto era allungato, la fronte spaziosa, e il naso con una gobba evidente e grosso invadeva la maggior parte del viso. Gli occhi erano piccoli e allungati con un forte trucco alla Cleopatra, a stento si riuscivano a vedere le pupille a causa di lunghe ciglia finte di color viola.

Si chiamava Rosalì, e vedendo che me ne stavo lì impalato non rispondendo alla sua domanda, ha girato la testa facendo una smorfia, e se n'è andata via sventolando la sua vestaglia.

Nel frattempo Vincenzo e Titina, erano impegnati su un altro discorso. Parlavano a bassa voce e dalle facce sembrava un discorso piuttosto serio. Da quello che ho potuto sentire era una questione di soldi collegata con l'ingresso di Rosalì. «Non ti preoccupare, io ho tutto sotto controllo!» rassicurava Titina.

«Lo so che tu sei capace a gestire ogni cosa, ma anche per te tutto questo è troppo!» ha risposto Vincenzo.

Nel frattempo sono entrati due uomini molto giovani e dopo aver salutato si sono diretti verso la porta in cui era andata Rosalì, interrompendo il loro discorso. Subito dopo Vincenzo ha ritrovato il sorriso e avvicinandosi mi ha detto:

«Dai vieni con me tu, ci beviamo qualcosa di buono di là!»

La porta che separava l'atrio dalle altre stanze era costituita da una tenda leggerissima e molto colorata, subito dopo c'era un'altra tenda, e poi ancora un'altra, in modo da far crescere la volontà di andare avanti sempre più in fretta, per scoprirne la fine. I colori erano sgargianti, con disegnini incomprensibili, e l'acre odore di polvere infastidiva il naso.

Siamo arrivati in una stanza lunga e stretta dove alle pareti più lunghe erano incastrate delle seggiole di legno. Avevano degli intarsi raffinatissimi, con le spalliere che finivano a punta, del tutto simili agli scranni dei presbiteri nelle chiese, di cui a Napoli se ne possono trovare vari esempi. Solo alcuni erano occupati, infatti c'erano due uomini, esattamente quelli che erano entrati prima.

Mentre, dal lato opposto, c'era una lunga panca imbottita da un lungo cuscinone color malva intenso e sedevano tre donne vestite in intimo e vestaglia. Ognuna di loro era diversa dall'altra, quella centrale, mora, magra e seduta in modo svaccato, teneva le gambe spalancate e fumava una sigaretta guardando immobile davanti a sé, cioè uno degli uomini seduti, il quale evitava il più possibile il suo sguardo. Alla sua sinistra c'era Rosalì che invece rivolgeva le spalle alla sua compagna e guardava il muro di fronte in cui era appeso un quadro che raffigurava *L'abbraccio* di Egon Schiele. Infine, dall'altra parte, c'era una signora sulla cinquantina, sempre vestita con una vestaglia trasparente e truccatissima. Il suo corpo era abbandonate di carne e il visetto piccolo, rotondo e grassoccio esprimeva tanta tenerezza. Dimenticandosi dell'ambiente in cui si trovava, dava l'impressione di avere di fronte una maestrina d'asilo piuttosto che una donna di mondo quale lei era. Però, con la sua parrucca bionda incorniciata da un lustrante diadema da sposa, non rinunciava a mostrarsi sensuale il più possibile. Sedeva a punta di sedere e le gambe, per quanto potevano, erano accavallate con fatica cercando di imitare le linee diritte e parallele delle altre sue colleghe.

Vincenzo ha dato uno sguardo sbrigativo all'ambiente e poi si è rivolto verso i due signori, scrutandoli in modo accusatorio. Poi si è avvicinato e gli altri due uomini guardandolo negli occhi attendevano una sua parola. Infatti dopo pochi secondi ha chiesto:

«Che cosa ci fate qui? Non sono di vostro gradimento le signore?»

I due uomini si sono guardati perplessi e poi uno di loro risposto:

«Sì, sono molto belle, ma noi aspettiamo Titina».

Vincenzo teneva le braccia sui fianchi pronto per una prossima accusa, ma dopo la risposta del signore è rimasto per qualche istante in silenzio ingoiando un boccone che non riusciva a far scendere.

«Adesso arriva Titina!», ha poi risposto Vincenzo.

Io ero dietro di lui, e ho visto che avrebbe voluto usare un altro tono e un'altra risposta e mi sono stupito della sua pacatezza e giusto senso del controllo. Però, quando stavamo per andare e lui si è girato di scatto e ha detto: «Vi ricordo che due alla volta costa il doppio» con la stessa freddezza di prima, ho capito che non poteva disturbarlo adesso il fatto che la sorella era a disposizione di tutti e che portava avanti la baracca, anzi, a quanto verrò più tardi a conoscenza, era stata lei, in tutti quegli anni di lontananza di Vincenzo, ad amministrare gli affari e mantenere la famiglia. Vincenzo non solo le era grato, ma avrebbe fatto di tutto perché le cose continuassero su quella linea.

Ci siamo spostati nella stanzetta a fianco che era una piccola cucina, molto essenziale e dai mobili datati. Vincenzo ha preso dalla vetrinetta posta sopra al piccolo tavolo attaccato alla parete, una bottiglietta di vetro color blu e due bicchierini colorati allo stesso modo. Ci siamo seduti e ha versato il liquido blu nei bicchieri mantenendo un perfetto silenzio e la fronte pieghettata dai pensieri. Se l'è scolato d'un fiato e dalla sua smorfia finale ho capito che dovesse essere qualcosa di insopportabile. Ma per non essere da meno ho fatto come lui. Ho alzato la testa e ho fatto scorrere quel liquido dentro la gola forse senza neanche toccare la lingua.

Appena ho finito di ingoiare ha incominciato a insorgermi dentro lo stomaco una piccola fiammella che subito si è trasformata in un vero incendio che scorreva come un fiume in piena per tutto il torace. Poi è arrivata alla gola e alla testa, tanto che non riuscivo più a respirare. Mi sono alzato di fretta con le mani al collo perché sentivo quel tepore insopportabile stringermi alla gola. Vincenzo ha visto che stavo male e subito ha chiamato Titina affacciandosi dalla porta ma senza lasciarmi da solo. Mi ha dato subito dell'acqua ma io non riuscivo a prenderla, né a respirare e qualsiasi cosa ingerita sarebbe stata ancora più fatale.

Vincenzo si metteva le mani ai capelli, era molto spaventato, andava avanti e indietro dalla porta per vedere se Titina arrivava, poi tornava da me e mi diceva: «Ma che hai? che hai? che faccio? che faccio?», ripetendo questi gesti diverse volte. Io ovviamente non potevo rispondere, ma sentivo che le cose si stavano mettendo sempre peggio e il colore del mio viso, a vedere la faccia di Vincenzo nel guardarmi, era diventato di un colore viola soffocante.

Finalmente, dopo le urla ridondanti di Vincenzo è arrivata Titina che è entrata di corsa, e ha detto:

«Vincenzo che hai? che ti è successo? Vincenzo!» mettendogli le mani sulla faccia preoccupata. Ma lui di gran fretta l'ha spinta verso di me dicendole che avevamo bevuto solo un goccio di quel liquore blu e che subito dopo ero finito in quello stato premortale.

Titina ha preso delle bende, le ha bagnate con dell'acqua fredda, e poi me le ha sfregate contro il viso e il collo. Io boccheggiavo sempre di più. Poi Titina ha detto a Vincenzo di continuare lui a strofinarmi la faccia mentre lei sarebbe andata a prendere una cosa. Vincenzo non voleva che lo lasciasse da solo con me.

È corsa alla finestra della cucina che dava sulla strada e guardando in alto si è messa a urlare:

«Rosaria, Rosaria, *uè* Rosaria!»

Ha risposto un ragazzino e Titina gli ha detto: «*Uè Peppiniello* chiamami a mammà, sbrigati *curri curri*! Rosaria!»

Rosaria quasi subito è accorsa al balcone con una voce squillante:

«Uè Titina che è stato? *me song pigliata 'na paura*!»

«*Scendimi la bombola, che c'è sta uno che more*! Fai presto! fai presto!»

«E mo' gliel'ho messa a mio padre, quella deve stare quaranta minuti, se me l'avessi detto prima...»

Sentivo la disperazione di Titina crescere ad ogni parola, «ma qui è una questione *e' vita o e' mort*, si tratta di *nu guaglione Rosà*! *Fammi o piacere, è 'na questione e' nu momento*, te lo ridò subito! Sbrigati però!»

Intanto Vincenzo tutto tremante mi asciugava con quella pezza bagnata che non credo mi desse alcun sollievo se non altro per l'ansia con cui me la strofinava che mi faceva stare ancora più male.

Nel frattempo Titina era tornata da noi per tranquillizzarmi dicendomi che adesso mi avrebbe dato l'ossigeno e così avrei potuto respirare. Infatti dopo qualche secondo ecco scendere da fuori della finestra la bombola d'ossigeno che la signora Rosaria aveva staccato da suo padre, così Titina si è lanciata subito a prenderla e a portarla da me per farmi respirare. Io sembravo quasi al limite della sopportazione, anzi non sentivo più dolore e se cercavo di parlare o di muovere anche solo un braccio, percepivo che il mio corpo non rispondeva più ai comandi della ragione. Titina mi ha spiaccicato la mascherina sulla faccia girando tutta la manovella della bombola. Entrambi erano con gli occhi fuori dalle orbite ad aspettare finalmente il momento in cui avrei dato un minimo segno di ripresa. Ed ecco che, dopo tante preghiere, dopo tante suppliche a tutti i santi e a fioretti alla Madonna da parte di Titina, i miei occhi hanno cominciato a rispondere, a dare qualche segno che ancora stavo su questa terra e che non c'era nulla di cui preoccuparsi.

Ho ripreso a respirare con l'affanno dopo non so quanti minuti di apnea, e le mie mani così come tutto il corpo rispondevano finalmente ai comandi del mio cervello. Vincenzo e Titina hanno tirato un sospiro di sollievo.

«Ma che ti salta in mente di farci uno scherzo del genere?!» mi ha detto Vincenzo con la faccia rossa come un pomodoro e tutto grondante di sudore sulla testa. E io, che ancora non ero riuscito a riprendere la normale respirazione, volevo rispondergli che mi dispiaceva moltissimo per avergli causato una paura così grande in un momento importante come il loro incontro dopo tanto tempo. Ma, vedendomi che mi agitavo a rispondere e non ci riuscivo, Vincenzo mi ha ordinato di stare in silenzio.

Mi ha ripreso anche Titina, dicendomi che dovevo stare tranquillo e che non mi sarei dovuto preoccupare di nulla. Poi ha preso un ventaglietto per sventolarmi, ma a quel punto stavo meglio e non avevo più bisogno della mascherina. Così Titina con la bombola in mano è andata a restituirla a Rosaria. Dopo la prima chiamata però ho sentito alla gola stringermi una morsa, il respiro si bloccava di nuovo. Appena Titina si è accorta che stavo male, è ritornata da me con la mascherina già puntata.

Nel frattempo Rosaria, dal balcone, reclamava il bisogno della bombola d'ossigeno per il padre.

I due fratelli sbraitavano tra di loro che non potevano ancora restituirla: temevano che non ce l'avrei fatta. Erano molto preoccupati perché un morto nella loro "attività" sarebbe stato un bel guaio da cui non era facile uscirne.

«Dai è meglio portarlo di là, nella mia camera, così sta più tranquillo!» ha detto Titina svelta prendendomi per i piedi e ordinando poi a Vincenzo di prendermi per le spalle. Ma, quando stavamo per uscire dalla cucina e passare per la sala d'aspetto in cui c'erano i clienti, Vincenzo si è fermato e ha detto:

«Ma cosa penseranno se ci vedono trasportare un mezzo cadavere?»

«È vero non possiamo passere di là, chissà che penseranno!» ha risposto Titina guardandosi intorno per trovare un'altra soluzione. «Usciamo dalla finestra e passiamo di fuori per entrare nella camera!»

«Ma come facciamo a salirlo poi al primo piano?» ha risposto Vincenzo che intanto mi teneva così stretto per le spalle che mi sentivo stritolare.

«Ma sì vai non ti preoccupare che lo saliremo con la carrucola che c'è appesa!»

«Con la carrucola? Ma sei pazza? E come facciamo?»

«Ma sì, l'ho già fatto una volta quando è dovuto scendere un cliente per non farsi vedere da un altro che era giù. Vedrai che funzionerà! Andiamo!» ha insistito tanto Titina che non c'è stato alcun modo da parte di

Vincenzo per dissuaderla. Infatti, pur ritenendola ancora una follia, Vincenzo è andato indietro verso la finestra insieme a me come un cadavere, balbettando delle frasi in uno stretto napoletano di cui si riusciva a capire soltanto che questa situazione non gli avrebbe portato nulla di buono.

Siamo arrivati alla finestra non molto grande e per farmi uscire, sempre trasportato per le spalle da Vincenzo e per i piedi da Titina, mi hanno dato un sacco di colpi in quasi ogni parte del corpo, e la mia sofferenza si andava ad aggiungere ad altre che potevano benissimo essere evitate.

Intanto Rosaria dal balcone, vedendo quella scena d'ospedale, si è messa ancora di più a urlare:

«Oh Madonna mia! Ma che gli è successo Titì? che gli avete fatto?! Ma è vivo? è vivo?»

Titina tutta furiosa verso Rosaria, ma trattenendo la voce per non farsi sentire da altre persone che erano nascoste da dietro le tende a gustarsi lo spettacolo, cercava di farla tacere:

«Ma ti vuoi stare zitta e non grida'? Ma certo che è vivo! è vivo! Ha solo bevuto un bicchiere di qualcosa che non doveva bere, il ragazzo evidentemente è molto sensibile, e che ne sapevamo noi!»

«Uh, poveraccio! Ma dove lo portate adesso, all'ospedale? e perché non siete usciti dall'altra parte che era più comodo?»

Vincenzo osservava Titina come mi stava legando alla fune della carrucola, ma a denti stretti borbottava contro Rosaria:

«Ma gli dici di sta' zitta a *sta capera cessa!*»

«*Uè Vince' statte buono*!» ha risposto Titina cercando di placarlo per non farsi sentire da Rosaria che in fondo ci stava aiutando.

Ma Rosaria ha sentito ogni cosa e infuriata ha risposto:

«*Uè cap 'e cazz, c'hai ritt*? *aggio sentutu buono*?»

«Ma no Rosaria, hai capito male, è un momentaccio ci devi capire, lo sai che ci vogliamo bene, come sorelle siamo!» ha risposto Titina cercando di contenerla.

«No, io ho capito benissimo! Ma guarda una che si deve sentire dire? una persona perbene come me da *nu strunz com a isso, st'omme e merde*!»

A questo punto Vincenzo non ha retto più e si è messo a urlare:

«*Mo m'aggio rutt' 'o cazz! Uè cuopp'allesse! ma statte zitta va', chiurete 'a dint' tu e chillu strunz e patet*!»

Titina tutta preoccupata lo malediceva perché non riusciva mai a frenare quella linguaccia che l'ha portato sempre nei guai.

Nel frattempo, mentre continuavano gli insulti, io ero pronto per salire a testa in giù, legato per i piedi dalla fune e con un'altra corda mi avevano stretto all'addome la bombola perché ancora non ero riuscito a respirare autonomamente.

Vincenzo ha iniziato a tirare la corda per spingermi verso l'alto, mentre Titina, veloce come un fulmine, è andata dentro per uscire dalla finestra al piano superiore e prendere il mio corpo, appeso come un salame, quando sarebbe arrivato in cima. E io, mentre salivo e osservavo quel palazzotto circondato da altri palazzotti illuminati appena, tutto a testa in giù, vedevo altra gente uscire dagli altri balconcini e finestrelle che urlavano e chiedevano cosa fosse accaduto, e Rosaria più selvaggia che mai continuava i suoi improperi contro Vincenzo portando le braccia da una parte all'altra.

Sono arrivato al piano in cui già mi aspettava Titina. A fatica cercava di prendere il mio corpo e inserirlo all'interno della finestra. Vincenzo, dopo aver legato giù la fune per non farmi cadere, è venuto svelto ad aiutare la sorella per farmi entrare. Mi hanno preso prima dai piedi, dopo Vincenzo, per inarcarmi dentro, mi ha afferrato dai capelli così forte che mi è sembrato che parte della testa si sarebbe staccata, ma, per fortuna, è durato solo il tempo di un attimo, quanto per sollevarmi e farmi entrare.

Mi hanno scaraventato sul pavimento provocando un grande boato con la bombola. Vincenzo e Titina si sono buttati a terra dalla stanchezza e con voce affannata quasi come la mia, si dicevano: «Ce l'abbiamo fatta per fortuna!»

Poi Titina ha dato delle indicazioni a Vincenzo su come m'avrebbe dovuto sistemare nella sua camera, non nel letto, perché gli sarebbe servito tra poco, ma in un sofà sormontato da una tenda velata piena di colori.

Mi ha sistemato con cura, mettendo la bombola al mio fianco. Finalmente ritrovavo negli occhi di Vincenzo la sicurezza di prima.

Intanto Titina, di corsa, era andata via, da Rosaria, a sistemare i danni che aveva causato il fratello. L'ho vista uscire dalla finestra con molta naturalezza, usando impalcature di legno, e ho pensato che fosse abituata a fare quel percorso. Chissà quante fughe erano passate di lì!

Appena lei è andata via, anche se con fatica, mi sono tolto la mascherina e ho detto a Vincenzo:

«Perdonami Vincenzo, non credevo che le cose sarebbero andate così. Perdonami Vincenzo!

Perdonami»

Con molta apprensione mi ha risposto:

«*Uè* ma che stai facendo, vuoi fare la fine di prima, rimettiti subito st'ossigeno, andiamo su! ma mica è colpa tua?! sono stato io che ti ho dato quell'imbroglio senza neanche chiederti se ne volevi, anzi scusami tu! Ti chiedo io scusa... ma non ci pensiamo più va! Adesso fammi '*o piacere* di riprenderti sennò *so mazzate* vere!» e si è messo a ridacchiare, perché in realtà, se non mi fossi ripreso, o gli avrei fatto un altro scherzo del genere, Vincenzo mi avrebbe zittito a modo suo.

Mentre si sentivano le urla da fuori tra Titina e Rosaria, gli ho chiesto incuriosito: «Ma da dove vieni tu? Perché, se posso chiederlo, manchi da così tanto tempo da casa?» e mi sono rimesso subito la mascherina perché dopo quelle poche parole mi stava riprendendo di nuovo l'affanno.

«Ma come, non l'hai ancora capito?! Sei proprio *nu guaglioncello*», ha risposto Vincenzo che intanto si era messo a frugare un po' nella camera della sorella, apriva i cassetti, rovistava sotto il letto, perquisiva ogni spazio segreto.

Poi si è seduto ai bordi del letto e ha raccontato:

«Sono stato in galera per vent'anni! Sì, vent'anni, m'hanno accusato di aver ucciso *nu strunz* poveraccio, ma non è vero niente. Mi hanno fatto fare la galera, sti bastardi!, perché stavo sulle palle a chi so io, e così hanno trovato il modo per incastrarmi e levarmi dai piedi una volta per tutte. Il fatto è che stavo diventando troppo forte, perché io tengo il sale nella zucca mi dicevano, e piano piano, a venticinque anni mi stavo già costruendo un mio piccolo impero senza dipendere da nessuno. E qua non puoi avere un impero e essere indipendente, perché lo devi spartire con loro, con sti quattro fetenti *uommini 'e merda*! *Aggio jettato 'o sang dinto 'a chella cella*, per scontare la pena di qualcun altro. Intanto mi dicevano che i miei affari andavano bene, che tutto era al loro posto e che la mia famiglia stava tranquilla e al sicuro e che io non mi sarei dovuto preoccupare di niente. Volevano pure che li ringraziassi! Si sono pigliati tutto quello che avevo costruito io, col sudore mio, a poco a poco, quando per una scusa, quando per un'altra, se so pigliati ogni cosa, e m'hanno lasciato solo sta catapecchia con quattro stanze e con mia sorella a fare la zoccola! Questo è quello che mi hanno lasciato "gli amici miei"! Ma io adesso so' tornato, e non so più *'o guagliuncello* che ero prima, che ero vent'anni fa! Mammà mia a quest'ora si è fatta vecchiarella e ancora non l'ho vista. È da vent'anni che non la vedo, perché io là, a mammà, non l'ho mai voluta fare venire, gliel'ho sempre detto a Titì "*uè Titì nun t'azzardà a fa venì mammà rint' 'a galera, sennò so mazzate! mazzate vere pe' te*, mi sono spiegato, mi sono spiegato?" e lei obbediva perché non voleva neanche lei farla venire, e quanto ha dovuto *lottà* solo io lo so! perché mammà bona è, ma *tene 'a capa comme 'a 'nu ciuccio*... Ma che ci vuoi fa?! so cose che succedono da queste parti, e anche dalle tue non si scherza. Sapessi quanti ne ho incontrati in galera della Calabria! Io tenevo un amico calabrese, era 'o meglio 'e tutti quanti e se faceva rispetta' come *nisciuno*, solo che, poveraccio!, aveva 'na brutta malattia ed è morto lontano dai cari suoi, senza neanche poterli vedere per l'ultima volta. Gli hanno negato pure questo sti fetenti! e sì perché lui teneva non so quanti ergastoli e non gli lasciavano vede' mai nessuno, che non ho mai capito perché! Così appena ho sentito che sei dalla Calabria mi hai fatto pensare a lui, si chiamava 'Ntonuzzu ed è morto a ottantacinque anni, poveraccio! M'ha insegnato come si guadagna o' rispetto dentro la galera, io gli devo tutto, la mia vita, senza di lui sarei morto lì dentro! E mo che so' tornato tutti gli insegnamenti suoi sono qui, dentro la testa mia, e non me li leva nessuno. Gli ho raccontato per filo e per segno cosa mi era successo e cosa mi stavano facendo là fuori mentre ero dentro, e ogni qualvolta io piangevo come un bambino, lui era lì a confortarmi, a dirmi che quell'offesa la dovevo trasformare in forza e coraggio per quando sarei uscito e non dimenticarmi di niente e di nessuno. È stato un amico, ma che dico? un padre che non ho mai avuto!, e senza chiedermi niente in cambio. Da me non si spettava nulla perché non avevo nulla da dargli, mentre lui, con la sua generosità mi ha aperto le porte del mondo da quella cella là, è stato un vero signore! Ora sai un po' come sono fatto e perché ti ho detto quelle cose là quando eravamo alla galleria a mangiare la pasterella. Ma tu sei uno intelligente e le cose le capisci a volo, ma le devi mettere in pratica, tu sei uno di quelli che sa, sa e pensa "domani faccio, c'è tempo, c'è tempo, ci penso un po' su per non sbaglià", e no, non c'è più tempo caro mio, so *fernute* tutte cose, *'o tiempo du pensa'*, di stare con la testa per aria a *sugna'* non c'è più, bisogna agire, e farlo molto in fretta. Ma che pensi che rimarrai sempre giovane *accussì*? Eh... pure io lo pensavo, ma gli anni passano e nemmeno te ne accorgi che la parte più bella della tua vita è già andata via, *se n'è juta* senza ave' o' *tiempo d'assapurarla.* Ma non mi fa' *dicere* altre cose va', altrimenti mi metto di malinconia ed è la fine!»

Quando ha cominciato a parlare del suo passato la sua espressione è mutata notevolmente, mi è sembrato di vedere il vero Vincenzo per la prima volta. Un bambino cresciuto che non ha dimenticato le ferite.

Il ricordo del suo compagno 'Ntonuzzu l'ha fatto precipitare nella tristezza. Mi sono commosso nel sentire le sue parole piene d'affetto e quasi sono arrivato a sentire della compassione per quel povero uomo morto lontano dai suoi affetti. In realtà era uno spietato delinquente. Un 'ndranghetista che ha portato l'infamia del proprio paese oltre i confini della regione. Ma per Vincenzo questo non era rilevante. Contava la vita dentro al carcere, la lealtà e l'onore che ha mostrato lì dentro. Per lui, il signor 'Ntonuzzu era un padre protettivo e benevolo, incapace di fare ogni male, a meno che non si faccia uno *sgarro*.

Mentre si riprendeva da quel momento di fragilità, Vincenzo ha continuato per un po' a raccontare altro sulle sue intenzioni future, ma non ero attento come prima. Riflettevo sul quel rapporto d'amicizia e come su una stessa persona si possano avere riguardi e sentimenti così opposti da persone diverse.

All'improvviso un colpo alla finestra ha fatto saltare in piedi Vincenzo. Era Titina, che in tutto questo tempo era riuscita a far calmare Rosaria tanto che le urla si erano placate dopo solo qualche minuto. Quando è entrata ho visto che stava trasportando, insieme a Peppiniello, il figlio di Rosaria, una barella con sopra il nonno, il vecchio don Pasquale.

«Uè Vince' che stai a fa' lì impalato? vieni a darmi una mano che dobbiamo far entrare a don Pasquale!»

«E qua l'hai portato? e a fa ché?» ha risposto

sbalordito Vincenzo, che subito è andato a dare una mano.

«E che dovevo fare? lasciarlo morire?»

Titina si sforzava più che poteva nel tirare la lettiga dentro la stanza. Il ragazzino che lo teneva per i piedi era molto affaticato e le braccia stavano cedendo. Ma grazie all'aiuto di Vincenzo sono riusciti a catapultare dentro il vecchio nella barella in un sol colpo.

Avevano bisogno dell'ossigeno che io gli avevo rubato. Rosaria e Titina avevano trovato un accordo: avremmo respirato insieme, uno a fianco all'altro, proprio lì nella sua camera.

Hanno posizionato don Pasquale vicino al mio sofà e Titina come un'infermiera esperta ha preparato ogni cosa con cura, mettendo la bombola predisposta per due uscite al centro e con le rispettive mascherine.

«Non vi preoccupate don Pasquale che la Titina vostra non vi avrebbe lasciato mai senza aria, lo sapete benissimo che vi voglio bene come a un papà!» e lo accarezzava per dargli la massima tranquillità, e lui, che era molto anziano e affaticato, le sorrideva beatamente come un bimbo e annuiva con la testa.

Poi, quando ha finito di sistemare entrambi, con fare sbrigativo, ha detto:

«Vabbè adesso andate via tutti che devo lavorare e ho già perso troppo tempo! Tu Peppiniello vai da mammà e *vatti a curca'* che è troppo tardi! A nonno tuo lo portiamo poi Vincenzo e io. E tu Vincenzo scendi di sotto svelto svelto e di' a quei due che sono pronta più che mai... così si tranquillizzano pure loro! Andate *curriti*! E voi due cari malaticci state buoni buoni e gustatevi sta boccata d'aria zitti zitti che io mo' qua ciò gente! Non vi preoccupate ora tiro queste tende così non vi sentite più male, *vabbuò*?! Bravi!»

Dopo averci sorriso e dato un bacetto sulla fronte ha tirato le tende del baldacchino facendo alzare una consistente nube di polvere.

Nel frattempo erano già usciti sia Vincenzo che Peppiniello, e Titina aveva chiuso sia la porta che la finestra. Da quelle tende, non molto spesse e velate, mi era rimasto un piccolo spazio da cui si vedeva la specchiera di Titina tutta riccamente addobbata.

Dopo aver spento la luce è andata proprio di fronte alla specchiera continuando a parlare da sola, sulle cose che doveva fare, cioè cambiarsi e mettersi in ordine. Infatti si è levata subito la vestaglietta, rimanendo in biancheria intima. Velocemente si è frugata tra i seni e dopo aver annusato le ascelle ha fatto una smorfia sgradevole. Così è corsa vicino a uno di quei vecchi lavabi da camera e ha preso un panno già bagnato se lo è strofinato prima sulle ascelle e poi sulle braccia, e sui seni floridi e turgidi. Con solo le mutande si è seduta davanti alla specchiera e ha cominciato a mettersi in ordine i capelli, sempre molto velocemente. Ha dato infine un colpo di trucco: un po' di colore negli occhi, una matita nera e infine un rossetto rosso effetto velluto che evidenziava delle labbra carnose che non avevo notato fino a quel momento all'interno di quel visetto rotondo e un po' schiacciato. Per completare l'opera, ha preso dal separé giapponese a fianco alla specchiera, una vestaglia nera di velo che una volta indossata lasciava scoperto ogni cosa da creare una maggiore sensualità.

Nel momento in cui ha detto tra sé: «ecco sono pronta!» si è sentito bussare alla porta. Svelta si è alzata, ha dato un'ultima occhiata allo specchio, qualche sbuffo di profumo e poi è venuta verso di noi e ha detto: «mi raccomando statevi zitti che se sanno che c'è qualcuno quelli si incazzano! *vabbuò*? bravi!», ed è andata ad aprire la porta mettendosi in posa per far trasparire tutta la sua civetteria.

«Buonasera», ha detto Titina con una voce diversa, profonda.

«Quanto tempo ci hai fatto aspettare Titina! Ma cos'è successo?» ha chiesto uno dei due uomini.

«Ma niente! Sai accade di tutto, bisogna essere pronti a ogni evenienza. Ma che state a fa ancora là, venite venite», ha risposto Titina contorcendosi come un'anguilla, e mostrando la strada del letto.

I due uomini sono entrati seguendo lascivi la coda della vestaglia di Titina che sventolava morbida davanti a loro. Quando sono arrivati in prossimità del letto non si vedevano più perché quel piccolo spazio lasciato dalle tende non mi permetteva di arrivare fin là. Ho sentito però il tonfo dei due uomini quando si sono buttati sul letto. Poi Titina ha proposto: «che dite accendiamo un po' di musica? così, per fuggire dal mondo!»

«Ma sì perché no?! fuggiamo dal mondo!» ha risposto uno dei due.

Mi sono voltato dall'altra parte, ho visto don Pasquale con gli occhi chiusi e ho creduto dormisse. Ma subito li ha aperti e mi ha guardato diritto negli occhi, facendomi capire di voler parlare con me. Ho annuito con un cenno del capo, e gli ho sorriso. Poi con la mano ha indicato prima me e poi l'ha usata per dirmi: "ma tu chi sei?" Non volevo parlare perché temevo che mi avrebbero sentito, ma lui, indicando prima loro e poi facendo segno con la mano al suo orecchio come per dire che tanto quelli non mi avrebbero sentito, mi ha tranquillizzato. Con il labiale della bocca ho detto "Vincenzo", e poi "amico". Lui ha replicato "ah, ho capito" con la testa e gli occhi e poi si è incrociato i polsi per chiedermi se venissi con lui dal carcere. Io subito "no, no!" con la testa. Siamo rimasti qualche secondo in silenzio. Poi, sempre con i gesti, mi ha chiesto da dove venissi. Con la mano ho fatto segno "giù, giù", e lui ha inarcato le sopracciglia. Don Pasquale aveva voglia di parlare, e con tutto lo sforzo possibile, mi ha detto che lui è del 1928, e lo ha ripetuto più volte indicando lentamente con le dita i numeri ad uno ad uno. Credo che abbia voluto indicare l'anno piuttosto che direttamente la sua età, per voler specificare l'epoca da cui veniva: il Novecento. Poi ho intravisto un mezzo sorriso quando con le dita ho indicato il mio anno: 1990.

Nei suoi occhi traspariva il ricordo indelebile del passato da sentire il bisogno, in ogni occasione, di confessarlo, di trasmetterlo alle nuove generazioni. Voleva raccontarmi ogni cosa, lo sentivo, lo vedevo. E il silenzio forzato a cui dovevamo sottostare rendeva più esplicito questo desiderio. Ma non c'era bisogno di parlare, gli dicevo con gli occhi. Io vedevo la sua storia scorrermi davanti, era un film che srotolava le scene una dopo l'altra.

Il suo sguardo era sempre lucido, uno specchio d'acqua da cui attingere una conoscenza infinita, a causa delle lacrime che scendevano senza neppure accorgersene. Sembrava un animaletto impaurito, stretto nella morsa di altri animali feroci, che, nel suo caso, erano gli eventi della vita. Mi guardava con la stessa tenerezza di un bambino che vuole uscire e giocare dopo una giornata di studi. Lui era sottomesso alla sua malattia, vinto da una forza che lo aveva costretto a non desiderare più nulla. Persino i lamenti sarebbero stati inutili.

Più "ascoltavo" la sua storia e più sentivo di avere un'affinità unica. I suoi racconti che io immaginavo, diventavano i miei, si collegavano agli eventi della mia vita futura; agli sbagli commessi nel passato; al tempo sprecato a sognare e a non vivere. Infatti l'urgenza che traspariva dai suoi occhi era quella di comunicare a chi ne avesse avuto ancora la possibilità, di non sottovalutare il valore del tempo. In aggiunta, c'era anche un ultimo, languido, tentativo d'aiuto. Era una mano invisibile che si avvicinava, voleva arrivare al cuore, ma non aveva abbastanza forza. L'ho colta alla fine, aveva il sapore della speranza; ancora un'ultima speranza, che presto è franata nel vuoto.

Volevamo continuare a dialogare in silenzio, ma i nostri occhi non reggevano più. Perciò, cullato anche dalla musica che Titina aveva accesso, mi sono addormentato ritornando a respirare normalmente.

Quando ho riaperto gli occhi, ho visto una luce chiarissima e leggera entrare dalla finestra. Erano le prime luci del giorno e mi stavo risvegliando dopo un sonno profondo seppur breve. Mi sono voltato dalla parte di don Pasquale e non c'era, ho temuto che fosse morto. Ma poi mi sono ricordato che Titina aveva detto a Peppiniello che l'avrebbero portato a casa lei e Vincenzo. Mi sono toccato la faccia e non avevo più la mascherina, respiravo come prima, mi sentivo bene e molto affamato. Immaginavo una colazione con caffè e una bella sfogliatella in piazza Plebiscito, ma prima volevo rendermi bene conto come fossero andate le cose, se alcuni eventi del giorno prima fossero parte di un sogno. Ho spostato le tende perché credevo di trovarvi Titina, ma non c'era, ero da solo.

Mi sono alzato dal letto per andare alla finestra. Quando ho guardato il cielo un numeroso stormo di uccelli sfrecciava verso di me, ma poi ha sferzato verso l'alto. Nella mente è ritornata la musica della sera scorsa. Tutto si ricomponeva. Ho guardato verso la casa di Rosaria, speravo di intravedere don Pasquale. Le persiane erano chiuse.

Intorno vigeva una monotonia grigiastra, come il cielo. Le case, lunghe, screpolate, si addossavano l'una sull'altra. Sentivo la sofferenza delle loro costole schiacciate. Le anime all'interno erano spente e tutte uguali. Io ero uno di loro. La felicità non riusciva ad andare oltre i palazzi, a spiccare il volo con gli uccelli. Si frantumava appena dopo qualche tentativo. La testa, spenta, era appoggiata al vetro della finestra. La luce del giorno, flebile, si alzava a poco a poco.

Mi sono stupito, girandomi verso il letto, che Titina fosse già in piedi. Sono andato verso la porta e cercando di fare meno rumore possibile l'ho aperta. Appena fuori ho sentito un bisbigliare, erano le voci di Titina e Vincenzo. Erano al piano di sotto, io mi avvicinavo a passi felpati, e le loro voci si facevano più chiare. Ho capito che stavano litigando a denti stretti, per non farsi sentire. Poi ho sentito la parola "*o calabrese*" uscire dalla bocca di Vincenzo in un modo che mi ha incuriosito: parlava di me.

Dopo aver percorso il corridoio sono arrivato alla balaustra da cui partivano le scale e si vedeva l'atrio al piano di sotto. Le spalle ingombranti di Vincenzo andavano avanti e indietro, le braccia gesticolavano pesanti nell'aria. Titina, non la vedevo. Le frasi avevano adesso un senso.

«Ormai non c'è niente da fa', lui è uno dei nostri, adesso sembra nu bamboccino, ma in un paio di settimane lo raddrizzo io, è questione di tempo fidati!»

«Ma tu non sai manco chi è questo qua Vincè! *Ti si portato nu sconosciuto* in casa appena qualche ora dopo avergli parlato, mi sembri proprio un irresponsabile! Ma come fai a non capire che può essere uno mandato dai tuoi amici belli del carcere per armarti una vera zappa?! Apri gli occhi Vince' non è questo il momento di commettere altri sbagli, fidati di me, mandalo via *e bonanotte*!»

«*Nunn'è possibile Titì*, ormai gli ho raccontato troppe cose su di me e non lo posso lasciare andare via così come se non fosse successo niente!»

«Ma come gli hai raccontato delle cose tue? *ma ti si ammattutu*? cos'è che gli hai detto di preciso?»

«Un po' dell'inizio, ma solo in parte e... e anche di don 'Ntonuzzu!» e si è passato una mano sulla fronte fin dietro la nuca.

«Di don 'Ntonuzzu! *Oh Maronna mia*!» ha ripetuto Titina sconvolta, avvicinandosi al fratello.

Vincenzo l'ha stretta per le spalle, gli occhi la penetravano. «Ma no stai tranquilla, non quello che pensi tu, gli ho raccontato soltanto del nostro rapporto in cella, quello di due amici che diventano fratelli o padre e figlio. Niente di più! Stai tranquilla!»

Titina si è fatta il segno della croce, sperando che non avvenisse una sciagura in casa, e poi ha chiesto:

«E allora che cosa vuoi fare con lui? Farlo partecipe dei nostri affari? E se non vuole?»

«Lui vorrà di sicuro! All'inizio non gli diremo di

cosa si tratta in realtà, si abituerà a poco a poco. E poi a noi ci serve una mano d'aiuto e di questi che stanno qua non ci possiamo fidare di nessuno, sono tutti corrotti e pronti a tradirci! È l'unica soluzione e sarà quella giusta, vedrai!» ha risposto Vincenzo con la voce sicura, lo sguardo rigido e i suoi progetti già spianati.

Non ho voluto ascoltare neanche un'altra parola in più. Per le vene ho sentito scorrere dell'acqua gelata, e l'unica cosa che mi è venuta in mente e che mi sono giurato di portare a termine fino in fondo, è stata quella di scappare via da lì, lontano.

Ho girato i tacchi con molta cautela per non farmi sentire, e una volta ritornato in camera ho chiuso la porta a chiave. Rimaneva da trovare il modo per scappare, e l'unica via era la finestra di fronte. Guardando di sotto ho sentito le gambe tremare, non conoscevo come Titina il percorso sicuro. Prima di scendere ho ricordato di essere senza soldi, per cui mi sono girato e ho ricordato il modo in cui Vincenzo aveva rovistato per la stanza. Ho fatto come lui. I gioielli della specchiera non sembravano veri, le borse di Titina erano vuote. Infine ho messo la mano sotto il materasso e ho trovato una busta. L'ho srotolata: era piena di soldi. Ho preso soltanto un paio di biglietti da cinquanta, il resto l'ho rimesso a posto.

Sentivo che era passato troppo tempo. Mi sono avvicinato alla finestra e senza titubare ho scavalcato i primi tavolacci. Poi mi sono lanciato nel vuoto.

L'atterraggio è stato traumatico. Per i primi secondi non sentivo i piedi e le gambe. In questo frangente ho guardato in alto verso la casa di don Pasquale, ma anche questa volta non c'era nessuno.

Anche se sentivo un gran dolore ai piedi non potevo

stare fermo. Mi sono messo a correre. Avevo davanti una strada stretta e lunga, la percorrevo così veloce per cercare di cancellare quel luogo in cui la mia vita sarebbe potuta rimanere incastrata. Non vedevo niente davanti a me se non la velocità che prendeva la forma di strisce colorate e rallentavo soltanto quando poteva esserci un ostacolo o una strada che portava per forza a svoltare. Correvo senza alcuna sosta, ma i luoghi che attraversavo mi apparivano tutti uguali e claustrofobici. Desideravo vedere adesso una strada più ampia, un viale con delle persone, il caos cittadino. Mi avrebbe rasserenato. Ma ancora le cose non cambiavano, sembrava fossi all'interno di un labirinto, probabilmente ripetevo le stesse strade.

La paura cresceva.

Immaginavo già Vincenzo corrermi dietro intimando di fermarmi con un'arma in mano. In che modo avrei potuto difendermi in quel caso? I pensieri si accavallavano veloci come i miei passi, e più sentivo paura e più correvo. Correvo ormai senza che le gambe recepissero l'impulso dal cervello, andavano da sole, abituate ormai a un movimento che non cambiava.

Fuggivo non soltanto da Vincenzo, perché a un certo punto, quando la ragione mi ha suggerito che con molta probabilità ancora né lui né la sorella si erano accorti della mia fuga, mi è venuto in mente il motivo per cui ero venuto a Napoli, cioè quello di mettermi sulle tue tracce. Questo pensiero è arrivato come una pallottola nel petto, e un'ampia oscurità d'improvviso si è aperta davanti ai miei occhi, precipitando in un fosso amaro. Però allo stesso tempo continuavo a correre. Fermarmi avrebbe significato dare più coscienza a questo disastro. Ora, con il corpo che andava per la sua strada e la mente ancorata sulla tua lontananza perenne, non vedevo più il significato delle cose del mondo. Le lacrime a un certo punto correvano dal volto all'indietro, mentre quella corsa che non aveva più senso era spinta da immagini che avevano solo il desiderio di librarsi nel cielo alto. E come un gabbiano correvo in cerca del mio spazio di azzurro, tra le nuvole che si intromettevano e i raggi del sole che annebbiavano la vista. In più i violini di *Le Professionel* aprivano orizzonti ancora più lontani, verso i quali sentivo il bisogno di congiungermi, dimenticando le cose del mondo. Non c'era più la paura di prima, ma uno spazio bianco immenso su cui il cielo specchiava le diverse sconfitte, le mancate realizzazioni di una felicità che mai potrà essere raggiunta, mi dicevo. Tu non solo eri lontana come prima, ma sentivo che ti avevo perduta per sempre, o che mai avrei potuto raggiungerti.

Ma dopo tutto questo correre, la fine è arrivata di getto, come se mi avessero dato un colpo alla schiena con una mazza. Sono arrivato in un parco, quello della Villa Cellammare. C'erano delle palme altissime, un prato verde curato nel dettaglio e una fontana al centro da cui sgorgava dell'acqua attraverso un leggero zampillo che andava a finire in una vasca circolare.

Ho sentito un dolore alle gambe simile a quello quando mi ero buttato dalla stanza di Titina. Per calmarlo, ho ripreso a camminare a passo svelto intorno al parco. Ritornando alla fontana ho sciacquato il viso e l'acqua che cadeva era nera. Mi sono lavato tante volte, anche dopo che l'acqua scendeva chiara.

Dopodiché ho alzato gli occhi verso il palazzo della villa, e l'ho squadrato da ogni suo lato ripercorrendo con la memoria i diversi personaggi, in epoche remote, che hanno soggiornato al suo interno e quanto magari il loro stare a Napoli fosse stato piacevole o meno.

Passeggiando sono uscito dalla Villa. Ho attraversato un portone monumentale e dopo qualche passo sono finito in via Chiaia, dove ancora le saracinesche dei negozi di lusso erano chiusi. Poi ho svoltato a destra e qui la mia attenzione è andata a gettarsi sulle architetture dei palazzi, misti di classicità e barocco. C'era anche qualche palazzo novecentesco che stonava nettamente con il fascino di quella nuova via che avevo appena imboccato, via dei Mille.

Per la testa sentivo ancora il movimento delle gambe e quel correre indipendente mi aveva portato a essere sconnesso dalla realtà. Ripensavo a quanto era accaduto, a quanto fosse tutto inverosimile. Però il punto centrale, in quel momento, era la riapertura delle vecchie e solite ferite: realizzare il mio *Ritorno alla vita* e trovare te. Inoltre, adesso, non ero nella tranquillità della mia stanza, ero in una città lontana e sconosciuta. Avevo attraversato una notte in cui avevo rischiato di morire e di finire immischiato in un giro camorristico. Perciò non avevo l'entusiasmo di ammirare quei magnifici palazzi come meritavano. Li guardavo di sfuggita e poi abbassavo gli occhi e le mani in tasca. La rassegnazione camminava al mio fianco.

Andavo avanti seguendo l'istinto delle cose per strada. Ad un certo punto sono arrivato in Piazza Amedeo, piena di alberi ai lati che nascondevano tre strade. Mi sono fermato per sceglierne una, ma non ci riuscivo. Poi, quando ho visto un uomo con un carretto che trasportava della frutta e andava verso via Francesco Crispi, ho deciso di seguirlo.

In modo inaspettato le cose intorno mi sono

sembrate diverse. Forse era l'ora del mattino, la gente per strada, il brusio della città che ricomincia, ma ho sentito nascere l'interesse dentro di me per le cose esterne.

Le strade si affollavano, i bar aprivano e i negozianti degli alimentari trasportavano le merci fuori da vendere, e il profumo della colazione si mischiava al tepore dell'aria surriscaldata da un sole sempre più alto nel cielo. E quando un fruttivendolo ha accennato un motivetto napoletano mentre sistemava la frutta, ho capito di vedere Napoli per la prima volta. Questa luce che ha svegliato un sorriso inaspettato, è durata quanto un baleno. Non è stata sufficiente la bellezza delle cose che fioriva intorno e all'improvviso a ridarmi la determinazione di ritornare a cercarti così come avrei fatto il giorno prima. Non mi sentivo più capace.

Continuando per la lunga via ho incrociato un corteo funebre che veniva di fronte. C'era una carrozza trainata da due cavalli con la salma del povero defunto. Mi avvicinavo con lo stesso passo di prima, e quando il corteo è svoltato in una via laterale che andava verso il mare, ho visto che c'era moltissima gente. Doveva trattarsi di una persona molto amata.

Ho seguito l'istinto di infilarmi nella processione. Ognuno era raccolto in se stesso o appoggiato alla persona vicina. Quasi sempre anch'io tenevo la testa bassa. Alzavo gli occhi solo quando c'era un urlo improvviso, un accenno di pianto. Dopo un po' volevo conoscere qualcosa in più. Sono andato avanti, quasi alle prime file, mantenendomi sempre schivo. Ho dato uno sguardo generale e ho notato che si trattava per lo più di persone di una certa età, e che anche il defunto doveva esserlo. Ne ho avuto la conferma sentendo una signora vicina:

«Povero Ferdinando, anche se aveva novant'anni, ma morire così, di colpo... nessuno se l'aspettava ieri sera!»

Poi l'altra signora con la voce rotta ha aggiunto:

«Ma stava così bene, proprio ieri era tornato da un viaggio che aveva fatto solo solo con la nave!»

«Eh sai tu, questa è la vita! Il Signore ci chiama quando meno ce lo aspettiamo!» ha risposto l'altra alzando le braccia al cielo.

Questo ultimo dettaglio mi ha riportato al giorno precedente sulla nave, al vecchio Caruso.

Sono rimasto ancora un passo dietro alle due signore che avevano tanta voglia di parlottare. I loro discorsi andavano da una parte all'altra, ma poi ritornavano sul defunto, e la voce ritornava a tremare. Così, dopo un po', non ho avuto più dubbi. Era morto Ferdinando Caruso.

Non immaginavo potesse avere quell'età, aveva una parlantina svelta senza intoppi, un volto secco e liscio, una forza d'animo come nessuno. Però questo non è stato sufficiente perché la sera prima, nel sonno, come raccontavano le comari, non lasciasse questo mondo.

Consideravo molto strana questa situazione, che la persona fino a ieri così piena di vita, fosse chiusa adesso in una tomba. Questa è la vita, sentivo dire tra la gente.

Quello che provavo non era dolore, ma un sentimento di sconfitta che era iniziato qualche passo prima e si era fatto concreto soltanto quando il volto del vecchio Caruso mi è ritornato ben chiaro nella mente. Come a un puzzle si ricomponevano i pezzi del nostro discorso, la sua indignazione verso l'indifferenza dei giovani, la volontà di lottare sempre, fino alla fine. Ma anche come Vincenzo lo aveva preso in giro, raccontandogli di avere una moglie Caruso.

Era una sconfitta che mi faceva capire di aver perso del tempo prezioso con le persone sbagliate, come Vincenzo. Si continuava a parlare di lui, a elogiarlo. Era stato un eccellente professore, ma si dilettava anche con la scrittura. In gioventù aveva pubblicato opere di filosofia, mentre negli ultimi anni si era dedicato alla poesia, traducendo anche dal latino e dal greco. Quante cose gli avrei chiesto, se quel boato sulla nave non ci avesse divisi!, ho pensato. Gli avrei parlato delle mie poesie, mi avrebbe dato dei consigli. Anche sul film, su di te!

Ma era inutile fingersi nella mente situazioni ormai impossibili o immaginarsi destini che non avrebbero potuto mai più concretizzarsi. E questo scacco ennesimo della vita io lo consideravo crudele e ingiusto. Non sopportavo che tra le mani mi fosse sfuggita la possibilità di una conoscenza così importante come quella di quel vecchietto appena sfiorato, ma, andando avanti per la processione del suo funerale, mi sembrava di conoscerlo più di molta gente che era lì e che fingeva un dolore in realtà inesistente. Così, senza neanche accorgermene, sono andato più avanti, quasi vicino alla carrozza, dove erano presenti i familiari più stretti.

Oltre a quello che ero venuto a sapere su di lui, aggiungevo delle parti mancanti usando la fantasia, scoprendo altre gioie e sofferenze. Amori finiti male, progetti raggiunti con successo. Sono arrivato persino a collegare il suo passato con il tuo. Ho immaginato che in una giornata durante la guerra, mentre cadevano le bombe, voi vi siete incrociati durante la fuga. Forse lui ti ha preso per mano – tu ancora bambina – e ti ha tratto in salvo, magari in una strada di Posillipo o in una rovina di Pozzuoli. Ma queste erano solo fantasticherie che la mia mente conduceva quando si presentava un evento importante nella vita. Il mio cuore fuggiva subito tra le tue braccia.

La processione andava avanti per la sua strada, ma ad un tratto, una signora che stava in prima fila, forse la moglie, si è affacciata verso il cocchiere e con voce rotta ha chiesto:

«*Passamm' pa' via Grande*!»

Il cocchiere ha annuito più volte toccandosi il lembo del cappello. Così siamo sbucati da via Arco Mirelli alla Riviera di Chiaia e abbiamo proseguito fino al mare per poi prendere la strada del lungomare, via Caracciolo. Una volta che l'intera fila si è ricomposta lungo la strada, ho potuto nuovamente ammirare quante persone c'erano.

Mi dispiaceva passeggiare per la prima volta lungo le sponde di Napoli con il Vesuvio di fronte, in occasione del funerale di quest'uomo che tanto avrebbe potuto insegnarmi. Passeggiavo con le mani dietro la schiena voltandomi ora verso il mare, ora verso gli alberi di pini ed eucalipti della villa che si nascondevano dietro altri più grandi. Con l'immaginazione e con l'istinto di scoprire ciò che non si vede, sono andato a frugare tra le foglie, insediandomi fino all'interno per scoprire le altre piante. Finché non ho visto le fontane e il Tempietto di Tasso. E qui ho sentito la voce del vecchietto Caruso:

"O Torquato, o Torquato, a noi l'eccelsa
tua mente allora, il pianto

a te, non altro, preparava il cielo"

E anche con gli altri busti raffigurati mi ha suggerito le parole essenziali che descrivevano la summa delle loro opere.

Ad ogni passo mi stupivo della spaziosità della villa che seguiva la strada del lungomare. Il verde luccicante sembrava portarci su in cielo. Ma poi questa lunga linea retta è stata interrotta dai palazzoni colorati di via Partenope. Le loro facciate principali erano rivolte al mare, in attesa del ritorno di qualcuno. E attraverso di loro è ricomparsa Napoli ai miei occhi, con la voglia di scoprire quello che sapevo c'era al suo interno. Mi chiedevo quali luoghi il signor Caruso mi avrebbe fatto conoscere, quali palazzi nascosti, abbandonati, di nobili e reali colmi di storie d'amore o racconti macabri! Chissà le chiese sconosciute, le opere d'arte chiuse al loro interno che lui conosceva e che avrebbe voluto condividere con uno straniero! Queste erano soltanto altre supposizioni che mi permettevano di conoscerlo ancora di più.

Svoltando per la strada, all'improvviso ci è apparso il Castel dell'Ovo, tutto superbo nella sua imponenza. La sua vista non è durata per molto tempo, perché una volta superato, l'attenzione viene catturata dalla Fontana del Gigante. Con i suoi tre archi sembra voler indurre il viandante a fargli decidere da quale delle tre finestrelle ammirare il mare, Sorrento e Capri. Io ho giocato con tutte e tre, come se una riservasse uno spettacolo diverso dell'altra. Senza neanche accorgermene, mi sono allonta-nato dal corpo della processione che vedevo adesso procedere in avanti. Avrei voluto continuare fino alla chiesa, ma era opportuno che me ne andassi e anche in fretta.

Perciò ho salutato il vecchio Caruso, non con un addio ma un “ci vediamo presto”. E sono rimasto lì, seduto sul prato davanti a una delle due cariatidi, finché l’intera processione non è scomparsa.

Poi mi sono alzato per osservare il Vesuvio e ho sentito il vento che trasportava la salsedine del mare e la sfregava sul viso e tra i capelli. Ero parte di quella essenza di Napoli che è racchiusa nel mare e nella vista della sua baia eterna. Camminavo tenendo le mani in tasca e il viso lì per aria, gli occhi socchiusi, la pelle che vibrava per nuove emozioni, e i pensieri parlavano la lingua di Napoli.

Quando ero presso la statua di Umberto I, ho visto in lontananza la donna dal foulard rosso. È scesa giù verso il mare dove si noleggiano le barche. Di corsa mi sono affacciato e l’ho vista seduta per terra con le gambe a penzoloni nell’acqua. Immobile osservava il teatro davanti a lei, composto dal Vesuvio, e dietro da una lunga catena di monti.

Allo stesso momento ho visto la mia nave che era pronta per partire. Non potevo stare lì ad osservarla o, come avevo pensato, di avvicinarmi e parlarle. Ma ho dovuto correre, e mentre andavo, lei, per un attimo, si è voltata dalla mia parte, e mi è sembrato che quella donna, che io ho considerato subito familiare, fossi tu.

V

Il muro bianco

Mia cara, è passato molto tempo da quando non scrivevo più dalla mia casa. Adesso, che da un paio di ore mi sono buttato sulla mia vecchia scrivania e ho ripreso a raccontarti il nostro passato, mi sembra di rivivere quei momenti in cui io desideravo raccontarti dei miei sogni. Mi guardo intorno e non vedo che le stesse cose. Tutto è uguale a come l'ho lasciato. Anche la musica che arriva all'improvviso e mi distoglie dai miei impegni. Ascolta! arrivano i flauti della melodia d'amore de *Il vizietto*, e i pensieri ritornano a quando sognavo, esattamente in queste ore della giornata, di essere con te a Venezia, a navigare tra le calli sulla gondola, e mi immaginavo che ci fosse lo stesso sole di qua che accarezza entrambi mentre scivolavamo sul Canal Grande e poi verso il Lido a presentare di sera il nostro film.

Succede che non riesco a osservare questi fogli senza lasciarmi distrarre. La musica ha il potere di penetrare fin dentro la mia capacità di prendere decisioni, è forte più di qualunque cosa ho nell'anima. Essa mi prende per mano e mi fa alzare dalla poltrona per girare intorno alla stanza, avanti e indietro, e percorrere le stesse mattonelle, che in realtà rappresentano le vie che il cuore traccia soggiogato dalla musica.

Mi fermo davanti alla porta esterna. Il sole è quello delle undici del mattino, quando è caldo e arriva in faccia come una carezza pesante. Lo sento scivolare sulla pelle, come una mano fatata, di una bambina che scende dal cielo e fa chiarezza tra le nostre vite. Gli uccelli rigano un po' spaesati la grande piazza azzurra, adesso quasi bianca per via dei raggi del sole. Mi appoggio al vetro. Sulle tempie si forma un alone amorfo, di ghiaccio, che arriva al cervello. Intanto la coperta calda di sole riveste tutta la faccia fino alla testa. Non so perché, ma è come se le note avessero il potere di annullarmi, di rendermi inerme davanti al pericolo che potrò incorrere se non scappo e mi sbrigo.

Sono fuggito grazie all'aiuto di una ragazza dolcissima. Aveva la voce delle fate che abitano dentro le cavarne, sempre nascoste e occultate dagli occhi degli uomini. I suoi occhi mi parlavano più delle sue parole. Avevo capito di che pasta era fatta fin da quando era entrata in quella stanza la prima volta, ma allora perché sta ancora lì, con quel medicastro maledetto?

Viaggio lontano. Vado verso il mare, tra le onde che si infrangono sugli scogli, con una ripetizione lenta, da ninna nanna. È una ripercussione che cade stancandosi, e sembrerebbe che la prossima sia più leggera fino ad arrivare all'annullamento completo, invece il suo incedere è uguale, lento e ripetitivo, come un carillon che non si ferma mai. È la nostra immaginazione che ci indica dei segnali per qualcosa che invece non avviene. Come dare torto a chi desidera abitare solo vicino al mare?! Anch'io ero in questo modo. Ma poi cos'è successo?

Me ne sono andato per venirti a cercare.

Per realizzare un film che adesso non conosce nessuno, forse perfino tu saresti capace di rinnegarlo. Ma allora che senso avrebbe continuare ad insistere, a quale scopo dovrò fare tutto questo?

La cosa migliore sarebbe smettere di fuggire. Arrendermi e farmi catturare da quei mostri che mi vogliono cambiare, annullare quest'amore grande che è stato il nostro sogno insieme. Molte volte l'ho pensato, non credere che non abbia voluto cancellare dai ricordi quello che ci è stato tra di noi; e ricominciare daccapo una vita. Ho sempre immaginato di ripartire da zero, ma il problema era che sono stato sempre a questo punto, a zero, e quindi per me sarebbe stato un cominciare sempre, non un ricominciare. Così ho perduto le forze e mi sono lasciato andare a l'unico interesse vivo che ho provato in tutta la vita. Mi son detto è passato troppo tempo per dimenticare una storia così lunga.

Mi distacco dal vetro. Giro ancora per la stanza e i flauti si accompagnano ai violini, sono quelli de *La Califfa*, che vogliono danzare, volteggiare appena per le cime delle nuvole e gettarsi tra le sponde alte, morbide, bianche come le ali di una colomba che svetta sopra le colline e poi precipita giù a valle. Mi si riaccendono le speranze. È come un circolo vizioso che non smette di girare. Prima dico una cosa, poi l'esatto contrario. La mia personalità sembra andarsene per le rotte che segna la musica, inseguendo ora le cime degli alberi più alti, ora le profondità marine. E ora sono quindi una colomba che sfiora il cielo, incrociandosi con i raggi del sole, ora un delfino nell'oceano, saltando tra la spuma bianca dell'onda, mentre una nave segna una rotta per una terra sconosciuta, e io la seguo sommerso.

Riaccade adesso come allora, quando tutto era un sogno, e ora sembra che un sogno lo sia stato per davvero. Ma ho il sole che entra fino al letto, si prende possesso del pavimento, del tappeto e delle coperte, e così facendo segna una nuova rotta da seguire. Adesso sale, poi scende, segna nuovi percorsi, che io calpesto, e i piedi con tutte le altre cose illuminate, si irradiano diventando unici. È un trionfo della luce, del calore, della serenità: io che l'ho sempre cercata. Ma è qui, basta un soffio di musica, un pezzo di azzurro lì in alto, un raggio di sole anche di traverso, e poi la fantasia di un bambino, che subito si innalzano i castelli delle fiabe, che gli animali sono i migliori amici parlanti e le foreste sono le case delle fate e degli elfi che proteggono la Terra.

Adesso sento nuovi cambiamenti. È arrivato un vortice che mi ha preso per la schiena e mi trascina con sé verso le brughiere tempestate dal sole, dove gli alberi in lontananza sono pini altissimi di montagna. È la musica, lo so. Mi riflette addosso il suo orgoglio e io non uso nessuna forza per non esserne oltraggiato. Ho solo da guadagnare facendomi trasportare per dove essa sola sa. Soffia un vento leggero. Scuote i ciuffi dei pini, nell'aria si alza la polvere e riappare la volta in cui eravamo in montagna, allo Zomaro, per la scena del ferragosto. Ricordalo per sempre! mi hai detto, perché te lo avevo fatto apposta di sventolare la tovaglia e sporcarti tutti i vestiti. E io sono qui, a ricordarlo, e tu? Perché non sei qui a ricordare con me?

Mi tieni stretto per la mano e camminiamo sotto gli eucalipti della Piana di Gioia e mi dici ancora “ricordalo” perché ti ho fatto vedere un luogo bellissimo, e io non smetto di ricordare; e tu invece dimentichi. Succede in fretta che le cose mutano per qualcosa di diverso da come le avevamo programmate, o sperate intensamente.

Siamo seduti a Scilla, nella parte alta della città, a guardare il tramonto che si insinua tra le Eolie, e tu dici “non lo dimenticherò mai”, e adesso? Starai pensando ancora a quel giorno? Mentre io sono qui a ricordare i tuoi occhi commossi quando guardavi il mare risucchiare il sole.

E mentre tutto tace, io torno alla porta, all’esterno. Guardo davanti a me e c’è ormai quel muro bianco. Solo il muro bianco. Un muro che è venuto su quando ero adolescente e non mi ha fatto più vedere parte del mare, quasi tutte le Eolie, e soprattutto il tramonto d’inverno che va a posarsi sulle spalle della Sicilia. Da quel periodo quegli elementi hanno cominciato a far parte della mia memoria. Potevo soltanto immaginare come al di là di questo muro potesse essere il panorama all’orizzonte.

Da quel momento in poi c’era soltanto un’alta barriera bianca. Un tendone da proiezioni che usavo per le scene dei miei sogni, e tu eri spesso la protagonista. A volte volevo scavalcarlo, vivere quei luoghi che non vedevo più. Ma tutto falliva, scontrandosi col muro, a volte con violenza.

Ma oggi, dimmi mia cara, che senso ha tutto questo? Perché continuare ad osservare il muro dell’infanzia, simbolo di gioie e tormenti?, che senso ha dopo quello che è successo tra di noi? Eppure il destino ha giocato questa carta inaspettata, ora che sento di essere proprio alla fine. Lo so cosa potresti pensare sentendo queste mie parole, vedo anche il movimento dei tuoi occhi di disapprovazione. Ma allora perché non vieni a dirmi com'è giusto che io mi comporti così come hai sempre fatto? La verità è che in questo periodo ti sento così lontana come mai prima, più lontana di quando ancora non ti avevo conosciuta. Probabilmente è accaduto qualcosa che io non ricordo, che non so spiegare il perché. Mi verrebbe da chiederti perdono se ti ho offesa in qualche modo. Mi verrebbe da chiederti di ricominciare tutto daccapo, ma come sarebbe possibile cancellare il passato? Non faccio che pensare a quei giorni trascorsi insieme, d'estate fino a settembre, qui in Calabria, a passeggiare tra i boschi dell'Aspromonte e giù per le spiagge del Tirreno. Vorrei che ti ricordassi di noi e venissi qui a prendermi. Ho bisogno soltanto della tua riconoscenza... oh ti prego, perdonami! Non so più quello che dico!

Il sole mi sta stordendo, mi precipita addosso come un masso silente, ma pesante sulla testa. La musica continua il suo corso di scopritore di ricordi passati. Io non sono che un oggetto nelle sue mani, ed ha la capacità di dominare le mie azioni. Le stesse che mi avevano portato a venire a Napoli a cercarti senza guardarmi indietro, senza pensare a come avrei potuto organizzare le mie giornate. E tu ricordi poi com'è andata a finire? Un vero disastro! Ma qualcosa di buono c'è stata, perché c'è sempre qualcosa di buono anche nelle cose peggiori, così mi dicevi sempre.

Ho gli occhi chiusi, e nell'oscurità dei ricordi mi si apre un varco di luce, una splendida luce che arriva direttamente dal cielo, assomiglia a una folgorazione mistica, mancano gli angeli e i canti. Ma io so che quella luce è la speranza, l'ultima speranza che arriva al limite di quello che è possibile sopportare per poi rialzarci. Lo speriamo sempre, fino alla fine, cioè che la speranza ci salvi all'ultimo. E così la luce si fa ancora più grande, spazza via le tenebre e arriva a risplendere anche le ultime giornate dentro le stanze di quell'Inferno. E adesso, anche se il pericolo c'è che ritornino a prendermi, io vivo soltanto per questa luce, per questa speranza che mi sta salvando, che mi dà ancora una volta vita, forza, eternità; bellezza.

Ecco, apro gli occhi, e rivedo il muro bianco, quasi evanescente per via della luce di mezzogiorno. Tutto è irreale, amorfo, ma splendente perché è il riflesso dell'alto. Il muro è lì impresso davanti ai miei occhi. È una barriera che mi ha sempre ostacolato. Ancora ha questo potere. Blocca i miei sogni, anche quelli più semplici di questo momento. E cosa vorrei secondo te? Mi avevi detto che non ti saresti dimenticata... e poi...

Ricordo quando eravamo in cerca di una strada. Eravamo a metà delle riprese e a un certo punto c'era bisogno di una piccola via di borgo antico, e quella che era stata scelta in precedenza non andava più bene. Io ero inquieto perché non volevo far pesare la mia insicurezza alla produzione, ma tu hai capito ogni cosa prima. Sei venuta da me, mi hai preso per mano, e mi hai detto:

«La troviamo insieme la strada che vuoi! Non ti preoccupare, ho capito che questa non va bene. Mi hai fatto provare e riprovare e non andava mai bene. E lo so che il problema non sono io, perché in queste cose ci capiamo al volo. Per cui adesso non ti preoccupare di nulla che si risolve tutto nella vita. Dai andiamo!»

E così siamo andati alla ricerca della strada perfetta in giro per i borghi vicini in questa parte di Calabria. È stato un giorno di inizio autunno e ancora il caldo era insopportabile come in estate. Abbiamo deciso di andare in un paese su per la montagna e dopo una passeggiata per dei posti che neanch'io avevo mai conosciuto, ci siamo trovati alle porte di Nardodipace Vecchio. Da lontano non si nota neppure la sua esistenza perché avvolto dalla vegetazione, soltanto addentrandosi un po' per la strada si comincia a vedere qualcosa. Si tratta di una lunga fila di case in pietra disabitate, una di seguito all'altra. Un'unica via principale che porta alla chiesa e al suo campanile che svetta sulle altre costruzioni. È immerso nella montagna, circondato da alti alberi e per l'aria risuonano i canti di uccelli vivaci.

Ce ne siamo innamorati subito, insieme, immersi nel-l'atmosfera trasognata di tempi antichissimi. È bastato vedere una piccola casa pronta a crollare, un tetto di vecchie tegole, una pergola abbattuta su un muro di pietre e il nostro cuore ha capito che stavamo entrando nel luogo dove l'anima si considera di essere a casa. Le piccole cose che incontravamo per strada fiorivano grazie ai tuoi occhi, diventano importanti; riprendevano a vivere.

Camminavamo mentre ti appoggiavi al mio braccio, e io, che di tanto in tanto spostavo l'occhio dalla strada per guardare i tuoi occhi, ho visto ad un certo punto l'espressione giusta sul tuo viso, la stessa che cercavo per quando avresti dovuto girare qui la scena. E ora che tutto era pronto, non c'era però nessuna macchina da presa. Eravamo soltanto tu ed io. Io ero l'unico testimone di quella bellezza. Quell'immagine è rimasta soltanto mia per sempre, perché se anche l'hai ripetuta allo stesso modo quando poi abbiamo girato la scena, non posso dire che è stata la stessa cosa. Il momento della verità e dell'emozione oltre che spontaneo è unico e irripetibile. E io lo custodirò per sempre. Sarà parte di me come una sostanza che serve all'esistenza dell'anima.

Ora riapro gli occhi. La luce si è attenuata, una nuvola è passata davanti. La musica si è abbassata per riprendere fiato e poi... So già quello che succederà dopo, prenderà delle salite altissime, oltre il cielo. È *La monaca di Monza* che scorre veloce come un torrente di luce che va verso l'alto. Ecco, arrivano, sono arrivati! I violini! Il vento è un uragano, gira forte spazzando tutto quello che c'è di orribile nella mente. Esiste solo il bello, l'amore, l'estasi! Ti vedo che sei dentro al film: corri dopo aver sentito uno sparo, poi cadi tra gli alberi, ti aggrappi a un ramo di ulivo. Urli il nome dei tuoi figli, Cristian, Giovanni... Il silenzio avvolge la paura. Il fruscio delle foglie sale in alto, si mischia con le note, c'è solo il cielo con qualche nuvola. Qualcuno sembra danzare un valzer. Gli archi dei violini sono altissimi. Poi si ritorna verso il mare, non c'è nessuno, ma tutto è chiaro. Si estende un paesaggio lontano, con montagne e colline colorate. Un gabbiano dal mare spicca il volo su per le brughiere, poi su per le colline; tra gli ulivi in cui sei ancora a terra, a stringere i pugni con forza. Il vento dei violini gira ancora, un ultimo percorso e poi, d'improvviso, tutto si placa. Ogni cosa torna al suo posto. Le onde si ritirano. Gli uccelli ritornano ai loro nidi. Arriva il riposo, la realtà del mondo avvolge le luci della fantasia. E riappare il muro bianco.

Mia cara, sono qui, con te. Devo sbrigarmi, non ho un minuto da perdere. Lo ripeto spesso, ma non imparo mai. Ancora gli ultimi brandelli della musica mi trattengono, rendendomi immobile. È già passata qualche ora da quando sono entrato in questa casa. Di certo saranno già sulle mie tracce.

Sposto la testa dall'altra parte. Appoggio l'altra guancia sul vetro e gli occhi ritornano sul muro bianco. Non riesco a scrollarmi questa superficie amorfa e incolore. Ogni vitalità è spenta, ma bisogna recuperarla dall'interno del proprio spirito, costruire una nuova storia, un nuovo stimolo d'amore per andare avanti. Ma io ne sono ancora capace? Vorrei che tu fossi qui a consigliarmi, anche se so cosa mi diresti: "Tu sei più capace di quanto pensi. Devi solo volerlo, non hai bisogno di nessuno. Neanche di me! Devi cancellare questo muro bianco, riprendere i tuoi progetti, e presto rivedrai il panorama che ti è stato recluso. Forza!, è ancora il tempo della vita!".

VI

Siracusa

Mi alzo di nuovo dalla poltrona. Porto avanti il corpo, verso la porta, verso il muro bianco delle illusioni. Non so come continuare a dirti ciò che è reale, ciò che è stato tra di noi. Mi sembra assurdo riprendere in mano quelle vecchie cose che avrei voluto dimenticare.

Sposto la tenda, ed ecco rientra il sole. Forse sarà mezzogiorno, l'ora in cui comincia a farmi fame. Qui in casa ormai non c'è più nessuno, e anche oggi come i giorni scorsi pranzerò da solo. Anzi rimarrò a digiuno. Vorrei andare avanti, ma quante cose ci sono da fare, da aggiustare! Sarebbe bello ritornare sul set con un nuovo film. Di nuovo io e te. E il Maestro con le sue note. Tu di nuovo la mia attrice, così come per *Ritorno alla vita*. Quante volte mi sono ripetuto questo titolo nella mente!, sperando che questa ripetizione divenisse alla fine una realtà. Ho dovuto consumarmi nell'attesta. Aspettando. Aspettando mentre tutto intorno a me cambiava, andava avanti. Un giorno, dopo i nostri primi incontri mi hai detto: «Ti vedo un po' triste, ma che ti è successo? Guarda che non siamo alla fine del mondo!», e poi ti sei messa a sorridere. Volevi cercare di smorzare il dramma che avevi visto nei miei occhi. All'inizio non sapevi come comportarti, poi ci sei riuscita, grazie al film e a tutto il resto.

Ritorno di nuovo vicino alla scrivania. Ci sono un mucchio di fogli bianchi, ho bisogno di riempirli dei nostri ricordi. Voglio che tu capisca che questo non è un mio capriccio, che io e te viviamo collegati da un filo indissolubile che si è creato molto tempo prima delle nostre nascite. Ti ricordi?, è quello che mi hai detto una delle ultime volte che ci siamo visti. Eravamo in viaggio su un aereo per l'America e tu, guardandomi negli occhi, mi hai detto quelle parole perché io non le dimenticassi mai.

Non riesco a trovare le giuste parole per scrivere. Mi vengono in mente sempre le stesse immagini. La noia mi sta uccidendo. Provo a scrivere una frase ma appena finita la straccio. Allora ne provo un'altra e neanche questa non c'entra con quello che voglio comunicare. Non posso far lasciare passare il tempo senza fare nulla. Eppure mi sdraio sul letto, con le gambe a penzoloni. Gli occhi al soffitto, le mani dietro la nuca, come al mare. Lascio far scorrere il tempo inutilmente. Afferro una parola per un attimo, poi fugge, liberandosi. Le altre rimangono appese in alto, tra le foglie degli alberi, mutando in fiori delicati che precipitano lunghe alte scogliere. E il tempo passa.

Ho deciso, mi alzo, con uno scatto deciso. Mi avvicino alla libreria. Riguardo i vecchi libri e spolvero con gli occhi le giornate passate a leggerli e a sperare che un giorno potranno ritornarmi utili. L'avranno fatto?

Li riguardo per cercare di capire quale di questi mi spinge a prenderlo in mano. Ecco, l'ho trovato! Questo è proprio un vecchio libro, uno di quelli che usavo quando ero bambino, quello con le immagini dei paesi e qualche spiegazione di lato. Ma ricordo anche, ora che ci ripenso, che i miei preferiti erano quelli dell'enciclopedia con la copertina arancione. Alzo gli occhi per trovarli, e sono lì, come sempre. Qui ci sono immagini vere, fotografie grandi quanto tutta una pagina, e all'epoca non facevo altro che osservarla attentamente per molto tempo, mentre altre volte la copiavo in un disegno.

Ho deciso. Poso questo libro per bambini e prendo uno di quei volumi dell'enciclopedia, così a caso, esattamente come facevo allora. In genere di sabato, quando non c'era la preoccupazione del giorno dopo di andare a scuola, io mi chiudevo nella stanza e prendevo uno di questi volumi e iniziavo a sfogliarli. Li sfogliavo con gli occhi sgranati, attenti a scoprire un viso di uno scienziato, un paesaggio di una regione, qualche invenzione della storia, o un popolo dell'antichità. In quei momenti scoprivo il mondo, quello che avrei voluto essere, i luoghi che avrei voluto visitare. Mi piaceva perché esistevo soltanto io, da solo con la mia immaginazione e con il tempo che scorreva lentamente. Così si andavano a costruire i castelli di un futuro epico derivato da un passato mitico, quello magari di un imperatore romano o di un navigatore italiano per i mari del mondo. Passavo da un sogno all'altro con la velocità di una navicella spaziale, e Dio solo sa per quanto tempo ho immaginato di viaggiare intorno al sistema solare! Credevo che sarei diventato un astronauta, e delegavo tutto al futuro, cioè a un tempo in cui non ci sarebbero stati ostacoli di nessun genere perché appunto sarei stato "grande" e avrei avuto la libertà di fare le cose come avrei voluto.

L'ho preso, non ho guardato neppure il numero. Lo apro mentre mi avvicino alla porta. Sfoglio qualche pagina e rivedo quelle immagini che non vedevo da diversi anni. Appaiono differenti, non sembra nemmeno lo stesso libro. Ricordo tutte le immagini che vedo ma li percepisco in modo diverso. Ero un bambino. Il mondo lo vedevo con altri occhi.

Adesso mi fermo su una pagina. Questo è il teatro greco di Siracusa. La bella Siracusa! Sento dei suoni, è un fluato di pan!, aspetta mia cara, la senti? è *C'era una volta in America*, ricordi quanto ci piaceva canticchiare la canzone di *Cockye*? Rimbalza nella mente, ora scende alla gola, mi stringe il fiato e respiro soltanto le note che tagliano come lame fino a scendere diritte al cuore. Le senti come rimbalzano?, vanno dappertutto. Ora il teatro si scompone dell'immagine e si fa vivo, reale, riesco quasi a toccarlo, mentre le note mi feriscono, si insediano fino ai limiti d'accesso nell'anima. Ora il teatro ritorna immagine, mentre la musica muta e scorrono gli archi e il suono della voce si fa più intenso, corposo e infinito. È un sali e scendi, un colpo dopo un altro, e poi tutto s'arresta. Ma poi ricomincia, con dolcezza.

Riguardo il teatro, penso alla tragedia, e poi quella volta in cui sono andato a Siracusa, alla ricerca del produttore che avrebbe potuto cambiarmi la vita. Succedeva nel periodo in cui scrivevo quasi ogni giorno a tutti i produttori del cinema. Certe volte consideravo quella persona, il produttore, il salvatore dei miei guai, e lo sognavo pure la notte. Mi dicevo: "soltanto lui può capire la bellezza del film. Lui è diverso, mi aiuterà!" Ci credevo così tanto che facevo di tutto per poterlo contattare, ma poi rimanevo deluso. Era come gli altri.

Un giorno è successo che uno di questi produttori si trovava a Siracusa per un evento cinematografico. Andava e veniva dagli Stati Uniti, era di Roma, e aveva già lavorato con alcune star hollywoodiane. Mi sono deciso ad andare, dicendomi che era un segno del destino, e ho portato con me la sceneggiatura del film.

Mentre ero sul treno la stringevo forte, temevo, ingenuamente, che qualcuno la volesse rubare. Voltavo lo sguardo sui passeggeri, spaventato e eccitato.

Dopo un paio di minuti mi sono messo comodo, appoggiando la testa al finestrino. Dall'alto vedevo la Tonnara di Palmi e un mare viola pieno di brillanti. Era nascosto tra fitti ciuffi di ulivi secolari e fichidindia accozzati sugli ultimi dirupi del monte Sant'Elia. Già sentivo il richiamo della natura, quella vera, autentica, che mi diceva di andare verso le spiagge e poi tuffarmi in mare anche senza vestiti. Il treno entrava e usciva dalle gallerie, e a intermittenza si osserva la Costa Viola, tempestata da spiagge nascoste che sono raggiungibili solo via mare. Stavo con la faccia spiaccicata al finestrino per non perdere neanche un centimetro di quello che si può vedere quando si esce dalla galleria. Appena arrivava la luce il cuore impazziva e le mani premevano più forti contro il finestrino. Gli occhi fremevano come le foglie degli ulivi al passaggio del treno. Sentivo che lì avrei voluto costruire la mia casa. Un mondo tutto mio di totale libertà. C'erano tutti gli elementi della natura che si univano e poi si sprigionavano dentro al cuore, di chi sa decifrarli e poi custodirli. Nel frattempo il sole invadeva quasi l'intero vagone, la luce cadeva come pioggia fitta e riscaldava i visi dei passeggeri rendendoli figure distaccate dal corpo ma viaggiavano da sole, libere e leggere.

Nel cuore c'era la preoccupazione di come avrei dovuto affrontare il produttore. Che cosa gli avrei detto? Come avrei potuto spiegare il mio *ritorno alla vita* perché lo vedesse così come io lo vedevo? Pensavo alle parole giuste da usare, ma poi le consideravo ridicole. Però prima dovevo avvicinarmi, come avrei fatto? Un ostacolo impervio, ma speravo nell'aiuto del cielo. Per adesso mi limitavo a costruire la narrazione del mio film, e il sorriso fioriva da solo. Pensavo di raccontare della Calabria, dei problemi che la affliggono, dei giovani confusi, ma soprattutto gli avrei parlato di te, del successo che potrebbe scaturire soltanto una tua piccola presenza. Già lo vedevo entusiasta a sentire le mie parole, l'idea di un film unico, lontano dagli stereotipi contemporanei. E mi avrebbe stretto la mano per ringraziarmi, felice di realizzare un film con te. Ma era solo il riflesso della speranza.

Quando mi sono svegliato da quel pensiero il treno aveva oltrepassato Bagnara Calabra e le mie mani stringevano ancora di più la sceneggiatura. Stavo per arrivare a Scilla, dove il film affonda le sue radici. Il treno è stato velocissimo, appena ho intravisto il castello, e in quel fulmine di tempo ho ripercorso tutta la storia del film. E poi di nuovo nel tunnel.

Avevo chiuso gli occhi e la luce ora traspariva dalle palpebre. Sono rimasto con la costruzione delle scene, dimenticandomi del viaggio. Quando li ho riaperti ho visto che ero già sul traghetto, avevo lasciato Villa San Giovanni senza accorgermene. La Calabria era dietro di me, e senza alcun rimorso la stavo abbandonando. Mi domandavo se non gli stessi facendo un torto a non sentire alcuna nostalgia. E per tutto il viaggio da Messina a Siracusa mi tormentavo sugli stessi pensieri.

Di colpo ho sentito una voce: «*Ma tu aundi a iri*?»

Era l'autista dell'autobus. Non ricordo nemmeno di esserci salito.

«A Siracusa!» ho risposto.

«Allora qua devi scendere, non ci sono più fermate! *chi voi iri all'Africa*?! ah, ah...» ha continuato sghignazzando con tutta la bocca spalancata, dentro cui rimanevano soltanto pochi denti ingialliti.

Sono sceso dall'autobus e di colpo mi sono trovato in mezzo alla confusione cittadina. Guardandomi intorno non ho sentito alcuna sensazione. Era come trovarmi in una qualsiasi città del sud Italia. Non capivo dove andare, le strade si diramavano senza un ordine logico. Per la testa c'erano ancora alcuni rivoli di pensieri del film da rendermi distratto. Stringevo più forte la sceneggiatura ad ogni passante che si avvicinava. Le macchine sembravano impazzite. I motorini neanche si vedevano, sentivo solo degli schiamazzi veloci che si perdevano in altri frastuoni più vicini, un misto di imprecazioni e vetture.

Quando l'occhio si è abituato all'ambiente ho iniziato a distinguere le strade e la piazza con qualche albero al centro. Oltre la piazza ho notato un palazzo d'epoca, il primo segno che mi ha fatto capire di essere in Sicilia. Sono andato in quella direzione e oltre la piazza iniziava un lungo viale alberato con grandi ficus: Corso Umberto I. Il passaggio per quella via è stata decisiva per il mio stato d'animo, finalmente ritrovavo la gioia che sapevo avrei provato una volta toccata Siracusa.

Il corso continuava ancora, i palazzi erano diversi, trasudavano la luce del sole e il bianco del marmo riluceva in contrasto ai colori degli oleandri in fiore. Tenevo la testa per aria, saltando da un palazzo all'altro, e nella mia mente trasformavo quello che vedevo in nuovi sogni. Ho attraversato senza saperlo il ponte Umbertino, e quando ho visto davanti una piccola piazzetta con altri ficus mi sono seduto per fare una pausa.

Quando mi sono rialzato ho dato un'ultima occhiata indietro, e poi non ho più girato la testa. Sapevo che davanti a me c'erano ad aspettarmi i tesori di Ortigia.

Infatti dopo qualche passo, l'isola accoglie il visitatore con quello che rimane del Tempio di Apollo. Numerose palme intorno, vecchie come le pietre delle rovine, trasportano la mente lontanissima nel tempo, ma in una parte in cui si percepisce che esiste ancora un legame non spezzato, un legame di cultura e bellezza.

Andando avanti verso Corso Matteotti i palazzi moderni con le vetrine delle boutique mi hanno riportato al giorno di oggi, ma è durato soltanto pochi passi, fino a quando non è apparso alla fine della strada, la Fontana d'Artemide, al centro di Piazza Archimede. Da qui iniziano i tesori nascosti, le stradine strette, le chiese incastonate, i palazzi nobiliari, i piccoli negozi; la luce dorata.

Sono rimasto fermo a guadarmi intorno, a rinfrescarmi nella fontana. Poi sono andato avanti con la testa verso l'alto, osservando il palazzo dorato dalle finestre veneziane, che faceva da incrocio di due strade. Ero davanti a un bivio, e non sapevo quale scegliere. Intanto rimanevo con gli occhi sui balconi del palazzo, sorrette da piccole statue barocche.

Mentre stavo lì, a decidere se incamminarmi verso via Roma o via della Maestranza, ho visto una coppia di innamorati baciarsi sotto il portico del palazzo frontale. Poi lui, dandosi un'occhiata intorno ha detto qualche parola in spagnolo, e poi lei in italiano ha risposto: «Non c'è nessuno, non preoccuparti!» e sono ritornati a baciarsi come prima, nascondendosi da chissà quale pericolo.

Quando ho deciso di andare verso via Roma, mi sono girato per un'ultima volta verso quei due. La loro immagine, e quelle poche parole ascoltate mi avevano aperto la strada per la costruzione di una storia che da quel momento in poi non mi sarei più levato dalla mente.

Pensavo da cosa potessero nascondersi e al modo in cui si sono conosciuti. Era evidente la loro differenza geografica e anche d'età: lui sembrava abbastanza più grande di lei, la quale non dimostrava più di vent'anni. Avevo deciso: erano perfetti per essere i protagonisti di un film. Ora era necessario andare nel profondo delle loro vite, costruire i caratteri, i turbamenti infantili, le aspettative per il futuro, i sogni e le fragilità. Sapevo che da quel momento in poi la mia testa avrebbe vissuto per questa storia ambientata qui a Siracusa, e il fatto che stessi andando avanti a scoprire le meraviglie della città era un aiuto immenso per costruire le scene e l'intera trama.

La strada era stretta, un vicolo di luce dorata. C'erano edicole e negozi di souvenir, e non mancavano le saracinesche abbassate di case in disuso con balconi affumicati e arrugginiti, però splendidi per le ringhiere ricamate e i porta balconi in pietra scolpita.

Dopo qualche passo, sulla sinistra, si incontra la

chiesa di Santa Maria della Concezione dalla facciata lineare del Settecento con un unico portone centrale. Avrei voluto fermarmi, magari entrare, stare lì per non so quanto tempo. Però, oltre ad essere chiusa, sentivo una forza di luce che mi tirava in avanti, sapevo che da lì a poco ci sarebbe stato il Duomo, con la rispettiva piazza.

È stato necessario fare solo qualche passo e da destra ho visto che veniva una luce più intensa che si addossava sull'ampia pavimentazione della piazza.

Allo stesso tempo ho sentito suonare dei violini, molto lontani, che ancora non riuscivo a riconoscere, e la luce del sole continuava a crescere man mano che aggiungevo un passo verso Piazza Minerva. Entrambi, sia la musica che la luce, parevano accomunate da una stessa velocità nel crescere. Sentivo di volare sopra un pavimento non più grigio, come i basalti di prima, ma dorato, come le pareti dei palazzi di fianco. Gli occhi a stento riuscivano a reggere tanta luminosità, e trovava il punto di più alto splendore quando ad essere illuminata era la parete laterale del duomo: l'antico tempio greco. Ancora erano visibili meravigliose colonne doriche che uscivano dai muri come dei fantasmi provenienti dall'antichità e si gettavano sino ai giorni nostri. Alcune erano incastrate più di altre, si vedevano solo in parte e la tentazione è stata quella di allungare la mano ed estrapolarle. Sono rimasto per un po' incantato con la mano tesa nel vuoto, in silenzio.

Quando mi sono girato per entrare in Piazza Duomo, ecco ripartire la musica e, da lontano, ho visto – sentito – *Malena* venirmi incontro. Non riuscivo a crederci, ma era lei, avvolta da un velo sulla testa e i capelli neri ondulati le sfioravano le spalle. Ogni passante non faceva che girarsi mentre lei camminava, a suo modo, ondeggiando sotto lo splendore del sole. Il suo viso era ancora seminascosto, ma si capiva volesse descrivere i tratti di una Madonna del Caravaggio. Più si avvicinava e più incalzava la musica del Maestro. E il cuore era diventato un rogo inestinguibile.

Non so per quanto tempo sono rimasto lì fermo, al lato del duomo, a osservare perché *Malena* si avvicinasse ancora di più. Poi ho deciso di andare un po' in avanti, quasi al centro della piazza. E da quel momento mi sono sentito in mezzo al vuoto dell'universo, uno spiazzo grande intorno a me con una luce che mi investiva da ogni parte. Intanto *Malena*, fasciata da un abito nero con stampe floreali, era sempre più vicina. Ad un tratto il mondo intorno si è spento, viveva soltanto la corrispondenza tra me e la figura fatata. L'anima era costretta a rimanere dentro al corpo, ma avrebbe voluto liberarsi, prendere per mano *Malena* e danzare tra la parte in cui si originava la luce.

Ero nel mezzo della piazza, di fronte alla facciata barocca del duomo, semplice, perfetta. Alla mia destra le lunghe file di palazzi si incrociavano chiudendo il sipario dello spettacolo verso una piccola strada. Dalla parte opposta, verso il mare – a dove prima era venuta fuori *Malena* – i palazzi si scontravano con le cime di alberi all'interno di giardini adiacenti alla chiesa. Mi voltavo lentamente a osservare il teatro intorno, ma poi finivo per ritornare su *Malena,* la quale si era fermata, a un passo da me.

Il cuore l'ho sentito scalpitare come mai prima. La dolcezza della musica è andata a stringere l'anima in una morsa di incredibile piacevolezza. Il mio corpo non esisteva più. Percepivo soltanto la capacità degli occhi di osservare e trasportare poi nella camera dello spirito la bellezza che vedevo. Le note prendevano altre direzioni, e nel ricordo segnavano il cammino della donna profilarsi tra i vicoli di Ortigia: i suoi tacchi bianchi avanzare, i sospiri degli uomini al suo passaggio, il chiacchiericcio delle donne.

Ma poi ho capito che lei stava avanzando verso di me, e non ferma come avevo creduto prima. In realtà il tempo è sembrato che si fosse fermato perchè lo scioglimento delle emozioni che veniva dal cuore, aveva permesso al mondo di fermarsi e di srotolare quella lunga pagina del ricordo di lei che custodivo.

Finché non si è fermata, questa volta per davvero. Ha alzato la testa per guardarmi, lentamente. E dopo aver sciolto il nodo del velo per poi mostrare il suo viso, ho visto che eri tu.

Sgranavo gli occhi e rivedevo sempre te, poco più che ventenne! E mentre ti guardavo, tu mi guardavi, senza sbattere le ciglia.

Dietro di te uno stormo di colombe ha spiccato il volo. Nel cielo è sembrato esserci un lampo. La musica si era fatta una sinfonia leggera.

Poi sulle tue labbra è comparso un sorriso, sottile ma ricco di significati. Tra i tanti che eri felice di vedermi, e che la speranza è venuta a prenderci per mano per farci percorrere finalmente la stessa strada.

All'improvviso la musica ha sferzato per un'altra direzione, e all'istante hai ripreso a camminare. Nel momento in cui mi sei passata vicino ho sentito il vento del tuo corpo sfiorarmi, era una brezza di mare e agrumeti. Ti ho guardata andare avanti finché non sei scomparsa nel buio della strada frontale. La musica ha poi smesso di suonare. E la gente ritornava a muoversi come prima.

Io ero fermo ancora al centro della piazza, davanti al duomo. Ho visto delle signore vicine sorridere mentre mi gettavano delle occhiate. E ho capito che *Malena* era stata solo un sogno ad occhi aperti.

Ero un po' triste perché te ne eri andata senza dirmi una parola, almeno nel sogno potevi rendermi felice. Ma c'era il ricordo di quel sorriso. Ancora lo custodisco.

Intorno a me però avevo l'aria calda della Sicilia, il barocco che trasudava da ogni costruzione, e così la bellezza era tornata ad avvolgermi.

Sono andato verso il Municipio, così pulito e raccolto in tutto il suo sfarzo di pietra e ricami dorati, che pareva una bomboniera di matrimonio. Di fronte il Palazzo Beneventano del Bosco, con la facciata elegante e le forme ondulate rendevano il suo aspetto malinconico. I balconi erano arrotondati di ferro battuto e le colonne corinzie dell'ingresso principale donavano un aspetto trionfale a tutto il palazzo.

Volgendo lo sguardo si incontra il Palazzo Arezzo della Targia che attraverso la sua forma concava permette alla piazza di essere più capiente.

Davanti c'erano degli ombrelloni bianchi di una gelateria, e i tavolini quasi tutti affollati. Ho preso il mio spazio, sedendomi di fronte al duomo, e sotto l'ombra si riusciva a osservarlo con maggiore serenità. Mi è arrivato dalle mani di una ragazza una granita e una brioche *cu tuppu.* Dopo le prime cucchiaiate ho sentito di nuovo la frescura nel corpo e allo stesso tempo nella mente è ritornata la storia dei due amanti di Ortigia.

Le scene di questo nuovo film si susseguivano l'una

all'altra senza l'ordine della cronologia. I loro volti che nella memoria stavano scomparendo, si concretizzavano nell'immaginazione. Lei con dei capelli castani lisci e con qualche onda sulle punte, gli occhi erano da cerbiatta, dolcissimi, si percepiva un bisogno di protezione. Infatti ha scelto un uomo più grande, quasi un quarantenne, mentre lei ha poco più che vent'anni, forse una studentessa universitaria, di nome Selene, ho pensato mentre finivo la granita.

Lui, Enrique, è di origine spagnole, o forse cubane, o dell'America del sud. Sarà un rivoluzionario? È un film politico? Anche d'avventura, e ovviamente d'amore! Ha la barba lunga e nera, il sigaro sempre in bocca e veste come un militare, con un coltello nascosto nelle lunghe calze. Ma qui, a Siracusa, è solo di passaggio, adesso noi vediamo il suo rapporto con Selene, sappiamo che è fuggito per nascondersi e aspetta i compagni per organizzare il nuovo rifugio. Poi la nuova missione, verso la liberazione del mondo. Come ha conosciuto Selene? Lei italiana, forse di qui, di Siracusa, magari nelle Americhe latine, in un viaggio in Argentina o in Guatemala, o sopra una nave in viaggio nell'Atlantico verso il Portogallo. Ma questo non è così importante. Non è necessario conoscere tutti i dettagli della loro vita passata. Bisogna che sia una storia appassionante, il pubblico deve stupirsi fin dall'inizio. C'è un inseguimento, lei viene rapita, così lui va a liberarla, no!, è troppo banale!

Però ecco, li vedo avanzare abbracciati da Piazza Minerva in mezzo alla gente, e lui noncurante di essere un ricercato politico da tutte le polizie del mondo. Lei lo osserva con gli occhi che le brillano, appare gagliardo in tutto quello che fa, sembra un sogno, e lo stringe più forte. Prima di scendere in piazza lui si è sfoltito la barba, l'ha imposto lei, si è tolto i soliti vestiti, per mischiarsi tra la folla, e sempre lei ha scelto cosa indossare.

Credo che sarà la scena iniziale del film, di loro due, stesi nel letto caldo della notte passata, abbracciati a guardarsi negli occhi, mentre dalle persiane semichiuse entra la prima luce della giornata, già calda come in tutto il sud. Lei gli accarezza le guance, segue i tratti del suo volto, scende fino al mento, e dice che sarà meglio tagliare un po' la barba. Lui in silenzio, fisso a guardarla negli occhi, ascolta le sue parole, ma soprattutto pensa a come dovrà fare per proteggerla come merita. Sa bene che rimanendo ancora al suo fianco potrà correre un serio pericolo, "ma come riuscirò a salvarti in mezzo a tutto questo male, dolcezza mia?" si domanda tra sé, mentre lei ridacchia per il suo aspetto sempre trascurato. Poi lui ritorna con la mente da lei, lì in quel letto e cominciano a giocare, facendole il solletico, arrotolandosi tra bianche lenzuola e coperte ricamate di pizzo, come si usano da queste parti. Poi, presi dall'impeto del gioco, cadono dal letto arrotolati con un lenzuolo, proprio vicino alla porta esterna, da cui entra a ventaglio, anche a causa dai ricami della tenda, una luce soffusa, che illumina il bacio finale per questa scena.

Una volta ripulito, Enrique è pronto a scendere per strada insieme a Selene a fare qualche compera. La loro abitazione è nel centro dell'isola, a pochi passi dal duomo, o vicino alla Giudecca, magari affacciata sul mare. Camminano mano per la mano, lei con un po' di timore che qualcuno possa riconoscerlo, anche se in questa città nessuno penserebbe al famigerato fuggiasco

Enrique, a meno non ci sia un infiltrato, o una spia che lavori per i servizi segreti. Vanno vicino alla Fonte di Aretusa e qui prendono una carrozza per fare un giro dell'isola. Si fermano proprio davanti al duomo e scendono come due novelli sposi, mano nella mano. Danno qualche guardatina alla chiesa, alle facciate dei palazzi, lei indica qualche statua del duomo da ammirare e poi Enrique invita la sua Selene a un bar della piazza. Siedono all'interno per una maggiore prudenza e qui sembrano essere felici come non lo sono mai stati. Lei dice:

«È la prima volta che siamo seduti insieme in un bar, mi sembra molto strano poterti vivere come una persona normale. Mi manca la vita Enrique, la vita che potremmo fare se tu, se tu... oh perdonami!» Lei si incupisce perché stava per dire qualcosa che avrebbe fatto incupire ancora di più Enrique e quindi si morde la lingua. Ma Enrique, intuendo le sue parole e soprattutto i suoi desideri, le alza il mento delicatamente con la mano per guardarla negli occhi e le risponde:

«Ascoltami bene, tu non hai nulla da farti perdonare, hai capito?! La colpa di tutto questo è mia e tu non meriti di soffrire per le mie scelte. Perciò sei tu che devi perdonarmi, mia cara! E sappi che se tu decidessi di lasciare tutto, di ritornare alla tua giovinezza, io non te lo impedirei, anzi ti aiuterei a farlo, anche se il mio cuore verrebbe con te, ovunque!»

Gli occhi di Selene si inumidiscono all'istante e poi si getta tra le braccia del suo amante.

Ad un certo punto accade qualcosa di inaspettato: dalla vetrina della caffetteria Enrique nota qualcosa tra la gente che si sta muovendo in modo strano. Fiuta il pericolo. Infatti, subito dopo, facendosi largo tra la folla, vede una pattuglia di militari arrivare in mezzo alla piazza. Si alza di scatto dalla sedia prendendo Selene per il braccio, creando scompiglio tra la gente intorno. Un cameriere lo rincorre per avere il dovuto, ma Enrique trascinando Selene è intento a trovare una via laterale dal retro del locale.

La velocità con cui i militari giungono dentro sembra dare per spacciato Enrique ma ciò che teme di più è il destino che riserveranno a Selene. Decide di fare andare avanti lei, a prendere la strada sul retro, mentre lui distrae i militari. Selene sulle prime non accetta di fuggire senza di lui, ma Enrique le ordina di andare via, altrimenti sarebbe la fine per entrambi.

Ora lui corre verso le vetrate della sala principale, tenta di scappare, ma non ha via d'uscita. Infine decide di gettarsi sulla finestra, la rompe e cade come un sacco sulla piazza, tra i tavolini e la gente. Intorno si alza un polverone di paura, Enrique approfitta della confusione per alzarsi e correre. Va verso il duomo, sale veloce come una scimmia, tra le statue e i capitelli. Di sotto si apre il fuoco, ma lui non si intimidisce, va avanti più veloce. È ora sui tetti delle case, saltellando in base alle storture delle tegole. Di sotto i militari lo inseguono, sparano, lui corre, corre. D'un tratto, poi, un colpo di pistola ferma la sua corsa, e lo fa cadere. Allo stesso momento, mentre Selene sta salendo su una barca, sente un colpo al petto. Si gira di scatto sapendo di non vedere nulla, ma lo stesso cerca Enrique, con spavento.

Intanto, di sotto, tra le vie della sparatoria, la gente mormora sul destino di Enrique, alcuni lo danno per morto, altri credono stia facendo una finta.

Ma alla fine Selene ce l'avrà fatta a fuggire? o sarà ritornata indietro a salvare Enrique? No, ha aspettato qualche secondo senza respiro, ha sussurrato "Enrique" e poi, decisa, è salita sulla barca per riorganizzare la fuga del suo uomo.

Poi un bimbo si è messo a correre urlando in mezzo alla piazza e di colpo sono uscito dal film. Ma il duomo era sempre lì, uguale, la sua bellezza mi sembrava irreale. Ripercorrevo la scena in cui Enrique fuggiva e scavalcava abilmente la chiesa. Immaginavo le inquadrature, gli stacchi ai volti impauriti della gente, il montaggio alternato con il volto di Selene pronta a partire; una nuova musica del Maestro.

Poi mi sono alzato, volevo guardarlo da vicino, quasi toccarlo. Ogni sua pietra suscitava uno stupore maggiore. Davanti ai gradoni le due statue di San Paolo e San Pietro annunciavano l'ingresso al duomo; attaccati alla facciata altre statue descrivevano il racconto religioso, fino alla parte più alta, occupata dalla statua dell'Immacolata. Le colonne dell'ingresso principale, pur essendo grandi di circonferenza, apparivano leggere e slanciate perché distaccate dal corpo centrale, tipico del barocco siciliano.

Ora mi ritrovavo di nuovo al centro della piazza, ma con una luce maggiore, da far risplendere i marmi della chiesa di una lucentezza dorata. Mi sentivo stretto da un abbraccio di un gigante che mi diceva di rimanere lì per sempre, cullato da uno splendere che riscaldava il cuore. Ma davanti c'era anche la forza attrattiva di scoprire l'interno della chiesa. Così ho alzato il piede per scalare il primo gradino, e il volto di Enrique è ricomparso sotto un flash. Lo vedevo steso sui tetti, chiedendo in che modo la storia sarebbe andata avanti. Lui è vivo, mi dicevo, è stato colpito alla spalla, ora deve trovare il modo per non farsi colpire un'altra volta.

Finge per qualche secondo di essere svenuto, studia la situazione intorno e non trova scampo. Poi vede un terrazzino vicino al tetto, si lascia scivolare, ma un agente è già pronto per catturarlo, nascosto dietro un ramo di fico d'india. Sarebbe troppo inverosimile lasciarlo fuggire, un uomo nelle sue condizioni non può farcela, è ferito, sui tetti, e molti uomini lo inseguono.

Intanto avevo finito di percorrere i gradini principali, sentivo la stessa emozione di un bambino all'ingresso di un nuovo parco di divertimenti.

Enrique è in carcere, le mani legate, la camicia imbrattata di sangue e la testa fiera in alto. Due agenti dietro, un uomo in cravatta davanti a lui con le mani sui fianchi, pronto ad interrogarlo. Sa già che non parlerà, ma le domande le fa lo stesso. Ghigna quando lo colpiscono. Dalla sua bocca esce solo il silenzio.

Nel frattempo i compagni di Enrique preparano la sua fuga dal carcere. Selene si è unita con loro, vuole partecipare in prima persona. Ma è necessario farlo in fretta, c'è una missione da portare a termine, un mondo da salvare, un popolo da liberare! Forse mi sono spinto un po' troppo. Ridimensioniamo la storia. Enrique è un rivoluzionario sì, ma non troppo eroe. La sua debolezza è Selene, commetterà molti sbagli a causa sua.

Ma Enrique chi è? Che cosa sappiamo della sua vita? Devo conoscere il suo passato, il rapporto con i genitori, le fragilità da bambino, magari ha un tic nervoso, un fantasma che lo perseguita da quando è piccolo. Deve essere più umano, più sporco di debolezze. Le sue sono mille maschere. È possibile inserire un flashback che racconti la sua infanzia, farci capire il perché di questa scelta di vita, e descrivere il suo paese d'origine, per niente facile.

Ero davanti al portone, finalmente. Le colonne da vicino erano enormi, e guardando in alto prima di entrare, si attraversa un piccolo corridoio di intarsi dorati e finemente scolpiti. Ai lati del portone colonne corinzie con i capitelli sorreggevano la trabeazione ricca di elementi scultorei e splendide merlature. Nella parte più alta era posta un'aquila con un scudo.

Mi sono voltato ancora indietro, per dare un'ultima occhiata alla piazza, e ancora una volta è riuscita a sorprendermi.

Una volta superato l'ingresso mi sono trovato in un piccolo atrio dove la luce cadeva meno pesante. I pavimenti erano di marmo e le colonne che affiancavano un secondo portone erano tornite e ricche di bassorilievi floreali, e sorreggevano un mensolone merlato.

L'interno della chiesa è avvolto dall'ombra, e ancora gli occhi luccicavano per la luce esterna. Era anche evidente il contrasto con la ricchezza della facciata. La navata centrale aveva delle linee rigide, molto essenziali, e i materiali erano lasciati quasi nella forma originale. Le colonne doriche erano quelle dell'antico tempio greco, il tetto in legno a cassettoni era del Cinquecento.

C'era una grande semplicità, ma quello che colpiva era la capacità di sovrapposizioni di diversi secoli, un accavallamento continuo di culture e popolazioni, ma ogni cosa era in armonia con l'altro.

Ho attraversato la navata centrale calpestando marmi antichissimi rappresentanti diverse figure geometriche. Ho superato i pulpiti vicino l'altare Maggiore e le tribune, e dietro era esposto uno splendido dipinto raffigurante la Natività di Maria.

Nella parte centrale della navata di destra c'è la Cappella del Sacramento. Appena entrato mi sono sentito sopraffatto dallo splendore dell'arte barocca racchiusa in un piccolo spazio. C'erano marmi e affreschi su tutte le pareti, e nella cupola affrescata da Agostino Scilla, scene dell'Antico Testamento. I colori tenui, raffinati, erano impreziositi dalla luce che entrava dalla finestra in alto, come un velo di diamanti.

Sono rimasto lì dentro ancora per un po', osservavo gli affreschi immaginando il lavoro del pittore sulle impalcature, fino a trasfigurarmi nella sua persona.

Quando sono uscito la luce esterna ritornava a gettarsi su di me, ma l'intensità era diversa, iniziava il percorso serale. La piazza appariva ancora più bella, i colori dell'arancio e dell'ocra scintillavano dal pavimento ai palazzi. Ho pensato che forse saresti ritornata dall'altra parte, per passeggiare insieme, e sentivo già lo stupore che provavi per ogni piccola cosa.

Ho sceso i gradini del duomo consapevole che Siracusa ancora riservava altre ricchezze; infatti di fronte trovavo il palazzo vescovile, semplice e ordinato che dava il giusto equilibro agli altri palazzi presenti intorno. Girando a sinistra, in fondo, la chiesa di Santa Lucia alla Badia chiudeva una parte della piazza, mentre alla sua sinistra il palazzo Borgia, con lo splendido piano signorile di un rosso intenso, faceva da contrasto ai colori dorati degli altri edifici.

A quel punto ho pensato che fosse l'ora di lasciare Piazza Duomo, ma una mano alle spalle mi tratteneva, desideroso di osservarla sotto l'influenza di altre luci, anche quelle della notte. Ma c'era anche il desiderio di andare avanti, sentivo la brezza del mare trascinarmi dalla sua parte, così ho voltato le spalle e me ne sono andato accelerando il passo.

Da lì a pochi metri sono arrivato al mare, al largo Aretusa. Qui il sole cadeva a piombo sulle acque azzurre che al centro si facevano incandescenti. Poi il mare evaporando, arrivava al cielo, e si trasformava in luce e polvere d'oro.

Soltanto dopo aver osservato il panorama intorno mi sono accorto della Fonte Aretusa. Avvicinandomi ho percepito una stretta al cuore. Per la mente mi sono apparsi tutti gli antichi poeti, o semplici uomini romantici che affacciandosi da questa balconata hanno spirato il loro sogno d'amore.

Mi sono avvicinato lentamente, quasi in silenzio per non disturbare qualcuno che dormisse. Mi sono affacciato alla grande vasca d'acqua, al centro c'era un papireto e una palma. Cercavo di trovare riflessa in queste acque la ninfa Aretusa, di scorgere il vigor d'amore di Alfeo proveniente dal Peloponneso, ma vedevo solo uno stagno putrido. Ho provato lo stesso una grande tristezza per Alfeo, e più guardavo e più andavo nelle profondità del suo mito, del suo dolore d'amore. Mi chiedevo perché Aretusa non corrispondesse lo stesso sentimento, e a risalire, all'improvviso, è stata la tua immagine. A quel punto non ero più uno spettatore, ma sono diventato io stesso il protagonista di un dolore che non avrei voluto conoscere.

Mi sono aggrappato alla ringhiera con più forza, tu eri sempre lì riflessa e poi, a causa delle lacrime che cadevano dentro la fonte, la tua immagine si è squarciata.

Ho lasciato la ringhiera e mi sono diretto dall'altra parte della strada, cercando di farmi forza. Alzavo la testa per osservare una casa o un palazzo, e sperare che quella vista potesse rincuorarmi. Invece ho camminato a lungo con la testa svuotava, china verso la strada, finché, quando il mare è riapparso all'improvviso, dopo esser sbucato fuori da una stradina, nel cuore è riapparsa la luce.

Era la luce riflessa nel mare. Un'immensa fiamma cadeva leggera sopra uno specchio fatato e gli occhi riuscivano a resistere, ormai era arrivato il tramonto.

Poco più avanti sono entrato nel castello Maniace, e dall'alto della torre ho visto tutta Siracusa e parte del Mediterraneo, sognando la Grecia e spingendomi fino in Turchia. Il vento soffiava forte e spazzava indietro tutti i pensieri, esisteva solo l'immaginazione che costruiva imperi di grandezza.

Una volta sceso dal castello sono ritornato nel mondo di questa città. Ho ritrovato la grandezza di Ortigia nelle piccole strade, viuzze strette costruite di pietra pronte a sbriciolarsi. La prima dietro il castello è via Salomone, stretta e lunga dal sapore più orientale delle altre, con la maggior parte degli edifici in disuso. Andando avanti sono ritornato in via Roma, in quella parte di strada che ancora non avevo percorso. Mi sono ricordato come prima ho svoltato alla svelta per Piazza Minerva, e allo stesso tempo è riapparsa la storia di Enrique e Selene. Mi ponevo mille domande, ancora non avevo chiaro il modo in cui farlo fuggire, e se Selene alla fine del film si dovesse rivelare una spia per incastrare Enrique.

Ma avevo sempre più chiara la scena in cui lei va a trovarlo in carcere. Selene è avvolta da un fazzoletto velato, dei grandi occhiali neri, ed Enrique, appena la vede, si precipita ad abbracciarla, se non fosse per le sbarre che li separano. Si meraviglia di come sia riuscita ad entrare, lei risponde che di questo non deve preoccuparsi. C'è poco tempo. Deve dirgli qualcosa di importante. Ma prima si baciano tra le sbarre, fino a che la guardia non batte forte col manganello sulla porta. Poi si sfiorano le mani, si guardano con gli occhi lucidi, e lui cerca di convincerla a lasciar perdere tutto, e mettersi in salvo. Il tempo è finito, un ultimo bacio a volo e poi lei sussurra qualcosa che fa rimanere Enrique di stucco, ma cosa?

Nel frattempo ero da poco entrato in via della Giudecca e alla mia destra, un po' in lontananza, mi sono fermato a guardare quello che rimaneva della chiesa di San Giovanni Battista. Perciò sono ritornato tra le strade di Siracusa, dimenticandomi della storia, ma serpeggiando da una via all'altra. Potevano apparire tutte uguali, ma ognuno riusciva ad emozionarmi in modo diverso. Ricordo la chiesa di Santa Maria Immacolata in via della Maestranza dalla facciata convessa e barocca, e altri palazzi con balconi sorretti da statue raffiguranti facce, personaggi mitologici e animali, tutti in sintonia con un racconto e una storia ben definibile.

Quando sono arrivato a Piazza Archimede ho capito di aver finito di percorre l'isola di Ortigia. Mi sono girato verso il portico in cui avevo visto Enrique e Selene la prima volta. Quanta strada avevano fatto nella mia mente! C'erano molti spazi da riempire, ma la struttura portante del racconto era già sviluppata. Ho pensato che sarebbe stato bello girare un giorno questo film, magari dopo il nostro *Ritorno alla vita*. E, a quel punto, dopo aver pronunciato appena con le labbra quelle parole, mi è piombata addosso tutta la realtà.

L'incontro col produttore! E la sceneggiatura non era più tra le mie mani!

Speravo di sprofondare sotto terra, era quello che desideravo. Era quello che meritavo. Mi sono girato indietro, ma sapevo che avevo le mani libere da un pezzo. Dove l'avrò lasciata? Ma come ho potuto dimenticarmi del motivo per cui sono venuto qui! Forse nella piazza, quando ho visto *Malena*, mi sarà caduta dalle mani? Ma poi, perché non sono ritornato in me?, mi chiedevo sempre più disperato.

Sentivo una mano che stringeva il cuore con violenza. Ti rivedevo di nuovo riflessa nella fonte, e piangevo.

L'anima era andata a sigillarsi tra le vie segrete di Ortigia. Il mio corpo era vuoto, camminavo ma sapevo di essere morto.

Ho visto un autobus passare e sono salito a volo. Mentre ero in viaggio, senza sapere la destinazione, non guardavo né fuori né le altre persone. Ero in piedi, impassibile, guardavo un punto scuro a terra, in cui gettavo le mie sofferenze, i disastri della vita, le gioie andate in fumo.

Ad un tratto l'autobus si è fermato, e alcune persone sono scese dicendo la parola "teatro". Sono sceso anch'io, senza alcuna ragione o sentimento. Vivevo nel disincanto, privo d'interesse per qualsiasi cosa bella. Salivo i gradoni del teatro, osservavo il cielo nell'ora del crepuscolo, una fascia estesa che sfoderava sfumature di rosso e azzurro verso l'infinito. Mi era indifferente.

Mi perseguitava l'immagine di *Malena* che veniva dal fondo della piazza, ora sapevo eri tu. Quel sogno mi ha ingannato, portandomi a stordirmi, cancellando ogni cosa dei miei programmi.

Ho girato tutta la serata come un gatto randagio per le vie vicine al teatro, barcollando da una parte all'altra. Finché non ho visto, tra le alte pareti rocciose, una cavità molto buia che sembrava risucchiarmi: era *L'orecchio di Dioniso*. Sono entrato senza vedere nulla. C'era un forte eco e anche i miei passi lenti risuonavano tra le pareti. Vicino all'entrata era rimasta un po' di luce, e si vedeva qualche sporcizia buttata tra i massi. Addentrandomi la strada girava verso destra e il buio mi ha completamente avvolto.

Non avevo nessuna paura. Desideravo soltanto perdermi nell'oscurità. Dopo qualche passo mi sono accasciato ad una roccia che ho tastato con le mani. Ho sentito svolazzare qualche pipistrello. Era l'unico amico che meritavo. Per un po' ho continuato a piangere, poi sono arrivato al punto in cui le lacrime finiscono e il dolore si acuisce più intenso nel petto.

Dopo qualche ora è scesa la corrente fredda della notte, e tremavo. Avevo l'immagine del mio corpo che si stava arrendendo. E questa era l'unica volontà. Poi sono giunti altri rumori di animaletti che squittivano. Le mie gambe formicolavano, qualcosa era salita addosso, ma io rimanevo fermo. Immobile e accoccolato, pronto per morire. Tremavo sempre di più e le forze del corpo diminuivano. A un certo punto gli occhi non sono più riusciti a reggere, si sono chiusi. Ma il cuore lo sentivo pulsare. Qualcosa dentro di me voleva ancora continuare a vivere. Ho sussurrato il tuo nome... e non ricordo più nulla!

VII

La penna parlante

Le ore passano e il tempo a disposizione si stringe, mia cara. Ho bisogno di fare una pausa. Ho scritto tutto il ricordo di Siracusa senza fermarmi un momento. Ho male alla mano, ma devo andare avanti, per scrivere cosa? La penna è supina sui fogli, stanca anche lei, forse mi lascerà sul meglio della scrittura. No ti prego non farlo, resisti ancora. Sì ce la farò, resisterò il tempo necessario perché tu ti tolga da questi imbrogli, e poi, ti prego io, lasciami per un po' in pace, mi risponde.

La tocco con la punta del dito, quasi a sfiorarla, e lei si infastidisce, mi dice di lasciarla stare, che ancora non è ora. Ma come? dico io, hai dimenticato che avevamo un accordo? Tu ed io dobbiamo andare avanti ancora a lungo! Sì lo so, ma aspetta che riprenda fiato, non sono mica un essere senz'anima che si può comandare a bacchetta. Lasciami vivere un po' anche a me, non faccio che servire sempre gli altri! Ma tu quand'è che mi sarai d'aiuto?, mi dice.

Ha ragione anche lei, come dargli torto? In fondo anche io mi sono sentito come lei per tanto tempo. È la legge degli sciocchi, mi risponde lei, sempre stanca, adagiata sui fogli bianchi. Ho l'impressione che mi voglia lasciare per sempre, e come farò senza di lei, senza il mio punto di riferimento? Nel tempo ho imparato a conviverci, a stare insieme e a parlarci, e quanto parla, quanto parla! A volte anche nel cuore della notte si mette a canticchiare per farmi un dispetto svegliandomi, succede però quelle volte in cui o non la prendo per tanto tempo, oppure, al contrario, la uso in modo sfrenato come sta succedendo oggi. Ma del resto, che cosa vorresti fare? gli chiedo mentre anch'io mi adagio sulla scrivania, con la testa appoggiata sul braccio, e intanto la guardo. La guardo come se non ci fosse nient'altro nella vita che fare questo.

Ora la penna si mette a balbettare, a produrre un suono fastidioso per non farmi dormire, perché lei sa già come andrà a finire quando mi metto in questa posizione. Poi i suoi echi striduli si fanno dolci suoni, anzi dolcissimi. Una lenta melodia invade tutta la stanza, come se qualcuno avesse gettato una polvere di stelle dal tetto, e tutte le cose adesso sono coperte da quella brillantezza che scivola come una tenda di seta. È lei, *Così come sei*, unica con i suoi flauti e i tasti del piano che introducono un mondo fatto di granelli d'oro. Ma poi, quando l'andamento si addensa sopra un unico ripiano, diventa una base stabile su cui galleggiano infinite emozioni. Lei lo sapeva, la mia penna l'ha fatto apposta, perché sa di quello di cui ho bisogno. Ora vedo un manto luminoso su cui possono gettarsi a scrosci lenti le onde del mare che poi vanno ad infrangersi sulla spiaggia acciottolata. E nel mezzo del cielo, uno stormo di colombe echeggia una felicità mattutina, quella stessa in cui la rana cantava lontana allo stagno, vicino alla foresta di suoni e stornelli. La luce intanto è cresciuta, si è fatta alta nel cielo per cadere giù sui rami incandescenti di alberi spogli, e le vallate coperte dal grano già biondo, ora sventolano come un mucchio di bandiere stese ad asciugare sotto un sole con raggi di diamanti evanescenti. La libertà degli armenti inoltre si diffonde verso sparse brughiere in cui le colline si addolciscono a pochi passi di distanza e presto svettano con cime innevate, alte e aguzze. E le note continuano a saltare da una valle all'altra.

Ma che fai? Ti metti a raccontare frottole? mi dice la mia penna mentre l'orologio segna i secondi, uno dopo l'altro, e poi il minuto, uno dopo l'altro. Sono qui lo sai, non c'è bisogno che ti metti ad immaginare lontane brughiere e paesaggi agresti, io sono qui e racconteremo insieme le nostre storie, faremo rivivere antichi splendori, tu lo sai, stai tranquillo, ma soltanto non adesso, ho bisogno di riposare, mi dice con quell'aria dolce da vecchia amica. La prendo nella mano, la sballottolo un po' giocherellandoci, per scuoterla e sbrigarsi con il suo riposo che sta durando da troppo tempo. Ma quanto ci vuole ancora? gli dico io sorridendo, fingendo di voler ricominciare a scrivere, ma in realtà neanch'io ne ho tanta voglia, sono come lei, stanco e anche annoiato. Gli chiedo se servirà mai a qualcosa questo procedere in avanti, ostinandomi a raccontare sempre le stesse cose che io già ho vissuto tante volte, prima con il pensiero e poi nella realtà.

Ma certo che sarà utile! esclama lei tutta trionfante. Ti pare che le cose che nascono dal mio inchiostro siano delle parole scritte per aria?! Io sono una penna seria, di tutto rispetto e un giorno il mondo se ne accorgerà!, mi dice lei storcendomi l'occhio e rimbalzando da una parte all'altra con la voglia di ricominciare. E che aspetti? Dai muoviti a riprendermi in mano, perché adesso sì che mi sento pronta!

Ma come, già hai fatto? Ti senti in piene forze per ricominciare a scrivere? Io invece no. Ti ho mentito prima volendo a tutti i costi che tu ti sbrigassi, ti stavo prendendo in giro per smorzare una risata e non riprendere tutte le emozioni di quella triste giornata. La realtà è che non ho voglia di scrivere, forse non l'ho mai avuta. In qualche modo mi sono sentito sempre costretto, è come se qualcuno mi avesse spinto a farlo e io per l'urgenza di comunicare quel pensiero ho preso te in mano. Però sappi che io potrei fare benissimo a meno di te, anzi se devo essere sincero fino alle fine, quanto mi piacerebbe poter vivere senza di te, senza l'affanno di prenderti e scuoterti, ogni giorno, ogni ora, ogni istante della mia vita! Non voglio che tu ti senta offesa, non ho nulla contro di te, ma il fatto è che per tenerti in mano occorre grande pazienza e tanta abilità. Io, tu lo sai perché siamo cresciuti insieme e mi conosci, sono una persona che se può fare a meno di una cosa lo fa, perché mi annoio molto presto e certi periodi sono peggio degli altri. Come adesso.

Ma lo so cosa vuoi dirmi, che mi vuoi bene nonostante tutto quello che ti dico, e anche che non puoi fare a meno di me. Eh già, è ora di riprenderti in mano. E va bene, vieni qui, ti vedo già muovere come un animaletto scalpitante perché sai che debbo cominciare una nuova storia. E allora facciamolo, teniamoci compagnia come abbiamo sempre fatto. Fino alla fine. Del resto cos'altro ci rimane?! Dai, vieni!

VIII

Scilla

Era una mattina d'estate quando mi sono svegliato nella mia camera di Scilla, in via di Chianalea, affacciata sul mare, a causa di uno strano rumore. Era uno di quei giorni in cui giravamo alcune scene del nostro *Ritorno alla vita*. Ricordo che ancora non era l'alba quando una luce molto debole è entrata dalle persiane lasciate un po' aperte per far entrare l'aria anche di notte. Insieme alla brezza c'è stata una musica particolare che non mi ha lasciato più dormire. Mi rigiravo nel letto aprendo e chiudendo gli occhi perché diviso dalla voglia di guardare da dove provenisse quella musica ma stanco ancora dal sonno che mi tirava dalla sua parte per riprendere il sogno che si era interrotto troppo presto. Mi dicevo ora dormo, ma la musica si insinuava dentro le orecchie come un insetto che vuoi schiacciare. Mi voltavo dall'altra parte tirando le lenzuola fino alla testa, ma la sentivo lo stesso. Perciò ho capito di non avere altra scelta che alzarmi dal letto.

Sono andato vicino alla finestra con gli occhi ancora appiccicati. Ho spalancato le persiane che davano su un balconcino rivolto al mare. La luce mi ha accecato all'istante, ma strofinandomi tante volte ho poi iniziato a vedere lo spettacolo della mattina. Il cielo era un unico manto celeste con il mare, simile a uno specchio fatato su cui numerose barche di pescatori facevano ritorno o erano ancorate. Il loro riflesso sull'acqua era cristallino.

La brezza mi accarezzava ogni parte del corpo ancora nudo, e gli uccelli cinguettavano frenetici nascosti tra le casette del borgo. E quella musica sconosciuta mi tirava dalla sua parte senza che riuscissi a capire la provenienza.

Sono rimasto lì ad osservare il panorama, attento che un piccolo dettaglio cambiasse, un angolo d'ombra prendesse luce, o una barca scivolasse a riva. Esisteva solo quel mondo dipinto davanti a me, e la serenità che tu eri al mio fianco.

Si sono aggiunti poi i programmi della giornata, la scena da girare insieme, la preoccupazione di non reggere il tuo confronto. Ma sapevo come mi avresti messo a mio agio: poche parole sussurrate all'orecchio al momento giusto. E così ritornavo davanti al mare e ascoltavo la musica che ora sentivo più lontana. Ho deciso di rubare quel momento, arrotolarlo e custodirlo nella memoria da usare quando ne avrei avuto bisogno. Quando il mio cuore sarebbe ritornato a soffrire. Come adesso.

Andando verso la stanza ripensavo alla scena da girare quella giornata. La temevo da quando l'avevo scritta. Si tratta di quella in cui io e te, Cristian e sua mamma, litigano duramente. Lei non sopporta che continui a fare quella vita, e lui le rinfaccia di essere stata sempre una madre ossessiva, al punto da distruggere i suoi sogni. Sapevo ci sarebbero voluti molti ciak. Avevamo provato parecchio, ma sappiamo che durante le riprese le cose cambiano. Credevo che la lingua mi avrebbe tradito, che avrei fatto troppi gesti esagerati, oltre quelli stabiliti. Però pensavo anche che tu, allo stesso momento, stavi pensando alle stesse cose, con le stesse preoccupazioni.

Passeggiavo per Chianalea e ancora mancavano alcune ore per girare la scena. Andavo avanti lungo il borgo per cogliere l'essenza del mattino presto. Rubavo molti elementi per la strada e poi li inserivo nel film, senza che nessuno ne sapesse nulla, stravolgendo i programmi di diverse persone sul set. Quando te ne accorgevi ti mettevi a ridere e scuotevi la testa. Io alzavo le spalle come per dire che non era colpa mia, questo era necessario. Era il film a dirmelo.

Andando avanti mi è venuta in mente la prima volta che siamo arrivati a Chianalea. Tu eri molto sorpresa, gli occhi ti brillavano. Eri molto attenta su tutto. Mi indicavi una casa, un vaso di gerani, un balconcino pieno di fiori, i panni stesi, ed eri sempre piena di meraviglia. Ma la cosa che di più ti ha stupita è stata quando tra una casa e l'altra si vedeva un corridoio di mare. Hai portato la mano al cuore e hai detto:

«Ma guarda!, il mare arriva proprio dentro le case. Ma com'è possibile?!», e questo accadeva nello spazio che c'era tra ogni casa fino a quando, in una delle ultime, prima di arrivare al porticciolo, ti sei rivolta verso di me, guardandomi commossa, e hai sussurrato: «Grazie! Non avevo mai visto niente di così bello!» e mi hai dato una carezza. Non la dimenticherò mai!

Quando sono arrivato alla piazzetta, dove l'antico palazzo dei Ruffo si adagia sul mare e i marinai trainano le loro barche, mi sono fermato per osservarli, catturato dai loro movimenti. Mi sono seduto sul muretto un po' di nascosto. Volevo capire bene il modo in cui lavoravano. Alcuni stavano ritornando con le barche, scivolando sopra un mare che sembrava dormire. Altri erano a terra a fermare le barche e trainarle con le corde per farle salire sulla passerella. Poi hanno cominciato a scaricare il pescato. Avevano trascorso tutta la notte al largo, lontani dalle case. Nei loro visi vedevo la monotonia del ripetersi di vecchie azioni che si replicavano ormai ogni giorno per chi sa da quanti anni, ed era un ripetersi stanco e rassegnato. Per me invece era qualcosa di nuovo, capace di generare un interesse poetico. Leggevo infatti già la trama di un racconto, o l'uso come immagine per un'allegoria in un sonetto, o lo spunto di un dipinto. Non potevo ancora dire quale sarebbe stata la destinazione che il mio spirito voleva destinargli, ma erano elementi del mondo della realtà già filtrati per servire al mondo dell'arte.

Infatti un istante dopo ho capito che già erano parte del film.

Dopo un po', pensando alle inquadrature nuove da usare, ho deciso di andare sul set, in quella casetta prestata a essere per qualche settimana della famiglia Saccia. Era sempre lì a Chianalea, a pochi passi dal porticciolo di Scilla. Era incastonata con altre casette, per entrare si doveva percorrere alcuni gradini.

Giunto davanti alla porta ho visto che era aperta. Ho temuto che ci fosse qualche ladro, o qualcuno la sera prima avesse dimenticato di chiuderla. Ho spinto la vecchia anta cercando di non fare alcun rumore. Sono andato avanti con cautela. D'un tratto la finestra della camera da letto si è sentita sbattere per il vento. Ho preso quella direzione temendo di incontrare qualcuno. La porta era socchiusa e sentivo dei leggeri rumori.

Con la mano, spinto anche dal venticello, l'ho aperta. C'eri tu, davanti alla specchiera, a spazzolarti i capelli. Vedevo quel ripetere lento ed era uguale a come l'ho immaginato quando scrivevo il personaggio di Maria.

Sono rimasto immobile a spiarti per qualche istante che avrei voluto non finesse mai. Sentivo il vento del mare che entrava dalla finestra e si ingarbugliava tra i tuoi capelli. Tu con la spazzola lo lisciavi rendendolo un effluvio profumatissimo, e i capelli subito dopo si rinfoltivano di luce dorata che illuminava l'intera stanza.

Ero stupito nel trovarti lì a quell'ora. Ma in fondo sapevo anche che tu mi stupivi sempre.

Hai continuato ancora dopo esserti accorta di me perché dovevi terminare i tuoi esercizi segreti. Hai poggiato la spazzola descrivendo un lungo tempo con la mano per arrivare alla specchiera. Gli occhi allo stesso modo si sono alzati verso lo specchio e poi hanno incrociato i miei.

«Ma che vuoi fare, stare lì impalato a guardarmi senza entrare? Dai vieni!» e poi ti sei voltata verso di me allungandomi la mano. Io l'ho afferrata all'istante e mi sono seduto per terra, sotto di te, e ti ho risposto:

«Ti prego perdonami! Non volevo disturbarti! Non sapevo che fossi qui a quest'ora. Pensavo che fosse entrato un ladro».

«Un ladro qui? A rubare che?, la mia spazzola? Neanch'io sapevo che saresti venuto, ma hai fatto bene, è così che si comporta un vero regista: deve arrivare per primo sul set e andarsene per ultimo!»

«Sì ma tu sei arrivata prima, anzi arrivi sempre prima...»

«Eh... lascia stare me! Oggi dovevo essere pronta molto prima, sai che giriamo quella scena così importante, è necessario che mi prepari bene, perché le cose voglio che siano fatte a dovere E tu? Tu invece sei pronto? Ma sì che lo sei, non fare quella faccia, ti prendo solo in giro».

Abbassando gli occhi ho risposto:

«Lo spero proprio! Sono molto emozionato, ma non ho paura di non farcela. Ormai ci sei tu vicino a me, non può succedere niente di male. Mi dai tanta sicurezza, come nessuno. Potrei pure dire di essere felice, ma non voglio dirlo, si rovinerebbe tutto. Adesso riesco a dormire tutta la notte, e quando mi sveglio inizia il sogno più bello. Siamo qui Sofia. Siamo qui, insieme».

Guardando fuori dalla finestra hai detto:

«Sì lo vedo, ed è molto bello qui. Non sono mai venuta. Ho viaggiato tanto e molto lontano, alcuni posti me li sono dimenticati. Ma questo non lo scorderò mai. Dal primo momento mi è sembrato di sentirmi a casa, lo trovo così antico, poetico... romantico. Sai poco prima che tu arrivassi mi sono messa a guardare i pescatori arrivare con le loro barche, sembravano scivolare sopra un mare fatato, e io li osservavo commossa. Facevano dei gesti così semplici e abitudinari che per loro era certo una routine sfiancante, ma a me tutto quello dava un senso di poesia che mi ha fatto emozionare e sentirmi grata di essere stata forse l'unica a guardali. Ma dai vieni!, sediamoci un po' lì, affacciati al balcone!»

Ho preso due sedie e ci siamo seduti davanti al mare,

si scorgeva soltanto in parte, davanti c'erano altre case. Hai poggiato il gomito sulla ringhiera del balcone per sorreggerti la testa e ti sei messa a guardare il mare in silenzio. Io guardavo i tuoi occhi che brillavano e pensavo al passato, quando ero ossessionato a cercarti, e adesso eri a pochi centimetri da me. Mi sentivo una persona diversa, nuova, forse meglio di prima. Anche come regista avevo più sicurezza, riuscivo a rispondere a tutte le domande senza balbettare. E mi dicevo che era grazie a te, perché sei stata una guida e un'alleata perfetta. Ti è bastato guardarmi negli occhi e hai creduto alle mie follie. «Ho capito tutto di te, non preoccuparti tra non molto il nostro *Ritorno alla vita* si farà, abbi solo ancora un altro po' di pazienza!», mi hai detto un giorno, e così è stato.

Poi ho rotto il silenzio e ti ho rivelato:

«Devi sapere una cosa... sai anch'io ho pensato quello che hai pensato tu. Mi riferisco a quando hai detto che ti sei messa ad osservare i pescatori trascinare le loro barche all'alba... Anch'io ho fatto la stessa cosa, e credo di aver provato la tue stesse emozioni, quindi non sei stata l'unica mia cara. Ero seduto sul muretto proprio lì di fronte, e quando me ne sono andato per venire qui ho pensato: "questa scena devo inserirla nel film". Poi ho trovato te e mi hai raccontato quelle cose, facendomi capire che in realtà siamo molto più simili di quanto l'apparenza e i nostri tempi vogliano dire il contrario».

Ti sei messa a sorridere, e poi hai risposto:

«Ma davvero hai pensato la stessa cosa? E si vede che non avevamo niente da fare che guardare a quell'ora così presto gli altri che lavorano!» Abbiamo continuato a ridere insieme, aggiungendo a una risata un'altra battuta, e poi un'altra ancora.

Quando mi sono accorto che il sole era già un po' alto nel cielo, mi è venuta in mente un'idea e ti ho proposto:

«Che ne dici di fare un giro in barca? Adesso, prima che cominciamo a girare, tanto ancora ci vuole qualche ora!» e tu perplessa: «Adesso dici? ma non sarà meglio fare qualche prova?!»

«Ma se abbiamo provato fino alla nausea! E poi che sarà mai dire qualche battuta qua e là, tanto poi la doppiamo perbene!»

E tu un po' infastidita hai risposto:

«Ma guarda tu a questo che deve dirmi!» Poi ti sei girata di nuovo verso di me e mentre ti è scappato un sorriso hai aggiunto: «Ma sì andiamo, e come si dice "o ora o mai più!"»

Siamo scesi lungo la via di Chianalea, tu sorreggendoti al mio braccio, e ci siamo avvicinati ad uno dei pescatori che ancora stava sistemando le ultime cose. Appena ti ha visto si è tolto il cappello e le sue labbra hanno cominciato a balbettare senza dire nulla. Ti sei avvicinata e gli hai domandato:

«Dai Pasqualino che ce lo fai un giro in barca?»

Lui molto emozionato ha risposto:

«Ma come no?! certo signora, prego salite! E perdonate l'emozione, ma non me l'aspettavo tutto qua!»

La barca ha cominciato ad allontanarsi dalla riva rocciosa in cui le case si protendono quasi a strapiombo sul mare. Il pescatore dapprima ha remato per qualche metro finché non siamo giunti un po' al largo e qui ha acceso il motore. Mentre ci allontanavamo vedevamo il piccolo borgo di Chianalea prendere forma in tutto il suo aspetto di paesino da presepe, dall'inizio alla fine. Da lontano quel reticolato di casette ammucchiate tra loro, si distribuivano come un mucchio di ciottoli sormontanti dal castello sulla destra. In primo piano c'era una fila di case perfettamente lineare, una a fianco all'altra che si adagiavano sull'acqua e di conseguenza avevano la precedenza per un riflesso più nitido. Poi un'altra fila di case era posta sopra la prima e poi la terza, ma proseguendo verso l'alto la lunghezza delle file si accorciava e le case si attorcigliavano al castello, che visto da questa parte era sulla destra, sopra un'alta rupe da cui si può scorgere gran parte del Mediterraneo. I tuoi occhi, così come i miei, erano intenti a guardare il borgo marinaro come diventava sempre più piccolo e definito nella lontananza che ci divideva con la terra ferma. Il rumore del motore contrastava con le onde che sbattevano sulla barca; poi ancora qualche gabbiano, ora qui a largo, cantava contento l'inizio del nuovo giorno. Il cielo sembrava un tetto acceso d'oro, e le nuvole bianche erano decorazioni barocche che si stagliavano perfetta-mente sul chiaro azzurro. L'odore poi, era quello del mare autentico, dei pesci vivi sott'acqua e della salsedine che si incrociava con l'aria fresca del mattino. I tuoi capelli erano in armonia con la natura, in particolare con l'oro dei raggi solari che ancora non picchiavano forte sopra le nostre teste, ma scivolavano come candide piume.

Ad un certo punto Pasqualino ha messo freno al motore e la barca ha cominciato a scivolare lentamente sopra lo specchio del mare. Qui i colori erano diversi, perché riflettevano le montagne che cadono a strapiombo sul mare. Infatti adesso c'era il verde e il marrone, il blu che andava al viola e le rocce spuntavano come gobbe di delfini che non ritornavano nelle profondità. Appariva tutto meraviglioso, ricco di una luce che riempiva i nostri cuori di un nuovo senso della vita. I gabbiani sfioravano l'acqua e il vento a volte sussultava leggero. Entrambi eravamo molti attenti a cogliere queste piccole sfumature. Una barca lontana strisciava lungo il mare, sfaldando lo specchio, e le onde provocate arrivavano sulla nostra imbarcazione, scuotendoci, e poi passavano, andando verso la riva. Dopo una folata che ha aperto a ventaglio i tuoi capelli, ci è stato l'arrivo della musica, che ho riconosciuto alla prima nota, *Nuovo Cinema Paradiso*. Gli archi si estendevano lentamente finché non sono arrivati ai livelli più alti. Da quell'altura poi scendevano di getto e aprivano nella mente di chi l'ascoltava spazi immensi su cui costruire sogni senza confini. Ritornavano ad estendersi, poi di nuovo a chiudersi, permettendo anche al cuore di essere elastico come una fisarmonica.

Dopo sono arrivati i flauti. Erano leggeri spiragli di luce che soffiavano tra le orecchie e poi davanti agli occhi disegnavano paesaggi in cui tutte le cose erano sospese. La barca allo stesso modo scivolava lenta verso i colori che prima erano lontani, ora ne facevamo parte. Eravamo immersi nella natura fatta di acqua, scogli, insenature e paesaggi che si aprivano all'improvviso. Il mare non era mai uguale, ad ogni remata mutava, e così la musica e i nostri sogni. Sentivamo davvero l'ebbrezza di sfiorare il cielo. Non ci importava di nulla, esistevano i paesaggi del mare e il desiderio di vederne di nuovi.

La barca andava in direzione della costa verso nord, e dopo aver lasciato Chianalea alle spalle, c'erano soltanto le montagne vestite di velluto verde. Le spiagge non c'erano più, ma strisce di ciottoli e scogli appuntiti che segnavano l'incrocio tra il mondo del mare e quello della montagna, ostacolando l'approdo anche di piccole barche.

Erano pezzi di Calabria mai visti, soltanto gli uomini del mare avevano questo accesso.

Nel frattempo Pasqualino, la nostra guida, era dietro di noi che osservava il procedere della barca in silenzio. A lui non interessavano le montagne e i colori cangianti della riva. Non si curava del cielo e delle isole là in fondo. Era impegnato a tenere legato quel punto fermo che i suoi occhi avevano catturato dall'inizio del nostro viaggio, come se a stringere fossero delle mani e l'oggetto stretto il tesoro più prezioso degli abissi. Ma quegli occhi, che si vedevano per poco perché circondati da rughe molto spesse, avevano la caratteristica di comunicare una storia che interessava a chiunque.

Abbiamo visto che dopo essersi ripreso dall'emozione di averti sulla sua barca, si è raggomitolato tra le sue cianfrusaglie quotidiane, fatte di reti, coltello, corde e mare. La sua figura in poppa alla barca era coerente con il sentimento che il mare di Calabria ci comunicava: un misto di malinconia e voglia di sperare all'infinito.

Dopo ti sei messa anche tu ad osservare Pasqualino. Hai cominciato a capire che nei suoi occhi riluceva una scintilla che aveva solo il desiderio di spegnersi nel mare. Ma non ci riusciva, le acque non erano sufficienti.

«Pasqualino!»

«Ditemi pure signora!», ha risposto Pasqualino

drizzando la schiena.

«Volevo ringraziarti di cuore per averci accompagnato a vedere la costa. So che eri appena ritornato e anche molto stanco! Per cui grazie, grazie mille».

«Ma no, che dite?! Grazie a voi signora! Ho l'onore di trasportare sulla mia barca un'attrice come voi, famosa in tutto il mondo! Io sono lusingato di questo, e quando mi ricapita una cosa del genere?! Sapete, signora, la mia vita è molto modesta e ci sono davvero pochi piaceri e poche soddisfazioni nella vita. Bisogna prenderli a volo quelli che capitano... perché non ritornano una seconda volta!»

«Eh, dici bene Pasqualino, è una passata questa vita, adesso sei giovane e pieno di sogni, e domani è già tutto bello e finito! Ma bisogna andare avanti, sempre e comunque,» hai risposto socchiudendo gli occhi, e poi, cambiando espressione, hai domandato:

«Ma dimmi un po' Pasqualino, sei sposato, sei sposato tu?»

«Certo, Carmela si chiama mia moglie, ed è una vostra grandissima ammiratrice! Sapeste che sciocchezze dice quando vede i vostri film!», ha risposto mettendosi a ridacchiare.

«Sciocchezze, e che sciocchezze?», hai domandato perplessa.

«Si mette tutta in tiro, dice che anche lei sarebbe potuta diventare un'attrice, ma non ha avuto le possibilità per farlo. Ah... E ci crede davvero! Si mette perfino a recitare, sa tutte le battute a memoria, ah su questo è bravissima, non la batte nessuno! Credo che neanche voi vi ricordiate così bene le battute come la mia Carmela, con tutto il rispetto! In certe scene si mette perfino a piangere e mi chiede: “E dai fai Marcello tu!” E vi pare che io mi metto a fare le pagliacciate davanti al televisore?! Io le dico sempre che quelli sono professio-nisti, gente che sa il fatto suo, noi invece siamo pescatori. Io lo pesco di notte e tu lo vendi di mattina, le dico». Subito dopo ha cambiato espressione, i suoi occhi si sono intristiti ed è ritornato a guardare il mare. «Però, se devo essere sincero, un po’ mi fa piacere che ha questa passione perché così almeno si distrae e non pensa sempre alle cose brutte. Quanto soffre la mia povera Meluzza! un po’ di illusione non le farà male, vero signora? Anche se da un po’ non fa neppure questo! Sono tempi amari, ma amari assai!»

Ha continuato a dire qualche altra parola lamentevole fermandosi a metà. Ma noi lo capivamo guardando il cambiamento della sua espressione, ed era chiarissima, più delle parole, era segnato da un dolore che avrebbe trattenuto ancora per poco.

Ti sei messa al suo fianco, con la mano sulla sua spalla e hai detto:

«Pasqualino, ti prego dammi del tu, quasi quasi siamo coetanei, no?»

E lui sorridendo ha risposto: «Come volete, anzi come vuoi Sofia, ma per me il rispetto è tutto, sta alla base di tutto!»

«Eh, lo so, l’ho capito, ma dimmi una cosa... tua moglie, tua moglie sta male? ma proprio male?»

Pasqualino non si aspettava quella domanda, ma poi rivolgendosi verso il mare ha tirato un sospiro e ha risposto:

«Sì, sta proprio male, ma male di dolore che la sta consumando, come sta consumando me!» Ha sospirato di nuovo, rimanendo per un po' in silenzio, e poi ha ripreso a raccontare:

«Maria, nostra figlia, la nostra unica figlia, ha un male grosso, che ormai non si può più curare. E come può una madre distrarsi ormai se vede la sua bambina spegnersi giorno dopo giorno?! Alla fine di settembre dovrebbe compiere quarant'anni, una donna già fatta, eppure non si è mai sposata, voleva studiare e sistemarsi e poi creare una famiglia. Io e sua madre abbiamo lavorato e lavorato per mantenergli tutto il necessario, e che soddisfazione abbiamo avuto dopo che si è laureata! Mia figlia, nostra figlia, ci dicevamo con Carmela, è diventata una dottoressa! Che orgoglio ci ha fatto provare, i sacrifici erano stati tutti ripagati e lei poverella un po' si mortificava, ci diceva "ma non mandatemi più niente io posso lavorare, posso lavorare!". Si sentiva in colpa perché credeva che per noi fosse un sacrificio, ma non era un sacrificio, era una gioia grande, ma grande come il mare. E quando ritornava qui in Calabria ci portava un sacco di cose, ma io non volevo niente, volevo solo vedere per sempre il suo bel sorriso mentre viene da me e mi abbraccia. Ora non viene più ad abbracciarmi, neanche la possiamo sfiorare più di tanto, ha male dappertutto, povera figlia mia! Ai primi tempi della sua malattia sembrava che qualcosa stesse funzionando, i medici ci dicevano: "ma lei sta rispondendo bene alla cure, non vi dovete preoccupare oggi ci sono le cure per tutto, e poi Maria è una ragazza giovane e forte che saprà combatterla molto bene. Voi dovete solo starle vicino e comportarvi normalmente, non dovete farla sentire una malata, tutto ha origine dalla nostra mente, se lei è forte e coraggiosa e ha volontà allora guarirà, guarirà statene certi!" E come potevamo comportarci normalmente? Noi che eravamo i genitori e che vedevamo come la nostra Maria a poco a poco quelle cure piuttosto che farla migliorare la stavano trasformando! No, non potevamo reggere troppo il dolore, e in alcune occasioni è stata lei che ci ha confortato. Più di una volta Carmela si è messa a piangere, a strillare, a bestemmiare anche, e Maria, che soffriva più a vedere noi così, ci diceva che lei stava bene, che il fatto dei capelli che cadessero era una cosa normale delle medicine, come il gonfiore e a volte gli scatti d'ira. Ci diceva anche lei che era una cosa passeggera e che presto sarebbe ritornata quella di un tempo. Ci dava coraggio, ci diceva di non abbatterci e subito si metteva a scherzare, a sfotterci come il suo solito per farci ridere, ma dentro sapevamo che lei moriva e morivamo anche noi...! Dopo un po' le cure hanno fatto effetto, si è operata a Milano addirittura, abbiamo fatto in modo che avesse i migliori medici. Così per un po' è stata bene, è passato qualche anno tra una visita e l'altra, ma lei la stessa non è più tornata, anzi è andata a peggiorare dopo un po'. Quando abbiamo saputo che il male è ricomparso, ormai un anno fa, lei e noi eravamo diversi, soprattutto lei. Non aveva più la forza della prima volta, i suoi occhi si erano ingrossati, e non lacrimavano più, guardavano il mondo con un certo distacco, come se lei si fosse rassegnata che il suo destino sarebbe stato solo quello, quello a cui è ormai condannata. Povera figlia mia!, ci diciamo ogni giorno perché non è capitato a noi! Ma niente, risposte non ne abbiamo... abbiamo solo il silenzio così come quando pregavamo e nessuno ci ha mai ascoltati! Il destino quando è destino, o come si chiama lui, non si può cambiare neanche se è così ingiusto come questo. Ora, da qualche settimana è a casa, i medici ci hanno detto che non c'è più niente da fare... Ci dicevano che avrebbero provato a fare qualcos'altro, ma avrebbero provato solo a farla soffrire di più. Lei ci ha implorati di portarla a casa, di voler stare nella sua stanza e guardare il mare come lentamente si consuma eppure è sempre uguale. Per la maggior parte del tempo vuole stare da sola, non vuole che la vediamo mentre va via, e mia moglie sta sempre seduta dietro la porta a temere il peggio da un momento all'altro, e con un rosario in mano spera in un miracolo all'ultimo momento. Un miracolo, ci vorrebbe proprio un miracolo!»

Da quando si era messo a raccontare della malattia di sua figlia, Pasqualino aveva ripreso i remi in mano per fare ritorno. Lo guardavamo di spalle, io e te, attenti ad ogni sua parola scandita nell'immobilità del dolore. Il paesaggio di Scilla ora era quello di Pasqualino, della sua amara verità familiare che andava a contrastare con la brillantezza del mare. E quando è riapparso il borgo di Chinalea noi due abbiamo cominciato a stringere gli occhi per scorgere la finestra della stanza di Maria. Ormai eravamo sospesi su un filo di angoscia, colpevoli di aver ignorato questa realtà così vicina per tutto quel tempo. Stavamo in silenzio, con le ciglia abbassate, gli sguardi che non si incrociavano più, come se un velo di vergogna ci dividesse.

La bellezza della natura era cambiata. Il mare appariva brillante e fatato, ma sapevamo che si trattava di un'apparenza. La sua natura nascondeva un inganno per l'uomo. E tutti gli altri elementi, come la brezza, i colori delle montagne, le sfumature del cielo, erano appunto dei sospetti che gli uomini dovevano sempre temere. E noi capivamo queste cose dalle parole di Pasqualino, dalla sua realtà che crollava a pezzi ogni giorno.

Mentre Pasqualino continuava a parlare, senza tradire un accenno pietoso nella sua voce, il paesaggio cambiava aspetto, come se in arrivo ci fosse un temporale. Nel cielo è sembrato che qualcuno avesse gettato un mantello grigio e la nostra fronte rimaneva tesa. Siamo rimasti ancora in silenzio perché non sapevamo quali parole usare. Qualsiasi cosa appariva banale.

Poi per un po' anche il vecchio pescatore è rimasto in silenzio, ognuno rivolto verso il proprio pezzo di mare. Dopodiché, mentre ha acceso il motore, Pasqualino si è messo a parlare del mare in una forma di soliloquio, quasi fosse più un lamento a voce alta che lui ripeteva quotidianamente. In quelle frasi piene di rabbia descriveva la condizione del mare di Calabria di oggi: afflitto da un male incurabile, come la sua cara figlia Maria. Raccontava di come nel tempo le cose fossero cambiate, di come la purezza di quelle acque avessero lasciato il posto alle lordure con cui gli uomini avevano insozzato sia la terra che il mare. Le sue erano sentenze che non lasciavano alcuna speranza di guarigione, arrivavano diritte al cuore e lo trafiggevano, squarciandolo poi in due.

Come mi sono sentito morire davanti a quelle verità! Non volevo credere alle sue parole. Era inaccettabile che il mare, amico e confidente per tutti gli anni della mia vita di sogni e delusioni, fosse uno stagno in cui crescevano insidie e sporcizie. Di conseguenza nascevano dentro di me mille perplessità che non si potevano risolvere. Anche il senso della vita futura era messo in discussione. Questo perché come tu sai, la mia non era solo un'angoscia rivolta alla salvaguardia dell'ambiente, ma si ramificava nella costruzione della mia persona. Il mare, o un ulivo, erano stati delle entità personificate con cui mi rivolgevo ogni giorno, e l'affetto era lo stesso come quello verso un amico.

Sporgevo la mano fuori la barca, cercando di sfiorare il mare. Mi chiedevo se potessi intuire la sua malattia. Ma non l'ho fatto. Ho avuto paura. In fondo che colpa ne ha lui?, ho pensato. È una vittima come la figlia di Pasqualino. Perciò dovevo solo amarlo di più, e cercare di difenderlo.

Le case di Chianalea erano di fronte a noi, una di fianco all'altra, come prima. Ma noi eravamo diversi. Nel mare si riflettevano anche le increspature dei loro muri, il nero della muffa, la decadenza delle pietre di alcune pareti, le falde di tetti diroccati. La malattia di Maria.

Pasqualino ci ha indicato la sua casa, e da quella finestra non abbiamo più tolto gli occhi.

Le case si facevano più grandi e la musica di *Nuovo cinema Paradiso* ritornava a mischiarsi col vento. Aveva una melodia diversa, si sentiva soltanto un violino che ci ha accompagnati lentamente a riva.

Quando siamo scesi dalla barca Pasqualino ci ha ringraziato e tu, con le lacrime agli occhi, lo hai abbracciato, e per molto tempo.

Poi abbiamo proseguito verso il luogo delle riprese, nella casa dove quella mattina è cominciato tutto. Prima di girare l'angolo ci siamo girati indietro e abbiamo visto Pasqualino mettere in ordine le sue cose sulla barca, cercando di cogliere qualche altro aspetto del suo dolore. Infine abbiamo alzato lo sguardo verso la sua casa, le finestre erano chiuse, ma noi sentivamo le pulsazioni dei cuori di Maria e Carmela dietro la porta. Andando avanti con l'immaginazione abbiamo visto la ragazza. Era distesa sul letto, davanti alla finestra che dava sul mare. Gli occhi erano semichiusi, e a un certo punto ha alzato il braccio per afferrare con la mano il mare e il cielo. Si è sollevata anche col busto, ma di poco, si è subito stancata. Ha riappoggiato la mano sospirando, con il vento che la carezzava ripetutamente. Allo stesso momento sentivamo i gesti di Carmela. Era dietro la porta, riversa su una sedia, e guardava il corridoio mentre con le dita scorreva un rosario. Implorava la Madonna in quanto madre e ricca di infinita misericordia. I suoi occhi ormai erano asciutti. Le labbra intrecciavano preghiere e imprecazioni.

Abbiamo aperto gli occhi e le nostre mani erano unite, vicine come i nostri pensieri. Pasqualino aveva terminato di sistemare le sue cose, si è lanciato la camicia sulle spalle e ha fatto ritorno a casa. Così siamo rimasti da soli, mano nella mano, e dopo tanto tempo ci siamo guardati negli occhi. Abbiamo provato dell'imbarazzo, ma entrambi abbiamo cercato di nasconderlo. Poi tu sorridendo hai detto:

«Dai, andiamo "a casa nostra"!»

Appena aperta la porta di "casa Saccia", abbiamo visto tutta la troupe già pronta. Non era mai successo che noi fossimo gli ultimi ad arrivare sul set. Subito dopo ti sei girata verso di me e mi hai detto all'orecchio:

«Adesso dobbiamo girare, anche se è difficile dimenticare quello che ci ha raccontato Pasqualino... ma dobbiamo girare!»

Nel frattempo il costumista ti chiamava sventolando

una gonna per aria. Allora sei scappata di corsa, e il mondo ritornava quello di prima.

Dopo qualche ora eravamo pronti per girare. Tu eri in piedi davanti ai fornelli della cucina. La macchina da presa era soltanto una. Ho messo l'occhio dentro l'obbiettivo e la storia del film è ritornata a prendersi i suoi spazi. Tu eri pronta in piedi già con l'anima del personaggio.

«Motore!»

«Azione!»

Così hai cominciato a mettere le mani sulle padelle, ad asciugarti le mani sul grembiule. Ti toccavi la ciocca dei capelli che cadeva sulla fronte e tu la tiravi su con le stesse dita che io avrei voluto tu usassi. Poi ho fatto partire la musica del Maestro e la scena è continuata per circa un minuto e mezzo. L'abbiamo ripetuta da altre angolazioni, per tante volte. Volevo girare ancora di più, ripetere senza fermarmi. Temevo che potesse sfuggirmi qualcosa perché sentivo il bisogno di documentare tutto di te. Ogni tuo movimento con gli occhi era una storia nuova.

La macchina da presa era immobile, faceva ogni tanto dei piccoli movimenti laterali in base ai tuoi spostamenti, poi qualche zoom sul tuo viso per finire con un primissimo piano e il film sembrava già essere finito. Vedevo in basso alle tue ciglia una luce particolare, un riflesso nuovo per quella giornata che ho capito essere dovuto al pensiero della giovane Maria, e quando ci siamo incontrati con lo sguardo ho avuto la conferma.

«Stop!»

Questa parte era finita. C'è stata una pausa. Ti sei seduta vicino alle verdure tagliate, con il braccio appoggiato sul tavolo. È sembrato che il tuo personaggio continuava ad andare avanti. La realtà era che sentivi di essere finita in un gorgo di malinconia. Per uscirne bisognava dimenticarsi dell'altra Maria, quella vera. Era impressa davanti ai tuoi occhi così come l'avevamo vista poche ore prima sforzandoci di guardare oltre i muri della sua casa. Lo stesso era per me. E rimanevi lì ferma, lontana da tutti, ma non da me. Ti spiavo dietro la macchina da presa, osservando come mutava la brillantezza dei tuoi occhi in base al pensiero del momento. Non volevo perdermi nulla, soprattutto in questi momenti di apparente riposo.

Dal mio angolo buio sentivo i tuoi nervi tesi. Volevi strillare alla vita ingiusta, e te la prendevi col destino accusandolo di non avere alcuna coscienza. Ma stavi in silenzio, soltanto i tuoi occhi non smettevano di combattere.

All'improvviso hai alzato lo sguardo verso di me. Sei riuscita a scovarmi e mi hai sferrato la lama incandescente che usciva dai tuoi occhi. Portava con sé la tua verità che diceva: "non c'è speranza di nasconderci, se la nostra fine è scritta in un modo, così sarà, mio caro!"

«Azione!»

Di nuovo davanti alla macchina da presa, questa volta c'ero pure io. Non avevo nessuno di quei timori che per anni avevo immaginato. Erano superati dal pensiero di Maria, che rimaneva costante anche se andavamo avanti con i nostri personaggi e i loro tormenti.

Sono trascorse diverse ore per girare la stessa scena, e noi diventavamo sempre più simili perché l'esperienza ci aveva uniti. Ancora di più.

«Stop!»

Anche questa era finita. Era l'ora del tramonto e il cielo sembrava preannunciare una tempesta. Ci siamo ritrovati al castello di Scilla, ognuno dalla sua parte. In realtà tu non sapevi che ero dietro di te, ancora una volta, ad osservarti in silenzio. Abbiamo avuto la stessa idea di andare a rifugiarci tra le mura dell'antica fortezza. Tu un passo prima di me.

Il mare si era ingrossato e le onde coprivano gli scogli sotto la roccia, ruggendo come dei mostri marini. Il cielo era un lunga fiamma di colori interrotti dalle nuvole che si spostavano leggere.

Avevi le mani strette al muretto, nell'ultima parte della terrazza del castello. Io sono rimasto a pochi passi dietro di te, accovacciato su una pietra. Vedevo i tuoi capelli che correvano indietro bruciati dal fuoco della sera. I tuoi occhi, che non vedevo perché eri di spalle, accoglievano i segreti lontani che trasportava il vento. Si trasformavano in smeraldi, esternando la malinconia del giorno. Ho fatto qualche passo per venire in tuo aiuto, poi una musica mi ha fermato: *Joss il professionista.* Ho capito che avevi scelto di essere da sola, in cima al Mediterraneo a vagliare il mondo e le rovine degli uomini. Le note erano forti come il vento, violente come le onde del mare. Andavano avanti come i tuoi pensieri, mentre la tua figura immobile si stagliava fiera davanti al cielo in preda a un incendio.

IX

Cristian e Adelaide

Alzo gli occhi dal foglio che ho appena finito di scrivere. Mi rivolgo verso l'esterno, oltre la tenda che copre il cielo. L'inquietudine si è calmata, grazie ai ricordi piacevoli. Ma sento qualcosa che mi trascina indietro.

Abbasso la penna e ritorno sulle ultime pagine. Rivivo i momenti di Scilla, mi dico che devo ritornare a raccontare qualcos'altro di quel periodo. In quella città che non ha abbandonato il sapore del mito. Sono stati i giorni più belli. Ma capisco anche che non serve a niente ritornarci.

Perciò mi alzo dalla poltrona, mi avvicino verso il balcone. Chiudo gli occhi, le mani in tasca, e parte la musica, si tratta *D'amore si muore.* Ascolta come corrono i violini insieme al vento, come vedi non c'è alcun freno che attutisce quest'emozione. Una porta si apre dopo l'altra, un gabbiano sibila un verso al suo vicino, e corre di fretta tra i fruscii dell'albero, in una calda brughiera vellutata di verde e giallo. Ecco che le onde si ritirano, spumano all'indietro. I pesci saltano sulla cresta dell'onda imbiancandosi. Dietro le nuvole si rincorrono fuggendo dall'orizzonte e creano fra di loro forme di mostri e paesaggi. I violini svoltano verso altre distese, i campi s'addensano di grano e sui colli gli armenti muggiscono lenti lenti.

Riapro gli occhi. Per un momento ascolto il silenzio che si abbatte su quel poco di cielo che mi è rimasto di vedere dalla mia finestra. Non c'è alcuna nuvola, soltanto l'azzurro pastello e piatto. Richiudo gli occhi e pian piano cominciano a solidificarsi altre note. Una volta unite, la melodia si fa riconoscere, è *La tenda rossa*, col tema d'amore. La mente ritorna di nuovo a Scilla in quelle giornate in cui abbiamo assistito al cambiamento da una stagione all'altra: dall'estate all'autunno. Ti ricordi vero? Dopo la fine del lavoro andavamo sulla spiaggia a vedere il sole che giorno dopo giorno cambiava la sua posizione sulla linea dell'orizzonte, andando sempre più vicino alla Sicilia. E quando poi il sole cascava dietro i suoi monti voleva dire che l'estate era già finita, e che il nostro film stava concludendosi.

L'amarezza più grande era che la mia quotidianità si sarebbe stravolta, e tu non ne avresti fatto più parte. Soprattutto negli ultimi giorni pregavo perché quel tramonto non arrivasse mai alla fine. Desideravo che il tempo si allungasse per darci un'altra possibilità ancora, un'altra ancora! Allora io per rimediare a questo torto, quando dovevo riprenderti per le ultime volte, facevo in modo che le inquadrature su di te si allungassero più delle altre, stravolgendo ogni regola, ogni forma di geometria registica, pur di averti ancora un altro secondo, un secondo che per me sarebbe stata una vita intera. C'era dentro di me un bisogno grandissimo di poter dilatare il tempo all'infinito, e questa magia soltanto il cinema poteva regalarmela, soltanto il cinema mi permetteva una finzione che a volte era più vera e bella della realtà stessa. Nessuno si è accorto di questi miei trucchi, era un mio segreto, neanche a te lo avevo rivelato.

Però oggi, sento che ogni finzione è del tutto inutile. Voglio scriverti senza barriere, in modo che tu capisca il mio vero stato d'animo. C'è bisogno che dia una svolta alla mia vita, più in fretta possibile. Sento che non ho più nulla da condividere con questo paese, e le persone intorno sono degli estranei.

Mi è venuto in mente che sentimenti simili li avevo trasmessi al protagonista del nostro film, Cristian. E questo stato d'animo era evidente all'inizio. Si sentiva intrappolato dai propri luoghi. Tentava di percorrere una via per uscirne, ma il destino poneva sempre degli ostacoli. Quando lo vediamo uscire la sera con gli amici, ubriacandosi per cercare di dimenticare, voleva affogare anche quegli episodi che lo stavano portando via, ma a causa di sua madre, ha dovuto rinunciarci. Ho immaginato la sua storia passata, prima ancora del film, e ho visto lui ancora minorenne che cerca di fuggire in America insieme a una donna molto più grande di lui.

Sua madre quando scopre la tresca amorosa tra il figlio e questa donna va su tutte le furie perché sente che "qui c'è qualcosa che puzza di bruciato". Il piano era andare a New York, dove Adelaide era proprietaria di un negozio, e Cristian avrebbe lavorato con lei, almeno agli inizi.

La storia è iniziata d'estate, lo stesso anno in cui Cristian aveva deciso di abbandonare la scuola. Sognava di essere indipendente, avere un lavoro e una casa propria. Soprattutto di lasciare la piccola città di Paradiso, e andare magari in America.

Adelaide era una donna di più di trent'anni, e viveva a Manhattan da molto tempo. Non ritornava nella sua terra d'origine da quand'era piccola, e ricordava solo poche cose. I suoi genitori però le hanno trasmesso la lingua del posto, i ricordi dei parenti lontani, e le vecchie tradizioni. È rimasta orfana da qualche anno e da allora la nostalgia per la Calabria è cresciuta. Voleva ritornare il più presto possibile e riabbracciare suo zio Felice, con il quale aveva sempre mantenuto i contatti.

La casa dello zio, dove lei alloggiava, si trovava nella parte alta della città, vicino la chiesa. Era una casa vecchia, con gli infissi pieni di spifferi dai vetri sottili, e composta da due vani, uno al piano terra e l'altro al primo piano. Non riusciva a capacitarsi come riuscisse a vivere lo zio Felice in una casa del genere e ha insistito per una restaurazione immediata, prima dell'arrivo dell'inverno.

Per i lavori alle porte hanno chiamato Giuseppe Saccia, il padre di Cristian, conoscente dello zio Felice. E in una di queste occasioni Adelaide ha incontrato il giovane Cristian.

I primi incontri sono stati disastrosi, non riuscivano a sopportarsi. Adelaide, dal forte temperamento, non le mandava a dire. Si considerava una di quelle donne che non hanno bisogno dell'uomo accanto per cavarsela, era indipendente e non permetteva di farsi mettere i piedi in testa. D'altronde aveva attraversato gli ultimi anni a crearsi una propria attività e a gestire i lavori, per lo più con uomini, sempre da sola. Per cui, una cosa che sapeva fare benissimo, era fiutare chi voleva prendersi gioco di lei o farle perdere del tempo.

In uno di quei giorni Cristian è dovuto andare a casa di Adelaide. Suo padre era impegnato in falegnameria, e lo aveva incaricato a prendere il suo posto per quel giorno dato che il lavoro da fare era molto semplice.

Fin dall'inizio alla ragazza non è piaciuto che fosse venuto solo Cristian, già a prima vista lo considerava uno scansafatiche. Non faceva che fumare tra una pausa e l'altra, e quando fingeva di lavorare si dondolava impiegandoci un'eternità: questi erano più o meno i pensieri di Adelaide che non gli toglieva gli occhi di dosso. Inoltre il lavoro non era concluso per la data che avevano stabilito e questo la faceva ancora di più imbestialire.

Dopo che è uscita dal balcone per l'ennesima volta e l'ha visto accendersi la sua quinta sigaretta della mattinata, è ritornata dentro per scendere giù.

«Bambolino,» gli ha detto urlando, «vedi che ora mi ha stancata! Io non sto qui a guardare come ti mangi i miei soldi, vedi di lavorare perché sono passati già tre giorni da quando tutto doveva essere finito, e guarda a che punto siamo ancora! E ti metti a fumare!», e mentre parlava scuoteva la testa piena di ricci.

Cristian l'ha guardata non badando al contenuto delle parole. Ha creduto fosse un modo di scherzare e le sorrideva. Quel sorriso l'ha fatta infuriare ancora di più, così ha continuato a rimproverarlo non risparmiando qualche insulto. A quel punto Cristian, per non dargliela vinta subito, ha mantenuto l'aria da strafottente per un po', poi ha risposto:

«Ricciolina bella, tu forse non hai capito con chi stai parlando! Io sono una persona seria e pure forse troppo rispettosa. E ti ricordo che ancora non ci avete pagato neanche la metà di quello che ci dovete! E poi non ti piace la sigaretta?, però un'altra cosa ti piace, visto che mi guardi sbavando da stamattina!»

Ancora non soddisfatto, si è preso un'altra sigaretta dalla tasca, e l'ha accesa fissandola negli occhi. Non ha fatto in tempo però a espellere il primo sbuffo che Adelaide gli ha già tirato un schiaffo.

Subito sono cominciati gli insulti, le urla si sentivano per tutta la strada, e quando sembravano calmarsi, ecco che ripartivano più agguerriti di prima.

Sono intervenute le rispettive famiglie. Lo zio Felice e il padre i Cristian volevano capire la situazione e aggiustare i rapporti dato che Adelaide non voleva più avere niente a che fare con lui e di conseguenza rifiutava il lavoro che aveva ordinato. Lo zio Felice si sentiva a disagio e Giuseppe, da parte sua, rimproverava Cristian per aver mandato tutto all'aria, lo considerava un incompetente nato e non solo non faceva niente tutto il giorno ma creava dei disastri al suo lavoro già abbastanza precario.

Però il rimprovero peggiore è arrivato da parte della madre, Maria. Quando è venuta a sapere l'accaduto, come prima cosa ha dato uno schiaffo al figlio (il secondo della giornata!). A Maria non interessava tanto il fatto che avesse litigato con Adelaide, ma la infuriava che il marito avesse perso quel lavoro, e quei soldi avrebbero contribuito alla famiglia a vivere per circa un mese. Infatti molto chiaramente gli ha detto:

«Finché non fai pace con Adelaide tu qua non entri, vai dove ti pare!»

Cristian non ha avuto altra scelta che ritornare a bussare alla porta di Adelaide. Lei senza pensarci un secondo gliela chiudeva in faccia ogni volta che lo vedeva avvicinarsi alla sua porta. Però Cristian continuava a sfidarla e si era promesso di non arrendersi finché non l'avrebbe avuta vinta.

Adelaide era sempre più testarda, neanche le parole dello zio Felice che la inducevano a perdonarlo funzionavano. Capiva che era ingiusto nei confronti del padre di Cristian, ma non voleva "dargliela vinta a quel ragazzino nullafacente".

Dopo un giorno trascorso a tentare di avere un approccio, e una notte a dormire nella falegnameria del padre, Cristian era allo stremo del nervosismo. Andava da lei escogitando qualsiasi piano, a volte fingeva il ruolo del ragazzino dispiaciuto e in cerca di un po' di pietà, altre era più aggressivo battendo i pugni sulla porta urlando di aprirgli e farlo parlare. E lei si dimostrava fredda e distaccata, ignorandolo del tutto. Diversamente lo zio Felice gli diceva di tranquillizzarsi che presto avrebbe cambiato idea. Intanto i giorni passavano e Cristian si appostava sotto la sua finestra a volte per delle ore: per lui era una sfida convincerla, e per lei una sfida resistere. Adelaide in realtà stava dietro la finestra e attenta quando sentiva un minimo rumore avvicinarsi. All'inizio la infastidiva quella sua insistenza, ma dopo un paio di giorni, quando alla solita ora Cristian non era ancora venuto, si è affacciata dallo zio Felice e gli ha domandato:

«Ma quel ragazzino maleducato non è venuto ancora?»

Un giorno si è messo a piovere. Lui era sempre sotto quella finestra e Adelaide barricata in casa. Questa volta Cristian era convinto che gli avrebbe aperto, perché lasciarlo sotto la pioggia sarebbe stata una crudeltà, pensava. Dopo qualche goccia la pioggia ha cominciato a scendere a dirotto, e il ragazzo si è messo in mezzo alla strada guardando la finestra. La persiana era chiusa. E dopo più di un'ora è rimasta allo stesso modo.

Dopo che ha smesso di piovere, Cristian, zuppo e affranto, ha abbandonato quella determinazione che lo aveva contraddistinto da più di una settimana e ha deciso di andare via. Si è girato per un'ultima volta, ma non è successo nulla. Così ha fatto ritorno alla falegnameria.

Si pentiva di aver sperato inutilmente, odiava Adelaide come nessuno. È una donna senza cuore, si ripeteva. Ma la tristezza più grande era quella di non esser riuscito a riparare a un suo errore, di gravare ancora una volta sulla sua famiglia. E ad ogni passo sull'asfalto bagnato si ripeteva: "ho fallito ancora".

È entrato con gli occhi bassi, tutto fradicio. Ha svoltato dietro un paravento che separava una camera da letto improvvisata, e ha visto Adelaide. Era in piedi tutta bagnata, col fiatone e la bocca aperta. Si sono guardati negli occhi, Cristian non riusciva a capire perché era qui, lei non riusciva a prendere il coraggio per farglielo capire. Sono rimasti ancora fermi ansimando, finché lei non si è gettata addosso e lo ha baciato.

Le loro labbra non si sono più staccate. Adelaide finalmente non tratteneva più quella passione che sopprimeva da giorni, e Cristian pur non capendo il suo comportamento continuava a stringerla. I loro corpi bagnati si sono uniti per trovare la pace nell'altro e tutta la notte è trascorsa senza dirsi una parola.

Al risveglio Cristian stringeva Adelaide, felice di avere una donna accanto nel letto. E quando l'ha vista aprire gli occhi le ha detto: «D'ora in poi sarà sempre così!»

Nei giorni seguenti i due amanti non si staccavano

l'uno dall'altra. I lavori tra i parenti erano ricominciati e i lori incontri d'amore si svolgevano in tutte le zone vicine a Paradiso. Tra i boschi vicini, nelle spiagge isolate e impervie, tra i campi e gli agrumeti, loro trovano sempre un angolo adatto per sfogare una passione che si accendeva sempre di più.

Il sole dell'estate favoriva la crescita del loro amore e quando hanno cominciato a prendere un po' di respiro per conoscersi meglio, iniziavano i primi progetti insieme. Ora sognavano il futuro dato che l'estate stava finendo, e settembre avrebbe portato via Adelaide per chi sa quanto tempo. Cristian raccontava del suo sogno di andare in America e lei gli prometteva che lo avrebbe aiutato. Ma sapevano anche, soprattutto lei, che non era molto facile realizzare tutti quei progetti. Cristian era ancora minorenne, e la famiglia avrebbe accettato di lasciarlo andare?

Quando lui ha dovuto affrontare il giudizio dei genitori era determinato a mantenere fede alle promesse che si era fatto con Adelaide. Non voleva il loro permesso, perché lui aveva già deciso. Non solo aveva una donna al suo fianco, ma l'America in tasca, la libertà!

Hanno finito per litigare, Maria avrebbe voluto prenderlo a schiaffi, e metterlo in punizione nella sua stanza. Ma quei tempi erano finiti, lei lo sapeva e non lo accettava. Temeva che sarebbe andato via in qualsiasi altro modo, però preferiva rimandare, sempre.

Cristian ritornava da Adelaide dopo ogni litigio con la madre. Per lui era il primo amore, forse il più grande mai esistito. Lei capiva che c'era qualcosa di sbagliato ma quando stava tra le sue braccia tutte le paure che la tormentavano di colpo svanivano. E quando nei momenti di estrema razionalità Adelaide diceva che sarebbe meglio troncare la loro storia, Cristian subito rispondeva: «Non pensarci nemmeno! Andrò via di nascosto se non lo vogliono accettare!»

Adesso quando erano da soli, a passeggiare lungo la costa, la maggior parte dei momenti erano scanditi dal silenzio. Ognuno guardava il mare e pensava come risolvere il problema. Per Cristian significava finalmente lasciare una prigione e diceva addio ai suoi luoghi di infanzia, perché già vedeva la statua della Libertà stagliarsi all'orizzonte.

Il loro programma era di partire qualche giorno dopo la data stabilita. Avrebbero fatto credere che lei se ne fosse già andata, e lui esternato la volontà di non voler più partire. Ma quando Cristian ha parlato con i suoi genitori, Maria non ha creduto ad una sola parola. Gli leggeva negli occhi la menzogna e così ha agito di conseguenza.

È andata da Adelaide, sputandole la rabbia che aveva dentro, compresa la paura di poter perdere il proprio bambino. Hanno litigato, poi Maria ha capito che era necessario adottare un altro tipo di strategia, e dalla urla è passata alle lacrime. È trascorso qualche giorno con questi incontri furtivi tra le due donne, finché Adelaide non si è convinta a partire senza di lui. Maria l'ha implorata anche di scrivergli una lettera in cui spiegava che lo lasciava perché era stato solo un capriccio d'estate. «Deve credere che lo hai ingannato, ti deve odiare! Solo così si convincerà a non partire», così le diceva Maria, e poi si metteva a piangere.

Dopo qualche ora che l'areo ha preso il decollo e Adelaide era già lontana, Cristian ha aperto la lettera e scopriva una finta verità. Molte volte è tornato indietro a rileggere quelle parole assurde, che un innamorato non accetta di credere fino in fondo. Poi le parole prendevano corpo e il loro significato riusciva a liberarsi dal velo delle lacrime. E quando iniziava ad accettare che Adelaide non avrebbe fatto più parte di quella realtà di cui piacevolmente si era abituato, disegnava nuove vie di fughe e di rinascita. Il suo cuore però sapeva che avrebbe convissuto con un peso di cui non aveva mai conosciuto l'esistenza.

Si apriva per Cristian un nuovo capitolo, in cui si apprestava a combattere con dei mostri interni, pur mostrando al mondo una spensieratezza che non c'era più.

Quando la vita di Cristian è entrata nel nostro film, aveva alle spalle questa storia da anni, però quei demoni esistevano ancora intrecciando meccanismi che lo portavano a commettere gli stessi errori.

Mi dispiace fermarmi qui, devo concludere questa storia. Ecco che parte la musica di *Giù la testa*. Ci sono le vele spiegate, la nave dei ricordi va lontana. Sento un'altra storia avvicinarsi. Non c'è molto tempo!

Mi manchi…

X

Roma

Ogni volta che pensavo a Roma era come tornare a casa, nonostante non ci fossi mai stato. La città dei miei sogni aveva tutte le caratteristiche della città eterna. Aveva i colori che ricercavo, gli sbocchi aperti su grandi piazze dopo strette strade, le contraddizioni d'epoche una a fianco all'altra, la diversità della gente che non annoiava mai. Inoltre ogni volta che dipingevo e sognavo quindi come un pittore, mi veniva in mente Roma. Lo stesso quando scrivevo poesie, immaginavo una terrazza con rose e gerani affacciata su Campo Marzio. E ogni volta che credevo per davvero che sarei diventato una figura del cinema, io non potevo che scegliere Roma come la mia unica casa. Qualsiasi fosse stato il sogno per il mio futuro, Roma non mi deludeva mai, era il teatro perfetto di tutte le aspettative che un'artista possa avere. Mi dicevo che prima di me, i miei artisti amati erano andati in quell'unica realtà che ha nome Roma. Ripensavo al mio poeta preferito e rivedevo le sue ansie di conoscere questa città che poi però l'ha deluso, così come il regista che ho amato più di tutti affrontava i disagi della guerra per realizzare poi un miracolo del cinema.

Chiunque abbia avuto un sogno talmente grande ha dovuto fare i conti con questa città. E io che non avevo nulla a che fare con le loro personalità, mi sentivo lo stesso spinto da un desiderio che era più forte di qualsiasi ragione. Sentivo che Roma aveva scelto me, però mi sfuggiva sempre diventando un'Atlantide sommersa, e lì ambientavo tutti i sogni più disparati e segreti.

A volte, quando me ne stavo chiuso nella stanza per giorni senza uscire, disegnavo la mia casa ideale affacciata in una piazza sempre diversa. C'era quella di piazza Navona, di Piazza di Spagna o sul Gianicolo che guarda tutta la città. E tenendo gli occhi chiusi gironzolavo per questa nuova casa, e poi andavo alla finestra per respirare l'aria dell'eternità.

Aprendo gli occhi però appariva il *muro bianco*. Le lacrime scendevano in mezzo al viso e mi chiedevo quando me ne sarei andato per davvero. Immaginavo di prendere un treno e una volta lì affrontare la vita momento per momento. Però subito la paura rotolava rumorosa nel petto. E rimanevo lì immobile.

C'erano anche le catene della Calabria che mi tenevano stretto, pur odiando la staticità a cui mi aveva condannato. E quando facevo il resoconto di un anno e mi dicevo "è già passato un altro anno" mi rendevo conto di non aver aggiunto nulla in più rispetto a prima. Seguivo il percorso delle stesse mattonelle, e in ognuna calpestavo l'immagine viva che il cuore disegnava per tentare di rinascere. Era grandissima la volontà di fuggire, magari a Roma, ma a causa di un incantesimo dovevo sottostare alle regole che imponeva il cielo di questa parte di mondo.

«Non si scappa facilmente dal sud,» mi hai detto un

giorno, e io senza saperla spiegare ne comprendevo il senso. «Però arriva quel momento in cui bisogna andare via, e devi essere pronto a farlo!» hai aggiunto poco dopo.

E per me, quel momento di stacco è arrivato quando ho ricevuto una risposta da una casa di produzione. Finalmente! Qualcuno era interessato alla mia storia.

Dopo qualche ora appresa la notizia, mi sono alzato dalla poltrona e ho cominciato a girare per la stanza con le mani dietro la schiena. Ascoltavo *L'Agnese va a morire*. Giravo osservando tutte le mattonelle del pavimento, e la mente saltava da un pensiero all'altro. Dalla felicità all'inquietudine. Però, dopo ore trascorse a essere testi-mone di come i pensieri mi stavano portando alla deriva e alla confusione, mi sono fermato al centro della stanza e, ad alta voce, più forte delle ultime note della musica, ho detto: «Devo andare, a tutti i costi!»

Il mattino seguente ero sul treno. Stringevo la sceneg-giatura a cui tutta la notte avevo apportato delle modifiche.

Quando il vagone ha iniziato a procedere sui binari mi sono sentito certo che quello che stavo facendo era davvero la realtà.

Il volto era appiccicato al finestrino per cogliere tutti quegli elementi della Calabria che avrei portato con me per sempre, perché già, senza che ancora non ci fosse nulla di certo, io vedevo la mia terra e le sue *umili cose*, con gli occhi di chi la lascia per emigrare in terre lontanissime e non sa se potrà mai un giorno rivederla.

Mi sento in colpa ad abbandonarla, in fondo, pensavo, è la terra dove sono cresciuto, mi ha fatto innamorare, ma anche tenuto lontano dai miei sogni.

L'amavo e la odiavo come sempre, però questa volta ero più disponibile al perdono perché davanti agli occhi avevo già i trionfi di Roma.

Durante tutto il viaggio le musiche del Maestro hanno risuonato in modo confuso per la testa, non sapendo su quale focalizzarmi.

Nell'ultima tappa del viaggio mi sono addormentato e a svegliarmi è stata la musica di *Mission*. Ancora non capivo se fosse la realtà o il sogno, ma la musica diveniva sempre più forte, e poi mi sono accorto di essere giunto alla stazione Termini.

La dolcezza delle note contrastava alla confusione della stazione. Non sapevo da quale parte andare, le vetrine mi circondavano e i corridoi non avevano una fine. Dopo diversi giri sono salito sulle scale mobili, e lì ho visto l'uscita.

Il rumore della città cancellava ogni melodia che avevo per la testa, e un caos maggiore rispetto a prima mi stordiva. Molti taxi erano fermi lì davanti, e sulla piazza gli autobus partivano e arrivavano veloci. Mi giravo intorno per cercare Roma, ma ancora non vedevo nulla. Stringevo sempre la sceneggiatura mentre la borsa del viaggio l'avevo depositata alla stazione. Ero determinato ad andare alla svelta dal produttore. Sapevo che il fascino che Roma suscitava su di me, mi avrebbe trascinato facendomi dimenticare di tutto. Ma non questa volta, mi sono detto. Porterò il mio obbiettivo fino alla fine, anche Michelangelo potrà aspettare.

Sono andato avanti verso piazza della Repubblica col desiderio di svoltare verso il centro, di perdermi tra le stradine che avevo sempre sognato. Ma sono riuscito a controllare la mia volontà, anche perché vedevo già

Roma con la Basilica di Santa Maria degli Angeli e dei Martiri, e la fontana delle Naidi che gettava i suoi zampilli fino al cielo.

Svoltando verso la Basilica la confusione del traffico si faceva meno intensa, ma a un certo punto si è sentito un brusio da lontano che sopraggiungeva lento, ma forte. A questo si affiancava una musichetta, che cresceva ad ogni secondo. Il mio volto come quello dei passanti era immobile ad attendere l'arrivo di qualcosa che non voleva palesarsi. Il boato ci rendeva inquieti, mentre quella musichetta era allegra, invogliava a saltare in mezzo alla strada.

Dopodiché si è vista spuntare una coppia di donne che marciavano secondo le note musicali e poi dietro di loro una fila interminabile. C'erano altri suonatori con violini e flauti, poi enormi pachidermi che facevano tremare le strade, e carri con animali esotici.

La gente festosa rispondeva ai richiami delle donne che suonavano, altri si avvicinavano agli animali dormienti nelle gabbie, e gli automobilisti imprecavano di farla finita. Quando la processione circense si è avvicinata alla piazza andava con passo più lento dato che le persone e il traffico bloccato impediva uno scorrere fluido. Un vortice di gente si è accalcato da ogni parte e gli animali silenziosi procedevano a suon di frustate.

Quando un enorme elefante era vicino, tutto il trambusto attorno si è placato come se fosse scesa una volontà dall'alto. Ho alzato lo sguardo e ho visto sopra le spalle dell'elefante una donna bellissima, vestita come la regina di Saba. Ha rivolto i suoi occhi neri e profondi verso di me, si è allungata porgendo la sua mano e mi ha detto:

«Dai vieni, accarezza, non aver paura, tocca, tocca pure!»

La sua voce delicata mi ha fatto abbondonare ogni timore. Ho avvicinato la mano e quando ho toccato la pelle dell'elefante ho sentito che l'atmosfera attorno era cambiata. Esistevo soltanto io e la regina di Saba, il resto del mondo si era immobilizzato. Accarezzavo la pancia dell'elefante e intanto osservavo gli occhi seducenti della donna. In quel momento ho sentito la musica di un solo violino accompagnarci. È durato un solo attimo, ma a me è sembrato un tempo molto più esteso. Poi la donna ha ritirato la sua mano, si è messa ritta con la schiena e quando ha tolto lo sguardo da me il tempo ha ripreso a scorrere come prima, con tutto il frastuono intorno.

Gli elefanti procedevano sempre lenti, e a sfilare davanti a me c'erano altri carri con all'interno leoni dormienti, tigri, e altri animali. Per ultimo un carro con alcuni clowns che facevano delle smorfie e la gente urlava dietro.

Hanno fatto un doppio giro della piazza, mossi dall'euforia collettiva. Alcuni hanno continuato a seguirli, altri non vedevano l'ora di sorpassarli.

Per qualche metro li ho seguiti anch'io, soprattutto perché affascinato dall'incontro con l'elefante e la sua regina. Poi mi sono fermato, ripensando all'unico motivo per cui ero qui, e sono tornato indietro.

Ma ancora non sapevo da che parte andare. Per fortuna ho incontrato un uomo anziano che ha avuto la pazienza di spiegarmi tutte le manovre che avrei dovuto fare per arrivare nell'ufficio del produttore. Alla fine alzando le mani al cielo mi ha detto: «Buona fortuna!»

Quando ho preso l'autobus mi sentivo pieno di

speranza perché credevo che avrei incontrato almeno in parte quella bellezza della città che tanto avevo sognato. Però dopo un po' ci siamo allontanati dal centro e le strade e i quartieri che attraversavamo avevano gli stessi volti di molte altre città di periferia. Palazzoni a fila tutti uguali, cambiava soltanto il colore e le forme dei balconi. Era tutto un ammasso di cemento, ordinato e monotono. Le strade mezze asfaltate fresche, altre da rifare, erano uguali nella loro opacità, senza alcuna spinta romantica dei sanpietrini di Campo Marzio dove immaginavo di trovarmi dopo esser uscito magari dalla Basilica di Sant'Ignazio per andare al Pantheon.

Mi sono seduto cercando di guardare il meno possibile fuori. Tenevo la testa appoggiata al gomito, deluso perché la mia città non si palesava, ma si allontanava ancora da me. La ragione comprendeva che non era colpa sua, mentre il cuore non capiva, insisteva a soffrire. Appena ho chiuso gli occhi le orecchie si sono riempite delle note de *Il clan dei Siciliani,* e tutto è divenuto più sopportabile. Le onde ritmiche dello scacciapensieri precedevano i violini malinconici da creare un'ottima armonia per emozioni diverse.

Quando siamo arrivati alla fine del percorso, la strada era ancora lunga. Mi sono fatto aiutare da una donna che diceva di abitare da quelle parti, si chiamava Rosaria.

Per scendere si è poggiata a me, aveva difficoltà col ginocchio. Era una donna non troppo anziana, con i capelli corti e quasi tutti bianchi, di corporatura robusta, e un faccione rotondo.

«Grazie caro! Sto ginocchio va dove vuole, meno lo muovo e meglio è! È tutta una gran fatica!» ha detto appena ha appoggiato i piedi per terra.

Abbiamo proseguito un altro po' di strada insieme, e nel frattempo mi ha raccontato un po' delle sue disgrazie. Ha parlato di suo marito che era portiere di un famoso hotel in Via Veneto. Era morto due anni prima, per via di una malattia infettiva che secondo lei aveva preso a seguito di una cattiva informazione all'interno dell'hotel. Suo marito aveva già dei problemi al cuore, e il direttore dell'albergo insieme ai superiori avevano taciuto un'epidemia che si era diffusa tra il personale di servizio. Raccontava che loro si giustificavano che diffondere questa notizia sarebbe stata una cattiva pubblicità per le sorti dell'albergo e che dopotutto non era una malattia così grave da mettere a repentaglio la vita di qualcuno, e che la morte del marito non era dovuta a quella infezione ma al quadro clinico già malandato. Però la signora Rosaria insisteva nel dire che se avessero avvertito tutti, suo marito si sarebbe allontanato, avrebbe preso un periodo di aspettativa fino a quando l'epidemia sarebbe stata debellata, e così non sarebbe morto, magari l'avrebbero licenziato per inadempimento dei suoi doveri (cosa che in vent'anni di servizio non era mai successo, sottolineava la signora Rosaria), ma sarebbe ancora con lei, invece di essere così miseramente sola. Ha parlato anche dei suoi figli, ma soltanto per dire che erano lontani e soltanto due o al massimo tre volte l'anno andavano a trovarla. Per il resto del tempo era completamente sola, e ripeteva "sola" sospirando e guardando a terra.

Poi ha ripreso l'argomento della sua gamba e delle disavventure che ha dovuto affrontare per farsi avere prima una diagnosi corretta perché non riuscivano a capire cosa avesse e poi a ordinarle la giusta cura.

«Ho passato intere notti sveglia con dolori indicibili!» raccontava con la voce rotta. Ma ad un tratto ha emesso un urlo, e poi ha detto:

«Come sono sbadata, scusami caro! La via che cerchi l'abbiamo appena superata, mentre io devo continuare ancora un altro po'. Mi dispiace, ma parlando parlando mi sono dimenticata!»

Di corsa l'ho salutata e sono tornato indietro. Il palazzo del produttore era al numero 5, neppure lo ricordo dall'esterno, era anonimo come tutti gli altri.

Il portone era spalancato, ma ho preferito lo stesso suonare. Mi ha risposto una ragazza, faceva fatica a capire quello che le dicevo e mi rispondeva scocciata.

Sono salito al sesto piano con l'ascensore. Il cuore mi batteva forte, camminavo lento per rimandare l'incontro tanto atteso. Il portone era socchiuso, sono entrato in punta di piedi, era tutto deserto.

Poi è uscita una ragazza in jeans coi capelli color miele, teneva una pila di fogli in mano, era molto di fretta e mi ha detto:

«Guarda, ci devi scusare, oggi è proprio un casino, stiamo avendo dei problemi con tutti. Nel frattempo se vuoi aspettare di là… Prego, vieni, vieni con me».

La ragazza seguitava a parlare senza neanche guardarmi in faccia, camminava davanti a me, sbattendo le sue grandi natiche strette in dei jeans aderentissimi e consumati, mentre con la mano non faceva altro che aggiustarsi gli occhiali, troppo grandi per lei. Si voltava qualche volta ma soltanto un piccolo accenno, poi andava avanti per il lungo corridoio e gettava qualche sospiro di stanchezza.

Siamo arrivati in una piccola sala d'attesa. Era poco

arredata e incuteva ansia come quella di un dentista.

Lì dentro c'era già un ospite, un ragazzo più o meno della mia età, seduto sul divanetto centrale con le gambe incrociate, su cui teneva una grande cartella da disegni. Mi ha salutato e mi sono seduto sul divanetto a fianco, un po' lontano.

La ragazza intanto mi diceva che sarebbe andata a vedere a che punto era il produttore, sempre di fretta. Poi si è fermata per chiedermi il mio nome, il mio indirizzo, il numero di telefono, la ragione per cui ero lì, il modo in cui ero riuscito a mettermi in contatto con loro, e altre domande che adesso non ricordo più. Invece ricordo bene lo sguardo del ragazzo a fianco, sorrideva e stava attento a tutto quello che dicevo.

Dopo aver finito di scrivere con una penna dal tappo masticato, la ragazza ci ha dato un ultimo sguardo ad entrambi ed è andata via.

Quando sono tornato a sedermi per la seconda volta mi sono sentito più in ansia di prima. Avevo il presentimento che qualcosa sarebbe andato storto. Ma accarezza-vo la sceneggiatura che tenevo sulle gambe e mi dicevo che una volta che avrei spiegato il mio film le cose sarebbero diventate più facili.

«Sai anch'io ero in ansia all'inizio, ma dopo ci si abitua,» ha detto il ragazzo che non aveva smesso di guardarmi. «Mi è successa la stessa cosa quando mi sono seduto proprio su quel divanetto la prima volta!» e indicava col dito fiero quel divanetto su cui ero seduto.

Gli ho risposto che non capivo il suo discorso, e lui:

«Ma sì che hai capito! Sei in ansia per incontrare il produttore, non c'è bisogno di negare, è naturale!»

«Ah, ti riferivi a questo?!» gli ho risposto. «Sì un po' d'ansia c'è, ma non è solo per questo. Il fatto è che sono arrivato a Roma adesso per la prima volta e trovo tutto talmente strano! Niente mi sembra vero, anche questo posto con te!, mi sembra impossibile che tra qualche minuto incontrerò un produttore. Lo spero da tempo!»

«E fai bene a pensarla così, perché se ti pare che oggi tu puoi incontrare il produttore ti sbagli di grosso!»

«Ma che dici?»

«Eh, se sapessi! La storia è questa: loro ti chiamano dopo che sicuramente li avrai assillati come ho fatto io e per pietà ti concedono di venire una volta, di avere questo fatidico colloquio col produttore, ma in quella volta, che per te è oggi, accadrà qualcosa che farà declinare quest'in-contro! Fidati!»

«Ma non raccontare fesserie, *a cialtrone*!» gli ho risposto alzandomi dal divanetto.

«Cialtrone io? Ma come ti permetti? Io sono un'artista, *a 'mpunito*!» alzandosi anche lui dal divano.

«Non capisco perché mi vuoi raccontare una storia del genere, ma che vuoi spaventarmi? E poi ti pare che delle persone perbene come loro si mettano a fare questi giochetti da idioti?! Ma va, va! Già sono abbastanza in crisi per conto mio, poi ti ci metti tu con questa storiella che non ha alcun senso, e che tra l'altro mi fa ancora più innervosire!»

«Ma vedi u un po' a questo!» ha risposto, «io ti volevo solo dare qualche consiglio mica farti spaventare, ma da dove vieni? Ma *anvedi* un po' a questo, vai a fare del bene alla gente, vai...»

Nel frattempo andavo avanti e indietro per la stanza, incapace di accettare quello che aveva appena detto. Poi l'ho visto mettersi di nuovo seduto, con il broncio. Ho pensato di aver esagerato, e ho cercato di spegnere ogni forma di ansia che non mi faceva ragionare con lucidità.

Volevo parlargli, ma non sapevo cosa dire. Di certo non per chiedergli scusa.

«Spero che tu abbia proprio torto perché non sopporterei una cosa simile! Non questa volta!»

«Ma non te la devi prendere, dai!» ha risposto pacato come cercavo di essere anch'io. «A me è successo altre volte, non è la fine del mondo, a tutti capita! non pretenderai che appena arrivi a Roma già tutti si mettano ai tuoi piedi? Ma che pensi che la gente non fa i loro i sacrifici? che tu sei l'unico venuto da chissà dove e a mettere a repentaglio tutto?! Ma non scherzare dai! L'unica cosa che ti consiglio di fare è stare tranquillo e aspettare al tuo posto che prima o poi le cose si risolve-ranno. E poi se c'è talento in quello che hai scritto allora qualcuno, prima o poi, se ne accorgerà!»

In apparenza ero più tranquillo, seduto sul mio divanetto, e gli ho chiesto:

«Ma sei un autore anche tu? Un regista?»

«No!, ma mi piacerebbe. Mi occupo di arte sì, ma nello specifico sono un disegnatore, anche se ogni tanto scrivo, ho molte idee per dei film. Ma la cosa che mi interessa di più è la parte scenografica, ed è questo il motivo per cui sono qui. Voglio partire da dei disegni e poi spiegargli l'idea del mio film. Tu invece, vedo che hai già scritto la sceneggiatura. Di che parla, che dice? Se vuoi posso aiutarti nella parte scenografica se ti va bene con i produt-tori! Oh, ma aspetta, ancora non ci siamo presentati. Sono Umberto!»

Umberto ha continuato a parlare, esponendo le sue idee sul cinema, e continuando a fare delle domande senza aspettare che io rispondessi.

Poi mi ha domandato ancora:

«E allora di che parla il tuo film?»

«Ma guarda non saprei come cominciare, cosa dirti per primo? Di certo è un film che mi ha impegnato per gran parte della mia vita, gli ultimi dieci anni se devo essere preciso!»

«Ah, attenzione!» mi ha interrotto col dito puntato, «non dire mai quello che stai per dire a un produttore, perché io so già cosa stai per dire!»

«Davvero, e che cosa?»

«Non mi inganni mio caro! Ho capito benissimo che questo è un tuo sogno, anzi forse il più grande sogno della tua vita! Ma i produttori odiano questa parola, cioè "sogno". Questo è il biglietto da visita più sbagliato che tu possa mostrargli! A loro non interessano per niente tutte quelle fregnacce degli artisti, dei sogni, delle idee, quelle cose romantiche eccetera eccetera... Questi vogliono persone dirette che espongono il loro progetto facendogli vedere la parte economica su cui investiranno e da cui trarranno guadagno. Poi dentro ci puoi scrivere quello che vuoi, ma se convinci uno stronzo figlio di puttana di un produttore a darti quei quattro maledetti soldi che poi non mettono mai di tasca loro perché chiamano gli aiuti da tutto il mondo, allora, soltanto allora puoi pensare a tutte le cavolate che ami tu e potrai fare il film che vuoi tu. Lo devi prendere per il culo in poche parole, gli devi far capire che potrà guadagnare un sacco di soldi senza che lui faccia un cazzo di niente. È questo che vogliono sentirsi dire quegli stronzi patentati perché di cinema, di quello vero intendo, non capiscono un'emerita mazza. Quindi non parlargli di tutti quei registi del passato e che appena li hai visti ti hanno sconvolto l'esistenza, perché loro non lo capirebbero, non potrebbero mettersi nei tuoi panni in quanto sono all'oscuro di quel mondo che sappiamo noi! Fidati amico mio, ricordati queste parole! Lascia parlare prima loro e poi ti inserisci nel discorso per spiegare soltanto alcuni punti del film, quelli che, ricordati!, interessano a loro. Non devi fargli capire che è un film costoso, anzi tutt'al contrario! Devi esporre quelle caratteristiche in cui sono evidenti che ci saranno degli aiuti da parte di quella banca, o del ministero, o della commissione di quella regione, e più vedrà che il film potrà essere supportato da tante parti e più comincerà a leccarsi i baffi e ad avere appetito del tuo film! Del resto il loro cervello è piccolo quanto il loro buco del culo e non pensano altro che a fare un po' di soldi per potersi scopare più tranquillamente la protagonista del film o il ragazzetto che è venuto da chissà quale paesino sperduto dell'Italia col sogno di fare l'attore! Sta tutto qui il segreto, non te lo scordare, amico mio!»

Intanto si era messo vicino a me, parlandomi negli occhi. La violenza con cui diceva quelle cose mi aveva sconcertato, ma leggevo anche una grande verità. Ad esempio stavo per dire quello che lui sospettava e che mi ero preparato per dire anche al produttore. Poi gli ho domandato:

«Ma tu lo conosci il produttore? Gli hai mai parlato?»

«No, purtroppo ancora no,» ha risposto accasciandosi sul divanetto. E poi ha aggiunto indispettito come prima:

«Te l'ho detto come sono, no? Fanno gli gnorri perché non gli conviene parlare con i veri artisti!»

«Ma scusa se sei così sicuro che non ti riceverà perché sei venuto qui, a far che?»

«Ma uno deve tentare anche l'impossibile, no?!»

«Eh già si capisce!»

Siamo rimasti un po' in silenzio, osservando come l'attesa prendesse spazio sui pochi oggetti che c'erano in quella stanza totalmente fredda e inospitale. All'angolo vicino alla finestra c'era un accenno di pianta che nessuno non abbeverava da tempo. Sui muri non c'era alcun quadro che accennasse al cinema, né dei film prodotti da questa casa di produzione, né qualche reminiscenza artistica della nostra storia del cinema, ma soltanto un cartellone che sponsorizzava Roma attraverso la raffigurazione della Cupola di San Pietro ritratta come un'immagine di Andy Warhol. E in quel momento ho avuto il dubbio sulla serietà di questo produttore che non si faceva mai vedere.

Poi Umberto non potendo più stare zitto mi ha domandato:

«Ma scusami, è da prima che volevo chiedertelo, ma dove sono le tue valigie se hai detto che sei venuto adesso dalla stazione?»

«È che le ho depositate alla stazione. E poi è solo uno zainetto dove ci sono poche cose. Non ho fatto in tempo a prendere altro perché ho saputo solo ieri dell'ap-puntamento. È avvenuto tutto molto di fretta, non mi sono neanche organizzato per l'alloggio, ma sono partito senza pensare a nulla perché altrimenti sarebbe stata la fine. Non avrei mai creduto qualche tempo fa che potessi esser capace di fare una cosa del genere, una vera pazzia! Ma che bisogna fare?, come hai detto prima tu, bisogna tentare anche l'impossibile!»

«È vero, è vero!» ha risposto Umberto.

Abbiamo continuato a parlare di noi, di quello che ci aspettavamo da questo incontro e di come oggi non è più possibile realizzare bei film come quelli di una volta.

Mentre parlava della sua vita, saltando da una parte all'altra, sono venuto a sapere che Umberto apparteneva ad una nobile famiglia di Roma e i suoi genitori non condividevano le sue scelte artistiche. Lo consideravano un vagabondo, e dal tono delle sua voce si intuiva molta rabbia e delusione. Aveva venticinque anni, ma il suo aspetto trasandato lo faceva sembrare molto più grande. Portava la barba un po' lunga, i capelli arruffati cadevano sulla fronte e aveva uno sguardo che desiderava sempre conoscere ogni cosa, non si lasciava sfuggire nessun dettaglio.

Nonostante avessimo parlato a lungo, ancora non era venuto nessuno a dirci qualcosa. Mi sono alzato, più nervoso di prima, andando verso il corridoio, vicino la porta in cui si era chiusa la ragazza di prima.

Umberto da seduto continuava a dire che per lui non ci sarebbe stato alcun incontro. L'attesa interminabile ne era la prova.

Ma qualcosa deve pur cambiare, mi son detto. Così mi sono avvicinato alla porta, sempre più vicino. Ho appoggiato l'orecchio. Non sentivo nulla. Ho ripetuto con l'altro. Il silenzio.

Ho aspettato un altro po' e poi ho sentito delle voci, ma non comprensibili. Si capiva un discorso veloce e poi all'improvviso hanno smesso. Una sedia che striscia e le voci che diventano bisbigli, mi hanno fatto capire che si erano accorti della mia presenza.

Sono tornato di corsa nella saletta. Un secondo dopo

è uscita la signorina con gli occhiali pendenti sul naso, uno sguardo sospettoso e ha detto:

«Scusateci, ma siccome abbiamo avuto degli imprevisti sul set, e il produttore è molto impegnato... ecco vedete adesso non so se può ricevere perché è davvero incasi-nato... Vi faccio aspettare un altro po' e poi vediamo se magari è il caso che vi faccia venire un altro giorno, magari con più tranquillità. Va bene?»

Io e Umberto ci siamo guardati, lui sogghignando, io stringendo i pugni.

Mi sono avvicinato alla ragazza e le ho detto:

«Va bene dici? Ma che siamo dei fessi noi?! Sono due ore che aspettiamo come dei salami, ma che si fa così con la gente perbene?! Ma guarda questa se ci vuol pigliare per il culo!»

«Ma come ti permetti a rispondermi in questo modo», ha replicato la ragazza tirandosi indietro, fingendo uno spavento, «noi siamo persone che lavorano venti ore al giorno! e cerchiamo di ascoltare tutti, e dico proprio tutti visto che abbiamo deciso anche di far venir te che non sei nessuno! Ma chi ti conosce?! Sei forse stato presentato da un agente o un avvocato?! No! e abbiamo deciso lo stesso di farti venire! E adesso che accade un imprevisto ti metti a sbraitare come fossimo al mercato, che vergogna! che vergogna!»

«Ma quale vergogna?! La vergogna la dovreste provare voi che prendete in giro la gente, soprattutto giovani ragazzi che hanno investito tempo, idee e speranze in voi!, e voi come li ripagate? Non rispondendo mai, facendo finta che non vi arrivi nessuna mail, ignorando le telefonate e tergiversando quando rispondete, e quando accade il miracolo di farci venire usate delle scuse banali per evitarci come appestati! Ma sai che ti dico cara signorina? Io entro lo stesso dal produttore, e fanculo tu e i finti problemi del cazzo che ci sono sul set!»

Ad un certo punto la rabbia mi ha allontanato dalla realtà, ho creduto di girare un film, e ho vissuto il mio personaggio fino in fondo. Volevo entrare in quell'ufficio a tutti i costi. Così, vedendo che la ragazza si era messa davanti alla porta per non farmi passare, l'ho presa per le spalle e l'ho spinta di lato.

«Levati dalle palle brutta culona, io parlo col produttore che ti piaccia o no!»

Mentre ho spalancato la porta dell'ufficio ho sentito che Umberto era vicino a me col fiato alla gola. Davanti a noi c'era un ometto in giacca e cravatta con i capelli solo ai lati. La sua faccia era sbiancata appena mi ha visto. Teneva una tazza di tè in mano e in quel modo è rimasto per tutto il tempo che ho parlato.

«Forse non vi sembrerà il modo più giusto questo, ma qui non siamo delle bestie, però è così che ci state trattando! e non mi riferisco solo al fatto che ci avete fatto aspettare per ore senza poter concludere niente, ma di tutto l'iter prima di venire qui! Ma che stiamo scherzando?! La dovete smettere di credere di saper fare tutto e scegliere le cose migliori. Sono anni, anni che provo e riprovo soltanto per dire una parola sul mio film, esporre le mie idee, e non sono mica il solo qua io! Ci sono un sacco di persone che aspettano e aspettano e poi arriva una culona come la vostra segretaria e si inventa la prima scusa che trova per mandarci via come delle bestie!, come delle bestie e lo ripeto! Insomma alla fine che saranno mai dieci minuti, un quarto d'ora speso ad ascoltare e sentire quello che può esserci d'interessante, ma non è vantaggioso pure per voi mi chiedo?! Lo so, adesso mi sono giocato l'ultima carta che avevo a disposizione per essere ascoltato e spiegare il mio film, ma almeno avrò avuto la soddisfazione di guardarvi in faccia e dire quello che penso senza avere poi il rimorso per non averlo fatto. Del resto io non ho nulla da perdere! chi ci perde siete voi e parecchio anche! Però è questo quello che vi meritate!»

La culona della segretaria nel frattempo aveva smesso di sbraitare e si era messa a guardarmi in cagnesco. Umberto stava al mio fianco e scrutava con gli occhi di fuori, portando la testa avanti e indietro, per non perdersi alcun dettaglio della faccia del produttore, né della mia e né della culona. Quando ho finito di parlare mi sono guardato intorno, per capire lo stato delle loro facce ancora impassibili.

Dopo qualche secondo il mio personaggio è uscito da me e ritornavo ad essere quello di prima. È stato come cadere di colpo in un lago di vergogna.

L'uomo davanti a me ha appoggiato la tazza sulla scrivania, scrollandosi quella smorfia di paura sulla faccia e mi ha detto:

«Senti ragazzo, per prima cosa devo rassicurarti che io non sono il produttore come tu hai ingenuamente creduto, del resto da qui si capisce che cervello tu possa avere! Detto questo ciò che rimane da dire è molto poco, perché noi non abbiamo molto tempo da perdere con delle persone che sono del tutto inutili e incapaci. Tu sei un ragazzino che non sa nulla di cinema e vorresti ribellarti a cosa nello specifico? a nulla in sostanza! Le tue accuse contro il produttore sono chiaramente la manifestazione delle tue incapacità che sai di avere e non fai neanche nulla per correggerle. Sei un bimbetto pidocchioso e insolente, e anche violento visto come hai trattato la mia segretaria e per questo non la passerai liscia! Avrei potuto sopportare tutte le sciocchezze che hai detto sul cinema perché sei un pischello senza nessuna esperienza, ma trattare male una donna è da delinquenti e i delinquenti devono essere messi dietro le sbarre! Per cui io chiamo immediatamente i carabinieri e saranno loro a occuparsi di te!»

Ho ingoiato una saliva amarissima, la mano mi tremava, ma lo stesso l'ho avvicinata alla sua per bloccarlo dal chiamare i carabinieri.

Umberto si è messo davanti a me per cercare di giustificarmi, implorando un perdono, ma il vecchio era irremovibile.

«La discussione è chiusa, adesso chiamo i carabinieri e non se ne parla più!»

La culona della segretaria non muoveva un ciglio, era contenta di vedere come si stavano mettendo le cose, ma non soddisfatta del tutto ha proposto:

«Io credo che dobbiamo legarli perché questi sono capaci di scappare, e chi li piglia più dei delinquenti come questi?! Perché è questo quello che siete, vi ho riconosciuti dall'inizio! Intuivo che avevate qualcosa di marcio tutti e due, anche tu che sei arrivato prima, sicuramente siete complici e avete messo su un teatrino chissà per quale scopo!» e poi, rivolgendosi al finto produttore, ha detto: «Presto prenda del filo elettrico che è conservato nel cassetto in basso della scrivania, prima che ci sfuggano!»

Io e Umberto ci siamo guardati di nuovo, ma questa volta per comunicarci l'unica cosa da fare: scappare!

Così Umberto ha rivoltato la scrivania addosso

all'uomo e io ho spinto per terra la maledetta culona per liberarci la strada. Di corsa siamo andati via. Ci siamo tuffati sulle scale e in pochi secondi abbiamo percorso tutti i piani. Una volta fuori non abbiamo smesso di correre, io ancora più veloce, e impaurito, di Umberto.

Abbiamo continuato a correre e soltanto in un secondo momento ci siamo accorti che era sopraggiunta la sera.

Ad un certo punto Umberto mi ha visto piangere e mi ha fermato. Entrambi non riuscivamo a parlare, l'aria sembrava soffocarci, e a me anche le lacrime. Poi gli ho raccontato che mi pentivo di aver trattato così male quella ragazza, non riuscivo a riconoscermi in quello che avevo fatto, e mentre parlavo piangevo ancora più forte. Mi tornavano in mente quelle immagini, vedevo me e non mi riconoscevo. E poi c'erano i carabinieri, già li vedevo dietro di me con le pistole puntate intimando di fermarmi.

«Ma che hai? Oh! Ma stai a pensare a quelli lì? a quei morti di fame? Ma *te pare* che si meritano la nostra attenzione?! E smettila di piangere come un bambino!», mi ha urlato Umberto scrollandomi per le spalle, e io non riuscivo a guardarlo negli occhi.

Poi ha parlato in modo più pacato, cercando di convincermi che quelle erano soltanto delle minacce, e anche se avessero chiamato le forze dell'ordine noi avremmo saputo difenderci e negare le loro accuse insensate.

Umberto continuava a ripetere le stesse cose per convincermi del tutto, ma non sapeva che dentro di me esistevano altri fondali oscuri che in occasioni come queste risalivano in superficie. C'era il mio mondo interiore ad essere messo in discussione, ma come potevo spiegarglielo?! Come potevo raccontargli tutti gli anni spesi a desiderare di venire a Roma, incontrare un produttore, parlare del mio film e costruire la vita che avevo sempre e solo sognato?! E adesso che ero arrivato così vicino quasi da afferrarli perché, mi chiedevo, mi sono sfuggiti dalle mani arrivando ad intaccare anche la mia dignità, e i valori che avevo sempre creduto incrollabili? Soffia sempre un vento freddo da farmi tremare accanto agli eventi della mia vita, perché?, continuavo a chiedermi, mentre Umberto prendendomi per un braccio mi accompagnava al Parco delle Mimose.

Siamo rimasti seduti sul prato, appoggiati ad un albero, in silenzio, a riprendere fiato. Le luci della strada sfrecciavano lontane così come i rumori, e si mischiavano ai canti spaesati degli uccelli.

Sempre rivolto al cielo Umberto mi ha domandato:

«E adesso, che hai intenzione di fare? È già tardi… è quasi notte!»

Ancora non avevo pensato cosa avrei dovuto fare, ero immerso nella contemplazione di quel cielo irreale, fatto di infinite sfumature per via del crepuscolo, ma dovevo tornare alla realtà.

«Ritorno a casa, vado alla stazione e prendo il primo treno, sperando che i carabinieri non riescano a prendermi prima!»

Umberto si è messo a ridere e poi ha detto:

«I carabinieri? Ma che ancora credi a questa storia? Te l'ho già detto prima, no? Quelli non faranno mai nessuna denuncia. Ma l'hai visto che faccia che aveva quello là? E poi la parte della "culona" è stata grandiosa! Si potrebbe fare uno sketch sai? Sì, perché non scrivi un film?, e poi magari glielo proponi a loro!

Ah!» Poi cambiando subito espressione, quasi autoritario, ha detto:

«Ma quale stazione? Tu non te ne vai da nessuna parte! Non ti preoccupare, verrai a stare da me, ho spazio a sufficienza!»

Umberto era molto deciso in quello che aveva detto e non ho avuto modo di rifiutare. Perciò ci siamo alzati per andare a casa sua, e ho creduto che durante il tragitto avrei almeno visto qualcosa di Roma.

Superata una strada dopo il parco abbiamo preso la metropolitana e Roma la vedevo nelle scritte delle fermate, come "Colosseo", "Circo Massimo", "Basilica San Paolo" eccetera. Tutto era veloce, e viaggiava lontano da me.

Siamo scesi all'EUR Palasport, di corsa abbiamo lasciato il parcheggio per dirigerci a casa sua. All'inizio ho creduto che fosse in una di quelle case del quartiere a fianco, poi quando ho visto che ci allontanavamo verso strade più isolate, ho capito che con molta probabilità Umberto mi aveva mentito e non era quel ragazzo benestante che mi aveva raccontato.

Stavamo attraversando un ponticello, di sotto c'era la linea ferroviaria, l'ho fermato per un braccio e gli ho chiesto:

«Dov'è che mi stai portando? Dimmi la verità, chi sei tu?»

Per un po' è rimasto perplesso, poi ha risposto:

«Chi sono io? *Ah oh! ma che so' tutte ste domande mò?! Che è non te fidi più de me?»*

«Dimmelo tu!», lo tenevo ancora più stretto per il braccio, «non hai fatto che parlarmi di quanto la tua famiglia fosse ricca e nobile, dicendo che abiti in via Aracoeli, e nonostante io sia a Roma da neppure un giorno so benissimo dove si trova via Aracoeli, e non è lì che stiamo andando!, e allora dove? alla corte sul Tevere?»

Umberto si è messo a ridere, togliendo il braccio dalla mia presa. Continuava a ridere cercando di farmi sentire ancora più ridicolo.

«Ma non di' fesserie! E io mica ti ho mentito, i miei genitori sì che abitano in Via Aracoeli, ma io ormai da un anno che non abito più con loro, ma perché non te l'ho detto questo? A me sembra di sì!»

«No, cioè non so, non mi ricordo...»

Abbiamo ripreso a camminare, lui un passo avanti, con le mani in tasca, fischiettando. A tratti buttava qualche frase.

«Io non voglio prendere i soldi dei miei genitori. Cioè loro anche non me li vogliono dare perché non ho fatto quello che volevano. Quindi devo arrangiarmi come posso! Ma fattelo dire da me che ho esperienza e ho vissuto in quel mega attico per tutta la vita, è mille volte meglio stare nella casetta che vedrai fra poco piuttosto che lì, dove non si poteva neanche respirare come si voleva. Qui io ho la liberta! Libertà finalmente! Non tornerei per niente al mondo in quella casa».

La strada si infiltrava nel buio e nel silenzio, a quel punto neanche Umberto parlava più. Si sentiva il fruscio del Tevere, qualche insetto ronzare e una folata di vento tra i grovigli degli arbusti. Di conseguenza riemergevano le immagini della giornata, la consapevolezza che col cinema avevo chiuso per sempre e quella paura, che tenevo nascosta ad Umberto, che i carabinieri sarebbero venuti presto ad arrestarmi.

Qualche luce si vedeva uscire dalle baracche, costruite con lamiere o mattoni messi a caso. Erano delle abitazioni improvvisate e ho capito che quella di Umberto non doveva essere dissimile, e non mi pesava, anzi mi dava conforto perché in armonia con il mio stato d'animo.

Improvvisamente un urlo ha squarciato il silenzio della notte. Era la voce di un uomo. Ci siamo fermati, Umberto si è girato verso di me e poi, riprendendo a camminare ha detto:

«Ma sì certo, è il Branzi!»

Ho provato a fargli qualche domanda, ma lui non rispondeva, ora camminava più svelto, le luci delle case erano sparite, rimaneva il buio e le urla in sottofondo di quel Branzi.

«Siamo arrivati, dai vieni! Lo so che è buio, ma dobbiamo andare sempre diritto ora».

Dopo un po' ho sentito che girava una chiave dentro una serratura. Appena ha aperto la porta ha acceso la luce e ha detto:

«Oh, stai attento che *ce sta 'na scala*! L'altro giorno uno...» Poi ha guardato giù e si è infuriato:

«Ah che macello! S'è allagato un'altra volta!»

È sceso veloce e io appresso a lui. Continuava a sbraitare:

«*Ma se può campà così*!»

Dopo qualche gradino abbiamo girato rampa e il pavimento di sotto era tutto allagato.

«Aspetta qua!» mi ha detto.

Ha preso un lungo tavolaccio che era buttato per terra insieme a tante altre cianfrusaglie. Lo ha sistemato insieme ad altri, formando delle passerelle, alcune erano già predisposte per passare da una stanza all'altra.

«Bisogna almeno che aspetti fino a Natale, intanto *sto a scontà tutti i peccati de Satana*!» e prendeva una tavola e la buttava con rabbia sopra un'altra, ma questa cadeva e la andava ad aggiustare continuando a inveire contro il mondo.

«*Mò te faccio accomodare* in camera da letto, eh?!» mi ha detto più rilassato quando la passerella ormai era pronta e funzionante. Si è affacciato in camera da letto per accendere la luce e ha urlato:

«S'è allagato pure qui! *ma che me tocca sopportà*!»

Poi è ritornato in cucina camminando in punta di piedi perché qui l'acqua era di meno.

«*Viè lo stesso vieni*, che ti preparo un caffè!»

L'ho aiutato a mettere a posto quei tavolacci e fatto un po' d'ordine in quella che doveva essere la cucina: una grande stanza dove c'era di tutto.

Il mattino seguente non ricordando nulla di dove mi trovassi mi sono svegliato mettendo i piedi nell'acqua, e tutto mi è tornato alla mente. Mi sono girato per cercare Umberto ma non c'era. L'ho chiamato più volte pensando fosse in cucina, ma nessuno rispondeva. In casa non c'era traccia di lui. La prima cosa a cui ho pensato è stata quella di farmi una doccia, ma non avevo i vestiti con me. Ho rovistato tra le cose di Umberto, ma non trovavo nulla di adatto. Poi in una cassa vicino al letto ho scoperto dei vestiti messi in ordine e ho preso quello che mi serviva.

Quando sono uscito dal bagno la luce del mattino si era fatta più alta, entrava leggera e calda indorando quella baracca squallida. Mi sono avvicinato alla finestra e ho scoperto che da lì si vedeva il Tevere, era a pochi passi, dopo sterpaglie e alberi.

Mi stringevo all'accappatoio quando il vento entrava più forte, sempre piacevole. Ho sentito il cuore riempirsi di un'aria nuova, che mi ha fatto tremare.

Sono rimasto lì per qualche altro minuto, poi sono sopraggiunte le note del Maestro, quelle di *C'era una volta il west*, e ognuna scandiva un'emozione particolare che si ricollegava con l'immagine che vedevo fuori dalla finestra. Mi sentivo sempre più parte di quest'angolo di Roma, anche se per tutta la vita avevo immaginato ben altro, ma le piccolezze che saltavano dall'erba donavano ristoro all'inquietudine che pesava dentro di me. Vedevo il mio film affogare nel fiume, e la tua lontananza ancora più estesa.

Alle mie spalle ho sentito spalancarsi la porta. Umberto entrava con il viso sconvolto. Scendeva le scale lento e con gli occhi bassi. Poi si è seduto vicino al lavandino con la faccia tra le mani. Ha preso un respiro profondo e ha detto:

«Dobbiamo andare dai miei genitori! Mi hanno appena chiamato, erano mesi che non li sentivo... pare che i carabinieri siano andati in casa mia dopo che quel beccamorto di ieri ci ha fatto la denuncia. Mio padre era abbastanza arrabbiato non voleva neanche dirmelo, è stata mia madre ad insistere e anche a placare gli animi con i carabinieri perché per lui io sarei potuto andare anche in carcere... non gli importa nulla di me! Ma devo farlo per mia madre e poi vogliono che venga anche tu perché mia madre crede che sia stata la persona insieme a me a portarmi in questo guaio, perciò ti vogliono conoscere!»

Mi staccavo dalla finestra girandomi verso Umberto. Ho lasciato dietro di me il tremore piacevole che avevo appena instaurato con Roma e i timori del giorno precedente si concretizzavano sul mio volto.

Mi sono accasciato sullo sgabello sotto la finestra, sospirando, e ho detto:

«Eh, troppo bello *'o mobile*! E che non lo sapevo io che sarebbe arrivata la denuncia?, quel lurido pezzente! Questo è soltanto l'inizio della fine! Ma che possiamo fare?! Non c'è niente da fare Umbe'! Siamo con le spalle al muro, e fuggire non ci porterebbe da nessuna parte!»

Umberto si è alzato di scatto dalla sedia e ha detto: «Ma che stai a di'? Ma mica me preoccupo per quei quattro morti di fame che hanno fatto la denuncia! Ma capirai! I miei hanno già risolto tutto! Il fatto è che dovrò andare da loro. È questo quello che non sopporto, rivedere la faccia di mio padre! Non sai quante cose ho dovuto sopportare pur di non stare più in quella casa! Guarda dove vivo, ti pare poco tutto questo?» Poi si è calmato e ha aggiunto: «Ma dobbiamo andare, lo devo a mia madre, è stata lei che si è prodigata a risolvere i problemi con la giustizia».

Dopo le parole di Umberto non sapevo più cosa pensare. Quello che per lui era una questione risolta a me invece creava un'angoscia insuperabile. Mi ripetevo nella mente la parola "denuncia" e ruotava come una girandola lasciando una scia amara in tutto il corpo.

«Mi dispiace Umberto, è solo colpa mia, non solo ti sto dando questo grande disturbo, ma ti ho anche causato dei problemi con la legge e forse anche con la tua famiglia. Non so che dire e non so come rimediare per potermi sdebitare. Se potrà servire andrò dai carabinieri e racconterò tutta la verità e cioè che tu non c'entri nulla, che ho fatto tutto io, anche se dubito che mi crederanno. Sono un disastro anche in questo, sono un disastro in tutto! Perdonami!»

Stavo per esplodere in lacrime, quando Umberto si è avvicinato, mi ha preso per la camicia, e mi ha urlato:

«Ora la devi finire di piagnucolare! Basta, mi hai stancato! Vedi di prendere in mano la situazione e cerca di risolvere quello che vuoi fare della tua vita, piuttosto che piangerti sempre addosso! Ti preoccupi per me?, ma perché sei stato tu a chiedermi di seguirti dentro all'uffi-cio? sei stato tu a dirmi di rivoltargli la scrivania e poi fuggire insieme a te? eh? E allora smettila di darti delle colpe che non hai! Io sono responsabile quanto te, e non me ne frega niente della legge che tra l'altro non è mai giusta! Ora noi andiamo dai miei genitori e ci togliamo questo pensiero e poi dobbiamo andare a trovare un altro produttore! E se qui non lo troveremo ce ne andremo da questa fottuta Italia! Mi sono spiegato bene?!»

Non ho saputo rispondere nulla. Ho fatto come mi diceva. Poco dopo eravamo già in cammino verso la casa dei suoi genitori, in via Aracoeli, al numero 4.

Abbiamo dovuto attraversare alcune parti di Roma che desideravo conoscere, ma io neppure le vedevo. Quando Umberto mi diceva "guarda qua, ti piace?", ed era magari il Circo Massimo io rispondevo "sì è molto bello!" e ritornavo con la testa bassa. Erano soltanto delle pietre che uscivano dal terreno prive di qualsiasi anima. A volte focalizzavo un punto fisso davanti a me, quando la strada era rettilinea come lungo il Tevere sull'Aventino, e gli alberi alti ai lati mi davano l'impressione di essere protetto dalla confusione insopportabile della città.

Quel sentimento di inattività del mio cuore è durato per tutta via Arenula, ma quando abbiamo svoltato per via Florida, ho sentito una musica attraversarmi le orecchie, come un vento dietro una strada che non ti aspetti. Erano i violini de *La Piovra*, e all'improvviso sono tornato a respirare, e gli occhi si sono aperti alle cose di Roma. Camminavo volando sopra le note della musica, e sempre più avevo voglia di ascoltare dell'altro. E quando siamo arrivati in via Aracoeli e ho intravisto le scalinate del Campidoglio il mio istinto mi stava portando lì di corsa, però Umberto mi ha bloccato per un braccio. Anche la musica si è spenta.

«Ma dove vai? Siamo arrivati!»

Eravamo davanti a un palazzo del Settecento che faceva angolo a due strade che portavano verso l'altare della Patria. Il portone era al vertice, sormontato da un vistoso bassorilievo: stemma di antiche nobiltà romane. Umberto prima di entrare ha emesso qualche respiro, e dal suo volto stranito si comprendevano anche certi ripensamenti che lo volevano far indietreggiare. Poi, d'improvviso, ha detto:

«Dai entriamo!»

Siamo entrati di corsa, temeva che ci avrebbe ripensato. L'androne era uno spazio immenso e vuoto, ma dalla superficie del tetto colava un'aurea splendente di note musicali. Questo effetto sembravo sentirlo soltanto io, Umberto era un fascio di nervi, si muoveva come fosse di pietra.

Io non pensavo più all'incontro con i suoi genitori che avevo temuto per tutto il tragitto. Mi sentivo avvolto da questa nuova atmosfera che aleggiava per tutto il palazzo. Ho creduto di entrare in un luogo sacro, e la musica era lontanissima e angelica come canti velati in un monastero. Cercavo di intuire qualche nota, un appiglio di una melodia conosciuta, ma non riuscivo a tenerla legata alle orecchie. Era una musica che si faceva sentire appena e poi volava, sfuggente da ogni cervello umano. Ma allo stesso tempo c'era il desiderio di sentirne ancora di più, e l'istinto era quello di salire le scale più veloci. Ad un certo è sopraggiunto il silenzio, ma il riverbero che lasciava la musica lontana era maggiore, per cui più grande è stato il voler proseguire più in alto perché sembrava provenire da quella parte.

Ho alzato la testa verso la cima della tromba delle scale e ho visto un'immensa cupola dipinta. Erano affreschi di angeli che si inseguivano tra il morbido delle nuvole, e i capelli dorati risaltavano col blu intenso del cielo. Ho pensato che non avevo mai visto tanta bellezza. In più la *musica del silenzio* era ancora più avvolgente, come un manto di seta che fasciava l'anima e mi permetteva di salire le scale con più leggerezza. Ogni piano che superavamo era il raggiungimento di un traguardo, e giravamo intorno come se stessimo percorrendo i cieli danteschi. Lo spirito era più leggiadro, svestendosi a mano a mano di ogni vizio umano. L'unico desiderio era di raggiungere la cima suprema da cui spandeva una luce sfolgorante sotto forma di pioggia dorata che svaniva cadendo.

Stavo per salire l'ultima rampa di scale quando ho sentito una voce:

«Ma dove vai? Siamo arrivati!»

Era Umberto che mi ha bloccato per un braccio. L'incantesimo che stavo vivendo si è spezzato di colpo, e davanti ora avevo il portone lucido della famiglia Perlonia.

Dopo qualche secondo ci ha aperto la governante e Umberto, entrando di corsa e con tono altezzoso, ha detto:

«Sono in casa i miei genitori?»

«Sì la stavano aspettando! Attenda che li vado ad

avvisare!» ha risposto tutta meravigliata di rivedere dopo tanto tempo il signorino. Poi ha fatto cenno di entrare anche a me.

Quando si è chiuso il portone alle mie spalle mi sono guardato intorno. Il lusso spandeva ad ogni angolo con suppellettili e poltroncine mai usate, ma era contenuto secondo il gusto dei padroni di casa.

Umberto è andato veloce verso il carrello dei liquori e si è scolato due bicchiere, uno dietro l'altro. Poi si è accasciato sul divano buttando dietro la testa sui grandi cuscini. Io stavo seduto appena, temevo che qualcuno potesse rimproverarmi da un momento all'altro. Mi dicevo che essendo persone facoltose avrebbero potuto far ricadere tutte le colpe su di me per far uscire pulito il figlio, e io non avrei potuto far nulla per difendermi. Ma nonostante queste certezze il mio pensiero principale era rivolto alla cima del palazzo, a quella cupola che avrei voluto raggiungere nell'immediato, talmente sentivo il suo effluvio trascinante.

Qualche istante dopo abbiamo sentito una voce che diceva: «Umberto! figlio mio! Figlio mio!» Era la signora Matilde che fingeva di correre con le braccia aperte verso il suo figliolo.

Il suo volto era segnato da rughe profonde, con occhi molto truccati che non celavano una certa tristezza. Indossava un tailleur color cielo pastello, i capelli cotonati che la facevano sembrare più vecchia di quanto non fosse. Appariva come una signora segnata dalla vita, ormai stanca che cerca lo stesso di affrontare le giornate. In realtà quando parlava lei era incontenibile, voleva l'ultima parola, e le sue frasi avevano sempre un doppio senso scagliate per ferire qualcuno.

Il padre ha fatto la sua entrata soltanto dopo l'abbraccio tra madre e figlio. Era un uomo alto e robusto, con la camicia bianca che aderiva su un enorme pancione. Teneva le mani in tasca, il broncio verso il basso, e squadrava il figlio aspettando che finissero quelle moine.

Poi Matilde si è distaccata da Umberto, e ha lasciato che si salutasse con il padre, soltanto una stretta di mano.

Subito dopo il rispettabile marchese Agostino Perlonia è andato verso il carrello dei liquori dicendo: «Che altro hai combinato, eh Umberto...» e ha buttato giù in un sorso.

«Agostino, non cominciare con i tuoi modi! Umberto è da tanto tempo che non viene a casa, per caso vuoi farlo andare via!? Abbiamo tempo per parlare di queste cose!», ha risposto la signora Matilde cercando di controllarsi, e poi si è rivolta verso il figlio dandogli un'altra carezza.

Umberto ha fatto finta di non sentire l'ennesima ingiuria del padre e ha cercato di liberarsi dalla stretta della madre per presentarmi.

«Lui è un mio amico, è un bravissimo regista!»

«Che bello, un regista!», ha esclamato la madre, ma ha cambiato subito espressione di finta meraviglia.

«Sediamoci e prendiamo qualcosa in salotto! Carlotta prepara una merenda in terrazza!»

Il padre mi si è avvicinato per stringermi la mano e con l'altra mi porgeva un bicchiere di liquore.

Ci siamo seduti nel grande salotto con Matilde che non mollava il figlio. Il marchese era seduto il più distante e ha iniziato a chiedermi tutto sulla mia vita. Il suo tono era però affabile, sembrava davvero interessato a conoscere molti dettagli ai quali io non avevo mai fatto caso. Quando stavo raccontando l'incontro con il produttore è intervenuta la signora Matilde:

«Così possiamo dire che Umberto si è cacciato nei guai per colpa tua?!»

Nessuno si aspettava questo intervento della signora, e subito il signor Perlonia ha risposto:

«Matilde non cominciare ad usare le tue solite strategie! Sei molto brava a difendere le colpe di tuo figlio e screditare gli altri. Non ti dimenticare del passato! Chi è veramente tuo figlio!»

«Ma cosa dici mai?! Non sto difendendo Umberto, mi sto attenendo a quello che stanno raccontando i ragazzi, la mia è una pura constatazione dei fatti, non voglio accusare il nostro ospite di nulla!»

«Tu non vuoi mai accusare nessuno intenzionalmente, ma finisci sempre per farlo ed evitare delle responsabilità che sono magari degli altri!», e con la coda dell'occhio ha osservato Umberto.

«Non possiamo ogni volta ricordare il passato!» ha detto con forza la signora Matilde e poi ha cambiato subito espressione, diventando più docile e sorridente, «dobbiamo guardare avanti e festeggiare questo giorno come si deve!»

«Festeggiare?» ha ripetuto incredulo il signor Perlonia staccandosi dallo schienale.

«Ma cosa dici Matilde? Io non ci trovo nulla da festeggiare in questa giornata! Ti sei forse dimenticata che ieri sono venuti i carabinieri in casa nostra?»

«Non me ne sono dimenticata! No, no, niente affatto, e avremo modo di parlare anche di questo. Ma non mi scordo neanche del fatto che oggi mio figlio è qui con me, e questo credo sia più importante della venuta di due agenti alle prime armi che vogliono far carriera... e poi vogliamo dirla tutta ora?»

«Matilde per favore!», ha urlato il signor Perlonia.

I due coniugi si sono guardati con occhi di sfida, con Matilde che sembrava voler sfilare il suo asso nella manica. Poi lui ha continuato:

«Abbiamo detto che ne parleremo dopo e tu adesso vuoi dire tutto per cercare di minimizzare la questione? Non è forse così *mia cara*?»

«Oh mamma mia, quanto sei sospettoso *mio caro*!» ha risposto la signora Matilde prendendo la mano del figlio, «ebbene sì, voglio dire tutto adesso, ho cambiato idea! non posso farlo forse?»

Si è girata dalla parte di Umberto con lo sguardo felice di chi sta dando una bella notizia.

«Vedi caro la questione è molto semplice, quello che avete fatto voi due non è per niente bello, anzi sono molto arrabbiata Umberto con te, perché dimostri in questo modo di non avere un'educazione. Figlio mio non ti dimenticare mai chi sei e da dove vieni. Comunque non voglio farti stare ancora in pena, e ti dico che è tutto risolto. Sì hai capito benissimo, la questione della denuncia, devo confessarti, non è poi tanto vera, cioè si è vero che abbiamo avuto delle segnalazioni da parte dei due agenti, ma era una verifica che dovevano fare dopo quello che è successo a quel finto studio di produzione in cui voi siete andati. Sì, era gestito tutto da un certo Francesco Russo, di origini campane che aveva iniziato a fare l'agente di star famose, e poi si è messo a fare qualche film, è diventato celebre in poco tempo perché faceva finta di circondarsi di nomi altisonanti nel mondo dell'arte e così molti si rivolgevano a lui per questo motivo. Ma quanti artisti sono stati truffati! E dopo che ieri pomeriggio c'è stato il blitz dei carabinieri hanno visto i vostri nomi come le ultime persone che hanno avuto a che fare con quei delinquenti prima dell'arresto, e poi sono venuti da noi dopo poche indagini. Ma tuo padre ha parlato subito con il commissario e ha spiegato tutto di te e della nostra famiglia. Ora capisci come sono andate le cose, no? Non ti senti più tranquillo, vero?»

Umberto ha guardato la madre con gli occhi asciutti, e poi ha tolto la mano dalla sua, con sprezzo.

«E allora era tutto un inganno come al tuo solito?! Dovevo immaginarmelo che da voi non c'era da aspettarsi nulla di buono! Volete solo umiliarmi come avete sempre fatto. Mi considerate un pappamolle che non riesce a combinare nulla nella vita e credete di gestirla a seconda della vostra volontà! Ma ancora non vi è chiaro che io non voglio nessuno che mi dica cosa debbo fare o no?! Io voglio essere indipendente nella mia vita e non elemosinare i vostri soldi per poi essere trattato come un prigioniero! Credevo che dopo questi anni di lontananza aveste capito come la pensassi, ma mi sbagliavo, e di molto a quanto vedo! Vorrà dire che dovremmo stare separati ancora più a lungo perché voi possiate mettervelo in testa che io non mi faccio prendere in giro così facilmente! Addio!»

Dopo aver finito di parlare Umberto si è alzato veloce dal divano e mi ha detto:

«Andiamocene via!»

Io mi sono alzato per seguirlo e salutare, ma la signora Matilde è andata dietro a Umberto per fermarlo.

«Lo vedi Matilde chi ti ostini a difendere? Un povero ingrato che non capisce nulla della vita!»

Umberto si è girato verso il padre, gettandogli un'occhiata. Le sue labbra fremevano di insulti, ma è rimasto in silenzio, e ha ripreso più veloce la via verso l'uscita.

La madre gli è corsa dietro, anticipando anche i suoi passi. Si è spiaccicata al portone per non permettere ad Umberto di andarsene.

«Ma che fai? Non vedi che è tutto inutile! Lasciami stare!» ha detto Umberto spostando la madre e aprendo il portone per andarsene.

La signora Matilde si è buttata addosso, lo ha preso dalle braccia e lo teneva stretto. Guardandolo negli occhi gli ha detto:

«Figlio mio, figlio adorato! Perdonami se ti ho detto una piccola bugia... io non ho cercato di ingannarti, volevo soltanto un tuo abbraccio! Capisci questo povero cuore di madre quant'è addolorato! Non ho che te al mondo, ti prego non trattarmi così, non chiudere la porta in faccia a tua madre, non so se riuscirei a sopportarlo ancora... Ormai vedi che non sono più giovane come prima, sto invecchiando giorno dopo giorno perché tu non mi parli più, non mi rispondi mai, e oggi, quando ti ho riabbracciato, mi è parso di rivedere la luce dopo anni di tenebre. Oh Umberto, Umberto caro, è la tua mamma che ti sta parlando ed è con il cuore a pezzi perché tu non ci sei, figlio mio! Che cosa devo fare per farti capire che tu potrai stare qui e vivere come più ti piace. Non devi preoccuparti di nulla, neanche di tuo padre, lui lo sai com'è vero? Ha il suo carattere ma ti vuole bene più d'ogni altra cosa al mondo, altrimenti ieri non sarebbe corso da chi di dovere per aiutarti! E allora figlio mio che cosa ci manca per essere felici?, dobbiamo soltanto stare insieme, soltanto la famiglia può ristabilire la pace nella vita di qualsiasi persona. Non causare altro dolore alla tua mamma, figlio mio! Figlio mio! Ti prego ritorna con noi!»

Umberto stava con la testa bassa aspettando che la madre finisse di parlare. Nei suoi occhi non c'era più dipinta la rabbia di prima, erano lucidi di commozione, e cercava di trattenere i suoi veri sentimenti. Allora la signora Matilde, intuendo di aver aperto un varco nel cuore del figlio, gli ha spostato il mento per guardarla negli occhi. Ha resistito per qualche istante, poi Umberto è scoppiato in lacrime, e la madre ha approfittato per stringerselo tra le braccia.

Il signor Perlonia era lì dietro a gustarsi la scena, poi ha scosso la testa ed è andato via borbottando qualcosa.

Guardavo anche io questa scena come fosse un film. Ma dietro di me c'era qualcosa che mi tirava dalla sua parte. Non avevo dimenticato la volontà di salire fino in cima al palazzo per scoprire la provenienza di quel silenzio unico e melodico. Neppure quando ero chiuso in casa Perlonia.

Adesso che il portone era aperto sentivo l'effluvio trascinarmi di nuovo. Non ho resistito per molto ancora.

Con i primi passi sono ritornato al punto in cui Umberto mi aveva interrotto. Di nuovo mi sentivo leggero. Il cuore era svuotato da ogni forma di odio sepolto. La luce mi accecava di più, tanto che a un certo punto salivo i gradini soltanto con la forza dell'istinto di andare su in cima.

Poi, nel mezzo dello spiazzo bianco di luce, si è aperto uno spiraglio da cui ho intravisto un portone. Mi sono fermato ad aspettare che i miei occhi potessero vederlo completamente. Era immenso. Ho dovuto alzare la testa verso l'alto per vedere la fine. Le maniglie enormi si trovavano a un metro più alti dalla mia testa. Mi sono avvicinato. Qualche altro passo. Poi le ante del portone si sono aperte da sole. È uscita una raffica di vento che mi stava facendo cadere. È durata qualche minuto, poi alleggerendosi, spirava un effluvio profumato.

Non riuscivo a vedere dentro, c'era una nube bianca che usciva dall'interno e veniva a catturarmi. Ho fatto qualche passo in avanti e quando ho varcato la soglia la nebbia ha iniziato a dissolversi.

Così ho potuto vedere la meraviglia della natura che si nascondeva dietro quel portone. È stato come entrare in un bosco. Ai lati c'erano alberi altissimi, la fine non si vedeva, così che la luce filtrava a piccoli fasci. I rami erano delle sculture magnifiche che si intrecciavano attraverso infiniti abbracci. Dall'alto cadevano petali molti grandi che volteggiavano lungo il viale frontale. Respiravo un profumo che non avevo mai sentito. Vedevo delle cose che non avevo mai visto, se non immaginate lontanamente.

Quando percorrevo un po' di strada spuntavano fiori giganteschi di un colore giallo e altri rosso porpora. Anche il prato con la sua erbetta era più grande da come la si conosce, e quando veniva calpestata si abbassava in modo delicato. Soltanto a questo punto mi sono accorto di essere a piedi nudi e di portare dei vestiti diversi da quelli di prima.

La luce era la mia guida, illuminando lo spazio che dovevo percorrere. Per l'aria si sentivano canti di uccelli che frusciavano tra i cespugli alti degli alberi. A volte entravano così veloci nei loro nidi che scuotevano i rami, le foglie cadevano e un vento leggero li faceva danzare per l'aria, cullandoli fino a terra.

Poi il silenzio. D'improvviso ogni cosa cessava di andare avanti. E anch'io mi sono fermato. È passato un po' di tempo e poi un venticello ha trasportato il rumore di un ruscello che veniva da lontano. L'acqua scorreva serena e la frescura immaginata invadeva il bosco.

Ho superato alcuni cespugli di fiori profumatissimi e mi sono trovato ai bordi di un laghetto. Dietro c'erano delle parete rocciose da cui scendevano piccole cascate. Queste si propagavano lungo il laghetto e creavano piccole onde che si infrangevano leggere sul prato.

Dall'alto cadeva una luce molto intensa, non c'era nessun albero intorno ad impedire la visuale della vastità del cielo. Sembrava una pioggia di brillanti che cadevano al centro del lago, creando una fascia luminosa che non faceva vedere cosa ci fosse di sotto, ma intuivo la presenza di qualcosa; di qualcuno.

Ho fatto qualche passo in avanti. Ho messo i piedi nell'acqua, e i miei occhi a quel punto si stavano abituando a quella luce del centro. Ho visto una piccola isoletta e un vecchietto seduto su una scrivania. Portava dei grandi occhiali e teneva la testa sempre bassa, intento a scrivere su fogli molti grandi. Scriveva veloce e poi buttava il foglio per terra, cadendo nell'acqua. Le cose scritte a quel punto evaporavano in pulviscoli diamantati, e salivano al cielo mischiandosi al fascio di luce che diventava ancora più accesa.

Cercavo di guardarlo in faccia, ma non alzava mai la testa, e poi la luce gli rifletteva sulle tempie quasi da accecarmi. Ma desideravo conoscerlo, guardarlo negli occhi. Sono andato ancora più dentro, ma soltanto di due passi, poi qualcosa mi ha bloccato da dietro e non mi ha fatto proseguire.

Mi sono accasciato sull'erba, stremato. Volevo guardare ma sentivo le forze andare via dal mio corpo. Capivo che al centro di quell'isola si stava generando una forza incredibile, era la creazione della Bellezza assoluta. Volevo farne parte, ma non potevo avvicinarmi. Esisteva solo per se stessa.

Alzavo la mano per afferrare un po' di luce, ma la riabbassavo subito dopo. Mi sforzavo anche con il corpo ma non c'era nulla da fare. Era bloccato, le forze andavano via. Quando ho capito di non reggere neppure gli occhi aperti, ho sentito una musica dolcissima che usciva dai piedi del Maestro, lì dove c'erano i fogli gettati. Le note avevano delle forme indescrivibili, che danzavano intorno al fascio luminoso. Li ho potute vedere soltanto per qualche istante, subito dopo i miei occhi si sono chiusi.

Ho aperto gli occhi e vedevo le gambe della gente che si muovevano di corsa. Ho alzato la testa e ho capito di essere alla stazione. Di fianco a me c'era una persona avvolta da una coperta di nylon colorata.

Mi tenevo la testa con le mani, sentivo battere dentro qualcosa che voleva scoppiare. Appena in piedi stavo cadendo giù per i forti giramenti. L'uomo vicino ha alzato le mani per afferrarmi, ma ce l'ho fatta da solo.

«Ma ti senti bene? Stai male, eh? Da quant'è che non mangi?»

«Sì, sto bene… ora mi passa!»

«Guarda che se vuoi mangiare io ho qualcosa da parte, non ti vergognare, la prima volta fanno tutti così!»

«Ma che dici? che cosa hai capito? Io non so neppure come sono capitato qui per terra… tu forse lo sai? Hai visto qualcosa, eh?» gli ho domandato.

«Io, niente!» ha risposto alzando le mani al cielo, «quando sono arrivato eri già buttato qui per terra, ti volevo dare anche qualche calcio perché mi avevi preso il posto. Poi ti ho visto bene in faccia e mi hai fatto pena… ho visto che sei molto giovane e ho pensato che io almeno alla tua età ancora avevo una speranza, mentre tu già… E così mi sono messo a fianco lasciandoti stare».

«Ma che vuoi dire? Io non ti capisco, ma chi sei tu?»

«Stai calmo, stai calmo amico! Qui siamo tutti sulla stessa barca...»

Nonostante mi reggevo appena in piedi ho deciso di andarmene. Ma dopo qualche passo l'uomo di prima mi ha detto:

«Aspetta!»

Mi sono girato pronto ad insultarlo, ma ho visto che mi faceva segno con la mano di guardare per terra.

«Ti è caduta una lettera, guarda lì!»

Non ricordavo di avere una lettera, ma c'era scritto il mio nome.

Poi l'uomo mi ha sorriso e mi ha detto:

«Se passi di qua un'altra volta e starai meglio di adesso, non ti scordare di me, mi raccomando!»

Ha ripetuto ancora "non ti scordar di me" e quando mi sono avvicinato per ringraziarlo, ho visto negli occhi una disperazione che prima mi era sfuggita.

«Te lo prometto, non dubitare!»

In attesa del mio treno ho aperto la lettera. Era di Umberto.

> Caro amico, anche se per poche ore, pochissimi giorni, mi dispiace tantissimo, credimi, ma ho dovuto farlo! Da quando ti ho incontrato in quello

studio di quel finto produttore a cui io credevo forse più di te, ho capito che avevi qualcosa di diverso, ho visto nei tuoi occhi una luce particolare ed è per questo che ti ho aiutato quando eri in difficoltà, e per nessun'altra ragione. Ma c'è anche da dire, che quando hai iniziato a parlare del tuo film, del tuo "*Ritorno alla vita*" a quella culona della segretaria, ho subito compreso che c'era qualcosa di unico in quello che dicevi e come lo dicevi. Si percepiva benissimo l'emozione che provavi quando esponevi anche il più piccolo dei dettagli, perché dentro al tuo cuore esisteva il film e soltanto lui. Credo che le cose che mi hai raccontato in seguito siano del tutto vere, anche quelle che possono sembrare irreali, del tutto inventate. Io ho creduto ad ognuna delle tue parole, e poi… e poi… quando di notte, mentre tu dormivi, io ho letto la sceneggiatura del tuo film, ho compreso di cosa stessi parlando, del perché questo tuo film fosse così straordinario e unico che nessuno vuol realizzare. Leggendolo mi sono innamorato di ogni personaggio descritto, dei loro drammi, dei loro sorrisi, dell'amore con cui si approcciano alla natura e come essi sentono il costante bisogno di essere amati cercando di gridare sempre a bassa voce, in un tacito grido disperato. La tua storia è bellissima, è forse la cosa più bella che si possa leggere, per cui, non so come dirtelo… ma credo che queste oppor-tunità capitino soltanto una volta nella vita… Mi dispiace amico mio, sarai sempre nei miei pensieri anche se le nostre vite si sono appena sfiorate, ma ho dovuto farlo… ho preso la tua sceneggiatura e la realizzerò per te, sarò il regista di quest'opera e credimi non rimarrai deluso. Forse adesso, arrivato a questo punto della lettera, il tuo odio per me sarà infinito, chiunque sarebbe sconvolto, ma prova a ragionare, a capire che è meglio così. Il mondo del cinema come ben tu hai potuto comprendere, è un mondo spietato, cinico, consumistico, dove non c'è posto per la speranza e per questo mondo di meraviglie che tu hai creato così ingenuamente. Mi dispiace dirtelo, ma devi saperlo, la realtà è questa: nelle tue condizioni, con le tue scarse conoscenze e influenze, il film per cui hai speso tutta la giovinezza a renderlo perfetto, non potrà mai vedere la luce, è un miraggio anche solamente immaginarlo. Per cui non sprecare questi ultimi anni di giovinezza a spe-rare in qualcosa che non potrà mai avverarsi, sarebbe stupido da parte tua, goditi il tempo che ti rimane a disposizione, hai sofferto abbastanza. Io, in realtà, ti sto liberando da un peso enorme, troppo grande per te e per il tuo cuore così fragile. Non hai mai vissuto veramente perché hai speso la vita a sognare un sogno bellissimo, ma è ora che tu la smetta, che tu viva per te stesso e per nient'altro. Non devi avere nessun rimorso o rimpianto perché hai fatto l'impos-sibile, hai lottato contro i titani del mondo e ne sei uscito in qualche modo vincitore. Ripeto, goditi la giovinezza mio caro, lo dico per te, perché ho impa-rato a volerti bene anche in queste pochissime ore passate insieme, e ho capito di cosa hai davvero bisogno, non rimandare ancora.

Da parte mia ti dico che rispetterò il tuo lavoro, anche se tu pensi che te lo stia rubando, ma devo dirti che questo è l'unico modo perché si realizzi e non rimanga solo un sogno nella tua mente. Io, da un po' di tempo, ho dei contatti all'estero, in America, ma aspettavo l'idea giusta, quella forte, quella che capita appunto una sola volta. Io, insieme alla mia ragazza, saremo i registi di questo film, e in questo momento siamo già diretti verso la città degli angeli, mano nella mano, uniti verso la vita che aspettavamo. Lo so che non posso chiederti di perdonarmi, ma mi piacerebbe tanto che non avessi rancore verso di me, che non provassi dei sentimenti malvagi da rovinarti l'esistenza, e questo, ripeto, lo dico per il tuo bene.

Amico mio, la vita non è che un soffio, non facciamo che amarci e farci del male allo stesso tempo, ma alla fine tutto passa e sarà avvolto dall'oblio. Abbiamo solo un'opportunità ed è questa vita, viviamola al meglio, perché ciò che ci è riserbato non ci è stato concesso di conoscerlo, per cui non biasimarmi se ho visto in te l'opportunità di rivalsa per tutte le ferite che ho subito da parte di mio padre che mi ha considerato sempre un buono a nulla. Magari questo sarà il momento giusto per cui crederà in me e nelle mie capacità. Ho dovuto essere una carogna per un puro istinto di sopravvivenza, e ti dico di esserlo anche tu, almeno una volta nella vita, se vuoi davvero vivere. Ancora perdonami.

P.S. È inutile che tu cerchi di contattare i miei genitori o provvedere per altre vie legali, perché sai che nella posizione in cui mi trovo io finirei per vincere e tu per soffrire ancora di più inutilmente. Inoltre dopo che ti abbiamo trovato disteso a dormire nel soffitto del nostro palazzo, ho raccontato ai miei genitori che soffri di un certo tipo di dipendenza e la stima verso di te si è abbastanza incrinata, per cui il solo avvicinarti a loro per te sarebbe la fine. Concentrati invece su ciò che può renderti felice nell'immediato. Addio!

Umberto

Il treno stava per partire. Ho avuto solo la forza per salirci e buttarmi sul sedile. Non ho neppure recuperato la valigia nella cassetta depositi. La cosa più importante non era più con me. Ricordo di aver lasciato la sceneggiatura sul letto e poi Umberto mi aveva preso e portato dai suoi genitori di corsa.

Per tutto il viaggio non ho fatto che sentire le note de *La sepolta viva.* Lasciavo Roma più povero che mai. Avevo sperato per tutta la vita di arricchirmi delle sue meraviglie, invece me ne andavo derubato della mia unica fonte di vitalità.

Quando ero già in Calabria, e le cose le vedevo con più lucidità, ho cercato il modo di saltare dal treno per recuperare nell'aria quello che avevo perduto.

Ma non ho avuto il coraggio.

XI

C'era una volta Concetta

Rivivere quei momenti non è per niente facile. Mi mancava il respiro. Della vita non sentivo più alcuno stimolo. Ma come dopo è accaduto, quella carogna non è riuscito a portare a termine il suo piano diabolico, da lì a pochi giorni le cose sarebbero cambiate. E il nostro film è ritornato nelle mie mani.

Ti ho raccontato questo episodio diverse volte mentre eravamo insieme sul set, e ogni volta, quando finivo di raccontare, mi davi una carezza. Gli occhi ti brillavano.

Quanto vorrei ritornare in quei luoghi in quest'istante! Verrei di corsa a Scilla a bussare a quella porta dove è stata la nostra casa e ti direi: "giriamo ancora, un altro film insieme, ancora!"

Ma l'idea era già viva a quei tempi, soltanto che aspettavo il momento giusto per dirtelo. Nel frattempo cresceva dentro di me, come una creatura silenziosa pro-tetta dal mondo. Si è generata nel giorno in cui abbiamo fatto un incontro bellissimo, che non dimenticheremo mai.

La mattina si doveva girare una scena in cui tu passeggiando per la via di Chianalea vieni fermata da una signora affacciata da un balcone che ti dice:

«Buongiorno signora Maria! Vedete che le camicie sono pronte, quando volete venite a prenderle!»

E tu:

«Sì, buongiorno, grazie! Ci vediamo questa sera!»

Per questa parte era già stata scelta una comparsa. Ma alcuni giorni prima tu hai preso in mano la situazione e hai fermato ogni cosa dicendo che la signora che doveva fare quella parte c'era già, ed era la signora Carmela, la moglie di Pasqualino.

Credo che in cuor tuo avessi già pensato a lei da qualche tempo, però l'avevi tenuta per te fino all'ultimo, probabilmente avevi qualche dubbio se fosse giusto chiedere a Carmela in un periodo così delicato della sua vita una cosa che apparentemente poteva sembrare così frivola. Poi un giorno mi hai preso per il braccio e mi hai detto:

«Senti, ho un'idea, e credo sia quella giusta! Mi devi aiutare a convincerla!» e hai continuato a raccontarmi.

Sul momento sono rimasto perplesso, ma poi mi hai fatto capire perché fosse giusto convincere Carmela ad accettare quella parte. La sorte che pesava sulle teste di quella famiglia era rimasta impressa nel tuo cuore. Adesso cercavi un modo per far nascere una gioia, o un momento di spensieratezza in mezzo a quelle tristi giornate.

Mi hai chiesto di accompagnarti dalla signora Carmela, e insieme convincerla. In parte conoscevamo i sogni interrotti della signora, e la disponibilità di Maria a prodigarsi in qualsiasi situazione per la felicità dei suoi genitori.

Siamo partiti verso la loro casa con la fiducia di portare a termine questa missione. Però i nostri occhi tremavano al pensiero della signora Carmela riversa dietro quella porta.

Ad accoglierci è stato Pasquale che si è meravigliato di vederci, e subito ha detto:

«Vi siete forse dimenticati qualcosa nella barca? Mi sembra di non aver visto nulla, ma vado subito a controllare di nuovo!»

Tu subito lo hai fermato con la mano.

«No Pasqualino! Non ci siamo dimenticati nulla… è che… siamo venuti a parlare con tua moglie».

Il signor Pasquale si era stranito. In volto lo abbiamo visto farsi preoccupato, quasi nervoso.

«Ma è successo qualcosa?! Oh signore! Che dovete dirle?»

«Ma no Pasqualino, non ti devi preoccupare! Siamo qua per una cosa bella, credimi! È che mi piacerebbe parlare con lei… credi sia possibile? Non devi agitarti».

Gli hai messo la mano sulla spalla e mentre parlavi lui si ammorbidiva. E ha risposto:

«Ma se è così, certo signora quello che volete voi… anche se sapete che in questo momento… beh voi conoscete la storia! Se fosse stata in un'altra occasione la mia Carmela avrebbe fatto i salti mortali per incontrarvi. Adesso non vuole parlare con nessuno, è sempre lì dietro a quella porta, però io ci provo, magari sapendo che siete venuta a trovarla voi in persona cambia idea, chissà… nella vita tutto è possibile!»

Mentre andava noi lo guardavamo sapendo che forse avevamo commesso una mossa azzardata, ma non potevamo più tirarci indietro. Infatti è ritornato qualche secondo dopo scuotendo la testa.

Abbiamo sospirato guardando a terra e dopo un po' ci siamo alzati per andarcene. Pasqualino era dispiaciuto del rifiuto della moglie ma non aveva nessuna intenzione di forzarla in nulla.

Ma quando eravamo sulla soglia della porta, tu ti sei fermata, gettando prima un'occhiata al mare sulla sinistra e subito dopo ti sei voltata verso l'interno, e hai detto:

«Andiamo ci parlo io!»

Volevo fermarti per consigliarti a non forzarla, ma eri determinata, come se dentro di te all'improvviso si fosse accesa una luce che ti faceva vedere la cosa più giusta da fare. Andavi avanti spedita e io ti ho seguita, e poi anche Pasqualino.

Terminate le scale abbiamo visto la signora Carmela raggomitolata su una piccola sedia, davanti alla porta della camera della figlia Maria. Era con la testa china verso lo stomaco, con le mani che stringevano il rosario, e gli occhi chiusi, stretti, lacrimati, a pregare, a scongiurare, a spegnersi pur di accendere una luce di speranza per la figlia. Hai cominciato a fare qualche passo in avanti, e lei ancora bisbigliava sillabe di antiche cantilene, con gli occhi fitti e le mani in preda a freddi tremolii, non accorgendosi dell'estraneità delle persone. Pensava fosse di nuovo il marito e perciò continuava a starsene come prima. Poi sei arrivata vicino a lei e le hai poggiato una mano sulla spalla, sempre senza dire una parola. Dopo un attimo, il corpo di Carmela ha cominciato a ricomporsi, con la schiena poggiata sulla spalliera e le gambe ben distese. Si è aggiustata lentamente, ancora con gli occhi chiusi e la bocca semiaperta per far uscire gli ultimi singhiozzi. Ecco, ora che stava distendendo anche le braccia per allentare la presa del rosario, ha aperto anche gli occhi, poco alla volta. Quando erano aperti si è poi girata dalla tua parte perché aveva capito che quella non era la mano di suo marito. Ora ti guardava diritta negli occhi. Ti guardava senza dire alcuna parola. Ti guardava asciutta e addirittura quasi serena, inerme.

Ma è bastato che tu facessi un piccolo sospiro e un movimento con le sopracciglia ad indicare un "mi dispiace!", che la signora Carmela è scoppiata in lacrime. Piangeva sempre con più disperazione e meno forza nel fisico tanto da non portare più il fazzoletto alla bocca ma lo teneva sulla sinistra, chiuso in un pugno di lacrime. Allora tu ti sei protesa verso di lei per abbracciarla e a quel punto la signora Carmela ha preso un po' di forza per restituirti l'abbraccio. Le sue lacrime volevano dire molte cose, erano sporche della disperazione della figlia, ma forse anche brillanti della felicità di stringerti, dopo anni solo a sognarti, tra le braccia.

In quel momento abbiamo sentito delle voci provenire dalla camera di Maria. Pasqualino è andato a controllare di corsa. Sapevamo che aveva sentito ogni cosa.

Hai guardato in faccia Carmela asciugandole le guance. Le hai parlato della tua idea, spiegando che lei era perfetta per un ruolo insieme a te. Girava la testa piena di confusione, non capiva il senso di nessuna parola. Le appariva strano il fatto che tu fossi in casa sua, che le chiedessi di fare un film, e ancora più strano che sua figlia aveva i giorni contati. E ritornava a piangere dicendo che della vita non capisce più nulla.

«Andiamo Carmela, io lo so che questo è un tuo sogno da bambina. Non farai del male a nessuno, credimi, piangere fa bene lo so, ed è inevitabile… ma non potrai farlo per tutta la vita!»

Poi è ritornato Pasqualino e ha detto:

«Carmela, vieni c'è Maria che ti vuole parlare».

Allora la donna si è alzata di scatto dalla sedia dicendo preoccupata: «che ha? che ha?» e intanto andava verso l'interno della camera con l'affanno sempre stretto nel petto.

«Sedetevi signora, accomodatevi», ha detto Pasqualino indicando di sederti dove prima c'era la moglie. Lui stava appoggiato alla parete, con le mani dietro la schiena e gli occhi rivolti al pavimento. Dopo qualche secondo di silenzio ha continuato: «Maria è una ragazza molto intelligente, lo è sempre stata e capisce le cose subito, anche se adesso sembra sempre addormentata ma vede e sente tutto. Sono i farmaci che la tengono buona buona, altrimenti i dolori l'avrebbero già uccisa... Quando sono entrato nella camera mi ha detto "ma di là c'è il sogno di mamma, non è vero?" Vi chiama il sogno, anzi vi abbiamo chiamata sempre così, perché voi Sofia per mia moglie siete stata sempre un sogno. Anche se adesso non può sembrare, però è così. E Maria mi ha detto: "quanto sono felice per mamma" e poi, insieme, abbiamo sentito quando le avete parlato di questo ruolo che dovrebbe fare nel film che state girando. Oh, com'è stata felice Maria, le si sono illuminati gli occhi! E poi mi ha detto di chiamare mamma perché l'avrebbe convinta lei ad accettare questa parte, perché certe cose, mi ha detto, capitano solo una volta nella vita. Adesso è lì dentro a convincerla e sono sicuro che ce la farà perché quando si mette in testa una cosa non la ferma nessuno, e poi ormai ogni suo desiderio per noi è una piccola gioia nel poterlo ancora realizzare. Vi ringrazio per questo pensiero che avete avuto, avete portato un po' d'aria fresca, le farà bene a Carmela e soprattutto a Maria perché così vede la mamma che fa una cosa che le piace e non sta tutto il tempo a piangere seduta su quella sedia».

Appena Pasqualino ha finito di parlare, Carmela è uscita dalla camera e ci ha guardati tutti e due in faccia, poi, per la prima volta, ha accennato un sorriso e ha detto:

«Va bene, lo faccio! Maria ha insistito tanto che non posso proprio dire di no!»

Col sorriso ti sei alzata per abbracciare Carmela, la quale si è rimessa a piangere.

Il mattino seguente eravamo pronti a girare la scena. Ci trovavamo esattamente nella loro casa perché dava proprio sulla strada su cui era ambientata la scena, mentre tu passeggiavi. La macchina da presa era all'esterno, sulla via di Chianalea, e la signora Carmela da dentro la cucina doveva affacciarsi al balcone. Io mi sono messo dietro la finestra a indicarle come e quando muoversi. All'interno della stanza c'era anche Maria che aveva voluto, con tutte le sue forze, assistere al momento in cui la mamma recitava insieme a te. Era mezza distesa su un piccolo sofà, con un lenzuolo sopra le gambe. Il suo volto era bianco, quasi un velo trasparente, gli occhi, profondi e scavati, raccontavano invece una storia che aveva oltre al tragico anche un'intensa spinta di rivalsa, quasi di speranza. Stava in silenzio ad osservare tutti, ma soprattutto a dare il suo incoraggiamento alla madre che era molto tesa e affannata. La signora Carmela, già quando il costumista e la truccatrice hanno poggiato le mani su di lei per sistemarla, sentiva che sarebbe stato meglio tornare indietro, che non sarebbe stata all'altezza di quel compito così grande. Sembrava una bambina in preda alla confusione di non riuscire a fare qualcosa che aveva sempre desiderato e adesso che l'occasione si era presentata, le prendeva l'ansia e voleva tirarsi indietro. A quel punto è intervenuta Maria per dirle poche parole di incoraggiamento, e allora, la signora Carmela, sentendo la figlia dire in quel modo non poteva farsi vincere dall'ansia, doveva farlo anche per lei. E finalmente eravamo pronti.

«Motore»

«Azione!»

Carmela è andata avanti con il suo vestito che la impettiva, fiera di affacciarsi al balcone e di trovare sotto di lei una schiera di persone che la osservavano e che sembravano quasi pendere dalle sue labbra. È andata fuori, si è aggrappata alla balconata e ha guardato in basso per cercarti. Poi, non vedendoti, si è girata da me e ha detto:

«Ma non c'è Sofia, dov'è?»

«Stop!»

«Signora certo che non c'è Sofia ma deve immaginarla. In un'altra scena riprenderemo Sofia, adesso tocca a lei. Guardi davanti a sé, quella è la macchina da presa che la inquadrerà, poi faremo un'altra inquadratura con Sofia. Adesso si concentri su quello che deve fare. Ricordi, si affacci e poi, anche se Sofia non c'è, deve dire la battuta, ok? Bene!»

«Motore»

«Azione!»

La signora Carmela adesso era più nervosa di prima, ma è andata avanti lo stesso, si è aggrappata al balcone e poi ha guardato in basso. Con la voce che le tremava ha detto:

«Buongiorno signora Sofia...»

«Stop!»

«Cara signora Carmela non è Sofia che deve salutare, ma la signora Maria, ok?»

«Oh, ma certo, vi prego, scusatemi, scusatemi! Sono proprio un disastro, faccio solo perdere del tempo. Scusatemi!»

La signora Carmela afflitta per i suoi errori continuava a ripetere "scusatemi" e ad aggiustarsi i capelli per il nervosismo.

«Non deve scusarsi signora, è assolutamente normale. Vedrà che dopo un paio di ciak arriverà quello buono, deve avere pazienza con se stessa, altrimenti si prenderà di panico e non ce la farà mai. Ok? Rifacciamola!»

«Motore»

«Azione!»

Questa volta si è avvicinata al balcone più sicura, ma subito dopo si è bloccata, poi si è voltata verso di me per chiedermi se dovesse guardare giù prima o dopo la battuta. La signora Carmela era entrata nel pallone! Così abbiamo deciso di fare delle prove prima di girare.

Le ho mostrato la parte, come muoversi e quando parlare. Poi abbiamo ripetuto insieme. Abbiamo provato altre volte, con lei da sola. Finalmente aveva capito. Però una volta accesa la macchina da presa, la signora Carmela si impicciava con le parole, o dove guardare. Perciò abbiamo deciso di fare una pausa.

In quel momento sei arrivata tu. Sei spuntata dalla porta trionfante e ti sei diretta da Carmela e l'hai abbracciata. E poi sei andata verso Maria che guardava gli errori della madre, sghignazzando di nascosto. Ti sei seduta al suo fianco e hai detto:

«E allora Maria, la mamma fa i capricci da diva, non è vero?»

Maria si è messa a ridere. Poi si è fatta più seria, ma manteneva un sorriso malinconico e ha risposto:

«Grazie, molte grazie per aver pensato a mia mamma, è stato sempre il suo sogno recitare in un film con lei!»

«Ma di che? sono molto felice di aver conosciuto te e la tua famiglia… e adesso, dobbiamo fare della mamma una grande attrice!»

Hai preso per mano Carmela e l'hai portata verso il balcone, facendole vedere la scena.

«È facile facile, lo hai fatto un sacco di volte».

Lei ti seguiva in ogni tuo gesto e annuiva perché capiva che era molto semplice. Lo ripeto un sacco di volte al giorno, si diceva, e nel volto era più serena.

Quando è arrivato il momento di girare tu ti sei messa dietro l'anta della finestra, nella parte opposta alla mia, e ci guardavamo in faccia.

«Motore»

«Azione!»

Ora Carmela avanzava passando tra noi due, e il suo corpo non era più teso, ma si muoveva con naturalezza. Sembrava non esserci né la macchina da presa, né tutte le persone in basso che curiosavano e guardavano in alto. Carmela si era ambientata in quella parte e le parole sono uscite dalla sua bocca senza neanche accorgersene.

«Stop!»

La scena era finita, ed era quella buona. La signora Carmela era entusiasta, abbracciava tutti, me, te, il costumista, la truccatrice, e poi è andata verso Maria e l'ha stretta forte al suo petto.

Io e te ce ne siamo andati. La casa si stava smontando di quel sogno che seppur per poco tempo aveva contribuito nel cuore di Carmela, e anche in quello di Maria, di alimentarsi e trasformarsi in realtà. Li abbiamo lasciati ancora che si abbracciavano e Carmela non smetteva di piangere.

Nella stessa giornata le riprese dovevano continuare ed era la volta di realizzare delle inquadrature di te che ti fermavi e rispondevi alla signora del balcone. Nel frattempo in cui la troupe preparava il set, io e te abbiamo proseguito la strada di Chianalea per fare qualche prova in anticipo.

Soltanto che ancora avevamo impressi i volti di Carmela e Maria e continuavamo a parlarne, e non ci siamo accorti di esserci allontanati.

Avevamo lasciato alle nostre spalle il piccolo borgo. Il mare era alla nostra destra e i nostri discorsi, come al solito, passavano da un argomento all'altro, soprattutto io non smettevo di chiederti ogni cosa sul tuo passato. Rispondevi sempre con pazienza perché dicevi che alla mia età era giusto essere così curiosi. Ma lo facevo soprattutto per conoscere più di te, per recuperare quel tempo perduto in cui io e te siamo stati separati, e immaginavo, con stupidità e gelosia, che negli anni in cui ancora non ero nato, tu sentissi nel cuore un vuoto che io avrei colmato molto più tardi.

Ti chiedevo dei registi che hai incontrato, del loro modo di lavorare, di scegliere le inquadrature, di comandare gli attori. Tu mi raccomandavi che un attore deve prima di tutto saper ascoltare il proprio regista e fidarsi in tutto quello che fa senza fare troppe domande.

Poi ti sei fermata, hai guardato il cielo portando la mano alla bocca. Ho pensato che è un gesto bellissimo, così naturale, che la prossima volta dovevo inserirlo nel film.

«Ma guarda, fra poco piove!», hai esclamato.

«Come piove? non è possibile!»

Ti sei guadata intorno spaesata, mentre io continuavo a rubare ogni tuo movimento.

«Ma dove siamo finiti? Non siamo più in paese», hai detto con un leggero tono di smarrimento.

«È vero siamo fuori dal paese,» ho risposto mentre ti prendevo per mano, «ma non ti devi preoccupare, torniamo subito indietro prima che si metta a piovere. Sei stanca?»

Non sei riuscita a sentire la mia ultima domanda perché un tuono ha squarciato il cielo, e nuvoloni neri spiravano dal mare feroci.

Così invece di tornare indietro abbiamo deciso di trovare un piccolo riparo per la pioggia imminente. Eravamo immersi nella vegetazione selvatica e vicino a noi solo il mare.

Dopo altri due tuoni le prime gocce di piogge sono cadute sulle nostre teste. In pochi secondi l'acqua scendeva a dirotto. Davanti a noi soltanto una stradina di terra, dei cespugli ai lati e qualche recinzione con ferro spinato. Ma solo qualche passo in avanti, dietro cespugli di buganvillee è apparsa una casetta circondata da alberelli e arbusti fioriti. Siamo andati di corsa sotto la sporgenza della tettoia per ripararci dalla pioggia che cadeva ora più forte.

Abbiamo cercato di dire qualcosa, ma non riuscivamo a sentirci. Stavamo stretti con le spalle al muro perché lo spazio era poco, ma ci sentivamo al sicuro.

Siamo rimasti in silenzio a osservare davanti a noi il

paesaggio campestre avvolto da un manto grigio. La pioggia ribolliva dal terreno e friggeva sui cespugli degli alberi. Per l'aria si innalzava un acre odore di bagnato e i fulmini che scoppiavano bassi, inondavano di luce la coperta del cielo ancora uniforme.

Non è durato per molto tempo, o forse quella è stata la mia impressione perché speravo che il temporale non smettesse mai, dato che mi permetteva di averti così vicina e da solo.

Il cielo però andava contro i miei sogni e la pioggia si è ritirata in pochi minuti. Le cose della natura prendevano il loro aspetto abituale e l'orizzonte si è disteso ancora più in là, andando verso il mare. Rimaneva qualche nuvola grigiastra ma non era più minacciosa, mentre dalla parte del mare il cielo cominciava a schiarirsi e a delinearsi un paesaggio più dilatato. Gli arbusti intorno emanavano profumi intensi perché appena scossi dalla tempesta. Era tutto un misto di aromi selvatici e mediterranei. Sentivamo il rosmarino, la salvia, e poi la ginestra e il mirto. Ci divertivamo a captare gli odori e chi li indovinasse per primo. La natura pareva rispondere alle nostre immaginazioni, o meglio a quello che ci aspettavamo che succedesse. Ora sentivamo il cinguettio di un uccello e poi lo vedevamo saltare da un ramo all'altro; da lontano un gabbiano andava verso il mare e urlava attraverso un canto che si perdeva nell'aria; poi un latrato di un cane e la pioggia, ora più leggera, schioccava tra le foglie di qualche albero molto alto; mentre dal mare arrivava l'aria del sereno, inumidita dalla salsedine e dal biancore delle onde che riuscivamo a scorgere alzandoci sulle punte dei piedi e oltrepassando con lo sguardo i pini sul sentiero che ci separavano dalla battigia.

Quando è rimasta solo qualche goccia che scendeva leggera, hai detto:

«Che facciamo? sarà meglio andare prima che arrivi un'altra burrasca!»

«Sì, sarà meglio!» ho risposto, anche se come ho detto prima, io avrei preferito rimanere lì, con te. Avrei voluto continuare ad ascoltare la natura come mutava al cambiare del tempo e come anche la nostra pelle e le nostre emozioni, mutavano insieme alle ginestre e ai pini, proprio perché la pioggia che ci aveva bagnati prima, adesso stava asciugandosi e noi prendevamo un altro aspetto, seguendo quelle determinate metamorfosi che fanno confondere l'uomo con la natura.

Mentre stavamo andando via abbiamo sentito bussare alla finestra di quella casetta. Ci siamo affacciati e abbiamo visto una vecchietta che ci faceva segno con la mano ad andare da lei.

Ha aperto la porta e ha detto:

«Buongiorno, ma che fate lì? siete tutti bagnati, forza entrate, entrate!»

«Ma signora veramente noi stavamo andando, la pioggia è ormai finita», hai risposto.

«Ma dovete asciugarvi, venite, venite! Non fate storie!»

L'anziana donna non voleva che sapere di lasciarci andare, ci ha visti che eravamo zuppi e ha insistito.

«Ma perché non avete bussato? perché non avete bussato?» ripeteva mentre si faceva indietro per farci passare.

«Io sono Concetta» e ci ha baciato come fossimo dei nipoti venuti a farle visita.

Siamo entrati nel piccolo corridoio e abbiamo

aspettato che Concetta chiudesse la porta e venisse verso di noi. I suoi movimenti erano molti lenti e per camminare si sorreggeva ad un supporto metallico. Mentre veniva dalla nostra parte ci sorrideva e indicava le sue gambe come per burlarsi della sua condizione, di cui era rassegnata già da molto tempo. «Andate avanti, andate avanti! Prego, prego!» ci diceva, e lei intanto passo dopo passo arrancava una grande fatica.

Girati a destra siamo entrati in cucina. Ci ha detto che potevamo asciugarci come volevamo, c'era una stufa lì vicino, oppure anche in bagno con il phon.

«Sapete mi fa piacere che siete venuti qui da me, io sono sempre sola», ha detto Concetta facendo spallucce.

Poi vedendomi osservare più di una volta il piccolo camino e la legna a fianco, mi ha detto:

«Accendi il fuoco, se vuoi. Accendilo! Io ormai non riesco più a farlo, uso solo questa stufa, ma il fuoco è sempre il fuoco! Accendilo, accendilo!»

«Va bene Concetta, come volete!»

Nel frattempo che io accendevo il fuoco tu eri andata in bagno e la signora Concetta seguitava a spingerti con le parole, a indicarti anche da lontano la strada da percorrere. Intanto lei si era seduta sulla sua poltrona, lo aveva fatto molto lentamente e anche con qualche lamento di dolore. Una volta appollaiata era diventata più serena e quando ha visto le prime fiamme del fuoco che stavo accendendo i suoi occhi si sono messi a brillare riflettendo le fiamme.

Allo stesso momento, tra lo scoppiettare dei ramoscelli secchi, ho sentito farsi avanti delle note che lentamente diventavano più forti, e che ho riconosciuto all'istante. Era *C'era una volta in America*, il tema principale. La musica pareva uscire dal fuoco e andare direttamente negli occhi di Concetta, tuffandosi. Lei non smetteva di osservare le fiamme rigettando la sua nostalgia. Poi la musica del Maestro è uscita dai suoi occhi e ha invaso l'intera stanza. Era diversa da prima, nelle sue note c'era l'influenza delle emozioni di Concetta, che si erano appiccicate alle pareti e sudavano un sapore di qualcosa di molto antico, ma familiare e dolce. Mi ha avvolto come fosse una coperta, e mi sono sentito subito asciutto e riscaldato.

Vedevo che dai suoi occhi stava uscendo il suo tempo passato, ed ero l'unico ad osservarlo, facendomi sentire un privilegiato e anche un incompreso se un giorno avessi dovuto raccontarlo. La musica trascinava fuori ogni cosa custodita per anni, e io non volevo che aggrappare quei ricordi e sbucciarli per coglierne la vera essenza. Volevo chiederle che cosa stesse pensando, quali ricordi le sono affiorati e perché aveva quegli occhi così unici al mondo, perché appunto sembravano spiegarlo, raccontarlo con semplicità.

«Bravo, bravo» mi ha detto all'improvviso, spostando i suoi occhi dal fuoco su di me, e ha continuato:

«Sai è da tanto tempo che non vedo il fuoco acceso. Mi ricordo che ad accenderlo era sempre mio padre e d'inverno ci mettevamo tutti intorno a riscaldarci. La casa era soltanto una stanza un po' più grande di questa, e noi eravamo tanti, tantissimi… e adesso non c'è quasi più nessuno!»

Concetta annuiva con la testa e poi guardandomi ha gettato un sorriso amaro, uno di quelli che vogliono nascondere una lacrima.

«Ma ci sono i ricordi Concetta,» ho risposto, tirando

una sedia e mettendomi davanti a lei, «quelli nessuno li potrà portare via, non siate così triste!»

«Ma no, certo che no, bisogna andare avanti, bisogna andare avanti!» ha replicato come una formula vecchia a cui non si può fare a meno.

Poi si è girata alla sua destra dove c'era un tavolino affiancato alla sua poltrona e ha preso un pacchetto di sigarette.

«Ti dispiace se fumo? Ne vuoi una?»

«No, no... ma prego, prego!»

La signora Concetta si è accesa placida la sua sigaretta, portandosi in avanti per far cadere la cenere lì vicino al camino.

Dopo la prima sbuffata ha iniziato a fare alcune domande, per sapere qualcosa su di me, ma ogni volta che me ne faceva una sembrava quasi che lei già conoscesse la mia risposta. Era come se già conoscesse la mia storia e le domande le servivano per averne solo la conferma.

Tra tutte le cose mi è rimasto impresso quando mi ha chiesto:

«A te piace scrivere, non è vero?»

«Sì, tantissimo!» ho risposto meravigliato.

«E le poesie ti piacciono?»

«Sì, molto, e ne scrivo anche… ho cominciato parecchio tempo fa, ma le tengo ancora nascoste, non lo sa quasi nessuno, soltanto poche persone».

Concetta ha sorriso, e dopo aver tirato un'altra boccata di fumo, ha detto:

«Anche a me piacciono, ne ho scritte moltissime in questi anni. Ogni tanto vado e le rileggo, così per tenermi compagnia, e sfogliando quelle pagine mi ricordo di quando le avevo scritte, e ognuno di quel periodo era ricco di amore e di tanto dolore! Eh la vita... meno male che mi è piaciuto scrivere così attraverso quei fogli torno indietro col tempo e rivivo anche quelle emozioni!»

«È vero Concetta le poesie così come ogni cosa che si scrive hanno il potere di far rivivere vecchi passati, vecchie emozioni, e tutto l'amore e il dolore che si è provato! A me succede lo stesso, anche se la distanza è ben più corta della vostra, io quando rileggo le mie cose mi sembra di rivivere quei momenti, è una forma di protezione per sentirsi un po' meno soli!»

«Se vuoi te ne leggo una, ti va?»

«Ma certo, vi prego sì!»

Concetta ha poggiato la sigaretta quasi consumata nel portacenere. Ha rovistato tra le tante cose che aveva su quel tavolino e poi ha tirato in alto un libricino. Lo ha preso e lo ha sfogliato avanti e indietro, poi trovata quella che sembrava fosse più giusta, ha cominciato a leggere:

La compagnia

In questa solitudine
stupenda mi trovo a tu
per tu con la natura.
Ascolto il dolce canto
degli uccelli ed anche
il cichicì delle cicale.
Sento l'acqua che scorre
nel ruscello ed anche
un cane si sente abbaiare.
Socchiudo gli occhi
e mi soffermo un poco
e con il pensiero
torno al mio passato

quando bimba giocavo
con la terra, e i fiori
raccoglievo quel di prato.

Tutto era bello, semplice
e sereno. Tutto profumava
d'aria pura: vedo la mamma
che si attacca al seno l'ultima
bimba: la sua creatura.
Mio padre ritornava ogni
sera dal suo lavoro,
il viso triste e stanco
le spalle troppo curve,
già allora aveva la barba
incolta e qualche filo bianco…
D'inverno il troppo freddo
io gemevo, mentre la neve
stendeva il suo manto,
sul focolaio grossa legna
ardeva, e dei fratellini miei
ascoltavo il pianto, la mamma
li cullava dolcemente
stringendoseli al cuore
con amore, ed io piccola
bimba ed innocente
mi riscaldavo ai raggi
di quel sole.

E ora tutto mi ritorna
in mente, rimpiango
quel passato con dolore
perché con gli anni
ho perso l'innocenza
ma la bontà è rimasta
nel mio cuore.

Nel frattempo eri entrata e ti eri messa seduta a fianco a me, davanti a Concetta, ad ascoltare rapita, così come lo ero io, le parole di questa "umile donna devota" come lei stessa si è definita.

«Ho scritto questa poesia molti anni fa,» ha aggiunto chiudendo il libro, «quando la rileggo mi commuovo sempre perché racconto del mio passato, della prima parte della mia vita quando ero piccola e avevo tanto bisogno d'affetto e non lo trovavo perché nessuno si occupava di me. Potrebbe sembrare un sogno per quanti anni siano passati, ma io ricordo tutto fin nei minimi dettagli, non mi sfugge niente dalla memoria, e forse anche per questo che soffro molto, perché non ho dimenticato, perché per certe cose è impossibile dimenticare, anche se sarebbe meglio!»

«Lo so bene cara Concetta, certe cose è impossibile levarsele dalla mente, soprattutto quando accadono che sei ancora una bambina, e lì le cose ti segnano, ti segnano a vita!», hai risposto prendendole la mano per rincuorarla. Lei si è messa a sorridere come prima, un sorriso a tratti triste, ma ricco di dolcezza.

La figura di questa donna acquisiva per me un interesse particolare, soprattutto quando mi ha parlato del suo amore per la scrittura, e adesso, che ci aveva anche fatto sentire una delle sue poesie, sentivo il bisogno di conoscere ancora di più, di sapere ogni cosa della sua vita, come se ormai Concetta fosse entrata a far parte di una storia che includeva non solo se stessa, ma anche me e chiunque nel mondo. Questo perché dai suoi occhi c'era la meraviglia e l'incanto di una bambina, ma anche la saggezza e il dolore di un vecchio, unite dall'umiltà e dalla devozione per una fede incrollabile. In lei vedevo una fonte immensa di verità, e chiunque avrebbe potuto attingerne, perché era nella sua natura il donarsi agli altri.

Le ho chiesto del suo passato da bambina e perché sentisse tanto dolore. Lei rispondeva subito, come se da tempo aspettasse qualcuno a farle queste domande.

Ad un certo punto ha raccontato un fatto molto lontano che ci ha stupiti entrambi.

«Debbo ritornare molto indietro con il tempo e posso assicurarvi che sono ricordi nitidi, vivissimi nella mia memoria, come se fosse ieri! Ricordo quando bambina, tanto piccola, che le mie sorelle, specie Teresa o Angela, mi cullavano tra le loro braccia a farmi la ninna nanna: quando loro mi vedevano dormire mi mettevano poi nel letto della mamma. Allora abitavamo in una campagna chiamata La Monaca che si trova a pochi passi dal cimi-tero di Drosi. È come se fosse ora! appena mi mettevano a letto io vedevo una donna molto giovane che si voltava e girava davanti a me come se si guardasse allo specchio, però lo specchio allora non esisteva (neanche io la vedevo così), non so bene come spiegare, però vedevo il suo bel corpo, ma in faccia non si vedeva mai! Poi mi faceva tanti dispetti da farmi spaventare ed io quando potevo farlo mi mettevo ad urlare. Infatti lei per farmi stare zitta e che nessuno mi sentisse mi teneva legata, soltanto dopo un po' mi liberava e allora potevo andare a cercare aiuto. Così quando le mie sorelle sentivano le mie grida corre-vano a prendermi ed io ero tutta sudata e molto, ma molto spaventata! Cercavo di dire ciò che vedevo, ma loro non mi davano credito, dicevano che volevo essere solamente coccolata, credevano fossero i capricci di una bambina e perciò lasciavano passare.

Questo periodo durò fino a quando io con tutta la

mia famiglia ci siamo trasferiti in un altro luogo, era chiamato "Il feudo di Velensise" che poi sarebbe il bisnonno di una delle mie due nuore. Ricordo con esattezza quando il padrone veniva da mio padre con una carrozza e due cavalli, era un bravo padrone e rispettava tanto la nostra numerosa famiglia. Allora mia sorella Girolama contava appena dieci anni e mia madre e mio padre ci hanno portato a stare a Cittanova perché loro dovevano lavorare e noi eravamo le più piccole, così stavamo da sole in una piccola casetta in affitto: era composta da una sola stanza (allora erano così le case dei poveri). Essendo lì, mia sorella Girolama andava dalla maestra di cucito lì a fianco – così dicevano ai quei tempi. Non ricordo il cognome di quella famiglia, ma era composta da due sorelle e un fratello e i vecchi genitori. A noi che eravamo così piccole, specie io che avevo meno di quattro anni, ci volevano un gran bene e tutto il giorno stavamo lì con loro, però la sera si ritornava nella nostra piccola casa ed eravamo sole! Ci mangiavamo qualche pezzo di pane e poi si andava a letto. Io non ho mai potuto spiegare questo: "perché capitavano a me tutte queste cose?!". E cioè succedeva che la notte vedevo una bella donna coricata fra me e mia sorella. Era una donna bellissima con una treccia di capelli come l'aveva soltanto mia sorella Rosa, però bambina com'ero pensavo che fosse la mia mamma, ma notavo la differenza dei capelli. E quando una mattina, che era di domenica, mio padre e mia madre vennero a Cittanova, io piccola bimba innocente, le dissi: "mamma, come mai stanotte eravate con noi e ora venite con il padre? Però i vostri capelli stanotte erano diversi da come li avete ora?" Allora mio padre capì la mia innocenza e mi disse: “bella mia” tenendomi stretta sulle sue ginocchia, “era Maria Vincen-za che vi faceva compagnia”, però io non capivo chi fosse quella Maria Vincenza che diceva mio padre e rimasi col pensiero che quella fosse invece mia madre. Maria Vincenza, a cui alludeva mio padre, era la sua prima moglie che morì durante la prima guerra mondiale e ci lasciò undici figli, i miei fratelli e sorelle maggiori.

Però in agosto del 1924 siamo andati ad abitare a Gioia Tauro, proprio vicino al fiume, in quel palazzo vecchio che ancora esiste ed io ogni volta che passavo di lì, quel palazzo lo guardavo con tanto amore, dove in quelle vecchie mura abbiamo abitato per circa sei anni. All’epoca, ricordo che mio padre non faceva più il massaio con le vacche come faceva prima, ma si era messo a fare i carri come si usava allora. Cambiò mestiere e con quel nuovo lavoro vi lavorava un sacco, ma le bocche da sfamare... eravamo tantissimi! Così le mie sorelle più grandi andavano a lavorare in campagna a giornata… e i soldi erano pochi, ma la fame era tanta!

Allora una sera – lo ricordo come se fosse ora – quella sera si mangiava polenta con la verdura che mia madre raccoglieva nei prati e mio padre, quando si faceva polenta, la voleva fare lui perché la girava con più forza. Quella sera, mentre mio padre divideva quella polenta, ha visto che io non ero a tavola con loro, bensì ero rimasta sul quel focolaio a riscaldarmi. Mentre ero seduta sull’orlo del focolaio, alzai gli occhi al soffitto ed ecco che vidi una testa di donna bellissima che usciva dalla parete del muro ed entrava nell’altra parete: era un volto assai bello, angelico, con un paio di occhioni neri e capelli lunghi, bellissima, tanto bella che l’ho seguita con lo sguardo fino a quando entrò nell'altra parete. Ed io incominciai a gridare, volevo vederla ancora e battevo le mani nel muro, come per dirle "Esci! voglio vederti ancora!" Allora i miei genitori e sorelle corsero tutti da me e mi chiedevano a chi cercavo, e quando io gli spiegai tutto, mio padre sparò una bestemmia, dicendo: "A questa benedetta figlia cosa le succede?!"

Andando avanti con gli anni la cosa si ripeteva molto spesso e sempre più paurosa, per potervi raccontare tutte le mie notti d'incubo, ci vorrebbero giornali, tanto che si ripetevano dovunque io andassi ad abitare!

Le ultime volte, quando abitavamo in una casa più al centro di Gioia Tauro, sotto quella in cui adesso abita mia sorella Melina, me la vidi assai brutta, tanto che ho dovuto chiamare don Nicola Cliante, il prete che abitava vicino a noi. Lui mi stimava moltissimo, io stanca di subire quelle lunghe notti insonnie, lo pregai di venire a casa mia con il libro degli scongiuri e farmi avere un po' di pace. Lui dapprima cercava di dirmi che erano incubi, ma poi, quando mi ha visto piangere e disperare, si è dispiaciuto e venne con quel libro e tanta acqua bene-detta. Così, d'allora, ho trovato un po' di pace, ma quante ne ho passate di notti senza chiudere occhi, non avevo più paura poi, ma era sempre un tormento!»

Concetta si è fermata per un momento, poi si è girata verso il suo tavolino e ha preso un'altra sigaretta. Nel frattempo le abbiamo fatto altre domande per aver più chiara quella storia e lei rispondeva con assoluta lucidità.

«È dura ricordare le cose che hanno fatto tanto male, è molto dura», diceva mentre fumava con più frenesia, e poi ha aggiunto:

«Ma tornando indietro di nuovo con gli anni, ricordo quanto mio padre volesse bene a mio fratello Domenico, era attaccatissimo a lui, non so il perché, anche se sicuramente lui era il più bravo di tutti, ma erano tutti figli! Ricordo anche quel povero fratello Salvatore e mia sorella Rosa che non li digeriva affatto, non ho mai capito il perché, erano bravi anche loro e lavoravano come tutti gli altri, ma chissà?!

A me da bambina mi mandarono a scuola, essendo in quel periodo la più piccola delle sorelle e ricordo che nessuno, dico nessuno si pigliava cura di me. Andavo a scuola con il faccino sporco, con i capelli arruffati, come mi alzavo dal letto, un vestitino sempre vecchio e strappato. E quando io entravo in classe e vedevo i miei compagni belli e ordinati, io morivo dalla vergogna, ma ero troppo piccola per potermi accudire io stessa. Mi lavavo la faccia sì, ma i capelli non li sapevo pettinare, mi sentivo la più miserabile di tutti, tanto che questo atto di inferiorità mi ha sempre tenuto compagnia anche fino a ora che sono vecchia, anche se andavo ben vestita, ordinata, ma a me sembrava di essere la più miserabile di tutti, tanto che un giorno, quando abitavo a Messina, una signora, moglie di un avvocato, che poi ha cresimato uno dei miei figli, quando si è sposata quella signora mi disse quel giorno: "ma perché si sente così sottovalutata dagli altri?". Non avevo scuole è vero, però con le persone di qualsiasi ceto mi trovavo benissimo, ma dentro di me quel diavoletto di pensiero mi logorava la mente. Questo forse perché non ho mai avuto l'appoggio di nessuno quando ero piccola, non c'era una figura che mi proteggesse e insegnasse come comportarmi, i miei genitori avevano il loro daffare e poi mia madre… eh mia madre quanto mi ha fatto soffrire!

Miei cari, vorrei tanto poter raccontare soltanto e solo cose belle, ma com'è difficile quando il cuore soffre! Non è solo la vecchiaia o la malattia che rattristano il mio cuore, ma ci sono nelle mie memorie cose che fanno veramente male. A partire da quando ero ancora una bambina, come vi dicevo prima, che avevo io bisogno di essere accudita, invece ero io che dovevo badare ai miei fratellini e alle mie sorelline più piccoli di me. Ma io lo facevo con amore, non pensavo alla mia tenera età, ma li accudivo con tanto amore a partire da mio fratello Antonio che aveva solo cinque anni meno di me, e poi mano a mano tutti gli altri che venivano dopo di lui. Io non ho mai conosciuto una carezza da parte di mia madre, ma solo e soltanto comandi e io dovevo ubbidire sennò erano bastonate sicure! E crescendo e andando avanti, ho conosciuto solo e soltanto crudeltà, ma parlo sempre di mia madre (e anche di un'altra persona che è meglio non ricordare!), perché i miei cari fratelli e anche le mie sorelle mi volevano un gran bene! Mio fratello Domenico, che Dio l'abbia in gloria, mi voleva un bene dell'anima: lui era il più grande dei fratelli e mio padre lo stimava tantissimo. Ma la vita era dura: si trattava solo di lavorare come negri, e il mangiare era ben poco! Specie il primo anno quando ci siamo trasferiti in campagna che fu nel 1934, dove ora ci stanno mia sorella Maria e mia cognata Rosina e famiglia, erano ben 56 tomolate di terreno incolto, che noi lo abbiamo dovuto coltivare. Ma fuori non lavorava nessuno, soltanto mio padre faceva qualche carro e degli oggetti di masseria, i soldi erano pochi, ma il lavoro era troppo e la fame di più! Però io non pensavo alla mia fame, ma mi faceva male assai vedere che i miei fratelli la soffrivano terribilmente! Sono passati i primi anni, poi cominciò qualche cosa di raccolto e le cose sono un po' migliorate, dico un po' perché era tempo di fame e di crisi e non bastava mai niente! Poi per farla meglio arrivò la guerra e fu il culmine della dispe-razione e le cose peggiorarono sotto tutti gli aspetti: sono ricordi molto lontani! ma altrettanto amari! In tutto ciò io non ricordo mai di un rimprovero dei miei fratelli, specie di Domenico e Salvatore, anzi io molto più piccola di loro, accettavano sempre i miei consigli… gli ho voluto bene veramente e loro mi ricambiavano con tutto il cuore e quando loro si sono sposati sono stata io l'artefice dei loro matrimoni, che grazie a Dio hanno avuto un amore grande che riempiva il mio cuore di gioia. Io pensavo sempre per gli altri e non badavo mai a me stessa, subivo sempre senza mai fare capire a loro le mie sofferenze, ma loro capivano e come! Difatti quando io decisi di sposarmi con il mio primo marito, loro non hanno aperto bocca, hanno capito che mi sono voluta togliere di mezzo per non arrivare al peggio, perché non so fino a quando avrei potuto sopportare quella brutta situazione che si era venuta a creare all'interno della nostra famiglia dopo il fidanzamento di quella povera sorella che io ho amato più della mia stessa vita! Capivo che bastasse una parola per far succedere una strage, e siccome io volevo bene a tutti meno che a me stessa, ho lasciato correre dentro al cuore un dolore così amaro che mi logorava l'anima!

Ricordo come se fosse ora quando mio fratello Salvatore è venuto a chiamarmi dove ero che lavavo tutti i panni di mia sorella Girolama e del suo bambino

Rocco, e mi disse: “Concetta c’è un signore che è venuto da Messina, però anche se è un brav’uomo non fa per te, è troppo grande per la tua età”. Però quando gli ho fatto vedere i lividi neri e grandi che avevo nelle braccia e nelle gambe delle botte che mi dava mia madre, non con le mani, ma con cucchiai di legno che facevano sia mio padre che mio fratello Domenico, e che me li rompeva addosso (che Dio la perdoni come io l’ho perdonata!), allora mio fratello rimase a bocca aperta e si limitò a dirmi: “È tua madre”, e mi fece una spalluccia come per dire “pensaci bene!”.

Ma io, come vi ho detto prima, ho voluto dare un taglio netto a quel passato che aveva distrutto la mia giovinezza, sì ho fatto un salto nel buio, perché quello che vivevo in quella casa con il fidanzato di mia sorella Girolama era per me inaccettabile, e quando andavo da mia madre per dirle di smettere di fare certe cose, lei allora mi picchiava ferocemente e mi ordinava di stare zitta, zitta, zitta! Io non so perché, ma ero sempre io a vedere cose non dovevo vedere, eravamo un sacco di persone in quella famiglia ma gli occhi sembravo averli solamente io. Così, sia per la paura di mia madre, ma soprattutto per non creare una situazione di odio e recare qualche sventura nella mia famiglia, ho voluto andarmene, e quell’occasione, cioè quell’uomo venuto da Messina che cercava moglie, perché all’epoca si usava fare così, mi sembrò un miraggio per la mia salvezza, anche se era molto più grande e già vedovo, ma a me importava solo liberarmi da quella situazione.

Così mi trovai accanto ad uno sconosciuto, non sapendo però che dalla padella cadevo alla brace! Perché il primo giorno che arrivai a Messina scopersi che mio marito aveva già quattro figli e ora tutti pesavano sulle mie spalle. Non voglio ricordare il mio passato, è stato disastroso, ma con l'aiuto di Dio, che non mi ha mai abbandonata, ho avuto la forza di stringere i denti e andare avanti come ho fatto. Lui, mio marito, era impiegato in banca, però la guerra è stata implacabile: mi ha distrutto la casa dove abitavamo ed anche la salute di mio marito. Quindi mi sono trovata con un grosso fardello solo e soltanto sulle mie spalle: ho sofferto la fame, mi sono trovata in mezzo ad una strada con mio marito ammalato e quattro figli da sfamare! Quanto ho sofferto!!! solo Dio lo sa, ma dopo tante sofferenze Dio mandò sulla mia strada qualche anima buona facendomi lavorare in manicomio. Prima per sei lunghi anni ho fatto la lavandaia e quello che ho visto di sporcizia lo sa solo Dio che mi diede la forza di non crollare, ma io pur di portare un pezzo di pane ai miei bambini ed anche a mio marito sono andata avanti, fino a quando la suora che c'era come capo servizio mi tirò fuori da quel marciume e mi ha fatto passare alla consegna biancherie, anche lì c'era un duro lavoro ma almeno non toccavo più tutta quella sporcizia che mi faceva rivoltare lo stomaco! Ho lavorato duro, ma con amore, perché sapevo di poter dare adesso ai miei figli ciò che prima desideravano soltanto!»

Ha gettato il mozzicone della sigaretta nel portacenere sul tavolino. Poi si è girata di scatto verso di noi e ha detto:

«Oh ma non vi ho offerto nulla! Lo prendete un caffè, eh?»

«Ma no Concetta, non prendiamo nulla!», hai risposto decisa, anche perché non volevi mettere in difficoltà la signora Concetta che si muoveva con sofferenza.

«Ma no, no, non se ne parla! Dovete prendere qualco-sa! Vi faccio il caffè!»

Quando stava per alzarsi allora tu l'hai anticipata per fermarla e hai detto:

«E va bene prenderemo un caffè, ma sarò io a farlo, d'accordo?»

Alla tua insistenza la signora Concetta ha abbassato le ciglia e ha fatto le spallucce rassegnata perché in effetti era cosciente che il suo fisico aveva pochissime forze tanto da non sapere se reggere in piedi a preparare un caffè.

«E va bene, preparatelo voi… Ecco la macchinetta sta lì dentro!», ha indicato con il braccio lo stipetto sopra il lavandino e poi il barattolo del caffè nella vetrinetta a fianco al frigorifero.

«Adesso mi vedete così, una vecchia che non riesce a fare nulla ma quanto ho lavorato nella mia vita! Non posso ripetere tutte le cose che ho fatto, ci vorrebbero fiumi di pagine e non sarebbero mai abbastanza! Eh... troppe cose son successe, troppe!»

«Concetta», ho detto tutto d'un fiato, «prima parlavate degli anni della guerra, e ho sentito che avete tralasciato gran parte di quel periodo, ecco vorrei chiedervi… io vorrei…»

«Lo so che vorresti,» ha detto Concetta, «ma certo te lo racconterò, se ti fa tanto piacere».

Nel frattempo avevi preparato la macchinetta del caffè, ti sei avvicinata e mi hai detto:

«Dai porta un po' di braci in avanti che metto la macchinetta sul fuoco. E non fare queste domande alla signora» hai aggiunto un po' a voce bassa, ma con un tono di rimprovero. Poi ti sei rivolta alla signora Concetta:

«E scusatelo Concetta, il ragazzo è curioso, anche con me ha fatto tante domande appena ci siamo conosciuti, anzi non la smetteva più. A me non dispiaceva affatto, però a volte, a certe persone, e su certi argomenti credo che bisogna andare con i piedi di piombo».

«È vero, è vero! Ma a me non dispiace affatto. Sì è un dolore ricordare, ma non è che parlandone con qualcuno ne soffri di più, anzi mi fa piacere condividere con gli altri la mia vita, in genere sono qui tutta sola a piangere tra me e me...»

A questo punto la macchinetta del caffè era sul fuoco, sulle piccole braci ardenti dalle quali la luce rossastra si muoveva come un'onda e a tratti spariva. Abbiamo guardato tutti insieme la cenere che si frantumava lateralmente dalle braci e mentre i nostri occhi sprofon-davano in una dimensione senza l'oppressione dello scorrere del tempo, ho intuito un'altra musica che giungeva questa volta dallo sguardo di Concetta e andava a cadere direttamente sul fuoco, e attraverso il suo calore la portava in alto nell'aria a ricoprire ogni cosa nella stanza. Era *Novecento*, costituita da un solo violino, che ha fatto immergere in quello che avrebbe detto la signora Concetta da lì a poco. Noi eravamo attenti come per l'inizio di uno spettacolo teatrale, però c'era la consapevolezza che quel dramma era del tutto vero, basato sulle carni di una povera donna.

All'improvviso il gorgoglio della macchinetta del caffè ha spezzato la musica del Maestro. Le tazzine che prima erano esposte in bella vista dentro la vetrinetta, erano sul tavolo rotondo che stava alle nostre spalle. Tu le avevi preparate senza che io me ne fossi accorto.

Ho versato il caffè nelle tazzine. Il vapore misto all'aroma, andava in alto veloce, in parte penetrando nelle narici. Il resto si disperdeva nella stanza, tanto da coprire le nostre facce. Abbiamo bevuto il caffè rimanendo in silenzio, ognuno dalla sua parte, io e te a pensare cosa avrebbe raccontato subito dopo, e la signora Concetta a chiedersi perché non succedeva che ogni giorno qualcuno veniva a ripararsi alla sua porta. Non tollerava essere così sola da troppo tempo.

Poi, per accontentarmi, ha iniziato a raccontare:

«Quando nel lontano 1941 è partito mio fratello Giuseppe a fare il militare era il giorno 4 febbraio, io e lui eravamo troppo legati perché ci sbagliavamo soltanto di diciotto mesi e per tutta la nostra infanzia siamo sempre stati assieme. Ci volevamo un bene dell'anima e quando lui partì è come se tutto il mondo mi fosse crollato addosso, abbiamo pianto tanto, prima e dopo della sua partenza. Eravamo troppo uniti l'una all'altro, ma la guerra schifosa non ha avuto pietà delle nostre lacrime, lui è partito il 4 febbraio e la sua prima lettera l'ha scritta a me anche se parlava di tutta la famiglia. Io l'ho ricevuta il giorno 8 dello stesso mese, erano passati soltanto quattro giorni, ma a noi ci sembravano quattro anni. Io mi sono sposata nello stesso mese di febbraio, esattamente il 22 e per me è stato il giorno più triste e più brutto della mia vita... Quando rivivo quei giorni le lacrime me le bevo come se fosse ora quel triste giorno! Però lui non mi ha mai fatto mancare le sue lettere che io ancora tengo conservate come un tesoro inestimabile! Le ho tutte conservate dalla prima all'ultima, e io di tanto in tanto me le rileggo e per me è come se fosse allora! Me le sono preparate nelle mie cose che mi serviranno per l'ultimo viaggio, così le terrò con me anche nella tomba. Sì perché il mare mi ha rubato le sue povere carni, però non ha distrutto il suo vivo ricordo in me, anzi ora ho pensato di farmi fare anche la sua foto per metterla accanto alla mia, lì dove andranno le mie vecchie ossa.

Ricordo che dopo la sua partenza la guerra incalzò più di prima e sono stati richiamati anche gli altri cari miei fratelli: Domenico, Salvatore e Girolamo... perciò avevo in guerra quattro fratelli, uno più caro dell'altro, fra i quali tre sono ritornati, anche se malconci, ma sono ritornati! Lui, il più piccolo e il più indifeso, il mare me lo portò via. Ricordo quando scrisse l'ultima lettera da Tripoli il 26 gennaio 1942 che mi diceva che appena tornava in Italia gli davano una licenza premio di quindici giorni e lui mi prometteva di passarla con me a Messina, ma il destino tiranno ha cambiato la sua volontà e la mia! Io avevo avuto la prima bambina che era nata dopo un anno e un giorno del mio matrimonio, cioè il 23 febbraio del 1942, ma quando ho visto che non ricevevo più sue notizie per me fu la fine. Avevo la bambina di pochi giorni e quanto latte avvelenato dalle mie lacrime ha bevuto quella povera creatura! tanto che l'avevo sempre ammalata e dopo diciotto mesi di pena mi lasciò anche lei, il 12 aprile del 1943, potete immaginare il mio doppio dolore! quante lacrime ho versato! povera me!

Quando abbiamo ricevuto la cattiva notizia di mio fratello Giuseppe era nel marzo del '42, dopo tante e tante richieste che io scrivevo dappertutto. A me avevano nascosto la notizia in un primo tempo, ma poi arrivò il giorno di Pasqua del '42 e vennero a casa mia, a Messina, mio fratello Antonio e suo compare Polito a prendermi e portarmi a Gioia Tauro. Io dapprima ho fatto resistenza, non volevo andare perché avevo la bambina di pochi giorni, ma loro mi hanno pregato, quasi scongiurato di andare, ed anche i miei cognati e mia suocera (che loro già sapevano) mi hanno consigliato di andare a fare la Pasquetta con loro, non mi hanno detto che si trattava della brutta notizia, mi dissero soltanto che mio padre e mia madre mi volevano con loro. Io certo non pensavo affatto a quel che avrei visto lì, perciò ho vestito la mia bambina di gran lusso, con il vestitino del battesimo e anch'io mi vestì pure elegante, come era mia abitudine… Ma…» la signora Concetta a questo punto ha stretto forte gli occhi perché le è salito un nodo alla gola e non è riuscita più a parlare. Poi li ha riaperti, ora molto inumiditi, e ha continuato con il suo racconto: «Però quando le disgrazie arrivano, non arrivano mai da sole, perché in quei giorni se ne era andata a fuoco tutta la masseria che i miei genitori avevano alla Guardiola, a Gioia Tauro, perciò sono rimasti poveri e pazzi in mezzo alla strada con i soli vestiti che avevano addosso. Così si sono trasferiti al Filicuso da mia sorella Girolama e sono stati tutti lì fino a quando non hanno potuto fare un'altra capanna. Perciò quel giorno mi hanno portata direttamente al Filicuso e non nella casa dei miei genitori, e volevo sapere il perché, ma loro mi dicevano soltanto "siamo tutti lì e la Pasqua la vogliamo fare insieme"… ma che brutta sorpresa mi aspettava! Mi ricordo che quando stavo girando per andare a casa di mia sorella, mi venne incontro mia cognata Raffaella, la moglie di mio fratello Salvatore, mi prese la piccola in braccio e si è messa a piangere, e mi disse: "Concetta fatti coraggio!", allora io ho fatto una corsa fino a casa e trovai tutti che piangevano per la cattiva notizia ricevuta. Non so dirvi cosa ho provato in quel momento: mi misi a gridare tirandomi i capelli, rovinai il volto con le unghie, non c'era acqua che potesse spegnere quel fuoco che mi bruciava l'anima! sono cose che non potrò mai dimenticare!

Finito il lutto me ne tornai a Messina. La guerra incalzava più pericolosa che mai, allora mio fratello Domenico mi scrisse una cartolina dove mi diceva che lo portavano a Trapani. Io lasciai la bambina a mia suocera e corsi a Reggio Calabria, dove c'era il suo reggimento. Mi presentai alla caserma vestita a lutto come l'Addolorata, con un velo nero che mi copriva tutto il volto, pensai "quest'altro fratello va incontro alla morte!" Quando il piantone che era di servizio mi vide in quelle condizioni, anche a lui gli si sono riempiti gli occhi di lacrime perché aveva visto la foto che portavo al collo, era di mio fratello Giuseppe, e lui capì che era morto in guerra, e con la voce rotta dall'emozione mi domandò a chi stessi cercando. Io gli risposi che volevo vedere mio fratello che era lì. Lui lo fece cercare, ma non lo trovò, era in un altro distaccamento sempre a Reggio, ma all'altro capo della città. A quel punto, in preda alla disperazione mi misi a piangere e lui mi calmò dicendomi che mandava un militare per accompagnarmi dove era lui, e così fece. Siamo partiti a piedi perché non c'erano mezzi, e abbiamo dovuto percorrere tutte quelle strade pericolose con la paura alle spalle. Durante il tragitto accadde che ci fu un bombardamento che durò più di un'ora: le bombe cadevano come la pioggia e noi ci siamo appartati in una chiesa che era lì vicino. Avevamo tanta paura e non sapevamo se ne saremmo usciti vivi; però a noi per fortuna non ci successe niente, anche se avevano distrutto metà della città di Reggio!, ma con l'aiuto di Dio siamo arrivati dove c'era il distaccamento che cercavamo. Mi ricordo come se fosse adesso, mio fratello Domenico era lì sdraiato sopra una panchina, appena mi vide si alzò di scatto e ci siamo stretti l'uno all'altra piangendo. Lui poi mi disse: "con questo fuoco che c'è in giro tu ti sei azzardata a venire a trovarmi?!" e io gli risposi che sarei andata in capo al mondo pur di vederlo prima che partisse! Allora il suo capitano vedendomi vestita in quel lutto stretto e con la foto di mio fratello al collo, mi domandò se fosse per mio marito il lutto che portavo, io gli risposi: "no! è un altro fratello… che ho perso da poco", e lui sentendo le mie parole rotte dal dolore si commosse e mandò con me mio fratello per due ore a stare insieme. Poi mi feci accompagnare da lui stesso alla stazione. L'abbraccio fra me e lui fu lungo tanto che stavo perdendo il treno, e così piangendo ci siamo lasciati!

Ma grazie a Dio lui tornò a casa alla fine della guerra, anche Salvatore e Girolamo tornarono. Ma il più piccolo restò nelle fredde acque di quel maledetto mare. E ogni volta che tornava uno dei miei fratelli era per me un sospiro di sollievo perché tutti e tre erano sposati ed avevano figli. Lo so miei cari è una brutta storia che v'ho raccontato ma fa parte delle mie brutte esperienze, ora ogni tanto io prendo le lettere di mio fratello Giuseppe e me le rileggo, e mi sembra di essere vicina a lui, sì lo so mi fanno tanto male, ma sono lettere piene d'affetto fraterno che vale la pena di averle con me conservate come un tesoro. Povera Concetta quante ne hai passate!», ha detto infine tra sé.

Allora tu le hai afferrato la mano e i tuoi occhi,

Sofia, erano gonfi di lacrime come quelli della signora Concetta, e in quel momento ho visto per la prima volta una similitudine che mi ha fatto soprassalire.

Inoltre non potevo ancora trattenermi dal chiederle se potessi leggere qualche lettera di quel fratello perduto molti anni fa. La signora Concetta ha acconsentito con la testa, e mi ha detto di andare in camera da letto, di aprire il primo tiretto del comò e di prendere una busta sulla parte destra e portarla da lei.

Non ho perso un attimo di tempo e ho seguito le sue indicazioni alla lettera. Volevo scoprire ancora di più, quasi tuffarmi indietro con gli anni e vivere insieme a lei quei momenti, anche se tragici.

Sono arrivato nella camera da letto che era due stanze dopo la cucina. Appena sono entrato ho respirato quell'aria d'antico che si percepisce in quelle camere da letto ormai estinte, tranne qualche esempio al sud.

Ero davanti al comò e ho aperto il primo cassetto con molta delicatezza quasi mi sentivo un ladro nell'entrare nelle cose personali della signora. Poi mi sono fatto coraggio e alla svelta sono andato nella parte che mi aveva indicato. Ho preso quella busta da lettere molto veloce e chiudere in fretta, ma poi ho visto al suo fianco degli altri fogli e un libricino che non ho potuto fare a meno di toccare. Sapevo che lì ci sarebbero state delle cose scritte da lei, e la tentazione di prenderlo e leggiucchiarci era forte, talmente forte che non sono riuscito a trattenerla per più di un secondo. Mi sono detto "vedrò solo di cosa si tratta e poi lo richiuderò subito".

Allora ho preso il libro e ho cominciato a sfogliarlo: erano suoi scritti, con una calligrafia bellissima ed ordinata. Mi sono fermato in una pagina qualunque e ho letto:

"7 agosto 2008. Anche stasera che è Domenica sono qui tutta sola come sempre, allora per non farmi vincere dal pianto cerco di dimenticare scrivendo qualche pagina di questo mio libro. Che brutta storia è la mia! Però sento sempre vicino a me qualcuno che mi dice: "Forza Concetta non ti abbattere!, tanto ormai dovresti sapere che la tua sorte è questa!". Io questa voce la conosco, è Dio che mi parla anche se il diavolo vuole metterci la coda, però c'è Dio che mi fa coraggio e me ne sta dando tanto. Sì perché della mia vita si potrebbe fare un romanzo e ci sarebbe veramente da drizzare i capelli! Però in tutti i miei guai, sia passati che presenti, c'è Lui, quel Dio che conosce a fondo la mia anima, la mia sincerità, il mio affetto per tutti, anche per quelli che meriterebbero non la mia stima ma tanti sputi in faccia! Però io sono sempre io e mi comporto con loro come se nulla fosse stato, anche se dentro di me c'è un vulcano che nessuno potrà mai spegnere. Seguo la parola di Gesù che dice in un passo della Bibbia: "se ti danno uno schiaffo tu porgi l'altra guancia" e così faccio io, come vuole Dio. Ormai sono agli ultimi gradini della vita e voglio presentarmi al suo cospetto con animo tranquillo e dire sempre grazie della forza d'animo che mi ha dato e mi sta dando ancora. Io sono sempre stata una cattolica e ho sempre avuto fede, tanta fede! Anzi cerco perdono se qualche volta mi sopraffà la disperazione e dico *Dio perdonami!*".

Poi di fretta sono andato indietro di qualche pagina e ho letto:

"4 maggio 2008. Miei cari, ogni tanto mi fa piacere di raccontarvi qualche episodio della mia vita, certo capirete che con l'età che ho, porto un grande fardello di ricordi brutti e perché no qualcheduno anche bello.

Fino a quando è vissuto il mio primo marito ero prigioniera sia di giorno del mio lavoro, che di notte per badare a lui, specialmente gli ultimi cinque anni in cui le sofferenze si aggiungevano le une alle altre e sembravano anche le mie. Per ultimo perse anche la vista perciò potete immaginare quale fu il Calvario della nostra vita insieme! Dopo la sua morte io rimasi sola per troppo tempo, e siccome avevo una cognata, la sorella di mio marito che abitava in America, questa mi telefonava spesso e ci raccontavamo un po' di tutto, diventammo subito amiche. Lei a un certo punto si era messa in testa di farmi andare lì in America, cosa che io dapprima non volevo assolutamente perché avevo paura dell'aereo, ma questa insisteva dicendomi *vieni, vieni*, tanto che alla fine mi convinse e il 5 giugno del 1987 partii. Era esattamente il giorno che si sposò la figliastra di mio nipote Francesco, figlio di mio fratello Domenico. Io avevo già prenotato la partenza giusto quel giorno perché il matrimonio doveva essere celebrato invece qualche mese prima. Infatti successe che la sera prima del giorno del loro matrimonio, lo sposo si ammalò e dovettero rimandare tutto. Perciò io che avevo prenotato il viaggio per il giorno che poi decisero di sposarsi, non sono potuta andare, ma partii alla volta dell'America, ospite di questa mia cognata.

Furono tre mesi di *gironsolare* per tutte le parti perché avevo tre nipoti che mi volevano un bene dell'anima. Facevano a turno, un giorno uno e un giorno l'altro. Mi hanno fatto girare dappertutto, ho visto cose che oggi mi sembra di averle sognate, furono tre mesi di vita che non si sono ripetuti mai più. Non sapevano dove altro farmi andare, ho visto mezzo mondo e tre quarti di cielo, e queste belle esperienze specie nella vita di una persona sola come me, sono cose importanti che lasciano il segno e non si dimenticano più.

Un altro mio viaggio lontano avvenne però un'altra volta, dopo circa tre anni, quando è morta la moglie di mio fratello Vincenzo che era in Australia, esattamente il 14 agosto del 1990. E lui, mio fratello, siccome aveva saputo che ero andata in America da mia cognata, mi pregò di andare anche da lui. Così andai e mi sono sbaffata anche lì altri sette lunghi mesi. Io ero contenta perché ero con mio fratello Vincenzo, ma il contorno che andai a conoscere non mi era affatto piaciuto! Volevo tornarmene subito ma poi scoppiò la guerra del golfo ed io rimasi lì prigioniera! Io con mio fratello andavo più che d'accordo, lui mi colmava di tutte le tenerezze, voleva anche lui farmi conoscere gran parte dei paesi che c'erano nei dintorni, ma io mi seccavo perché dovevamo essere io, lui e *lei* cioè la sorella di sua moglie, che non riuscivo a sopportarla, perché capivo che tutto quello che faceva nei riguardi di mio fratello era solo e soltanto per spillarci dei soldi! Così me ne stavo calma e tranquilla nella casa di mio fratello, era inutile che lei mi dicesse: andiamo al mare? andiamo a fare *scoppì*?. Io ero più dura della pietra, non mi lasciavo abbindolare dalle sue chiacchere, e così trascorsero sette lunghi mesi che per me furono eterni!

Ma anche questa è un'altra esperienza della mia vita, ed è stato bello conoscere altri stati, altri modi di vivere, e dopo tante scorribande ora mi trovo qui vecchia, stanca, sola e piena di acciacchi. Però dico sempre grazie a Dio di tutto quello che ho sofferto e goduto in tutta la mia vita. Pensate che essere divisa fra lavoro, casa e famiglia ho fatto tante di quelle esperienze che ora sono piena fin sopra i capelli… e ora pago!”

Più vi leggevo e più desideravo andare avanti, scoprire ogni cosa di lei. Ma il tempo mi tradiva, dovevo fare in fretta e non potevo leggere tutto quello che c’era scritto. Perciò mi sono rassegnato, cercando di accontentarmi di averla conosciuta.

Ho lasciato la camera da letto in fretta per ritornare da voi in cucina.

«Ecco, Concetta,» le ho detto porgendole la busta, «sono queste, non è vero? Scusate non riuscivo a trovarle!»

«Sì, sono queste, grazie!»

Dopo aver aperto la busta la signora Concetta ha tirato fuori un mazzo di lettere ingiallite. C’erano anche delle fotografie e cartoline dell’epoca, tutte cose spedite dal suo povero fratello Giuseppe disperso in mare. Si è soffermata su una lettera. L’ha guardato per qualche istante. Poi, mentre me la porgeva, ha detto:

«Tieni, leggila tu!»

Mi sono sentito colpito dal suo gesto, ma anche indegno perché avevo curiosato tra le sue cose. Però i suoi occhi erano anche il riflesso del perdono. Non avevo nulla da temere.

Ho preso la lettera e ho letto ad alta voce:

«Tripoli, 22 - 1- 1942

Mia indimenticabile sorella ti scrivo queste poche righe per darti notizie della mia buona salute e così m.... spero che questa mia presente venga a trovare a te con la tua piccola famiglia. Basta mia cara sorella, io per dirti il vero non sono capace un giorno di non scrivere perché immagino i tuoi occhi come vanno al pianto notte e giorno, ma io cara sorella non sono un trascurato per lo scrivere perché sto facendo una lettera al giorno, ma figurati che non so più che dire perché immagina scrivendo tutti i giorni e non ricevere mai un rigo da nessuno, come posso mai scrivere?! Ma mia cara sorella ti dico che fra 10 giorni siamo in Italia. Basta non piangere per me, fatti coraggio che io sto molto bene, ti dico che mi diverto con i compagni e pure con il fratello di mio compare Alessi che si trova qui a Tripoli. Basta non pensare a nulla che speriamo che quando io vengo ti trovo in più la famiglia, con un bel bimbo maschio! Basta termino con la penna e mai con il cuore, saluta ai tuoi cognati e suocera. Ora bacio ai tuoi nipoti. In ultimo ti bacio a te e tuo marito e vi stringo al mio cuore e sono per sempre il tuo affettuoso Fratello

Bruzzese Giuseppe».

Poi Concetta ha aggiunto:

«Questa è l'ultima lettera che ho ricevuto, probabilmente dopo non ha più potuto scrivere. Chissà cos'è accaduto?! Nessuno ha saputo mai darmi delle risposte!»

Il fuoco si era consumato da tempo, e le poche braci rimaste accese, quelle più spesse, si spezzavano le une sopra le altre, infrangendosi dall'interno più vivo. Tutti i nostri occhi erano rivolti a quelle ceneri che davano un grande calore. E poi, nel mezzo del silenzio che si era creato, tu ti sei alzata in piedi e guardando fuori dalla finestra hai urlato:

«Ma è quasi l'alba!»

«Come l'alba?» abbiamo ripetuto io e Concetta.

E in effetti era passata la notte in questo modo, senza

neanche accorgerci del tempo che trascorreva. Le parole di Concetta fluivano leggere nelle nostre orecchie e davanti agli occhi avevamo le scene che lei ci descriveva con minuzia di particolare. Ricordava ogni data e minimo dettaglio, anche se era trascorso più di mezzo secolo. Non si voleva smettere mai di ascoltarla, e io ero disposto a starle vicino per tutto il tempo che ci era concesso, sacrificando ogni cosa.

Mi è sembrato di incontrare un'antenata del mio dolore. In lei riuscivo a vedere il riflesso della mia natura, come se fossimo accomunati dallo stesso germe creatore, anche se il tempo ci avesse così allontanati, da sfiorarci appena. Nel suo modo di emozionarsi c'era l'istinto del poeta, quello che sentivo di avere anch'io ma che non avevo mai il coraggio di tirare fuori, di dirlo al mondo.

Infine le ho chiesto se potesse leggerci qualche altra poesia. Ha sorriso, felice di poter accontentare qualcuno.

Ha ripreso il suo libricino, lo ha sfogliato, e poi ha letto:

Il pianto di un orfanello

Anche la luna è triste
questa sera
come la mamma mia,
povera cara...
Quando guardo il suo viso
e mi sembra di cera
perché non c'è papà
come ogni sera.
Le lacrime che bagnano
il suo volto

a me fanno tanto male!,
perché sono piccolo
e dolci parole non ne so trovare.
So dire: mamma mia
ti voglio bene,
se questo può lenire
le tue pene!
Com'è triste e vuota
la mia casa da quel giorno
che papà non c'è più,
è andato fra gli Angeli
lassù dove si va
e non si ritorna più.
Ti prego buon Gesù
che tutto puoi, porta
un po' di pace anche fra noi!
Portaci quel sorriso
della mamma,
io non Ti chiedo troppo
o mio Signore
fai che quel volto
bianco come cera
ritorni ad essere
bello sì com'era!

E poi ha chiuso il libro, alzando le sopracciglia e annuendo con la testa.

«Grazie, grazie mille di essere stati con me per tutto questo tempo! Siete molti cari. Vi voglio bene e non scordatevi di me».

Quando sono andato per salutarla, la signora Concetta, rimasta seduta sulla sua vecchia poltrona, mi ha preso il volto tra le sue mani calde, e accarezzandomi mi ha detto:

«Caro Fabio, vieni sai, vieni a trovarmi quando vuoi.

Mi fa tanto piacere che sei così attento alla mia vita, lo so che hai leggiucchiato qualcosa di me, ma a me non importa, anzi sono molto felice che qualcuno si interessi così. Grazie, bello mio!»

E mentre diceva queste cose, lei continuava ad accarezzarmi con tenerezza, guardandomi con gli occhi ricolmi di una storia che sembrava non avere alcuna fine. Erano occhi che luccicavano come le stelle nella più buia delle notti, e le sue luci per me erano miraggi di speranza e amore, erano il tripudio della bontà e della bellezza autentica che solo di rado si può incontrare.

Allo stesso momento sentivo le note di *Metello*, piccole e profonde che uscivano dai suoi occhi e si tuffavano adesso dentro ai miei, felici di accogliere tanta meraviglia.

La stessa musica ci ha accompagnati nella strada del ritorno, pensando e ripensando a quella storia da cui è nata l'intuizione di un mio secondo film insieme a te, dal titolo *C'era una volta Concetta*.

XII

Venezia

All'alba di una domenica d'aprile sono arrivato a Venezia. Sono entrato nella laguna con un antico battello a vapore. Il sole ancora non si era innalzato oltre la foschia del mattino. Il cielo a quest'ora vibrava di una grande quantità di colori, che a chiazze macchiavano i panneggi del cielo da sembrare un dipinto del Canaletto o del Tintoretto. Le loro sfumature si stendevano chiare e luminose e trovavano sempre un punto d'incontro da rendere l'immagine del cielo un'unica raffigurazione che poteva rappresentare anche l'estasi di un santo che trova il punto massimo d'espansione della sua folgore.

Per me, che non avevo mai messo piede nella laguna veneta, il cielo era la riproposizione continua di un trionfo di luce che si manifestava per lo scopo esclusivamente di mettere in evidenza la propria bellezza, e la parte più intima di me stesso non smetteva di accendersi di continue emozioni sotto forma di riverberi violenti in tutto il corpo. Di conseguenza, sebbene questo genere di emozioni ci rechi una felicità vivissima e serena, non può continuare talmente a lungo, perché arriva il momento in cui anche una cosa così bella può generare dei malesseri. Infatti dopo pochi minuti ho sentito crescere un forte timore tanto da condurmi a chiudere gli occhi per distogliere lo sguardo almeno per un attimo davanti a quel paesaggio, così come si guarda un tramonto per troppo tempo poi gli occhi brulicano di fastidio, e mi sono girato un po' di lato.

Ma poi è bastato un soffio di vento, fresco, leggerissimo, che come una carezza mi ha voluto avvertire che non dovevo più preoccuparmi, e che avrei potuto osservare nuovamente il panorama di Venezia.

Infatti ho riaperto gli occhi, e il peso nel cuore si stava dissolvendo, rigettandosi nelle acque della laguna. Così sono ritornato a guardare il cielo, i palazzi che si stavano avvicinando, e quel manto nebbioso che come una tenda di un palcoscenico voleva ancora nascondere, svelare a poco a poco le meraviglie contenute al suo interno. Del resto quella striscia bianca e incorporea era in netto contrasto con la luminosità del cielo, il quale, senza che noi ce ne accorgessimo, acquisiva ogni momento dopo una luce sempre più intensa. A me piaceva gettare lo sguardo di fronte, lungo le acque che vibravano delicate seguendo un unico ritmo.

Ad un certo momento, mentre la linea dell'orizzonte è andata a sbiadirsi, è successo che nell'aria si è propagata una musica leggerissima, *Gli occhiali d'oro*, e lentamente ha invaso il mio corpo, e l'intero battello.

Ho avvertito il bisogno di stringermi tra le braccia, come se un brivido mi avesse scosso e fatto infreddolire, e quando ho visto che all'improvviso mi è apparso il Canal Grande e piazza San Marco con il suo campanile, ho capito che loro erano stati la causa. Era un piacere lasciarmi cullare, in accordo con le note, verso quel sentimento malinconico che si avverte solo osservando, alle prime luci dell'alba, su di un vecchio vaporetto, l'entrata di Venezia, contrappunta da piccole note nostalgiche che si riflettono nel cuore.

Me ne stavo seduto con il mio plaid sulle gambe ad osservare lo spettacolo che mi portava a vedere sempre più vicino il campanile e la sua piazza. Dopo qualche secondo è arrivata una donna, andando a posizionarsi, per osservare meglio il panorama, esattamente verso la prua del battello, coprendomi così la vista del campanile. D'istinto ho avvertito un odio profondo verso di lei. Ma è stato sufficiente osservarla per qualche attimo e la sua fisionomia, al centro di Venezia, era una rosa che impreziosiva ancora di più un prato già fiorito. Era una donna altera, dal fisico asciutto e longilineo. Ha cammi-nato lentamente verso la prua, facendo strisciare la sua lunga gonna di velluto verde e tenendo lo sguardo lontano, con un accenno di angoscia, verso l'orizzonte.

Quando si è fermata ha rivolto a metà le spalle, e adesso mi appariva di profilo. Ha afferrato la balaustra con forza e credo che il suo sguardo fosse rivolto verso lo stesso punto in cui era rivolto prima il mio. Mi è sembrato che la signora misteriosa avesse voluto prendere il mio posto, e ha assunto anche le stesse caratteristiche nel volto che credevo di assumere io quando contemplavo l'entrata in laguna con il campanile quasi al centro. La sua figura risplendeva di una nobiltà d'altri tempi. Indossava una gonna lunga con una coda che strisciava sul pavimen-to, in vita un corpetto stretto che faceva risaltare la sua femminilità. La pelle era di un bianco perla, ma diventava calda e seducente quando veniva lambita dalla luce dell'alba, che adesso si era mostrata con lievi raggi tra le nuvole. Scendevano dal cielo diretti a far risplendere gli occhi della donna che erano sottili e luminosi. I capelli di un biondo ottocentesco erano raccolti in alto dove un cappello trasversale con piume e decorazioni floreali copriva la parte destra della testa; il collo, completamente nudo da indumenti o ciocche di capelli, era sottile e lungo, portando la sua figura a essere uno slancio continuo verso l'alto, senza per questo rovinare quel portamento regale che costituiva l'eleganza della sua femminilità.

Tutti questi elementi la rendevano vivace e armoniosa come un giglio, ma osservando i suoi occhi traspariva una tristezza che derivava dal profondo del suo spirito. Osservava immobile un punto ignoto nell'orizzonte e lì gettava una paura che riusciva a controllare a stento. Era evidente che esisteva un motivo per cui stringeva così forte la balaustra, e quando ha cominciato per un paio di volte a girarsi indietro verso la scala che portava di sopra, con gli occhi di chi cerca ma non trova, ho capito che quel suo atteggiamento inquieto non fosse altro che il conseguente riflesso dell'attesa. Un'attesa che odorava soltanto di un amore clandestino.

Ora, per me, era necessario aspettare il momento in cui avessi avuto davanti la prova del mio sospetto. E il fatto che continuasse a voltarsi, donando al sopracciglio quell'alzata tesa che avviene quando si crede di aver visto chi stavamo aspettando, avvalorava la mia tesi, e questo accadeva ogni volta che qualcuno scendeva dalla scala per entrare all'interno del battello, e io, come lei, ero attento ad ogni persona per sapere se fosse quell'uomo o l'altro, distraendomi in modo definitivo dalle letture sui canti di Leopardi.

Finalmente è arrivato l'uomo tanto atteso. Lei lo ha guardato appena, soltanto per esserne certa. Poi è ritornata sul punto ignoto all'orizzonte, in modo da non fargli capire di averlo atteso per tutto il tempo con ansia. E ha finto di essere anche sorpresa quando lui ha appog-giato le mani sulle sue spalle e le ha sussurrato dolce-mente all'orecchio: «Ti amo!»

Poi l'uomo ha aperto un caldo visone e, sventolandolo come un torero fa con una mantiglia, lo ha adagiato sulle spalle della preda, e lei si è voltata, fintamente sorpresa, spalancando le sue lunghe ciglia nere.

Lui si è inchinato un po' verso di lei, le ha sfiorato le labbra con un lieve bacio, ma la donna, nel cui petto ardeva un'enorme fiamma, si è gettata tra le sue braccia stringendoselo forte.

Negli occhi chiusi di lei uscivano ora delle lacrime, e quando ha sussurrato la parola "addio" è stata chiara la natura del loro amore segreto. Si stavano salutando, mettendo fine alla loro follia, proprio davanti ai miei occhi. Ma nessuno dei due voleva distaccarsi dall'altro.

Sono trascorsi secondi lunghissimi, per loro molto brevi, in cui quell'abbraccio continuava ad implorare un'altra possibilità. Poi l'uomo l'ha presa per le spalle staccandola dal suo petto, l'ha guadata e poi le ha dato un bacio con la passione che lei desiderava dall'inizio.

Le mani della donna scendevano delicate come fossero un mucchio di fasci di seta sopra il cappotto dell'uomo. Poi lei si è staccata gettando un sospiro e si è voltata dandogli le spalle, in modo da farsi abbracciare da dietro. Così ha puntato nuovamente il suo sguardo verso il punto dell'orizzonte di prima, che adesso si arricchiva di un nuovo significato, e cioè non solo voleva dire struggersi per la perdita del suo amante, ma vi proiettava anche quei giorni futuri in cui il suo Tristano non sarebbe mai stato più al suo fianco.

L'immagine di loro due, stretti in un abbraccio sinergi-co di completezza, mi davano l'impressione di essere all'interno di una sala cinematografica a guardare la scena finale di un film, e pur non avendo prima conosciuto nulla della loro storia sentivo che era abbastanza, che la storia poteva cominciare e finire lì.

La musica che sentivo prima andava ora a farsi assorbire dai rintocchi tra le onde del vaporetto e le scie di fumo che lasciava dietro di noi ritornavano a volte di getto, a seconda del reflusso del vento. Allora il cielo all'interno del quale erano inscritti le sagome dei due amanti, si fasciava di fumo e la loro immagine diveniva ancora più trasognata. In certi momenti la donna si voltava indietro, osservando gli occhi del suo Tristano e poi, quando aveva assorbito la sicurezza che le serviva, ritornava sul panorama di Venezia. Ora la città si faceva sempre più grande e i minuscoli edifici che sembravano uniti da un agglomerato uniforme in lontananza, prendevano adesso la forma e i lineamenti gotici e rinasci-mentali, potendo distinguere la diversità degli ornamenti dei palazzi che sfilavano lungo l'entrata del Canal Grande.

Prima di entrare, la donna ha alzato il braccio verso la Chiesa di Santa Maria, indicandola come se lì vi fosse avvenuto un evento importante della sua vita in cui lui era assente. Infatti, lei, a guardare la chiesa, è rimasta molto più tempo di lui, e quando l'abbiamo superata col battello, lei si è girata con la testa per seguirla fino a che non è stata coperta dalla nebbia.

Sempre stretta tra le braccia del suo Tristano, incantata dalla nube di rimpianto e incertezza, lei è ritornata a fissare il suo punto che ancora era lontano e, nonostante la navigazione veloce, esso sembrava distare ancora molto da noi, probabilmente era un punto che oltrepassava la dimensione dello spazio, ma esisteva in quella del tempo dove i ricordi passati si convogliano insieme alle aspettative che noi definiamo speranze per quello che sarà il nostro futuro.

La triste Isotta, che da ogni parte la si guardasse sembrava coesistere perfettamente con l'atmosfera della città, rimaneva per lo più ferma ad assorbire le influenze esterne che poi le trasformava con quelle interne, unificandole e rigettandole poi di nuovo nelle acque della laguna con un nuovo sapore. Inoltre dalla sua immobilità c'era la lettura tangibile di un fiume che scorreva in piena e che era pronto ad esondare da un momento all'altro. Il suo amore, terribilmente unico nella sua vita, era allo stesso tempo un frutto proibito da poter assaporare in totale libertà, perché buttarsi in questa storia d'amore, alla luce del sole, avrebbe generato una sofferenza che adesso poteva ancora evitare. Le ragioni potevano essere diverse e fra queste c'erano due su cui ho riflettuto più a lungo delle altre. La prima era che il suo Tristano fosse già sposato con una donna a lei molto cara, più cara a questo punto anche di lui perché appartenente alla famiglia o una amica molta stretta; oppure lei, afflitta da una malattia incurabile, non avrebbe voluto condurre ad una triste sorte quel giovane uomo pieno di vita e speranza, e stesse adesso inventando una recita per dirgli addio, ma la difficoltà nel farlo la portava spesse volte a tradire i suoi veri sentimenti.

Seguendo quest'ultima interpretazione del suo addio si potevano allora comprendere le ragioni per cui lo sguardo di questa Isotta fosse colorito da un'ombra perennemente cupa, che si riversava in direzione di quel punto che andava al di là della città stessa, ma era l'unico elemento tangibile invece di quell'universo sepolto da cui nasce la nostra disperazione più intensa che avviene quando mettiamo in discussione il senso della nostra stessa vita. E Venezia, per noi osservatori di quel male altrui, è l'unico aspetto più vicino a quelle sensazioni, che sono un miscuglio della volontà per una fine imminente unita ad uno slancio di meraviglia per la vita che si avverte fino all'ultimo respiro.

Il vaporetto procedeva sempre in avanti, penetrando la città e sviscerandola in due parti da rendere lo spazio molto più ampio. E immaginavo che, seguendo lo stesso procedimento ma in maniera inversa, la memoria di Isotta fosse penetrata dalla città di Venezia, che aveva il potere di risvegliare le sue antiche immagini, quelle in cui, in ognuno di noi, sono saldate ai sedimenti interni del cuore e si risvegliano solo in rare occasioni. E per lei era Venezia.

Una volta che le cose sembravano essersi fermate come in un'immagine, ho deciso di riprendere la lettura dei canti e mentre ho cominciato a sfogliare la prima pagina, si è fatta avanti una nuova musica, una nuova a cui non sapevo dare nessun titolo.

La sua melodia scivolava dal mio orecchio, si frastagliava con le onde che produceva il battello e generava un insieme di ripercussioni che sembravano irreali. Perciò ho dovuto richiudere il libro e dare spazio al senso di quella musica. Difatti ora avevo davanti la vera Venezia che si stendeva come una tovaglia già apparec-chiata sopra un prato di primavera. Questa musica aveva il compito di fare da superficie ai rumori vicini della città. C'era il garrire dei colombi che si mischiava allo sbuffo di un piroscafo che ci passava vicino, e il canto di un gondoliere si buttava tra le risate di bambini affacciati a una balconata di un albergo. E gli strumenti usati da questa musica irreale saldavano il sonoro della città in un unico tesoro che ribolliva dentro di me.

E talmente era diventato forte che poi tutto si è spento all'improvviso. Ogni cosa intorno non aveva voce. Tutto era come prima, ma in silenzio. E il passo dal silenzio al vuoto è stato molto vicino. Così non solo dalle mie orecchie non sentivo più nulla ma anche dentro al petto si era aperto un varco in cui vedevo sprofondare ogni sentimento. Mi sentivo smarrito, quasi stessi naufragando dentro a un vortice che non vedevo. Sono stati attimi, forse qualche minuto, ma la realtà si stava accartocciando come un foglio che si vuole gettare via. Poi una mano ha disteso l'immagine di Venezia, e un lontano fruscio di vento mi riportava, lentamente, a ripristinare i sensi.

Ho pensato che questo malessere, di cui avevo avuto poco prima qualche segnale, fosse stato causato dalla meraviglia di incontrare Venezia, e dalla volontà della mia fantasia di spingersi oltre con le immagini.

Cercavo di respirare piano. Osservare con la stessa lentezza i dettagli che ancora non avevo catturato, e soprattutto di frenare i pensieri. Così cominciavo ad abituarmi a Venezia, alla sua unicità che era stata incastrata per troppo tempo in un sogno, e a dirmi che ora potevo toccarla, respirarla.

Mi sono alzato e sono andato alla prua dove c'erano

prima i due amanti, che non avevo visto andarsene. Ho stretto forte la balaustra come se volessi arrivare ancora prima del battello. Ma ci siamo fermati poco dopo, e finalmente sono sceso.

Appena ho messo piede sulla terra ferma mi sono tolto il cappello come ossequio alla città. Sono andato avanti cercando di fuggire dalla folla. Avevo bisogno di un posto più tranquillo per orientarmi e capire da quale parte andare per trovare la casa del maestro Pio Tesori, segnata su un foglietto. Me lo avevi segnato tu qualche giorno prima. Era il periodo in cui fervevano le preparazioni del film e tu mi hai consigliato di andare dal miglior costumista di sempre, appunto il maestro Tesori. Abitava a Venezia da alcuni anni, quando ha capito che nel cinema non avrebbe più lavorato. Non era più quello dei suoi tempi. Ma il mio film era diverso, mi ripetevi anche tu, e devi provarci.

Ho continuato a camminare ancora tra la folla, attraversando tutto il mito della Piazza San Marco. Cercavo uno sbocco per orientarmi ma sono finito per perdermi nelle diramazioni delle calli. Le strade erano deserte, tutte le persone sembravano inghiottite dal vorti-ce della piazza. Mi sono fermato sopra un ponticello, e ho guardato tutte le case intorno pensando che qualcuno potesse essere affacciato da qualche finestra.

Subito dopo ho visto arrivare un anziano signore dalla traversa di fianco, un uomo distinto che portava il giorna-le della mattina sotto il braccio, il cappello e un bastone da passeggio che non usava.

«Mi scusi vorrei chiederle un'informazione... saprebbe dirmi dove posso trovare questo indirizzo? Qui mi sembra tutto uguale».

Gli ho allungato il biglietto per farglielo leggere ma lui non ha mosso le mani dal suo bastone, ha fatto finta di gettare un'occhiata, e poi guardandomi dall'alto ha risposto:

«Mi scusi lei, ma oltre al fatto che non conosco questo indirizzo, io non sono tenuto a darle questo genere di spiegazioni, esiste un ufficio informazioni adatto a questo tipo di incombenze... e poi, come può dire che qui è tutto uguale?! È un'aberrazione! e adesso se non le dispiace, debbo andare. Saluti!»

E se ne è andato in fretta non aspettando che io potes-si replicare neppure un saluto.

Sono rimasto ancora sul quel piccolo ponte col biglietto in mano, sperando che questo non fosse l'anticipo della mia ricerca.

Con la testa bassa verso il canale, ho visto spuntare la punta di una gondola, e a mano a mano tutto il suo corpo lungo e sinuoso. I passeggeri erano una coppia di anziani che si tenevano per mano e guardavano sempre in avanti. Quella era la prima volta a Venezia dopo anni di desideri, oppure la riproposizione del loro vecchio viaggio di nozze. L'imbarcazione proseguiva avanti lentamente, il gondoliere neppure remava ma lasciava scorrere la forza di una spinta precedente. Andando avanti il fascio lumi-noso del sole del mattino li ha avvolti e poi risucchiati, perdendosi nel loro sogno d'amore.

Ho lasciato quel ponte e ho continuato a girare senza affannarmi a trovare al più presto l'indirizzo. Prima o poi ero sicuro che il suo palazzo sarebbe uscito fuori, intanto non potevo ignorare il fatto di essere qui, per davvero. Andavo a toccare una porta, un pezzo di muro scrostato, sfioravo il bordo dell'acqua, e mi dicevo: "è tutto vero!”.

Continuavo con la mente rivolta soltanto a quello che vedevo, a quelle strade uniche, e che a volte apparivano uguali. Infatti ho ripetuto lo stesso percorso per più di una volta. Osservavo una porta particolare e andavo lì, poi un balcone fiorito e tornavo indietro, dimenticandomi della strada che avevo appena percorso. Quando svoltavo una traversa stavo col fiato sospeso perché non sapevo cosa avrei potuto trovare. Mi aspettavo un nuovo scorcio romantico, un palazzo abbandonato, una chiesa segreta, strette tra file di case, magari disegnata dal Palladio. Ma qualsiasi cosa c’era dietro quel nuovo angolo non mi lasciava mai deluso.

Ho proseguito in questo modo ancora a lungo. Poi il sole alto nel cielo che picchiava e la fame perché non mangiavo da prima della partenza, mi hanno fatto perdere un po’ di quello spirito d’avventura. Volevo mettere qualcosa nello stomaco, ma in quella parte della città non c’era nulla. Camminavo più veloce per trovare qualche locanda, un negozio d’alimentari, o chiedere a qualcuno, ma non vedevo nessuno. Intanto sentivo il sole che si era fatto insopportabile e mi faceva vedere le cose sotto la sua influenza luccicante. Perciò andavo avanti con gli occhi brulicanti e con lo stomaco che grugniva, prosciu-gandomi le ultime forze.

Quando ho visto che il mio corpo andava pure vacillando, ho deciso di fermarmi. Mi sono seduto a terra ai piedi di una vera da pozzo. Sono riuscito a vedere che era in marmo, scolpita con splendidi bassorilievi. Poi gli occhi non riuscivano più a reggere a stare aperti e si sono chiusi. Intanto sentivo un vociferare vicino che poi si è subito allontanato. Allo stesso momento è arrivata la musica del Maestro, *Fatti di gente perbene*. Era solo un violino, poi un pianoforte. Con calma mi hanno portato ad addormentarmi.

Mi sono svegliato quando dei bambini mi buttavano acqua addosso. Appena aperti gli occhi e ho visto che uno di loro teneva una bottiglietta d'acqua gliel'ho strappata dalle mani. L'ho scolata in un sorso. Intanto i bambini si sono allontanati spaventati.

Mi sono alzato con la testa che batteva forte. Ho guardato intorno spaesato, poi mi sono avvicinato ad una statua equestre e ho capito di trovarmi nel campo dei Santi Giovanni e Paolo. La facciata della basilica era un trionfo dell'arte medievale. Al suo fianco c'era la struttura rinascimentale della Scuola Grande di San Marco, che era un tripudio di marmi bianchi e policromi che rilucevano sotto l'azzurro splendente del cielo. E poi gli archi, le statue e le colonne corinzie stupivano per la perfezione dei ricami marmorei.

A malincuore ho dovuto voltargli le spalle, non lo avrei mai fatto in altre situazioni normali, ma dovevo mettere qualcosa sotto ai denti subito. Attraversando il ponte, la strada era piena di bar e trattorie, così è trascorsa più di un'ora passando da una all'altra.

Era già pomeriggio e le persone si rigettavano per strada, e più andavo avanti e più grande si faceva la folla di turisti. Ho attraversato una via ancora più stretta, ed è stato molto difficile dato che le persone ostruivano il passaggio. Sono riuscito a prendere aria quando mi sono affacciato al Canal Grande e ho visto davanti a me rilucere in tutto il suo biancore il Ponte di Rialto. La folla era un misto di ondate che si muovevano a vortice, e io non sapevo come fare per salirci. Mi sono accodato a una fila di turisti, e andando avanti non mi sono accorto di essere già a metà del ponte, i negozietti continuavano ai lati. Nella parte centrale invece c'era l'affaccio da cui si può scorgere gran parte del Canal Grande e del mito di Venezia. Ognuno spingeva per avere un posto in prima fila e il tempo riservato per dialogare con la città si riduceva a pochi istanti.

Sono sceso dall'altra parte, uguale di negozi, così come la strada. Ma qui fiorivano per le vetrine decine di maschere veneziane che mi hanno intrappolato nei loro sentimenti differenti. C'era l'inquietudine, la gioia, la tristezza e molto altro ancora. Sfioravo con le mani ognuna che riuscisse a catturarmi. Volevo fare di più, incastrarle in qualcosa che fosse più mio ed eterno. Ne ho provate diverse ma l'effetto era ancora insoddisfacente. Però poi è bastato vedere in una vetrina di lato un completo mascherato di carnevale, e allora ho capito che quello era un personaggio del mio film. Nella scena in cui Cristian si smarrisce nei meandri dell'inconscio e arriva in un luogo infernale dove incontra strane figure mascherate. Ecco una di queste era quello in vetrina, e le altre maschere i seguaci di quell'universo parallelo. Ho pensato al maestro Pio Tesori, di comunicargli quest'idea appena gli avrò parlato del film. Volavo dalla felicità di aver aggiunto un tassello ancora, e soprattutto che avrei portato un pezzo di Venezia nel mio *Ritorno alla vita*. Ho continuato ancora ad osservarle, ma non sapevo quale considerare la migliore, ce ne erano sempre nuove e diverse. Quali inserire nel film? mi domandavo, credo tutte! Perché in quella parte di film c'è la rappresentazione di tutti i sentimenti del mondo. Infatti poi è stato così.

Me ne sono andato con gli occhi ricolmi di quelle

maschere, e un sorriso stampato sulle labbra. Avrei voluto girare quella scena in quell'istante, spegnere quella fiamma creativa che è fortissima appena nasce, ma sapevo anche che era necessario aspettare perché le cose immaginate fossero equilibrate dalla razionalità. E il maestro Pio Tesori, pensavo, era l'unico che poteva mettere ordine.

Girando l'angolo di colpo qualcosa è sbattuta contro di me, facendomi cadere a terra. Ho fatto in tempo a sorreggermi con le mani per non battere con la testa.

«Oh Dio bono!» ho sentito una voce di donna che urlava. Mi sono alzato di fretta e davanti a me c'era una montagna di panni che ondeggiava, di sotto un'enorme signora che non smetteva di agitarsi. Le ho tolto i panni di dosso e l'ho aiutata, con una certa difficoltà, ad alzarsi. Era alta e grassa, con la pelle chiarissima e un aspetto tipico delle donne del nord Europa.

Scuoteva la testa e si muoveva con lamenti. Ho cercato di aiutarla a raccogliere i panni ma lei mi ha risposto:

«Ma cosa vuoi fare tu? hai già combinato un sacco di guai, non ti pare?»

«Io signora? Ma se è stata lei che è sbucata dall'angolo come una furia!»

«Oh ma guarda che mi debbo sentir dire?!» ha replicato la signora rimanendo in piedi e sventolando in aria un paio di mutandoni bianchi dalla rabbia.

«Mi perdoni signora, ma io stavo camminando molto tranquillamente e ad un tratto mi sono sentito investire come se fosse arrivato un autotreno!»

Poi la signora, continuando sempre a sistemare la sua cesta, ha abbassato il tono e si è convinta che un po' di colpa era sua, e ora si faceva anche aiutare a sistemare i panni.

«Sì lo so, è vero andavo di fretta… è che in questo momento della giornata non si riesce a capire nulla! Si hanno un sacco di cose da fare. Ora devo portare il bucato, poi debbo preparare la cena per questa sera, fare l'accoglienza per i nuovi ospiti, insomma ci vorrebbero almeno quattro come me per gestire una locanda come la mia! Sì c'è mia figlia che mi dà una mano, povera animella mia, che perde molto tempo degli studi per aiutarmi, ma come si fa? Le entrate sono quelle che sono e non ci possiamo permettere altro personale».

«E così lei è proprietaria di una locanda?» le ho domandato porgendole l'ultimo indumento.

«Sì esatto, come dicevo abbiamo una bettola molto graziosa!»

Poi per la prima volta mi ha guardato negli occhi sorridente e mi ha chiesto:

«Hai forse bisogno di un alloggio in cui stare? La mia è una struttura semplice e confortevole e poi conoscerai la mia figliuola che è un tesoro! Allora?»

«A dire il vero avrei bisogno dove stare per stanotte perché sono partito così di fretta senza prenotare nulla, però ecco non so se…»

«Allora vieni da me e non se ne parla più! Ti offro anche una merenda se pernotti da noi, a quest'ora la mia bambina avrà preparato il suo dolce preferito, è davvero da leccarsi i baffi, vieni e non se ne parla più! Ah io sono Adele! e dammi del tu, almeno con un cliente italiano mi sento a casa, quasi tutti sono forestieri, a capire le loro abitudini e quello che dicono si esce davvero matti!»

Così ci siamo diretti insieme alla sua locanda, che era a pochi passi da quello svincolo di strade. Portava quella cesta con grande fierezza, stringendosela al petto che per quanto fosse difficile diventava ancora più enorme. Camminava spedita e continuava a parlare, a raccontarmi altre cose sui suoi clienti e di quanto fosse duro quel lavoro perché è come avere tanti bambini da accudire. Si lamentava del fatto che a stendere i panni dovesse andare in un'altra casa vicina, quella da dove stava venendo perché lì nella locanda non c'era lo spazio per la lavanderia, ed era una vera sfacchinata che doveva fare due volte al giorno.

«Ma non credo di continuare così per sempre, un altro paio di anni e poi chiudo, chiudo per sempre e mi vendo tutto! Adesso deve completare gli studi la mia bambina, Marilena si chiama, ed è già al secondo anno di università. Quando si sarà sistemata io potrò finalmente rilassarmi e me ne andrò di qui alla svelta!»

«Ma perché non ti piace vivere a Venezia?» le ho domandato.

«Vivere a Venezia? Oh figlio mio!, ma che ti salta in mente di chiedermi, non c'è posto peggiore dove vivere. Io ci vivo perché ho questa attività che aveva avviata quel cornuto di mio marito, che adesso riposa per sempre, pace all'anima sua! quante me ne ha combinate!, ma io voglio tornare nella mia terra, su, su per le montagne, a Brunico, a respirare aria pura, non questa fogna che ti uccide! Ah io non so perché tutta questa gente viene qua a vedere cosa poi non l'ho mai capito! Cose dell'altro mondo!»

E mentre girava la chiave del portone continuava a gettare gli ultimi sbuffi. Una volta entrati, siccome avevo davanti la grossa sagoma di Adele, non riuscivo a vedere nulla, è stato come precipitare nell'oscurità.

Io stavo a un passo dietro di Adele per non perdermi.

Abbiamo attraversato un lungo corridoio stretto, poi delle scale che si aggrovigliavano in diverse rampe. Ho pensato che Adele non ce l'avrebbe fatta a salirle, invece si è dimostrata abbastanza abile. Qui la luce riappariva grazie a delle piccole finestrelle in alto, e potevo vedere il grosso sedere di Adele che ondeggiava davanti al mio naso.

Quando siamo arrivati al primo piano Adele ha gettato un ultimo sbuffo e ha detto:

«Queste dannate scale! Siamo chiusi come i topi! Ecco vieni».

Siamo arrivati al primo piano, in un atrio molto stretto dove sulla destra c'era una sola porta che dava appunto all'interno della mescita. Usciva una grande nube di fumo che era un misto tra vapori di cucinato e di tutte le stramberie che fumavano i clienti. Io sono rimasto un po' impietrito davanti a quella puzza e perciò Adele si è voltata di scatto e mi ha detto:

«Ma che fai bambolino, ti sei fermato? Dai vieni che ti presento mia figlia!»

Le sue parole sembravano più degli ordini e poi, fin dall'inizio, non mi spiegavo il perché dovesse insistere sul fatto che mi dovesse presentare sua figlia Marilena a tutti i costi.

Quando abbiamo oltrepassato la porta le cose all'interno hanno preso le loro forme, ma quell'odore che si respirava era insopportabile. Sentivo il cucinato del pesce che misto col fumo mi hanno portato a tossire per diverse volte. Allora Adele si è voltata verso di me con gli occhi spaventati e minacciosi:

«Ma che ti succede? Non avrai mica una strana malattia?»

«No, assolutamente no Adele, sto benissimo, è solo

la gola… questo fumo!»

«Ah, meno male, perché qui io ho una certa responsabilità e la mia locanda, anche se semplice, è di tutto rispetto! Per cui mi raccomando, non voglio nessun virus!»

E poi si è rigirata e ha proseguito ancora in avanti, ancheggiando tra i vapori che l'hanno risucchiata.

Quando sono arrivato al bancone lei era lì che aveva appena appoggiata la cesta e osservava in silenzio un ometto che si scolava tranquillo un bicchiere dietro l'altro.

Adele si è avvicinata rabbiosa, gli ha fermato il braccio strappandogli il bicchiere che l'ha sbattuto sul bancone. Poi l'ha preso per il colletto della camicia, ha alzato il suo braccio mastodontico in aria e ha iniziato a prenderlo a schiaffi. Due avanti e due alla rovescia, facendogli suonare la faccia così veloce che l'uomo non ha avuto modo di proteggersi. Prima di rimetterlo a sedere, sempre tenendolo per il collo, se lo è portato a un palmo dal suo naso e gli ha detto:

«Lurido stronzetto, non ti è chiara la lezione dell'altra volta, eh? Ti ho permesso di ritornare nel mio locale soltanto perché sei venuto a strisciare come un verme, e perché quella disgraziata della tua povera moglie me l'ha chiesto, e ho accettato purché non ti ubriacassi mai più! E tu che fai? ti ubriachi! Ora prendi queste merdose chiappe e vattene! e prima di tornare a casa da tua moglie fatti un giro per smaltire la sbornia! Stronzetto!»

L'uomo non ha avuto la forza di rispondere, era ubriaco fradicio, e forse non aveva capito nulla delle parole di Adele.

Così si è preso il suo triste cappello dal bancone e se

n'è andato con le spalle tutte scese.

Adele lo ha guardato finché non è scomparso dalla porta che dava sulle scale, con le mani suoi fianchi e la faccia disgustata, e borbottava: «Questi uomini buoni a nulla!»

Cambiando espressione in modo rapido, si è voltata verso di me e ha detto:

«Adesso chiamo Marilena, sarà lei a servirti, intanto può accomodarti dove vuoi. La mia bambina arriverà subito da te!»

Ha ripreso la cesta dal bancone, ed è sparita tra la folta nebbia di vapori che uscivano dalla cucina.

Mi sono guardato intorno, e ho pensato a tutte le volte che sognavo di venire a Venezia e di alloggiare per la prima volta in uno dei quei famosi hotel di lusso che si affacciano sul Canal Grande.

In quella stanza, ora che la osservavo con più attenzione, c'era qualche cliente seduto a ubriacarsi in disparte uno dall'altro. Il resto dei tavolini era vuoto, e una volta che i fumi si sono ritirati ho visto che la sala continuava più a fondo. Era un'altra zona del palazzo, un acquisto successivo per ingrandire la sala. Qui la luce cadeva massiccia e si gettava pesantemente sui pochi clienti.

Mi sono avvicinato a un tavolino vicino la finestra, tuffandomi nella luce del primo pomeriggio. Subito mi sono voltato per guardare fuori: c'erano i tetti di Venezia ammassati l'uno sopra l'altro, smontati e poi ricomposti senza un ordine. Ho pensato a quanto tempo ci è voluto perché arrivassi a guardare questi tetti, e ai pomeriggi spesi a sognare città mitiche come questa, provando perfino della tenerezza per quel bambino sempre in attesa. Il pensiero sprofondava ancora di più man mano che il mio sguardo si allungava oltre le linee che delimitavano l'orizzonte.

In modo brusco questo procedimento del cuore è stato interrotto dalla voce della cameriera.

«Buonasera, è lei il signore che è venuto insieme alla mia mamma?»

«Come? che dice?» le ho chiesto cercando di capire a cosa si riferisse.

«Ma sì certo, devi essere per forza tu perché sei l'unico giovane qui dentro! Io sono Marilena!»

«Ah, certo Marilena, ecco ora ho capito! Scusami!»

Finalmente vedevo Marilena di cui tanto prima mi aveva parlato Adele. Cercavo di trovare le caratteristiche descritte dalla madre, ma ancora non riuscivo a trovarle. In viso si somigliavano molto, aveva due guance paffutelle, una treccia lunga color giallo miele, e i capelli davanti erano leccati all'indietro. Gli occhi erano di un bellissimo verde, ma piccoli e con il taglio all'insù e un filo trasparente di sopracciglia che le rendevano sempre lo sguardo accigliato.

«Ti porto un po' del mio dolce che ho preparato da poco,» mi ha detto espandendo il suo primo sorriso, «e anche un po' di vino dolce locale per farlo scendere giù meglio. Vengo subito!»

Mentre andava Marilena ha fatto un giro ai tavoli per accertarsi che ai clienti non mancasse nulla, ma nessuno ha fatto caso ai suoi sorrisi, dato che avevano lo sguardo riverso solo al bicchiere.

Poco dopo è ritornata Adele, con tutta la sua corpulenza. Si è avvicinata spedita verso di me e si è messa a sedere.

«Allora che te ne pare della mia figliuola eh?» mi ha domandato tutta eccitata.

«Devo dire che è molto brava nel suo lavoro,» ho risposto, «è molto svelta e sorridente».

«Ah, così l'hai guardata a lungo e hai notato anche il suo sorriso!» ha detto Adele con lo sguardo malizioso.

«Ma no Adele, non fraintendere, lo dicevo così per dire...»

«Come così per dire?! perché non pensi che Marilena abbia un bel sorriso?» ha replicato quasi sul punto di arrabbiarsi.

«Ma no, no, certo che no! Insomma è che… sì ha un bel sorriso, ma non l'ho detto in mala fede, ecco… capisci?»

«Mah, sarà! Certo che sei proprio strano caro… Comunque ora quando mangerai quello che ti sta portan-do la mia Marilena ragionerai meglio, molto meglio!»

Marilena stava arrivando con le braccia piene di pietanze per gli ospiti. Si è fermata in tre tavoli prima di arrivare da me portandomi un piatto con una fetta di dolce che Adele ha subito afferrato e messo sotto il mio naso.

«Questo è il dolce che ha fatto Marilena, assaggialo e dimmi che ne pensi!»

E indicava il dolce al centro del piatto che assomigliava ad una pasta frolla arrotolata con pezzetti di frutta e cosparso di zucchero a velo. Non potevo rimandare ancora il momento dell'assaggio perché gli occhi di Adele non si scollavano da me.

Ho dato il primo morso e tutta la crema interna è schizzata fuori dato che la pasta era molto croccante. E subito Adele mi ha domandato:

«E allora com'è? ti piace? Non è brava la mia bambina?» e lo diceva sorridendo guardando a

Marilena e poi a me.

«Sì, sì, è brava, è molto brava con i dolci», ho risposto non avendo ancora potuto assaporarlo fino in fondo.

Così sono andato avanti col secondo morso, e già lì cominciavo a capire la squisitezza di quel dolce, continuando ad annuire ad Adele e poi a Marilena, facendo contenta la madre che mi ha versato da bere.

«E bevi, bevi adesso, che questo vino è dolcissimo e scende giù che è una bellezza!»

Marilena era rimasta lì immobile in piedi a sentire anche lei il mio giudizio e ha proseguito come la madre:

«Bevilo tutto d'un sorso che è davvero saporito!»

Un sorso tirava l'altro e poi Marilena ha portato altri dolcetti sempre fatti con le sue manine. Ho continuato da solo perché sia Adele che la figlia sono tornate a sbrigare le loro faccende.

Ma soltanto dopo qualche bicchiere ho sentito che la testa cominciava a girare e ho preferito smettere e ritirarmi nella mia stanza che Marilena aveva già preparato con cura. Quando mi sono alzato dalla sedia non riuscivo a stare fermo, Adele mi ha visto dalla stanza sul retro ed è venuta di corsa a sorreggermi. Ho pensato che venisse a picchiarmi come aveva fatto con quel povero vecchietto, invece si è limitata a sbuffare qualche parola, ricordo soltanto: «Siete tutti uguali!»

Siamo saliti su un altro piano, io appoggiato sulle sue grosse spalle e quando ha aperto la porta mi ha scaraventato sul letto con una forte spinta.

Gli occhi non riuscivano a rimanere aperti nonostante mi sforzassi a stare sveglio per fare qualche domanda ad Adele. Infatti mi sono addormentato poco dopo.

Mi sono trovato in mezzo ad un campo di grano quando ormai è pronto per la mietitura. Davanti a me c'erano delle piccole stradine di terra che poi andando in avanti venivano risucchiate dal manto dorato perché si perdevano nell'orizzonte. In fondo, molto lontano, c'era un vecchio casolare di pietra. Sullo sfondo le montagne erano avvolte da un colore molto scuro, come se lì fosse notte e nella parte in cui mi trovavo io fosse giorno. Si trattava sempre di una luce affievolita, che non sembrava venire direttamente dai raggi del sole, bensì da un'illuminazione artificiale un po' bassa. Ho cercato di guardare in alto dalla mia parte per trovare il sole, ma qualcosa me lo impediva, la mia testa non riusciva a girarsi, potevo soltanto guardare quell'immagine.

Le nuvole molto grandi giravano come dei vortici da risucchiare la parte azzurra per trasformala in blu scuro. Non c'era nessuno. E l'unica strada era quella piccola davanti a me che si risucchiava tra le spighe.

Il silenzio è stato interrotto da un canto di voci femminili che partiva da lontano, poi si sono uniti versi di animali, lamenti di lupi che ne richiamavano altri. Questa melodia aveva anche il potere di attirarmi a sé, e ho cominciato a seguirla da dove credevo provenisse, nel casolare in fondo.

La stradina di terra pian piano diventava più stretta, finché non è scomparsa. Per andare avanti dovevo spostare le alte spighe di grano, ma non era semplice, mi costava uno sforzo enorme, era come spostare delle travi di legno. Più andavo avanti e più diventava difficile farsi largo, le forze mi stavano abbandonando e le erbacce sembravano soffocarmi.

Sono arrivato buttandomi sul muro della casa,

strisciando a terra per sedermi. Riprendevo il respiro, e i canti li sentivo dietro alle mie spalle, dentro la casa.

Mi sono alzato dopo pochi minuti, e appena ho aperto la porta si è buttata addosso una ventata fortissima, e il canto ha sterzato verso una brusca stonatura come se qualcuno avesse stretto la gola di chi cantava. Cercavo un appiglio per tenermi e non cadere. Il vento soffiava impetuoso. A volte sembrava fermarsi, e in quei momenti cercavo di guardarmi intorno, capire cosa ci fosse all'interno. Dopo aver fatto qualche passo con fatica ho visto una voragine immensa e delle pareti rocciose tutto intorno. Rimaneva una lingua di strada su cui camminavo lentamente per via del vento che poteva farmi cadere giù. Sono andato di lato seguendo quell'unica strada, ma soltanto per pochi passi, poi precipitava nel vuoto. Dall'altra parte non si vedeva nulla, era buio e il vento non permetteva di tenere gli occhi ben aperti. Non sapevo che fare, mi sono accasciato a terra, addossandomi alla parete. Ho pensato di ritornare indietro e uscire fuori, ma non c'era più nessuna porta, neppure la strada di prima. Intanto il vento soffiava forte tanto che sentivo bruciare la pelle. Alla fine è accaduto quello che speravo che non accadesse: lo sperone di roccia su cui ero raggomitolato si stava sbriciolando. Le crepe si sono fatte più profonde finché non si è spezzato e io sono caduto di sotto insieme a quei frantumi.

Il mio corpo precipitava giù come se qualcuno lo avesse gettato dall'alto con violenza. Il vuoto non finiva mai, cadevo sempre di più, e la velocità della caduta aumentava con i secondi. E poi non sono riuscito più a respirare. Allo stesso momento mi sono schiantato con una superficie durissima. Ho pensato di essermi frantumato come la roccia di prima, invece sono cascato in mare aperto.

Quando ho sentito il mio corpo risalire da solo a galla, ho usato quelle poche forze rimaste per fare più in fretta e ritornare a respirare. La salita però era lunghissima e molto faticosa; dentro al petto c'era un peso enorme che era pronto a scoppiare: erano gli ultimi momenti coscienti che mi rimanevano.

Ma prima della fine, ecco che le mie mani hanno toccato il vuoto dell'aria e, con un salto simile a quello di un delfino, sono uscito dagli abissi e ho preso aria. Non è stato facile abituarmi a respirare di nuovo, il cuore pulsava molto forte, e poi le onde alte del mare non mi davano la possibilità di riprendermi dall'affanno. Dopo una boccata d'aria ricadevo giù, ingoiando acqua, e così per molte volte finché non mi sono abituato al movimento delle onde e a saltarci di sopra.

Quando questa parte è passata dovevo occuparmi di trovare il modo per arrivare a riva, ma era buio. Potevo solo sentire il ruggito del mare che poco dopo ha cominciato a sfinirmi. Così mi sono lasciato trasportare dalla corrente con la speranza che il fisico avrebbe retto fino a che il mare non mi avesse portato fino a terra. Ma questa speranza, sapevo fin dal principio, era del tutto vana.

Soltanto quando le cose sembravano essere giunte alla fine sei arrivata tu a salvarmi, come al solito. Ho sentito una voce che mi chiamava, era la tua. All'inizio mi sussurravi all'orecchio poi il tuo richiamo è diventato più insistente, e alla fine pieno di paura.

Mi chiamavi in mezzo alle onde del mare e non ti fermavi un attimo. Poi ho potuto vederti, il tuo volto si proiettava in alto avvolto da una corona di luce. Vedevo la disperazione nei tuoi occhi e la forza che volevi trasmettermi. Avrei voluto risponderti ma non potevo farlo, quelle poche parole che sono riuscito a dire si rompevano tra il rumore del mare e del vento. Alzavo le braccia e tu allungavi le mani, ma non riuscivamo ad incontrarci. Il mare in tempesta non mi lasciava scampo, e così, stanca anche tu di aspettarmi, hai abbassato le mani e gli occhi, ritirandoti dietro quella luce.

Il buio mi ha avvolto di nuovo. Il respiro si strozzava con le parole. Volevo urlare, ma non usciva alcun suono.

Questa lotta è durata un po' e quando ho capito che si trattava di un sogno ho combattuto finché non mi sono svegliato.

Mi sono trovato in mezzo al letto di una squallida camera, tutto bagnato di sudore. Mi sono accorto che ero quasi senza vestiti. Poi ho ricordato Adele, ad essere stata lei ad accompagnarmi in camera. Le immagini del sogno ancora erano davanti agli occhi e si mischiavano a pensieri insensati.

Ho deciso di alzarmi dal letto e aprire la finestra. Una dolce brezza mi ha ridato ossigeno e nel cielo in alto brillava serena la luna. Guardandola mi sono ricordato del sogno e di come tu mi eri apparsa in alto, nel cielo, pronta a sostenermi, sempre. Di conseguenza mi è tornato alla mente il nostro film, e l'appuntamento col maestro Pio Tesori. Ho sentito il volto sbiancarsi come la luna. Ancora una volta, mi dicevo, ho perso delle opportunità irripetibili. Ma non potevo mollare, finché non sarebbe giunta davvero la fine, seguivo il tuo incoraggiamento nel sogno, e poi tu mi avevi detto che di notte il maestro Tesori rimaneva sveglio a leggere.

Di fretta ho preso i vestiti e sono scappato fuori dalla camera. A metà corridoio ho visto al piano di sotto le ombre di Adele che si aggiravano come un fantasma. Non volevo incontrarla e perdere del tempo per litigare. Così sono tornato indietro.

Dentro la stanza pensavo come fare per andarmene senza farmi vedere, e ho intuito, ancora una volta, guardando la luce della luna che mi cadeva addosso, che l'unica via di fuga era la finestra.

Ho guardato prima in basso e sotto di me c'era un tetto adiacente ad altri, formando una strada alternativa dall'alto. Ho pensato che fosse facile. Era necessario avere solo un po' di coraggio, ma nel frattempo rimanevo ancora sulla soglia della finestra.

Alla fine ho dato un ultimo sguardo alla luna, lei mi ha sorriso per darmi il coraggio di cui avevo bisogno, e mi sono buttato.

La notte era limpida e pungente, le stelle brillavano nel cielo e tra le case in basso tutto era in silenzio. Ho attraversato il primo tetto e quando stavo per saltare sulla casa affianco sono scivolato, ma senza precipitare. Camminavo più lentamente, e andavo avanti per altri tetti cercando uno sbocco per scendere in strada, ma un tetto era legato ad un altro. Quando i miei piedi hanno preso confidenza con le tegole ho accelerato il passo, finché non correvo con scioltezza.

Il percorso si è interrotto quando la distanza tra un tetto e un altro era molto più grande e non ce l'avrei mai fatta con un salto. Mi sono aggrappato ai cornicioni e altre sporgenze, e dalla mansarda sono passato al secondo piano e così via finché non sono arrivato a terra.

Mi guardavo intorno per cercare qualcuno nonostante fosse notte fonda. Le luci erano deboli e dagli angoli delle case uscivano grandi fasci d'ombra. Ho corso lungo la piazza, avanti e indietro, e non c'era nessuno. Andando un po' in avanti ho visto lungo il canale una gondola scivolare silenziosa. Non riuscivo a vedere bene in faccia il gondoliere perché c'era solo la luna ad illuminare. Gli ho spiegato che avevo bisogno d'aiuto con urgenza e gli ho mostrato il bigliettino con l'indirizzo del maestro Pio Tesori. Mi ha fatto segno con la mano di salire e subito sono saltato a bordo.

Tenevo nella mente il timore che il maestro Pio Tesori non mi avrebbe più ricevuto, e non soltanto per me sarebbe stata una perdita immensa, ma anche per il film, e soprattutto nei i tuoi confronti che ti fidavi soltanto di lui. Non avrei potuto deluderti, ero intenzionato anche a rimanere tutta la notte davanti alla sua porta fino a che avrebbe avuto pietà di me. Intanto però, i miei occhi erano rivolti in alto, verso le stelle e la luna che di tanto in tanto si nascondeva dietro i palazzi che apparivano come dei fantasmi ombreggiati. Poi il gondoliere ha intonato qualche accenno di una melodia che veniva da lontano nel tempo, e mi immergevo sempre più nella fresca notte che solo Venezia riesce a regalare. Ho pensato alla volta in cui avevo scritto la mia prima tragedia e l'avevo ambientata proprio qui a Venezia. Mi sono ricordato di quel giorno in cui ricercavo il luogo dove ambientarla. Ero sul letto della mia stanza, di notte, in piena estate, e la luna, come adesso, mi copriva con la sua luce diafana. Il caldo era insopportabile e la storia della protagonista mi spingeva a rimanere nel suo universo che da tempo era diventato il mio. Mi diceva di sbrigarmi a trovargli una casa, e quando osservando la luna ho sentito il rumore dell'acqua, anzi lo sbatacchiare di leggere onde su imbarcazioni di legno, ho visto una gondola, e subito Venezia. Così ho immaginato la mia protagonista fuggire di notte sotto una luna come quella di allora, uguale a quella che stavo vivendo adesso, unendo il ricordo con il presente e la realtà.

Avrei voluto vivere tutta la vita in quel modo, scivolare sull'acqua e osservando la città di notte coperto da fasci di seta argentata che mi gettava la luna, mentre andavo verso un incontro d'amore.

Ad un certo punto siamo entrati nel Canal Grande. È stato come entrare in un teatro vuoto e illuminato. I palazzi si adagiavano sull'acqua leggeri e le luci scintillanti si specchiavano nitide fremendo di rado, soltanto al passaggio di un'imbarcazione. Poi è passato un vaporetto notturno e l'acqua friggeva di luci, borbottando a bassa voce tra il silenzio della notte. Il canale si vestiva di una delle più preziose maschere di Venezia donando al viaggiatore la sensazione di essere parte di un universo che non ha conosciuto l'inizio ma è pronto a finire da un momento all'altro, angustiandolo di una malinconia che gli invade il cuore fino a struggersi tanto che il dolore diventa piacevole. E io lo stesso provavo il piacere sublime di viverci dentro ma soffrivo perché sapevo che l'avrei perduta.

Il gondoliere, mentre passavamo dall'altra sponda del canale, ha alzato il braccio verso il palazzo e ha detto:

«Ecco questo è l'indirizzo che cercava, siamo a Ca' d'Oro!»

Tentavo di aprire ancora di più gli occhi per accogliere l'intero palazzo e la sua bellezza, ma non riuscivo a contenerlo e saziarmi della meraviglia che regalava. La sua facciata bianca e intarsiata come il ricamo di un pizzo splendeva su tutti gli altri palazzi vicini. La sua luce, donata dai materiali e da come sono stati modellati, esprimevano una storia in ogni singola parte, dalle logge alle cornici e alle finestre.

Poi il gondoliere ha gettato una remata più forte e siamo scivolati veloci oltrepassando l'arco centrale, l'unico con la forma di semiarco. La gondola si è fermata placida nel punto esatto dove sono sceso.

«Aspetti qui, la prego!» ho detto al gondoliere che sono riuscito a vederlo per la prima volta in viso grazie a una lanterna appesa al muro.

«Ma certo, l'aspetterò quanto vuole. Faccia pure!» ha risposto sorridendo e coricandosi dentro la gondola come fosse un letto.

Mi sono voltato verso il palazzo, rimanendo qualche secondo a guardarlo. I pensieri volavano da molte parti mentre il cuore non smetteva di battere forte. Ho tirato un respiro profondo e con un passo veloce sono arrivato al portone e ho bussato. Nessuno rispondeva, ho bussato di nuovo e con più forza. Ancora nessuno. Poteva dormire, ho pensato, ma ormai ero arrivato qui, e poi il tuo volto, nel sogno, che mi chiamavi era indelebile, la paura di allontanarmi di nuovo da te ancora di più. Ho bussato di nuovo, senza smettere, e chiamando a gran voce.

Da una piccola finestrella di quell'atrio, con una luce fioca, ha risposto finalmente una voce:

«Razza di farabutti, chi è a quest'ora? Disgraziati!»

«È lei, maestro Tesori?» ho chiesto.

«Chi è lei, che cosa vuole? Le sembra il momento questo?!»

«Sono davvero dispiaciuto per esser venuto a quest'ora ma non potevo aspettare domani perché...»

«Che cosa? che dice?» mi ha interrotto senza riuscire a capire le mie parole.

Io ho continuato lo stesso a spiegare nonostante lui non ci si sentiva.

Ha avvicinato la lampada verso il basso per guardarmi in faccia e ha detto:

«Io non la conosco! Se ne vada o chiamo le guardie!» «Ma no, la prego, mi ascolti... è davvero molto importante!»

Mentre si stava ritirando e chiudere la finestra mi è venuto in mente di mostrargli il biglietto che tu mi hai dato. L'ho sventolato in aria indicandogli che lo avrei infilato sotto il portone.

Ho aspettato per qualche secondo dopodiché ho sentito dei rumori, i suoi passi. Ha preso il biglietto e lo stava leggendo. Pochi secondi dopo mi ha aperto.

Teneva una lampada in mano con una luce che mi ha accecato. Poi l'ha abbassata, avvicinandola al mio viso. Ho visto il suo volto, illuminato dal basso, era bianco come la luna.

«Buonasera caro!», mi ha detto con un sorriso e il suo volto si contorceva nelle ombre che proiettava la luce.

Ho salutato il maestro con la voce piena di commozione, scusandomi per diverse volte di averlo disturbato nel cuore della notte, ma non avevo altra scelta, insistevo a ripetere.

Con la mano mi ha indicato che potevo entrare. Camminava avanti con la lanterna in mano per mostrare bene la strada. Dopo qualche passo si è girato e mi ha sorriso, senza un motivo preciso, e ha continuato verso le scale. La lampada oscillava e la luce cadeva sui muri facendo emergere la bellezza degli interni a piccole vedute. C'erano affreschi che adornavano un lato della scala, con colori vivi e figure mitologiche.

Al piano nobile le pareti, per quello che si riusciva a vedere, erano tappezzate con stoffe pregiate e damascate, e mobili e suppellettili d'arredo regnavano insieme a lampadari, tappeti e divani d'altri tempi. Ha proseguito a passo spedito e quelle cose che vedevo sembravano delle allucinazioni bellissime.

Mi ha condotto nel suo studio. C'erano candelabri sparsi ovunque, e il camino fiammeggiava un po' sonnolento. La stanza era adornata da una luce calda e seducente. Le pareti erano quasi tutte ricoperte da librerie e oggetti d'arredo. Un salottino vicino la finestra, altre lampade sui tavolini intorno, ma spenti. La casa era senza luce artificiale, mi domandavo il motivo.

Il maestro Tesori che ora riuscivo a vedere nella sua interezza, era un omino piccolo fasciato da una vestaglia di seta color porpora con stampe orientali. Il volto era bianchissimo e i capelli erano una fascia giallognola che andava dietro la nuca. Il suo aspetto regale e austero si conformava all'arredo della sua casa.

Ha appoggiato la lampada sulla scrivania e l'ha spenta per far risaltare la luce delle candele. Ci siamo accomodati vicino al fuoco, e poi accavallando le gambe ha detto:

«Stavo leggendo l'Inferno di Dante», e si è accasciato sul morbido cuscino della poltrona, «e poi sei arrivato tu ad interrompermi, e non c'è cosa che odi di più quando qualcuno mi interrompe dalle mie letture!»

Ho rinnovato le mie scuse, non sapendo più come fare per spiegargli l'importanza di questo gesto inconsueto.

Poi mi ha bloccato alzando una mano e mi ha domandato:

«Importante dici? Un film può mai essere così importante da recarsi nel cuore della notte in casa di un anziano signore?» E da solo si è risposto: «Purtroppo lo è per alcuni registi! Credono che i loro film siano essenziali al mondo come la scoperta di una cura per una malattia, hanno questa presunzione di credere di essere indispensabili. E vedo che il tempo non ha cambiato le cose, per niente a quanto vedo! Perché tu sei giovanissimo eppure senti che il tuo film debba essere conosciuto in tutto il mondo perché sai che a volerlo è una volontà ideale che sta in alto. Ma per carità! non diciamo sciocchezze, il cinema non è ormai più arte da molti anni, e forse non lo è mai stato. La poesia, la pittura, e sopra ogni cosa la musica che è un mistero per la nostra anima, sono arte, non queste macchinazioni scientifiche che non hanno alcun sentimento, alcuna passione, niente! Oh per carità, non fare quella faccia stravolta, io non ce l'ho con te, anzi tu mi fai una grande tenerezza perché sei giovane e molte cose non le puoi sapere. Io voglio aiutarti sia chiaro, ma no nel modo in cui pensi tu, bensì nel modo che è più giusto per te e tu non lo sai ancora. Ecco vedi, tu mi sei stato raccomandato da una persona molto cara, che nonostante questo non vedo da parecchi anni, ma lei appartiene ad un'altra generazione che è la mia e in quei tempi le cose erano molte diverse, ma davvero tanto, e quindi mi sento legato a lei per un senso di appartenenza di un tempo in comune che oggi rimpiangiamo. Ho accettato di aprirti le porte di casa solo per questo, perché ho capito che tu sei sensibile verso il nostro passato e desideri riprendere un discorso che è vecchio, ma molto vecchio. Questo lo si capisce per il semplice fatto che sei andato da lei e poi da me, non c'era bisogno di conoscerti di persona per capirlo. Se non fosse così allora tu, con l'età che hai, saresti andato da gente più giovane e avresti fatto altre scelte».

Si è fermato un attimo, ha emesso qualche sospiro, voltandosi verso l'esterno, e dopo qualche sorriso amaro, ha ripreso a guardarmi.

«Lo so cosa pensi, e quanto per te significhi questo *Ritorno alla vita*, e ti auguro di realizzarlo allo stesso modo come è nella tua mente, ma questo lo farai senza di me. È impossibile che io riprenda la matita in mano e mi muova dalla mia casa, non posso più farlo, non più! Vedi come sono vecchio e anche un po' malandato... La notte non dormo quasi per niente, anche il sonno mi ha abbandonato, ma so che presto avrò tutto il tempo per dormire senza alcuna interruzione, per cui non mi lamento. Anzi non mi lamento più di niente, neanche di tutti i dolori nuovi che sorgono ogni giorno, che senso avrebbe? Chi mi ascolterebbe? Ormai sono solo da parecchi anni e non mi rimane più la forza di fare nulla. Ecco vedi, leggo versi che so a memoria, ma li continuo a rileggere perché hanno sempre qualcosa di nuovo da dire, loro non possono mai morire, quindi passo il tempo in questo modo. Attendo la morte mio caro, ma senza rabbia né odio per chi me la darà, sono cosciente che in questo mondo non c'è spazio per tutti e dobbiamo lasciare il posto per gli altri, però penso anche che dato che siamo nati è sempre un peccato che dobbiamo morire... Tu invece devi pensare alla tua vita, al tuo *Ritorno alla vita*, ma senza di me. Io, quello che ho potuto lasciare alle nuove generazioni l'ho fatto. Sono stato insegnante per parecchi anni e adesso tocca a loro mettere in piazza la loro creatività e i miei insegnamenti, anche se quasi nessuno gli dà il modo per farlo. E così credo che anche per te sia stata la stessa cosa. Un'idea come questa, molto lontana dalle storture di oggi, non deve essere stata accolta molto facilmente. I produttori dicono sempre che non ci sono soldi, che non ci sono soldi, ma poi fanno degli obbrobri ogni anno che nessuno va a vedere. Chissà perché sono così ignoranti?! Ma è pur vero che il potere e il denaro li detiene quasi sempre chi non lo sa spendere, e questa cosa non cambierà mai! Ma adesso, ti prego, raccontami di te! Parlami, dimmi chi sei… Dai!»

Io sarei stato ben felice di parlare di me, raccontare l'idea del mio film, la terra da cui provenivo e di tutto l'amore verso l'arte e il cinema che mi avevano portato fino alla porta della sua casa, scavalcando tutti gli ostacoli di cui tu sei a conoscenza e che mi avevano fatto tanto soffrire. Ma questo, l'avrei fatto con il cuore ben disposto se avessi trovato da parte sua la ricompensa che mi aspettavo dopo tanto tempo sprecato per cercarlo, ma adesso, che aveva negato ogni possibilità del suo aiuto, come avrei potuto far tacere il mio dispiacere e andare avanti in un racconto che forse non desideravo più fare?

Gli ho detto che ero molto addolorato del suo rifiuto, ma capivo le sue ragioni, che erano state le paure che avevo sempre avuto quando immaginavo di incontrarlo. Poi non ho potuto più tacere il mio dolore, e ho pianto. Mi sono coperto con le mani la faccia come se riuscissi a nascondermi dal suo sguardo.

A quel punto il maestro Tesori si è avvicinato porgendomi un fazzoletto, e mi ha detto:

«Non piangere, passerà!»

Ho continuato ancora per un po', poi mi sono asciugato gli occhi e ho visto la commozione nel suo volto mentre cercava di sorridermi. Quando mi ha visto stare meglio ha detto:

«Perché non leggi qualcosa per me? Vedrai che ti calmerà… prendi!»

E mi ha dato la Divina Commedia, come se fosse una cura adatta a ogni tipo di male.

Appena ho poggiato gli occhi sui primi endecasillabi, la mia mente è entrata nel mondo di Dante. Ho letto dall'inizio e non mi sono più fermato. Il maestro Tesori se ne stava lì con gli occhi rivolti al camino e le mani conserte sull'addome, silenzioso, come fosse diventato di pietra.

Mentre andavo avanti il mondo fuori diveniva sempre più un orizzonte lontano che mi apparteneva di meno. Vivevo adesso solo per quei versi, per quel mondo unico che è la *Commedia.*

«E quindi uscimmo a riveder le stelle», ho detto a un certo punto, e ho chiuso il libro, accorgendomi soltanto in quel momento che già nel cielo comparivano i primi stralci di luce del giorno.

Ho guardato il maestro Tesori da vicino e mi sono accorto che stava dormendo. Sapendo che fossero poche le ore in cui riusciva a riposare me ne sono andato cercando di non far nessun rumore.

Ora la casa era avvolta dalla luce, e ciò che la sera prima, di notte, mi appariva come un sogno, adesso sembrava del tutto scevra di quell'incantesimo. Ogni cosa era soltanto un oggetto senza anima. Niente aveva senso, forse perché la tristezza che provavo non mi permetteva di trovare un senso neppure all'esistenza.

Quando ero fuori dall'appartamento ho affrettato il passo, correndo per le scale, ignorando perfino quelle figure che avrei voluto tante vedere con la luce del giorno.

Ho raggiunto il gondoliere, che era rannicchiato dentro la gondola a dormire. L'ho svegliato con un colpo alla gamba e gli ho ordinato di portarmi subito alla stazione.

Lui era ancora tutto stordito dal sonno e ha balbettato strofinandosi gli occhi: «Alla stazione?»

«Sì certo alla stazione! Hai capito benissimo!» ho risposto con rabbia mentre prendevo posto sulla seggiola vellutata di rosso.

E siamo partiti scivolando sull'acqua, io con gli occhi gonfi pronti ad esplodere e a inondare tutta Venezia.

Poi, prendendo il largo, la gondola titubava a stare ferma sull'acqua, credevo che da un momento all'altro potessi sprofondare negli abissi, essere risucchiato da una voracità fatta di melma.

Il Canal Grande si stendeva spazioso, inerme, ancora assonnato dall'oscurità che ricadeva con poca forza sui palazzi sbiaditi, non più puntellati di luce, ma quasi sfuggenti nella densa calma della nebbia che copriva a poco a poco anche la punta della gondola di fronte a me. Il sole era ancora lontano, ma le strisce di luce che aprivano un varco nel buio del cielo erano il preludio del suo arrivo. Sentivo tutto ripetersi, un gettarsi supino sulle cose che la laguna sembrava accogliere indifferente, incantata. I remi battevano sull'acqua, affondando a pieno il loro peso per poi risalire, e con sé portava il richiamo delle cose sepolte sott'acqua, cioè il mondo sommerso verso cui andiamo a riprenderci la nostra felicità. Felicità, ho sentito il suono di questa parola ripetersi nella mente e poi, come il flusso monotono del remo che torna sempre a fare la stessa cosa, quella parola è andata a ripetersi sorda dentro l'orecchio, come un grido rauco che ci sveglia in piena notte. Ancora un'altra volta ripetevo "felicità", mentre davanti a me l'estensione del canale mutava forma, includendo ed escludendo palazzi. Tutto è un ripetersi incantato, mi dicevo. Un gioco dei sentimenti che ora ci permette di essere felici, e poi ricadiamo nelle profondità di una laguna. La nostra anima va a perdersi nell'abisso, cerca il bracciale della nostra promessa di fede, ma le acque sono putride e non si riesce a distinguere ciò che stiamo cercando. Mi chino lo stesso per cercare, per riportare a galla quel bracciale. Sfioro il bordo della gondola e poi faccio scivolare la mano sullo specchio fatato, quasi incorruttibile dal gesto della mia mano. Alzo il braccio, adesso bagnato dallo schizzettare sfrigolante dell'acqua che incendia il braccio, la mente, la fantasia. Ora ricompare la sua faccia, come l'ho visto la prima volta, illuminata dalla lampada e bianco come la cera. Il maestro Pio Tesori è l'uomo che ha voluto aiutarmi, che ha fatto per me quello che nessuno aveva avuto il coraggio di fare, e io adesso lo odio, lo odio terribilmente. Un altro cipresso si aggiunge alla fila interminabile dei fallimenti. Un sentiero lunghissimo di prospettiva in cui il punto focale risucchia ogni speranza. Non c'è nessuna colomba che porti una lastra luminosa e cancelli l'oscuro del cielo. La notte è il posto dove ristagnano le antiche cantilene, gli amori disillusi, i pianti di bambini che non sono stati mai ascoltati. Il vento è qui come uno strumento musicale che intona il suo accordo per una melodia che è stata scritta con l'oscurità di un cuore solitario, cos'altro sennò? E poi il fruscio di stormi inquieti che vanno lungo l'orizzonte inesistente perché il cielo è un tutt'uno con l'acqua, col mare, con l'amarezza del cuore. Il suo blu profondo, antico e sprezzante getta con fasci piumati, viscidi e torbidi, la schiuma salmastra che contiene all'interno: una sostanza torbida che disgusta e allontana le speranze. Anche se più in là ancora si intravedono piccoli punti di stelle poco luccicanti, essi si sbiadiscono dalla nebbia fitta che sale dal basso, da quella profondità in cui è racchiuso l'universo sepolto che ci inganna e va per l'aria, su verso il cielo. Ora è ancora più fitto, dai canali laterali sembra provenire il suono della nebbia che si getta su ogni cosa come un mantello di lana bianco-grigio e il mondo appare più spento, sbiadito, quasi anemico; irreale. Andiamo avanti, strisciando e altalenando, tra un colpo di remo e un altro, i pensieri si fanno spazio in questo tempo che avrei voluto ricoprire con la gioia del vederti e dirti: «Almeno sono con te, e guardo i tuoi occhi!» Ma questa speranza, succube del tempo che si scolorisce e cede il passo a un'onda che vuole coprirci e affogare i nostri cuori, batte in silenzio, racchiusa in una piccola gabbia, come il cuore di un morente che però non ha nessuna intenzione di morire. E la sua volontà varrà a qualcosa? Ci sarà scritto nel dizionario dell'universo che le nostre intenzioni, così come gli amori e le speranze, avranno un posto e una spiegazione sincera alla loro origine? Dubito perfino di essere qui, di trovarmi per gli ultimi momenti in una città che è stata sempre avvolta dalla nebbia, e così, pur guardandola in faccia, gli occhi stanchi, spenti e lucidi, pullulano, si increspano, e non ci credono. Cerco invece di riaprirli, di dare un senso a questo mio essere qui, gettato quasi nel vuoto della nebbia. Mi apro la mente come la coda di un pavone, voglio splendere di una bellezza che sento di custodirla molto in basso, in quello strato profondo in cui per quasi tutta la vita non si è consci di conoscere. Ma ogni sforzo è inutile, ogni tentativo più deprimente dell'altro. Le mie piume si incendiano con il ricordo di quello che sono stato, di quello che non ho avuto forse il coraggio di essere, me stesso in tutto per tutto. E ora sento il vento che riesce a portarmi via, lontano, in una dimensione irriconoscibile dove sono depositati gli scarti delle vite che non sono stati in grado di essere vissute fino in fondo. Uno spreco insomma, un pezzo di stoffa appartenente a qualcosa di buono, ma che nella pratica della realtà non serve a nulla. Ancora una volta allungo la mano verso l'acqua, voglio sfiorarla e incendiarmi del suo dorato miraggio, del-l'ignoto che è racchiuso silenzioso nei suoi profondi abissi. Però questo non accade, mi manca la forza di avvicinarmi e sfiorarla, è una prova che mi sarebbe servita a mettere in pratica il mio coraggio. Coraggio! Quante volte ci siamo ripetuti questa parola, stanchi di dirlo perché sappiamo di ingannarci. La paura si è approfittata della nostra buona fede, si è mascherata e ha stracciato il lenzuolo di seta della nostra vita, su cui erano ricamate una dietro l'altra le gioie della nostra infanzia: le speranze.

Ora il sapore della nebbia ci stringeva in una morsa incolore, il suo bianco si era acceso, ma la vista si perdeva lungo l'immaginazione. I palazzi attorno sono diventati miraggi sempre più rari, finché, quando la distanza del Canal Grande si è allargata, abbiamo perduto anche quegli ultimi abbagli, e ci siamo trovati immersi, soli, vaganti, nella piena, fitta e surreale nebbia che ci ha fatto quasi levare il respiro, togliendo l'ultima percezione dello spazio che era rimasta.

Così abbiamo navigato nel vuoto, avanti nell'ignoto che si dilatava imperturbato, mentre il flusso delle onde intonava rintocchi sordi sul legno della barca. Io ho chiuso gli occhi, lasciandomi andare, come un tronco di legno trasportato dalla corrente della marea, nel tempo in cui i suoni della laguna si accordavano con le note chiare de *I promessi sposi*.

XIII

Tropea

Nel cielo salivano alti fumi di grigio, annerendo così l'azzurro nelle ore mattutine di un giorno di fine settembre. Ero appena arrivato alla stazione di Tropea, stringendo in mano le solite cose che trasportavo ormai con fiducia, quasi un rito sacro d'abitudine che non mi permetteva di distaccarmi da quei fogli che usavo per scrivere o disegnare.

Scendendo i tre gradini del treno sono piombato nella voragine di una città che ancora non si mostrava, ma era avvolta dai vapori del fumo di un vecchio treno a vapore che pareva ancora grugnire dopo essersi fermato. Mentre il vociferare sconnesso dell'andirivieni della gente e il suono di uno strumento percosso in lontananza, erano espressi con tutta la forza della loro vitalità. Questi suoni avevano la violenza di penetrare nelle orecchie e far sentire che lì, nascosta e annebbiata, c'era la folla del mondo, l'energia della vita che pulsava in un'instancabile ondata di monotonia.

Lentamente la gente si è fatta avanti tra i fumi, che indietreggiavano dalle persone, o si rigettavano per terra, scomparendo sotto le rotaie ancora incandescenti. Ho fatto qualche passo in avanti, attraversando anch'io l'alone bianco delle nuvole che andavano a morire, ma ancora fumeggianti nella parte bassa, tanto da sembrare di tagliare in due il corpo delle persone. Le facce dure, scarnite, o grosse e inanimate che incontravo, rendevano quel posto una specie di limbo in cui i non peccatori bramavano una felicità lontana. Mi sentivo parte di loro, immischiato nell'ammasso aeriforme che ci rendeva complici, silenziosi e soli.

Ho dato un'occhiata intorno e mi sono soffermato poi sulle colonne di legno finemente intarsiate. Credevo di essere in un posto lontano. Lontano anche nel tempo. Invece ero appena arrivato a Tropea.

Ho cercato di trovare nei ricordi la stazione e renderla più familiare, invece quella era la prima volta che la vedevo. Camminavo con la testa per aria, catturando ogni dettaglio che era perfetto nella sua costruzione di opera artigianale e antichissima. Gli alti pilastri di legno, ad esempio, intarsiati come colonne di marmo dell'antica Persia, da vicino si mostravano superbi in tutta la loro perfetta composizione. Si stagliavano verso l'alto tagliando la luce in larghe fasce dorate che penetravano all'interno, mischiandosi a nuvole di fumo che aleggiavano sfiorando il pavimento.

Sono andato avanti tra la folla, per osservare e capire perché tutta quella gente si trovasse in una città così piccola. Non potevo accoglierli in un solo sguardo, erano tantissimi, e ogni gruppo di persone nascondeva dietro un altro gruppo. Andavano e venivano, di fretta, ignorandosi gli uni con gli altri.

Intanto per le mie orecchie, grazie anche alla musica di strada, si diffondeva una moltitudine di melodie del Maestro, una accanto all'altra, senza nessun ordine preciso. La mia mente riproduceva in modo caotico quello che per tanti anni il cuore aveva recepito come un incanto che andava solo gustato in silenzio. E ora, sia in quei momenti alla stazione di Tropea, sia adesso che sono qui a casa a scriverti queste assurde pagine, io le sento scivolare libere dentro di me, come se ormai facessero parte di un destino in cui prevede che la mia vita sia indissolubilmente legata a queste note antiche, irreali e dolcissime. Infatti li sentivo ancora dentro di me anche se fra pochi giorni avrei ascoltato la colonna sonora che il Maestro avrebbe composto per il nostro *Ritorno alla vita*.

Ero arrivato a Tropea da Scilla, subito dopo aver finito di girare lì le scene esterne, per incontrare una persona che mi avrebbe dovuto chiarire le idee sul film, prima di girarle qui.

Stavo ancora fermo a guardarmi intorno, come se la semplicità delle cose avesse il potere di stupirmi. C'era una scolaresca allineata in modo diligente, in fila per due, sorvegliata da due suore anziane, le quali con semplici gesti delle mani o degli occhi, riuscivano a tenere a bada gli alunni più irrequieti. Dietro di loro c'era un barbone accasciato su vecchi borsoni sudici, ma con la sua fisarmonica strimpellava una melodia capace di risvegliare suggestioni dimenticate, e sono rimasto lì ad ascoltarlo.

La gente intorno invece era incurante delle sue note, passava davanti ignara, magari qualcuno gettava di fretta una fredda monetina e poi andava via, senza aver avuto l'opportunità di risvegliare un'emozione sepolta.

Poi l'uomo ha smesso di suonare, ha alzato il suo sguardo ricoperto da folte sopracciglia grigie e mi ha fissato con gli occhi lucidi, pesanti, ma intensi. Ha steso poi la mano per chiedermi dei soldi, e l'ha tenuta lì immobile finché non mi sono avvicinato e gli ho dato qualche moneta. Mi ha ringraziato facendo cenno con la testa e ha ripreso il suo ritmo, la stessa melodia daccapo. Però, adesso, per me, era completamente diverso, la magia sembrava essersi dispersa dopo avergli dato quei soldi. Per cui me ne sono andato via.

Nel frattempo la luce del sole si era fatta più alta nel cielo, i raggi erano meno obliqui perché andavano verso l'alto, permettendo alla pavimentazione di marmo di rispecchiare in totale lucidità il mondo che passava di sopra. I fumi invece si erano quasi del tutto dissolti, soltanto qualche folata serpeggiava tra le colonne e le gambe delle persone. Ben presto tutto si è fatto nitido, più reale e con drammaticità le persone hanno assunto nel loro volto il riflesso di una storia che mi tormentava. Mentre ho voltato le spalle al mendicante suonatore e la luce del sole ha spaziato più estesa dentro la stazione, è tornata a srotolarsi sotto gli occhi la vita di Concetta, ormai presente come una cicatrice.

Mi sono seduto su di una panchina dentro la stazione, dove la luce ora entrava uniforme e calda. Ho preso i fogli e la penna, poi ho alzato la testa verso l'alto e ho visto quei magnifici cassettoni decorati che erano il tetto della stazione. Sono rimasto lì ad osservali finché una nota è arrivata con un colpo di luce più intenso. Una dopo l'altra la musica si è composta nella melodia di *Cockeye,* segmento di *C'era una volta in America.* Ho sentito il bisogno fulminante di scrivere, trasformare quelle emozioni in parole. Ho scarabocchiato qualcosa con la penna e mi sono rimesso a fissare il soffitto come una fonte di ispirazione. Intanto la musica andava, mi colpiva con i suoi pugnali.

Ho scritto di getto la parola "storia", poi "guerra" e poi "fine". Quella "fine" però aveva il valore dell'inizio, inizio della storia di Concetta. A quella parola se ne è aggiunta un'altra, e poi un'altra ancora. Ora la mano andava quasi da sola, era velocissima e scriveva senza esaurimento, prendeva sempre più velocità e niente poteva più fermarla. Non c'era alcuna trama o significato in quello che dicevo con la penna, ma era la riproduzione caotica dei pensieri e delle emozioni.

Poi la voce dell'altoparlante ha interrotto la mia mano, ha detto la parola "Messina". Le labbra hanno sussurrato Messina. Lo stesso il ricordo. La vita di Concetta. Ho scritto questa parola, a fianco alle altre che costituivano la sua storia. Poi ho aggiunto "antica". E poi "Novecento, Italia, fascismo, Concetta, guerra, macerie, musica, flauti, Morricone, ulivi secolari, Concetta, fame, sporcizia, detriti, figli, morte, veli neri, Concetta, speranza, poesia, cascate sognate, battaglie, campagna, Concetta, Sophia Loren". E le ho scritte come se tutte queste parole avessero conseguito l'intera storia di un nuovo film. Già era tutto sviluppato, andava leggero per aggrappare nuove immagini e donare un senso, una logica a quello che avevo nella mente.

Una volta alzata la penna mi sono sentito come liberato da una fiamma che ardeva dentro di me. Ero sollevato di aver schiacciato un demone che mi tormentava, e mi gettavo adesso su delle nuove immagini su cui costruivo interi castelli, pur sapendo di lavorare su soffici nuvole. La forza della creazione era sovraumana, e nell'incanto di quella mattina ho avvertito l'incanto pieno della natura, l'energia del sole che batte sulla terra, lo spazio infinito del cielo, il profumo profondo degli alberi di montagna, e la freschezza del mare che da lì a poco avrei visto da una delle terrazze di Tropea. Poteva venire chiunque a scontrarsi contro di me, ma io sapevo di vincere. E questa forza, la sicurezza indomita che è proprio della vita, e che a me era mancata per gran parte dell'esistenza, me la dava la coscienza di creare un'opera d'arte bellissima.

Sono ritornato a scrivere di getto, cercando di inserire dei pensieri logici. Mi ficcavo nel buio del passato di Concetta e tentavo di tirar fuori il suo tempo sommerso, mettendo in fila cronologicamente gli eventi della sua vita. Però a causa dell'influenza della musica che esercitava sulla mia ragione, tornavo a seguire il sentiero illogico delle emozioni. Sono andato avanti per un paio di minuti terminando quando quella fiamma imminente di creatività si è esaurita. Veloce ho riletto quelle pagine ritrovando le sensazioni di prima, anche se molte delle frasi non avevano un senso compiuto per chiunque altro le avesse lette. Io vedevo con chiarezza le immagini, le scene, i tuoi immancabili primi piani nascondersi dietro quelle parole.

Così i tuoi occhi sono ritornati ad essere i conduttori di un mondo meraviglioso che era la costruzione di un film, in modo analogo a com'era accaduto anni prima per *Ritorno alla vita*, ora nasceva una nuova creatura, germogliata anche dall'iridescenza del tuo sguardo.

Già ti vedevo interpretare Concetta nelle traversate dalla Calabria alla Sicilia, sul traghetto, con il cuore rivolto alla terra che stavi abbandonando. Il vento ti scompigliava i capelli, che scuotevano sul viso, ma il tuo sguardo rimaneva imperturbato ad osservare come la lontananza cresceva, e così il dolore e la solitudine. Con ogni gesto del tuo corpo facevi rivivere Concetta, le sue giornate di sacrificio e di perdono, in modo che nulla di orribile trascorso nella sua vita fosse sprecato o gettato nell'oblio. Tu, con la tua potenza comunicativa, davi una voce universale ai suoi innumerevoli silenzi.

Mi sono alzato dalla panchina quando ormai non c'era più nessuno. Il sole era alto nel cielo, e solo qualche curioso si aggirava da quelle parti.

Ho stretto i fogli del mondo di Concetta e ho lasciato la stazione alle mie spalle.

Appena fuori ho visto il vecchio parroco che mi stava aspettando da chissà quanto tempo. Mi ero dimenticato di don Pietro e non sapevo come fare per scusarmi.

«Benedetto sia il Cielo figlio mio! Finalmente!»

«Ma come padre, che volete dire?» gli ho domandato.

«Ma come che voglio dire? non so più da quanto tempo è che ti aspetto! Avevamo un appuntamento preciso, proprio qui, fuori dalla stazione!»

«Avete ragione padre! Il fatto è che ho avuto un imprevisto davvero fastidioso, e mi ha fatto perdere molto tempo!»

«Davvero?» ha risposto lui, «ma qualcosa di grave?»

«Ecco vedete padre, non so come dire… è che hanno cercato di derubarmi!»

Non so per quale motivo ma ho deciso di inventare una scusa pur di non svelare che me ne sono dimenticato a causa della narrazione che stava nascendo dentro di me. Volevo custodire solo per me stesso la storia di Concetta.

«Ma non vi preoccupate, nulla di grave», ho aggiunto.

«Nulla di grave?! Dobbiamo andare subito dalle

autorità per informare dell'accaduto! Ma dimmi ti hanno aggredito? Erano in tanti? Com'è stato? Raccontami! Tu come stai? Oh, che mondo di ladri!»

Don Pietro era molto preoccupato e un po' mi sono pentito di averlo fatto agitare. L'ho preso per le braccia e guardandolo negli occhi gli ho spiegato che non era nulla di cui preoccuparsi, erano solo dei ragazzini che volevano giocare ai ladri.

Siamo andati via dalla stazione verso il centro del paese. Durante il tragitto non si è fermato neppure un istante dal raccontare di quanto male noi viviamo ogni giorno e di come non ci accorgiamo che l'unica via d'uscita da questa voragine sia soltanto la strada del Signore. Io lo ascoltavo, ma a piccole parti, aggrappavo le prime frasi per capire il discorso e poi ritornavo su ciò che stavo pensando prima, su quello che ancora avremmo potuto fare insieme, io e te, per il prossimo film. Mi perdevo un'altra volta e di tanto in tanto mi voltavo dalla parte di don Pietro per dirgli frasi del tipo: «ma sì certo avete ragione!», «e ormai non è più come una volta, le cose sono cambiate!», «è vero, è vero, ma che ci possiamo fare?!», «questa è la vita!», e poi me ne tornavo in fretta da te, cercando di riprendere il filo di un discorso che voleva riempire i tasselli di un futuro insieme, forse perché non ero abbastanza sazio del breve tempo che avevamo condiviso, e un nuovo film, anche se in parte, era una scusa per stare più tempo insieme.

Anche la natura aveva contribuito ad allontanarmi con i pensieri, il sole e le piante mediterranee sembravano piombarmi addosso con un colore nitido e lucente.

Quando siamo entrati nel centro storico, non ho

potuto che riappropriarmi delle scene di *Ritorno alla vita*, quelle che avremmo girato da lì a pochi giorni. Qui l'intri-cato delle case era più fitto e le persone a piedi solcavano basalti grigi e consumati da centinaia di anni. L'entrata nel centro di Tropea si fa sentire come una festa che accoglie l'invitato con allegria e generosità. Ci sono i colori delle case, degli alberi, dei tetti che riflettono la luce di un sole diverso da qualsiasi altra parte del mondo, ha il potere di far riemergere l'essenza sepolta, riscaldando la superficie di uno strato denso di calore dorato.

Percorrendo Corso Vittorio Emanuele II, sei apparsa come una figura angelica. Passeggiavi lungo la strada con lo sguardo già rivolto verso il mare, senza preoccuparti della gente intorno. Adesso eri Maria, uscivi dalla chiesa, con una goccia di dolore che colava sulla guancia. Ti vedevo al mio fianco con la scena completa per quando avremmo girato le prossime esterne, proprio in questa strada.

I tuoi occhi, mia cara, al solo immaginarli, mi donavano la facoltà di volare sopra tutta la gente e di raggiungere il mare con un soffio. Lasciavi cadere le braccia nel vuoto, le labbra socchiuse a gettare un sospiro proveniente dal cuore, e in quel momento non ho potuto fare a meno di mischiare quell'anima di Maria con un'altra, quella di Concetta. Entrambe andavano verso la strada del dolore. Ora i due personaggi si mischiavano, fino a fondersi e interpellarsi l'una all'altra. Le loro storie potevano anche convergere in qualche punto, ma il resto era tutto diverso, due mondi, due anime, che però convergevano negli stessi tuoi occhi.

Avevo raggiunto il mare alla fine del corso. Ero

sulla terrazza con le mani strette alla balconata, e questo mi ha portato a fare un salto nel mondo che si nasconde sotto i nostri sensi. Non c'era più l'alternanza di personaggio tra Maria e Concetta, esistevi semplicemente tu, come ti ho sempre sognata. Eri una figura che volava nel cielo dopo esser uscita dai fondali azzurri del mare. Ti stagliavi in alto pronta a risvegliare storie infinite di donne che io coglievo e poi ricucivo sulla tua persona. Inserivo gioie e dispiaceri propri conferendo uniformità alle nostre esistenze che nella realtà si sono trovate per lo più lontane. Il mare nel frattempo si profilava ancora più lontano, scomparendo dalla linea dell'orizzonte e ogni limite si allontanava per esaltare il riverbero della creazione di un nuovo sogno insieme a te.

Di sotto il mare si fasciava di colori brillanti, il blu cobalto, l'azzurro turchese e il verde smeraldo rotolavano leggeri nel bianco della sabbia puntellata da luci evanescenti di madreperla. E mentre gettavo ancora altri sguardi sulla costa degli dei, risuonavano, in accordo ai colori della natura, le note di *Questa specie d'amore*, scivolando sull'anima come un guanto di seta.

Ho avvertito il bisogno di buttarmi dentro quei colori, essere un'unica parte col mare per elevarmi all'infinito del cielo con cui era legato. Lì dentro trovavo la mia natura, oltre che i frammenti dell'infanzia. Perché col mare avevo da sempre intrecciato un rapporto d'affetto, vestendolo di una personalità capace di rallegrare e fare da spalla ai numerosi tormenti.

Quindi mi sono proteso in avanti, non ricordando la lontananza fisica, perché il cuore voleva uscire dal petto, unirsi in una fusione col mare scritta dal destino.

«Ma stai bene? Ohi, mi senti, mi senti?»

Questa voce era di don Pietro che nel frattempo mi scuoteva per la spalla.

«Sto bene padre! Sto bene!» ho risposto guardandolo frastornato come dopo essermi svegliato da un sogno.

Dopo ho cercato di riprendermi e di far partecipe il parroco dei miei pensieri, e gli ho detto:

«Mi dispiace! Mi dispiace tantissimo padre, è da stamattina che voi non fate altro che parlarmi e io vado con la testa per conto mio. Sono desolato, perdonatemi ve ne prego. Il fatto è che da quando sono sceso dal treno c'è un pensiero che mi tormenta, o meglio per quanto cerchi di non pensarci finisco sempre lì. Si tratta di un nuovo progetto, ma adesso… (e mi sono rivolto verso il mare) che sono qui davanti al mare, con un panorama unico, sento il bisogno di unirmi ancora di più, avvertire il contatto fisico col mare, come se dovessi unirmi dopo anni di separazione. Lo so che dico cose strane, spero che non mi consideriate un pazzo, però per me hanno un significato profondo. Da quando mi sono affacciato da questa terrazza ho rivisto il mio passato in un attimo solo e ho provato anche le emozioni che provavo un tempo. Se voi non mi aveste scosso per la spalla chissà quanto sarebbe durato questo viaggio... Quando ero bambino e vivevo ancora in Calabria, sognavo sempre di venire qui a Tropea e in tutta questa parte di costa. Lo so è molto vicino dalla mia città, ma questa gita veniva rimandata sempre per degli imprevisti all'ultimo momento. Così prendevo un libro, oppure disegnavo, o come più volte accadeva mi mettevo a scrivere una poesia o fantasticavo su un nuovo film. Questi luoghi diventavano i soggetti delle mie opere e fingevo di trovarmi lì. Le distanze si accorciano in questo modo, è il potere della fantasia... però quando finivo di disegnare o scrivere mi affacciavo dal balcone e guardavo quella striscia di mare stretta tra file di case, lo Stromboli adagiato sull'orizzonte, e mi sentivo più triste. La realtà era diversa. I sogni li vedevo allontanarsi sempre di più, e a volte mi rassegnavo che sarei stato chiuso per sempre dentro quelle quattro mura».

Il buon don Pietro mi aveva ascoltato in silenzio, stava con gli occhi caduchi, un po' mesti. Ho avuto l'impressione che provasse un po' di pena per me, e mi sono vergognato. Volevo nascondermi da lui.

Poi mi ha messo una mano sulla spalla e mi ha detto:

«Ma dai fatti forza, ormai sei diventato grande! I ricordi di quando eravamo bambini e sognavamo quello che non potevamo avere sono indelebili nella nostra mente e ci rendono malinconici, ma questi sentimenti non devono condizionarci nelle scelte che facciamo per il nostro presente e per i giorni a venire. Dai su!», e ha continuato a battermi sulla spalla, sorridendomi.

Don Pietro aveva recepito solo una piccola parte di quello che mi era successo davanti alla terrazza, ma apprezzavo il suo interesse, gli ho sorriso e ci siamo girati verso la città, lasciandoci tutto alle spalle, compreso il mare.

Dopo qualche passo mi ha detto:

«Vieni ti porto in un posto che ti farà tanto piacere visitare!»

«Volentieri» ho risposto, e abbiamo svoltato alla prima strada a sinistra.

Il sole a quell'ora tardi della mattina veniva giù come secchiate di calore che precipitavano sulle nostre teste. I raggi si diffondevano in maniera uniforme sulle cose, irradiando sotto una sfera bianca di luce i dettagli che saltavano fuori all'improvviso. Si notavano le pietre delle case e anche dei palazzi più antichi che stavano sgretolandosi sotto una forma di calma apparente, ma che in realtà bramavano di essere salvate al più presto, rendendo il loro discorso drammatico una parabola di poesia. In certi spazi più aperti, dove si andavano a conformare piccole piazzette, l'ambiente risaltava di un calore avvolgente, in cui il sole irradiava l'oro della pietra e il verde delle foglie di alcuni ficus e di gelsomini aggrappati lungo le case.

Nell'intricato dei vicoli inondati di sole non c'era quasi nessuno, soltanto qualche passante di sfuggita sbucava da una via e poi andava a perdersi in un altro vicolo che soltanto da lontano sembrava avvolto dall'ombra. Per l'aria qualche cinguettio d'uccello spaesato vibrava sonante e poi andava a tuffarsi nel verde ciuffo di un albero. Qualcun altro si nascondeva in una tana costruita sotto il cornicione di un palazzo del Settecento. Poi altri uscivano insieme, ognuno dal loro rifugio, e si incrociavano per il cielo, segnando traiettorie d'amore lungo lo spazio immenso dell'azzurro.

Nel frattempo, don Pietro, diversamente da prima, se ne stava per lo più muto, con le braccia dietro la schiena e il broncio arrotolato, mentre gettava i suoi passi pesanti con lo sguardo rivolto a terra. Non sembrava come me interessato allo stato delle cose che andavano perdendosi giorno dopo giorno, mentre a lui, ho pensato, interessavano gli sgretolamenti delle anime dei fedeli, tanto da renderlo sempre affannato e premuroso con chiunque. Camminava in silenzio, adesso che mi sarebbe piaciuto ascoltare i suoi pensieri ed essere anche partecipe delle sue preoccupazioni, senza alzare la testa. Il suo atteggiamento era cambiato dopo che avevamo incrociato un signore anziano un po' abbattuto e don Pietro ansioso gli aveva domandato:

«Tutto bene in famiglia? Tutto bene vero?» e gli stringeva la mano guardandolo negli occhi sperando di ricevere una risposta positiva. L'uomo aveva risposto con un "si tira avanti, si tira avanti padre" e se ne era andato affranto.

Da allora don Pietro si era chiuso in se stesso. Nei suoi pensieri c'era l'affanno di non poter essere in grado di aiutare chiunque ne avesse bisogno. Ci sono cose a cui l'Uomo deve rassegnarsi, è la volontà del Signore, dobbiamo accettarla, si diceva.

Dopo qualche passo in avanti, ecco l'incontro con un'altra sua conoscente: una donna avvolta da un velo nero. Don Pietro, vedendola arrivare, le è andato incontro e le ha chiesto:

«Carolina figliuola, come stai?»

Il volto della donna si vedeva appena. Era coperta da un velo di lutto, e teneva la testa bassa, forse per nascondere gli occhi troppo gonfi di lacrime. Il parroco le ha messo la mano sulla spalla in modo consolatorio, e balbettava qualche frase a voce bassa, lei rispondeva con accenni e qualche parola di sfuggita.

Ho guardato quella scena e mi sono catapultato in un'immagine di un film. Si componeva ancora un'altra storia, ma questa faceva parte di quelle serie di film che io mi costruivo ogni volta ci fosse un'immagine particolare a catturarmi, ma poi non si sviluppava per intero.

In questo caso vedevo una donna troppa afflitta, coperta fino al punto però da non nascondere delle gambe sensuali, che uscivano da uno spacco dietro la gonna. Si confessava col prete molto spesso, forse per liberarsi da un peccato che le tormentava l'anima. Ha avuto una storia d'amore con un uomo che non doveva, magari un amico di suo marito, un parente acquisito. Lei è rimasta incinta e non sa come alleggerire la coscienza. Vorrebbe gridare ai quattro venti i suoi veri sentimenti ma comporterebbe delle conseguenze terribili non solo per lei, ma per la sua famiglia, o per la pace dell'intero abitato. Forse è la moglie di un uomo della malavita locale, a cui a nessuno è permesso avvicinarsi. Mantenere il segreto significherebbe evitare tragedie ed è questo che sta consigliando il saggio don Pietro: di tacere. Andando avanti con le immagini della storia, ho visto Carolina che dopo molti mesi, è costretta a fuggire con il suo pargoletto, vogliono prenderglielo, uccidere la prova dello scandalo. Ad aiutare la sua corsa c'è stata la musica del Maestro che scorreva come un torrente. I violini mi hanno portato verso le campagne piene di ulivi e sulle scogliere cosparse di fichidindia. E Carolina fuggiva con il volto segnato dalla paura.

Poi la donna ha abbassato ancora di più la testa per salutare il parroco e lui, mentre lei andava, la osservava con le mani dentro le mani e con gli occhi afflitti. Anch'io continuavo a guardare Carolina rimpicciolirsi lungo la stradina laterale, e a sviluppare le ultime immagini di un film su di lei.

«Ti va di vedere una delle nostre belle chiese?» mi ha detto don Pietro, mentre ancora io avevo gli occhi persi.

Era di fianco a noi, una piccola chiesetta che si fa notare appena. Il portone era malmesso, il legno un po' ammuffito e la maniglia arrugginita. Di lato c'era un gelsomino che si rampicava sul muro scrostato e andava sopra il portone, dove un tempo c'era un bassorilievo.

Don Pietro l'ha guardata con gli occhi un po' compia-ciuti e poi ha detto:

«È una vecchia casa del Signore, oggi non è più utilizzabile, ma dentro ha grandi tesori!»

Quelle parole mi hanno rivelato che anche don Pietro era sensibile alle cose dell'arte, provando perfino la stessa commozione che prima aveva provato per le persone.

Ha tirato da una tasca nascosta sotto la tonaca un mazzo di chiavi, e ne ha scelto una con molta sicurezza. Si è avvicinato alla serratura e ha cercato di aprire, ma questa non ha funzionato. Ha provato perfino a spingere ma niente. Era stupito di questo fatto, le ha provate tutte, e poi è ritornato sulla prima, era sicuro di quella. Abbiamo spinto insieme e dopo diversi colpi si è aperta.

Si è alzato un gran polverone che non ci ha fatto vedere all'interno subito. E dopo che la nube si è abbassata, col sorriso di un ragazzino don Pietro ha detto:

«Vieni, entra! Sapevo che eri appassionato di queste cose e volevo mostrarti questa chiesa che sicuramente non hai mai visto perché non viene aperta da tanti anni e soltanto io posso farlo» e intanto andava avanti facendomi strada.

Poi si è spostato per farmi vedere la chiesa. Era poco più di una stanza, abbandonata da anni e poco arredata. Le pareti laterali erano anneriti dalla muffa e il tetto era composto da vecchie travi di legno, quella centrale era pronta a spezzarsi.

L'altare era a pochi passi, modesto come l'intera

chiesa. Alzando lo sguardo ho visto un affresco sulla parete, era quasi tutto scolorito e con parti di muffa per via di infiltrazioni dal tetto. Un tempo copriva tutta l'abside.

«È un vero peccato,» ha sospirato don Pietro, «che un'opera di tanta bellezza debba subire una sorte del genere e non c'è nessuno che possa fare niente per fermare quest'oltraggio, proprio nessuno!» e scuoteva la testa rassegnato.

Ancora però erano evidenti i colori che l'artista aveva usato, erano molto intensi, c'era il rosso e il blu che contrastava su tutto, mentre le figure erano appena visibili. Così ho cercato di ricostruire nel dettaglio la scena proposta. Mi sono seduto sulla prima panca cercando di riesumare i personaggi nascosti dal tempo.

Dopo un po' ho sentito borbottare don Pietro, la sua voce mi infastidiva dalla mia ricostruzione. Sforzandomi poi ho sentito che diceva: «hai capito allora?» e io ho risposto di sì senza averlo ascoltato.

Ora esistevano soltanto quei personaggi che stavano riprendendo vita dopo molto tempo di abbandono, vedevo che i colori della carne si stavano intensificando e ben presto ho avuto l'immagine davanti a me del tutto ricomposta. Osservavo le loro azioni, i segni del loro volto, e l'ambiente riprodotto nel sottofondo. C'era un uomo in basso avvolto da una grande veste rosso porpora con le braccia aperte verso l'alto, in procinto di accogliere quello che arrivava dal cielo. Sopra di lui, come sospesa nell'aria, c'era una donna dal volto sofferente e con gli occhi chiusi, la mano destra adagiata sul cuore e un leggero panneggio bianco le avvolgeva il corpo. Infine intorno a lei tanti putti alati celebravano la sua estasi e il blu del cielo faceva da sfondo al loro volteggiare.

All'improvviso ho sentito dei rumori che mi hanno fatto saltare in piedi. Mi sono girato indietro, verso il portone e ho visto le chiavi appese di don Pietro penzolare attaccate alla serratura. Lui non c'era più, forse prima mi aveva avvertito che se ne sarebbe andato. Poi dall'esterno ho sentito delle risate. Mi sono avvicinato e prima di mettere il piede fuori dall'uscio, dei bambini si sono messi a correre, e prima di disperdersi verso le stradine laterali, si sono voltati per farmi delle smorfie e dei gestacci.

Quella corsa, tra i vicoli inondati dal sole, mi hanno portato ad una scena del nostro film: quando Giovanni, il fratello del protagonista, viene aggredito da un gruppo di pischelli davanti a una chiesa di Paradiso. Per quella scena avevo pensato alla chiesa di Maria SS. Di Romania a Motta Filocastro, prossima tappa dopo Tropea. Ma adesso, vedendo quei ragazzini sotto quella luce che tagliava d'oro i palazzi, correre e comportarsi come avrebbero dovuto fare nel film, ho pensato che era perfetta anche questa come location. Ho rivisto gli occhi di Giovanni piangere in silenzio dietro l'angolo di una casa, i bambinetti fieri di aver commesso un atto di potenza per sentirsi più grandi, e l'indifferenza della gente intorno verso un'anima fragile che aveva l'unica colpa di essere un buono.

Ho chiuso la porta della chiesa con le chiavi appese e sono andato da don Pietro senza sapere dove fosse andato. Intanto andavo verso una delle strade dove sono fuggiti i ragazzini, serpeggiando per le strade del centro storico. Guardavo i portici e sbirciavo all'interno di atri antichi con scaloni di pietra e marmi pregiati. I colori che incontravo per le strade si mischiavano tra loro, passando dal rosso al giallo delle case, e poi al verde che sembrava trasudare dalle pareti, da quei muri scalcinati, scrostati e alcuni pronti a cedere. Vi erano altri alberi che si aggrappavano a piccoli balconi come grandi buganvillee o viti da cui pendevano maturi grappoli d'uva.

La sorpresa più emozionante è arrivata quando imboccando via Ferdinando d'Aquino si poteva vedere alla sua fine la bella facciata della Chiesa del Gesù. La strada era avvolta dall'ombra perché i palazzi ai lati erano vicini e alti, e questo permetteva di far risaltare il contrasto tra luce e oscurità, portando la facciata della chiesa a essere un'immagine accecante, come un miraggio nel deserto.

Alla fine della strada c'era una piccola piazza, e qui il sole invadeva ogni spazio. Ho salito i gradini a due a due per ripararmi dal caldo e appena sono entrato ho visto la sagoma di don Pietro in fondo vicino l'altare che parlottava col sagrestano.

La chiesa era con una pianta a forma quadrata con decorazioni classiche e toni barocchi e del Settecento. Voltandomi indietro mi sono accorto del dipinto sopra il portone, raffigurante la Natività, e sono rimasto lì a scrutarlo per qualche minuto. E mentre osservavo il gran numero di personaggi presenti nel dipinto, ho sentito di spalle la voce di don Pietro che diceva: «Ah sei arrivato!? Temevo che non avessi capito le mie parole… a volte sembri quasi assenti da questo mondo figlio mio!»

Poi puntandomi il dito mi ha domandato:

«Hai chiuso bene la chiesa come ti ho detto? Le hai portate le chiavi?»

Ora io non avevo sentito nessuna di queste richieste

quando me le aveva dette, ma siccome avevo fatto come si aspettava che facessi, gli ho detto di sì e gli ho restituito le chiavi.

«Ah, grazie figliuolo, sai come ti avevo detto prima mi avevano chiamato urgentemente per venire a risolvere dei problemi qui di persona, e siccome ti avevo visto così interessato all'affresco di quella chiesa ti ho lasciato lì perché non me la sono sentita di farti andare via! Ma dimmi ti è piaciuta, come l'hai trovata?»

«Davvero molto bella padre, vi ringrazio di aver avuto questo pensiero nei miei confronti. Anche se le condizioni di quell'affresco sono molto disastrose, ma ancora si percepisce molto bene l'intensità spirituale che voleva trasmettere l'artista. Sono certo che con i dovuti restauri la chiesa potrà davvero ritornare a risplendere, e questo me lo auguro che avvenga il prima possibile!»

«Ce lo auguriamo tutti!» ha risposto don Pietro, e poi si è girato dall'altra parte indicandomi la strada, «ma vieni, andiamo a sederci avanti così potrai ammirare un'altra opera importantissima della chiesa».

Ci siamo seduti sulla panca della prima fila con la testa rivolta in alto, e don Pietro ha cominciato a spiegarmi:

«Io la trovo un'opera bellissima, è dell'Ottocento, costruita in stile tardi barocco, come del resto tutta la chiesa. Pur essendo così piccola, questa casa del Signore ha una grande storia alle spalle e testimonia che nel tempo molti seguaci della parola di Cristo hanno impiegato il loro sangue e le loro sofferenze per mantenere un'ideale cristiano in questa terra sempre martoriata e vilipesa. I primi sono stati i gesuiti che hanno dato un contributo notevole alla città e hanno iniziato la costruzione della chiesa per poi passare ai padri Liguorini. Guarda davanti, quella è una tela che rappresenta la circoncisione di Gesù dipinta da Paolo De Matteis, mentre quella che stavi osservando prima è di un pittore di Tropea, Grimaldi, dipinta nel Settecento. Per un periodo questo luogo è stata sede del Municipio, però dopo ritornò proprietà dei Liguorini nel Novecento. Oggi cerchiamo di mantenere quello che ci è stato tramandato, sperando che possa essere trasmesso anche alle nuove generazioni così com'è!»

Poi don Pietro ha abbassato la voce cambiando espressione, e ha aggiunto:

«Io lo so che sei molto interessato a questo genere di cose!» ed è rimasto per un po' in silenzio a guardarmi con l'occhio di chi vuole dire qualcos'altro ma ancora non trova il coraggio. Subito dopo ha preso un respiro profondo e ha detto:

«Ho letto la tua sceneggiatura, *Ritorno alla vita*, e ho capito che fai molti riferimenti artistici, questo non lo puoi negare perché sono molto evidenti!»

«No, non lo nego padre. Ho cercato di riportare quello che è stato fondamentale per me, per la mia formazione culturale in tutti questi anni, che è avvenuta in totale solitudine, voi mi capite in questo, vero padre?»

Don Pietro ha annuito con la testa e poi come se non riuscisse più a trattenere le parole nella bocca ha detto:

«Ma mi chiedo perché mai hai voluto con tanta insistenza farmi leggere la tua sceneggiatura. Non fraintendermi però, io apprezzo molto che tu abbia deciso di farmi partecipe di questo tuo lavoro, che devo dire è molto giusto prima di proporlo al pubblico conoscere l'opinione di un prete o di un ecclesiastico, perché un film può avere un impatto devastante sulla gente, ma io questa cosa non me la aspettavo per niente e di certo non da una persona come te, molto lontano dalla mia generazione. Io sono qui pronto ad ascoltarti, perciò chiedimi quello vuoi!»

«Dovete scusarmi padre se ho insistito per farvi accettare di leggere la mia sceneggiatura. Ma ecco vedete, io ci tenevo molto a conoscere un parere come il vostro, di un religioso come voi che a quanto si dice siete davvero un grande studioso, una mente eccelsa e aperta, e soprattutto aggiungo io, per quel che ho potuto cono-scervi, una persona di buon cuore. Vedete padre, per molto tempo sono stato fermo con l'idea di realizzare questo film che mi sembrava, e mi sembra tutt'ora, un'opera nata con l'obbiettivo di arrivare oltre ad un semplice desiderio di un aspirante regista come potrei esserlo io. Credo che il film, avendo una vita propria, voglia spingersi verso le coscienze della gente e scuotere le loro anime, ma queste sono cose che non cerco io, ma il film. Io so di essere solamente uno strumento scelto per portare a compimento una volontà esterna alla mia, e come tale voglio capire quale possa essere la strada più giusta perché quest'opera non venga danneggiata. Per questo ho voluto circondarmi da grandi professionisti, per compensare la mia inesperienza e anche perché sapevo che il film stesso chiedeva quegli artisti. La paura più grande era che non avrebbero accettato essendo io uno sconosciuto, invece hanno capito le mie intenzioni, l'idea profonda del film. Ho sempre cercato di costruire quest'opera nel dettaglio, certo ho avuto tutto il tempo per studiare i minimi dettagli, però ancora sento il bisogno di conoscere un parere esterno, come il vostro appunto. Mi sono sempre sforzato di capire che impatto avrebbe avuto questo film sulla gente. Nella lettera che vi ho scritto vi ho raccontato dei miei incontri con il Procuratore della Repubblica di Catanzaro il quale mi ha dato degli ottimi consigli su come trattare temi così infelici come le criminalità organizzate. Però sentivo che fosse giusto avere un altro tipo di opinione, una più spirituale e morale, e così ho pensato a voi, e sono felice che avete accettato di regalarmi parte del vostro tempo. Negli anni che ho speso a scrivere, distruggere, e riscrivere la storia del mio film sono cambiate molte cose perché le mie opinioni sul mondo e sulla vita stessa andavano a cambiare con gli anni, e così tornavo indietro sui miei passi e cancellavo cose ingiuste o aggiungevo delle cose nuove che avrebbero dovuto dare un altro tipo di spiegazioni. Io vorrei essere davvero franco con voi padre, la mia opinione sulla fede cristiana del giovane protagonista è cambiata, e non di poco. All'inizio ero assolutamente certo che tono avrei dovuto dare al suo "ritorno alla vita" e soprattutto quali espedienti usare perché questo dovesse avvenire, ma le cose come vi dicevo non sono rimaste tali, e ho deciso che era necessario dare un altro risvolto che non ha nulla a che fare con la religione o con la sua fede, e questo non so se può essere considerato come un tradimento verso l'intero film oppure creare della contraddizione sull'atteggiamento che ha il giovane nei confronti del suo aiuto spirituale, che nel film si chiama come voi, don Pietro!»

Allora don Pietro si è messo a sorridere, e poi agitando le mani ha detto:

«Devo ammettere che questo atteggiamento di

ricercare delle sicurezze, o meglio delle opinioni esterne ti fa onore, ed è davvero un elemento da non sottovalutare. Vedi, gli artisti sono gli esseri più egocentrici che ci siano al mondo, sono anche egoisti, difficili, scontrosi, insomma hanno mille difetti, però guai se non ci fossero, perché loro allietano la nostra vita, e poi l'arte è un dono che il nostro Creatore ci ha donato per esprimere il sentimento più alto che ci sia nell'uomo, cioè l'Amore, l'amore verso gli altri, verso la natura, e soprattutto verso Dio. Però questa caratteristica, come ti dicevo, rende gli artisti delle strane figure, isolate dal resto del mondo e bisogna stare molti attenti perché se l'arte prende il sopravvento nella vita dell'artista, egli, come uomo, potrà perdere alcuni dei punti fondamentali della morale cristiana, e quando questo accade, e avviene molto spesso, allora il loro lavoro sarà un frutto avvelenato per tutta la gente che andrà a conoscere la sua opera d'arte. Quanti danni un'opera, che sia stata un libro, un film, anche un dipinto, ha generato nel tempo, anche scontri, rappresaglie, incendiato animi di intere popolazioni! No, io non sono d'accordo con questo, l'arte deve rasserenare la gente anche quando è concepita per denunciare un problema sociale, perché il popolo se si trova già in uno stato di disagio non ci vuole niente per invogliarlo alla violenza e manipolare il loro pensiero! Questo hanno cercato di fare degli esaltati nel corso degli anni, e ora con il cinema e la televisione le cose sono peggiorate perché un'idea, anche sbagliata, può essere diffusa contempo-raneamente a milioni di persone e a volte è un disastro! Gli artisti devono avere l'umiltà di frenare i loro istinti egoistici e capire quando stanno superando dei limiti invalicabili, perché ad ascoltarli ci sono molti giovani che tendono a prendere come esempio i loro eroi e così possono far del male agli altri e a loro stessi. Ti potrei citare diversi esempi accaduti nel passato e tu puoi immaginare a cosa mi riferisco! Detto ciò sono molto felice che tu abbia avuto l'accortezza di ascoltare altre opinioni per cercare di capire come meglio devi comportarti per il tuo film. Quello che hai scritto è il frutto di un sogno, questo lo sai vero? perché credo che non sia stato molto facile arrivare al punto in cui sei arrivato oggi, e cioè che dei produttori abbiano accettato di produrre un mucchio di sogni. È un film con una bella idea di fondo lo ammetto, ma non credi che sia un po' troppo presuntuoso? Anzi io non avrei dubbi al riguardo, è davvero presuntuoso!» e mi ha guardato da sopra gli occhiali perché quando ha pronunciato "presuntuoso" era in volto molto serio, quasi arrabbiato.

«Ma come presuntuoso?» gli ho domandato perplesso, «lo dite in senso positivo?»

«Ma certo! positivo!», ha esclamato alzando la mano al cielo.

«Dico presuntuoso perché tu giustamente vuoi ambire a qualcosa di bello e che rimanga nella memoria di tutti, insomma che non passi inosservato. E fai bene ad esserlo, anche se non devi esagerare, in questo modo, puntando in alto, si realizzano le cose più belle. Però attento!, ricordati quello dicevo prima sugli artisti egoisti che non pensano alle conseguenze delle loro opere, bisogna sapere sempre quando mettere il freno e tornare indietro per non essere appunto travisati e pericolosi per gli altri! Io ci tengo che tu capisca bene questo punto, e che non lo dimentichi mai, soprattutto in futuro se farai il successo che ti auguro! Oggi va bene così perché sei venuto da solo da me, ma le cose possono cambiare e non sempre in meglio! Fare un film, con grandi personaggi come quelli che hai scelto tu di inserire è qualcosa di importante che farà parlare e non poco, quindi attento al successo, o anche all'insuccesso, perché devi essere preparato anche a quello. Mi raccomando non fissarti su questo genere di cose, sono soltanto superficialità che non hanno nulla a che fare con il benessere dell'anima, è quella che dobbiamo curare e preoccuparci di abbellire!»

Nel frattempo erano entrate tre donne anziane, che dopo essersi fatto il segno con l'acqua benedetta si sono sedute a tre file dietro di noi, guardandomi incuriosite tra la fessura delle mani giunte. Perciò ho abbassato un po' la voce e ho risposto a don Pietro:

«Sono d'accordo con quello che avete appena detto padre però a me piacerebbe sapere cosa pensate del cambiamento del protagonista, il suo atteggiamento verso la fede secondo voi può essere qualcosa di reale?»

«Non credo che di questo tu ti debba preoccupare più di tanto, nella vita di tutti i giorni accade di tutto, quante cose ho visto e sentito che tu non puoi neanche immaginare! Nel caso di Cristian, del tuo protagonista, invece non c'è niente di strano, il suo è un percorso normale per un ragazzo della sua età, tutti noi affrontiamo degli alti e dei bassi nella vita, certo lui subisce delle gravi perdite nella sua famiglia che potrebbero farlo sprofon-dare totalmente nella voragine, ma poi si rialza e questo credo soprattutto grazie alla fede, anche se tu hai cercato di velare quest'aspetto il più possibile, ma cos'altro se non l'amore in Dio può far ritornare in vita un'anima afflitta come la sua? Tu hai voluto far credere a un certo punto che lui abbia deciso di rifiutare del tutto l'aiuto del suo parroco, come se fosse il simbolo della sua incom-prensione verso il mistero della fede perché non accetta che un Padre amorevole e buono possa aver permesso che un'anima candida come Giovanni abbia sofferto così tanto, mentre i cattivi, quelli che hanno fatto del male, siano liberi di godersi la vita. È questo il dilemma di tutti i fedeli!, questo genere di domande mi pongono ogni volta mi si presenta un'anima afflitta, perché non si capisce come mai ci sia tanta malvagità che ricade sui buoni, mentre i cattivi sembra siano immuni da ogni calamità! Eh... credi che possa esserci mai una risposta?, nessun uomo può chiarirti le idee, ma un buon cristiano deve abbassare la sua testa e seguire solo la strada che ha indicato Gesù Cristo, il resto lo farà tutto Lui. Noi dobbiamo solo avere fede e poi avremo la ricompensa eterna, perché è inutile arroventarci il cervello per cercare risposte a domande che sono molto più grandi di noi, è proprio inutile. La nostra ragione non è stata creata per contenere un mistero d'Amore così grande e infinito. Abbiamo fede, abbiamo soltanto fede e tutto sarà più semplice, non dubitarne!»

Ha gettato un sospiro di rassegnazione finale e poi si è alzato. Voltandosi indietro ha salutato le pie donne e poi, con espressione più rilassata, mi ha detto:

«Vieni con me, andiamo all'isola di Santa Maria, lì c'è un panorama bellissimo, credo ti schiarirà un po' le idee».

Subito mi sono alzato e l'ho seguito. Mentre siamo passati dalle signore lui si è fermato, scambiando qualche parola e infine ha fatto il segno della croce per benedirle.

Però mentre stavamo per uscire dalla chiesa, don Pietro si è bloccato sull'uscio dandosi un colpetto con la mano sulla testa esclamando: «Ma che sbadato!»

«Che succede don Pietro?»

«Mi stavo quasi dimenticando! Senti figliuolo, devo sbrigare una faccenda molto importante, ci vorranno al massimo cinque minuti, ma non posso rimandarla. Tu aspetta qui eh... io adesso vado e torno subito!» e mi batteva la spalla per tenermi buono buono.

L'ho seguito con lo sguardo perplesso fino a che non è stato risucchiato dall'ombra dell'interno della porta della sagrestia.

Ho dato un'occhiata intorno, le donne stavano ancora inginocchiate bisbigliando preghierie e ogni tanto alzavano gli occhi per scrutarmi. Poi si sono alzate per dare un ultimo inchino vicino all'altare e sono andate via.

Dopo aver ripercorso le opere della chiesa mi sono seduto su una sedia vicino al confessionale. Il silenzio si allargava per tutta la chiesa e la luce del pomeriggio entrava accompagnata da un'aria calda.

Stavo per chiudere gli occhi dal sonno quando ho sentito avvicinarsi dei passi per la strada in armonia con della musica sempre più crescente: *La moglie più bella.* Sulla soglia è comparsa l'ombra di una donna e dato che c'era il pilastro davanti non sono riuscito a vederla in faccia. La donna si è avvicinata camminando con passi decisi, come i rintocchi dello scacciapensieri che mi hanno suscitato lontane sensazioni.

Era una giovane donna, dalla pelle chiara e con delle labbra rosso fragola. I suoi occhi erano spaesati e adombrati da un velo di tristezza. I capelli avvolti da un foulard bianco da cui uscivano pochi riccioli color miele. Le note della musica la aiutavano ad andare avanti con determinazione, nonostante la paura trasparisse da ogni movimento.

È arrivata vicino all'altare, ha dato un'occhiata intorno e non trovava chi cercava. Ha fatto qualche passo indietro, poi in avanti, sempre più nervosa. Nel frattempo erano entrate altre due vecchiette, sedendosi all'ultima fila.

La ragazza si muoveva con lo sguardo impaurito, ma il corpo tradiva un'accentuata sensualità. Una gonna a fiori fasciava dei fianchi morbidi e la camicetta bianca lasciava in evidenza un seno prosperoso. Le sue mani erano un fremito, non stavano mai ferme: si aggiustava il faz-zoletto, metteva i riccioli al loro posto, e stringeva la piccola borsetta con molta ansia. Si girava da una parte all'altra disorientata. Poi ha fatto ritorno verso l'ingresso fermandosi davanti al confessionale: i suoi occhi stavano per scoppiare in lacrime.

Non ho resistito a quell'apparente indifferenza, mi sono avvicinato e le ho chiesto:

«Stai cercando don Pietro?»

Lei si è voltata sferrandomi i suoi grandi occhi verdi che si stavano arrossando e ha risposto:

«Sì, ti prego, sai dove posso trovarlo? È molto impor-tante!»

«Aspetta qui, lui sta per tornare, anch'io lo sto aspettando, è andato via per una questione urgente… così mi ha detto, ma ha aggiunto che tornerà molto presto. Non devi preoccuparti!»

Ha abbassato di nuovo gli occhi, tristi e rassegnati. Poi ha ripetuto per altre volte che le serviva parlare con don Pietro, e io la tranquillizzavo con le stesse spiegazioni. Andava avanti e indietro.

«Se c'è qualcosa che posso fare per te, non esitare a chiedermelo. Ti vedo molto agitata! Dimmi come posso aiutarti! Come ti chiami?» le ho chiesto infine.

Si è fermata un attimo e ha risposto:

«Isabella. Il mio nome è Isabella!» e quando ha finito di dire la seconda volta il suo nome, è ritornata a piangere, voltandosi dall'altra parte.

D'istinto l'ho presa per un braccio e le ho detto di sedersi. Sulle prime ha fatto resistenza, ma poi si è seduta continuando a nascondersi dietro il fazzoletto. Si asciugava gli occhi e si tappava la bocca con le mani che le tremavano.

«Isabella,» le ho detto a voce bassa, accoccolandomi su me stesso vicino a lei, «raccontami cosa ti sta succedendo, so bene di non essere don Pietro, ma puoi fidarti di me. Parlare è la soluzione più giusta in questi casi anche se sono un perfetto sconosciuto, anzi questo permetterà di esprimerti più liberamente e poi... io non sono di qui!»

«Neanch'io lo sono,» ha risposto Isabella non più agitata come prima, «sono solo pochi giorni che sono arrivata a Tropea, e credevo che venendo qui avrei trova-to la felicità che nel mio paese non riuscivo a trovare, anzi che non riuscivamo a trovare...» ed è scoppiata di nuovo in lacrime.

«A chi ti riferisce con noi? Isabella dimmi!»

Si è asciugata le lacrime col suo fazzoletto e una volta che si è schiarita la voce ha cominciato a raccontare:

«Io e il mio sposo, mio marito, a lui mi riferivo. Mi fa ancora un certo effetto dire questa parola perché è da pochi giorni che ci siamo sposati ed è quasi una vita che lo desidero. È stato don Pietro che ha celebrato le nostre nozze, proprio in questa chiesa, ed è sempre lui che è stato il confessore dei miei tormenti e dei miei dubbi... e dopotutto non saprei a chi rivolgermi in questa città, non conosco ancora nessuno. Credevo che venendo qui le cose si sarebbero aggiustate e che una volta sposati lui sarebbe cambiato, e invece...»

Ha stretto gli occhi per smorzare un prossimo pianto, tappandosi anche le labbra. Scuoteva la testa perché non era giusto parlare, ma desiderava sfogarsi, e al più presto.

«No, non posso, ti prego non posso parlare, no! Non posso proprio, che vergogna, che vergogna!» e si copriva il volto con il fazzoletto.

«Perché ti vergogni, che cosa hai fatto?» ho domandato con un tono d'accusa.

«Io?» ha risposto alzando uno sguardo fermo verso di me. «Io non ho mai fatto nulla di male».

«E allora perché dici di vergognarti?»

«A volte la vergogna la prova più chi subisce un torto che chi lo commette!»

«È vero, hai proprio ragione, so molto bene cosa vuoi dire, anch'io ho provato questa sensazione...»

«Non credo proprio che tu possa capirmi, almeno non è la stessa cosa che è capitata a me. Solo alle donne possono capitare certe cose, e gli uomini se ne approfittano senza pietà!»

Non ho saputo cosa risponderle. Sentivo che avesse ragione, come se dietro quelle parole volesse celare un abuso che rende colpevole tutti gli uomini.

Ha gettato un sospiro per liberarsi del male che le raschiava il petto, e poi ha continuato a raccontare:

«Io e Angelo ci siamo conosciuti quando eravamo poco più che bambini, neanche tredici anni avevo io, mentre lui sedici. Si comincia tutto per gioco, quando a quell'età succedono un sacco di cose strane, senza capire bene le nuove sensazioni che ti sconvolgono... Io la prima volta che lo vidi, nell'orto della mia casa mentre raccoglievo i fiori di zucca, sentii un'emozione che non mi lasciò più stare, sembrò che si fosse accesa una fiamma al centro dello stomaco. Giorno dopo giorno me ne innamoravo sempre di più, era la prima volta per me e tutto il mondo acquisiva un significato diverso, dove tutto aveva a che fare con lui, con il mio Angelo! Non dimenticherò mai la prima volta che lo vidi entrare nel mio giardino per caso, mentre lui dice di non ricordarsene. Dice che la prima volta che ci siamo visti fu lungo il molo di Rapallo mentre io passeggiavo con i miei genitori, ma in realtà quella era stata la seconda volta. Comunque sia nel periodo del liceo ci siamo innamorati follemente l'uno dell'altra, e ogni giorno che passavo insieme a lui mi sembrava di toccare il cielo con un dito, tutto era perfetto se non fosse per mio padre che ci ha reso la vita impossibile. La cosa che diceva mio papà era che dovessi pensare agli studi e che non avevo ancora l'età per certe cose. Così i pomeriggi e le sere me ne stavo chiusa nella mia camera a fingere di studiare, e intanto io bruciavo d'amore pensando a lui e al mattino seguente in cui all'entrata e all'uscita di scuola ci saremmo potuti vedere. Quelle erano le uniche volte, perché la domenica e nei giorni di festa era una sorvegliata speciale, sia da parte di mio padre che dai miei due fratelli che hanno sempre ubbidito a tutto quello che gli veniva ordinato. Perciò il nostro amore continuava a crescere soltanto in quei pochi minuti. Oh, quante volte avrei voluto mandare all'inferno sia mio padre che il mondo intero pur di stare con l'unica persona che contasse per me nella mia vita! Quante volte il mio cuore mi ha spinta a commettere una pazzia e fuggire, fuggire lontano da tutto e da tutti; quante volte ho sperato nel cuore della notte che venisse a bussare il mio Angelo alla finestra e mi rapisse per portarmi via! Un giorno, quando il dolore della sua lontananza era insostenibile, gli suggerii di farlo e lui fu subito pronto a esaudire questa richiesta. Si presentò la sera successiva in casa mia con la complicità di una mia amica. Restammo da soli nel giardino antistante la casa e fu quasi sul punto di convincermi ad andare via con lui per venire qui, dove siamo adesso. Quella notte resistetti alle sue lusinghe, la mia ragione riuscì a vincere contro il mio cuore che era pronto a frantumarsi in mille pezzi, ma mi promisi che appena avrei finito gli studi e una volta diventata maggiorenne avrei fatto della mia vita ciò che avrei voluto, senza guardare in faccia più nessuno!

Ma le cose non sempre accadono come si progettano, anzi quasi mai, perché mettere le mani avanti si finisce per cadere nella merda! Il fatto è che il giorno del mio compleanno, del mio diciottesimo compleanno, nella mia festa, è accaduto qualcosa che ha cambiato il modo di vedere la vita. Quella notte, Angelo, mi trascina con sé in macchina e vuole che mi conceda a lui come ha sempre desiderato, come abbiamo sempre desiderato! Io... a dire la verità però, non volevo che accadesse lì e proprio quella notte, ma lui fu molto insistente tanto che non potetti rifiutarmi e mi concessi terrorizzata e cercando di essere felice allo stesso tempo, perché saremmo diventati una cosa sola, pensavo. E in un certo senso fu proprio così, perché io da quel momento mi sentii totalmente sua, e soltanto per un po' credetti di aver fatto la cosa giusta. E invece… e invece, venni a sapere che quell'amore che lui professava per me non era così sincero e puro come diceva, o almeno non lo era quanto al mio. Venni a sapere che mi tradiva già da un po' di tempo con la mia migliore amica, la stessa che ci aiutava ad incontrarci quelle poche volte di nascosto. Non dissi nulla a entrambi, all'inizio ero troppo sconvolta e non sapevo come reagire, ma poi lui continuava a dirmi che mi amava, e capii che con lei si concedeva soltanto per sfogare i propri desideri di uomo dato che io non mi era mai concessa a lui. Ma adesso, pensai, adesso che con me può essere totalmente felice, non farà più nulla del genere, non mi tradirà mai più perché ha tutto quello di cui un uomo può avere bisogno, dicevo a me stessa, e tenni così nel silenzio la loro infedeltà, continuando a soffrire e ad amarlo, e a sperare che tutto si sarebbe presto aggiustato. Penserai che sono stata un'ingenua, una vera stupida, sì lo sono stata, e me ne pento! Ma che altro potevo fare? Io ormai mi sentivo appartenere a lui e lasciarlo sarebbe stato come finire abbandonata dal mondo intero. Lui era il centro del mio universo, era l'unico uomo a cui mi ero concessa, e a cui avevo dato il mio cuore e tutta la mia gioventù! Siamo stati insieme fin da bambini, prima come fratelli e poi anche come amanti, eravamo come due rami dello stesso albero. Così accettai la sua proposta di venire qui in Calabria e di sposarci anche contro il volere delle nostre famiglie, soprattutto della mia. Lui mi parlava del suo paese, Tropea, e di quanto fosse bello il mare e la natura, ma io l'avrei seguito anche nel posto più brutto del mondo! E con questo speravo di poter dimenticare quello che mi aveva fatto e che anche lui si dimenticasse dell'altra per sempre. Lasciammo la Liguria dopo i miei esami di stato per venire qui. Siamo venuti all'insaputa di tutti, se l'avesse scoperto mio padre me l'avrebbe impedito, lui aveva già in mente quale sarebbe stato il mio futuro, cioè di fare la dottoressa, di laurearmi e crearmi uno studio tutto mio e vivere sempre al suo fianco. Ma la vita era ormai concessa al mio Angelo!»

«...E così scappasti insieme a lui senza guardarti indietro, perché credevi di trovare la serenità che ti era mancata per tutta quella parte della tua vita. Pensavi che una volta allontanata da tuo padre e da quella realtà le cose si sarebbero aggiustate come tu avevi sempre sognato, invece sei stata tradita per due volte», ho continuato in questo modo il suo pensiero come se lei non avesse avuto il coraggio di terminare quella verità che la logorava.

E poi sforzandosi di non piangere ha risposto:

«Sì è proprio così, tagliare i ponti con il passato, allontanarmi dalle persone che mi hanno fatto soffrire, avrebbe significato risolvere ogni cosa. Volevo cominciare tutto daccapo, una nuova vita, a tutti i costi. Non pensavo più ai tradimenti di Angelo, arrivai al punto di giustificarli.

Mi dicevo che era diventato un uomo e un uomo senza amore che uomo è?! Io lo amavo con tutte le forze, ma qualcosa dentro di me era cambiata da quella notte in macchina. Nei mesi successivi anche lui era cambiato. Solo quella notte era venuto a cercarmi con tanto desiderio. Poi sentivo che la sua testa era da un'altra parte, ma lui diceva di amarmi come e più di prima. Però una donna capisce certe cose del suo uomo! Ma nonostante questo io volevo vivere soltanto con lui.

Non vedevo più un futuro diverso. L'unica soluzione rimaneva quella di cambiare città. Così partimmo come due ladri con poche cose che riuscii a mettere in una sola borsa per non destare agli occhi della mia famiglia. Era un giorno di tempesta, con forte vento, ma decidemmo lo stesso di partire. Illusa per un futuro migliore. Così partimmo… così partimmo anche se il mare era molto mosso e il viaggio da Genova a Tropea è stato un miracolo. Però... ecco che durante il viaggio ho scoperto… (e qui si è messa di nuovo a piangere, continuando a parlare con singhiozzi) ho scoperto che mi tradiva ancora! La ragazza si chiamava Francesca, con degli occhi neri e dei fianchi molto più larghi dei miei. Li ho scoperti in un angolo buio della nave, in pieno giorno. Quanta vergogna che ho provato e che umiliazione! Mi sento senza dignità… senza alcun tipo di rispetto! Oh Dio che stupida che sono stata!»

Isabella voleva scoppiare in un pianto di rabbia, ma si è trattenuta più che ha potuto. Sapeva di stare in chiesa e con delle pettegole che la osservavano giudicandola.

Poi si è ripresa e con tono deciso ha detto:

«Io avrei voluto lasciarlo, buttarlo anche dalla nave se ne fossi stata capace, ma quando siamo arrivati a Tropea, Angelo ha capito che avevo qualcosa di strano. Ero scontrosa e taciturna, perciò ha capito che io sapevo e gli ho raccontato tutto... e lui a me! Mi ha detto che è stato uno sbaglio, uno dei tanti, ma continuava a dirmi che l'unica donna sono io. Era disperato, si malediceva e piangeva come un bambino. Implorava il mio perdono. Ai miei piedi! Non lo avevo mai visto in quello stato. Così lo abbracciai e... e l'ho perdonato! Ci siamo ripromessi amore eterno e niente più bugie. La nostra vita sarebbe ricominciata qui, e da sposati. Abbiamo parlato con don Pietro, ha capito la nostra situazione e in pochi giorni ci ha uniti in matrimonio, dentro questa chiesa. In quel momento ho creduto davvero ad una rinascita...»

«E invece? che è successo?»

Ha aspettato un po' per riprendere fiato, e poi, senza trattenere i singhiozzi, ha risposto:

«È successo che... che di nuovo ha infranto le promesse e ha cominciato a tradirmi alle mie spalle... con quella Francesca della nave che a quanto pare è scesa anche lei qua e ha deciso di portarmelo via. Ma io non posso vivere senza di lui, mi sentirei vuota e inutile. Non so che fare... Sono disperata e sola!»

«Oh Isabella... » le ho sospirato avvicinando la mano alla sua guancia ormai zuppa di lacrime.

«Per questo sono venuta a parlare con don Pietro. Lui è l'unica persona che conosco in questo paese, ed ha saputo ascoltarmi come nessun altro senza giudicarmi, esattamente come stai facendo tu in questo momento!»

Isabella sembrava ormai svuotata del suo racconto e gli occhi non lacrimavano più. Erano ormai asciutti e consumate dalle lacrime precedenti.

Io non sapevo in che modo confortarla, quali parole scegliere per rendere sopportabile la sua situazione. Ho avuto l'istinto di avvicinare la mia mano sulla sua guancia per porgerle una carezza. Poi sono andato più vicino a lei, sempre di più, e se in quel momento non fosse arrivato don Pietro, l'avrei baciata e stretta tra le braccia, anche se ci trovavamo in chiesa, sotto gli occhi di vecchie pettegole.

Isabella, appena si è accorta della sagoma goffa del

prete si è alzata di scatto asciugandosi bene il viso. Ma don Pietro è arrivato con passo svelto e gli ha domandato:

«Ma figliuola benedetta, che cosa sono tutte queste lacrime?»

«Oh padre, ho bisogno di parlare con voi, ma non qui, per favore ho bisogno di parlare in confessione!»

«Ma certo cara, come preferisci, vieni su!», ha risposto lui prendendola per le spalle e dirigendola nella seduta del confessionale che era lì a fianco.

Subito dopo don Pietro è andato verso le signore che pregavano, bisbigliando qualcosa che le ha fatte andar via. Poi è venuto da me e mi ha detto:

«Tu invece aspettami fuori, che io adesso vengo, hai capito?»

Si è voltato veloce per andare da Isabella, ma dopo un passo si è girato di scatto verso di me e mi ha chiesto:

«Ma che cos'ha la ragazza? Vi ho visti che stavate parlando molto vicini, che ti ha detto, c'entri forse qualcosa tu con lei?»

«No padre! L'ho appena conosciuta. È entrata in chiesa già molto agitata!»

Don Pietro ha fatto un ghigno amaro perché forse aveva intuito la causa dei suoi tormenti, e mi ha voltato le spalle per andare da Isabella.

Mentre il prete si allontanava lungo la navata io facevo segno con la testa ad Isabella per guardarmi un'ultima volta, ma lei era già inginocchiata e il suo volto era sprofondato tra le mani giunte. Perciò quella è stata l'ultima immagine che ho visto di lei.

Sono andato fuori ad attendere don Pietro. Il sole perversava sulla piazzola, avvolta dalla calura e da un alto polvericcio di sabbia dorata.

Mi sono seduto sui gradoni della chiesa ascoltando come per la testa suonassero ancora le parole di Isabella, soprattutto i suoi pianti che in alcuni punti erano disperati, pieni di tragedia senza alcuna soluzione. Cercavo di immedesimarmi in lei e capivo quanto era grande il suo amore, ormai diventato un'ossessione, tanto da mettere in secondo piano la sua persona, fino ad annullarsi.

Intanto avevo tra le mani le solite carte che pulsavano un'anima nata quella stessa mattina. Sentivo il loro richiamo disperato come un bimbo il latte materno, e loro la mia forza creatrice. La storia di Concetta ritornava a riprendere il suo spazio e si intrecciava con quella di Isabella, sovrapponendosi storie lontane ma congiunte nella disperazione d'amore di un dramma femminile.

Ho aperto il mio quaderno e riletto quelle parole. Riapparivano i sentimenti di Concetta vestiti del tuo sorriso e dei tuoi occhi bagnati da un'antica tragedia. Ti rivedevo ora in Calabria, ora in Sicilia, o sulla 5th Avenue dispersa in un universo lontano, ma sempre segnata da una fierezza incrollabile che caratterizzava il tuo essere donna.

Stavo seduto sui gradoni della chiesa del Gesù a guardare via Ferdinando d'Aquino. Il sole scendeva cocente sulla testa e continuavo a sognarti come inebriato da una folgore mistica. Nonostante avessimo cominciato il film da settimane, d'improvviso ho sentito nel cuore aprirsi un varco di paura. Era la paura che provavo quando temevo che forse non ti avrei mai incontrata e quindi mai realizzato il film. Sono sprofondato nella tristezza temendo che la mente avesse solo sognato i giorni scorsi. Perciò ritornavo a morire come nei giorni in cui stavo sempre chiuso nella mia stanza.

Quando gli occhi si stavano per chiudere, ho visto arrivare dalla strada un gruppo di saltimbanchi. Venivano intonando una musichetta allegra. Due di loro saltavano con passi clowneschi, facendo smorfie tra di loro, gli altri due suonavano la chitarra e il flauto. Si sono fermati davanti alla piazzetta e hanno continuato il loro spettacolo non degnandomi di uno sguardo, sembrando dei giullari alla corte di un re del Medioevo. Dopo un'ultima piroette si sono voltati verso la strada da cui sono venuti scomparendo, insieme alla musichetta, tra la foschia dorata del pomeriggio.

Ho sentito i passi di don Pietro dietro alle spalle che si avvicinavano, mi sono girato e gli ho chiesto:

«Don Pietro avete visto quel gruppo di suonatori? Chi erano?»

«Ma di chi stai parlando? Io non ho visto proprio nessuno!» ha risposto il parroco.

«Ma hanno appena girato l'angolo, sono arrivati fin qui e suonavano e ballavano, anche se non li avete visti di sicuro li avrete sentiti! Ditemi se li conoscete perché li ho trovati davvero molto strani e non so ma forse starebbero bene anche nel…»

«Oh figliuolo,» mi ha interrotto don Pietro con gli occhi afflitti, «ti ripeto che non ho sentito nulla, perché stavo proprio lì dietro la porta al confessionale, e anche il minimo rumore si sente! Credimi che quello che ti dico è vero… qui ad essere strano sei solo tu. Io sono certo che nel frattempo ti sei un po' appisolato e hai fatto uno strano sogno. Capita sotto questo sole! Però adesso ti sei svegliato eh! Riprenditi!»

Ho abbassato lo sguardo rassegnato, cercando di convincermi delle parole di don Pietro, anche se io ancora lo ricordo come la realtà. Mi ha dato due pacche sulle spalle e mi ha fatto segno di seguirlo. Ci siamo incamminati verso la chiesa di Santa Maria dell'Isola. Io mi sono chiuso come un riccio. Non tolleravo la pietà che avevo intravisto negli occhi del prete. Ogni fragilità antica tornava a ribollire in superficie. Tu sai che basta poco perché questo accada, ma tu lo capisci subito e vieni vicino, mi dai una carezza, o un abbraccio, e il sole torna a risplendere. Tutte le altre volte mi affido alla solitudine.

Il sole adesso riprendeva a gettarsi a secchiate sulle nostre teste, riluceva di un bianco trasparente e formicolava sulla pelle, incendiando e poi rabbrividendo con un tremore la cute, come per un effetto contrario. Camminando le strade si sfaldavano dai nostri piedi, si alzava la polvere indorata dalla luce e dalle pietre dei palazzi su cui esplodeva in un incendio di deserto, di afa atona e boccheggiante. Le gambe di don Pietro arrancavano i suoi anni, e gocce di sudore cominciavano a spuntare dai peletti della nuca. Gli alberi drizzavano verso il cielo, con i rami assetati e le foglie piangenti. Il silenzio risuonava per le viuzze creandoci fastidio. Quando entravamo in un vicolo d'ombra il sole si ritirava nascondendosi tra i palazzi screpolati, sembrava che qualcuno ci avesse gettato una secchiata d'aria fresca. In questa parte il cinguettio degli uccelli era sonoro, perché la frescura gli dava una maggiore energia di canticchiare. E i palazzi stavano lì, affiancati a piccole casupole di pietra con i tetti sfasciati di tegole antichissime, scrostate dal tempo, mentre i cornicioni barocchi dei portoni sedevano immobili come guardiani di una specie estinta. Nel mezzo della loro antichità si introduceva la nostra storia, io con il mio turbamento e don Pietro con i pensieri dei fedeli, della confessione di Isabella, e forse anche di se stesso. Le mani erano dietro la schiena, la testa pendente in avanti verso terra, e la coppola nera cingeva una corona di capelli bianchi che cadevano sulla nuca sudata, e gli occhiali, rilucenti di un riflesso di luce pomeridiana, penzolavano un po' sul naso, che era rivolto a terra. Io ero allo stesso modo, mischiato adesso al suo essere, e deformante delle sue caratteristiche. Trovavo solidarietà nei suoi costumi, nel suo silenzio eloquente, nella riflessione perpetua della macchinazione che la nostra mente ci impone. E poi, attraversando una piazza, la luce ritornava come a prendersi la vista dei nostri occhi, ci fasciava i corpi e ripetevamo spesso il gesto con le mani di coprirci il viso per guardare avanti. I passi di qualche persona ora risuonavano come echi di un mondo sepolto, lontano perché li vedevamo di sfuggita, soltanto come un'apparizione momentanea e avvolti dall'ombra.

Sennonché le voci dei passanti, le folate di vento che trasportava con sé la salsedine e i frastagli di sabbia bianca e fine, i fasci di luce che esplodevano di getto da una via lontana e poi al suo fianco un cono d'ombra, nel fresco riposante del pomeriggio, i canti di uccelli storditi, le loro traiettorie interrotte e stroncate nel cielo opaco, sbiadito di colore, ma acceso di un bianco puro e riposante, ecco che, in mezzo ad un'accozzaglia di avvenimenti, di cose buttate a caso con una disposizione unica, coerente nella sua totale improvvisazione, si andavano a dispiegarsi con un tonfo nel cuore, le note di una musica che sfasciava ogni brivido nell'anima, perché salivano dal basso e andavano ad aprirsi, ad infuocarsi come fa un vento che trasporta le fiamme di un incendio nella parte più profonda di una foresta. Era *Baaria,* una sorta di acquazzone luminoso che dopo esser salito sulle vette innevate cade giù precipitando in un fondo di calore dove risuonano i canti dei nostri avi sepolti e vivi però nella memoria di chi rimpiange l'antico. Poi la musica si è dilagata di nuovo verso l'alto, infervorando ancora di più l'anima. Le note erano piccole, grandi, fasci dorati di seta che scivolavano leggere tra le vie di Tropea. Qui riecheggiavano le storie dei paesani antichi, i pianti di donne dimenticate, i belati e tutti i versi di bestie che hanno sfamato intere vite di uomini. E poi, come se non fosse mai stanca di volare, *Baaria* andava ancora più su, verso i tetti scomposti e bruciati dall'oblio, ricoprendo l'intera città di un'incandescenza circolare che aveva il compito di far emergere la storia di un popolo ormai sepolto.

Il sistema con cui si dispiegavano le cose e come la mente le recepiva era un intricato meccanismo che rispondeva al comando della musica, all'effluvio del suo mistero di districarsi nelle sensazioni che a mano a mano sfuggivano dal mio controllo ed erano sempre diverse, nuove, inafferrabili. Era un ripetersi di archi non convenzionali eppure parevano già conosciuti dalla mia anima, era come se avessero già in un tempo remoto convenuto ad un accordo di totale condivisione e amore reciproco. Poi, dall'alto, come un'onda improvvisa scrolla una barca dal suo stato di quiete, nel cielo è passata un'ombra che ha tagliato la veduta. Di conseguenza la musica ha preso un'altra rotta. E la mente, aprendo la stanza della memoria, mi ha aperto alle immagini dell'infanzia, quelle in cui mi sono rivisto con le mani sporche di gelato sul lungomare della mia città, cercando di catturare l'ultimo punto di tramonto e trasformarlo in poesia. E poi lì lo Stromboli dorato di fuoco che trasportava nella superficie del pensiero le fantasie dei fondali dell'anima: dove tutto era possibile. E infine, un'ala di gabbiano, squarciando il cielo, mi riportava alle macchie sui vestiti.

Ora una foglia dall'alto di un albero ha vibrato senza alcun soffio di vento. Un muggito rauco ha tuonato nell'aria senza vedere nessun bestiame intorno. Una barca è scivolata sul mare, è stata un'immagine apparsa all'improvviso, poi è andata subito via. Un bimbo ha emesso il primo vagito, e una donna correva in riva al mare a cercare tutte le conchiglie. Una cascata si è gettata per la prima volta da un dirupo e la pioggia ha bagnato l'asciutto del deserto. E allo stesso tempo la musica di *Baaria* si ritirava come una marea per lasciare esposti i pesci, i ciottoli, gli oggetti gettati nel mare. Così dalla mia anima emergevano i desideri più nascosti.

E quando l'ultima nota ha avvampato il suo ultimo, sublime fruscio, abbiamo raggiunto la strada del mare per intraprendere la salita di Santa Maria dell'Isola.

Di lato c'era la lunga spiaggia che come un lungo tappeto di velluto dorato fasciava i piedi della roccia su cui si ergeva il centro storico di Tropea. In alto, sull'isola, il vecchio monastero, da cui, don Pietro, mi ripeteva che avremmo goduto di un panorama unico, soprattutto a quell'ora che si avvicinava il tramonto.

Dopo i primi tre scalini don Pietro si è girato verso di me e ha detto:

«Non pensare che un vecchio come me non ce la

faccia a salire queste scale, lo faccio tutte le sante mattine per salutare la statua della Madonna! Certo adesso con questo sole è più faticoso, ma non credere che io mi faccia abbattere da un po' di caldo!»

Don Pietro parlava sorridendo per nascondere la fatica evidente, e ogni tanto si fermava per fingere di guardare il panorama, in realtà prendeva fiato.

Quando siamo giunti in cima di corsa mi sono voltato verso il mare, poi indietro verso la città. Erano un mucchio di casette l'una affianco all'altra, antiche e nostalgiche.

«Che faticata!» ha detto il vecchio don Pietro che sorridendomi si teneva dal muretto per appoggiarsi e riposarsi.

«Avevate ragione padre, da qui sopra è bellissimo! Ma siete stanco?»

Si è asciugato la nuca col fazzoletto ed è andato a sedersi sul muretto della chiesa con le spalle alla città.

«Un po' stanco sì, ma che vuoi farci?, questa è l'età!»

Dopo qualche attimo di silenzio don Pietro ha iniziato a raccontare:

«Devi sapere che quando ero giovane ne combinavo di tutti i colori, ero davvero una testa calda, mica un tenero chierichetto che andava sempre a messa... Quella mia povera mamma ne ha dovuto subire di tutti i colori, gliene combinavo non sai quanti al giorno, ero una peste credimi. Pensando ai quei giorni mi vengono perfino i brividi, io un bambino così lo punirei dalla mattina alla sera! E non credere che solo quando ero piccino, fino a che avevo diciott'anni potevo considerarmi un vero scapestrato, ma oggi quando ripenso quei momenti lo faccio col sorriso perché erano sbagli della gioventù e ogni cosa deve avvenire a suo tempo. Prima ero un bambino, e in qualche modo mi era concesso, pensa se fossi adesso in quel modo, che prete sarei?! – e se la rideva sotto i baffi – E anche insieme a mio fratello quante ne ho combinate! Devi sapere che io essendo il più piccolo della famiglia mi hanno viziato un po' più degli altri. Quando sono nato i miei genitori erano grandi, e perciò quello che non hanno avuto gli altri miei fratelli l'ho avuto io, e a volte neanche lo apprezzavo. Fatto sta che quando avevo compiuto sedici anni mio padre mi compra una moto, una vera sciccheria per quegli anni. Andavo velocissimo per le campagne, tutti mi cono-scevano nei dintorni, e appena mi vedevano fuggivano. Una volta l'ho combinata grossa, ho rischiato di uccidere mio fratello. Avevo pensato di fare una pista in mezzo agli ulivi creando degli ostacoli e delle salite di terra per saltare alto. Poi ho convinto a mio fratello Rosario di salire con me e dopo un paio di giri andati tranquilli è successo che è volato per aria andando a sbattere contro i rami di un ulivo. Mia madre da lontano ci ha visti e urlava contro di me piena di rabbia, e poi me ne ha date di santa ragione. All'inizio mi sono spaventato ma oggi quando lo racconto insieme a mio fratello ci ridiamo un po' su. Eh… madre mia che tempi!»

Don Pietro ha continuato con aneddoti della sua vita. Il modo di raccontare mi trascinava nel suo mondo e mi faceva vedere il mio con una prospettiva in più, perché effondeva saggezza anche nelle cose che in apparenza sembravano di poco conto. Riuscivo a comprendere perché tutti volevano un suo consiglio, i suoi errori erano gli insegnamenti per chi ne avesse avuto bisogno. Perciò, ascoltando in silenzio ciò che raccontava, si liberavano da molte catene i dubbi che ancora avevo sulle fragilità religiose del mio protagonista. Senza accorgermene lui rispondeva alle mie domande con un meccanismo che a volte mi portava da solo a trovare le risposte.

A un certo punto abbiamo visto spuntare dalla cima della scalinata una coppia di fidanzati, venuti ad osservare il tramonto.

La ragazza si è avvicinata a don Pietro per chiedere delle spiegazioni sul Santuario. Il parroco è stato pronto a rispondere a qualsiasi domanda e a narrare la lunga storia di circa mille anni. Io, a poco a poco, mi allontanavo da quei discorsi come se stessi entrando nel mondo del sogno. Vivevo invece la realtà della trasfigurazione dell'anima in sentimenti puri derivati dal contatto con la natura.

Mi sono voltato dalla parte del mare e stringendo lo sguardo sono riuscito a far emergere la Sicilia dalla foschia dell'orizzonte colorato. Galleggiava sorniona sulle acque fatate del Tirreno e più in là, verso il centro, tutte le isole Eolie una a fianco all'altra. Su tutti trionfava lo Stromboli impettito, di cui si vedevano i segni marcati delle sue pendici, i piccoli punti bianchi in basso che ritraevano le casette del paesello, e sulla cima uno sbuffo di una nuvola passata lì vicino per caso, perché in quel momento, *Iddu*, come viene chiamato dai propri abitanti, era docile e vivido come la tavolozza dei colori che si sprigionavano nel cielo, ora in attesa di un meritato riposo.

Laggiù, lungo la spiaggia, sfaldata di colori trepidanti per il prossimo tramonto, la gente formicola ancora per un ultimo bagno della giornata, mentre le onde, leggere come piccole piume di pavone si aprono lungo la sabbia, sfoderando altre tinte di colori, altri rimasugli splendenti di stoffe diamantate e puntellate d'oro, rigettandosi fuori dall'acqua e riproducendosi all'infinito. Un bimbo con la mano spruzza la superficie dorata e i piccoli frammenti di diamanti esplodono nell'aria, sfibrando il cielo compatto di pennellate terse e asciutte, mentre ora, una piumata di stelle si alza e cade giù precipitando di nuovo sulla superficie del mare ricongiungendosi alle altre. Per il cielo, lungo la fascia rosata, appena sotto il giallo e il bianco, un gabbiano batte le ali e poi riposando su per l'aria scivola ancora lungo le altre fasce in alto, quelle dell'azzurro e poi del blu. Un vento circonda il mio viso, mi consuma i capelli, ed entra all'interno delle immagini che cerco di allontanare e sostituire con queste del paesaggio, del mare, nell'ora del tramonto. Lo guardo in faccia, adesso, il sole, e l'incandescenza che prima temevo, si riversa come una melodia che mi porta a guardare altri paesaggi circostanti, sempre tempestati dal rossore di quest'ora della giornata. Ci sono i campi, lungo la pianura vicina, dove gli ulivi antichissimi si vestono di piccole foglie di coriandoli, e friggono per il cielo lucido, smaltato di colori riversi nell'ombra di una nuvola che adesso, d'improvviso, attraversa la corona luminosa. Nella brughiera i colori dei prati si accendono a intermittenze, a volte irrorando il grano, altre un prato selvaggio di verde su cui giumente lente rincasano coi pastori, stanchi della giornata. E di là nel fiume, tra le sterpaglie del ruscello, in mezzo ai canneti, ai rovi, penetra, silenziosa, una pennellata di tramonto che incendia una foglia e poi esplode a chiazze sulla superficie del ruscello su cui una rana salta per acchiapparle tutte ad una ad una, ma nessuna riesce ad ingerire. Intanto le acque si uniscono in un unico scolo verso la cascata che rigettandosi, nello spazio aperto di una voragine, apre una nube bianca di vapori, su cui, le ultime spade del tramonto, trafiggendola, creano un arcobaleno di mille colori. Dalla parte opposta uno stormo va ad attraversare l'arco fluorescente e poi gli uccelli, ad uno ad uno si alzano verso l'alto e oltrepassano la cascata. Arrivano al cielo che è ora un tappeto più denso di colori, di possibili sfumature, verso cui, un uomo sensibile che lo osserva dalla cima di una montagna, può intingere le possibilità future della propria vita, disegnando e ricreando diversi stralci di se stesso.

Il sole nel frattempo, intiepidito, si riversa sui tetti delle case dei borghi medievali, ed è docile come un'ani-male appena addomesticato, e i vecchietti escono lungo le vie reggendosi sui bastoni, mentre giù per il mare si rincorrono i giovani per approssimarsi alla sera, alla notte, all'ebbrezza dell'amore. Intanto i canti per l'aria degli uccelli si uniscono in un coro lungo, inebriante di una melodia che esplode e si disperde come il battito delle loro ali su per il cielo che di continuo, momento dopo momento, si veste di nuovo e cangia pelle. Adesso, inaspettato, sale in alto un grido, un urlo di una ragazza che squarcia il sereno del cielo e annuncia che il sole sta sfiorando l'orizzonte.

La sua forma intensa, rossa, incandescente di fuoco si adagia per la stanchezza e inizia a scolorirsi quando tocca la linea del mare, come se l'acqua spegnesse la sua fornace. Mi chiedo quanto tempo ci metterà a scendere fin giù e scomparire, e nel frattempo un'altra ventata rimescola le emozioni come un mucchio di ciottoli dentro il volteggiare di un'onda prima di buttarsi stanca sulla riva. Mi chiedo che ci faccio qui, solo, a guadare un cielo diverso ogni giorno ma che non porta mai nulla di nuovo nella vita. E così mi schianto contro il muro dell'abi-tudine, frantumandomi nella monotona associazione di sogni e delusioni. Divento aria, particella invisibile di un atomo per essere ancora più leggero e raggiungere più in fretta il manto di colori che si ritira, perché il sole ora sta scendendo ed è a metà del suo corso. Sulla spiaggia gran parte della gente se n'è andata, a molti non importa questo accadimento della natura, ma volta le spalle e va via. Ma c'è qualcuno, una ragazza che sale su uno scoglio, indica con la mano il sole ad una persona dietro di lei, è un'anziana che si alza in piedi e va verso la riva, poi la ragazza, ritornando sul mare, si getta dallo scoglio e si tuffa nel fascio rosato che ancora esiste sull'acqua.

Poi arriva il silenzio, si apre come una corolla di fasci luminosi, e si propaga dappertutto. Il sole ormai è uno spicchio di mandarino che s'assottiglia secondo dopo secondo, e, mentre l'ultima luce brilla come un punto di diamante sull'orizzonte, si sparge per il cielo, preceduto da un soffio di vento che scardina un gruppo di uccelli spaesati e sventola profumi di erba selvatica, la melodia di *Come un delfino*, che appare essere il preludio del crepuscolo, perché l'ultimo punto del sole, in quell'attimo, si spegne. E adesso non c'è più.

XIV

Villa Cimbrone

La strada era desolata, non si vedevano che mucchi di alberi e arbusti gettati ai lati di sentieri apparentemente dimenticati. Provenivo dalla montagna e scendevo verso il basso, finché di colpo mi è apparso il mare, e Ravello.

Ho proseguito la mia strada che avevo disegnato in una mappa che prendevo di tanto in tanto, ma a volte con la luce del sole alcune indicazioni sfumavano, si facevano luce dentro la luce. Le mie gambe erano stanche perché avevano attraversato molti sentieri, dirupi e paesi spruzzati un po' qua e un po' là, quasi a casaccio tra i monti che si gettavano tra gole profonde e poi risalivano di getto, fino a quando non cascavano giù tra le acque del Tirreno. Gli alberi che ho attraversato erano per lo più alberi di pino, limoni e ulivi, per non dimenticare lunghi solchi di viti che disegnavano terrazzamenti e picchi di colline. Ho camminato ancora a lungo finché non sono giunto all'entrata del paese.

Tra le strade di Ravello molti turisti si accalcavano nelle piccole botteghe di ceramiche e di servizi alimentari tipici della zona, su tutti trionfava il limone e i suoi derivati. Mi sono addentrato anch'io presso le strette vie del paese cercando di assaporare, per quanto la stanchezza mi supplicava di andare a riposarmi, i colori che sfavillavano da ogni negozietto incastonato in delle casette strette e alte. Dopo aver attraversato un portico tra i tanti turisti per lo più del nord Europa, ha catturato la mia attenzione una donna dai modi tipici all'inglese, che denominerò "Lady British".

Era una signora sui quaranta, dall'aspetto giovanile. La guardavo senza sapere il vero motivo, ma rimanevo a scrutare ogni suo atteggiamento e di dedurne magari un aspetto caratteriale. Prendeva gli occhiali e li abbassava di poco sul naso per osservare il prezzo in vetrina, e lo faceva con quella caratteristica che a me ricordava tanto una persona cara, un ricordo non tanto nitido però da poter riesumare quella persona estinta solo in apparenza dalla mia memoria. Aveva una forte personalità – così ho immaginato – e soprattutto di grande cultura, magari un insegnante di lettere, una professoressa di madre lingua inglese venuta a fare qualche lezione qui in Italia. I capelli erano corti fino al collo, di un biondo che rasentava il rossiccio, mentre la pelle era chiara, lucente, e con un leggero tocco di colore sulle gote e un altrettanto leggero rosso sulle labbra, il tutto le dava un aspetto decisamente altezzoso, ma non antipatico. Anche nel modo di camminare si intravedeva un'inflessione aristocratica, ma non arrogante come chi per diritto nobiliare pretende di averlo ereditato, bensì, c'era in lei, un'aristocrazia di portamento che compensava quei difetti fisici che la allontanavano dal prototipo di donna mediterranea e sinuosa. Diversamente lei era alta e magra, ma che serbava allo stesso tempo delle sporgenze sui fianchi e nell'addome che le davano una forte consistenza di donna. Per quanto riguardava i seni erano flaccidi e piccoli, e la maglietta nera aderente non le riservava il vantaggio di poterli nascondere.

Quando ha ripreso a camminare, mettendosi prima a posto gli occhiali e allontanandosi dalla vetrina, mi ha gettato un'occhiata, sospirando indispettita. Mi sono girato alla svelta dal lato opposto pieno di vergogna e ho proseguito veloce per non essere visto da Lady British.

Dopo pochi passi ero nella piazza principale, dove era in corso una processione. Ho seguito la coda, cercando di nascondermi il più possibile. Davanti a me due signori anziani, guardavo le loro teste barcollare da una parte all'altra.

La processione continuava a passi lenti, io volevo solo riposarmi, ma ancora desideravo vedere le strade di Ravello, e i panorami dalle terrazze.

Quando siamo arrivati a Villa Cimbrone ho visto, in mezzo agli arbusti del recinto, un uomo che faceva capolino tra le piante. All'inizio ho fatto fatica a notarlo, ho pensato fosse un gatto che si nasconde tra i cespugli. Poi ho capito che si trattava di una persona e per giunta mi faceva segno di andare da lui. L'ho ignorato all'inizio, girandomi dall'altra parte, ma l'uomo ha cominciato a chiamarmi. I signori davanti si sono voltati indispettiti, rimproverandomi di far tacere quell'uomo che disturba una processione così sacra, come quella di un funerale.

Sono stato costretto ad abbandonare la fila e rivolger-mi all'uomo dei cespugli. Quando sono stato vicino mi ha detto:

«Ma si può sapere che ci fai là? Ti sei dimenticato che dovevi venire da noi? Allora che vuoi fare? vieni oppure no?»

Ero spaesato. Non avevo mai visto quell'uomo, né conoscevo il significato di quello che mi chiedeva. Perciò dopo averlo guardato ho girato i tacchi per andarmene, era solo un pazzo. A quel punto lui con tono di rimpro-vero mi ha detto:

«Ma che fai? Te ne vai? Guarda che parlo con te sai, allora vuoi farmi gridare in mezzo alla piazza per tutta la giornata? Ma ti vuoi fermare?»

Mi sono girato di scatto per urlare di lasciarmi in pace, ma in quel momento ho visto nel suo sguardo qualcosa che adesso mi appariva familiare. Ho riconosciuto gli occhiali arrotondati, dei baffetti piccoli e sottili e delle labbra scarne e asciutte, però ancora non riuscivo a riconoscerlo, a capire in quale momento della vita ci eravamo conosciuti.

«Ma quanto ti ci è voluto per venire qua!? Lo sai che non amo immischiarmi in mezzo a quelle funzioni… religiose!»

Il tono con cui mi parlava intendeva che tra di noi ci fosse un'amicizia consolidata e non una semplice conoscenza. Non potevo dirgli di non riconoscerlo, lo vedevo troppo convinto, gli avrei dato un dispiacere.

Continuava a parlare senza fermarsi, mi riempiva di domande, ma non aspettava le mie risposte, ne faceva delle altre, era un monologo inarrestabile. Leggevo in questa frenesia di linguaggio la contentezza di avermi ritrovato dopo tanto tempo di attesa. Aveva dei modi buffi nel gesticolare, ma i suoi discorsi erano così fini e intriganti, soprattutto per quanto riguardava le citazioni letterarie e del mondo dell'arte, da non avere dubbi che quell'uomo fosse un grande studioso, in particolar modo delle opere di Omero. Era un piacere ascoltarlo anche solo per questo motivo, e anche se non me ne ricordavo lo consideravo un amico.

Si chiamava Giacomo Giosce, sulla sessantina, con gli occhi piccoli e delle palpebre cadenti. Aveva tutti i capelli leccati all'indietro e i baffetti sottili con le punte all'insù. Di corporatura esile ma non gracilino come mi era apparso da lontano, anzi aveva delle spalle larghe e forti, e si poteva notare che fosse davvero in perfetta salute.

Eravamo ancora fermi vicino a quel cespuglio perché Giacomo non aveva smesso di parlare. Quando se ne è reso conto mi ha detto:

«Ma che ci facciamo ancora qui in mezzo alla strada? Dai andiamo che Virginia ci sta aspettando!»

Durante il tragitto lungo il viale Giacomo ha continuato a parlami e sono venuto a sapere che Virginia era sua moglie, e anche una mia grande amica.

Quando siamo giunti vicini all'ingresso della villa, Giacomo ha detto:

«Siamo arrivati! Vedrai che ti piacerà, ricordo ancora i tuoi gusti un po' manieristici e orientaleggianti e questa villa farà al caso tuo! Vieni e sbrigati!»

Così mi sono affrettato perché Giacomo era impaziente e camminava svelto. Ma quando siamo arrivati davanti al cancello si è fermato e ha cambiato espressione. È rimasto un po' in silenzio, poi ha raccontato:

«Questa casa per noi è un rifugio. Abbiamo viaggiato a lungo, io e Virginia, soprattutto nelle città d'Europa, ma è qui, in questa piccola parte d'Italia che abbiamo deciso di stabilirci. Dapprima era per noi una fuga dalla città nei periodi estivi, però da qualche anno ci siamo stabiliti qua per viverci tutto l'anno. Ti dico queste cose perché per noi trovare un po' di felicità è stato molto difficile, non voglio dire che adesso sprizziamo gioia da tutti i pori... però almeno la mia Virginia ha rallentato le sue crisi depressive, a volte è perfino euforica come una ragazzina. Questa gioia però, lo so, dura ben poco, perché quando arrivano le sue giornate nere, e questo succedeva di più quando abitavamo a Londra, diventa un'altra persona, si trasforma da quella che è di solito, inizia ad essere aggres-siva, lunatica, prende a parolacce chiunque vada sotto il suo raggio di percezione, non risparmiando neanche me questo è ovvio, anzi con me è ancora peggio! Ma la cosa che mi preoccupa di più è che in questi momenti lei possa commettere una sciocchezza, una mossa azzardata e farla finita per sempre! Dobbiamo starle vicino il più possibile, vedere come si comporta e se notiamo anche un minino cambiamento ci dobbiamo allarmare subito. Adesso è a riposo come il Vesuvio, ma quando si sveglierà saranno cavoli amari per tutti! Ma ora ho voglia di pensare posi-tivo, magari credere che tutto quello che è accaduto in passato non ritornerà mai più, forse grazie all'aria del Mediterraneo saremo tutti un po' più sereni e potremo per sempre goderci la nostra casa. Sai, quando l'abbiamo comprata io non ero per niente d'accordo, non volevo fare questo tipo di acquisto, ma è Virginia che ha insistito su questa proprietà, se ne è innamorata fin da subito, ma anch'io del resto, però le mie reticenze si basavano sul fatto che questa casa, con questi terrazzi panoramici e a strapiombo potessero essere pericolosi, soprattutto con la malattia di Virginia! Ma non c'è stato verso di convincerla del contrario, quando si mette in testa una cosa la mia Virginia è peggio di un mulo e nessuno può farle cambiare idea neanche se le puntassero un coltello in gola! Ma mi sa che ho parlato abbastanza, ti ho fatto attendere qui davanti al cancello raccontandoti queste cose e magari ti ho pure un po' rattristito, ma ho creduto opportuno che tu fossi preparato, perché quando ritorno a casa, dopo essere uscito anche per una sola ora, non so come posso ritrovarla. Vivo con la paura. Ma tu non preoccuparti sono sicuro che oggi starà bene come ieri! Dai, vieni, sbrigati!»

Così siamo entrati nella villa. Gli occhi non riuscivo a fermarli, formicolavano per la bellezza del giardino, volevo guardare tutto e subito. Avevo da sempre sognato di visitare le ville di Ravello, per me è stata una sorpresa perché nel mio programma di viaggio c'erano le città sulla costiera, Positano e Amalfi, dove avrei dovuto incontrare una persona per chiedere delle indicazioni su come fare per incontrarti. Ancora eri un sogno, mi apparivi ovun-que. Bramavo di abbracciarti e raccontarti tutte le mie idee, per cui puoi immaginare la tristezza di quei giorni.

Intanto godevo della freschezza del giardino. Il verde era dappertutto, bastava alzare lo sguardo e girarsi intorno che si potevano incontrare rampicanti e pini altissimi, e poi fiori di ortensie e rose e gerani traboccavano da brevi timpe e da giare molto antiche. Passeggiare lungo i viali era un'esperienza sensoriale di grande emozione. Subito dopo la mia mente ha proiettato te, poco più che ventenne. Avevi l'aria sorpresa e saltellavi da un fiore all'altro come una falena. I tuoi occhi rilucevano a ogni bagliore che fuoriusciva dalla cima degli alberi, e ogni cosa intorno diveniva ancora più splendente. Sorridevi stupita di trovare un fiore sbocciato e lo accarezzavi. Dopo hai guardato in alto, tra i cinguettii sonori che intonavano gemiti d'amore, e allora le tue guance si sono colorate come un frutto maturo. Poi sei andata verso il giardino delle rose, hai avvicinato il naso per inalare tutto il loro profumo, e allora la tua pelle si è unta di un nuovo strato vellutato e profumatissimo. Passeggiare insieme a te, forse mano nella mano, era un'esperienza che portava alla soddisfazione di tutti i miei sensi, e la scoperta dei viali e dei giardini interni diveniva una specie di purificazione dell'anima. In quei momenti tu non eri solo un pensiero creato dalla fantasia, ma qualcosa di reale, mi ero perfino dimenticato di Giacomo, anzi non lo vedevo più. Ora tu ti distaccavi dalla mia mano e andavi di corsa da una parte all'altra, ma mi sentivo lo stesso legato da un filo invisibile che non avrebbe potuto mai spezzarsi.

Intanto che ero lontano mi divertivo a guardarti come giocherellavi con le cose della natura. Le mani erano di un rosa pallido. Coglievi un bocciolo di geranio e lo mettevi tra i capelli. Allora erano di un castano chiaro e li portavi corti fino alle spalle con qualche onda all'insù, come si usavano negli anni Cinquanta. E dopo esserti aggiustata il ciuffo caduto davanti agli occhi dietro le orecchie, mi hai gettato un sorrisetto impacciato, e poi ha proseguito in avanti sempre curiosa.

Abbiamo attraversato altri roseti, e osservato altri uccelli tubare in alto tra gli steli degli alberi, disegnando nel cielo azzurro delle ellissi, e si posavano su altri alberi, intonando un cinguettio sempre più frenetico e allegro.

Il profumo intorno era intenso e agrodolce e apriva l'immaginazione a scenari lontani, verso le terre del

Medioriente. Il naso era la guida suprema dei nostri sogni, e potevamo scambiarceli l'uno all'altra poiché erano gli stessi.

Dopo qualche passo in avanti siamo arrivati alla *Terrazza dell'Infinito*. Qui, oltre ad osservare il panorama forse più bello del mondo, è possibile vedere i propri sogni emergere dalle acque del mare. A noi è successo in quel momento. Il cielo è diventata una tela su cui le felicità maggiori creavano i propri contorni. Per me non c'era bisogno di far emergere nient'altro. Avevo il mio sogno più grande a fianco, e la mia felicità si mischiava con l'infinità del cielo e del mare uniti in un unico azzurro. Quel sogno eri tu. E potevo guardarti. Toccarti.

Appena ti sei affacciata alla terrazza i tuoi occhi non sapevano da che parte andare, ti giravi in continuazione per avere una visione completa del panorama. Ora c'era il mare, ora le verdi montagne, i bianchi paesi spruzzati sulle colline, e il cielo su cui tu proiettavi i tuoi sogni.

Ti sei appoggiata alla ringhiera, con la mano a sorreggere il mento e gli occhi profondi spaziavano oltre il punto finito dell'orizzonte. Volevo penetrare in quel tuo pensiero, catturare l'immagine che ti rendeva sognante, ma triste allo stesso tempo. Mi chiedevo quali dolori ti portavi dietro dalle strade di Pozzuoli e quante speranze c'erano ad aspettarti dietro l'immenso panno azzurro che osservavi. Avrei voluto rimanere lì per tutta la vita ad ascoltare il vento che carezzava la mia pelle e sapere che lo stesso faceva con la tua, e questo mi bastava per sentirmi unito e completo insieme a te. Guardando oltre la barricata si aveva l'impressione di essere nel punto più alto del mondo, però io sentivo questa sensazione soltanto standoti vicino, anche perché non guardavo mai oltre quelle linee, ma erano i tuoi occhi l'oggetto costante della mia indagine di felicità. Il resto del mondo non contava più nulla.

«Ma come non dici niente?!», mi ha chiesto Giacomo, spingendomi per le spalle.

Con quel colpo mi sono risvegliato da quel sogno ad occhi aperti. Mi giravo intorno per cercarti e tu non c'eri più. Eri stata solo una visione. Ancora una volta la realtà era senza di te. Quell'immagine fiabesca pareva essersi gettata dalla terrazza e non osavo affacciarmi per vedere in che stato si era conciata rotolando tra i dirupi.

Avevo in volto i segni della tristezza. Giacomo si è avvicinato in silenzio, mettendo la sua mano sulla mia spalla. Era riuscito a capire cosa mi stava accadendo e percepivo la sua pena verso di me.

«Ma che fai piangi? Ma cosa ti succede, eh? Non fare così. Vedrai che adesso ti passa!»

Ma non osava andare oltre, a chiedermi il motivo di uno sconvolgimento simile. Era come un padre riservato che ha a cuore solo il benessere del figlio, cercando, come può, di lenire i suoi affanni. A quel punto, sentendo ancora più vicina la sua pena, è aumentata la mia tristezza e le lacrime sono sgorgate più forti. Quando ho sentito che il pianto si stava allontanando, ho aperto gli occhi e ho visto avvicinarsi le note del Maestro: *D'amore si muore*.

Una volta consumate le ultime lacrime e la musica con loro, Giacomo ha detto:

«Adesso dobbiamo andare, dai vieni! Virginia vorrà salutarti, non facciamola aspettare ancora…»

Mi sono asciugato il viso e l'ho seguito.

Lungo il tragitto per arrivare da Virginia abbiamo

dovuto percorrere i viali di prima, dove li avevo immaginati con te. Adesso apparivano sotto un'altra luce, meno accesa, più reale.

La villa da lontano appariva imponente con i suoi dettagli orientaleggianti. Da vicino era una casa di campagna, con tutta la poesia dei muri scalcinati e delle tegole rosse corrose. Vicino le entrate c'erano grandi gia-re piene di gerani, e alcuni rampicati per i muri si inerpi-cavano fino al piano superiore.

Abbiamo girato intorno per andare nell'altro lato della villa, nel giardino riservato a Virginia. Le siepi qui erano alti muri di velluto verde che delimitavano al loro interno altri giardini, in uno di questi al centro c'era una fontana del Cinquecento. Abbiamo sceso un paio di gradini e poi altre discese che ci hanno portato al terrazzo panoramico.

Qui, da lontano, abbiamo visto la figura di Virginia. Stava seduta verso il mare. Osservandola ho sentito un tuffo al cuore. Ho detto a Giacomo:

«Ti prego Giacomo, andiamo, sarà meglio lasciarla tranquilla, non disturbiamola!»

«Ma che ti salta in mente!» ha risposto Giacomo, «se lei non aspetta altro di incontrarti!»

Ma sarà vero?, ho pensato. E come mai questa sconosciuta signora ha così tanta voglia di incontrarmi? Lei, con tutti i problemi che la affliggono, come fa a conoscermi, a desiderare perfino di incontrarmi? Certo vista da qui appare come una figura lontana, aristocratica ma piena di umiltà verso tutti. Deve essere una di quelle signore che non vuole che le si dia del lei, preferisce essere alla pari con tutti, anche con i più giovani, con i più disadattati, lei che è una donna così colta e sensibile. Ma come faccio a saperlo visto che non ricordo mai di averla incontrata, né tantomeno suo marito? Ma in fondo cosa importa che dice il ricordo! Io sento di essere a casa, insieme ad una famiglia che vuole proteggermi, aiutarmi, e che capisce il motivo dei miei pianti senza chiedermi il motivo. Così, anche se ho di fronte questa signora che il ricordo non riconosce, per il mio spirito è invece una figura amica e continua a dirmi "che aspetti?, va' da lei!".

Mentre scendevamo le scale Virginia si è accorta di noi. Di scatto si è alzata dalla sedia e ci è venuta incontro. Camminava svelta, non sembrava affatto la vecchietta che mi era apparsa da lontano. Quando ancora non era vicina, tenendo le braccia aperte, ha detto:

«Ma ti aspettavamo molto prima! Ma che fine hai fatto? Eh, lo so io...» ha aggiunto ironica «alla tua età ci sono altre cose da pensare che a due vecchietti come noi! Ma non ti preoccupare, ti capiamo benissimo, anche noi siamo stati giovani… circa due secoli fa! E le emozioni che si provano da ragazzi non si possono dimenticare, sono irripetibili!»

Io le sono andato incontro, mi è sembrato la cosa più naturale da fare, e ci siamo abbracciati. E in quel momento ogni estraneità si è dissolta.

«Adesso vieni, andiamo a sederci. Vieni a prendere del tè con dei dolci che ho fatto io stamattina! Giacomo ancora dormiva e io siccome da un paio di notti che non riesco a dormire per via di questo caldo improvviso, allora sto sveglia quasi tutta la notte e al mattino presto mi piace mettermi in cucina, si respira un silenzio "lunare". Ma tu che fai, vieni solo adesso? Da quanto tempo ti preghiamo di venirci a trovare e dici sempre che hai qualcosa da fare, ma di cosa si tratta io vorrei proprio saperlo... Ma adesso lasciamo stare perché ora sei qui. Vieni, vieni, assaggia un po' di dolcetti e dimmi che te ne pare!»

«Sono certo che saranno deliziosi», ho risposto mentre lei si appoggiava al mio braccio per andare a sederci nel suo salotto sul mare. Con l'altra mano sventolava un ventaglio colorato che terminava con dei ricami di pizzo nero e qualche piuma. In testa aveva un cappello pieno di fiori come si usa da queste parti, ma lei aveva in più un'area britannica e fuori da ogni epoca, che la rendevano impeccabile, nobile, un po' altera nei movimenti, ma deliziosa e amabile nel dialogare.

Ora che potevo vederla da vicino, sentivo che la sua pelle emanava un'energia pura e vigorosa, che derivava dalla sua anima. Con l'intreccio dei nostri bracci, queste percezioni diventavano uno scambio veloce e diretto. Sentivo i suoi pensieri farsi concreti nell'aria, e sapevo che lei anticipava i miei.

«Guarda questo giardino,» mi ha detto tutto d'un tratto, «non è forse un sogno?! Chiunque vorrebbe vivere in una casa come questa. All'epoca, quando ero piuttosto giovincella questo genere di cose erano soltanto dei sogni, e l'Italia e il sud sembravano terre lontanissime, dall'altra parte del mondo. Ma adesso le cose sono cambiate, nella società si possono fare diverse scalate e discese, a seconda del ruolo che ognuno vuole darsi nella propria vita. Io non mi sono mai prefissata la ricchezza se questo che pensi, ancora ricordo la mia prima stanza in affitto a Londra quanto poteva essere piena di disagi, ma a me invece sembrava la più bella del mondo e comodissima, molto di più del castello della mia famiglia nello Yorkshire! Lì non potevo respirare, mi sentivo legata con mille catene, sembravo di essere una sepolta viva e tutto per colpa di mio padre che mi obbligava a fare come diceva lui! Ma io sono un tipo che non si lascia intimorire così facilmente e fuggii a gambe levate per inseguire la mia vera vocazione! Trovare la propria indipendenza è il primo obbiettivo che ogni essere umano si deve prefissare per essere felice, e poi viene tutto il resto, anche l'amore è secondario. Credimi perché ho provato a vivere senza tutte e due le cose, e la sofferenza che si prova a essere succube di qualcun altro è asfissiante, preferiresti morire! La libertà prima di tutto, l'amore invece dopo qualche tempo diventa un'abitudine con cui puoi condividere con qualsiasi persona. Beh, proprio qualsiasi no! Ah, ah!», e si è messa a sghignazzare coprendosi la bocca con la mano.

«Ma che cosa dici a questo ragazzo?!» ha detto Giacomo che era stato dietro di noi in silenzio per tutto il tempo. «Non vorrai mica farlo disgustare della vita con i tuoi racconti?! Non ascoltarla tu, fa così con tutti! È una roba da far rizzare i capelli!»

«Ma cosa dici tu invece?!» ha risposto Virginia voltan-dosi appena, soltanto per lanciargli un'occhiata fulminante.

«Ma no, a me piace moltissimo ascoltare...» ho risposto mettendo freno alla loro disputa. Ma Virginia si è voltata del tutto verso Giacomo non ancora soddisfatta e ha proseguito: «Io sono una donna tutta d'un pezzo e abbastanza vissuta per capire cosa può o non può creare suscettibilità nella mente di un ragazzo sai, e non sarai tu a dirimi di stare zitta, anche perché non ne saresti capace!»

«Certo perché tu vuoi sempre avere l'ultima parola,

ma non sempre cara mia chi finisce per ultimo ha ragione!»

«La ragione è dei fessi, caro *scapricciatiello* mio!» ha terminato Virginia con quell'accento all'inglese che vuole però cimentarsi nel napoletano, e con un ghigno si è voltata di nuovo verso di me.

La bella signora si è seduta nel suo salotto in vimini e con la mano ha indicato il mio posto, a fianco a lei.

Appena seduto dopo aver ammirato il panorama unico che si poteva scorgere da quell'altura del terrazzo, mi sono rivolto verso Virginia, perché la sua persona creava verso di me un interesse che andava a crescere ogni volta che proferiva una parola, e anche adesso, che stava in silenzio, era capace di affascinarmi come poche ci erano riuscite. La sua bellezza era una questione da analizzare con ponderazione. Nel volto, così come nel corpo, non c'erano dei tratti raffinati ed eleganti, ma ricompensava nell'uso che ne faceva, come muoveva il ventaglio, le alzate delle sopracciglia quando squadrava il marito, o il sorriso ammiccante per proferire un pensiero al posto delle parole.

Portava un cappello molto grande, decorato con fiori e nastrini rosa e bianchi che penzolavano dai lembi. I capelli erano fili d'argento, non voleva ricorrere a tinte o a colorazioni più leggere, preferiva averli al naturale e li teneva legati dietro in modo molto leggero da far cadere qualche ciuffetto sulle spalle.

A guardare il suo volto si capiva fin da lontano la forma un po' allungata e squadrata, soprattutto nella mascella che si faceva ben visibile quando sorrideva a bocca semiaperta. Gli occhi erano piccoli ma luminosi, sembravano due biglie castane che ipnotizzavano, mentre le sopracciglia, lasciate al naturale, erano due strisce di peluria che cascavano giù da rendere il suo sguardo quasi sempre malinconico. Però quando apriva la sua bocca per espandere un lieve sorriso, anche gli occhi emanavano una luce brillante e viva. E io, nel momento in cui succedeva, ero lì pronto a coglierne i diversi riverberi.

«Assaggia, assaggia», mi diceva mentre versava il tè nelle tazze riferendosi ai suoi biscotti alle mandorle.

Ad ogni morso che davo bevevo un sorso di tè fresco, e ho continuato a farlo per un bel po' finché non mi sono accorto che avevo consumato metà dell'intero vassoio. Erano molte ore che non mettevo qualcosa nello stomaco e quella merenda deliziosa, davanti a quel panorama, in quel giardino, non aveva paragoni con niente di più bello al mondo.

Quando ho dato l'ultimo morso mi sono voltato verso Virginia, e l'ho vista rilassata con la tazza in mano, in procinto di portarla alla bocca, ma quel gesto non avveniva, sembrava che qualcosa disteso nel mare catturasse la sua attenzione facendola rimanere immobile, però poi, rompendo le barriere del silenzio, ha detto:

«Domani andiamo a Capri» e ha portato la tazza in bocca, ha sorseggiato e l'ha riappoggiata sulla piattina sempre tenendo lo sguardo verso quel punto che ora aveva rivelato anche a noi la sua natura, cioè Capri.

«A Capri?!» ho ripetuto pieno di meraviglia.

«A Capri?» ha domandato Giacomo che nel frattempo, a cui io non avevo fatto caso, si era seduto sulla sua seggiola da pittore di fronte a una tela impugnando in una mano una tavolozza e nell'altra un pennello, con l'intenzione di intingere una punta di luce su un albero.

«Ma come a Capri?» ha chiesto di nuovo Giacomo perché alla prima volta Virginia non aveva risposto, o forse lo aveva ignorato. Lei ha mantenuto la stessa posizione di quando aveva fatto l'annuncio, con lo sguardo verso il mare, e la tazza sulle gambe. Ma anche questa volta ha lasciato andare le domande del marito nel vuoto. Infatti, si è voltata dalla mia parte, e col sorriso, ha detto:

«Però ti dovrai svegliare con le allodole!» e ha poggiato la tazza di tè che aveva a malapena sorseggiato sul tavolino.

Non c'era altra notizia che potessi ricevere e farmi suscitare lo stesso stupore di meraviglia che sapere di andare a Capri, nell'isola più bella del mondo. Quel viaggio inaspettato, e sognato da tutta la vita, mi ha fatto dimenticare delle lacrime che avevo prima versato nella terrazza dell'infinito, e fatto esplodere di sorrisi per quello che già stavo immaginando. Ho sentito nel petto delle vibrazioni, quelle scosse elettriche che derivano da una forte emozione. Ormai ci convivevo da anni, e arrivavano quando meno me lo sarei aspettato. Però questa volta l'avevo previsto.

Andare a Capri, ho pensato, che cosa ha significato per me in tutti questi anni?! Immaginavo quest'isola e vedevo prima ancora dei faraglioni, il tuo volto e il tuo sorriso che mi attendevano alla Piazzetta per andare verso i Giardini di Augusto. Da lì ci saremmo affacciati, così come nella Terrazza dell'infinito, insieme e uniti negli stessi sogni, a guardare gli orizzonti diversi ma che trovavano alla fine sempre un punto d'incontro. Chiude-vo gli occhi e vedevo nella Grotta Azzurra una barca che ci attendeva dopo aver fatto un bagno all'alba, quando la luce entra ancora a fatica e dentro c'è l'esplosione dell'azzurro. Immaginavo le colline vellutate di ciuffi di pini, e noi due sulla seggiovia a sfiorarle mentre ci dirigevamo al Monte Salario, e poi forse avremmo fatto un giro verso l'eremo di S. Maria di Cetrella e lì aspettato il tramonto per osservare come si adagiava su tutto il Mediterraneo, e nel frattempo però avremmo indicato ogni punto dell'isola, come i faraglioni, la Marina Grande, fino poi a spingerci al di là della vista, cioè oltre il mare, in cui la punta della Penisola ci avrebbe portati verso i luoghi fantastici della Costiera, e immaginando di vedere Positano, Amalfi, Furore, mentre dall'altra parte sarebbero stati evidenti le spalle larghe del Vesuvio che abbracciavano di continuo Napoli e i suoi tesori, e con una metafora più grande anche noi. E quindi, se domani, mi chiedevo, metterò piede per la prima volta a Capri e non vedrò niente di tutto quello che ho immaginato per lunghi anni, che cosa potrà succedermi? Il mio cuore sarà pronto ad una tua mancanza?

«Ma guarda che domani forse non farà bel tempo», ha detto Giacomo, tenendo lo sguardo fisso sulla moglie, la quale non lo guardava affatto, era come se non esistesse.

«Guarda un po' cosa gli passa per la testa a questa qui!» ha esclamato Giacomo guardando me e battendosi la mano sulla gamba, e poi ha continuato rivolgendosi verso Virginia: «Saranno passati anni dall'ultima volta che ci siamo andati... e poi non esci dalla villa da molto tempo mia cara, sai quello che dici?»

«Non sono ancora così instabile da non capire quello che dico!» ha risposto Virginia, girandosi verso Giacomo, veloce come un felino sulla preda. «Non ti sopporto proprio quando vuoi mettere in dubbio ad ogni costo la mia intelligenza. So benissimo che da molti anni non facciamo un giro in barca verso Capri, e non vorrai mica rinfacciarmi il fatto che è colpa mia?! Oh ma certo che lo fai! perché io sono sempre quella che non riesce a gestire le proprie emozioni e appena mi senti alzare la voce o strillare anche perché mi è caduto un vaso nel piede, subito a pensare: "Ah eccola che torna a fare la matta"! La gente però non sa dei tuoi sbalzi di umore con cui ho combattuto io per tutta la vita, perché sono sempre riuscita a tenerli nascosti e così il mondo esterno, i nostri amici, pensano tutto il bene di te e tutto il male di me!»

«Mi stai forse rinfacciando qualcosa tesoro?» ha domandato Giacomo rizzandosi come un gatto sulla sedia.

«Oh!» ha ripreso Virginia in una finta risata, scuotendosi sulla poltrona come una teatrante. «Ma senti un po'! adesso ti vuoi perfino erigere a vittima delle mie accuse! Ma povero caro quante ne devi passare con questa pazza moglie, devi essere proprio esausto a star dietro ai capricci di una scrittrice impossibile! E poi ti senti dire che non apprezzo neanche gli sforzi che fai e magari mi lamento pure delle poche volte che hai avuto dei "momenti bassi" come li definisci tu! All'anima dei "momenti bassi", tu sei più folle di tutti i matti di un manicomio! Però certo questo non si può dire, bisogna nascondere le sue debolezze, le sue fragilità da bambino, sono cose che hanno tutti e vanno bene per tutti, tranne che per me! Non è forse vero caro Giacomino?»

«Sei davvero una persona senza alcun buon senso, tesoro!» ha risposto Giacomo con un tono composto, ma da tragedia, «oseresti perfino rinfacciare tutti i nostri momenti più intimi pur di apparire come la moglie incompresa quale non sei! A volte non so come faccio a sopportarti, mi verrebbe voglia di scappare a gambe levate da te, lontano non so quante miglia pur di non sentire la stessa aria che respiri tu, tesoro!»

«E allora fallo, va', sparisci una volta per sempre! Qui non c'è nessuno che te lo impedisce! Sei un vero mascalzone».

Giacomo, al posto di rispondere al suo insulto, ha preferito grugnire con la bava ai lati della bocca.

I due avversari sono rimasti ancora a guardarsi con aria di sfida. Io, che ero nel mezzo, mi sentivo in imbarazzo, così preferivo guardare davanti a me e tuffarmi nel mare, fingendo di non sentire. Virginia, dopo la collera, ha chiuso gli occhi e ha gettato un sospiro di stanchezza. Mentre Giacomo, con il pennello imbevuto di colore, aveva rimesso gli occhi sulla tela e proteso il braccio per dare una pennellata, ma non lo ha fatto, ha sospirato anche lui, insieme alla moglie, ma per conto suo, e poi è rimasto lì sul suo paesaggio che da mesi, o forse anni, andava avanti con una lentezza imbarazzante, per usare il pensiero della moglie.

Virginia ha riaperto gli occhi guardando verso di me e mi ha sorriso. Ha continuato a parlare della gita a Capri come se prima non fosse successo nulla. Poi si è zittita all'improvviso. Un soffio di vento inaspettato ha scosso i petali dei gerani sui vasi ai lati del salottino, così come i veletti dei fiori finti del cappello di Virginia, le maniche della camicia di Giacomo e il lembo della gonna della signora. A questi si è aggiunto un volo alto di un gabbiano, la scia di una barca sul mare, un latrato lontano di un cane da guardia, e il rigoglio della fontana alle nostre spalle ha emesso un sussulto più intenso, come se l'acqua volesse sgorgare più violenta. Virginia ha percepito ognuno di questi movimenti, e chissà quanti altri custo-diva nella mente che, come una rete gettata in mare, riusciva a catturare un'infinita massa di cose in un solo frangente di tempo. Volevo addentrarmici, rovistare tra le casse del suo passato in cui aveva custodito gli appunti per un romanzo, o magari delle frasi seducenti per una lettera ad un amico scrittore solo per il gusto di fargli capire che lei fosse la migliore.

«Non ti preoccupare, non ci lasceremo intimorire da nessun tipo di guastafeste» ha detto Virginia riprendendo vigore nelle parole. Ha riaperto le ali del suo ventaglio e si è rilassata sui cuscinoni della poltrona intrecciata. E poi ha continuato:

«Anche se domani farà brutto tempo, Capri avrà sempre il suo fascino da mostrare. Poi per te che sarà la prima volta sull'isola sarà un incanto, apparirà come una magia. Capri è incantevole... Ma io se devo essere sincera, non credo che pioverà, lo abbiamo sperato per delle settimane, la natura ha bisogno di rinfrescarsi e anche noi non ne possiamo più di questo caldo. Questa è una delle poche cose che non sopporto del sud, mi sembra di aver fatto un acquisto in Africa, mentre della mia isola non sopportavo le giornate piovose, sempre la stessa musica ogni giorno, era una litania continua. Ma domani sarà come un giorno di primavera, anzi no, d'autunno… di settembre!» e ha pronunciato "settembre" con un accento decadente, ammiccando gli occhi verso il mare.

«Che dire Virginia?!, sono commosso per una gita simile, ma vedi forse sarà meglio aspettare quando avremo la sicurezza che faccia bel tempo!» ho detto.

«Aspettare? ancora? Ma non se ne parla!» ha risposto sventolandosi più veloce.

Giacomo adesso non osava pronunciarsi più, non per timore, ma ormai si era tuffato dentro la sua tela. Gli occhi erano striminziti nel catturare quel punto di colore che ricercava, e intingeva il pennello sulla tavolozza molte volte, andando e venendo, sempre più frenetico, dallo stesso punto della tela.

«Non so mica quando potremmo rivederci» ha detto Virginia, puntandomi i suoi fari addosso, con tragedia.

«Da molto che speravamo che tu venissi a farci visita. Lo so bene che non abiti dietro l'angolo e che è stato molto difficile prendere questa decisione, ma prima o poi devi convincerti che è ora di prendere sotto braccio il tuo bagaglio e trovare la tua strada. Non fare passare migliaia di anni. Non aspettare che te ne penta, anzi non pensarci proprio. Fuggi da dove ti senti prigioniero, non c'è altra soluzione, credimi!»

Dopo averle pronunciate, le parole di Virginia rotolavano come palle di fuoco nella mia testa, incendiando i pensieri di un'amarezza che non avrei potuto rigettare all'indietro. Poi ho risposto:

«Ho sempre pensato che fosse la soluzione più giusta, quella di fuggire da un luogo quando non ti senti a tuo agio, esattamente come un prigioniero».

«E per questo che hai cominciato a scrivere il tuo film?» mi ha domandato Virginia.

Ho subito pensato come facesse a sapere del mio film. Poi mi sono ricordato che lei conosce tutto di me, che gli basta guardarmi negli occhi per scavarmi dentro senza pudore. Si è avvicinata puntandomi i suoi occhi contro e aspettava una mia risposta. Io mi sentivo come se fossi del tutto nudo. Ero pronto per dire le solite bugie quando mi chiedevano che cosa facevo della mia vita. Davanti a lei invece le parole si frenavano, avevano il timore di essere scoperte. Ho continuato a guardarla per retro-cedere con la mia abitudine e raccontare la verità, quella a cui non ero abituato. Nello stesso momento ho percepito che Giacomo che si era fermato dal pensiero del suo pennello, e si era gettato sulle mie labbra, ad aspettare quella risposta che loro due attendevano da tempo.

«Ho cominciato a scrivere questo film senza deciderlo. È accaduto dopo non so che cosa, forse è stata una luce che si è accesa, o un film che ho visto, ma credo che con molta probabilità il mio *Ritorno alla vita* fosse incorporato dentro di me da molto tempo prima, prima ancora che io nascessi forse. Poi però è arrivato il momento di tirar fuori ciò che spingeva di uscire, come un bambino, e ho cominciato questo viaggio. Ma io non l'ho scelto!»

«L'arte non si può scegliere, mio caro», ha detto Giacomo senza muoversi, continuando a tenere il suo pennello pronto a intingere una linea che rimandava.

E come se volesse continuare il discorso di Giacomo, Virginia ha detto:

«Succede che l'arte sceglie te, senza che tu abbia l'opportunità di replicare. Sei in trappola quando conosci il suo sapore, il suo odore, e la parte invisibile che ancora non vedi e che fai di tutto per disvelarla e guardare in faccia questa creatura che gli altri credono sia qualcosa di inanimato, che può passare anche in secondo piano rispetto alle cose della vita, mentre è lei la cosa più importante, più della vita stessa di chi crede di concepirla. È come… è come… un figlio!, come hai detto tu».

E quando ha detto "figlio" il sangue di Giacomo si è gelato. Ha smesso di stringere come prima il pennello. Forse perfino il suo cuore ha smesso di battere. E in Virginia, quella parola, le risuonava come uno scalpello che incide un'effige di una persona tanto amata. Era il loro figlio, ho pensato, quel cruccio che tengono nascosto e che non vogliono rivelare. Quel figlio forse mai venuto al mondo, oppure nato e poi morto. Soltanto una tragedia simile può alimentare quel massacro negli occhi di una madre che non lo è mai stata, e anche di un padre che ha sempre pensato e mai rivelato all'amata che la colpa non era mai stata sua, ma di lei. Ora, in genere, questa lei è a conoscenza della sua incapacità di generare la vita e sente questa tragedia raddoppiarsi quando lui non lo ammette, ma lo rivela con i silenzi, con un riguardo forse maggiore, con certe attenzioni che prima non aveva, e cioè di compatimento, di pena, di triste rassegnazione, e Virginia sapeva che lui avesse pensato queste cose quando i fatti accaddero, ma continuava a tacere per non alimentare le oscurità che avevano portato il loro matrimonio ad un triste accettarsi.

Ha ripetuto nuovamente "come un figlio" con tutta naturalezza, come se il dramma degli anni bui fosse passato nella scatola dei ricordi dove si possono tirar fuori senza avere il timore di portarle a galla, perché ormai immuni del male che possono sferrare. Ma Giacomo non ha pensato allo stesso modo. È rimasto ancora ghiacciato davanti al quadro. Ha considerato che Virginia avesse voluto usare questa parola per cercare un pretesto di ferirlo, anzi no, di ferire entrambi, perché Virginia aveva anche quel gusto masochistico di farsi del male volutamente, secondo quanto diceva Giacomo.

Ora, lui stava ancora lì, imperterrito ad aspettare la prossima parola che avrebbe detto Virginia. In cuor suo si è promesso che se avesse detto qualcos'altro sul "figlio", non avrebbe resistito e sarebbe esploso; e sperava con tutte le forze perché questo non accadesse.

Così ho interrotto il suo timore e ho detto a Virginia:

«Lo penso anch'io, del mio film, e da quando ho capito che è diventato troppo ingombrante non faccio che sperare che venga alla luce, esattamente come un bambino. Però fare un film, non è come scrivere un romanzo, o dipingere un quadro. Il cinema richiede un mucchio di soldi, e quando l'autore scrive non pensa ai finanziamenti che sono necessari»

«Un film può essere qualcosa di molto costoso, ma la maggior parte dei capolavori che ricordo sono stati realizzati con pochissimo denaro, certo tranne qualche eccezione!» ha risposto Virginia.

Giacomo a questo punto ha ripreso a stringere il suo pennello come prima.

«Ma io invece ho trovato sempre interessante quando scrivevi quei versi così ingenui, si sentiva che eri ancora un bambino, ma uno di quei bambini che guardano le cose come i grandi. Un poeta fa in questo modo. Hanno fatto sempre così, e non si smentiscono nonostante passino i secoli. Da allora non mi hai fatto leggere più niente, come mai? Oh, sì certo, non sapevi come trovarci, e poi noi in quel periodo eravamo fuori dal mondo. Ma adesso le cose sono cambiate, io sto molto meglio e non ho nessun problema a parlarne, non mi vengono né le vertigini e né gli affanni sul petto, sono cose che hanno fatto parte di me e li ho accettati. Adesso puoi farmi leggere le tue nuove poesie, sono certa che sei migliorato. Sono curiosa di conoscere i tuoi progressi».

«Mi piacerebbe molto, non faccio leggere mai a nessuno le mie poesie... non saprei con chi parlarne. E poi per la pubblicazione credo che sia molto presto, c'è molto su cui lavorare. Ho composto qualche sonetto e qualche canto in forma leopardiana, ma niente di più. Inoltre, a dire il vero, non credo ci sarebbe un editore che vorrebbe pubblicare le poesie di un esordiente. La poesia oggi è molto difficile da proporre. Forse pagando le cose cambierebbero!»

«Corri subito via da quella gentaglia!» ha detto Giacomo alzandosi dallo sgabello, «non sanno neppure leggere, sono degli ignoranti che hanno trovato un modo per fare un po' di soldi, è solo mercato il loro. E guardati dalle agenzie letterarie, anche loro non scherzano in fatto di business, sono delle vecchie volpi! solo per buttargli davanti agli occhi dell'editore la tua opera ti fanno pagare le pagine a peso d'oro, neanche che le parole avessero un valore in grammi, e questo accade sempre se gli garba a loro!, perché il più delle volte paghi soltanto per sentirti dire che non è ancora pubblicabile, che ci vuole uno stile. Ma dico io come si fa? come si fa a prendere in giro dei ragazzi sfruttando i loro sogni in modo così bieco, senza scrupoli?!»

«È inutile che ti faccia il sangue amaro,» è intervenuta Virginia, «anch'io ho dovuto pagare un bel po' di denaro perché pubblicassero il mio primo romanzo, non ricordi?»

Giacomo ha scosso la testa ricordando molto bene quei momenti. Virginia ha continuato verso di me:

«Non bisogna prendersela a male con le cose marce del mondo, che poi per gli artisti sono il nutrimento quotidiano. È dalla parte più crudele del mondo che il loro istinto si spinge a desiderare di creare qualcosa di più bello, perché appunto l'anima suggerisce un ripristino con la parte autentica della natura e della bellezza. Ora tu, avverti questo sentimento per il tuo film e non c'è niente al mondo che possa farti desistere dal cambiare idea perché sarebbe come rinunciare alla vita stessa. Mi dispiace che sia capitato a te – ora più malinconica – non è una bella esperienza sai, forse per gli altri apparirà tutto meraviglioso quando un'opera è finita, ma per l'artista quei momenti prima della creazione sono una tragedia, un vero dramma che a volte si preferisce non aver voluto vivere. L'arte è anche una gabbia. Limita più di ogni altra cosa al mondo la libertà di un uomo. Io la odio quanto la amo. Non mi ha lasciato libera di vivere la vita, ma ho sempre dedicato tutta me stessa a questa cosa sfuggente che è l'arte, ma io in quanto io chi sono? mi sono sempre chiesta. Se non avessi avuto il desiderio di fare quello che ho fatto che cosa avrei scelto per la mia vita? come avrei speso le mie giornate? a cosa avrei pensato tutto il giorno? Ho dovuto invece dividere il mio tempo tra i pensieri dell'artista con quelli di donna e credimi che i momenti dedicati all'arte sono stati maggiori. Per cui, oggi che sono così vecchia e ho deciso di non scrivere più nulla, o meglio di non creare delle opere da pubblicare, ho molto tempo per pensare a tante cose, alle cose che pensano le donne a quest'età anche se non ho una discendenza verso cui incanalare il mio amore che mi esplode dentro. Però questo è un amore diverso da quando ero giovane, ha la capacità di placarsi davanti agli altri e di agitarsi dentro di me quando sono sola, in silenzio. Insomma mi rende confusa, non so più che strada pigliare, quali altri percorsi fare nella vita.

Mi vengono sempre in mente fiumi di parole che poi si incastrano in un'idea che in apparenza sembra un nuovo romanzo, ma poi capisco che è sempre la stessa storia che il mio cuore vuole raccontare, cioè quella di una donna sola e triste», e il ventaglio a questo punto ha smesso di agitarsi, mentre sulle labbra sono sorti dei sorrisi amari, ripetuti velocemente uno di seguito all'altro. E Giacomo rivolgendosi a Virginia ha detto:

«Per favore Virginia, non cercare di intristire il nostro ospite».

«Ma io non voglio intristire proprio nessuno! Anzi io voglio rendere felice il nostro giovane amico, e noi dobbiamo fare qualcosa Giacomo, dopo tutto è venuto a trovarci. Ha fatto un viaggio così faticoso che merita qualche ricompensa, tu non credi?», ha domandato Virginia sporgendosi dalla spalliera per guardare in faccia Giacomo, il quale, molto perplesso, così come me, si è fermato dal dipingere, ha guardato prima me e poi lei, e agitando il pennello in aria ha risposto:

«Ma, ma sì certo… hai in mente qualcosa tu al riguardo?»

Virginia si è girata dall'altra parte sbuffando, e ha detto:

«Certo che ho in mente qualcosa caro Giacomino, ma speravo che almeno per una volta tu potessi avanzare qualche idea prima di me, invece non ti smentisce mai!»

Giacomo ha alzato gli occhi al cielo, rassegnato per i soliti rimproveri della moglie, «che poi qualsiasi cosa avessi detto sarebbe stata inutile, tanto vale meglio starsene zitti!»

«Oh non farci caso!» ha sospirato Virginia verso di me, e ha ripreso ad agitare il suo ventaglio di piume con forza.

«Sai è da un po' che ci sto pensando e credo per te, per la tua situazione, la cosa migliore sia quella di conoscere più gente possibile del mondo del cinema. È soltanto così che potrai fare il tuo film, non certo standotene a casa a sognare e a sognare... Lo so che è davvero inaccessibile, ma credo che una soluzione, almeno per queste cose terrene, ci sia sempre. Prima che un produttore conosca quello che hai scritto è necessario che conosca prima te e che persona sei, e soltanto così potrai alla fine convincerlo. E poi, per quanto riguarda gli artisti che vorresti inserire nel film, sono certa che una volta che ti hanno conosciuto non si tireranno indietro, ma saranno loro stessi a chiederti di farli partecipare, in fondo chi fa del cinema è sempre un po' egocentrico e ha voglia di ritornare sulla cresta dell'onda, anche a una certa età!»

«Ma tu lo sai che un certo regista voleva che Virginia facesse la protagonista in un film?», si è inserito Giacomo puntandomi il pennello. E io sorpreso ho domandato:

«Davvero? e chi era questo regista?»

«Ah, non ricordo come si chiamasse, ma era molto popolare all'epoca!»

«Era Fellini!», ha risposto Virginia.

«Ah, ecco quel Fellini, mi dimentico sempre!»

«Ma davvero Fellini?, raccontami ti prego!» ho chiesto a Virginia.

«Oh, ma non c'è niente da raccontare, soltanto che per circa due anni voleva farmi fare un film che poi non realizzò mai! Lo incontrai la prima volta a Cannes, era con sua moglie Giulietta, deliziosissima, e mi disse che amava molto le mie poesie e le mie storie, così poi cominciammo a scriverci di tanto in tanto... Comunque io ho sempre rifiutato le sue proposte, il cinema mi piaceva guardarlo, non farlo, non era qualcosa che mi apparteneva, e poi fare l'attrice, io? Oh, oh, sono cose che non rientrano nella mia natura! È tutto qua, non c'è nient'altro da dire».

Avrei voluto che continuasse a raccontare di quell'episodio e di altri che certo aveva vissuto e per modestia li saltava. Ma dopo ha continuato a parlare della mia situazione, quello che bisognava fare. A un certo punto ha detto:

«Quello che avevo pensato per te, era di organizzare una festa invitando molti amici che hanno a che fare con il cinema. Credo che sia un'idea davvero ottima, ti permetterà di conoscere molte personalità e chissà magari troveremo una soluzione per il tuo problema. Poi ho anche una sorpresa in mente, ma in questa non mi voglio sbilanciare perché è ancora solo un'idea, ma ti farà tanto piacere!»

«Una festa?» ha ripetuto Giacomo, «ma tesoro, tu odi le feste! E poi…»

«Oh per favore Giacomo, non essere il solito! Ma di cosa ti meravigli? Lo faccio per il nostro amico!» ha risposto Virginia.

«Ma Virginia, sono anni che non incontri più nessuno, e poi come troverai queste persone?»

«Ma lo vedi che devi sempre rovinare ogni cosa! Il fatto che non veda da tanto tempo alcune persone non vuol dire che io ne sia nemica e che non sappia gli ultimi aggiornamenti su di loro. Ne so molto di più di quanto tu creda e te lo dimostrerò stasera!» e si è alzata di scatto dalla poltrona gettandosi qualche ventata di piume sul volto, e nel frattempo io e Giacomo abbiamo esclamato: «Stasera?! Come stasera?!»

«Sì, stasera! Perché avete degli impegni?»

Poi Virginia mi ha messo la sua mano sotto il mio braccio, ignorando le poche parole che ancora diceva Giacomo, e mi ha portato in giro per il giardino e la villa. Mi ha raccontato degli ospiti a cui aveva già pensato e la loro influenza sul cinema. Sapeva che erano venuti qui in Costiera per trascorrere una lunga villeggiatura. Erano amici di vecchia data, anche se non li incontrava da tempo. Inoltre aveva un piano segreto che mi accennava di striscio, ma poi si tappava la bocca perché non era certa, preferiva che fosse una sorpresa. A me tutto questo sembrava irreale. Non potevo credere che una persona stesse organizzando tutto questo per me, per il nostro film. Ho pensato che fosse esagerato scomodare tante persone importanti per un mio sogno. Virginia appena ha intuito questi miei pensieri mi ha guardato diritto negli occhi dicendomi di non farmi vincere dalla paura. Da quella solita paura. Infondeva coraggio, era raggiante e felice di organizzare una festa, lei che odiava le feste e stare con la gente. Mi sono chiesto perché quest'angelo non fosse venuto a soccorrermi tempo prima. Prima che soffrissi tanto inutilmente.

Non ricordo molte bene le ore successive. Ero confuso, felice, sopra una nuvola. Virginia ha fatto portare anche dei vestiti nuovi, da una sartoria locale. La villa è stata invasa da gente per l'organizzazione dei banchetti, e sul finire del pomeriggio le luci l'hanno fatta rifiorire, imbellita anche lei per la cerimonia. Mi sentivo un re nel giorno della sua incoronazione. Tutto era per me. Per il mio *Ritorno alla vita*.

Nell'ora del tramonto sono arrivati i primi invitati.

La villa splendeva di una luce romantica che rapiva l'anima. Io stavo dietro una vetrata, ad aspettare il segnale per il mio ingresso. Ad un certo punto una signora del personale mi ha detto:

«La signora Virginia dice di andare fuori, gli ospiti sono arrivati!»

Così ho preso un respiro profondo. Ho varcato la soglia della villa, e la mia vita è cambiata per sempre.

La serata era calma, con un lieve venticello tiepido che soffiava di tanto in tanto e si mischiava come una sfumatura tra le diverse tinte del cielo, infiammato ora dal crepuscolo. Alcune lampade illuminavano i sentieri del giardino e le gonne delle donne frusciavano tra le siepi. Ho dato un'occhiata intorno e ho visto tante persone che andavano a distribuirsi sotto i vari gazebi nel giardino. Sono rimasto meravigliato come Virginia fosse riuscita a organizzare tutto questo in mezza giornata.

Sono andato nel gazebo dove c'erano più persone. Non conoscevo nessuno, tutti erano intenti a parlottare, baciarsi, sorridere di circostanza e scrutarsi a vicenda. Poi, all'improvviso, tutti si sono fermati per girarsi verso la cima delle scale del giardino. In alto c'era Virginia, fiera e splendida come una regina. La gente intorno a me mormorava di stupore. Nessuno si aspettava di ritrovarla così raggiante. Poi è scesa, sorridendo da una parte all'altra. Si sono avvicinati per salutarla, baciarla, ripetere i soliti convenevoli. Virginia era perfetta a recitare questa parte, tutti lo pensavano, e lei lo sapeva. Indossava un vestito lungo che le fasciava la vita. I capelli erano raccolti, un velo di trucco le sfiorava le palpebre, e una grande spilla di brillanti sulla spalla era l'unico gioiello che indossava.

Un vecchio signore con una larga sciarpa di seta attorno al collo appena ha visto Virginia, si è messo la mano alla bocca e ha esclamato:

«Oh Virginia, che meraviglia!», con gli occhi lucidi.

Tutti l'ammiravano, infatti dopo ci è stato un applauso, felici di rivedere la signora.

Poi si sono riversati su di lei a fare mille domande, e Virginia rispondeva sempre a tutti con una battuta sarcastica.

Dopodiché si è fatta spazio tra la folla ed è venuta verso di me. Tutti la guardavano incuriosita. Mi ha preso dalla mano portandomi al centro, e ha detto:

«Vorrei presentarvi un giovane grande artista!»

Tutti erano sorpresi, sorridevano e poi hanno battuto le mani. Io volevo fuggire, nascondermi, ma ho sorriso e stretto le mani così come avevo visto fare prima a Virginia.

Il vecchietto di prima, con la sciarpa di seta si è avvicinato con le braccia aperte e mi ha detto:

«Ma che onore conoscere il protetto di Lady Virginia!»
La sua voce era profonda e corposa. Si chiamava Silvio, ero un vecchio costumista romano a cui piaceva parlare e fare un sacco di domande. Mi ha raccontato in poco tempo di alcuni scandali del passato, facendomi giurare di mantenere il segreto.

Poi Virginia mi ha portato con lei a fare il giro degli ospiti, a farmi conoscere da tutti. Abbiamo ancora sorriso e stretto mani, poi si è allontanata. Quando sono rimasto solo si è avvicinato un signore molto distinto. Era il nipote di un celebre regista, appartenente a un'antica famiglia nobiliare di Roma. Stava in disparte rispetto agli altri, aveva una sensibilità particolare. Mi diceva che ci vuole tanto fegato per fare questo mestiere. È l'unico che ricordo di quella serata.

Quando si è aperto il buffet, la maggior parte degli invitati si è gettata sui tavoli, affamati. In poco tempo hanno perso la loro regalità e compostezza davanti a una zucchina fritta e una cozza gratinata. Le bottiglie di champagne scorrevano veloci nei calici e ben presto la compagnia è diventata più allegra. Il tono della festa, dopo qualche ora, si è fatto più informale e caciarone.

Tenevo il bicchiere di champagne in mano, avevo fatto finta di sorseggiarlo quando ero vicino ad alcuni ospiti. Dopo aver cercato di parlare con qualcuno del mio film e non esserci riuscito, mi sono tenuto lontano dalla massa, guardandoli come un forestiero.

Così sono andato a passeggiare lungo i viali più isolati. Ho sentito il profumo delle piante e la frescura della sera che cadeva dolcemente sui fiori e sulla mia pelle. Quando sono arrivato alla fontana, nel giardino privato di Virginia, ho visto nell'acqua rispecchiarsi lei, la mia triste amica: la Luna. La sua luce si rifletteva tremula per via dell'acqua che scorreva lenta. A me sono sembrate le sue lacrime che versava perché si sentiva troppo sola, come me. Ho alzato gli occhi e l'ho guardata in faccia. Era sempre lei, col suo solito sguardo che cadeva mesto su di noi. Per l'aria vibrava una certa melodia del Maestro che però non esplodeva, si ritirava affannata per il brusio della festa.

Gli occhi della Luna erano su di me, cadevano interrogativi, ma lei non si pronunciava. Stava in silenzio come al suo solito. Perché non parli?, gli ho chiesto. Dimmi qualcosa, chiedimi perché sono venuto qui da te, fuggito dalla gente. Continui a guardarmi con indiffe-renza, fai così con tutti gli uomini. Tu vedi quanto soffriamo eppure non fai nulla. Vorrei odiarti per questo. Eppure ti amo, sei così bella Luna! Mi piaci quando ti adagi sulle montagne innevando le cime d'argento, o quando sfiori un lago e getti una fascia di seta luminosa. A volte sei sospesa in mezzo al cielo, grande e luminosa come questa sera. Ti vedo più vicina, ma sempre triste. Perché? Soffri per me? Forse mi illudo di questo amore, ma è questo che mi ha fatto andare avanti per tanto tempo. Ho creduto che tu mi amassi. Ti ho vista sempre disposta ad ascoltarmi, io riversavo su di te i miei pianti, i sogni, e tu mi ascoltavi. In silenzio. Con gli occhi penduli su di un lato, non ci guardi mai in faccia. Perché? Forse il mondo non è degno della tua bellezza? E io ti direi che hai ragione. Allontana il tuo sguardo da noi. Forse da te ci sono abitanti migliori, allora che fanno?, come amano?, Portami da te, con loro! È un viaggio troppo lungo per me, o forse non mi vorresti nemmeno. Sono troppo legato alle catene della Terra. Sporco, come tutti gli umani. Tu invece sei placida e quieta, linda e vereconda. Ecco perché a volte scompari e ci abbandoni. Arrossisci e ti nascondi dietro un monte e compari solo di notte. Quando tutto tace. E io quante notti ho trascorso affacciato dal mio balcone, in Calabria, a guardarti. Ad aspirare al tuo amore. Volevo solo una tua risposta, e forse il tuo silenzio era già un rispondere. Ma io continuavo a venire da te anche la notte successiva. Non riuscivo a stare lontano dalla tua bellezza. Immaginavo le tue vallate, i crinali delle tue montagne, i mari di una polvere d'argento e sognavo che lì, sulla tua superficie fatata, io potessi dimenticarmi di tutto quello che era successo e cominciare a vivere una nuova esperienza d'amore. Ti amavo senza misura e lo faccio tutt'ora. Credo che arrivando a te i miei incubi scompariranno. I miei sogni si realizzeranno. E così riprendere il senso di una vita stabile. Comune. Vorrei cancellare il film. Quella donna, la sua bellezza, e perdermi nella tua, senza più una ragione. Mi dici che è impossibile, lo so. Ma so che tu tutto puoi. Vai da un capo all'altro del mondo. Ti sposti su montagne e mari e laghi, provocando maree e attirando verso di te il cuore della Terra, e non potresti allora spegnere quest'amore che è dentro di me? Basterebbe un po' della tua luce, allora? Cosa mi rispondi? Per quale motivo ancora continui a tacere? Dopo tutti questi anni a parlare dovresti fidarti un po' di me, invece te ne stai a guardarmi di striscio, sempre con la faccia triste e sconsolata, però bella come poche cose nel cielo. Ah, ecco!, Aspetta! Sento un tuo sospiro, è il vento che parla per te. Mi spira fin dentro al cuore gettandomi un po' della tua polvere d'argento, com'è calda e avvolgente! Mi sembra addirittura di sentire la tua voce che mi dice, che mi dice che... "quest'amore non potrà mai spegnersi, è dolce e violento come il mare, sarà sempre lì incastrato a produrre emozioni e affanni". Che parole usi per me, senza alcuna speranza, sono tenere e terribili… Ma come faccio? come faccio a portare avanti quest'amore, se le strade mi si chiudono davanti appena io cerco di fare un passo. Ti chiedo perché, il perché di questa grande confusione. Non capisco dove finisce l'amore e inizia il tormento. Allungo una mano per cercare un appiglio. Ma tutto è inutile. Si rompe come un grido nel silenzio. Come quello di un bambino. Come quello de *I figli chiedono perché*. Ti chiedo perché darmi il dono di un amore così grande per poi lasciarlo morire nel cuore, insieme a me.

Ecco Luna, le mie solite domande. Ed ecco, da te, il solito silenzio.

All'improvviso ho sentito sulla mia spalla poggiarsi una mano. Mi sono voltato e ho visto Virginia. Nei suoi occhi risplendeva fulgente la luna. Ha sospirato e poi mi ha detto:

«Ho una cosa importante da dirti!», con gli occhi tremuli come l'acqua della fontana.

Si è accovacciata per terra, vicino a me, e i suoi occhi hanno brillato ancora di più, come accesi da un ritmo frenetico. Lentamente, dalla mano che aveva chiuso a pugno, ha tirato fuori un bigliettino e ha detto:

«Ecco, questo è l'indirizzo! Lei è qui, a Napoli! Un amico mi ha confermato questa notizia e domani puoi incontrarla. Sofia è qui, ora basta che tu lo voglia per davvero e la potrai finalmente incontrare!»

Allora mi sono rivolto verso la luna con gli occhi pieni di lacrime, e ho sospirato: «Oh mia cara!»

XV

Verso sera

Ho finito il mio tempo, mia cara. Non mi resta che raccontarti il giorno in cui ci siamo incontrati la prima volta. Vorrei dirti di più, ma non posso. Aspetta. Ascolta. Arriva senza farsi sentire *Il fantasma dell'Opera*. Si dilaga attraverso i violini, l'anima si espande e poi si ritira, è un tuffo al cuore, di nuovo, come sempre. Vedo la forma del tempo che si fa materia, assorbe i sentimenti dell'anima e gli archi sono frecce appuntite che centrano delle ferite già sanguinanti...

Ho provato a farti ricordare il nostro passato insieme. Non riesco a capire come tu sia riuscita a dimenticarti di tutto. È l'unica ragione che riesco a darmi per accettare il fatto che tu non sia venuta a salvarmi da quel covo di matti. Forse qualcuno ha cospirato contro di noi. No, non accetto che tu ti sia dimenticata di me. Ci siamo fatti delle promesse: se uno di noi due avesse avuto bisogno d'aiuto, l'altro sarebbe andato in suo soccorso. Era un patto d'affetto, come da madre a figlio, fatto solo guardandoci negli occhi. Non servivano le parole. Aiutami, ancora forse ho una speranza. Ho un filo di fiducia che mi fa ancora illudere che tu non mi abbia dimenticato. Spero solo in questo.

Una foschia si avvicina, insieme alle note. Ha uno strano colore scuro, è appiccicosa e mi sporca la pelle. È il dolore che arriva e non si fa sentire. Di soppiatto salta sulle carni e si incolla al cervello. Lo stesso deve essere accaduto a te, a causa della solitudine che mi hai confidato di provare. Il tuo cuore è diventato più fragile, e hai deciso, per protezione, di rifugiarti in un'isola fatta di memoria.

Anche per questo ho voluto raccontare di noi, per dirti che non sei sola. Non lo sarai mai. Ti sto vedendo mentre leggi queste pagine. Stai accarezzando queste parole, hanno centrato il tuo cuore. Ora porti la mano sulla fronte per seppellire un pianto. Le lacrime stanno sopraggiungendo, ancora riesci a trattenerli. Ma la malinconia avanza per il volto, si arrossiscono le gote e spunta una lacrima. Stringi gli occhi in una smorfia, solo per un attimo, poi esplode il fiume del pianto. Due gocce rigano il volto, mentre il labbro inferiore è preda a un tremolio. Che dirti per consolarti? Non aver paura della solitudine. Io la conosco molto bene, è una vecchia amica che sta qui, al mio fianco, a cucire l'orlo della vita intera. Non pensare che sia un mostro che voglia farti del male. Alcune volte sa tenerti compagnia, sa indagare in quegli spazi bui della nostra anima. Ci porta a conoscerci meglio, perché siamo con noi stessi. La solitudine ci appartiene, è lo spazio infinito su cui costruiamo i nostri sogni e non dobbiamo averne paura, mai.

Il pensiero di saperti triste è per me il dolore più grande. Resisti ancora un po' perché ho intenzione di arrivare fino in fondo. Poi verrò da te, a liberarti, a salvarti. Aspetta ancora un po'. Fino a quel giorno non smettere di pensarmi.

Un canto mi fa alzare dalla sedia. Giungono gli ululati de *La migliore offerta*, e si aprono davanti agli occhi i misteri dei ricordi sepolti. Un guanto accarezza le immagini del cuore. Fioriscono i giorni d'infanzia, e un mare si apre allo splendore dei sogni. Intorno a me si ravvivano le cose. È una luce che si fa malinconia e scorre nel fiume lontano dei sogni passati.

Ora le fasce di rosso invadono la stanza. Una brezza scuote la tenda. Il balcone lì fuori sì è incendiato dell'ultimo raggio del giorno. È giunta la sera, come un panno silenzioso si è appoggiata sulla casa. Mi guardo intorno, a sfogliare i ricordi, e nel cielo scuotono le ali di una coppia di colombe, e vanno verso il mare. L'orizzonte si tinge di un fuoco che sale sull'Isola, abbraccia il suo cono e spruzza il cielo di mille colori, fino all'alto del blu, dove sorge la prima stella della sera.

XVI

Il nostro incontro

Ero di nuovo a Napoli. Per la seconda volta sono ritornato nella città dove un po' di tempo prima mi ero recato per venirti a cercare con disperazione, e me ne ero andato ancora più disperato. Avevo giurato di non ritornarci più.

Adesso però, mentre gli archi de *Il pentito* li sentivo scorrere verso il cielo, mi trovavo al centro della Piazza del Gesù Nuovo. Stavo sotto all'obelisco dell'Immacolata, nel cuore di Napoli. Mi guardavo attorno e sfogliavo le immagini accatastate nella mente che rappresentavano il susseguirsi di film che hai interpretato proprio qui, nel luogo dove più ti rappresenta. Un vento gelava le gambe rendendomi immobile come una statua, ma dentro c'era un cuore pieno di passione che pulsava soltanto per il tuo ricordo. Davanti agli occhi c'eri soltanto tu mia cara, in diversi aspetti e sotto forma di donne diverse, ma tutte ricche della tua anima, che includeva la gioia, l'amore, il dolore, e tutte le sfumature della fragilità di una donna. Camminavi con quel vestito che ti pendeva ai lati e ti dirigevi in chiesa per un matrimonio. Poi ti affacciavi al balcone del Palazzo Pandola e mi guardavi con gli occhi arrossati, ma di gioia. Guardavi davanti, proprio me che ti sbirciavo dalla serratura dei ricordi, e tra le lacrime facevi apparire un sorriso, una tenera risata che gettavi giù tra la piazza, giù nel mondo, e poi, seguendo il filo della storia, sussurravi: «*Quant'è bell' chiagnere*!»

Mentre questo accadeva io stavo ancora fermo, a guardare come sfilava la tua storia davanti a me, a sentire come il passato si faceva presente attraverso la memoria, stimolata dagli odori, dalle immagini, dal suono, e dal vento che portava con sé il riverbero di un amore antico, capace però di riproporsi in eterno sempre con la stessa intensità. Questo sentimento così forte era avvalorato dalla consapevolezza che, qui a Napoli, ti avrei incontrata. Non riuscivo a rendere concreta l'idea che tra poche ore avrei visto il tuo volto, magari sfiorato con una carezza, e sentito il tuo profumo, sognato per tutta la vita. Così anche i nostri occhi si sarebbero incrociati, come i nostri destini che da tempo avevano solo bramato di congiungersi.

Me ne stavo lì, in quella piazza, raccolta e piena, ad incrementare le aspettative che avrei potuto avere dal nostro incontro. In più si riunivano le cuciture di sogni che nel tempo passato si erano sviluppati avendo come luogo d'ambientazione proprio questa città. Non solo quindi il cinema aveva contribuito a farmi desiderare di mettere piede su questi antichi basalti, ma accadeva in quelle giornate in cui me ne stavo per ore intere a guardare il mare e lo Stromboli dal mio balcone, che immaginavo di avventurarmi in città lontane e bellissime, dove avrei trascorso le mie prossime vacanze estive o delle brevi villeggiature, anche d'autunno, in cui le avrei usate per iniziare a scrivere un romanzo d'amore o la sceneggiatura di un prossimo film insieme a te. Perciò pensando e ricucendo antichi frammenti io me ne stavo ancora all'interno di questa piazza, a gironzolare avanti e indietro, come fossi all'interno della mia camera, in cui, ascoltando la musica del Maestro, io ero solito passeggiare sempre sulle stesse mattonelle mentre nella mente esplodeva il caos di un universo sconosciuto. Non mi importava se la gente mi additava come uno sciocco o un semplice pazzo.

Ora è come se fossi il signore della piazza, e i palazzi intorno con questa specie di torre alta fino al cielo, sono la composizione ideale per rendere concrete le mie idee stravaganti, ho pensato. E adesso getto un altro passo, calpesto questa pietra calcata da millenni, da migliaia di gente. Nel cielo una rondine si infrange contro il raggio del sole del mattino, ora più alto, più acceso, e riversa altri bagliori per la giornata. Cammino, e negli stessi spazi circoscrivo la mia felicità, finché diventa cosa reale e tangibile. In Calabria mi piaceva svegliarmi a quest'ora. Osservavo i voli di numerosi stormi che sfioravano le cime dei pini. Poi si tuffavano nell'azzurro del cielo, lo stesso di quello del mare. E intanto un gallo cantava il giorno nella prima ora. Proveniva da una campagna lontana e il vento portava con sé tutti i rumori della natura. Le montagne si coloravano d'ombra, facevano da schiera al teatro che era la piana su cui si inscrivevano le storie di popoli che appartenevano a una storia senza il dono del tempo.

Mentre chino la testa un bimbo getta un urlo. Mi fermo. Colgo ora un odore che proviene da lontano. Arriva spedito come l'effluvio di un fiore su cui si getta una secchiata d'acqua: è pungente e dolce come una camelia, e si riversa fino allo stomaco. Un vecchio esce dall'edicola, arranca sul bastone e tenta di aprire un giornale. Da qualche chiesa suona strimpellando una campana rauca. Poi se ne aggiunge un'altra più squillante, ma è lontana, a stento percettibile. Chiudo gli occhi per raffigurarmi un suono. Ci sono dei vortici pieni di colore che salgono verso l'alto e coprono lo spazio su cui si creano i sogni. S'addensano e si mischiano l'uno all'altro mentre, onda dopo onda, si crea una melodia che ha un proprio carattere, una vera personalità su cui gettare un vero sentimento.

La mente torna ancora indietro. S'addentra tra i rovi di un paesaggio che porta i segni di un luogo abbandonato, di campagne che non sono state mai coltivate. Eppure un tempo un uomo ci ha messo piede. Qui ha sepolto una storia, e sale sulla superficie di quello che sono, dell'essere che tutti credono che non sia, come nei sogni emergono le cose dimenticate dell'infanzia, trasformate attraverso la nube dell'onirico. Si avvicina pure una donna. Una fata dai capelli bianchi e con gli occhi neri come le profondità di una voragine. Mi guarda, scrutandomi, con quegli stessi occhi che incidono dei segni, a volte delle parole, ma sempre delle verità che so che esistono e che non voglio siano rivelate. Allora scuoto la testa, passa un gabbiano, apre le ali e scivola sopra la spiaggia bianca di un paese lontanissimo, disabitato, ai confini con l'Antartide, senza però alcuna neve intorno. E una goccia di rugiada precipita sulla foglia di una rosa. Cade a picco, pesante, si apre quando arriva giù in tante altre piccole gocce. Un cavallo nitrisce quando passa un serpente tra le erbe di un sentiero di montagna, e cade dalla paura. Nel cielo ora le nuvole si incrociano come le macchine di un traffico cittadino. Anneriscono la piazza, scurendo il suono di un'altra campana che rimbomba più pensante. Rotola tra le vie, e si getta qui, proprio sotto ai piedi, sotto alla terra che spinge verso l'alto una vita sepolta da millenni. Non può mancare la musica, che si srotola attraverso lo scorrere di migliaia di dita sopra un pianoforte. Mille note, melodie e sentimenti si incendiano nel cuore di tutta la gente che passa. Attraversano la piazza incuranti, e vanno via nel sentiero sconosciuto che il destino ha riservato per ognuno di noi. Oggi ti vedrò, accarezzerò le tue mani, ti stringerò tra le braccia e sentirò il modo in cui il cuore riuscirà a battere al tuo fianco.

Quindi non mi rimaneva che salutare quella piazza e dirgli addio. Ho osservato ancora una volta le chiese e i palazzi, li ho ringraziati delle emozioni provate, e poi sono andato via, per davvero.

Mi sono avvicinato alla chiesa continuando il percorso di Spaccanapoli che avevo iniziato con l'incrocio in via Toledo. Qui mi sono ricordato del biglietto che mi aveva lasciato Virginia. L'ho preso dalla tasca dei pantaloni e ho riletto le sue indicazioni, cioè di presentarmi alle tre del pomeriggio dalla signora Romilda, in via San Biagio dei Librai al numero 5. Ancora mancava qualche ora, perciò mi sono sentito libero di fare qualche giro per la città.

Oltrepassando la prima parte di via Benedetto Croce, che mi ha ricordato di un racconto del vecchio Caruso, ho sentito la sensazione che le due chiese vicine, quella del Gesù Nuovo e la basilica di Santa Chiara, volessero darmi un abbraccio prima di uscire definitivamente da quella parte di piazza e gettarmi poi nei labirinti del centro di Napoli. Quando questo è accaduto, momento in cui il tempo è sembrato dilatarsi, mi è parso di camminare a un palmo sopra la terra e di spiccare il volo verso l'alto campanile.

Sono tornato subito alla realtà a causa delle risate improvvise di un gruppetto di studenti. Camminavano barcollando, e continuavano a ridere a crepapelle. La loro lingua era il napoletano autentico, ma impasticciato con forestierismi che stonavano un po' con l'originale melodia. Io sono rimasto incantato da quel suono poetico, a volte incomprensibile, che mi ha portato a seguirli.

Abbiamo svoltato alla prima a sinistra verso via San Sebastiano, che faceva da incrocio a un gran numero di bancarelle e negozi appiccicati uno sull'altro. Il sole, in queste strade del centro, era una visione che stava in alto e di rado arrivavano i suoi raggi. Le strade apparivano sempre fresche e lucide dando la sensazione di camminare su una superficie d'acqua. I passi degli uomini erano più leggeri, pareva di scivolare. Osservavo la caducità delle case e dei piani inferiori in cui, attraverso le incrostazioni, il decadimento dell'intonaco e di disegni sovrapposti sui muri scalcinati, dimostrava come il tempo potesse esprimersi in una sorprendente poeticità. E oltre alle cose che cadevano a pezzi, la stessa poesia, era viva nella gente che a ragione della propria sopravvivenza, continuava ad andare avanti seguendo l'obbiettivo del farsi strada a ogni costo.

Abbiamo girato a destra in una strada curva che presto ci ha portati a vedere la chiesa di Santa Croce di Lucca. Da quel punto iniziale la chiesa sembrava essere incoronata da due campanili, però non appartenevano al suo corpo, uno, ormai alle mie spalle, appartenente alla chiesa di San Pietro a Maiella, l'altro, con elementi dell'epoca romana come le colonne e alcuni blocchi di marmo alla base, era della chiesa di Santa Maria Maggiore della Pietrasanta.

Nel frattempo gli studenti erano già con delle pizzette in mano a mangiare chi in piedi e chi seduto su una panchina di piazza Luigi Miraglia. Continuavano a ridere e a usare quel tipo di napoletano che sarei stato ancora ad ascoltarlo, ma i diversi odori delle pizzerie vicine mi hanno trascinato da loro. La piazza era circondata da bar, trattorie e caffetterie, e l'ora, quella di pranzo, mi seduceva più di qualunque cosa. Avevo lo stomaco vuoto, e andavo da una parte all'altra, dal dolce al salato, finché non sono stato attratto da un odore particolare. Proveniva da una via interna della piazza e l'ho seguito.

La strada era poco illuminata, ma ancora continuavano i negozietti di alimentari. Superato un incrocio quell'odore particolare si è mischiato con altri profumi, e l'ho perso da sotto il naso. In compenso però, è apparsa una luce, fioca all'inizio che proveniva dalla fine della via. Io mi avvicinavo e questa luce si raddoppiava ad ogni passo. Mi ha fatto dimenticare di ogni cosa, ero folgorato come da uno spirito celeste.

Ho svoltato a sinistra e sono arrivato davanti a un portone un po' socchiuso. Usciva quella luce radiosa, accecante e accompagnata da una musica e un coro. Ho temuto ad aprirla e guardare dentro perché avrebbe potuto accecarmi. Ma quando ho spostato l'anta del portone, ho visto che la luce si è ritirata per darmi la possibilità di entrare. Non mi bastano le parole per descrivere ciò che ho visto dentro.

Quella luce, all'inizio in apparenza insopportabile, si è ritirata dolcemente nella parte in fondo della chiesa, posizionandosi prima sulle superfici più alte delle statue che percorrevano l'intera Cappella, e infine, attraverso una pioggia di stelle, cadeva sull'altare. Ho espresso la parola "meraviglia" con quella facilità che si adotta quando a parlare è lo spirito o la parte istintiva delle nostre emozioni.

Poi ho alzato lo sguardo, ero ancora fermo sulla soglia d'entrata, e mi sono accorto della volta celeste, o meglio della *Gloria del Paradiso,* che, come se non fosse abbastanza il gruppo marmoreo, permetteva all'occhio umano di sopraelevarsi, insieme alla sua anima, verso la sublime dinamicità di colori che trovavano il loro punto di maggiore espressione all'interno di un'ellissi dorata, dove la gloria, summa delle virtù sia umane che celestiali, si esprimeva in tutta la sua verità, con forza e dinamismo, ma soprattutto con una grande autenticità di leggerezza e di senso dell'infinito, permettendo all'osservatore di estraniarsi dal proprio corpo e di viaggiare in totale libertà.

E una volta acquisita la virtù aeriforme della leggerezza, ho potuto incamminarmi verso quest'unica navata che era il simbolo stesso dell'unicità con cui essa, cioè l'intera Cappella, solenne e vibrante del tipico movimento tardo barocco, si esprimeva e si lasciava ammirare quasi con superbia. Mi hanno attraversato, mentre facevo scivolare passi lenti in avanti, dei fasci luminosi provenienti dalle piccole finestrelle in alto e, di fianco, sia da una parte che dall'altra, in prossimità dei pilastri su cui si reggevano gli archi, mi incrociavo con le statue che, in movimenti fittizi, mi regalavano la possibilità di arricchirmi delle più pregevoli virtù, di cui i volti delle statue si immedesimavano perfettamente in un vero senso di alta drammaticità.

Finché non sono arrivato davanti a un Cristo giacente, con la testa adagiata su due cuscini morbidissimi di marmo, che spirava il suo ultimo alito di vita. Mi sono inginocchiato per osservarlo da più vicino e sentivo il suo cuore ancora battere, le sue mani stringersi in un velo di speranza, la stessa vinta nel momento in cui diceva al Padre: "Perché mi hai abbandonato?!". Vedevo le sue palpebre socchiudersi di dolore ma ancora frementi di un alito di vita che presto lo avrebbe abbandonato. Però quest'ultimo soffio, allo stesso tempo, si allontanava momento dopo momento, in modo da esprimere l'inesistenza di un punto di fine e la permanenza nell'oblio dell'attesa, del palpito del cuore umano, della sofferenza della carne che chiede la pace dei sensi e quindi la liberazione dello stato di cattività dell'anima. L'intera statua trasudava ancora di una vita che voleva progredire, a cominciare dai piedi che erano la prima parte vista entrandoci. Ed essi, che scarni e rigidi tiravano il velo nella parte inferiore, raccontavano i passi dell'Uomo ora a riposo, perfettamente ricchi della forza con cui solcarono le numerose insidie e i traguardi miracolosi tra gli umili e i fedeli. E percorrendo con lo sguardo verso l'alto l'intera figura, in ogni piega del velo, vi era scritto ogni momento della Sua vita, leggendola ma anche potendola osservare attraverso le immagini che ritraevano la vita di Gesù in Terra Santa. Così, tra i solchi delle vene e le pieghe del sudario, vi era disegnata la fuga in Egitto come tutto il periodo del Ministero, l'arrivo a Gerusalemme, davanti a Ponzio

Pilato, condannato in nome di un'ingiustizia umana, e poi l'intero Calvario che meglio si esprimeva nelle mani, nel ventre concavo e consumato, e nel viso di cui la sofferenza dispiegata nel velo non era inferiore alla dolcezza che lo sguardo chiuso voleva esprimere a tutti i fratelli. Era il tripudio di come i sentimenti dell'uomo possano tracciare il corpo seguendo un cammino che consuma, che si contorce in uno spazio angusto della carne e che trova il suo riposo nelle ombre delle cavità in quelle parti sommerse che pure sono rintracciabili anche rispecchiando noi stessi e la nostra storia.

Mi sono alzato e ho voluto guardarlo dall'alto, riflesso per intero nello specchio dei miei occhi. Insieme al coro costituito da putti alati e dalla musica suonata nella parte alta del cielo con strumenti mai sentiti, io ero unito a tutti loro, partecipe di un'esperienza che stava divenendo sempre più spirituale. Però, quando mi sono inginocchiato un'altra volta, a guardare i suoi occhi, coperti di un tenero velo di speranza che mi diceva "portami alla vita", io sono rimasto invece legato alla realtà pura dei sentimenti umani. Ho allungato la mano verso la sua per stringerla, come conseguenza a un bisogno d'affetto fraterno, e ho sentito di aver trovato il conforto che cercavo da una vita – lo stesso che vedevo cercare nei suoi occhi – quello appunto che non mi avrebbe fatto sentire mai più solo.

Adesso assumeva i tratti di un semplice uomo. Al mio fianco c'era un fratello, un amico, un uomo che ha sofferto e che è stato incompreso, e le cui lacrime sono andate dimenticate. E più lo osservavo, e più riuscivo ad entrare nei suoi occhi, trovando una similitudine che aveva il compito di portare a galla i tormenti più segreti, quelle angosce che la sopravvivenza del nostro inconscio tende ad escludere, però lo fa soltanto nascondendo, occultando e non eliminando per davvero. Queste riemergono nelle occasioni rare della rivelazione, e per me erano adesso, guardando gli occhi della statua del Cristo che, nonostante chiusi, esprimevano il bisogno della condivisione e della misericordia. Infatti, il suo bisogno, così come il mio, era quello di tendere una mano d'aiuto, di consolare un fratello davanti alla sciagura della morte e soltanto col valore della fratellanza diventava accettabile e dolce consolazione.

Poi è arrivato un momento in cui ho staccato la mano dalla sua. Ho sentito il distacco come se stessi lasciando per sempre una persona cara che non avrei potuto mai più rivedere. La forza con cui la cingevo e sentivo la mia cingere, adesso si scioglieva e diveniva man mano che me ne allontanavo sempre meno intensa. Allo stesso tempo il suo sguardo continuava però a fissarmi e a tenere ferma quella fune con cui la corrispondenza dei nostri sentimenti viaggiava da una parte all'altra.

Sono andato ancora avanti, verso l'altare maggiore. La luce del primo pomeriggio la rendeva luccicante come una cascata di diamanti, e scendeva di fronte ai miei piedi. Le statue si accendevano di un bianco candido che sembrava trasparire a volte in un'iridescenza floreale, grazie alle vetrate colorate in alto. Così, la luce, cascando sui movimenti marmorei, creava un'infinita rete di percorsi narrativi che altalenavano da punti di bagliore a cavità d'ombra. Al centro, il Cristo, sorretto pietosamente dalla Madre con le mani aperte pronte ad abbracciare, era nel volto più sereno rispetto a quello Velato. Probabilmente il suo essere consolato dall'affetto materno e circondato da altre persone care, come la Maddalena affranta, e angeli ai suoi piedi, faceva in modo che ad emergere ci fosse una maggiore tenerezza. Egli, come profeta della Sua ascensione in cielo, sebbene l'immagine raffigurasse il momento in cui il sepolcro lo stava per accogliere, vedeva l'inizio di un regno senza fine. Così lo scultore aveva deciso di tratteggiare la dolcezza di quei momenti e non il dramma per la fine di una vita. Il resto della composizione marmorea era un tripudio della Bellezza che fioriva anche in un tronco d'albero morto in marmo.

Mi sono girato indietro, osservando la Cappella dall'altare. Ho ripercorso con lo sguardo le statue ad una ad una, sia quelle di sinistra che quelle di destra, scrutando i loro movimenti, le facce, i sentimenti che esprimevano e ascoltando i battiti del cuore che acceleravano quando scoprivo una nuova meraviglia. E da quel momento ho capito che non solo il cuore aveva preso a pulsare in modo anormale, anche i miei occhi, forse troppo stanchi dall'osservare così intensamente, hanno cominciato a vedere le cose con un contorno sfumato.

Poi ho fermato lo sguardo sugli occhi della donna velata. Mi hanno afferrato e attirato a lei passo dopo passo. Mi sono accorto di essermi mosso quando sono giunto vicino al Cristo Velato. Ho notato la differenza dei due veli, quello della donna era più leggero e sottile, facendo trasparire la vivacità della dolcezza femminile. Il suo volto, eretto in uno sguardo di pace e fierezza, ammirava senza indugi la pietà di cui il Cristo era circondato.

Voltandomi dal lato opposto della donna velata, c'era un uomo di marmo intrappolato sotto una rete pesante che tentava di liberarsi. Su di lui vedevo riflessi i miei tormenti trasformati in pura materia. Alcuni angeli tentavano di aiutarlo, ma tutto appariva inutile. Dalla parte opposta la donna era libera di manifestare la propria bellezza, fiera e pura, l'uomo invece era in un atto di guerra che non avrebbe avuto fine. I miei occhi andavano da uno all'altra, esplorando ogni dettaglio e catturando le virtù che cercavano di esprimere. Fino al punto che ho sentito un forte riverbero ripercuotersi nel petto. Davanti agli occhi balenavano immagini allucinate e il corpo non rispondeva ai comandi della mente.

Ho sentito il bisogno di andarmene via al più presto. Per sbaglio ho guardato in alto, verso altre statue e ho visto i loro occhi incrociare i miei. Si sono infuriati e sono scesi dai loro piedistalli. Nel viso fiorivano nuove espressioni, di malvagità, pronti ad aggredirmi. Ho affrettato il passo, ho cercato di correre, ma le mie gambe erano molto pesanti. Riuscivo a stento a sollevarle dal pavimento e a fare un passo. Nel frattempo tutte le statue hanno preso vita e venivano verso di me minacciose. Alcuni si sono tolti il velo, altri hanno sguainato le spade. Solo il Cristo è rimasto immobile.

Volevo uscire, ma mi mancava il respiro. Non avevo le forze necessarie per arrivare all'uscita. Intanto si avvicinavano sempre di più, erano dei Titani pronti a colpirmi. Con grande fatica correvo, finché non sono giunto al portone. Mi sono tuffato fuori, per terra, come se uscissi da una lunga apnea in mare.

Respiravo un po' meglio e mi sono alzato con le

scosse ancora nel petto. Un passante mi ha chiesto se stessi bene. Mi ha aiutato ad alzarmi e ho risposto che ero inciampato.

Avevo bisogno di più aria per respirare meglio. Quella via mi soffocava, e ho desiderato di rivedere la mia spiaggia in Calabria o le grandi distese di agrumeti.

Ho camminato svelto finché non sono giunto in via Nilo, e quando stavo sentendomi meglio per la mente sei riapparsa tu. Mi sono ricordato dell'appuntamento con la signora Romilda, e l'ora stabilita era passata da un po'. Mi è piombata una cascata di fuoco addosso. La terra avrei voluto che si aprisse sotto ai miei piedi. Mi sono chiesto in che modo ho potuto dimenticarmi della cosa più importante della mia vita. Eppure era successo. Ancora una volta.

Camminavo piano, con la disperazione davanti ai miei piedi, finché non sono arrivato davanti alla statua del Nilo. Era in una piccola piazzetta, piena di persone, intenti a fotografarsi con la statua. Si trattava di un uomo barbuto adagiato su un blocco di pietra con una piccola sfinge sotto il braccio. E con la fronte rugosa, dallo sguardo superbo, non dava alcun segno d'interesse verso la chiesa di Santa Maria Assunta dei Pignatelli. Oltre alla bellezza dei suoi interni, la chiesa, possedeva nella parte bassa una colonna di marmo greco-romana incastonata al limite della costruzione. Guardandola mi sono sentito simile a lei, una cosa antichissima all'interno di un'epoca che non le appartiene, con il mondo che le passa davanti indifferente.

Sono rimasto sotto il Nilo, a guardare la folla rumorosa che per un po' ha smesso di sbraitare. Sentivo soltanto il mio cuore battere e vedevo il tempo intercorrere tra un battito e all'altro. Il tuo volto si incastrava nei tramezzi del tempo, e ti sentivo più lontana. Il dolore mi stringeva l'anima. Volevo abbracciarti subito, prima che non potessi mai più farlo. Ho preso di fretta il biglietto di Virginia, ho riletto "Via dei Librerai n. 5" e cercavo di trovare lo spazio tra la folla per uscirne e trovarlo. Ho domandato a un signore e scocciato mi ha risposto:

«Ma che stai a chiedere?! Sta proprio qua!» e con la mano mi ha indicato la via dietro il Nilo.

Infatti dopo qualche passo ho visto il numero 5, al fianco di un portone scalcinato come tutto il palazzo. Ho afferrato la maniglia e ho bussato più volte. Si è aperto poco dopo con uno scatto elettrico.

L'interno si presentava diverso, nuovo e pulito. Tutto era bianco e molto profumato, era un androne arredato in uno stile contemporaneo.

La portinaia, una donna bassina e robusta, dai capelli tenuti grigio-bianchi, cotonati, si è abbassata gli occhialini dal naso e li ha lasciati cadere sul petto sorretti da una cordicella di oro bianco. Stava leggendo una rivista di moda milanese, e i suoi piccoli occhi e rotondetti, marcati da un leggero eyeliner e sormontati da palpebre color verde acqua, si sono spostati lentamente dalla rivista a me. Mi ha scrutato dalla testa fino ai piedi e qui ho notato che le ciglia erano imbastite da una polvere d'argento che ha rispecchiato tutta la sua persona.

«Chi sei tu? Che cosa vuoi?» mi ha chiesto.

«Sono venuto perché avevo un appuntamento con la signora Romilda! Lo so è un po' tardi ma ho avuto un imprevisto!» ho risposto.

La portinaia non smetteva però di guardarmi ora un

po' più accigliata, come se le mie parole così sentite le trasmettessero una reazione inversa a quella che volevo le suscitassero. Così, prima che lei dicesse qualcosa, ho detto:

«Sarei dovuto essere qui qualche ora fa, ma le strade del centro mi hanno fatto perdere. A un certo punto ho temuto anche per la mia vita. Vi prego signora, riferite alla signora Romilda che ho urgenza di parlarle, mi manda la signora Virginia, la signora della villa Cimbrone! Vi prego è molto importante non ho ancora molto tempo a disposizione... Ecco guardate questo è un suo biglietto!»

Appena ho menzionato la signora Virginia, la superbia del suo sguardo è mutata in un accorato servilismo. Si è rimessa subito gli occhiali e ha alzato le mani per prendere il biglietto prima ancora che io riuscissi ad estrarlo dalla tasca.

Lo ha letto veloce e poi, guardandomi rammaricata, ha detto:

«Ma allora sei tu! Devi scusarmi... È che la signora Romilda mi aveva detto, anzi assicurato categoricamente che saresti venuto in orario preciso, e quindi io... ecco non ti ho riconosciuto. Ora non so che dirti, ma aspetta qui che l'avverto e vediamo che dice».

«Vi prego sì, ditele che sono qui e che ho molta urgenza di parlarle!»

Tutta tremante per la fretta la signora portinaia è ritornata dietro la sua postazione a chiamare la signora Romilda, e intanto mi guardava sorridendo e diceva: «Accomodati! accomodati nel frattempo!»

Ma ho aspettato in piedi dinanzi a lei per vedere subito la reazione del suo volto quando avrebbe ricevuto la risposta dall'altro capo della cornetta.

Quando mi ha sorriso e ha fatto cenno col capo di sì che andava tutto bene, mi si è accesa una luce davanti agli occhi.

Non ho fatto in tempo a farla finire di parlare che già ero sulle scale. Le ho salite a due a due, e sono arrivato all'ultimo piano in un baleno. Il portone che avevo davanti era bianco laccato, e appena mi sono avvicinato si è aperto. A darmi il benvenuto è stata una ragazza del personale di servizio, con un viso grazioso e piccolino, esile come l'intero corpo. Mi ha detto di accomodarmi di là in salotto e mentre andavo, osservavo la bellezza della casa. Ammiravo soprattutto la pregevolezza degli arredi all'ultima moda con un sapore vintage. Il bianco dominava su tutti gli altri colori, donava candore e luce in tutto lo spazio. C'erano salotti e salottini dappertutto, con sedie e poltrone forse mai usate, e piante di ogni genere, alcuni erano dei veri alberi, altri piccoli e scultorei bonsai, mentre non mancavano i fiori finti talmente veri che veniva voglia di andare ad annusarli, ma questo non serviva perché in tutta la casa fluttuava un odore di prati e sapori mediterranei. Ho riconosciuto la ginestra e il mirto, ma non mancavano i sapori di agrumi come il bergamotto che mi ha fatto sentire un po' a casa, e altri profumi fruttati che si mischiavano ad altri più freschi da creare un coinvolgimento di benessere, messo in risalto da un'abbondanza di luce che entrava da finestre velate da tende bianchissime.

La signorina mi ha indicato di accomodarmi su un divano bianco, era molto morbido e rivestito di un pizzo che sembrava un abito da sposa. Al centro della stanza un camino in marmo che trasmetteva un'immagine finta di un fuoco acceso.

Dopo qualche secondo, dietro alle mie spalle, ho

sentito una voce:

«Ma quanto ti ho aspettato! Mi dispiace tantissimo!»

Mi sono alzato per voltarmi e ho visto la signora Romilda che veniva verso di me con le braccia aperte. Era una donna non più giovane, con un corpo magro e tutto curve, messo in risalto da un vestitino stretto e bianco e ancheggiava verso di me con la faccia intristita.

Io ho aperto le mie braccia per riflesso, e lei si è tuffata con un affetto che non mi aspettavo. Mi ha dato un grosso bacio tenendomi stretto la testa. Quando ha mollato un po' la presa, ma sempre abbracciati, mi ha guardato in faccia con un broncio da bambina dispiaciuta e ha detto:

«Ma che fine hai fatto, eh? Ti ho aspettato per tutto questo tempo! Dai sediamoci!»

«Vede signora Romilda, è che sono successe delle cose all'improvviso,» le ho detto mentre ci sedevamo «che mi hanno fatto perdere la cognizione del tempo».

«So io cosa ti ha fatto ritardare a te! Ma se vuoi che andiamo d'accordo non ti devi permettere più a darmi del lei o a chiamarmi signora, non sono mica "la signora Virginia"! Lei ha molti più anni di me, io sono ancora giovane!», e quando ha finito di parlare si è sventolata i capelli in avanti, erano lunghi e color miele, pettinati alla moda degli anni sessanta.

«Ma certo Romilda, come vuoi tu! La mia era solo una cortesia perché è la prima volta che ci incontriamo, ma se devo essere sincero sarebbe un po' forzato darti del lei quando di fronte a me vedo una bella donna così giovane».

«Guarda che non c'è bisogno che tu mi lusinghi in questo modo, perché Sofia te la faccio conoscere lo stesso».

Si è fermata qualche secondo e poi ha ripreso a parlare con una diversa espressione nel volto, più sincera e meno civettuola: «È stata Virginia a chiedermelo, lei è così cara... e fragile! Povera Virginia quante ne ha passate nella vita! Io le voglio un gran bene! Ma come l'hai conosciuta?, parlami un po' di te! Da dove spunti fuori?, perché presto tutto il mondo se lo chiederà!»

«Ho conosciuto Giacomo e Virginia in un momento della mia vita un po' strano, quando credevo che tutto sembrava ormai perduto... ero affranto, mi portavo dietro una tristezza che durava da troppi anni, forse da sempre. E loro come degli angeli mi hanno salvato facendomi capire che a tutto c'è una soluzione, anche al mio problema. E poi che devo dirti?, loro sono delle persone eccezionali, sono generosi come poche! Sono stato ospite da loro per poco tempo, ma mi sono sentito subito a casa. Ho trovato l'accoglienza che cercavo, e poi la signora Virginia, con i suoi occhi sempre persi nell'infinito del mare, mi ha raccontato di un mondo che non credevo potesse esistere. Mi ha fatto credere che la vita può riservare anche delle cose bellissime e bisogna viverle con serenità, soprattutto quando si è giovani. Ora è così che mi sento, libero, sollevato da un grosso fardello, perché sento, ora che ti ho davanti cara Romilda, che la mia ricerca è arrivata a concludersi. Finalmente incontrerò Sofia, e questo grazie anche a te! Ho paura a dirlo, ma sento di essere felice... »

«E non devi averne, non c'è alcun motivo. Però come ti dicevo oggi non credo che potrai incontrala. Ho riferito a Virginia un orario preciso perché Sofia è un'abitudinaria, e a quest'ora ormai non può ricevere.

Ma non devi preoccuparti, potrai incontrarla domani o dopodomani. Lei è sempre qui, solo che nessuno lo sa. Tutti credono che sia in giro per il mondo, a salire e a scendere da un aereo. Invece è qui, e anche da molto tempo. Lei non ti conosce ancora, ma quando vedrà i tuoi occhi capirà molte cose e ti accoglierà a braccia aperte. Lei ha bisogno di tanto affetto, questo è un periodo particolare della sua vita, si sente molto sola. È in attesa che qualcuno possa colmare questa solitudine e credo che quella persona sia tu. Tu la cerchi da molti anni, sapendo chi cercare, mentre lei era all'oscuro di tutto, vagava nel nulla. Forse quest'attesa è stata giusta per entrambi, non lo so, ma è finita. Non serve più andare oltre a cercarla, il tuo *Ritorno alla vita* sarà presto una realtà, già lo vedo».

Avevo gli occhi colmi di felicità e tutto d'un fiato ho domandato:

«Dici davvero Romilda? Dici davvero che mi accetterà, che vorrà ascoltarmi? Pensi sul serio che non mi volterà le spalle e che mi aprirà le braccia così come tu hai fatto con me?»

«Sì, sì e mille volte sì! Di questo non devi avere alcun dubbio perché se c'è una certezza in tutta questa storia è che Sofia ha un cuore grande quanto il cratere del Vesuvio! Lei saprà comprenderti perché è la bontà a condurre le sue scelte! Fidati di me e ricorda queste parole, mio caro!»

Ho preso le sue mani portandomele vicine e ho detto:

«Sai Romilda, non pensavo di incontrare una persona così buona come te. Adesso so perché sei amica di Virginia e di Sofia. Sembri anche tu un angelo venuto dal cielo per aiutare le persone, non ho parole davvero! Sei riuscita a confortarmi, a darmi di nuovo speranza e forza. Grazie, le tue parole mi sono d'aiuto!»

Abbiamo continuato a parlare ancora per molto tempo, finché non si è fatta ora di cena. Romilda ha insistito non solo che cenassi lì ma anche di passare la notte.

La mia camera era molto grande, bellissima, con un bagno privato di marmo bianco che mi ha ricordato la Cappella di Sansevero. Mi sono tuffato nella vasca preparata da Carmelita, la signorina che mi ha aperto la porta, e sono rimasto lì a lungo circondato da essenze e oli profumati. Poi, appena mi sono appoggiato sul letto, sono sprofondato su morbidi cuscini. Mi guardavo intorno, ancora incredulo di ciò che mi stava capitando. Dopo qualche secondo sono sopraggiunte le care note del Maestro, *Così come sei*, e mi sono addormentato sereno.

Mi sono svegliato all'alba, arrotolato tra bianche lenzuola di lino. Piccoli fasci di luce entravano dalle persiane lasciate aperte nella parte bassa.

Dopo un po' mi sono alzato e mi sono reso conto di indossare ancora l'accappatoio. Ho aperto le finestre senza aspettarmi quello che poi ho visto. C'era tutta Napoli sotto di me, con il Vesuvio davanti che mi sorrideva. Il cielo era candido, azzurro, ma non mancavano le nuvole che stavano sospese senza minaccia. Ho preso una fresca boccata d'aria, e vedevo i tetti delle case e dei palazzi tutti in disordine, come un armadio pieno di cianfrusaglie vecchie. Però qui c'era la poesia della città che trasudava dai campanili appuntiti fino alle antenne e ai panni stesi sulle terrazze. Il sole dava luminosità a tutte le cose, però a volte svaniva, dietro a quel grumo di nuvole che ora veniva dal mare. E il Vesuvio stava sempre lì a nascondere la penisola sorrentina che si faceva vedere con un velo di foschia. Questa veduta inaspettata, è stata accompagnata dalla canzone *Una furtiva lacrima.* All'inizio ho creduto di immaginarla, poi mi sono voltato a destra, e ho visto un terrazzino, a fianco al mio balcone, su cui una *vecchiarella* seduta, ascoltava questa canzone da un grammofono.

D'improvviso ho sentito bussare alla porta. Era Carmelita, uguale al giorno precedente, sia nella pettinatura che nel tenue rossore sulle guance. Con sé aveva un copriabito che teneva dalla cima di una cruccia e nell'altra mano una busta da boutique. È entrata di fretta dicendomi che mi aveva portato dei vestiti che la signora Romilda aveva ordinato per me.

«Dei vestiti? Per me? Ma come?!» ho domandato.

Carmelita mi sorrideva e mi faceva con la testa che sì, sì, tutto questo era per me. Li ha posizionati su una poltrona davanti allo specchio, e mentre andava mi diceva che di qualsiasi cosa avessi bisogno lei ci sarebbe stata. E poi svelta ha chiuso la porta.

Anche se ho provato la sensazione di ricevere dei regali senza meritarli, ne avevo bisogno. Non avevo nulla con me, avevo lasciato Villa Cimbrone di corsa, nel momento in cui Virginia mi aveva detto che ti avrei trovata qui. Poi avevo viaggiato tutta la notte, per lo più a piedi, e infine avevo trascorso un'intera giornata a Napoli. Ho tirato fuori dalla busta un vestito bianco di alta sartoria, con gilet e cravatta su cui erano ricamate le mie iniziali, e un borsalino bianco.

Mi sono guardato allo specchio, e non mi sono visto mai così bello. Forse perché vedevo riflesso il nostro incontro avvicinarsi, e tutto il mondo risplendeva della tua luce.

Sono uscito dalla stanza e ho percorso il corridoio illuminato dalla luce del mattino. Da una delle porte che era aperta ho visto la vecchia signora che ascoltava la stessa canzone ancora lì immobile. Mi sono tolto il cappello e l'ho osservata per un po', lasciandomi trasportare dalla dolcezza della musica. Guardavo i suoi occhi, lucidi e ricchi di storia che si perdevano su un punto del tavolino. Ho visto perfino il vuoto che cercava di colmare, ma ormai tutte le speranze erano lasciate alla forza del tempo.

Ad un tratto la voce di Carmelita mi ha fatto ritornare alla realtà.

«È la nonna di Romilda, poverina sta così da qualche anno. Non parla mai e vuole solo ascoltare quel vecchio giradischi. Fra non molto compirà cent'anni, e per la signora Romilda è come la sua mamma!»

E poi sono andato via, con l'immagine della vecchia donna impressa nella mente.

Sono sceso per strada, piena di persone che facevano le stesse cose di ieri pomeriggio, e la statua del vecchio Nilo era ancora lì a fissare il vuoto, come la nonna di Romilda. Ho messo le mani in tasca e sono andato avanti per la piazzetta. Tutto mi appariva inutile. Ogni cosa si liberava di significato davanti al tempo che lo vedevo prendersi la parte migliore di noi. E ho pensato che la stessa cosa la pensava la nonna di Romilda.

Mi sono ritrovato davanti a un obelisco barocco, che mi ha riportato per le strade di Napoli, a viverle come meritavano. Poco dopo è apparsa la chiesa di San Domenico Maggiore. Sono entrato nella piazza, ammirando tutti i lati. Di fronte alla chiesa ho visto una pasticceria e mi sono seduto a uno dei tavoli esterni, attirato soprattutto dal profumo di dolci appena sfornati.

Appena ho assaggiato un dolce dalla forma di un medaglione ricoperto di cioccolata e ripieno di crema, la mente è andata indietro nel tempo. Mi è parso di risentire le voci della mia famiglia, erano voci di donne che mi chiamavano per andare di corsa ad assaggiare il dolce appena tolto dal forno. Ne mangiavo uno dietro l'altro. La mente più del palato ne aveva bisogno per continuare il discorso dei ricordi. Mi sono ritrovato a Scilla, su una terrazza galleggiante di fronte al mare. Leggere onde si infrangevano sugli scogli e i pescatori ritornavano con le reti piene dopo una notte estenuante. Intanto le note de *Tutte le donne della mia vita*, levigavano quel ricordo, rendendolo un tassello del presente a cui accompagnavo la dolcezza del medaglione.

Ma tutto è svanito in un lampo. Mentre stavo per dare il morso all'ennesimo dolce, l'occhio è caduto su un'immagine di un giornale che stava leggendo un signore vicino a me. Quell'immagine era il viso di Virginia, lei con i suoi capelli raccolti e qualche ciocca lasciata cadere, con i suoi occhi ricchi di poesia che guardavano l'obbiettivo, guardavano me, e la sua faccia era proprio lì, su quel giornale sotto un titolo che citava la parola "suicidio"! Stavo con il dolce in mano e la bocca socchiusa ancora piena. Il cervello cercava di rigettare quel collegamento logico, spingendolo verso il basso, ma quello sforzo non è durato a lungo. Il signore che leggeva il giornale lo ha chiuso ed è andato via, lasciandomi ancora immobile, con l'amaro in bocca.

Di fretta mi sono voltato e ho visto una piccola edicola al limite della piazza. Mi sono avvicinato e ho rovistato i giornali per trovare il volto di Virginia, senza badare alle parole dell'edicolante. Quando l'ho trovato ho gettato qualche moneta e ho letto di corsa la notizia. Ma tutto era racchiuso in quella parola, suicidio. Virginia si era gettata dai dirupi della Villa. Il mio cuore si frantumava in mille briciole.

Ho gettato il giornale per strada e ho cominciato a correre e a urlare, senza badare alle persone intorno. Sentivo il bisogno di fuggire da quella verità, ma non sapevo in che modo. Le lacrime rigavano il viso, e per il cielo grosse nuvole grigie hanno scurito tutta Napoli. Per la mente appariva sempre l'immagine di Virginia che cade dai dirupi. Rivedevo i suoi occhi quando mi aveva dato la bella notizia. E la morte adesso scuriva ogni ricordo, ogni gioia. Qualcuno ha cercato di fermarmi, ma io l'ho scansato con violenza. Non vedevo nessuno, non mi importava più di nulla. Continuavo a correre e a piangere. Presto si è unita la pioggia, che in qualche secondo ha cominciato a scendere a dirotto, pesante. Ho provato piacevolezza di quella violenza che mi cascava addosso. Ma mi ha ricordato anche della gita che dovevamo fare a Capri. E Giacomo? mi sono chiesto, cosa farà adesso?

Andavo avanti piangendo irrefrenabile, come la pioggia. Urlavo più dei tuoni e le poche persone che correvano per ripararsi si voltavano per gettarmi un'occhiata. Sono arrivato sotto la torre campanaria di Santa Chiara. Anche questa squillava di morte. E il volto di Virginia mi rimaneva impresso davanti agli occhi.

Mi sono buttato sul muro della torre, e strisciavo avanti con la pioggia che adesso la sentivo cadere come lame d'acciaio. Sono arrivato a un cancello e sono entrato. Sono corso all'interno di quel piazzale per cercare un riparo, ma dopo qualche passo sono scivolato. Ho battuto con le ginocchia su dei gradini e davanti c'era una fontana. Ero disteso per terra e non ho avuto la forza di alzarmi. Non trovavo più il senso. Ho ricominciato a piangere, più forte di prima. Volevo svuotarmi di quell'ingiustizia, ma la rabbia cresceva ancora di più. La pioggia cadeva ancora più forte. Sentivo di aver tradito Giacomo per non essere lì con lui. Mi sentivo anche in colpa della morte di Virginia. Se quella sera io non avessi... e fermavo il pensiero attraverso un urlo. Pian piano le forze mi stavano abbandonando. La violenza della pioggia si prendeva tutto di me. Mi stava asciugando ogni vitalità. Io non facevo nulla per alzarmi e combattere. Non lo meritavo. Non serviva. Però continuavo a piangere, ad inondare ancora di più i pavimenti lucidi, e a urlare un dolore che depositavo in silenzio da una vita. Mentre la speranza era scivolata lontana, lasciandomi da solo. Inerme.

Ma all'improvviso, ho sentito una mano calda poggiarsi sulla spalla. Sulla testa non sentivo i colpi della pioggia. Girando gli occhi ho visto i lembi di un ombrello. Ho pensato che fosse qualcuno a dirmi che non potevo più stare lì a dare quello spettacolo. Ero pronto ad aggredirlo. Però quando mi sono voltato, l'urlo si è strozzato nella bocca, lasciandomi senza voce. Gli occhi impassibili sono diventati di ghiaccio. Perché ho visto te. Eri tu, quella mano dolce e calda era la tua. E quegli occhi che mi guardavano con la pietà di una madre affranta erano i tuoi. I tuoi occhi! Io li vedevo, finalmente, in mezzo alla tragedia delle lacrime, ho avuto la visione della lucentezza dei tuoi occhi. Il mondo si è fermato. Non ho sentito più nulla, né la tempesta né la tua voce che cercava di parlarmi.

Sentivo soltanto il mio cuore che batteva come non aveva mai fatto prima. Era impazzito, felice, quasi a morire. La ragione cercava di assimilare il tutto, ma non ci riusciva, si fermava, e rimanevo a guardarti, incantato e immobile.

D'un tratto è riapparso il suono del mondo, la pioggia. E poi ho sentito la tua voce, hai detto:

«Andiamo che ti bagni! Vieni sotto i portici! Su andiamo!»

Quelle poche parole li ho sentite risuonare nel cervello, come le onde di un'antica melodia che avevo dimenticato. Hanno attraversato tutto il mio corpo da farmi tremare. È stato un brivido che non avevo mai sentito.

Stavo ancora lì fermo ad osservarti, in silenzio. Poi, vincendo un nodo in gola che bloccava le parole, in mezzo alle lacrime, ho detto:

«Ti prego abbracciami!»

Non hai aspettato neppure che finissi di dirlo e subito ti sei tuffata ad abbracciarmi. Ho sentito come se un fuoco si fosse gettato addosso. Siamo rimasti stretti l'uno all'altra per un po' di tempo. E tutta l'acqua che il mio corpo aveva assorbito si stava asciugando grazie al tuo calore. Stretti l'uno all'altra!

Poi ti sei staccata da me e mi hai aiutato ad alzarmi. Ero fradicio della pioggia e sporco di fango, ma non ti sei tirata indietro. E, abbracciati sotto l'ombrello, siamo andati svelti a ripararci sotto i portici del chiostro delle Clarisse.

Quando eravamo seduti sotto i portici affrescati, ti ho detto:

«Sofia, io non credevo che tu fossi qui. Romilda aveva detto che ci saremmo potuti incontrare nella chiesa di San Gregorio Armeno. Oh, scusami Sofia, non ti ho detto neanche chi sono!»

«Certo che so chi sei. Ma comunque vuoi dirmi che ci facevi lì per terra lungo lungo come un salame a prendere tutta quella pioggia? Ma lo sai che ti può venire una polmonite? E poi quei pianti si può sapere che ti è successo?, si sentivano per tutta Napoli!»

«Mi dispiace, mi dispiace moltissimo che ci siamo incontrati in questo modo, non era così che dovevano andare le cose. Il fatto è che ho da poco saputo che è morta una persona a me molto cara. È stato un suicidio. Ed è stato solo grazie a lei che io adesso sono qui, con te!»

Mi hai guardato dispiaciuta per un po', poi hai allungato la mano per accarezzarmi e hai detto:

«Basta piangere, hai versato troppe lacrime e non servirà più a niente. Devi riprenderti adesso e darti una sistemata. Ti aiuto io!»

Hai frugato poi nella tua piccola borsa nera e hai tirato un fazzoletto di stoffa. Mi hai pulito il viso, togliendomi il fango, e io osservavo la tua mano. Allungavo il naso per sentirne l'odore, e la pelle della guancia si arrossiva sotto le tue dita.

La pioggia invadeva ancora di più l'atrio alberato. Gli uccelli erano andati a conficcarsi nelle buche in alto sotto i portici, tra gli spiazzi scalcinati degli affreschi. Gli alberi si piegavano dalle lame che scendevano dal cielo, trafiggendo in una meccanica continuità che non dava respiro, riparo. Il pavimento schiumava una nuova pavimentazione su cui l'acqua intrecciava un tessuto d'organza e di pizzo bianco che sfumava nell'azzurro, nell'evanescente colore dell'acqua che dirompe. E mentre osservavo il fluttuo del tempo, della natura che consuma e piega, muta e trasforma, io ti potevo guardare negli occhi da così vicino che non credevo potesse essere mai possibile. Potevo sentire perfino il tuo respiro che si incrociava con gli schizzi della pioggia sul parapetto del portico. Osservare come le vene della tua gola gonfiavano e poi si ritiravano, vedere il cristallo degli occhi che si rompeva ogni qualvolta l'ombra di un albero o di una foglia invadeva il suo spazio di luce. E io mi sentivo il più grande privilegiato uomo sulla terra. Percepivo la sensazione di essere un eroe, un essere appartenente al mito, perché la donna più bella me l'aveva permesso. Ogni fluttuo di vento sanciva un inizio e poi una fine. Un inizio era la possibilità di essere sincero totalmente, di raccontarti il mio *Ritorno alla vita*. Il nostro *Ritorno alla vita*. Una fine invece era la possibilità angosciosa che mi avresti detto "è stato un piacere, ma adesso debbo andare". Ma ecco che il ciclo della vita finiva e poi ne iniziava un altro, un movimento lento e penetrabile fino alla coscienza delle cose. Non succedeva né l'una né l'altra, ma il tempo riassorbiva i propri lembi che gettava tramite il vento, la pioggia; i tuoi occhi. E un sibilo faceva da intermittenza ai suoni delle cose sparse nel cortile: era il sentimento che correva da una parte all'altra dei nostri cuori. Era un'emozione che ascoltavamo in silenzio fingendo di guardare la natura, fingendo di non capire il mondo che avevamo perso e che non avremmo potuto recuperare, mai più.

Dopo aver terminato di pulirmi, hai *scotolato* il fazzo-letto per gettare a terra i migliaia di pulviscoli neri del mio viso, come quando le donne di paesi lontani, nel tempo in cui eri piccina, andavano alle vasche a lavare i panni della famiglia. Ti sei sbottonata il cappotto perché si era bagnato e l'acqua sarebbe potuta entrare fin dentro alla maglia, e poi sulle spalle. Quando lo stavi aprendo ho visto che nel collo avevi legato un foulard rosso. Era esattamente quello, il foulard rosso con disegni e stampe orientali! Il foulard della signora che ho incontrato quando sono venuto per la prima volta a Napoli. Ora capivo molte cose, come quel senso di familiarità nella sua voce. Il cerchio si chiudeva e le emozioni provate nel passato trovavano un senso. Tu eri lì, a un palmo dalla mia mano eppure non avevo colto quel fiore che la mia stessa ragione mi aveva teso.

Ma adesso non serviva più a niente pensarci. Stavi di fronte a me, a muoverti come ho sempre immaginato. Eri concreta come la pioggia che sferrava le proprie lance sui frutti e le maioliche ingrigite, perse nel bruno riflesso del cielo in tempesta. Era la vita che sbocciava nella memoria della morte. E la morte di Virginia è ripiombata di nuovo addosso, con l'irruenza di un uragano. Lei che sussurrava ai cavalli, come diceva Giacomo, e volava insieme alle falene imbiondite dal sole ma anche sotto l'incedere di un temporale di primavera. Lei era anche il sussurro che camminando per le strade d'Italia mi aveva detto "non fermarti", anche quando ancora non l'avevo conosciuta. La morte quindi si riavvolgeva alla vita e trovavo la sua anima riflessa nei sorrisi di cuccioli abbandonati, nei belati delle capre, libere sulle montagne coperte da alberi come fossero manti di lana rasata; nella schiuma delle onde che si infrangeva ora tra le rocce, ora tra la distesa bianca di sabbia, ma sempre quando essa, l'onda, si alzava per sfibrarsi nell'aria, per scucirsi del suo corpo centrale fatto di acqua, di vita, ecco che donava il punto massimo del suo canto, l'urlo di un'anima che muore e che poi risorge con la prossima onda. Lei sperava nella rinascita, nell'incedere del mare che non smette fino all'infinito di provarci e poi riprovarci, e poi ancora un'altra volta.

Intanto ti cingevi su te stessa, il tuo corpo era un percorso sinusoidale. I miei occhi lo seguivano e si intrecciavano con i ricordi di quando ti ho visto per la prima volta. Il ricciolo ti cadeva sulla fronte, e tu lo mettevi a posto. Dagli occhi spargevi una luce che cadeva come una rete sulle cose del giardino, già catturato dalla pioggia. Ma quella luce gli ridava dignità, speranza, alternanza di cammino; vita. Allora i tuoi occhi dicevano qualcosa, sospiravano una parola. Una storia. Una voglia di dire osservando ma tacendo.

I fiumi esondano – hai pensato adesso in silenzio e rivolta verso il giardino – con questa pioggia sarà bene andare a controllare le campagne, il bestiame in difficoltà; i bambini che ritornano da scuola. E le lucertole si annidano sotto gli steli di fiori trasformate in cavità ospitali, caverne primitive. Le fiumare della sua Calabria saranno ora piene, confuse nel loro essere paesi e desiderio di città, di cambiamento, di trovarsi a poter competere con altro che non sia solo il ricordo di un tempo umile, sottomesso, schiacciato e religiosamente impietrito. Era come quando volevo scappare, sviare alle bombe, strillare in camera e invece tacevo. La pioggia cade con l'esatta dirompenza con cui la vita voleva isolarmi, intristirmi e così diventavo secca, le ossa prendevano forma sotto gli occhi di mia madre che per paura affrontava i carrarmati, sviava le violenze per un quarto di zucchero.

Le lumache credono di essere a ridosso di dorsali

montuosi, invece sono foglie, accartocciamenti di petali ora consumati, bistrattati con la virulenza di un uomo che non conosce la gentilezza di una donna; la fragilità di una lumaca. Dovevo essere a San Gregorio Armeno è vero, Romilda gli ha parlato di me, ma perché sento che lui sa troppe cose su di me? È un cammino che mi fa incontrare, scontrare, conoscere persone e finire delusa, a volte offesa, molte volte compiaciuta, ma poi sola. Quella volta l'ho detto davanti a tutti, mi sono messa pure a piangere. Mi sento sola. Lo so che ha visto i miei film, ha sentito il cuore battere. Ma non dovevo dirlo in quell'intervista, era un momento dedicato all'Italia, ma quelli hanno detto che anch'io sono l'Italia. Chissà come viveva nella sua stanza sempre solo come io a Ginevra, a Pozzuoli quando andavo a scuola! Lui a guardare lo Stromboli, io il Vesuvio. Crede che non sappia nulla di lui, della sua terra, del suo intrecciarsi buffamente con la vita. Pensa a me come a una fata sfuggente e astratta, a una falena che scivola dall'ombra di un girasole e va a posarsi sul papavero vicino all'ape, nello spiazzo caldo, dorato, di un campo sulle colline. Il vento precipita, di soppiatto, gonfia le vele di una nave, si ritrae e precipita di nuovo sulla collina. L'albero si scuote, fremono le foglie e gli uccelli annidati escono, piombano in lunghe brughiere, si fondono nel cielo lontano, che diventa bianco sotto la luce del mezzogiorno. La bimba perde il nastro ai capelli, il fratello lo recupera correndo lungo le distese isolate, fiorite di azzurro e ingenuità. Poi la luce si riassorbe nel passaggio di una nuvola che diventa scura, contraendosi in un dolore allo stomaco. Le melodie passano, il canto degli uccelli si strozza in mezzo a una banda di paese. La morte va allo stesso ritmo con cui la vita si dissipa nello svolgersi inconsapevole dei giorni. Attaccano i silenzi, con le facce storte, a dire che non va bene, che era tutto sbagliato perché non faceva per me. Ero troppo superiore per fare quegli eventi, mi criticavano, ma io li ho fatti, in silenzio tutte le mattine mettevo il rossetto e tornavo ad essere viva, a essere donna. A fare quello che sentivo essere buon senso e mai quello che mi imponevano. Sono una donna. Ho la mia ragione e i compromessi con cui combattere. La mia intelligenza si incrocia col dolore e le ferite di essere mamma, di essere segnata nel corpo e nell'anima.

Si vede contento perché mi ha trovata, io ho letto le sue lettere, ho visto i suoi disegni, ho sentito come si è dimenato per incontrarmi, e così l'ho trovato come un animaletto schiacciato dal tempo, prostrato ai piedi di una fontana che dà coraggio, fierezza, vita. E così ho poggiato la mano sulla sua spalla, l'ho guardato, lo guardo, come fosse l'unico modo per rivedere me stessa. Le fondamenta del mondo sono profonde, oscure, e s'affondano ancora di più per la pesantezza con cui conduciamo le nostre vite. C'è così poco di bello, pulito, sincero. Mi rifletto ora nei suoi occhi che pullulano, tra un fiore e un altro, di una verità che non conosce neppure lui, ma sa che esiste e continua a cercarla. L'insistenza lo nutre e lo fa crescere, lo muta in un essere definito e compatto mentre per il cielo gli stormi cantano singhiozzi di primavera e le onde del mare generano melodie anche di notte, tra gli scogli invisibili di un'anima grande che ci unisce, e ci fa uomini.

Vuole che vada da lui, in Calabria, lungo gli scogli e il mare, tra gli ulivi e le barche scrostate dalla salsedine e ora sempre meno usate. Vorrebbe un film che è un sogno, un mistero, un'onda molto alta perché non tiri con sé troppa sabbia durante il risucchio. Ciò che non sa e che aspettavo soltanto questo. Per anni mi sono chiesta quando il vento farà ripartire la nave e la vela tornerà a gonfiarsi. E adesso, siamo qui, soli, tra la pioggia e i personaggi degli affreschi, antichi e vivi di secoli rivoluzionari in cui la storia ha sudato amore, speranza, bellezza. E gli alberi non ce la fanno più, la pioggia continua a battere incessante senza fermarsi. E come loro mi sono stancata anch'io. Forse non avrebbe senso un film, per me, che avrebbe come titolo *Ritorno alla vita*. Io che l'ho sempre morsa, afferrata per la coda e i capelli, è giusto invece che mi faccia scivolare tutto e che ascolti come il crepuscolo s'infranga nell'oscurità e come il silenzio riesca a costruire milioni di parole accompagnate dal murmure del mare e dal frusciare del vento.

Io mi ritiro, vorrebbe sentirmi dire qualcuno. Ma la realtà è che sono ancora qui, in piedi verso il mondo che ruggisce un desiderio, un gesto per cui possa andare avanti. Allargo le vedute e ritorno indietro quando salendo in una barca dovevo tuffarmi e ancora non sapevo nuotare. La paura non mi ha fermata. La fame di vincere, di essere me stessa, sincera con la mia anima mi ha fatto imparare a nuotare tra le insidie, anche se da esse sono stata troppo spesso sfregiata. E adesso, che arriva un signore, un bimbo con gli occhi profumati di castagne e il mare per i capelli, io allungo la possibilità della mia vita che si dilata e si contrae come un cuore che ha voglia ancora di battere. Adesso mi giro verso di lui, sfioro i suoi occhi, carezzo le sue emozioni, chissà cosa pensa! – hai pensato mentre ti sei rivolta verso di me.

Te ne stavi assorta, con la mano sulla gamba ad osservare la pioggia, ma io sapevo che il tuo cuore spaziava lontano, verso distese di colline e mari che si tuffano in oceani. Mi sentivo troppo pieno d'acqua così ho tolto la mia giacca e subito mi hai detto:

«Da' qua, dai a me! E non ti vergognare...» e di nuovo hai sorriso, così, fingendo una spensieratezza del momento.

Hai preso la giacca e l'hai arrotolata per strizzarla e l'acqua è precipitata per terra.

Questo dev'essere un gesto che ha fatto un milione di volte – ho pensato – le sue mani hanno la dimestichezza di chi sa fare le cose, e la sua mente non si ferma mai. Naviga come le correnti del sud, fiere di essere come sono e gentili quando incontrano uno sconosciuto come me. Chissà come ha trovato Napoli dopo essere ritornata da un viaggio lontano che è durato tutta una vita! Le chiese le sono apparse un miraggio che ha avuto nei momenti in cui ha desiderato ritornarci e non poteva. I viali si sono rinfoltiti di nuovi cespugli e le case un tempo ancora nobiliari ora sono spacciati nel progetto di inserirli in un contesto nuovo, moderno, utile; sterile. Stringe quella giacca bianca e poi la apre e si alza dalla panchina. Che fa? Ecco la stende sul muretto verso l'interno perché ha capito forse che tra non molto smetterà di piovere. Il sole aprirà un varco nel mezzo della coperta di lana che ora è il cielo. Antichi riti che non deludono il suo essere stata ai miei occhi, così come ha fatto in tanti film, e come già ho immaginato fare nel mio *Ritorno alla vita*. Adesso mi sembra che il film sia passato in secondo piano. Io la osservo allo stesso modo con cui osservavo un gatto per strada, la guglia di una chiesa, un campanile in disuso, la vetrina di una pasticceria. Sereno nel contemplarla. Quasi mi sono abituato, e il cuore riprende a battiti regolari, tranquilli, tanto che riesce a pulsare con delicatezza e gonfiarsi di emozione senza trasbordare. Ora, mentre la guardo, sto vivendo la stessa immagine che mi sono sognata per anni, di lei e me, dislocarsi nel tempo della quotidianità, sotto la rete dell'abitudine. Non ho il coraggio di parlarle, di andare lì e dire "facciamo il film". Se penso a tutte le volte che ho sognato di averla accanto! È un insulto a quel dolore antico! In verità si è creato un silenzio proveniente forse dal dolore che ho e che mi ha reso inerme e non più preparato ad incontrarla. Se penso a tutto quello che ha fatto Romilda per me, per farmi arrivare in tempo questi vestiti e adesso io li ho bagnati e sporcati di fango. E l'ho incontrata nel modo in cui non avrebbe pensato nessuno. In definitiva ancora una volta è stata Virginia a gestire le nostre strade, a mettermi sul suo cammino in una maniera che solo lei sa fare. Si è trasformata in un medaglione al cioccolato, poi in pioggia fino a farmi arrivare al monastero di Santa Chiara. Poi il mondo si è rivelato. Nella tempesta ho avuto la mia luce che cavalco con timore, un po' assonnato e disilluso.

Si tocca il foulard, si arrotola le mani e le castagne sono quasi pronte da tirare fuori dal camino. La legna scoppietta e le fiamme si disperdono nell'invisibile mistero dell'aria. Ecco che un gatto corre di fretta, scruta sotto le foglie e sale sul dirimpetto del cortile, nel lato opposto a guardare la pioggia, come noi. Una mano allunga una paletta e ravviva la legna, tira le braci grosse, roventi, che custodiscono il caldo sereno della famiglia, e poi, la mano, anziana e amorevole, mette un'altra padella con olio per friggere le patate, sopra un treppiedi arrugginito. La casetta si chiude, davanti a una conca di camino angolare, con i mattoni che sorreggono il peso della storia e fuori si aprono i cieli, al diluvio e alla notte. Gli alberi più alti si piegano, i pini, mezzi sfogliati, si incurvano fino al tetto delle casette in pietre frantumate, ossidate dal tempo. Dentro si stappa il vino, le sedie strisciano per terra. Nell'altra stanza il forno, un demone amico, contiene le onde del fuoco che si riflettono sulla finestra e dietro uno stelo di ulivo, ancora piccolo, fragile. La notte ci avvolge, ci tiene uniti davanti al fuoco, e la famiglia si riscalda.

Ecco un uccello, davanti all'arancio, e poi ancora un altro. Hanno preso un volo d'avventura, si sono spogliati del timore che arreca la pioggia. Ora si sta inibendo, si ritrae come tutti gli eventi della natura e lascia lo spazio alla quiete, alla speranza che esca il sole. Picchia sempre di meno, aveva ragione Sofia a guardare il cielo e intuire che tra non molto smetterà. Così sta accadendo, mentre le sue mani stanno scivolando sui fianchi eterni, curvi, caldi, di donna che promette amore, fecondità; antichi pensieri! Si riaggiusta il fazzoletto, in piedi, e guarda le nuvole, le foglie degli alberi un po' in declino. Adesso alza gli occhi al cielo e quel varco tanto atteso sta arrivando, lo sento, lo sente anche lei. Ecco la luce, lo splendore della quiete e la fine del temporale. Qualche goccia di pioggia cade ancora, ma dimessa, frusciante tra gli alberi che adesso gettano gocce pensanti sui pavimenti e sulle foglie sottostanti. Che vorrebbe dire? Che pensa? Che cosa racchiudono quelle pieghe intorno al suo volto? quale mistero la rende splendida, piena di luce anche in mezzo a un paesaggio così decadente, uggioso, funereo? Forse è il suo cuore a donarle tanta bellezza e maestosità che assomiglia ad una statua greca costruita all'entrata di un porto per far impressionare i viandanti e i nemici stranieri a ritarare le offese? No. Non è una statua. È un'ala di un gabbiano che spicca per la prima volta il volo in mezzo all'oceano. È un'onda che si incontra con un'altra per unirsi in un bacio e diventare una cosa sola. È un bocciolo di fiore di pesco che accende la primavera. È il primo vagito di un neonato che ascolta la mamma. È il suono del primo strumento inventato. È il rosso del crepuscolo che si dilata all'orizzonte facendo di mezzo tra il bianco del mare e il blu del cielo già stellato. È il caldo del sole che arriva a novembre. È la neve fiocca e lenta che scende nella notte dell'Epifania. È il sussurro all'orecchio di un amante proibito. È il ritrovamento di un affresco romano. È il salto di un delfino nel Mediterraneo. È un sentiero di campagna tra i papaveri e le camomille. È il battito di un cuore che vuole solo amare. È tutto ma è solo lei. È Sofia.

«Da' qua, dai a me! E non ti vergognare...» mi hai detto prendendo la mia giacca e sorridendo.

Si è proprio inzuppato come un bambino – hai pensato – e io che mi credevo chissà quanti anni fosse più grande. Quando ho visto quel suo disegno per la prima volta mi ha fatto emozionare, e la sua lettera, non riuscirò mai a dimenticarla. Se gli avessi risposto a tono gli avrei fatto del male. Ho preferito usare solo qualche rigo, però adesso gliene ne sto facendo, ma lui non lo vede, crede che un ricordo sia la base per un film. Quanta acqua è uscita da questa giacca! Sarà meglio stenderla sul muretto, tra non molto forse smetterà di piovere. Prima o poi anche lei sarà stanca di tutto questo picchiare. Adesso il suono si fa rumore. La poesia diventa tecnica. La pioggia ora si scaglia più potente, scende ancora più forte, ma quel gattaccio grigio già si vede libero, perturbato dall'emozione di trovare un gioco tra le foglie e le rugiade. Ecco l'appoggio qui. Avrà speso dei soldi per vestirsi bene, per fare bella figura. L'acqua sotto i ponti ne è passata parecchio, hanno inondato i campi vicino. Parigi era la città più bella. Ho creduto di poterci vivere, essere una donna che sa stare al mondo, che va a teatro, si veste alla moda, cammina lenta per gli Champs-Elysées e mio marito guardava i miei passi. L'acqua del mare diventa fiume, mutano le forme, i gabbiani si tuffano nell'aria, tutti insieme, felici e violenti scivolano sopra il cristallo di un lago, del mare. Ora ho questo foulard di seta, di un rosso cremisi che mi ha regalato una donna sulla nave. Sapeva della vita e della costruzione di un amore, seppur non ne ha vissuti nessuno. Voglio sposarmi in chiesa dicevo a mia madre, tradita dal sogno delle donne che poi è diventato il mio. Che poi ha tradito persino me. Ma le speranze mutano, cambiano in abitudini, in mode che impone il tempo e la corteccia della vita così diventa secca, graffiante seppur dentro il tronco è verde, morbido, tenero. Lo spazio su cui ho navigato è molto grande, dico sempre grazie, lo so, mi ripeto a me stessa, nel silenzio lunare della mia intimità. Ma sento il cuore che batte ancora, che vuole ancora innamorarsi di un sorriso, essere corteccia che muta in nuova corteccia. Il tronco è ancora verde. Le albe risorgono e i tramonti tessono meraviglie infinite.

Per questo sono venuta qui a Napoli. Sola con lo specchio della mia anima che mi riflette un giorno del passato, un'emozione lasciata in qualche vicolo, l'attesa d'amore sospesa in riva al mare, la paura di essere uccisa, il tormento di mia madre che non porta nulla a casa, a me e mia sorella. Ora mi sono bloccata, immobile come quel gattaccio. Ruota la testa simile a un gufo sopra un olmo e osserva il campanile del borgo lontano su per le colline. Sono ferma ma veloce, vibrante, determinata di andare in poppa su di una nave e navigare attraverso le mareggiate, le tempeste spaziali, le bufere di neve, perché il mio cuore, adesso, come non mai, si accende di una luce e di un fuoco che mi ha portato a mettere la mia mano sulla sua spalla, per dirgli io ci sono, vivo nel mondo e insieme schiacciamo i tuoi demoni. Ma la mia vita deve sapere che ha già voltato molte pagine, è diventata un libro che comprende già tutto, in un insieme di amore e morte. Ma come glielo dico?

Ora la pioggia scende lenta, si riassorbe come la ritirata di un'onda sulla riva. Le chiazze che lascia sugli alberi si fanno evidenti, grandi, scure macchie che contengono dei laghi su cui presto verranno le falene a specchiarsi, e un raggio di sole li rifletterà nell'azzurro del cielo. Le lumache sputeranno la schiuma vischiosa sugli steli, le arance splenderanno di rugiada, ed ecco che già una leggera schiarita comincia a farsi spazio nel cielo. Ecco la magia del mutamento, del mistero della bellezza che prende spazio nello spettacolo delle tenebre. Vedo una luce che ancora è avvolta da una membrana di nuvole, sono pesanti e lasciano cadere qualche secchio d'acqua più tenue e meno rumoroso. Guardo il cielo, guardo la luce timida al centro, che come un'estasi dipinta in qualche chiesa, lascia intravedere delle lance dorate scagliate verso il basso, senza però mai arrivare a destinazione, bloccandosi sopra il nostro naso.

Tutto è ora allo scoperto, adesso io devo fare la mia parte, andare in scena. A teatro? Quella volta sarebbe stata l'unica, eppure è sfuggita insieme a Marcello, me la sono fatta sfuggire perché ho avuto paura. Saremmo dovuti andare a Broadway, pure con Eduardo, che scene! Il cancello si apre, entro nella casa, Piero Tosi mi aggiusta il ciuffo dei capelli, e io gli faccio la linguaccia, "no, io così non li voglio, tiè!" e poi mi metto a ridere. Lui risorride, si rassegna. Arriva il treno, passa e mentre devono scendere le lacrime mi viene da ridere. De Sica dice "azione" si accende la musica e per magia piango e poi finisce il film.

Mi ritrovo all'improvviso a svoltare in angoli nascosti che saltano fuori come funghi dopo il temporale. Mi sorprendo quante cose siano passate e quanti anni, queste cose, contengano. Io non ci credo, mi sembra di aver chiuso gli occhi e di aver sognato la vita che avrei voluto, infatti adesso sono qui, a Napoli, a sognare come una bambina. Però questa volta non mi illudo, anche se ha smesso di piovere so come sono andate le cose, conosco anche come potrebbero andare se io dico di sì, se accetto di fare il film e temo più per lui che per me stessa. *Ritorno alla vita*, perché a me questo film?! Ecco salta il gatto giù nell'erba e la lucertola corre tra le grotte degli steli delle calle. La pioggia cade solo dagli alberi, dagli aranci, con tonfi decisi e pesanti. La mia decisione sembra quasi essere presa, però se vado a dire quello che non vorrebbe sento che il mondo mi cadrà addosso, anzi rotolerà come una palla di fuoco verso di lui, e sarà schiacciato. Per colpa mia. Come potrei permetterlo? E allora? Me ne starò per sempre a guardare i fiumi che esondano, il gatto che salta, a ripensare al passato lasciando da parte il tempo che adesso sta scorrendo? Ecco mi son girata. Lo guardo, tiene gli occhi di un cucciolo che aspetta il cibo dal suo miglior amico. Le incrostazioni della terra si aprono per fondersi in una schiuma di veleno che brucia mentre mi attraversa lo stomaco. Devo dirgli qualcosa, parlargli. Devo farlo! – hai pensato.

«Ha smesso di piovere, hai visto?» mi hai detto girandoti verso di me con gli occhi pieni di stelle.

«Ho pensato di farti vedere una cosa. Perché non vieni con me? se non hai altro da fare...»

«Dove vuoi tu!», ho risposto.

E subito mi sono alzato. Poi tu mi hai preso la mano come la mamma fa col figlio per attraversare la strada, e mi hai portato verso il muretto dov'era stesa la giacca.

«Tieni, ma non la mettere. Ora andiamo ad asciugarti, altrimenti finirai per sentirti male. Guarda com'è uscito bello il sole, fra qualche minuto sembrerà come se non fosse successo nulla. Il giardino qui è meraviglioso e poi adoro questi fiori, e gli aranci che profumo!»

Attraversavamo i portici del chiostro osservando gli affreschi che ci raccontavano tante storie. In silenzio li leggevamo, e andavamo avanti. Nel giardino, invece, le maioliche si accendevano, il sole sfoderava dei dardi di luce per infiammare i colori e l'intero luogo risplendeva come il depositario di un tesoro ammassato.

Appena siamo entrati, qualcosa nell'aria è cambiata. Ho cominciato a sentire le note de *Il segreto*. Gli ululati ci portavano verso una strada misteriosa. Ma tu andavi avanti sicura, senza alcun timore. Io mi fidavo. Dopo un lungo corridoio ci siamo fermati davanti a un muro.

Non c'era nessuna porta, nessuna via d'uscita. Tu mi hai sorriso, alzando un sopracciglio, e poi ti sei appoggiata al muro, tastando per trovare il punto esatto. Finché non si è aperta una porta. All'interno era tutto buio, si vedevano soltanto i primi due gradini di una scala che scendeva. E siamo entrati, io dietro di te, con *Il Segreto* che ci avvolgeva ancora.

Siamo arrivati nei sotterranei di Napoli. Grandi volte di roccia soprastavano le nostre teste. Alcune fiaccole erano appese alle pareti. Ti sei avvicinata per prenderne una e sei partita avanti, in silenzio. Ad un tratto ti sei girata, mi hai guardato stranita e hai detto:

«E non ti mettere paura, che ci sono io! Vieni, si va per di qua!» e proseguivi come se fossi la fata delle caverne.

La strada si era fatta più stretta, l'aria più fredda, e qualche canto di pipistrello si incrociava con le note della musica. Io mi sono avvicinato a te, ti ho teso la mano, e tu l'hai afferrata.

Dopo aver camminato per qualche altro minuto siamo giunti al termine. C'era un arco che ci ha portati dentro una stanza, dalle pareti scure, ma il pavimento era tappezzato di un prato sottile, vellutato. Prima di andare ancora avanti mi hai domandato:

«Sei pronto a salire?»

Non ho fatto in tempo a dirti dove, e tu già a passo svelto sei andata via. Hai attraversato il prato quasi sfiorandolo. Mi è sembrato di vedere una delle tre Grazie. Ti sei fermata al centro della stanza dove c'era un'altalena ricoperta di fiori tropicali e dall'alto scendeva una pioggia di luce. Ti sei seduta e mi hai fatto segno con la mano di venire da te. Ho avuto timore di non essere all'altezza di sfiorare quel prato fatato, di stare vicino a te, sopra quell'altalena così pura. Ma tu hai insistito ancora e allora ti ho ubbidito.

Appena mi sono seduto l'altalena si è girata su se stessa, poi pian piano ha cominciato a salire. La luce progrediva e i tuoi occhi risplendevano sempre di più.

Ci siamo fermati sulla terrazza di Castel Sant'Elmo. Mi hai preso la mano e di corsa mi hai portato al bordo della balconata, e hai detto:

«Ecco, guarda, il mio regalo per te!»

«Cos'è, mi regali tutta Napoli forse?»

Ti sei messa a ridere e le tue risate sono precipitate per tutta la città, ravvivandola ancora di più. Da quel punto in cui eravamo si vedeva tutto, il mondo pareva sotto i nostri piedi. C'era il Vesuvio in lontananza con le dolci pendici che cadevano in mare e poi i palazzi, i campanili, le cupole e il verde delle ville luccicavano sotto lo splendore della quiete dopo la tempesta. I gabbiani tracciavano rotte per l'azzurro e poi si perdevano dentro al disco bianco del sole, alto nel cielo.

Ci siamo seduti ad ammirare il panorama, mentre la brezza fresca ci accarezzava il volto, le mani, il nostro cuore. Ed eravamo insieme, uniti dentro un alone di bellezza, come nei miei sogni.

«Nel mio film gran parte dei personaggi si mettono a guardare il mare,» ho detto con spontaneità, senza distogliere lo sguardo dal panorama, «ad esempio Maria, che è la mamma del protagonista, quando si alza al mattino, e ancora in vestaglia, apre le finestre della sua camera da letto, le spalanca completamente e davanti a sé ha il mare. È di un azzurro intenso, fatato, con qualche striscia di viola e di blu verso l'orizzonte. Maria si mette a guardare il mare, poi chiude gli occhi e lo guarda più intensamente. Vede adesso le profondità, gli abissi marini, e in mezzo a quelle meraviglie nascoste da una lunga patina d'azzurro, la sua mente vi intreccia le radici della sua storia. Vede i suoi figli sempre in pericolo, il suo passato pieno di cose antiche, i suoi genitori morti, le difficoltà di fine mese, la povertà della sua vita, le speranze di bambina che ora sembrano annegare per sempre dentro quegli abissi. Poi riapre gli occhi e vede una barca ritornare a riva, il pescatore intona una melodia di Calabria e le finestre delle case cominciano ad aprirsi al nuovo giorno. Osserva, prima di tutte, come la giornata prende vita, vigore; speranza che questo nuovo giorno sia diverso. Poi alza la testa, osserva uno stormo di rondini, anzi no, li osserva bene, sono delle diomedee, e non capisce come mai siano finite da quelle parti. Poi queste, ubriache nel volteggiare, si insinuano nel borgo, tra i tetti rossi e qualche ciuffo di albero che si protende verso il mare. Ecco che si volta a sinistra, dove c'è il castello, la rupe alta che sorregge, in mezzo al mare, il luogo delle sue passeggiate romantiche insieme a suo marito, quando appunto c'era la giovinezza. Ahi, la giovinezza! pensa spostandosi i capelli all'indietro perché uno sbuffo della brezza marina glieli ha appena scompigliati. Ma lei si lascia accarezzare dolcemente, così come stai facendo in questo momento, con gli stessi occhi, perché quel personaggio non è niente di inventato, ma esiste e vive perché sei stata tu a farmi vedere i suoi gesti, le sue camminate, a farmi sentire i suoi sorrisi, i suoi pianti, il candore con cui abbassa le palpebre quando si intimidisce e poi arrossisce. Maria è nata perché volevo che esistessi tu in quegli anni in cui volevo conoscerti, parlarti, starti vicino, e per riempire quel vuoto, non so cosa sia accaduto, ma un angelo mi ha fatto vedere le meraviglie di una storia che ho capito essere un film fin da subito, così non ho fatto altro in questi anni che vivere nell'attesa di realizzarlo insieme a te. Ora non so cosa accadrà, cosa tu pensi veramente di me e di questa storia. Ma sento di essere arrivato alla fine di un viaggio che è durato troppo a lungo, forse più di un'odissea, forse più di quanto sarebbe giusto che fosse durato. Ma sento che è finito, che non ho altro da dire».

La stessa mano che fino a quel momento avevo sentito stringere la mia, adesso stava abbandonando la presa e la sua forza si indeboliva sempre di più. Finché, a un certo punto, che non avrei voluto mai arrivasse, l'hai scostata dalla mia. Il tuo sguardo, allo stesso tempo, era ancora rivolto verso il mare e il Vesuvio, e poi dal tuo viso ho visto scendere una lacrima, prima da un occhio e poi dall'altro.

Perché?

Non avevo il coraggio neppure di chiederlo a me stesso.

Poi hai abbassato lo sguardo, ti sei voltata, sferrandomi addosso i tuoi occhi, e hai detto:

«Ma che cosa pensi? Credi che non sappia cosa voglia dire tutto questo, il fatto che io e te siamo seduti sulla cima del mondo ad osservarlo come due anime solitarie? Le tue parole sono come carezze per la mia anima. Ormai non faccio che stare sola, a sfogliare i miei ricordi. Ma dentro di me c'è un fuoco che ha voglia di infiammare il mondo, ancora una volta. Sento la vita come la senti tu, come la sentivo a vent'anni. Ma poi arriva la ragione a ricordarmi che il mio cammino deve andare a passi più lenti e poco lontani. La tua storia è bellissima, il tuo film è un miracolo, anche se non lo conosco nel dettaglio. Ma riesco a leggerlo dai tuoi occhi. Traspare un amore puro, immenso, capace di spostare le montagne. E io sarei pronta a spingerle insieme a te se... se non sapessi che questo è solo un bellissimo sogno. Un sogno di un bambino! Mi dispiace *gentile amico*, il tempo cambia molte cose, anche le persone, il loro modo di approcciarsi alla vita. Devi farlo anche tu, devi prendertela la vita. Non appoggiarti su nessuno, avrai solo delusioni. Mi dispiace, avrei voluto un finale diverso per te».

«No, no Sofia, non dirlo. Ti prego... No!»

"No, ti prego io invece. Non dire altro perché renderesti le cose ancora più difficili. E smettila di cercare di farmi parlare come vorresti tu. È ora che dica la verità, l'unica verità, non le menzogne che tu hai raccontato fino adesso. È giusto che ti parli con chiarezza, senza usare mezzi termini, al costo anche di farti del male. Il mondo che hai costruito è bellissimo, una fiaba che si scriveva nell'antichità, ma non esiste. Tutto è stato un'illusione. Noi due non siamo davanti al Vesuvio, seduti sulla terrazza di Castel Sant'Elmo. Non ci sono neppure io. Siamo tutti un'invenzione della tua fantasia, del tuo bisogno di vivere, di *ritornare alla vita*. Ma questa non è la strada giusta per farlo. Ti sei escluso dal mondo, rifugiandoti per anni nella tua stanza, attaccato alla scrivania e a sognare davanti allo Stromboli. I tuoi capelli profumano ancora di candore, come un bambino, e per questo hai paura di affrontare il mondo lì fuori. Ma è ora che tu lo faccia, non c'è altra strada. Perché questo panorama che stai ammirando presto muterà. Il Vesuvio che vedi insieme a me, si trasformerà nel tuo Stromboli, e io mi dissolverò nell'aria, e ritornerò ad essere quella parte della tua coscienza che stai cercando con forza di allontanare. Perciò puoi pure smetterla di continuare a dire di essere inseguito da quei dottori. Loro non sono mai esistiti, così come tutti i viaggi che mi hai raccontato di aver fatto in giro per l'Italia. È tutta una bugia, o per non essere così crudele, un'illusione, un sogno! Sono le paure a tenerti legato! Staccati da questi fogli ed esci da quel portone, senza guardarti indietro. Ma fallo per davvero. E poi queste dolci note del Maestro che continui ad ascoltare, non devono essere la guida delle tue azioni. La musica è solo un mistero che seduce l'uomo ma non riuscirà mai ad afferrarla. Dimenticala".

XVII

Stromboli

La forza della corrente mi ha portato fin qui, davanti alla costa dell'isola dello Stromboli. Non potevo rimanere in quella casa, neanche un secondo in più. Non dopo quelle parole che tu mi hai detto. Ho navigato per tutta la notte e adesso che è quasi l'alba sono finalmente sulla mia isola.

La barca striscia sulla sabbia, annerita come la pece che precipita dal vulcano. Mi mischio alla cenere che non lascia nulla come testimonianza, come storia. Scendo saltando fuori come un animale che ritorna al proprio nido. La prima cosa che mi viene da fare è voltarmi dall'altra parte, verso il mare, per osservare il punto in cui mi sono trovato per tutta la mia vita. Ma oggi uno strato fitto di foschia copre ogni cosa che galleggia sul mare. So che la Calabria è lì pronta a spuntare quando il cielo e l'orizzonte si saranno liberati da questo manto di nubi che è bianco come la neve. Mi getto sulla sabbia, disteso per terra e con la faccia rivolta verso il cielo. Formo con il mio corpo una croce. Mi sento stanco, anzi sfinito. Alla fine del viaggio mi sono messo a remare.

Ho l'impressione che tutto sia finito. Quest'alba che

sorge a fatica è il preludio di una fine che mi porterà via per sempre. Forse in parte è a causa tua, con le tue parole, crudeli e così vere come le cose della natura. Mi hai fatto percepire il senso profondo della sconfitta.

Il cielo è uno strato uniforme e incolore. Uno spazio immenso dove un'artista rigetta la propria creatività, o dove una persona afflitta d'amore, come me, getta la propria sofferenza. Nessun uccello, neanche un gabbiano mattutino attraversa questa coperta grigiastra che si estende fino all'infinito, fin quasi alla mia camera laggiù in Calabria. Adesso faccio parte di quest'isola, di quell'isola che scorgevo da un balcone tinto di ruggine e in cui mi credevo avrei trovato una natura fatta di cose meravigliose, con alberi e fiori mai visti e soprattutto ascoltato melodie di una bellezza unica. In alternativa ho le onde del mare che intonano un flusso melodico continuo e riposante. Si tratta di una ninna nanna da cui però non si riesce a conciliare il sonno perché si ha voglia di ascoltarla all'infinito. L'onda cade uguale una dopo l'altra, sempre simile alla precedente e alla seguente, facendo credere che il tempo abbia la stessa condizione di movimento, di stasi, di eternità. Però un getto dopo l'altro, in maniera impercettibile, riesce a scavare la terra, a deformarla e spostare le montagne, e così il tempo, gettando il suo impercettibile attimo di esistenza uno di seguito all'altro, costruisce la storia del mondo, muta il corpo di una fanciulla, indurisce il cuore di un angelo, e può anche espandere ancor di più un amore già grande in partenza, così come un dolore. Non c'è quindi alcuna possibilità di poter sfuggire a queste leggi imposte da un'esistenza che neanche si è scelta, ma ci è dovuta, forse come un dono, perché potessimo gioire e odiare, vivere e morire, senza la libertà di aggrappare un sentimento, neanche uno solo e piccolissimo, da prenderlo e portarlo via verso il viaggio dell'eternità. Forse è meglio così, tu quale sceglieresti? Io non saprei. Non saprei che cos'è più giusto rendere immortale a discapito di qualcos'altro, e la morte di tutto a questo punto è la migliore soluzione all'indecisione di una vita solamente. Ma che tristezza! Che angoscia sapere già in partenza che alla gara a cui partecipi arriverai sconfitto! Neanche un'illusione, neanche un sogno in cui credere fino alla fine, e che importa se poi la verità era ben altra cosa, intanto c'era la serenità dei sensi!

Sto ancora gettato come una croce pasquale ad osservare un cielo aspro come un agrume. Afferro la sabbia, o la cenere, e la chiudo in un pugno. La getto veloce verso il cielo e cade di nuovo addosso a me, come una maledizione che si riversa sempre su chi la invia. Così ho la faccia cosparsa della polvere, della stessa terra che deriva dalla parte interna del vulcano. Non so più che fare, cos'altro chiedere per farmi uscire da questo stato di noia. L'acqua scorre, lo so, si getta stanca tra la barca che ho lasciato sulla riva, in mezzo alla linea che divide il mare e la terra. La terra e il mare! Poi c'è il fuoco, l'aria, le tenebre e il paradiso. La sorgente sgorga leggera in mezzo ai canneti, ai rovi di piante selvagge come quelle di una foresta tropicale. Mi vedo immerso lì a farmi spazio, arrivare alla fonte e bere l'acqua, che scende all'interno di una grotta fredda, poco illuminata, e finalmente scaccio il magone allo stomaco, la noia che sale e scende nel petto.

Ora sono qui da solo, venuto con una piccola barca da pescatore per fuggire e cercare di essere libero, felice, me stesso, ma il vento che soffia sopra la mia pelle è lo stesso che sentivo anche quando ero lì dall'altra parte. Temo che non possa cambiare nulla, che in realtà l'intero mondo riservi sempre la consapevolezza della mia insincera voglia di vivere. Oh, come suonano strane le tue parole, come sono amare a sentirsele dire direttamente in faccia! Le riesco persino a vedere stampate sul cielo, sono oscure e tremende come l'incandescenza di una lava che penetra di notte dentro le case. Ma perché mi hai fatto questo? Che bisogno c'era di dirmi perfino che tutto era una menzogna, non potevi riservarti nell'essere felice di volermi incontrare e magari di fare questo film insieme? I tuoi occhi erano pieni di luce, forse le lacrime, forse la loro natura luminosa, ma erano umidi e grandi, dentro ai quali ci si poteva perdere. Eppure quegli stessi occhi mi hanno ferito come poche altre cose al mondo. Mi chiedo perché non mi hai lasciato continuare ad ingannarmi, a fingere che tutto quello che mi ero creato fosse la verità e che io fossi davvero a Napoli con te a guardare il mare e il Vesuvio. Tu dici di averlo fatto per il mio bene, ma io continuo a pensare che almeno quell'illusione fosse l'unica cosa in grado di rallegrarmi. Per cui, dopo quelle verità, che hai voluto gettarmi in faccia con una crudeltà disarmante, non potevo continuare a stare in quella casa, non potevo respirare quella stessa aria e ascoltare quelle solite melodie. L'unica cosa giusta è stata quella di rifugiarmi qui. Però so per certo che adesso si dovrà aprire un nuovo capitolo, cambiare pagina significa non solo cominciare daccapo, ma accettare il passato per quello che è stato e superarlo. E io questo l'ho fatto? Ho superato il mio *Ritorno alla vita*? Vedi, anche il cielo mi risponde, getta qualche velata di polvere vulcanica, annerendo l'alba e forse tutta la mattinata, dicendomi che da questa parte non si può cominciare una vita, e neppure ritornarci. Qui ci sono le viscere della Terra, le pareti concreti del mondo ultraterreno che si viene quando si vuole scrivere la parola "fine", quando la speranza ormai è volata lontana dalla cima del vulcano. Qui si viene per gettare gli ultimi sospiri insieme a qualche sbuffo stanco che *Iddu* getta all'improvviso, durante lo svolgersi di una giornata. Non è il luogo in cui si vuole ricominciare a vivere, in cui gettare dal petto il marcio e raccogliere del nettare per rigenerarsi, per esplodere di nuovo di candore, di azzurro, di musica e vitalità. Detto questo quindi, che ne sarà di me da questo momento in poi? Che cosa potrò fare nel luogo che è stato il mio rifugio, la fonte inesauribile dei miei sogni lontani e imprendibili?

Mi alzo all'improvviso, lasciando la forma del mio corpo impressa nella sabbia nera, affumicata dallo scolo della cenere che è depositata a gran quantità nel mio cuore. Mi metto a camminare, sempre scalzo, verso il paese, verso le case gettate in mezzo agli arbusti e battuti dal vento. La spiaggia si estende come un velo nero, una superficie ammassata dalla cenere. Una storia antichissima risuona sotterranea, e affondo il piede sopra questa sabbia, sopra quella storia. Gli esseri morti risuonano dal basso e si fanno esseri vivi per chi li ascolta. L'intero pianeta diventa un ossario in cui si espande l'eternità della vita. Tutto tenta di rivivere sopra le ceneri e le morti.

Quando arrivo sull'asfalto, è nero e ingrigito come la sabbia. Di là dal molo un'imbarcazione è appena giunta, ora scenderà una flotta di gente. Mi volto dall'altra parte, verso la direzione che mi porta su in cima al vulcano. Non voglio vedere nessuno, ma subito sfreccia un motorino e qualcuno lì sopra mi urla dicendomi di toglier-mi di mezzo. Eppure credevo che non ci fosse nessuno. Invece c'è della vita qui, come in qualsiasi parte del mondo.

Se alzo la testa c'è *Iddu*, avvolto da un manto nebbioso perenne, sempre misterioso, pronto a ruggire, a sancire l'inizio della paura nei suoi abitanti che vivono ai suoi piedi seguendo un patto di fede che affonda nella notte dei tempi. Con la mano cerco di spostare le nubi, di soffiarci sopra e svelare il suo mistero, il suo arcano segreto che attrae chiunque dal mondo non solo per osservarlo, ma a scoprirne le viscere. È come un faraone che cerca la fedeltà del popolo per sentirsi divino, invincibile, spietato, e intanto disegna i destini delle nostre vite, credendo che le proprie scelte siano quelle giuste, siano quelle che ci meritiamo. E nel frattempo lui fa capolino alla gente, si intravede quando un soffio di vento sposta una nuvola, e poi ritorna a nascondersi dietro il suo cappello di lana intessuto a maglia dalle donne del luogo. Sui versanti rotolano schiume di piumaggio nero e altri rantoli di vapore vanno verso il basso, insediandosi tra i vicoli del borgo, fino ai dirupi aspri che cascano nel mare con un tonfo secco, tagliente, senza più respiro.

La strada per arrivare fin lassù è un sentiero pericoloso, da scoraggiare anche l'animo più deciso. Però io non sento il peso di niente, non ho alcun timore perché mi sono svestito di qualsiasi speranza. Non riesco a portare a galla le forze necessarie per ricucire la ferita. L'anima è ormai svestita della sua naturale energia per dare vitalità al corpo. E le strade che sto calpestando assorbono questo scuro sentimento. Per me è come se non contasse più nulla, è appunto vivo lo spazio immenso del vuoto, grigio e silente così come il cielo che avvolge la punta del cono.

Nel cielo adesso si apre un varco di luce più decisa, la mattina si alza all'ora della giornata in cui la gente si getta per strada con un ritmo deciso e una volontà certa verso quello che è giusto e si deve fare. Le casupole, piccoli blocchi di pietre, sono inondate dal bianco della calce e qualche scolo di pioggia segna il contrasto di colore, definendo l'abitato più o meno antico dell'altro. Ognuno di queste si riversa senza un ordine apparente sulla superficie sinuosa delle spalle di *Iddu*, come se appunto scomodo di sorreggere queste pietre si muovesse in continuazione per scrollarsele di dosso e potesse finalmente respirare, gettando in gran quantità tutti i sbuffi più o meno violenti che ne ha voglia. Ma ecco che a un certo punto l'intricato dell'abitato si fa più fitto, s'ammassano quasi uno addosso all'altro e il bianco dei muri si ferma al verde di una ramificazione di un gelsomino o di una buganvillea. Di colpo svetta qualche palma che, in direzione al mare, adesso più azzurro, si apre come una coda di un pavone, ma casca verso il basso. Poi, sempre in mezzo ai sentieri stretti di pietra, spicca qualche ciuffo di pino e i fichi d'india invece sembrano una contaminazione su gran parte della superficie. Dalle terrazze coperte con pergole di canne e altre di viti con grappoli d'uva ben maturi o buganvillee fiorite, si tuffano le persone per fare colazione, aprendo le finestre alla luce del sole che entra leggera fino ai piedi dei loro letti ancora caldi. Si apre la giornata come una margherita in aprile, anche se sta iniziando l'autunno. Gli occhi dei pochi passanti sono sfibrati da ogni sentimento e coperti dalla polvere che di tanto in tanto vola per l'aria, librandosi leggera come il preludio di un'eruzione violen-ta. Vado avanti per raggiungere le sue spalle nella parte più corposa, dove nude si riflettono con la malinconia che mi ha condotto dopo tanto tempo a raggiungere quest'isola. Per la testa si fanno strada le immagini del passato, quello che credevo di aver vissuto insieme a te. Forse a mentirmi sei stata tu per farmi del male! ma che dico, con quegli occhi?! Ho sempre creduto che saresti venuta a prendermi per mano in una giornata di pioggia mentre scorrevano i violini del Maestro, e poi con un tuo sorriso il mondo sarebbe cambiato; la vita sarebbe ricominciata a risplendere!

Una colomba spicca il volo dalla cima di un albero, si lancia nel cielo che è trafitto da alcuni raggi che escono dal manto nebbioso un po' sfibrati e smorti. Il volo continua però leggero sfiorando i tetti delle case, per poggiarsi poi su un cornicione in cui già era posta un'altra colomba. Andando avanti le abitazioni si fanno più rare, la strada appartiene alla terra e non più a pietre levigate. Gli arbusti si alzano sulla superficie sconnessa di pochi metri, sono bassi e tozzi, pungenti, verdastri, alcuni di un giallo sfibrato. Per l'aria i vapori lontani della cima del vulcano si diffondono a flotte di nubi che circondano gli alberi più alti, ancora qualche palma lasciata sola in mezzo al niente, oppure a qualche fico d'india che sbuca vicino a una roccia, a qualche breve dirupo ricoperto di arbusti sempreverdi.

Ho lasciato ormai il paese alle spalle, il cielo si infittisce di una grande macchia grigia che entra dalle narici e arriva allo stomaco. Voltandomi osservo il mare che si dilata, allontanando l'orizzonte, e lo veste di un azzurro più deciso, grazie al sole che lo trafigge ancora di sbieco. In lontananza si stagliano le altre gobbe del mare, le piccole grandi sorelle dello Stromboli che coronano questa parte di mondo descrivendo una natura insidiosa, selvaggia, aspra, vera come la violenza a cui *Iddu* ci ha abituati. Salendo ancora la vista dal basso si fa più maestosa, mentre la cima si ritira verso il suo interno e sempre più coperta da vapori che esalano verso l'alto e poi cadono densi sui versanti laterali. Seguo uno stretto sentiero di terra, scolpito da chi ha voluto arrivare in cima al vulcano. Intorno avanza il deserto con le sue insidie velate, piene di sorprese, che a un certo punto non danno alcuno scampo. Il respiro si fa più pensate. La sua bocca maestosa ormai è sotto ai miei piedi. Al suo interno c'è il segreto della Terra, dove ristagna il suo cuore feroce e pulsante.

La salita è sempre più faticosa, l'aria mi sta mancando, le forze le sento sempre più lontane e intorno vedo solo delle nubi che mi circondano come corone di lana che vogliono levarmi quest'ultimo alito di vita. Inoltre sento pulsare le sue viscere in modo greve, quasi rabbioso, forse è indispettito che sto solcando le sue spalle, che sto osando addentrarmi verso i suoi segreti sibillini e perciò, irato, comincia a scagliare la sua furia. Che essere piccolo, insignificante, sento di essere davanti al suo ruggito perenne, alla sua innata insensibilità di impaurire gli uomini che ugualmente credono di poterlo sfidare, cercando di conoscerlo, di penetrarlo, di scardinare ogni pietra friabile che scoppietta, si frantuma, cade e risorge sotto un altro aspetto. Metto le mani aggrappate alla terra che scotta e trema. Dall'alto arrivano raffiche di vento caldo che irradia la pelle di un incendio furioso e violento.

Continuo, ormai imbevuto della sola ragione di arrivare dove tutto ha inizio, dove tutto può avere fine, per cercare di scorgere il suo interno, di sviscerare il suo cuore e capire finalmente la sua natura, e anche la mia. Non mi resta altro che prenderlo tra le mani e magari stritolarlo per comprendere il vero senso di me stesso.

Ecco, ci siamo, mi pare di essere arrivato alla sua bocca frastagliata e irta. Il vento è insopportabile, mi sfrigola tutta la pelle, sembra scorticarmela di dosso, ma proseguo, vado avanti. Riesco a scavalcare una parete rocciosa sempre accesa di fiamme al suo interno, e posso ora camminare senza aggrapparmi con le mani. Sono qui, in cima, sul dorso del mondo, i fumi veloci mi circondano, ma voglio ancora stendere qualche passo. Però la violenza del vento è insopportabile, non mi fa andare avanti, non mi fa respirare. Nonostante cerchi dentro di me tutte le forze del mondo non sento di potercela fare, mi manca l'aria, il respiro. Aiuto! Cado a terra, stremato, rotolo come un mucchio di polvere all'indietro perché mi lascio andare, abbandono ogni forza, e poi vado a sbattere con una parete che mi lascia disarmato, senza più nulla. Ho solo la forza di alzare le palpebre e guardare questo fumo avvolgente che mi disarma ancora di più, ancora di più. Aiuto!

Ora tutto è scomparso, credo di alzare la mano per cercare aiuto, ma poi un tonfo mi fa cadere nell'oscurità. Quelle che sembrerebbero le ultime forze le tengo legate al mio destino, al mio istinto di sopravvivenza che ancora permane, sempre, fino all'ultimo. Vago nel buio, solo, senza più il vento, il mare, il caldo che leva il respiro, il suono delle cose che si urtano tra loro, non c'è più niente. Il silenzio. È solo l'istinto di continuare a vivere, è come se vagassi, perso nello spazio, alla ricerca della mia nuova galassia, e le mie labbra sussurrano sempre e solo quelle ingenue parole: *Ritorno alla vita.*

Indice

Musiche di Ennio Morricone

Cap. I	*C'era una volta il west*
Cap. II	*La corrispondenza* *Le due stagioni della vita* *La sconosciuta*
Cap. III	*Il deserto dei Tartari* *Il pentito*
Cap. IV	*La leggenda del pianista sull'oceano* *Il giro del mondo degli innamorati di Peynet* *Le marginal*
Cap. V	*Il vizietto* *La Califfa* *La monaca di Monza*
Cap. VI	*C'era una volta in America* *Malena*
Cap. VII	*Così come sei*
Cap. VIII	*Nuovo Cinema Paradiso* *Joss il professionista*
Cap. IX	*D'amore si muore* *La tenda rossa*

	Giù la testa
Cap. X	*L'Agnese va a morire* *Mission* *Il clan dei Siciliani* *C'era una volta il west* *La piovra* *Sepolta viva*
Cap. XI	*C'era una volta in America* *Novecento* *Metello*
Cap. XII	*Gli occhiali d'oro* *Fatti di gente perbene* *I promessi sposi*
Cap. XIII	*C'era una volta in America* *Questa specie d'amore* *La moglie più bella* *Baaria* *Come un delfino*
Cap. XIV	*D'amore si muore* *I figli chiedono perché*
Cap. XV	*Il fantasma dell'Opera* *La migliore offerta*
Cap. XVI	*Il pentito* *Così come sei* *Tutte le donne della mia vita* *Il segreto*

L'AUTORE

Fabio De Martini è nato nel 1990 a Gioia Tauro (RC). Si è diplomato nel 2008 presso il liceo scientifico di Palmi. Si è dedicato all'arte fin da bambino, disegnando paesaggi e ritratti. Dopo la scoperta della poesia si è avvicinato al mondo del cinema, ha scritto soggetti e sceneggiature, tra cui il lungometraggio *Ritorno alla vita*, ancora inedito. Nel 2013 ha pubblicato alcune poesie per Aletti editore insieme ad altri poeti. Nel 2019, per Articoli Liberi, ha pubblicato la sua prima raccolta di poesie, intitolata *Le onde del mare*.

Manufactured by Amazon.ca
Bolton, ON